Mar Báltico
Danzig
POMERANIA
Posen
Oder
Vistula
Ducado de
POLONIA
Brest
Imperio ruso
Cracovia
Praga
Reino de BOHEMIA
Imperio romano germánico
Dniéster
Bug
Viena
Danubio
Buda / Pest
ESTIRIA
Reino de HUNGRÍA
CARINTIA
Agram
(Zagreb)
Belgrado
Danubio
Mar Negro
CROACIA
SERBIA
BULGARIA
Split (Spalato)
Philippopolis (Plovdiv)
TRACIA
Constantinopla
DALMACIA
Mar Adriático
Imperio de Bizancio
MACEDONIA
Salónica
Durries
Bari
Ducado de
APULIA
Tarento
ASIA MENOR
HÉLADE
Éfeso
EPIRO
Reino de los
Normandos
Atenas
Corinto
CALABRIA
PELOPONESO
Rodas
Messina
Reino de SICILIA
Mar Mediterráneo
Siracusa
Creta
0 50 100 150 200 250 300 km

LOS CABALLEROS DEL SANTO SEPULCRO

Planeta Internacional

Peter Berling

LOS CABALLEROS DEL SANTO SEPULCRO

Traducción de José Aníbal Campos

Planeta

Título original: *Ritter zum Heiligen Grab*

Primera edición: octubre de 2011
Depósito Legal: B. 29.199-2011
ISBN 978-84-08-10607-4
ISBN 978-3-471-79571-2, editor New Ullstein Verlag GmbH, Berlín, edición original

Composición: Anglofort, S. A.

Impresión y encuadernación: Liberdúplex, S. L.

El papel utilizado para la impresión de este libro es cien por cien libre de cloro y está calificado como **papel ecológico**

A mis amigos interesados
NEC SPE
NEC METU

Dramatis personae

Naci-miento		Edad en 1084		Edad en 1095
1076	**Conon de Béthune**	8 años	Hijo de Guillem de Gisors con Fedaye de Béthune	19 años
1073	**Elgaine de Gisors**	11 años	Hija única de Guillem de Gisors y de Almodis de Saissac	22 años
1089	**Pons de Gisors**		Hijo de Elgaine de Gisors	6 años
1066	**Astair de Saissac**	18 años	Hijo de Berenguer de Saissac	
1071	**Cantar de Sión**	13 años	Hija de Urs de Sitten y de Miral de Saissac	24 años
1093	**Casda de Sión**		Hija de Cantar de Sión	2 años
1072	**Berthold de Lehburg (Bert el-Caz)**	12 años	Hijo menor del conde Norberto de Lehburg, futuro pirata	23 años

Nacimiento		Edad en 1084		Edad en 1095
1054	**Remy d'Aretin (el Cardenal Gris)**	30 años	Primer capellán de Sión, más tarde cardenal legado y, en su condición de *Caput canis*, jefe de los servicios secretos	41 años
	Fedaye de Béthune		Noble normanda, casada con Sigbert de Öxfeld, madre de Conon y de Tancredo	
	Sigbert de Öxfeld		Señor de Castelbov, casado con Fedaye de Béthune	
1068	**Gerald de Öxfeld**	16 años	Hijo de Sigbert de Öxfeld y de Fedaye de Béthune	27 años
	Norberto de Lehburg		Señor de Trifels, conde de las Ardenas	
1066	**Balduino de LeBourg**	18 años	Hijo mayor de Norberto de Lehburg, de un matrimonio anterior	29 años
1070	**Hedwig de Lehburg**	14 años	Hija de Norberto de Lehburg	25 años
1062	**Rinat de Sitten**	22 años	Escudero y cronista	33 años
1068	**Maurcade du Berq**	16 años	Noble normanda, madre de Guy d'Abreyville	27 años

Naci- miento		Edad en 1084		Edad en 1095
1080	**Guy d'Abreyville**	4 años	Hijo de Maurcade du Berq	15 años
	Berenguer de Saissac		Condotiero, hermano de Miral y de Almodis de Saissac, y padre de Astair	
1076	**Tancredo de Lecce**	8 años	Hermano gemelo de Conon, más tarde hijo adoptivo del conde Raimar de Lecce	19 años
	Melina Argyros		Esposa del conde de Lecce, más tarde sultana de Mahdia	
	Teodoro Argyros		Hijo del conde Raimar de Lecce y de su mujer, Melina Argyros	
	Thierry (Dietrich)		Obispo de Verdún	
	Alfonso de la Carmen		Monseñor, miembro del servicio secreto	
	Yussuf el Zirí		Traficante de esclavos, medio hermano del sultán de Mahdia	
	Ermengarda di Toano (la Hermana Erma)		Portera del convento de Lerici	
	Terès de Mondragone		Curandera	
	Angelus vigilans* y *Vocator diaboli		Benedictinos de Monte Cassino, redactores	

PRÓLOGO

Jerusalén A. D. MCLXXXVII

El ejército cristiano del reino estaba vencido. Tres, cuatro generaciones habían sido necesarias para que el mundo islámico se repusiera de la conmoción que supuso la invasión de Occidente y —obligado a unir fuerzas a las órdenes del sultán Saladino— estuviera listo para el contraataque. En ese momento la divina Jerusalén, la capital del mundo cristiano, con todos sus sagrados sitios, había sido entregada como botín a los vencedores.

Uno de los señores cristianos más prestigiosos en *Terra sancta*, Balián de Ibelín, había asumido en el último minuto, antes de iniciarse el asedio, el mando de las tropas defensoras, pero los muros no resistieron el ataque. Cuando se abrió la primera brecha Balián ordenó no ceder en la defensa, pero él se dirigió al campamento del sultán para acordar las condiciones de la entrega de la ciudad. Acudió acompañado de un nativo, el sabio León Valesiano. Pero Saladino, que estimaba a Balián como persona, se negó a negociar. Había jurado tomar a Jerusalén por la espada, y sólo la rendición incondicional podía satisfacer dicho juramento.

—¿En qué pensabais vosotros, los cristianos —preguntó el sultán, esforzándose por mostrar dureza en la elección de sus palabras y moderación en el tono—, cuando invadisteis sin motivo la tierra de los *moslemun* y perseguisteis y asesinasteis a sus habitantes, devotos seguidores del Profeta, hasta provocar aquel horrendo baño de sangre cuando la sagrada Al-Qud cayó en vuestras manos? —Y en vista de que los dos emisarios guardaron silencio ante aquellas acusaciones, el sultán, quien también estaba conmovido, continuó en un tono más calmado—: Estamos en el año 583 de la Hégira, el viaje de Mahoma de La Meca a Medina, y según vuestro calendario es el año 1187. Ochenta y ocho años han transcurrido desde aquella infame masacre, y ahora esos sitios profanados vuelven a nuestras justas manos —dijo el sultán con un hondo suspiro—. ¿Para qué todas esas calamidades? Miles y miles de muertos, indecibles sufrimientos para padres, hijos y nietos, paisajes otrora florecientes y ciudades rebosantes de riqueza ahora devastados. ¡Destierros, hambrunas y epidemias! ¿Qué os sacó a los cristianos de vuestras tierras para venir a causar tales daños y, a fin de cuentas, causároslos a vosotros mismos?

Balián, que había callado mientras el sultán hablaba, se animó por fin a responder:

—Vosotros les negasteis a nuestros peregrinos el acceso a los lugares sagrados de la cristiandad, los perseguisteis y maltratasteis...

—¡Esas divergencias —continuó Saladino, interrumpiéndolo con tono áspero— hubieran podido dirimirlas unos gobernantes sabios por medio de unas negociaciones! —El sultán consiguió dominarse de nuevo—. ¡Ahora esperáis de mí que me muestre dispuesto a conversar, pero vosotros, sin mostrar ningún escrúpulo, dejasteis hablar a las armas! —Una vez más se encrespó el sultán—. ¿Cuál fue la razón para tal contumacia, para esa falta de escrúpulos y ese fanatismo? —preguntó el sultán, mirando a Balián con gesto desafiante—. Quiero saber a través de vosotros cuáles son los abismos a los que he de asomarme ante hombres de vuestra fe. Tengo que entender lo que mueve al diablo.

—Sois injusto con nosotros —respondió con firmeza el señor de Ibelín—. ¡El cristianismo no es una doctrina del odio, no es ninguna obra del diablo!

—Por sus actos juzga Alá a los hombres, no por sus palabras —replicó Saladino. Su mirada irradiaba de nuevo satisfacción—. Así que decidme, os lo ruego, qué os animó, en nombre de *Sheitan*, a cometer tales actos, hombre de poca fe. ¿Acaso fue un amor mal entendido por vuestro profeta Isa? ¿Quisisteis vengar en el islam la muerte ignominiosa que los judíos le depararon? ¿Fue el incorregible afán de conquista o la voluntad de someter al mundo la que os hizo echaros a la mar?

—No lo sé —dijo Balián, luchando por contenerse. A continuación se puso en pie y respondió con contumacia—: *Deus lo vult!* Fue el ardiente deseo de servir a Dios, nuestro Señor...

—¡No! —lo interrumpió León Valesiano, que hasta ese momento se había mantenido al margen—. ¡Creo que la verdadera razón fue Canossa!

—¿Canossa? —se le escapó al señor de Ibelín. Le incomodaba aquella intromisión. También a Saladino le molestó el comentario.

—¿Y eso qué es? ¿¡Canossa!? —preguntó el sultán.

—Lo desconozco —admitió Balián, enojado.

Pero León no se dejó amilanar.

—Canossa es la herida nunca sanada del papa. El hecho se remonta más de un siglo atrás. —León Valesiano no se mostraba como un erudito que lo sabe todo, sino que rebuscaba en sus recuerdos—: Se dirimía, entonces, quién coronaba a quién: si el papa al emperador de los alemanes o... este último al *Pontifex maximus*.

Mientras el sabio León continuaba reflexionando, Balián también recordó.

—Había un antipapa, un papa imperial opuesto al de Roma...

—Tenéis que imaginároslo del siguiente modo —explicó León al ver la expresión de desconcierto en el rostro de Saladino—; por ejemplo, gran sultán, ¿dependéis vos del beneplácito del califa al-Mustansir de El Cairo o es éste quien depende de vuestro favor?

Saladino lo miró con asombro.

—¡En ese caso sólo se trata de una cuestión de respeto, supongo!

León asintió.

—Sin embargo, entre los cristianos de Occidente se trataba de una cuestión de poder. Y el asunto escaló hasta convertirse en una guerra declarada, acompañada de chantajes, calumnias y coacciones. El papa de entonces, cuyo nombre era Gregorio, anunció la proscripción del rey alemán, Enrique, y lo excomulgó. Fue una especie de *fatwa*. Y con ello amotinó a los príncipes contra su señor, razón por la cual este último se vio en grandes apuros. —León mostraba ahora el afán del historiador—. Enrique tenía que liberarse de esa excomunión, obligar al papa a retirarle el anatema. Pero el papa huyó de él y se atrincheró en una fortaleza...

—¿Y qué tiene que ver todo eso con Jerusalén? —lo interrumpió el sultán, enfadado—. ¿Qué tiene que ver con la rabiosa manera con la que esos cristianos, esos... —el sultán reprimió la palabra «perros», pues no quería ofender a Balián—, con la que los cristianos atacaron a los musulmanes?

León Valesiano no tenía ninguna intención de enojar a Saladino.

—Perdonad, noble sultán —acotó con tono suave—, pero permitidme que os cuente la historia hasta el final para que podáis comprenderla. Enrique consiguió el perdón casi a la fuerza, en un acto de autohumillación sin igual, un acto de brutalidad espiritual. Y Canossa, el lugar donde eso ocurrió, se convirtió para el papa en un sinónimo de humillación. ¡Él no quería pasar de nuevo por semejante ofensa!

Aquello fue demasiado para Saladino.

—¡¿Y por ello clavó su espada en nuestros cuerpos?! —clamó el sultán, indignado, y añadió con sorna—: ¿Acaso una de las enseñanzas de vuestro Cristo no es ofrecer la otra mejilla?

León había puesto tal empeño en sus palabras que interrumpió al sultán:

—¡Pero el papa no es Jesús! —exclamó, dándole en parte la razón a su interlocutor—. El obispo de Roma es de este mundo, a él lo que le importa es el poder, la supremacía sobre todos los reyes de Occidente...

Esta vez fue Saladino quien, atónito, le cortó la palabra.

—¿Y por el honor de ese...? —empezó diciendo el sultán con ira. Pero entonces su mirada se posó en las murallas de Jerusalén. Desde su campamento podía ver el punto crítico donde los suyos habían abierto una brecha y donde, de repente, ondeaba su bandera sobre la destruida cresta de la muralla. Apenas consiguió reprimir el tono triunfal en su voz cuando continuó—: Lo que me impide proceder con vosotros del mismo modo que... —Aún no había terminado de decir la frase, cuando el estandarte desapareció de nuevo. Balián y León, a quienes se les había cortado el aliento por el susto y el horror, respiraron aliviados. Sus pensamientos estaban con aquellos que seguían resistiendo tenazmente, llenos de temor, defendiendo aquellos muros.

—Y bien, ¿qué pasó en Canossa? —increpó Saladino a León Valesiano—. ¡Quiero oírlo!

El sabio Valesiano se pavoneó un poco:

—El padre de mi abuelo estuvo entonces en Canossa y lo escribió todo. Mi abuela me leyó la historia cuando yo era un niño. Todavía me acuerdo bien, porque aquello dejó una huella indeleble en mí, que se grabó en mi alma con fuego...

—En ese caso, tomaos el tiempo necesario y contadme la historia —le pidió Saladino, ahora con ánimo moderado.

—¡Sed breve! —le siseó Balián entre dientes. Para él estaba claro que el sultán buscaba ganar tiempo, un tiempo que se les escapaba entre los dedos a sus hombres mientras luchaban en las murallas y que a él, su líder, le quemaba los dedos.

León empezó su historia:

—El papa Gregorio se alarmó cuando, desde su fortaleza, vio acercarse al rey y a su séquito. Su amiga Matilde, la margravina, señora de los territorios donde estaba la fortaleza de Canossa, le había asegurado que en ese castillo su persona estaría segura ante cualquier intento de apresarlo, pero ella también se mostró sorprendida con la inesperada aparición de Enrique. Pero las intenciones del rey no parecían ser de naturaleza belicosa. Tan sólo plantó su campamento a la vista de la fortaleza, pero, al papa, la mera proximidad de su rival le resultaba desagradable, se sentía en una trampa.

Con ojos inquisitivos, León Valesiano miró hacia donde estaba el sultán, pero éste no mostraba ningún rasgo de impaciencia o de malestar, de modo que continuó:

—Al día siguiente unos enviados de Enrique llegaron al castillo para dar fe del respeto del rey y, al mismo tiempo, transmitirle al papa la intención de Enrique de solicitarle una audiencia. Gregorio se negó a tomar en cuenta al solicitante, pero la margravina, prima del rey, consideró la nueva situación con ojos más realistas y aceptó la invitación. Enrique se presentó ante su prima no como su rey y señor, sino como un pariente en busca de consejo. Compungido, le contó cuánto estaba sufriendo por aquella excomunión decretada contra él (si bien, dicho sea de paso, su aplicación había tenido lugar con todo derecho), y le rogó que lo ayudara para poder dar fe en persona, ante el Santo Padre, de su sincero arrepentimiento. Para ello, naturalmente, estaba dispuesto a hacer penitencia y a aceptar cualquier castigo. Matilde no se dejó impresionar por dicha actitud; probablemente lo primero que sopesó fue si le convenía apoyar a Enrique, o si tal vez fuera mejor aliarse con otro rey alemán. Pero de ese modo Enrique apelaba a su responsabilidad para con los intereses del imperio. Él, como hombre débil y lleno de defectos, había puesto en juego su alma por esos ideales, pero en ese momento estaba en las manos de su prima salvar aquellos valores divinos. Él mismo no era más que polvo...

»Matilde presentía que Enrique quería embaucarla, pero al mismo tiempo se sentía halagada, ya se veía a sí misma como princesa imperial. Y su vanidad venció a su sano juicio. Prometió colaborar para que tuviera lugar esa conversación con el papa Gregorio.

»Pero el pontífice se mantuvo en sus trece y no quiso ni oír hablar del asunto. Dicha actitud no consiguió cambiarla ni siquiera el recién llegado abad Hugo de Cluny, quien, además, estaba ligado al rey en su condición de padrino. Para Hugo, aquella pugna era una obra del diablo, que se les había metido en el cuerpo a ambos, tanto al rey como al papa. Gregorio aludió al tribunal de príncipes convocado en Augsburgo, el cual investigaría en detalle todas las faltas de Enrique. Era allí, y no en Canossa, donde él tomaría su decisión. Él, el papa, no se dejaría forzar a nada, y mucho menos permitiría que le hicieran esas visitas tan sorpresivas.

—Apenas puedo creer —dijo Balián, entrometiéndose en el relato de León Valesiano con evidente malestar— que al sultán le interesen esos detalles. ¡A mí, por lo menos, no me interesan ni pizca!

Pero Saladino, tras echar una ojeada a las murallas, se puso de parte de Valesiano.

—El señor León está haciendo una descripción bastante ilustrativa de vuestro mundo. ¡De modo que no le impidáis continuar narrando con su estilo! —Aquello era una clara reprimenda y una exigencia al mismo tiempo.

—Todo lo que sé, lo sé por mi antepasado, el escudero Rinat de Sitten —explicó León—. Él fue testigo de todo con sus propios ojos, ya que el poderoso abad de Canossa había confiado a Matilde la educación del sobrino del obispo de Sitten. Y aunque ella tuviera la sospecha de que intentaban espiarla, la margravina colocó al joven Rinat como mensajero en la antesala del Santo Padre. Y él relató con exactitud lo que ocurrió entonces.

Por enésima vez Enrique había enviado a su capellán y padre confesor a la fortaleza para que expusiera al papa cuánto se arrepentía de sus faltas. Pero, a pesar de los esfuerzos de Matilde, el capellán no consiguió llegar al pontífice.

Entonces apareció en el campamento del rey, con gran pompa, Adelaida, la duquesa de Saboya y suegra de Enrique. Puesto que ella era una rival de Matilde en la lucha por el poder en la Liguria, Enrique le pidió que se alejara. Pero Adelaida permaneció impasible. Se alojó en las inmediaciones de la fortaleza y estableció contacto con Hugo de Cluny, no sin enviar a Matilde valiosos regalos y solicitarle que consintiera su estancia.

El abad, a su vez padrino de Enrique, le hizo una visita secreta a la duquesa, y a ese encuentro fue convocado el rey. La enérgica dama los dejó a ambos solos. El rey, con el rostro bañado en lágrimas, se arrojó a los brazos de su padrino y se quejó de su desesperada situación. Allí confesó su desamparo y su agobio por el daño que había causado a la Iglesia.

Esa noche nevó.

A la mañana siguiente, los moradores del castillo de Canossa vieron aparecer ante sus puertas a una figura inmóvil que vestía hábito de penitente y se mantenía en pie y descalza sobre la nieve. Enrique se había anticipado al papa. Gregorio no podía concebir una penitencia más dura que aquélla, aun cuando él mismo pudiera decretar la absolución. El Santo Padre, al principio, se negó a echar siquiera un vistazo por la ventana; pero cuando lo hizo, se sintió profundamente conmovido con la imagen que se ofreció a sus ojos. Era como si él mismo estuviese allí abajo, rígido y en silencio.

Enrique mantenía la cabeza baja. Sólo cuando los pies amenazaban con congelársele se arrodillaba, los metía bajo el hábito y los calentaba con su propio cuerpo hasta que sentía que la sangre empezaba a circular otra vez. Oraba pidiendo a Dios que le diera fuerzas para soportar aquel tormento. Y luego volvía a levantarse, se obligaba a no hacer recaer su peso ahora en una pierna, ahora en la otra; y así fueron pasando las horas, infinitas, hasta el toque del ángelus, con la puesta de sol. Casi sin conocimiento se derrumbó en los brazos de sus acompañantes, que también llevaban pobres hábitos, si bien iban vestidos con telas más gruesas y calzaban altas botas de piel. Desde una respetuosa distancia habían seguido la lucha de su rey, prestos todo el tiempo a poner fin al martirio interviniendo resueltamente en caso de que su señor perdiera la conciencia.

Agarraron a Enrique por las axilas y lo llevaron lejos de la fortaleza. Luego lo colocaron en el suelo, frotaron sus pies con nieve, con aguardiente, alcanfor y árnica, hasta que el rey soltó un grito. Luego lo envolvieron con mantas y lo llevaron a su tienda.

Con gesto enérgico, Balián ordenó a León que se callase, ya que durante las últimas frases, la atención de Saladino se había visto distraída por nuevos tumultos junto a la brecha. Una vez más, la bandera del sultán había sido izada en la almena más próxima, pero el estandarte se tambaleó, ondeó en medio del tumulto de la lucha y... cayó de nuevo. Como hechizados, los tres miraban hacia la muralla, pero la bandera no volvió a aparecer. La confianza recién ganada del sultán se transformó en preocupación; mientras tanto, el señor de Ibelín hizo acopio de valor para decir:

—¿No deberíamos llegar a un acuerdo que evite que la vida de los civiles... y la de vuestros soldados...?

Con brusquedad, Saladino le cortó la palabra:

—La victoria sólo puede llevársela el ejército del Profeta. Cuanto más abuséis de mi paciencia, más devastadoras serán las consecuencias para vuestra gente.

Balián lo miró desafiante.

—¡La libertad y la fe son para nosotros un bien tan preciado que haríais bien, noble Saladino, en no subestimar la inquebrantable voluntad de los cristianos y su disposición al martirio!

Saladino sonrió con malicia.

—¿El comercio de esclavos como paraíso soñado? —dijo burlonamente el sultán y, como queriendo prolongar el tormento de Balián de Ibelín, le hizo una señal a Valesiano para que continuara su relato.

Con voz entrecortada, el señor León retomó el hilo de su narración.

Las luces no se apagaban en la fortaleza de Canossa. Matilde ordenó a los guardias que redoblaran la vigilancia, porque creía al rey capaz de estar fingiendo su espectacular penitencia y que ésta sólo fuera una maniobra de distracción que le permitiera echar mano de otros medios. Al fin y al cabo, entre los mercenarios de su suegra Adelaida había numerosos *montagnards*, entrenados trepadores que se mostraban muy silenciosos durante un asalto, como peligrosos gatos monteses. La duquesa le había hecho llegar varios regalos, pero eso era precisamente lo que a la margravina le parecía más sospechoso. Hizo que encendieran fogatas alrededor de la fortaleza, cuyas inquietas llamas iluminaban con tonos fantasmales la superficie nevada situada delante de ella. Las miradas cansadas de los guardias escudriñaron el campamento de Enrique durante toda la noche, pero allí no se movió nada.

Al llegar la mañana con sus tonos grises, Gregorio se levantó tras una noche plagada de pesadillas. El titilar de las llamas, las oscuras sombras reflejadas en el techo de alto puntal de sus aposentos, le recordaron las llamaradas del infierno, agujeros negros y profundos abismos que amenazaban con tragárselo. El papa se deslizó hasta la ventana a fin de echar un vistazo hacia fuera en secreto y ver si... ¡Ahí estaba de nuevo aquella sombría figura! Gregorio retrocedió bruscamente, pues se creyó descubierto; ¡unos ojos como carbones encendidos lo habían mirado fijamente! Se tumbó sobre su cama, se cubrió la cabeza con la manta e intentó conciliar, por fin, el sueño.

Fuera se levantó el viento. La tormenta comenzó a aullar tenebrosamente alrededor de los muros de Canossa. Unas nubes bajas se aproximaron, lanzando proyectiles de granizo que pronto se convirtieron en una lluvia helada. Enrique ya no estaba descalzo, el hábito del penitente, que le llegaba hasta los tobillos, cubría las botas de piel que sus hombres le habían obligado a ponerse. Pero estaba calado hasta los huesos. ¡Dios no se dejaba engañar!

Hacia mediodía, Adelaida envió un carro con ropas secas. Bajo la protección de las tiendas, los *montagnards* le hicieron cambiarse y lo envolvieron con un nuevo atuendo, una capa como la que usaban los pastores de montaña. Enrique les dejó hacer. Le temblaba todo el cuerpo.

El sabio cronista León Valesiano mostraba los primeros síntomas de agotamiento. La callada y enconada lucha entre aquellos dos hombres tan distintos que estaban junto a él —el sultán, que trataba de ganar tiempo, y el señor de Ibelín, que no tenía nada salvo la confianza en Dios— le destrozaba los nervios. Pero León supo contenerse, y alzó su voz como si no hubiera nada más importante que contar en la tienda del sultán aquella casi legendaria confrontación que había tenido lugar en el lejano Occidente.

La duquesa le hizo a Matilde una visita de cortesía. Se presentó bajo una lluvia torrencial, una circunstancia que llevó a las dos mujeres a mostrar gestos de simpatía mutua. Matilde mandó calentar vino, y de inmediato ambas se pusieron de acuerdo en que más que la duquesa era el rey, ahí fuera, quien necesitaba de tales refuerzos, de modo que enviaron hasta donde estaba una jarra llena de vino humeante. Se había roto el hielo. Aquel buen tinto del país, aderezado con clavo, canela y otras especias, hizo que ambas mujeres se achisparan un poco, y las dos decidieron acudir a donde el papa Gregorio para interceder por Enrique. El pontífice, que estaba soñoliento y enfurruñado, se negó en un principio a escucharlas. Pero cuando Adelaida, una irreprochable hija de la Iglesia y conocida benefactora del convento de Cluny, intercedió enérgicamente en favor del empapado y tiritante penitente, Gregorio, en tono furibundo, le preguntó a la duquesa si acaso había olvidado las terribles ofensas que Enrique había causado a su hija Berta cuando intentó repudiarla. Ello dio ocasión a Matilde para lanzarse a la brecha en lugar de Adelaida y hablar con entusiasmo del caritativo perdón y de la bondad, pero el papa, que estaba bastante acalorado, tampoco quiso escucharla.

—¡Mucho más pesan los horrendos crímenes que el rey ha cometido contra la Santa Iglesia! —exclamó el pontífice—. ¡No habéis venido a preguntarle al sacerdote piadoso y capaz de perdonar, sino al servidor de la gloria de Cristo, representado en la Tierra por la Santa Iglesia! ¡Ese servidor puede ser, como hombre, un ser piadoso y humilde, pero como portador de la tiara se eleva por encima de todas las cosas para castigar de manera implacable a quien haya atentado contra ese carácter sagrado!

La duquesa estaba acostumbrada a hablar con franqueza, y antes de que Matilde pudiera soltar otro lamento, dijo con brusquedad:

—¿Sabéis quién es el que está ahí abajo? —Gregorio se estremeció por aquel tono tan desacostumbrado. Pero Adelaida no le dejó tiempo para refugiarse en su dignidad—. ¡No lo sabéis! —continuó—. Puede que quien se retuerce ahora ahí abajo sea aquel criminal de la Biblia, el ladrón, ¿no es así? ¡Pero tal vez el que está ahí fuera, en medio del frío, sea el propio Jesucristo, y vos no lo reconocéis!

Gregorio se resistió.

—¡Mirad hacia fuera! —le gritó la duquesa.

El papa se cubrió el rostro con las manos.

Matilde, por el contrario, respondió a aquella exhortación. La lluvia había cesado, las nubes se retiraban y el cielo se estaba despejando. Lo mismo que un dedo, un rayo de sol atravesaba el gris del cielo.

—¡Es una señal del cielo! —balbuceó Matilde, pero Gregorio había vuelto la cara.

Con la cabeza erguida, la duquesa abandonó la habitación. Perturbada y llena de una secreta admiración por Adelaida, Matilde la siguió.

Enrique estaba en pie. Ya no sentía frío, ni humedad... También había desaparecido la sensación de humillación, todo le parecía insignificante. Si él, el rey ungido, era capaz de resistir los elementos con tal obstinación, la tozudez de Gregorio se desvanecería, se rompería su resistencia y sería arrastrada por el aliento de Dios. El rey estaba de pie con el barro hasta los tobillos, su cuerpo temblaba a causa de los escalofríos, tenía fiebre. Desde las nubes vio descender a unos ángeles. ¡Habían venido para llevárselo! El rey se tambaleó, temblaba como una hoja. El abrazo del ángel de la muerte le parecía en todo caso más honorable que lanzar la corona al monstruo en sus fauces, a esa asquerosa serpiente con las cabezas de los príncipes de su reino. Era preciso vencerla, Gregorio sólo era el pobre bufón que la alimentaba. ¡Le mordería la mano a ese porfiado! ¡Él, Enrique, rey por la gracia de Dios, lo ve claramente bajo la luz resplandeciente del Señor, que ahora lo ciega!

Enrique se desplomó, quiso quedarse tumbado, pero sus servidores acudieron de inmediato. Le dieron a elegir entre levantarse o llevárselo a la tienda. ¿Enrique el perdedor? ¡Un rey permanece en pie! Entonces los del séquito permanecieron a su lado hasta que cayó la noche.

Enrique fue llevado hasta su tienda en una camilla, y allí lo tendieron, desnudo. Le pusieron por encima una sábana empapada en agua, como si se tratara de un mártir de la Iglesia. Matilde había enviado mantas y a su médico judío. La pócima caliente que le hizo beber aquel hombre con barba de chivo lo hubiera matado si no hubiera estado ya casi muerto. Las pieles y las alfombras se acumulan sobre su cuerpo.

El rey no puede moverse, no puede gritar. Cuando abre la boca, le acercan de inmediato un recipiente a los labios, y el plomo hirviente se vierte en su garganta —tiene el esófago quemado, los intestinos a punto de reventar—, el sudor brota, formando perlas sobre su frente, un mano de mujer se lo enjuga... Ésa tiene que ser su madre. Enrique se queda dormido profundamente.

León Valesiano pidió un vaso de agua. Tanto el sultán como Balián vieron que su mano temblaba cuando se lo llevó a la boca. Un breve intercambio de miradas entre ambos contrincantes, un inconfesado escrutinio del enemigo para ver si éste ya mostraba signos de debilidad.

Esa misma noche llegó a Canossa Inés de Poitiers, la anciana madre del rey. Había abandonado su convento en Roma y, acompañada de unos monjes de Cluny, había acudido a toda prisa para apoyar al pontífice frente a su indócil hijo. El papa no quiso ver a la devota mujer, se había encerrado, pero aun así no encontraba sosiego. Los hermanos de su convento habían emprendido aquel largo viaje para brindarle su apoyo, a él, al hermano Hildebrando, pues debía saber que no estaba solo en su lucha contra Enrique. Oraban en voz alta, su monótono canto de agudos y graves penetraba a través de las rendijas de la puerta, el olor del incienso y de la mirra se colaba por debajo, dejándolo aturdido. Gregorio quería dormir, pero las voces de los monjes inundaban su refugio. ¿Es que no podían dejarle en paz? En ese momento, con el canto, se mezclaron también los sollozos de las mujeres, que lloraban desconsoladas. El papa deseó que a aquellas plañideras se las llevara el diablo.

Cayó una tormenta toda la noche. ¡El deshielo! Gregorio no había podido pegar ojo. Cuando la oscuridad de su habitación dio paso a la luz mortecina de aquella mañana de invierno, llegó también el silencio a la fortaleza. Por fin tenía esperanzas de conciliar el sueño.

«¡Tan, tan!» Unos fuertes golpes sacaron de su modorra a los habitantes de Canossa. «¡Tan, tan, tan!» Alguien estaba golpeando el portón del castillo, y ningún puño humano era capaz de producir tales golpes. «¡Tan, tan!» Se trataba, por lo menos, del Ángel del Señor, el de la espada de fuego, que estampaba como un trueno su empuñadura contra la pesada puerta de maderos. El papa se levantó de un salto y se acercó dando traspiés a la ventana. ¡Estaba preparado para que Enrique hubiera ocupado de nuevo su sitio al amanecer, pero no para esos golpes de regularidad inhumana! No era un tamborileo furioso, no era un golpeteo desesperado sobre los maderos de roble, no; aquellos golpes producían un eco implacable, golpe tras golpe. Y lo más cruel eran las pausas, impredecibles y exasperantes. Simulaban que estaban a punto de acabar, hacían creer erróneamente en la esperanza del silencio; pero luego, el silencio se quebraba nuevamente. ¡Si aquello no era obra del rey (porque, ¿quién más estaba ante el portón?), entonces el Maligno tenía sus patas de macho cabrío metidas en ese juego! Gregorio se persignó tres veces e hizo la señal de la cruz también en dirección a la ventana cubierta con una alfombra... Ni siquiera levantó un poco la pesada tela para cerciorarse. En lugar de ello, retrocedió y se metió en la cama. «¡Tan, tan!» Ya no podía pensar en dormir, de modo que intentó rezar. «¡Tan!»

—¡Quieres ir al grano de una vez! —increpó Balián, acalorado, a su jadeante compañero—. Supongo que esos dos tienen que haber llegado a... —Balián se interrumpió en medio de la frase, pues recordó que aquel exabrupto podría constituir una señal de su propio desgaste, la señal esperada por el sultán para obligarle a ceder.

Pero Saladino no aprovechó la ocasión. Lo atormentaba cada vez más y más aquella historia que escuchaba. Para su ciega ira, se veía una y otra vez reflejado en la persona del papa, quien, a pesar de todo el poder que lo rodeaba, le parecía un hombre cada vez más desesperado. Pero no, él no era el asediado. ¡Él era quien asaltaba aquellas murallas! ¡Y acabaría con una victoria! Pero el papel del pobre rey no era ciertamente el suyo. Él, Saladino, jamás hubiera hecho cosa igual... ¡Qué hombres tan horrendos eran aquellos que el tal León iba moldeando ante sus ojos, como si fuesen hechos con arcilla húmeda, figuras fláccidas, sin espina dorsal, sin redaños! Pero si ordenaba parar aquel flujo de imágenes que se vertían sobre él e intentaban obnubilarlo y asfixiarlo, Balián vería en ello una forma de debilidad. Por eso dijo con cierta aspereza en la voz:

—¡Al sultán le interesa mucho oír cómo acaba esta historia!

León Valeriano tomó aquellas palabras como una orden. Balián se resignó con un suspiro.

Hacia el mediodía, empezó una ventisca que poco a poco se fue transformando en un torbellino de copos cada vez más densos, pero aquellos toques en el portón no cesaron. Gregorio, con los nervios destrozados, no pudo resistir la tentación de echar un vistazo fuera. Ante sus ojos enrojecidos bailoteaba una pared de color blanco, pero cuanto más aguzaba la mirada, más sentía que no estaba viendo aquella figura solitaria, sino muchas sombras negras que avanzaban hacia él. «¡Tan!», resonó sordamente, pero tal vez aquellos golpes se debieran al efecto de la nieve. Gregorio retrocedió, pues creyó estar viendo ahí fuera a las tres mujeres, a Matilde, a Adelaida y a Inés, la anciana madre del monarca. Sus sentidos tenían que estar engañándolo, pues oyó sus voces delante de la puerta de su habitación. Pero entonces vio a los monjes con sus sotanas, con las capuchas cubriéndoles el rostro. Estaban arrodillados en torno a Enrique, que a su vez estaba flanqueado por otros dos o tres encapuchados.

No fue capaz de distinguir nada más, la tormenta de nieve seguía arremolinándose cada vez con más fuerza, y los toques empezaron de nuevo: «¡Tan, tan!» Si quien estaba ahí abajo era el rey en persona, no podía estar golpeando la puerta al mismo tiempo, ¿o sí? «¡Tan, tan, tan!» El papa, furioso, se dio la vuelta. ¡No podía ceder a la presión! De lo contrario todos aquellos años de lucha, de humillaciones y derrotas hubieran sido en vano. ¿Acaso había conseguido algo por lo que valiera la pena continuar avanzando por esa senda de espinas y sufrimientos? Gregorio exigió que acudiera a verle el abad. Pero antes de que Hugo de Cluny entrara en la habitación, el hombre que preguntaba oyó la respuesta de su antiguo mentor, una respuesta clara e inequívoca, implacable:

—El camino es la meta.

Esa terrible exigencia se correspondía con el concepto de Cluny, que no admitía las debilidades humanas. Sólo los seres superiores podían recorrer un camino en cuyo final la esperanza no fuese recompensada con ningún éxito, un camino que ni siquiera previera un final, un camino sin luz al final del túnel. El encanecido superior de su orden estaba de pie y en silencio en medio de la habitación. Gregorio no esperaba ninguna palabra redentora, sólo deseaba tener un gesto consolador. Pero el abad no se movía.

Gregorio respiraba con dificultad.

—Una absolución precipitada podría despojar a Roma de esa victoria que casi hemos conseguido...

El papa, tiritando, pensó en la meta. Estaba dispuesto a olvidar el terrible camino recorrido, pero no se dejó conmover de ningún modo.

—Cualquier acto de perdón se anticiparía a la decisión de Augsburgo y dejaría en una situación poco firme a los príncipes que nos apoyan.

El abad lo escuchó en silencio, lo acorralaba contra esa otra opción que Gregorio, el papa, no deseaba admitir. Pero esa alternativa se erguía ante él, oscura y amenazante como la figura que estaba allí de pie, en medio de la ventisca.

—Como sacerdote, no debo ni puedo...

Entonces el abad se dio la vuelta, abandonó al papa sin decir palabra y salió de la habitación.

«¡Tan!»

Esta vez no fue Balián quien apremió para que la narración llegara al comienzo de las negociaciones; tampoco fue el sultán, quien, contra toda expectativa, se puso en pie bruscamente y miró hacia las murallas, para luego sentarse de nuevo sin pronunciar palabra. León Valesiano, de pronto, comprendió cuán poderosa era el arma que tenía en su boca. Podía palpar el poder de las palabras, la fuerza de aquella historia de la que en ese momento, por azar, era portavoz. Y antes de que uno de los dos señores pudiera expresar su opinión, León hizo acopio de todas las energías que le quedaban, de toda su imaginación y sus capacidades para la expresión verbal: y de ese modo condujo a sus absortos oyentes hacia aquel final amenazante y extraño. ¿Añoraban ambos la salvación? Él, León Valesiano, se la garantizaría... ¡Pero al precio que él dispusiera!

Todo estaba envuelto en un velo blanco, pero la luz del sol, que las nubes tapaban, bastaba para que los ojos ardieran. A Gregorio le molestaba aquella luminosidad cegadora... Alguien había apartado la alfombra y el frío se coló en la habitación. Si aquellos golpes no se hubieran iniciado de nuevo, el papa hubiera sentido aquel aire invernal como algo benévolo. «¡Tan, tan!»

Matilde entró con paso tímido, pero detrás de ella se apresuró también la duquesa Adelaida, en actitud menos cohibida. El papa ya iba a dar rienda suelta a su enojo por aquella intromisión, pero las mujeres dejaron pasar delante a la anciana Inés, la madre del rey Enrique. Las tres mujeres se arrodillaron ante el pontífice y lo miraron expectantes. Ninguna de ellas alzó su voz, no hubo lágrimas, aunque el papa se dio cuenta, por sus ojos enrojecidos, de que debían de haber estado llorando toda la noche. ¿Por qué se lamentaban tanto con sus miradas llenas de reproche? ¿Por qué no oraban en lugar de quedarse allí mirándolo con ojos implorantes, en actitud exigente, entregadas a su desdicha? Mientras tanto, se deslizaron a través de la puerta abierta, también, las damas de la corte, las criadas y las doncellas, que formaban algo parecido a un ejército de ratones, y se alinearon detrás de las tres mujeres prosternadas. También en el pasillo, hasta donde su ojo alcanzaba a ver, había más miembros de la servidumbre arrodillados. ¿Cómo él, Gregorio, podía aclararles a esas mujeres que no era el capellán del rey, mucho menos su padre confesor, la persona ante la que Enrique debía admitir sus faltas a fin de poder luego continuar su camino, tras dar muestras de arrepentimiento y una vez cumplida la penitencia? ¡Él, el «siervo entre los siervos de Dios», jamás había tenido que cumplir una misión más dolorosa que negarle su clemencia a un pecador confeso! Él, ese ser humano pequeño y humilde llamado Hildebrando, podía perdonar al rey, ¡pero Gregorio, el papa, no podía! Alcanzar el Reino de Dios en la Tierra le exigía el mayor de los sacrificios, y no se lo exigía a Enrique ni a aquellas mujeres, pese a todas sus muestras de compasión. ¿Cómo podía explicarles a ellas su crisis de conciencia, cómo podía esperar comprensión por su parte? ¡No podía dejarse acusar de esa manera pérfida por aquellas mujeres!

«¡Tan, tan, tan!»

Gregorio se puso en pie de un salto, pasó por encima de las mujeres prosternadas, se abrió paso entre las torcidas espaldas y corrió a ciegas hacia los pasillos de la fortaleza. Se tropezó con puertas cerradas, se extravió entre aquellos muros sombríos y escaleras oscuras. «¡Tan, tan!» El papa vagaba perdido por la fortaleza, aquel sitio que se suponía que le brindaba protección y que se había convertido en un laberinto para él. Él era el acusado, el condenado, ¡había dejado de ser el acusador y el juez al mismo tiempo! El «¡Tan, tan, tan!» lo perseguía como una sombra, resonaba de un modo aterrador entre aquellas bóvedas, le martilleaba la médula y los huesos. Gregorio irrumpió en la capilla, quiso doblar la rodilla, temblando, bajo el centelleo opaco de la luz eterna... Y se vino abajo.

Enrique estaba solo frente al portón al que llamaba. Ya no poseía ningún control sobre su brazo, que dejaba caer el puño contra los maderos de roble. Si bien al principio todavía sentía las agudas punzadas que le recorrían el cuerpo a cada golpe, como cuchillos de fuego que cortaban su carne, hacía tiempo que no sentía su cuerpo. El que golpeaba la puerta ya no tenía nada en común con el debilitado hombre llamado Enrique. Sólo el ungido rey poseía la fuerza divina para alzar su cetro y dejarlo caer de nuevo como un martillo. ¡Una y otra vez! En un amplio círculo lo rodeaba su séquito, los soldados ya no aguantaban permanecer en sus tiendas, y de los pueblos vecinos habían acudido en tropel los campesinos y pastores, quienes, hechizados, presenciaban la lucha de su rey. «¡Tan, tan, tan!»

Enrique estaba al final de sus fuerzas, todos se daban cuenta, muchos lloraban. Los golpes todavía caían como propinados por un badajo contra una campana oscilante, pero su fuerza disminuía.

Gregorio sale dando tumbos de la capilla, demacrado, con la mirada extraviada, abre la boca para gritar y se sostiene en la viga de la puerta. Matilde y sus mujeres se abalanzan sobre él. La demacrada figura se endereza.

—¡Abrid ese portón! —sale del pecho del papa. Ya no hay jadeos ni estertores, las palabras salvadoras resuenan de forma clara y firme. A toda prisa acercan una silla. Gregorio se deja caer en ella y cierra los ojos. Silencio, silencio. El papa no siente nada cuando alguien le echa a toda prisa el palio sobre los hombros. Tampoco oye el tintineo de las llaves.

Son muchos los brazos que sostienen a Enrique. El puño alzado cae de nuevo. La piedra que sostiene cae cuando le separan los dedos. Hugo de Cluny lo acompaña a la capilla. Y cuando el papa levanta la vista, Enrique yace ante él en el suelo.

—*Ego te absolvo* —oye decir Gregorio a su propia voz, y entonces ve cómo el *Pontifex maximus* se inclina hacia el hombre que yace ante él, lo bendice conmovido y ve cómo el rey se pone en pie. Las lágrimas acuden a sus ojos. Llorando, Gregorio y Enrique se abrazan.

Cuando León Valesiano puso fin a su historia, reinó el mutismo en la tienda del sultán. Ninguno de los dos enconados rivales se atrevió a mirar al otro a los ojos. Balián estaba abatido, llevaba encima, como plomo, la carga de su imposible misión. Saladino estaba lleno de un rencor impotente, o por lo menos eso parecía. El señor de Ibelín, que ya no tenía nada que perder, fue el primero en reponerse.

—¡Si el noble sultán Saladino —dijo, como si su rival no

estuviera en la habitación— no desea garantizar unas condiciones honorables a los defensores cristianos de la ciudad de Jerusalén, entonces ha de tener en cuenta que los cristianos, antes de entregar su vida, destruirán y aplastarán todo lo que es sagrado en la ciudad para los musulmanes! ¡También la Mezquita Dorada y la huella de las pezuñas del caballo con que el Profeta partió hacia su viaje nocturno! —Y luego añadió con tono amenazante—: ¡Todos los prisioneros musulmanes serán masacrados, podéis estar seguro!

Saladino lo miró con una profunda tristeza.

—Ya sé de lo que son capaces unos perros rabiosos —dijo el sultán con una expresión de intensa repulsa, y agregó—: No quiero ver cómo los cerdos... —Saladino no concluyó la frase—. Pero ahora ya tengo una idea —dijo, señalando al callado Valeriano— de cuán alejados de Dios están los cristianos, sin el menor aliento del espíritu divino, sin piedad los unos para con los otros. —Impresionado, el sultán luchaba por encontrar las palabras—. ¡Su inhumanidad es una vergüenza para el reino de Alá en la Tierra!

Balián había hecho un esfuerzo por no estremecerse bajo los latigazos de aquellas acusaciones, pero mientras buscaba la respuesta apropiada, Saladino se dirigió en tono más amable a Valesiano:

—Jamás había escuchado un ejemplo de terquedad mayor que el que acabo de oír. Y eso, sin duda, es mérito vuestro, digno de un sabio que debería estar enseñando a devotos estudiosos de la ley en la gran Universidad de El Cairo, Al-Azhar, qué máscaras suele usar el Maligno para presentarse.

El sultán hizo señas a dos esclavos enormes para que se acercaran. Los hombres estaban armados con imponentes cimitarras que llevaban en las fajas. León se alarmó. Pero el sultán ordenó que le entregaran una bolsa llena de oro y se la pasó, sonriente, al atónito cronista.

Entonces dirigió la palabra a Balián:

—Decidme cuánto dinero podéis sacar de la ciudad, de las ricas órdenes y de la Iglesia, que se asfixia en lujo y suntuosidad, a fin de comprar la libertad de cada habitante, incluidos los más pobres, para librarlos del destino de la esclavitud.

Balián se quedó demasiado sorprendido con ese giro de la situación para dar una respuesta.

—¡Decid vuestras exigencias! —respondió con presencia de ánimo—. Me gustaría transmitirlas a los ciudadanos.

Saladino reaccionó con euforia.

—Con ello me habéis dado una buena idea: el peso de sus gordos traseros servirá como unidad de medida. Los de los ricos pesan más, sobre todo porque tendrán que traer a sus mujeres y a sus hijos y ponerlos en la báscula. ¡Para los pobres, la Iglesia tendrá que aportar sus tesoros! ¡A fin de cuentas ella les promete el Reino de los Cielos! —dijo Saladino riendo—. ¡Por lo tanto deberá comprarles ese lugar que promete!

Balián pensó en el codicioso y tacaño patriarca.

—¡Tendréis que obligarles! —objetó Balián.

—Yo no —contestó Saladino—, sino vos, Balián de Ibelín. El patriarca, el clero y todos los miembros de las órdenes y los conventos serán los garantes del cumplimiento de mis condiciones. Permanecerán bajo custodia hasta que se reúna todo el dinero del rescate para los olvidados y los más pobres entre los pobres. Ancianos, mujeres, niños y enfermos quedarán libres.

—A mí, que soy un hombre indigno, la decisión me parece noble —exclamó León Valesiano—. ¡Ello otorgará mayor gloria a vuestra proverbial sabiduría, y los mayores honores a vuestra moderación! ¡Que Alá haga brillar aún más la estrella de vuestra victoria!

A ello no tuvieron nada que añadir ni Saladino ni Balián.

El señor de Ibelín emprendió el camino de regreso a la ciudad, a fin de cumplir con las exigencias del sultán. León Valesiano aceptó agradecido la oferta de Saladino de servir en su corte.

El 2 de octubre de 1187 Saladino entró en Jerusalén. No se derramó ni una gota de sangre, no hubo saqueos ni vejaciones. No se destruyó ni se asaltó ninguna iglesia o convento cristiano. Era el vigésimo séptimo día del Rayab, el aniversario del día en que el Profeta visitó en sueños Jerusalén y de ahí cabalgó al cielo.

Liber I

A. D. MLXXXIV

EL COMPROMISO DE GISORS

Expectantes, los niños contemplaban a los huéspedes que iban llegando. Elgaine de Gisors, la rubia y esbelta hijita de la señora del castillo, descollaba orgullosa entre los tres jovenzuelos que se hallaban sobre el adarve de la fortaleza, tras el parapeto protegido por las almenas. Se la veía muy consciente de su importancia. ¡Era su día!

Su prima Cantar, sólo unos pocos años mayor, quedaba relegada a un segundo plano frente a la energía de Elgaine. Cantar de Sión poseía los finos rasgos de las muchachas de los valles alpinos, donde, en el transcurso de los siglos, se había mezclado la sangre de los pueblos más dispares: la población celta nativa, los legionarios romanos, los ejércitos de godos que pasaron por la región y hasta algunos sarracenos que se habían infiltrado a través de las costas de Italia. Con sus delicados rasgos, la hija de las montañas —a pesar de su nariz aguileña— tenía un aspecto más femenino que aquella traviesa niña normanda llamada Elgaine, que también hubiera podido pasar por un apuesto e impetuoso mozalbete.

Conon, el más joven de aquella pandilla, quien se veía obligado a imponerse ante tantas mujeres, también lo veía de ese modo. A Conon de la Montana lo habían traído desde Sión como invitado de Cantar, si bien no se comportaba en absoluto como si lo fuese. Su rostro franco, sus brillantes ojos de pícaro bajo la melena de rizos indómitos, que le caían sobre la frente, no se avenían con su enigmática introversión en lo que se refería a su origen. Pero el hombre que los había acompañado a ambos desde Sión, el capellán Remy d'Aretin, le había advertido a Conon que no dijera ni una sola palabra acerca de sus padres. Sobre todo debía callarse ante cualquier conjetura acerca de su progenitor. Y eso, por supuesto, había incitado a la imperiosa Elgaine. Cantar había acudido en auxilio del joven.

—Conon es un amigo —le explicó a su insistente prima—. Es un amigo de la infancia, desde los días de las montañas del Valais, «de la Montana», ¡como se dice entre nosotros!

Eso significaba todo un reto para Elgaine, pero el «pequeño» Conon se sentía morir.

—Entonces, ¿quién es tu padre? —preguntó la joven.

—¡No lo conozco! —gruñó él, enfadado, y se dio la vuelta.

Elgaine comprendió que había ido demasiado lejos.

—Yo tampoco conozco al mío —dijo—. Nos abandonó cuando yo nací, ¡pero llevo su nombre! —añadió.

Pero en eso Conon exclamó:

—¡Por ahí viene alguien!

Las dos muchachas miraron hacia abajo, al paisaje de verdes praderas en el que sólo se alzaban, aislados, algunos grupos de árboles, con olmos o robles de anchas copas. A través de ellos se acercaba una figura que cabalgaba sobre un asno.

—Me parece que es un juglar —dijo la juiciosa Cantar—. ¡Un forastero!

—¿Sólo porque no se dirige hacia el portón principal? —se mofó Elgaine.

—Sí, parece que avanza hacia la portezuela situada a nuestros pies —corroboró Conon.

El forastero, un hombre alto envuelto en una amplia túnica negra, llevaba un turbante rojo que le cubría el rostro y portaba al hombro, colgando, un barrigudo laúd. Al acercarse no miró hacia arriba, sino que se bajó del asno con actitud ensimismada.

—Ese extraño *trovère* podría venir de Hispania —dijo Cantar con una curiosidad apenas disimulada.

—¡Oh, cuántas cosas sabes! —exclamó Elgaine, irritada con aquella sabionda.

—¡Baja y ábrele la puerta al trovador! —le indicó a Conon.

—¡De todos modos, ya tenía pensado hacerlo! —respondió éste, casi con un ladrido, y desapareció en el hueco de la escalera.

Por eso no pudo oír cómo la hija de los anfitriones dio rienda suelta a su disgusto:

—¡Tu pequeño amigo de las montañas se comporta como si el castillo de Gisors fuera suyo!

Cuando Conon dobló la esquina en el patio, vio a contraluz, a través de la puerta abierta, la silueta del forastero.

—¿Es que no estaba atrancada? —preguntó Conon en un murmullo, algo confundido, cuando tuvo al hombre delante de él.

—De eso nada —respondió el recién llegado, con un graznido—. De lo contrario no estaría aquí. —Por su tono, no parecía que tuviera intenciones de disculparse. Es más, parecía muy seguro de sí.

—¡Vaya irresponsabilidad! Si el enemigo consigue entrar así aquí... —Conon se calló, pasó junto al forastero y cerró la puerta con un tirón, a modo de reproche. Luego la atrancó. El hombre del turbante rojo lo observó divertido mientras el joven trajinaba en la puerta; luego continuó su camino a través del pasillo.

—¡Es por aquí! —le ordenó Conon casi con rudeza, a fin de ocultar su inseguridad, y le señaló la escalera de caracol. El forastero subió primero.

Arriba, las dos chicas flanqueaban la entrada al adarve y rompieron en risitas en cuanto vieron aparecer a sus pies aquel rojo turbante. Pero las risitas se disiparon cuando la voz del hombre graznó en tono amenazante:

—¡Si no soy bienvenido para las damas, me retiro ahora mismo!

—¡Pareja de tontas! —resonó en la estrecha escalerilla la voz enfadada del todavía invisible Conon—. ¡Un poco de respeto para nuestro huésped!

Entonces Elgaine y Cantar salieron huyendo hacia una de las almenas más apartadas. Y desde esa distancia segura, observaron a aquel raro cantor popular.

Elgaine recordó entonces sus obligaciones como anfitriona.

—¡Sea usted bienvenido, valiente juglar! —gritó con voz aflautada, y dedicó una tímida sonrisa a aquella figura que le inspiraba cierto temor. Los resplandecientes ojos del hombre no estaban fijos en ella, sino en Cantar, aunque sólo durante el breve instante en que el trovador alzó la vista. Conon se les unió y exhortó al huésped a que tomara asiento en la cornisa de la muralla.

—Descansad, estimado señor. Seguramente habéis hecho un largo viaje...

—Nada que merezca un largo sermón —dijo el hombre, haciendo un gesto de rechazo con la mano y con voz apenas perceptible. Aún mantenía la cabeza baja—. ¡Pero la joven novia lo vale! —Y esta vez el forastero dedicó una sonrisa a Elgaine. A continuación echó mano de su instrumento y, con dedos avezados, arrancó a las cuerdas unos acordes melancólicos y lisonjeros.

—Si quisierais cantar para nosotros... —lo animó Cantar, pero el hombre envuelto en su túnica negra negó con la cabeza.

—He perdido mi voz por el camino —graznó—. De modo que probablemente tenga que abandonar Gisors antes de que comience la fiesta.

Cantar mostró de inmediato su compasión por el pobre hombre.

—Quien es capaz de tañer aires tan maravillosos, no necesitará una voz para acompañarlos. —Con esas palabras, la joven apelaba a la magnanimidad de su prima.

El atrevido Conon se interpuso y preguntó con insolencia:

—¿Y por qué nombre debemos llamaros?

—Odón —dejó escuchar el limitado trovador con su voz ronca—. Llamadme Odón —dijo, acariciando las cuerdas de los graves.

Y como para recordarle a Conon cuál era su lugar, Elgaine dijo:

—Sois mi huésped, Odón, no estáis obligado a nada. ¡Sólo a aquello que os reporte placer y alegría! ¡Algo que deseo para mí, de todo corazón, en el día de hoy! —añadió la joven prometida.

Pero en eso resonó la voz de Conon:

—¡Ya vienen!

Todos, salvo el trovador, se abalanzaron hacia el parapeto. Una imponente procesión de caballeros y hombres armados se aproximaba desde el este hacia el majestuoso portón de entrada de la fortaleza de Gisors; las banderas ondeaban por encima de sus cabezas y sonaban las fanfarrias. A la cabeza marchaba el orgulloso conde de las Ardenas, Norberto de Lehburg, flanqueado por sus dos hijos. Detrás marchaba un enorme guerrero, quien tenía a su lado a un mozo que era la viva imagen de sí mismo en una versión más joven.

—Tu prometido parece muy fuerte —le susurró Conon a la excitada Elgaine, y había en su voz cierto deje de celos.

—No creo —lo contradijo Cantar— que ese joven alto y esbelto sea tu futuro esposo. ¡De lo contrario no estaría en la segunda fila!

La jovencísima novia se quedó paralizada por el temor.

—¡Pero tampoco será el enano enclenque que marcha al lado de su henchido padre! —resopló con furia, sin quitarle la vista de encima al grupo de cabecera— ¡Vaya cara de zorro! ¡Un duende pelirrojo de los bosques de las Ardenas! —La voz se le quebró. Buscando auxilio, se volvió hacia Conon, pero éste sólo supo secundar a su amiga Cantar.

—¡Pues sí que debe de ser él! —anunció el joven, sin mostrar la menor consideración por los sentimientos de Elgaine—. Del mismo modo que es obvio que el hombre esbelto que marcha detrás es un típico padre alemán —afirmó Conon con tono de sabiondo—, en lo que atañe a tu pequeño prometido, con su mala postura y su cara afilada, que revela cierta astucia malvada, no cabe duda de que se parece a...

—*Ta geule!* —gruñó Elgaine, alzando el brazo, pero el insolente de Conon ya se había puesto a salvo saltando hasta donde estaba el trovador, que permaneció impasible, rasgando las cuerdas de su instrumento.

Elgaine se sentía profundamente ofendida.

—¡No pienso casarme con él! —protestó. Cantar rodeó a su prima con el brazo cuando vio que los ojos se le habían llenado de lágrimas a causa de la rabia contenida.

—Tu madre no puede...

—¡Sí, sí que puede! —dijo Elgaine pateando el suelo—. ¡Si casi se mea en las enaguas por puro y desmedido regocijo! ¡Cree que el único huevo que ha puesto podría echarse a perder antes de que le dé un polluelo!

—¡Pues entonces rebélate! —le recomendó Cantar—. ¡Rechaza a ese gallo enclenque, muéstrale tus uñas!

—La señora Almodis ya ha hecho venir a un sacerdote de

alto rango, un monseñor... No puedo causarle tal vergüenza. —Elgaine empezó a sollozar.

—¡Aguardad y confiad en Dios! —graznó el trovador vestido de negro bajo su rojo turbante. A continuación, tocó un par de acordes llenos de esperanza, mientras Cantar se asombraba en secreto de cuán rápidamente se había dejado vencer su prima, normalmente tan obstinada. ¡Ésa no era la Elgaine que ella conocía!

Almodis de Saissac, señora de Gisors, recibió a los recién llegados en la sala de ceremonias del castillo, revestida de madera oscura. El conde Norberto apartó rudamente a un lado a su flacucho hijo Berthold y fue directamente al grano:

—Como ya os ha anunciado mi buen amigo Thierry, el obispo de Verdún, cumplo aquí con el acuerdo al que llegó conmigo vuestro esposo, el honorable y valiente Guillem de Gisors, cuando prometió la mano de su recién nacida hija Elgaine a mi... —el caballero chasqueó los dedos, enfadado, y estiró la mano hacia atrás, a fin de arrastrar hacia adelante a su apocado hijo— ...a mi hijo Berthold. —Tras recibir un codazo en el costado, Berthold hizo una reverencia a su futura suegra.

Almodis conocía la historia: el obispo Thierry, que había viajado hasta allí expresamente con su *adlatus* Balduino de LeBourg, se la había contado de un modo tan elocuente como evocador: el valiente conde le había salvado la vida a su íntimo amigo Guillem en la toma del Harzburg, exponiendo su propia vida frente a un número abrumadoramente superior de sajones traidores.

—Como muestra de su gratitud y como muestra de mis derechos, me dejó este anillo... —El conde metió la mano en la bolsa de su cinto y sacó la joya.

Almodis reconoció de inmediato el anillo. Formaba parte de las cosas que ella había aportado como dote a su matrimonio.

—Ése es el anillo de Guillem de Gisors —confirmó Almodis dirigiéndose a los que les rodeaban... Por el tono de sus palabras, no podía interpretarse si lo decía con conmoción o con una amargura reprimida—. Me corresponde honrar su voluntad. Y por ello he pedido a un amigo de la casa de Gisors, el venerable monseñor Odón de Lagery-Chatillon, que consagre con su presencia solemne esa promesa de matrimonio. —Un sollozo hizo estremecerse a la señora de la casa, tal vez era demasiada excitación para ella—. ¡Pero monseñor aún no ha llegado!

El conde soltó una carcajada socarrona.

—Mi estimada señora Almodis, yo me he permitido pedir que viniera mi amigo Thierry, *Episcopus verdunensis*, para que el acto que se va a celebrar no sólo tenga su consagración, sino también un *fundamentum iuridicum*. Pero dicho señor, también muy ocupado, se ha visto retenido por alguna cuestión.

La señora Almodis ordenó a las criadas que sirvieran vino y les pidió a los huéspedes que tomaran asiento en la larga mesa. Con habilidad, la astuta señora de la casa ocultó su preocupación de que el vino no alcanzara para todos, pues el contenido de las barricas de roble que descansaban en las bóvedas de las bodegas estaba a punto de terminarse. En Gisors también las bodegas andaban escasas.

—Alzo mi copa por los esposos —exclamó el conde Norberto, animando a los que aguardaban, que cogieron sus copas con vacilación. Nadie se atrevió a decir con franqueza que aquel brindis les parecía precipitado. Se creó una atmósfera nada agradable; como un tímido soplo se deslizó por la sala la superstición de que tales anticipaciones casi nunca traían la felicidad. Algunos empezaron a hablar entre dientes:

—¡Qué vergüenza! Gisors, eterno orgullo de los normandos, ¿bajo el dominio de esos alemanes?

Almodis de Saissac tenía la vista clavada al frente y hervía de ira. Durante su visita, Thierry de Verdún había inspeccionado Gisors como si muy pronto aquélla fuera a ser su casa. ¿Habría cometido algún error al mostrarse inmediatamente de acuerdo con aquella pretensión? ¿Caería Gisors bajo el dominio de la Iglesia? ¡Era lo que faltaba! La división entre el duque de Normandía y el rey de Francia le bastaba a la solitaria señora de aquel disputado castillo. ¡Vaya par de estúpidos buscapleitos!

A fin de iniciar una conversación, el viejo Sigbert de Öxfeld, alto y esbelto, que estaba en el séquito de su señor Norberto, se dirigió cortésmente a la señora del castillo:

—¿Sois vos una Saissac? —Pero el hombre no esperó la

respuesta de la mujer—. ¿Una tal señora Miral de Sión está emparentada con vos?

—Es mi hermana —informó escuetamente Almodis al que preguntaba, pero el hijo de este último, Gerald de Öxfeld, que escuchaba atentamente, no quiso conformarse con aquella respuesta.

—Allí está, por cierto, mi querida madre... —empezó a decir.

Pero de inmediato fue interrumpido por el joven capellán Remy, que se adelantó rápidamente.

—¡Me parece que va siendo hora —les gritó a Berthold y a su hermana Hedwig, a la vez que tomaba a Gerald de Öxfeld por el brazo— de que os presente a Elgaine, la joven novia!

Berthold, alarmado, sacudió su cabello rojo como el de un zorro, que su hermana le había recogido en una trenza. Hedwig, por su parte, rodeó a su hermanito con los brazos en un gesto protector.

—Si teméis algo, Berthold —dijo Gerald, riendo—, entonces seré yo, en vuestro lugar, quien anuncie al dragón de fuego que espera allí arriba, en el adarve, por su víctima. —Y tras decir esto, siguió de buena gana al capellán, que se apresuró para ser el primero en salir de la atmósfera opresiva de la sala de ceremonias.

Al entrar en la escalera de caracol que llevaba hacia lo alto, estuvieron a punto de tropezar ambos con un jovenzuelo que los evitó con la agilidad de un felino.

—Soy Astair de Saissac, occitano. —Se presentó el joven.

—¡Ah! —exclamó Gerald con curiosidad.

—Sí, también soy el sobrino de la señora Almodis y el maestro de esgrima de su hija Elgaine.

—¡Vaya! ¿La joven dama sabe batirse? —exclamó Gerald riendo. Al instante sintió simpatía por aquel joven que casi tenía su misma edad.

—¡Y cómo! —le aseguró Astair, mientras subían—. Elgaine exige que le pongan cada vez más plomo en su espada recortada, pues desea prepararse bien para, algún día, manejar un arma «de verdad».

Arriba, sobre el adarve, la mirada de Remy se topó con la llamativa figura del trovador, que estaba agachado en un rincón de la muralla, y a quien los recién llegados no distrajeron ni por un momento de los perlados acordes de su música. Elgaine y Cantar examinaron a Gerald, aquel joven fornido y de gran estatura que, sin acercarse, se inclinó ante ambas con gesto cohibido.

—Es un mozo tímido —le susurró Cantar a su prima—, ¡pero muy bien podría quedármelo! —exclamó, y le dedicó a Gerald una sonrisa.

—Pero nada de esto va contigo, querida —le dijo entre dientes Elgaine, malhumorada—, aquí la que importa soy yo. Sobre mí recaerán pronto problemas mucho más peliagudos. —Elgaine estaba un poco decepcionada al ver que Gerald se dirigía a Conon.

—¿Venís de Sión? —dijo el joven, formulando la pregunta que tanto le interesaba—. En ese caso, tendríais...

Cauteloso, Remy intervino y empujó al joven hacia donde estaban las damas:

—Gerald de Öxfeld admira vuestros conocimientos y habilidades en la esgrima, que nos ha descrito, con brillantes colores, vuestro maestro —dijo el capellán para atraer a Elgaine a una conversación.

No vio al hacerlo la sonrisa de satisfacción que se dibujó en los labios del trovador, que escuchaba atentamente. Esa sonrisa se debía a la hábil manera con que Remy d'Aretin había desviado la conversación acerca de Sión.

—¿Nos contáis algo acerca del joven caballero al que habéis traído para que se case con nuestra querida Elgaine? —le exigió Cantar al inseguro Gerald, poco versado en charlas cortesanas—. ¿Está él enamorado de ella, se consume de amor por su hermosa prometida?

Elgaine reaccionó con ira:

—¡Cantar, ahórrame tales descripciones!

Gerald se sintió apremiado.

—El conde Berthold... —dijo, pensando en cómo dar una imagen propicia del hijo de su señor— no puede dormir desde hace varios días por la excitación, se pasa las noches dando vueltas en la cama y sudando.

—¡Mientras no sea por nada más! —se mofó Cantar.

—¡Pues claro que hay más! —exclamó Gerald, para luego añadir tímidamente—: Durante todo el viaje tuvo fiebre, y unas terribles pesadillas... ¡Hasta mojó las sábanas!

—¿Qué pretendéis hacernos creer? —preguntó Cantar, al ver la expresión de desánimo de Elgaine.

—¡A eso se le llama «mearse la cama»! —graznó entonces el juglar, que seguía escuchando atentamente.

—¿Un meón? —repitió Conon en un susurro.

—Pasa en las mejores familias. ¿Por qué no iba a suceder en la casa del conde De Lehburg? —El hombre vestido de negro rió con aspereza y le sacó a su instrumento unos sonidos que cayeron sobre sus juveniles oyentes como gotas de agua.

—¡Pero no en mi cama! —gritó indignada Elgaine, que había despertado de su rigidez.

—¡No, no te lo mereces! —le aseguró Conon.

Gerald se dio cuenta, con horror, de lo que habían provocado sus palabras. Se ruborizó.

—¡Eso no volverá a suceder, os lo aseguro, en cuanto haya pasado la tensión! —dijo, intentando consolar a la joven novia.

Astair acudió en su ayuda.

—Aún no es inminente la noche de bodas, querida Elgaine.

—¡¿La noche de bodas...?! ¡Nunca! ¡Jamás! ¡Lo juro por mi padre, que es quien me metió en este lío!

En ese momento llegó al adarve la señora Almodis, seguida del conde y de sus hijos.

—Deseo que mi hijo —cacareó el conde Norberto, como una gallina alborotada— conozca a su prometida. —Al decirlo, miró fijamente a Cantar, que soltó una risa cristalina y burlona que incomodó visiblemente al huésped. Entonces el conde empujó a Berthold hacia adelante—. ¡Quizá la virgen Elgaine desee darle ahora la bienvenida a su futuro esposo! —exigió, mientras Conon, en voz baja y entre dientes, siseaba:

—¡El meón!

El conde hizo como si no hubiera oído nada. Pero Conon se ensañó.

—He oído decir que vuestro hijo tiene un sueño muy inquieto —proclamó, mirando al conde a los ojos con gesto insolente—. Tal vez debería probar a cargar unas piedras a la espalda, eso ayuda contra la incontinencia de la vejiga, y también a...

—¿Por qué no le pegas un buen mamporro en esa bocaza? —increpó el enfadado padre a su hijo, que se mostraba más atontado que tímido—. ¿Vas a dejar que te insulte así, sin más? —Y en vista de que Berthold seguía sin decir nada, el señor Norberto añadió con enojo y bien alto, para que todos lo oyeran—: ¡Se trata del honor de nuestra familia, miserable calzonazos!

El capellán Remy d'Aretin alejó a Conon de la línea de fuego mientras la dueña de la casa, la señora Almodis, intentaba apaciguar al conde.

—Conon acostumbra a decir bobadas, como suelen hacer los jóvenes inmaduros. —La señora Almodis vio cómo la expresión del conde se ensombrecía aún más, de modo que añadió presurosa—: En cualquier momento debe llegar monseñor, y entonces, en armonía, podremos...

Conon ya se había zafado del enérgico capellán.

—¡Berthold se mea en la cama! —trompeteó.

—Y es una vergüenza para...

Esta vez tanto Astair como Gerald, en una especie de tácito acuerdo, se lanzaron hacia donde estaba el insolente. Contra los duros puños de aquellos dos Conon no hubiera podido hacer nada, así que Sigbert de Öxfeld se vio obligado a salir en auxilio de su señor.

—¡¿Quién lo afirma?! —le preguntó con toda severidad el alemán a Conon, que se retorcía bajo la presa del maestro de armas.

—¡Lo ha dicho el juglar! —dijo Conon con expresión decidida, señalando con el mentón hacia el rincón donde estaba el forastero, pero el sitio se hallaba entonces vacío. Todas las miradas se volvieron hacia donde señalaba el joven. Hubo cuchicheos.

—La imaginación de Conon tiende a veces a exaltarse —justificó el capellán ante al enojado Sigbert, cuyas grandes zarpas no parecían dispuestas a dejar que todo se quedara así.

—¡Exígele ahora mismo a ese desvergonzado que venga a batirse contigo! —le chilló el conde a su vástago, con las venas hinchadas a reventar a causa de la cólera.

Conon sonrió irónicamente.

—¡Rómpele esos dientes, que no le quede ninguno en su boca insolente! —dijo el conde otra vez, azuzando al pobre Berthold, que ya no sabía ni lo que ocurría—. ¡De lo contrario, te haré sentir en tus propias carnes cómo actúa un De Lehburg con quien mancilla su honor!

El juicioso Sigbert se vio obligado a intervenir de nuevo:

—El filo de la espada es cosa de hombres —dijo en tono aleccionador, dirigiéndose a todos los presentes, incluido su señor—. ¡Para estos mozos, lo más conveniente es un blando trozo de madera!

—¡Acepto el desafío! —chilló Conon desde el fondo.

—¡Tenemos espadas de madera de abeto para ejercitarnos! —anunció Astair, y se guardó de mencionar que hasta la propia Elgaine despreciaba aquellas armas de mentirijillas.

—¡Traedlas! —ordenó Sigbert.

La señora Almodis lo contradijo:

—¡El duelo debe tener lugar a la vista de todos en la sala de ceremonias! ¡Astair de Saissac y vuestro hijo Gerald serán los padrinos de los contrincantes!

El enojado conde fue el primero que salió disparado en dirección al hueco de la escalera, llevando a su hijo delante, casi a golpes. Hedwig, preocupada, los siguió. Poco a poco el adarve fue quedándose vacío. Gerald y Astair continuaban agarrando a Conon, que se debatía frenéticamente. Esperaron a que todos se hubieran marchado, luego lo colocaron en medio de los dos y lo llevaron abajo.

—¡Buena suerte, bocazas! —le dijo Gerald, a modo de despedida—. ¡Tu rival lleva en la sangre la perfidia de su padre!

En la sala de ceremonias del castillo los siervos habían volcado la larga mesa y la habían apartado, de modo que el tablero de roble de la misma formara una barrera por un lado, mientras que el otro quedaba delimitado por la pared de la sala. En los extremos abiertos del rectángulo formado, habían tensado sendas cuerdas. En una de las galerías estaba la anfitriona, la señora Almodis, flanqueada por su hija Elgaine y por Cantar. Las damas tomaron asiento. Frente a ellas se agolpaban, tras la barrera, los hombres del conde De Lehburg, que esperaban a su señor.

Conon fue introducido por su padrino, Astair de Saissac. El joven occitano se inclinó formalmente ante la anfitriona y dedicó una sonrisa a las dos jóvenes sentadas a su lado. Luego se deslizó por debajo de una cuerda y, con paso ágil, caminó hasta el centro del cuadrilátero. Frente a él hizo su entrada, con mirada siniestra, el conde Norberto, empujando a su hijo, hasta que el padrino de Berthold, Gerald, se interpuso entre ellos y acompañó al duelista con cabeza de zorro hasta el centro de la arena del combate.

—¡Procura no avergonzarme! —Fue la última amenaza de su padre.

Conon dejó que su oponente eligiera el arma. Berthold, sin prestar mucha atención, cogió una de las espadas de madera. Entonces Gerald se retiró, mientras Astair hacía algunas advertencias a los rivales:

—No habrá estocadas en la barriga, y nada de golpes adrede en la cara. —Dicho esto, salió del cuadrilátero. Antes de que la señora Almodis pudiera dar la señal con su pañuelo, el conde le gritó a su hijo:

—¡Vamos, acaba con él!

Berthold blandió su espada bastante torpemente, mientras Conon lo esperaba desentumeciendo sus miembros. Pero entonces Berthold, con la rapidez del rayo, pasó el arma a su mano izquierda, se agachó y salió disparado contra el sorprendido Conon, que se puso a salvo de aquella ladina estocada girando sobre su propio eje, momento que aprovechó para propinar al cuerpo que pasaba por su lado un buen golpe de plano con la hoja de la espada. A Berthold se le escapó el arma de las manos y cayó de bruces al suelo. Conon se dio la vuelta con gesto triunfante para reclamar el aplauso de las jóvenes damas. Vio que Elgaine se había levantado, y lo atribuyó a la excitación con la que seguía su demostración. Pero, entretanto, Berthold había recuperado su espada y, aún de rodillas, golpeó a Conon en la espinilla. El dolor lo hizo tambalearse, y Berthold lo persiguió. Su siguiente estocada hubiese alcanzado con toda su fuerza a Conon en el brazo que sostenía el arma si éste no hubiera interpuesto su propia espada. La madera chocó contra la madera, lo que hizo que Berthold quedara perplejo por un instante. Conon arremetió, arrancándole casi la espada de las manos a su contrincante. Acto seguido, tiró de él con tal fuerza que le clavó la rodilla en la entrepierna. Con todo, el dolor le hizo enfurecerse y lo cegó, porque Berthold, que se había desplomado entre gemidos, le pegó un mordisco en la mano, por lo que tuvo que dejar caer la espada. Furioso, apartó de sí a aquel zorro que lo mordía, y se preparó para un intercambio de golpes honorable; pero Berthold volvió a agacharse, cambiando el arma, como un rayo, de una mano a la otra. Conon hizo un movimiento engañoso y retrocedió, a fin de provocar que el otro se acercara. La jugada le salió bien, y Berthold cayó en la trampa. Esta vez Conon puso sus extremidades a salvo cuando el zorro saltó de nuevo sobre él. Repitió su giro y golpeó a Berthold en la nuca, haciendo que el joven se tambaleara. Conon lo golpeó en las costillas a diestra y siniestra. Berthold se quedó sin aire. Como en las clases de esgrima, Conon apaleó a su víctima y paró sin esfuerzo sus ataques, cada vez más débiles.

Entonces apartó al zorro lejos de sí, lo cubrió de rápidos golpes que sonaban como bofetadas: ¡Plaf, plaf! Berthold, con el rabo entre las piernas, le dio la espalda y Conon no se abalanzó sobre él, de modo que sus zarpazos, lanzados a ciegas hacia atrás, daban en el vacío. Conon lo golpeó en la cabeza y, a modo de burla, le dio unos azotes en las nalgas. Finalmente, cuando Berthold ya había llegado hasta la cuerda tras la cual estaba su padre, éste, avergonzado, lo golpeó en la garganta con el filo de la espada de madera y Berthold se desplomó como un saco de patatas ante los pies de su progenitor.

El conde hubiera podido sostenerlo en la caída, pero ni pensó en hacerlo. Hacía rato que había apartado la vista de aquel lamentable espectáculo y, en su lugar, le ordenó a Sigbert de Öxfeld:

—¡Deberíais ordenar a vuestro hijo Gerald que exija una revancha por esta afrenta!

Pero Sigbert negó con la cabeza.

—Es cierto que soy vuestro vasallo, y que ello obliga a mi hijo Gerald, también, a ir a la guerra por vos, pero de ningún modo pondrá en juego su pellejo por delirios de honor o niñerías.

—¡Osáis emplear un lenguaje muy atrevido, Sigbert de Öxfeld! ¡Nunca olvidaré esta ofensa! —tronó la voz del poderoso conde—. Y puesto que vos también me abandonáis, es hora ya de acabar con este asunto.

Pero Sigbert volvió a llevarle la contraria enérgicamente:

—Un De Lehburg no tiene por qué mendigar ni pretender la mano de una empobrecida hija de Gisors, que para colmo ha quedado huérfana. ¡Tenéis la ley de vuestra parte!

El conde lo miró con incredulidad, pero entonces su pecho empezó a henchirse.

—En ese caso, compareced ante la señora Almodis y exigid el compromiso —le exigió el conde a su vasallo—. Yo no tengo ganas de esperar más por su curita, y nuestro maldito obispo tampoco aparece...

La inquietud que había surgido en el otro extremo de la sala interrumpió su lamento. Los gritos se hicieron cada vez más intensos, y Gerald entró muy excitado.

—¡Elgaine...! ¡La novia ha desaparecido!

—¡Bueno, yo también me escondería en cualquier parte... —dijo burlonamente el señor Norberto— si, en mi condición de futura esposa, tuviera que presenciar cómo mi elegido se convierte en objeto de mofa y de burla de todos!

Con gesto de desprecio, se acercó a Berthold, que todavía yacía en el suelo, gimoteando.

—¡Tras esta penosa presentación, este mozo, que es una lamentable mancha en el honor de nuestra gloriosa familia, tendrá que ocuparse a fondo de inculcarle a su esposa respeto y obediencia!

—Ya no sé cómo decirlo, pero ¡la novia ha huido! —dijo Gerald, al tiempo que se esforzaba para que no se le notara su satisfacción—. Y con ella se ha marchado el maestro de armas, Astair de Saissac. La servidumbre los ha dejado irse sin más.

—Una parejita perfecta —rezongó el señor Norberto, acalorado, para luego vociferar—: ¡¿Y tú todavía andas por aquí, Gerald de Öxfeld?! ¡Corred a atraparla, traedla viva o muerta! —En medio de su ira, se detuvo un instante a reflexionar—. ¡Muerto, claro está, sólo el secuestrador! ¡¿O es que acaso le teméis a ese occitano advenedizo?!

—No tengo ningún motivo para negar mis respetos a Astair —respondió Gerald con actitud obstinada—. Además, ¡no he venido aquí como institutriz de la joven dama!

—¿¡También me negáis entonces ese servicio!?

Gerald se mantuvo firme.

—Sólo me niego a seguir permitiendo que vos me...

La voz del conde pasó de los espumarajos de la ira a un chillido estridente:

—¡Eso significa guerra! ¡Gerald de Öxfeld me ha declarado la guerra!

—No os pongáis en ridículo, conde Norberto —intervino enérgicamente Sigbert.

El señor Norberto se puso rojo, podía oírse cómo le rechinaban los dientes.

—¡Me atacáis por la espalda! —dijo con un alarido—. ¿¡Queréis obligarme a emprender la retirada, a ceder...?!

—No hay aquí nada más que merezca tales disgustos —le dijo Sigbert suavemente, en un tono aleccionador, como quien habla con un niño—. Coged a vuestro hijo y abandonad Gisors con la cabeza en alto.

El conde lo miró fijamente, como si acabase de despertar de un sueño horrible.

—¡Un meón, sí señor! —murmuró—. ¡Un meón! —Con gesto ausente, asintió, mostrando su conformidad.

El nutrido séquito del hasta hacía pocas horas orgulloso pretendiente de la novia abandonó Gisors sin despedirse. En medio de la comitiva iba el amargado conde. Al final cabalgaban los Öxfeld, y bajo su cuidado, los dos afligidos hermanos, Hedwig y Berthold.

Conon fue el único que los siguió con la vista desde el adarve, con mirada pensativa. No sentía lástima por Berthold, en todo caso lamentaba que éste hubiera tenido que crecer al lado de semejante padre, ese bocazas; pero él, Conon de la Montana, tampoco había hecho ningún acto de heroicidad. Ya desde el primer intercambio de golpes supo que sería el vencedor. Con expresión reflexiva, bajó de su atalaya. La señora Almodis tendría varias lindezas que decirle, ya acababa de estropear el compromiso de su hija. Y probablemente tampoco podría evitar una confrontación con Remy, el capellán.

Abajo, en la sala de ceremonias, nadie se ocupaba de él. Había llegado un huésped importante: el tan largamente esperado monseñor. Conon acababa de ser testigo de cómo aquel hombre alto se había despojado de su ancha capa negra, que Remy d'Aretin acogió con veneración. Debajo llevaba la sotana roja de un príncipe de la Iglesia con rango de cardenal. ¿Acaso aquel noble señor usaba la misma tela que antes llevaba Odón el Trovador como turbante alrededor de la cabeza?

—¡El cardenal diácono Odón de Lagery-Chatillon! —anunció con orgullo la señora del castillo.

Hubo un divertido intercambio de guiños entre Cantar,

el capellán y el juglar «que había perdido su voz», y gracias a ello Conon confirmó que sus suposiciones eran ciertas. Tranquilo, se agachó en la segunda fila junto a Cantar y escuchó las palabras de aquel hombre de la Iglesia. Con una voz sonora, despojada ya del graznido de antes, Odón de Lagery-Chatillon acaparaba en ese momento la conversación. El «viejo amigo de la casa» no parecía en nada perturbado por el fracaso del compromiso matrimonial, y, asombrosamente, tampoco parecía preocuparle mucho que Thierry, el obispo de Verdún, no hubiese aparecido.

A Conon le parecía que el misterioso monseñor había tenido algo que ver en lo que se refería a «impedir» que el otro acudiera. Conon no pudo sino recordar a aquel titiritero que apareció una vez por Sión y que insuflaba vida a sus personajes a su antojo —el caballero, la princesa, el bufón y el diablo—, los hacía amar y sufrir tirando de unos hilos invisibles. ¿Acaso la Iglesia tenía en secreto tanto poder sobre los hombres como para que éstos bailotearan al ritmo de aquellos hilos que no veían?

Sus cavilaciones quedaron interrumpidas por la aparición de un agitado seminarista que estaba al servicio del obispo de Verdún, Balduino de LeBourg. Totalmente sin aliento, contó que su señor Thierry había sido asaltado en el camino por unos bandidos normandos que lo mantenían prisionero.

Odón de Lagery-Chatillon soltó una carcajada.

—¿Y ahora el adinerado *Episcopus verdunensis* nos pide que reunamos el dinero de su rescate? —preguntó, mirando con acritud al cohibido Balduino—. ¿Estáis seguro de que el ingenioso señor Thierry no organizó él mismo ese asalto? ¡Tal vez con ello quiera obligar al conde, conocido tanto por su tacañería como por su codicia, a meter la mano bien hondo en su bolsa!

—¡Eso no es cierto! —respondió el valiente Balduino—. Los bandidos amenazan con una muerte horrible para él, y cada día que transcurra —dijo Balduino, visiblemente aterrorizado—, le irán cortando uno de sus ungidos dedos, empezando por el que porta el anillo episcopal...

Monseñor no podía aguantarse las ganas de reír a carcajadas.

—¡Norberto de Lehburg lo mantendría un tiempo en ascuas! Y nosotros, ciertamente, no queremos ser menos, ¿verdad? —dijo monseñor, mirando a la señora Almodis.

La señora del castillo, asustada, balbuceó inmediatamente:

—¡Yo no poseo nada! ¡Lo sabéis muy bien!

—¡En ese caso, el pobre Thierry en el futuro probablemente tendrá que dar la bendición con sólo cuatro dedos!

En ese momento, y con bastante retraso, entró en la sala el calvo Berenguer de Saissac, condotiero, hermano de la señora Almodis y padre de Astair. Él también había sido invitado a la ceremonia. Lo acompañaba una mujer de magnífica belleza. Unos rizos salvajes y negros rodeaban su rostro blanco, en el que brillaban como dos esmeraldas sus ojos de gata. Sus labios prometían toda la voluptuosidad del mundo. Ni siquiera ante el monseñor la mujer bajó sus largas pestañas. Se oyeron murmullos al fondo. Jirones de frases de indignación llegaron hasta Conon:

—¡Maurcade du Berq! —¿¡Qué busca ésa aquí!?... ¡Ramera desvergonzada! ¡Una diablesa que hace que los hombres...!

Monseñor Odón sostuvo la mirada desafiante de aquella belleza con una sonrisa burlona. A Conon le pareció como si resplandeciera un rayo de conformidad secreta entre ambos. El rudo condotiero apartó a Maurcade con una palmada en el trasero.

—¡Se os saluda a todos! —dijo, inclinándose ante su hermana—. Por el camino nos hemos tropezado con vuestro rico y ahora también, con razón, orgulloso yerno, que quizá ahora regrese satisfecho a casa.

—Puede que sea rico... —respondió con suspicacia la señora Almodis—, pero ¿orgulloso? —añadió, soltando un resoplido de satisfacción—. ¡No ha conseguido conquistar Gisors!

Mientras le contaban con prisas a Berenguer todo lo que había sucedido y lo que se había perdido, por todas partes se oían comentarios y siseos:

—¡Bruja malvada! ¡Sus hechiceras artes son una deshonra!.... ¡Poderes malvados!.... ¡Maldita hechicera!

Pero entonces el cardenal diácono ordenó silencio:

—¡Ya podréis luego desgañitaros! —A continuación se dirigió a Balduino de LeBourg—: Regresad a donde vuestro señor Thierry —le ordenó con cierta malicia en la voz—. Y comunicadle que el asunto alentado por él mismo ya se ha resuelto por anticipado.

—Pero ¿y si los bandidos...?

Un gesto de la mano lo hizo callar.

—Os daré a Maurcade du Berq para que os acompañe, ella sabrá engatusar a vuestros bandidos... ¡Que todo sea por el dedo del anillo del obispo de Verdún!

Su tono no admitía réplica, tampoco por parte de Berenguer, al que no veía como a un allegado.

—Y vos acompañaréis a la joven Cantar y a nuestro héroe Conon hasta la región del Valais, a Sión, donde se encuentra vuestra hermana Miral —dijo, haciéndole un gesto al condotiero para que se acercara—. Vuestra hermana Almodis espera de vos una palabra de arrepentimiento —le susurró al oído a Berenguer— aun cuando, en verdad, estéis orgulloso de Astair... ¡Y deberíais estarlo! —El condotiero, acostumbrado a cumplir órdenes, asintió en silencio—. Decid a la preocupada gallina clueca que a su polluela se la busca con ahínco, pero... —bajó la voz otra vez—, ¡cuidaos de hacerlo vosotros!

—¡Podéis fiaros de mí! —bramó el condotiero, acariciando de nuevo el trasero de Maurcade y empujándola en brazos del ruborizado Balduino.

—Remy d'Aretin, vos, por el contrario... —El cardenal diácono, siempre alerta, se dirigía al capellán, que había estado observando la escena en silencio—. Vos vendréis conmigo. Os tomo a mi servicio.

Remy no rechistó. En Sión sabrían arreglárselas sin él.

Monseñor Odón se presentó entonces de un modo desacostumbradamente solemne frente a la señora del castillo de Gisors y le dijo en tono comprensivo:

—Se extenderá la soledad a vuestro alrededor, Almodis. El acontecimiento que os prometía una nueva vida en Gisors os ha robado lo más querido, vuestra hija Elgaine...

Almodis rompió a llorar.

—¡Encontradla, traédmela de vuelta! —suplicó desconsolada.

Odón le puso la mano en el hombro.

—La encontraremos, de eso podéis estar segura, pero ¿queréis que regrese a Gisors...?

—Jamás haré nada por encima de su... —Un fuerte sollozo sacudió a la matrona—. Hubiese sido una vía para escapar a nuestra miseria, después de que, con la muerte de Guillem, perdiéramos a quien nos daba de comer.

—Si me permite un consejo: renunciad a tal esfuerzo, Almodis, quitaos el velo.

Almodis miró al cardenal diácono con ojos atónitos.

—¿Y qué será entonces de Gisors? —Una chispa de desconfianza brilló en los ojos de la mujer—. ¿Caerá en las manos de la Iglesia? ¡Bien que os vendría a vosotros tal cosa! —exclamó, indignada. Almodis había recuperado su beligerancia.

El cardenal diácono reflexionó.

—¡Tenéis razón! Todo lleva su tiempo, así que aguantad un poco más en Gisors, le está reservado ser escenario de grandes cosas. ¡Tal vez Elgaine, incluso, regrese algún día!

El cardenal diácono le extendió la mano a Almodis para que le besara el anillo y lo mismo hizo con Cantar, que se había acercado con gesto humilde. Su mirada se posó por un instante en la jovencita, o por lo menos eso le pareció al atento Conon. Maurcade se prosternó ante el príncipe de la Iglesia con una extraña sonrisa. Odón le hizo una seña a Remy d'Aretin para que se le acercara y, con paso rápido, abandonó la sala de ceremonias.

Maurcade se hizo cargo del consternado Balduino y siguió a monseñor. Conon, sin que se lo dijeran, se dirigió hacia donde estaba el condotiero, junto al cual ya esperaba Cantar. Con sus enigmáticos ojos, que eran como dos estrellas, ella le sonrió.

LAS CONSECUENCIAS

La comitiva del conde Norberto avanzaba hacia el este y se aproximaba ya a los territorios de su región natal. El malhumorado guerrero pasó de largo y de manera ostentosa junto a la ciudad de Verdún, donde residía el obispo Thierry. Tras los sucesos ocurridos en Gisors, no tenía las más mínimas ganas de hablar con el clérigo. Al final de aquella desordenada comitiva cabalgaban los dos Öxfeld, el padre y el hijo. Mantenían la distancia entre ellos y el señor De Lehburg, con quien no habían intercambiado palabra durante todo el viaje. La mayoría de los demás señores y caballeros ya habían abandonado la comitiva para dirigirse a sus castillos. Por lo visto, les repelía que los vieran en el séquito de un perdedor. El conde, por su parte, se mantenía cabalgando y rezongando entre sus guardias armados, mientras sus dos hijos avanzaban a duras penas detrás. El debilucho Berthold hubiera preferido hacerse invisible cada vez que echaba una ojeada a la robusta espalda de su padre, y no tenía ningunas ganas de mirarlo a la cara. Sabía qué le esperaba en cuanto las puertas de Trifels se cerraran a sus espaldas: ¡una señora paliza! Sin embargo, no era capaz de reunir el valor para huir, o para pedirles a los Öxfeld que lo protegieran. El miedo a su progenitor lo paralizaba, no el temor a los golpes y las patadas. ¡Eso sabría aguantarlo!

Su hermana Hedwig, aquella criatura de corazón tierno, sufría con él. Sabía cómo se sentía Berthold, pero no podía hacer nada para ayudarlo. Mucho le hubiese gustado sustituirlo y ofrecerle a su furibundo padre su espalda blanca y delicada. Sabía cómo se sentían en la piel aquellos latigazos con los que el conde solía golpearla en el trasero desnudo, conocía también la fuerza de su mano cuando le apretaba los pechos... Pero ni siquiera eso conseguiría salvar a su hermano del castigo que se cernía sobre él. Además, la rolliza Hedwig tenía sus propias preocupaciones. Tras la ofensa pública sufrida por el conde en Gisors, quizá tendría que enterrar para siempre su callada esperanza de poder unirse en matrimonio con Gerald de Öxfeld. El señor Norberto, seguramente, ya no estaría dispuesto a animar a su vasallo Sigbert y a su hijo Gerald para que pidieran su mano. ¡Ah, cuánto le gustaría tener a Gerald por esposo! ¡Era un joven honesto y de espíritu noble, al igual que su padre, Sigbert, y además de eso era un mozo muy apuesto! ¡Pero ya no quedaría nada de todo eso!

Eran ya muy pocos los que todavía continuaban subiendo a duras penas las empinadas terrazas de los viñedos situados sobre el valle del Mosela, hasta llegar a la altura que dejaba libre la vista hacia Trifels. Los dos Öxfeld apresuraron el paso de sus caballos y se adelantaron sin dedicar ni una mirada a la desdichada Hedwig ni a su lamentable hermano. Lo que querían era abandonar tan pronto como pudiesen aquella comitiva, una vez que cumplieran con sus obligaciones de vasallos.

La despedida del conde fue bastante fría. En otras circunstancias, hubiera pedido a sus súbditos que acudiesen al castillo para beber con ellos una o dos jarras de buen vino del Mosela, pero ese día examinó a Sigbert con frialdad, mientras que a Gerald ni siquiera lo tomó en cuenta.

—¡Ya tendréis noticias nuestras! —fue lo único que dijo con voz áspera.

Esas palabras eran ambiguas. Con gesto helado, Sigbert inclinó su encanecida cabeza, mientras que el terco y joven Gerald le negó al conde todo gesto de reverencia. Ambos hicieron girar sus caballos y se marcharon de allí al galope, sin volver la vista atrás ni una sola vez. Por eso no vieron el gesto grosero que su señor les dedicó.

También monseñor y su nuevo capellán partieron muy pronto de Gisors. Avanzaban lentamente con sus caballos a través del bosque.

—Decidme, Eminencia, ¿cuál fue la verdadera razón por la que Guillem de Gisors abandonó a su mujer y a su hija recién nacida y no volvió a verlas nunca más? —preguntó Remy cortésmente, pero sin ningún servilismo.

—Para entender eso, hijo mío, os falta quizá cierta experiencia vital. —Una sonrisa pícara se dibujó en los rasgos de Odón—. Y según las *regulae ecclesiae* vos no podréis participar de dichas experiencias. —Con actitud estoica, Remy aguardó la argumentación—. Hay mujeres a las que parir les causa tales sufrimientos que jamás quieren verse en la misma situación y, por ello, le niegan al marido toda posibilidad de dejarlas otra vez embarazadas.

—Entiendo —dijo Remy secamente y añadió como quien no quiere la cosa—: *Phobia postpartalis*.

El cardenal diácono lanzó al joven capellán una mirada de asombro, y continuó:

—Guillem de Gisors era, ciertamente, un hombre de rudas maneras, pero jamás hubiese llevado a su mujer por la fuerza al lecho matrimonial.

Remy asintió con gesto comprensivo.

—La buena señora Almodis debió de haber reaccionado seguramente de un modo histérico ante el menor intento de acercamiento —diagnosticó el joven como un experimentado *medicus familiae*.

El distinguido hombre de la Iglesia soltó una carcajada.

—Sí, ¿qué hombre tiene ganas de fornicar en esos casos? —dijo con gesto grosero y sin consideración con el joven *adlatus*. ¡Este Remy d'Aretin era un hallazgo valioso, una verdadera joya! ¡Ante él no tendría que ocultarse! El joven, que era lo suficientemente listo, tenía que aprender a aceptarlo incondicionalmente en todas sus facetas. Y Odón de Lagery-Chatillon, llamado por sus enemigos y algunos envidiosos el Cardenal Gris, tenía muchas facetas, ¡y las mujeres hermosas no faltaban entre ellas!

—Con paciencia, amor y cariño tal vez hubiese conseguido su objetivo —sugirió Remy d'Aretin, pero el tema ya estaba agotado para el cardenal.

En su lugar, éste le preguntó a Remy:

—¿Cuál fue la razón para que separarais a Conon y al joven Öxfeld como a dos perros rabiosos?

«Lo notó», constató el capellán con enojo. Pero también

había en él mucha admiración. Sopesando su respuesta, dijo:

—Sabéis, por supuesto, que en Sión se encuentra la dama Fedaye de Béthune, la madre del joven Öxfeld.

—Callad, Remy. ¡No estáis obligado a romper vuestro secreto de confesión ni siquiera ante mí! —Y entonces, con tono divertido, Odón continuó—: ¿Qué ha hecho que un talento como el vuestro haya estado embotándose hasta ahora en un lugar de provincias?

Remy no se calló su respuesta:

—¡Sión no es una provincia, sino un lugar mágico!

—Lo sé —asintió el cardenal.

—¡Es bueno saber que vos también lo habéis notado! El significado de Sión podrá demostrarse en el futuro, y estoy seguro de que el camino hacia ello pasa por Gisors.

Ambos se habían ocultado cuando vieron aparecer a los dos jinetes en el camino del bosque. Elgaine había descubierto la cueva protegida por el follaje cuando su acompañante empezó a dar las primeras muestras de cansancio. Pero Astair no tenía ningunas ganas de dormir, sino de cantarle por fin las cuarenta a su pequeña acompañante en un sitio bien tranquilo. Hasta entonces la frágil jovencita había sacado a relucir una fuerza de voluntad muy obstinada, que casi daba miedo, y con ella había estado azuzando para que ambos siguieran adelante hasta alejarse cuanto fuera posible del castillo de sus padres. Elgaine temió que se tratara de alguna partida de jinetes enviados en su busca por su madre o por el horrible conde, pues tal vez en ese momento todos los invitados a la ceremonia estuvieran a la caza detrás de ella. Sólo al cabo de varias horas, Elgaine accedió a buscar un sitio donde pudieran ver pasar la tormenta y donde, tal vez, también pudieran pernoctar.

En ese momento estaban en aquella cueva y se servían generosamente de las reservas que Elgaine, a toda prisa, había cogido de algunas de las bandejas de plata dispuestas para los invitados a la boda: jamón ahumado, asado de faisán y una hogaza entera de pan recién horneado. También se había llevado una manta. Con gesto magnánimo, Elgaine le entregó a su maestro de esgrima la mejor pieza del faisán, pero Astair no lo tocó.

—Elgaine —dijo, excitado—. ¡Vos y yo debemos hablar! —Liberada ya de todas formalidades, su discípula se metía abundantes trozos de la sabrosa carne asada en la boca. Ello le impedía responder, pues masticaba con deleite, por lo que Astair continuó—: ¡Deberíamos regresar a Gisors!

Elgaine lo miró largamente, antes de tragarse el bocado. Luego puso una cara como si acabara de aplastar a un sapo vivo.

—Puede ser —dijo la joven pausadamente y se enjuagó la boca con el agua amarga de la fuente que habían encontrado al fondo de la cueva—, ¡pero yo no quiero! —exclamó y escupió aquel líquido con alto contenido en hierro—. Vos, Astair, ya no podréis dejaros ver por Gisors. Puede que la señora Almodis os perdone, pero al conde le complacería muchísimo ver cómo cuelgan del primer mástil al secuestrador de la novia de su hijo.

Astair se puso pálido, pero dijo con tono viril:

—Pues yo asumiría ese riesgo, os llevaría de regreso a casa...

—¡Pero regresaría mancillada! —comentó Elgaine, estirando su cuerpo de niña.

—¿Por qué mancillada? —Astair la miró con expresión confundida, pero Elgaine se mantuvo muy seria.

—Porque vos me despojaréis de mi virginidad —afirmó ella de un modo frío, al tiempo que estiraba la mano para coger un pedazo de jamón.

En un principio, Astair se quedó sin habla, pero luego se echó a reír nerviosamente.

—Para ello hacen falta dos personas, señorita —dijo con cautela—. ¡Y se supone que yo debo hacer las veces del diablo!

Ofendida, ella levantó los ojos hacia su compañero.

—Os creía un hombre —dijo ella con un tono de tristeza tan profunda que el joven Astair sintió lástima. En ese momento hubiera querido abrazar a la pequeña, pero eso estaba prohibido, por supuesto. Él se mantuvo firme.

—¡Primero tenéis que convertiros en una mujer, Elgaine! —la reprendió—. ¡Mi labor no es hacer daño a vuestro cuerpo, sino salvaguardar su integridad! No me pongáis las cosas más difíciles de lo que ya son.

Ambos permanecieron en silencio. Oyeron que por el camino del bosque se acercaban los pasos de unos caballos y se agacharon, muy juntos, tras el follaje de los arbustos que cubrían la entrada de la cueva. Astair confiaba en que sus caballos, que pastaban en un prado situado al fondo, no delataran su presencia con algún relincho. Pudo reconocer muy bien a los dos hombres que pasaban. Eran el monseñor, el amigo de su señora Almodis, y el joven capellán que había acompañado a Cantar y a Conon desde las montañas hasta Gisors. El hecho de que ambos cabalgaran tan campantes por aquel lugar, tenía algo de tranquilizador. Astair miró a Elgaine de soslayo. La pequeña le sonrió. Otra vez le llevaba ventaja.

—Ya se habrán resignado a mi huida... O mejor dicho, a nuestra huida, o por lo menos eso parece —susurró la joven al ver que los dos jinetes habían desaparecido de su campo visual.

—¡De todos modos, deberíamos seguir siendo cautelosos! —decidió Astair—. ¡Pasaremos aquí la noche!

—Nuestra primera noche —suspiró Elgaine, y, obediente, desenrolló la manta. Apenas se tumbó sobre ella, los ojos se le cerraron.

Astair la contempló conmovido. En realidad, era todavía una niña... ¿¡Qué carga se había echado encima!? Sin embargo, había sido Elgaine la que lo había arrastrado a emprender aquella huida. ¡En realidad, había sido Elgaine la que lo había secuestrado a él, y no al revés! A pesar de su juventud, la joven tenía tal fuerza de voluntad que a él siempre le costaba imponer sus criterios frente a ella. ¡Su misión sería protegerla de cometer actos insensatos o, por lo menos, mitigar las consecuencias! Astair se sorprendió contemplando a la joven dormida con una sonrisa en los labios, antes de echarse él mismo a descansar. ¡Las cosas no serían fáciles con Elgaine!

EL REGRESO A CASTELBOV

Castelbov, el castillo de los Öxfeld, no era en realidad más que una pobre torre defensiva situada en medio de lo más profundo del bosque de las Ardenas. Rutger y Jakob, los dos fieles siervos del castillo, recibieron a su señor Sigbert y a su hijo Gerald junto al portón. En su ausencia habían protegido el bosquecillo que rodeaba al castillo, aun cuando en los pobres bosques de los alrededores sólo vivían un par de hambrientos carboneros con sus mujeres y sus hijos desnutridos. Sin embargo, para el conde, el señor feudal de la región, la torre era un pilar muy importante de su dominio, sobre todo para controlar los caminos que conducían desde Lieja hasta Verdún y desde la poderosa Colonia hasta Reims, en la Champaña. Quienes los utilizaban tenían sus razones para no dejarse ver en las famosas vías romanas, y a menudo no se traían nada bueno entre manos, aun cuando sólo traficasen con mercancías de contrabando. Antes Castelbov había sido un fiable bastión exterior de Bouillon, una torre de vigilancia situada en una posición privilegiada al borde de aquel enorme territorio boscoso, pero desde hacía algún tiempo el conde Norberto y el señor Godofredo de Bouillon no se llevaban demasiado bien. En esa enemistad el bosque no desempeñaba ningún papel, cuyo valor era escaso; la inquina se debía a una pugna por el poder, por los cargos y los derechos de señorío entre Matilde, entonces margravina de la Toscana, y el conde Godofredo.

De todo ello volvieron a cobrar conciencia los Öxfeld cuando entraron de nuevo en su hogar. Todo estaba tan desolado e incómodo como siempre, desde que la esposa de Sigbert y madre de Gerald, la delicada Fedaye de Béthune, que siempre estaba enferma en medio de aquellas humedades, se había marchado de allí. La enérgica dama, de importante estirpe borgoñona y normanda, había seguido incondicionalmente al imponente guerrero Sigbert, pues se había enamorado perdidamente de él. Pero con la misma ligereza volvió a abandonar a su marido cuando, durante una visita a su amiga Miral de Saissac en Sión, descubrió que los aires de los Alpes de la región del Valais le sentaban mucho mejor que los del bosque, sobre los que siempre se cernía el humo de los hornos de los carboneros. Fedaye, sencillamente, se quedó en Sión y no regresó jamás a Castelbov.

Los siervos le contaron a su amo que el señor Godofredo había enviado unos mensajeros para preguntar si los señores De Öxfeld estaban dispuestos a marchar con él a Italia. Allí, el rey Enrique, en compañía de su esposa, Berta de Saboya, se había hecho coronar emperador por el papa Clemente de Roma.

—¿Clemente? ¡Ése sólo puede ser Guiberto de Rávena, a quien él mismo colocó en el trono pontificio! —exclamó Gerald alegremente. Su padre lo exhortó a que se tranquilizara.

—Eso significaría que Castelbov debe mostrar de parte de quién está: ¡debemos decidir entre el emperador y el papa! Si seguimos a Godofredo, nos pondríamos abiertamente en contra del conde Norberto.

—Pues yo no tendría ni que pensármelo —resopló Gerald—. ¡Pero me atendré a lo que vos digáis, padre!

Sigbert echó a su hijo una mirada inquisitiva.

—¡Pues mi decisión es esperar!

Gerald hizo un gesto de asentimiento, y el padre se sintió orgulloso de su hijo.

Egilbert, el arzobispo de Trier, no quiso dar crédito a lo que le decían sus guardias cuando le anunciaron que el cardenal diácono y su acompañante pedían su conformidad para pasar. Como si de dos prisioneros se tratase, hizo que llevaran ante su presencia a aquellos dos sospechosos viajeros. Cuando reconoció al distinguido huésped, lo reprendió por su decisión irresponsable de cruzar el oscuro bosque de las Ardenas y el agreste Eifel sin ningún tipo de protección. Y mucho más espantado se mostró cuando monseñor le contó que él y su eficiente *adlatus*, Remy d'Aretin, tenían pensado superar entonces, completamente solos, los montes del Huhnsrück, a fin de llegar a Speyer, a orillas del Rin, donde los esperaba el obispo Rudgar. Egilbert puso de inmediato a su servicio su propia barcaza, con la cual podrían navegar sin esfuerzo Mosela abajo, un viaje, por demás, muy agradable, que pasaba por lugares que competirían entre sí para ver cuál de ellos era capaz de ofrecer a tan importante príncipe de la Iglesia el vino más delicioso. Y diciendo esto, el regordete arzobispo chasqueó la lengua.

—A partir de Coblenza, podéis navegar por el Rin, río arriba.

—¡Queréis matarme, Egilbert! —bromeó monseñor—; ¡Utilizáis la amabilidad de vuestros vinateros para darme a beber ese veneno mortal que llamáis vino!

El rubor del arzobispo era una prueba de que se sentía algo ofendido.

—Vosotros, los franceses —exclamó el arzobispo—, siempre estáis imaginando cosas...

Pero en ese momento Remy le cortó el lamento que, como era de esperar, iba a venir a continuación:

—¡Sólo nosotros sabemos cultivar el mejor vino en la soleada Toscana, y las cepas de los mejores viñedos de aquí fueron traídas hasta estos lares por nosotros, los romanos!

Ello hizo que Egilbert guardara silencio, con lo cual el capellán pudo continuar:

—¡Pero ahora el vino tendrá que esperar, porque la barcaza que el prelado de Maguncia ha puesto a nuestra disposición, así como su tienda de damasco y sus cincuenta remeros, nos espera desde hace días en Speyer!

Los ojillos de cerdo en el rostro sonrosado del arzobispo empezaron a brillar con cierta alegría ante el mal ajeno.

—¡La célebre *Trière* ya no estará dispuesta! —exclamó—. ¡La semana pasada Dios Padre llamó ante su trono al valiente Siegfried de Eppstein! *Requiescat in pace!* ¡Seguramente esa lujosa embarcación ha sido traída de regreso para ser utilizada en las ceremonias fúnebres!

—O tal vez, a falta de alguien que lo ordene, sigue allí, olvidada en medio de todo ese dolor, ¿no? —dijo Remy con intención.

Entonces el cardenal diácono hizo valer su autoridad.

—¡Somos buenos jinetes, y el tramo que nos queda no merece que gastemos ni una sola palabra sobre él!

Ambos hombres rechazaron el séquito que les fue ofrecido y se pusieron de nuevo en camino.

—Trier sufre por su insignificancia —le explicó después el maestro a su discípulo—. En comparación con la rica Colonia y la poderosa Maguncia, que se han podido expandir bastante hacia el este y hacia el sur, a Trier no le queda más remedio que vivir con ese disgusto en un espacio más reducido, ¡y ésa es la discordia que aún perdura en la región de Lorena!

—¡La herencia de esa comarca desde la muerte de Carlomagno!

Remy demostraba ser un discípulo muy aventajado.

Monseñor le explicó a su *adlatus* la ruta de su viaje.

—Por el camino hacia Basilea, donde reside el inteligentísimo Burghart de Hasenburg, haremos una parada donde Dietwald, el pendenciero prelado de Estrasburgo. Así conoceréis a algunos de los más importantes obispos del imperio. ¡Algo que siempre es de provecho!

Remy repasó en su mente nombres y lugares.

—¿Del lado de quién están esos señores de la Iglesia, del lado del emperador o del lado del papa?

Monseñor rió por lo bajo, mientras continuaban cabalgando.

—¡En primer lugar están siempre los intereses propios! El sur de Alemania tradicionalmente simpatiza con el emperador, cosa que no se puede decir del territorio situado al oeste de Colonia, sobre todo desde el ascenso al poder de Godofredo de Bouillon, convertido en mariscal de Enrique y de las pretensiones de poder, nuevamente avivadas, de Matilde de Tuszien, ¡también conocida como Matilde de Canossa!

—¿A qué se debe, en realidad, la pugna entre esos dos? —le preguntó Remy a su maestro.

Al cardenal diácono aquella pregunta parecía causarle cierto malestar. Examinó a su *adlatus* con una severidad desacostumbrada.

—¡Aguzad esas orejas y vuestro entendimiento! No me gusta contar esta historia, y por eso prefiero relatarla una sola vez. —Estaban justamente en la cresta de la cordillera. A lo lejos, el Rin se veía obligado a abrirse su paso por entre las colinas, pero aún no era visible. Odón de Lagery-Chatillon frenó su caballo y bajó de la silla. Remy d'Aretin siguió su ejemplo y se preguntó, asombrado, cuáles de sus palabras habrían incomodado tanto al cardenal. Tomaron asiento sobre una roca, después de comprobar que el atractivo tronco en el que se habían sentado a la primera era un hormiguero camuflado.

—Es la historia de la casa de las Ardenas —empezó diciendo monseñor, pensativo—. Godofredo el Barbudo, duque de la Baja Lorena, se casó con su prima Beatriz, de la Alta Lorena. De ese matrimonio, el segundo de ella, nació Godofredo el Jorobado. —Remy asintió en gesto de que entendía, mientras monseñor echaba mano de un pequeño palo—. Éste se casó con Matilde, la hija que tuvo Beatriz en su primer matrimonio, y heredera del margraviato de la Toscana. Esa unión no tuvo hijos... —El palito trazó una raya en el suelo del bosque y luego se elevó en el aire.

—¿Y ella no se deshizo del marido por medio de un veneno? —preguntó Remy.

Odón sonrió con malicia.

—Podéis llamar a ese alevoso asesinato por su nombre. El cocinero se ocupó de que el hombre tuviera unas repentinas diarreas, otro cómplice estaba escondido detrás del excusado al que el duque tuvo que acudir presuroso para evacuar sus intestinos. Y allí le hincó una púa envenenada en el culo. —El palito reprodujo aquella infame estocada dada desde abajo.

—¿Atraparon a los asesinos? —La indignación de Remy parecía mucho menor que su asco al imaginar la escena.

—¡En el acto! Los estrangularon de inmediato, ¡y de ello se ocupó la desconsolada margravina! —Impasible, monseñor borró las marcas garabateadas en el suelo del bosque—. Del matrimonio de Godofredo el Barbudo con Beatriz nació su hija mayor, Ida, quien se casó con el conde Eustaquio de Boulogne y que aportó como dote a su matrimonio sus posesiones de Bouillon. El más joven de sus dos hijos es Godofredo de Bouillon.

—Hasta ahí puedo seguir el hilo de vuestra historia. Godofredo es, por lo tanto, su primo y su sobrino al mismo tiempo —dijo Remy—; pero ¿dónde empezó el conflicto?

—¡Empezó con Beatriz! —Monseñor parecía estar divirtiéndose—. La madre de Matilde estaba casada en primer matrimonio con Bonifacio, el margrave de la Toscana, que heredó Matilde. Tras la muerte igualmente violenta de su segundo marido, la duquesa, ahora viuda, se mudó donde su hija, al rico y soleado margraviato de la hermosa Tuszien.

Remy suspiró.

—El bueno de Bonifacio parece ser el único que murió de una muerte natural.

—Matilde amaba a su padre —confirmó monseñor, alegremente— y odiaba todo lo que viniera del sombrío norte, reforzada en ello por su madre Beatriz, pero jamás renunció del todo a sus derechos sobre las posesiones y títulos que tenía fuera de las fronteras de Lorena.

—Y por ello... —empezó diciendo Remy, ansioso por demostrar que había entendido todo.

Pero su acompañante le cortó la palabra.

—¡Y por ello hoy la mierda todavía salpica! —Monseñor se levantó y se subió con esfuerzo a la silla—. ¡Y ahora, querido Remy, tened la bondad de no preguntarme nunca más al respecto!

Remy siguió a su maestro.

Sigbert y su hijo Gerald estaban en las almenas de la torre de Castelbov. Para ser exactos, se trataba más bien de un *donjon*, como los que los normandos solían erigir en sus fortalezas a modo de último baluarte, con el ascenso tan elevado que sólo podía llegarse a él, desde fuera, usando unas escalas. Gerald dejó vagar su mirada por la impenetrable maraña de las copas de los árboles.

—Supongo —dijo Sigbert en tono pensativo— que no tenías pensado tocar más la cuestión de la relación matrimonial con Hedwig, ¿no es así?

Gerald no tuvo que pensar demasiado para responder:

—Esa buena moza se corresponde muy poco con mi idea de la esposa que quisiera tener como madre de mis hijos.

—¿Y eso por qué? —preguntó su padre, sonriendo socarronamente—. Hedwig, a ojos vista, ha llegado a la edad de casarse, sus pechos están maduros, ¡y es notable también su trasero!

—¡Demasiado entrada en carnes para mí! —dijo Gerald con gesto de rechazo.

—¡Ya aprenderás a valorar dichas virtudes! Además, la chica tiene un buen corazón, no sería una mala esposa para ti.

—Olvidadlo, padre, eso ataría aún más a Castelbov, innecesariamente, al conde De Lehburg. —Gerald miró fijamente hacia las profundidades del oscuro bosque—. Y eso implicaría una clara relación de vasallos, algo que os hace sufrir.

Entonces el ojo avizor del joven Öxfeld notó una mancha en medio de la verde alfombra de abetos; era humo. Gerald llamó la atención de su padre en esa dirección.

—¡Eso no es un carbonero! —exclamó Gerald.

—¡Debe de haberse desatado un gran fuego! —El humo se hacía visiblemente más denso, se inflaba formando una gruesa nube—. ¡Sólo puede tratarse de Ahdorf!

Sigbert llamó a sus dos siervos, Rutger y Jakob.

—¡Hay un fuego en el bosque!

Padre e hijo corrieron escalera abajo. Los dos criados ya tenían los caballos listos, y también los peones de los establos habían acudido ya y corrieron tras los dos jinetes, que volaron cuesta abajo por el camino que conducía hasta las puertas. En un abrir y cerrar de ojos, el tupido bosque se los tragó.

El olor del incendio ya los rodeaba por todas partes, antes de que pudieran divisar entre los troncos las rojas lenguas del fuego. ¡Todas las cabañas estaban ardiendo! Lo que se ofreció a sus ojos cuando se acercaron hizo que se les helara la sangre. Entre los postes aún no carbonizados de las humildes cabañas, en ese momento lamidas por las llamas, yacían por el suelo los carboneros, con los cráneos destrozados. Dispersos a su alrededor estaban los cadáveres de las mujeres, abiertas en canal, así como sus harapientos hijos.

—¡¿Y esto qué significa?! —exclamó Gerald lleno de espanto—. ¿Qué habían hecho esos pobres hombres?

El padre lo miró pensativo, su semblante se oscureció.

—¡Este ataque cobarde va destinado a nosotros! —afirmó, furibundo—. ¡Es una amenaza, un *avis*!

—¡O una trampa! —gritó Gerald, acalorado—. ¡Vamos! Volvamos antes de que... —Padre e hijo se lanzaron sobre sus caballos y cabalgaron a toda prisa de regreso a Castelbov. Apenas salieron del bosque, las flechas les pasaron silbando junto a los oídos. Entonces bajaron de los caballos y buscaron refugio tras los árboles. Desde el parapeto del bosquecillo, sus miradas se alzaron hacia la fortaleza y vieron una bandera foránea izada sobre la torre; tras las almenas de los muros se veía a hombres armados.

—¡Éstos son los pérfidos actos de los que es capaz Norberto de Lehburg! —rezongó Gerald, indignado—. ¡Pretende demostrarnos quién tiene el poder aquí! ¡Pero se ha equivocado!

Sin decir palabra, Sigbert señaló hacia la bandera que ondeaba sobre el *donjon*.

—¡Somos nosotros los que nos hemos equivocado! ¡Aquello que extiende sus alas negras sobre el campo blanco de la inocencia es el águila bicéfala del obispo de Verdún!

—Entonces ¿el conde lo ha enviado contra nosotros?

—Eso, o el obispo quiere recordarle al señor Norberto que todo esto es culpa suya, desde el *malaffaire* que tuvo lugar en Gisors. ¡El señor Thierry no perdona tan fácilmente! —A diferencia de Gerald, que tenía un gran apego a Castelbov, Sigbert se tomaba el asunto con una extraña serenidad.

—¿Y qué hacemos ahora? —preguntó el joven Öxfeld. Su voz sonó apocada.

—¡No azuzaré a mis valientes siervos para que emprendan ataques descabellados, si es lo que te propones! Rutger y Jakob son los únicos hombres que nos quedan.

—¡Y hasta nuestras armas han caído en manos de esos sinvergüenzas! —se lamentó Gerald.

Su padre le dio una palmada de consuelo en el hombro.

—Pero nos quedan los caballos bajo el trasero, nuestras espadas y nuestros brazos para usarlas. ¡Eso es lo único que nos queda, hijo mío!

—¿Y adónde pensáis dirigiros, padre?

—¡Iremos a donde el conde Godofredo! ¡Cabe esperar que él nos necesite ahora a nosotros tanto como nosotros a él!

Gerald comprendió que su padre tenía razón.

—Por el camino iremos reclutando a otros hombres —exclamó—. ¡Así no llegaremos con las manos vacías!

Padre e hijo partieron de allí sin volver ni una sola vez la vista atrás.

UNA ROCA EN EL OLEAJE

El monasterio de Monte Cassino se alzaba imponente, ampliado y fortificado durante más de cinco siglos por los padres benedictinos. Junto con el castillo de Gaeta, se lo consideraba el bastión más visible del Estado Eclesial en su frontera sur, tanto si, al otro lado, gobernaban los griegos, los sarracenos o —como entonces— los normandos. Desiderio, el actual abad del monasterio, un hermano del duque de Capua, ponía todo su empeño en no inmiscuirse en el conflicto que se había desatado entre el Imperio germánico y el papa de Roma. Los normandos del reino de Sicilia estaban del lado del trono de san Pedro, que, últimamente, llevaba las de perder.

El abad había ordenado que se cerraran las puertas del monasterio, normalmente abiertas para todo el que buscaba consejo, y los monjes debían velar en todo momento para que no hubiera ningún ejército intentando aproximarse. Pero la campanilla que en ese momento sonaba sólo era una señal de que alguien se encontraba en apuros y necesitaba ayuda con urgencia. Para tales casos, el hermano que vigilaba las puertas del monasterio tenía plenos poderes para decidir por su cuenta. «*Anno Domini MLXXXIV* —escribió el guardián con esmero en el libro de guardia de las puertas—. *Equester moribundus armigeris comitatus*.»[1]

No obstante, el abad se mostró sorprendido cuando sus

1. Todas las traducciones de locuciones que no están en nuestro idioma se encuentran en el glosario de la pág. 697 *(N. del a.)*

monjes trajeron a su *tabularium* una parihuela con un caballero que, obviamente, estaba herido de gravedad. El hombre —y de eso se dio cuenta en seguida el abad— estaba al borde de la muerte. El escudero que lo acompañaba, visiblemente preocupado por la suerte de su señor, dijo en cuanto le preguntaron que se trataba del noble caballero Guillem de Gisors. Que tras un ataque de unos piratas moros, la tripulación de su nave había puesto rumbo al pueblo de pescadores más cercano de la costa, a fin de que al señor Guillem se le prodigaran cuanto antes los cuidados necesarios. Mientras hablaban todavía entre susurros, el caballero que yacía sobre la camilla abrió los ojos de golpe para torcerlos de nuevo y cerrarlos de inmediato.

—¡Ángel! —dijo, jadeante, mirando con ojos extraviados a su alrededor—. ¡¿Dónde estoy?! —El abad se acercó a la parihuela y puso su carnosa mano sobre la frente del delirante en un gesto tranquilizador, pero no pudo apartar al hombre de sus visiones. Su voz adoptó un quebrado canturreo sin melodía reconocible—. Todo es blanco, vosotros, ángeles... —jadeó de nuevo—. ¡Ellos bailan! —Sus ojos centellearon—. Copos de cristal que bailan... —El abad dirigió al escudero una mirada inquisitiva, mientras que Guillem, como si algo lo obligara a ello, continuó gimoteando—: Mi ángel con sus rizos de color del cobre...

Entonces el abad, irritado, retiró su mano de la frente empapada en sudor.

—No bailan, forman remolinos... Son ángeles de rostro blanco... —Un profundo suspiro del delirante anunció un nuevo desmayo.

—¡Echad un vistazo a esa herida! —dijo Desiderio dirigiéndose a los dos hermanos que habían acudido presurosos y acababan de entrar en la habitación—. ¡Limpiadla!

Los dos monjes tenían consigo instrumental médico. Con resolución, echaron mano de unas tijeras y cortaron la ropa del herido, que se había pegado al vendaje. La herida se hallaba al lado izquierdo, justo debajo de las costillas, se ocultaba bajo una venda empapada en sangre y estaba cubierta por una capa grumosa teñida de rojo. Con cuidado, uno de los monjes lo desprendió. El corte, de apenas un palmo de largo, discurría en vertical, de arriba hacia abajo. La herida aún no había cicatrizado.

—¡Limpiadla de inmediato! —repitió el abad innecesariamente, ya que uno de sus monjes había tomado ya la tintura de árnica, mientras que el otro estaba exprimiendo un líquido cicatrizante hecho a base de bistorta y cola de caballo.

—Emplead también algo de *capsella bursa pastoris* —les aconsejó Desiderio, que observaba todo con preocupación—. ¿Quién le hizo esta cura? —preguntó entonces el abad al escudero, señalando la capa grumosa y ensangrentada.

El escudero, solícito, le proporcionó la información:

—En el pueblo de pescadores adonde fuimos a parar, llamado Mondragone, nadie sabía muy bien qué hacer. Pero luego fueron a buscar a una tal Terès, y esa campesina tomó dos puñados de harina de una bolsa y los mezcló y amasó con un aceite de color rojo sangre que llevaba consigo en un recipiente.

—¡Hierba de san Juan, *Hypericum perforatum*! ¡No está mal! —gruñó el abad con gesto de aprobación. Luego observó con mayor detenimiento la capa de harina retirada y escarbó con una pinza en la espesa pasta—. ¡No obstante, esa mujer era una de las hijas de Satanás, que pretendía regalar a su amo la pobre alma de vuestro señor Guillem! ¡Mirad estos pequeños fragmentos! ¡Es cornezuelo o *Claviceps purpurea*! Una maldita obra del diablo que conduce a la locura...

—¿El llamado Fuego de san Antonio? —El monje que trataba al enfermo alzó la vista, asustado—.¡No es para asombrarse entonces que este caballero tenga un comportamiento tan extraño!

El abad lo mandó callar.

—¿Qué más le hizo esa bruja a vuestro señor? —le preguntó con rudeza al intimidado escudero.

—Pues le dio a inhalar los vapores de un brebaje de raíces de mandrágora —balbuceó el hombre—, y también humo de unos hongos secos cuyo nombre no me dijo...

—¡Posiblemente se tratase de *Amanita muscaria*! —dijo en son de mofa el abad—. ¡La vulgar falsa oronja!

—Sin embargo, al mismo tiempo —se defendió el escudero—, la mujer exprimió el jugo de unas ramas recién cortadas de uva de raposa y de llantén y se lo vertió en la herida, ¡y eso sirvió de mucho!

—¡No es ningún milagro! —resopló el abad—. ¡Una mezcla de *Paris quadrifolia* y de *Plantago lanceolata*! ¡Veneno puro! —dijo, mirando al escudero con ojos reprobadores—. Que vuestro señor haya llegado hasta aquí y todavía esté con vida, ¡es un *miraculum*!

En ese momento el caballero enfermo abrió de nuevo su encostrada boca:

—En lo profundo, en lo más profundo se hunde la lanza en mis flancos y corta la carne, mi pálido ángel, tú... —Todos miraron desconcertados al moribundo, que, en vez de gimotear para tomar aliento, con ronca y quejosa melodía, juntaba sonidos y palabras—. Negra mana mi sangre, tan roja... —La voz de Guillem de Gisors parecía que llegase como de otro mundo.

El abad se llevó un dedo a los labios para indicarles a los otros que guardaran silencio.

—Como fuego al rojo arde el pecado... —salmodió el enfermo. Desiderio se fue inclinando lentamente ante esta curiosa clarividencia, aun cuando no sabía si descendía desde el trono de Dios Padre o subía desde las llamas del infierno—. Negras gotas golpean: «¡Tan, tan, tan!», sobre esa cubierta tan blanca: «¡Tan!» —El abad, inseguro, se persignó, pero siguió pendiente de los labios de Guillem de Gisors—. ¡Las manchas de óxido sobre tu blanca piel son salpicaduras de mi sangre, diablesa!

Aquellas frases empezaban a fluir entonces más comprensibles, y aun cuando su sentido siguiera oculto, hechizaban a Desiderio.

—Mezclad con miel el caldo de las álsines —les ordenó a los monjes con un susurro—, añadid algo de agrimonia y mezcladla con cal disuelta; ¡eso alivia! —Los monjes hicieron lo que se les había encomendado, pero el caballero no reaccionó, como si su cuerpo moribundo se hubiera despedido ya del espíritu y del alma. Las palabras que manaban de su boca parecían un soplo llegado desde el más allá, si bien su significado había que buscarlo en la lujuria, la culpa y la expiación de una existencia en la Tierra. Los crudos pensamientos del señor de Gisors se deformaban como las hojas que se marchitan en otoño, pese a aferrarse a su belleza, al enfrentarse al viento helado de la cercana muerte. La voz de Guillem parecía levantarse contra ella, se fue haciendo cada vez más áspera, cortante... y baja...

—Con dureza clavé la lanza en tus rizos de cobre —clamó Guillem con la voz quebrada—, ¡y por eso ahora ardo,

ardo! ¡Ardo! Tus rizos bailan, mi sangre se seca, mi ángel blanco... con la lanza de llamas... —Aquel esfuerzo fue tal vez demasiado para Guillem, que se sumió en unos murmullos apenas perceptibles—. ¡Cubridme, os lo pido! —exclamó, cerrando los ojos—. ¡Bésame, ángel mío! —dijo aún, débilmente.

—¿Han acabado ya sus sufrimientos? —preguntó el escudero en voz baja, rompiendo el prolongado silencio que siguió.

—Ya no volverá a despertar —lo consoló el abad—. El resquemor de la herida había avanzado demasiado, esa Terès de Mondragone puede que sea una mujer muy sabia —dijo y sonrió—. Sus remedios mágicos le han regalado a vuestro señor un viaje sin dolor al otro mundo, ya sea al cielo o al infierno...

—¿Tal vez al paraíso? —dijo lentamente uno de los monjes, y su abad lo miró, divertido.

—¿El paraíso? ¿Queréis saber, hermano, a quién está sometido dicho lugar? —El monje negó con la cabeza, y el abad rió—. ¡Y ahora bebamos un buen trago de vino tinto! —ordenó—. ¡Nos lo hemos ganado!

Llevaron fuera la camilla con el cuerpo de Guillem, y trajeron el vino.

Se sentaron en silencio, *inter pocula*, en el *tabularium* del abad: el escudero extranjero, los dos monjes versados en medicina y el propio abad Desiderio, un hombre tan refinado como alegre. Sobre Guillem de Gisors, al que habían metido en cama en una celda contigua, los hermanos encargados de trasladarlo sólo dijeron que el caballero respiraba todavía.

El grueso abad bebió un largo trago.

—¿Cómo os llamáis? —preguntó a continuación, en tono campechano, dirigiéndose al escudero, quien, debido a su preocupación, no había querido probar el fuerte tinto de la Campania y aún luchaba por contener las lágrimas.

—Mi nombre es Rinat de Sitten o de Sión —dijo el hombre, limpiándose los mocos—. Hace ocho años que estoy al servicio de Guillem de Gisors, desde que él me acogió a ese fin y fuimos juntos con el rey Enrique hasta Canossa...

—¡Un momento! —exclamó el abad—. ¿Estabais allí aquel invierno?

Rinat asintió con vehemencia. Y entonces el abad le acercó con gesto enérgico el vaso lleno.

—Ello me conmueve por encima de todo, siempre he querido saber de primera mano cuál es la verdad de lo ocurrido aquellos días y cómo tuvieron lugar los hechos...

Rinat, confundido, agarró el vaso y esta vez sí que bebió.

—Crecí en las montañas de la región del Valais, y tenía catorce primaveras cuando...

El abad le hizo callar de nuevo con un brusco gesto de la mano para dirigirse a los otros dos monjes:

—Quiero que copiéis lo que Rinat tenga a bien relatarnos —exhortó a los hermanos—. Sobre mi escritorio encontraréis pluma y *pergamentum*; ¡servíos!

Los dos monjes se pusieron de acuerdo sobre cuál de ellos debía tomar la pluma primero. Desiderio hizo una señal al escudero para que continuara.

—Guillem de Gisors, normando de nacimiento, atravesó nuestro valle en su camino hacia el sur. Supuestamente había partido para auxiliar a su amigo Raimar de Lecce frente a los rebeldes de Bizancio...

—¡Más lento! —rezongó el copista.

—¡Sed breve! —lo exhortó también el abad. Rinat asintió, pidiendo disculpas.

—Allí, en Sión, gobernaba, y supongo que todavía gobierna, mi abuelo Hermanfried...

—¡Por desgracia no es así! —le comunicó Desiderio con sequedad—. Murió esta primavera. Lo ha sustituido su hijo, Urs de Sitten, en calidad de *praefectus et comes vallesiae*...

Rinat tragó en seco.

—¡Entonces se trata de mi tío! —Al hombre no pareció alegrarle mucho la noticia de aquel cambio—. Quien, en todo caso, está casado con Miral de Saissac, la cuñada del señor Guillem...

—¡Al grano! —lo reprendió el abad, impaciente, pero Rinat no dejó que lo desviaran de su ritmo narrativo.

—Por entonces estaba allí de visita una dama llegada del norte, su amiga Fedaye de Béthune, una mujer muy hermosa. —Rinat empezó a hablar de ella con entusiasmo—: Su cabello largo y cobrizo le caía en pequeños rizos sobre sus hombros de alabastro, sus verdes ojos brillaban como dos esmeraldas en su pálido rostro...

—¿Y vuestro señor la cortejó con su canto?

—Quedó prendado de ella en el acto —confirmó Rinat— y, puesto que Guillem era un talentoso trovador y poseía, además, una voz muy seductora...

—Muy pronto quebró la resistencia de la bella Fedaye —concluyó Desiderio con tono de mofa.

—Durante mucho tiempo ella no había conocido a ningún otro hombre, desde que perdió a su esposo en alguno de los oscuros bosques del norte... —Rinat empezó a acelerar el ritmo de la narración, el hermano copista pasó la pluma al otro y ambos le arrojaron miradas furibundas. Pero el abad dejó continuar al escudero—. Guillem y Fedaye cantaban juntos, giraban en sus danzas...

—¡Entregados a la frenética borrachera de los sentidos! —completó el abad, sonriendo con ironía. Pero exigió que le proporcionara hechos concretos.

Y Rinat lo complació:

—Pronto se puso de manifiesto que la hermosa mujer estaba embarazada del señor llegado del reino de los francos... ¡Por cierto, Fedaye de Béthune era también normanda de nacimiento...!

—¡Ése es un buen final para hoy! —exclamó el abad con el rostro algo enrojecido, pues había bebido a placer—. ¡Mañana seguiréis con vuestro relato!

Respondiendo a una señal de Desiderio, los dos monjes llevaron al escudero para que pasara la noche en una celda vacía, donde Rinat cayó exhausto sobre el lecho y se quedó dormido en el acto.

EL ESPÍRITU MALIGNO DE TRIFELS

La fortaleza se alzaba oscura y amenazante por encima del río, que serpenteaba por el hermoso valle rodeado de laderas escalonadas en terrazas, donde, desde los tiempos de los romanos, se cultivaba un tipo de uva ácida muy característica. Las aguas de un torrente habían esculpido los tres salientes rocosos que daban su nombre a Trifels (Las Tres Rocas), y sobre el montículo central se alzaba el castillo. Para proteger la fortaleza contra cualquier ataque sorpresa, los constructores habían retenido el agua arriba, en una hondonada, además de unir las otras dos rocas que flanqueaban la empinada pared con unas gruesas murallas de basalto azul traído desde los montes cercanos del Eifel. De ese modo había surgido un lago que suministraba el preciado líquido a Trifels en cualquier situación de emergencia y cuya imponente represa estaba integrada en el sistema defensivo del castillo. La principal vía de acceso hacia el floreciente valle del Mosela pasaba por debajo de aquellos muros, lo cual permitía a los señores de Trifels un temible control de todos los viajeros y sus bienes. Tan pronto como el enojado conde regresó de su viaje a Francia, la mala fama del castillo volvió a divulgarse de inmediato. Temerosos, los viajeros pasaban bajo sus imponentes muros, mientras arriba estallaba la furia del conde Norberto de Lehburg, el señor de Trifels. Su cólera iba dirigida esta vez contra alguien de su propia sangre, su hijo Berthold. Cada vez que el conde recordaba lo ocurrido en Gisors y la lamentable impresión que Berthold había causado allí, a Norberto se le revolvía el estómago. ¡Aquel meón lo había dejado en ridículo!

—¡Calzonazos! —bramó el conde—. ¡Un crío te ha dado una buena paliza con un trozo de madera! —El señor Norberto empujó a su vástago, quien se agachaba en vano, para apartarlo de sí, y el joven chocó con su hermana Hedwig, que fue a caer en manos de su enfurecido padre—. ¡Eres una vergüenza para nuestro nombre! —En eso el padre agarró el atizador de la chimenea y rompió la jarra de barro que estaba sobre la mesa. Hedwig se arrojó a sus pies y le abrazó las piernas en un callado gesto de súplica—. ¡Mataré a ese engendro! —gritó el conde, echando espumarajos de rabia por la boca.

A continuación pisoteó a su hija y volcó la mesa de roble, ya puesta, el único obstáculo que lo separaba de su víctima. Berthold se puso a salvo pegando un salto hasta la ventana. Temeroso, miró hacia el abismo. Bajo él, oscuro, centelleaba el lago, pero era mejor morir ahogado que dejarse hacer pedazos como aquel recipiente de arcilla. En ese momento vio a su enfurecido padre abalanzarse sobre él, vio a Hedwig abrazada a sus piernas como una gata temerosa, vio cómo su falda se rompía... Entonces Berthold cerró los ojos y se dejó caer.

—¡Que se ahogue ese canalla, de lo contrario lo ahogaré yo mismo! —El conde se había abalanzado sobre la ventana y, lleno de rabia, le lanzó el atizador al hijo que escapaba. A fin de contemplar la lucha de su víctima con la muerte, el conde arrimó demasiado su imponente cuerpo contra el nicho de la ventana. Fue entonces cuando sintió el cuerpo de la hija comprimido entre él y la piedra. Hedwig, que había intentado bloquearle el paso, seguía aferrada a las pantorrillas de su padre. El señor Norberto sintió cómo su miembro viril crecía. Con brusquedad le dio la vuelta a Hedwig y le oprimió la cara contra la cornisa de la ventana.

—¿Qué hacéis padre? —gimoteó la joven, lo cual hizo que el hombre arremetiera con mayor ímpetu y se pegara contra sus suaves nalgas. Hedwig vio cómo, abajo, su hermano emergía de entre las negras aguas, dando manotazos a diestra y siniestra. Con golpes desesperados y nerviosos, luchaba por no morir ahogado en aquellas aguas estancadas, escupía y jadeaba... Hedwig sintió que una cálida viscosidad le corría por el interior de los muslos. Con una blasfemia, el conde se apartó de ella y salió a toda prisa de la habitación.

Algunos gitanos que, a pesar de la prohibición, intentaban capturar algún pez en aquellas aguas estancadas, habían observado la caída del joven desde la ventana. Entonces le arrojaron una cuerda y lo arrastraron hasta la orilla. Abandonaron sus labores de pesca y metieron a Berthold, que estaba casi inconsciente, en su carromato, lo cubrieron con harapos y partieron de allí. Cuando el señor Norberto, seguido por algunos siervos con largas varas, apareció en la represa, los gitanos ya habían desaparecido, de modo que los siervos pasaron largo tiempo hurgando en aquellas aguas turbias antes de desistir de la búsqueda.

Furioso, el conde regresó al castillo. Entretanto, había llegado allí su otro hijo, Balduino de LeBourg, quien se había plantado delante de su desconsolada media hermana, Hedwig, para protegerla. Omitió, sin embargo, hacerle cualquier reproche a su padre —el seminarista Balduino conocía el carácter irrefrenable de su progenitor—, pero de inmediato le transmitió la exigencia de su señor, el obispo Thierry de Verdún. El conde debía hacer algo de inmediato contra los Öxfeld, que en ese momento recorrían el país reuniendo tropas para apoyar al excomulgado Godofredo de Bouillon.

Entonces el conde soltó una carcajada llena de odio.

—¿Y quién ha espantado a esos estúpidos, al buey de Sigbert y a su novillo, el joven Gerald, de sus establos? ¡Vuestro señor Thierry ha estado campando a sus anchas y sin ningún juicio por mis dehesas, y ha arrojado en brazos de Godofredo a esos dos miserables!

Balduino hizo caso omiso de aquel reproche contra su obispo.

—¡En cualquier caso, ahora ellos están ayudando a Godofredo a reunir un nuevo ejército con el cual Enrique, excomulgado por la Iglesia, saldrá a luchar contra el Santo Padre y contra la fiel Matilde!

—¡Yo eso no lo puedo cambiar! —gruñó el conde—. ¡Me mantendré al margen!

—¡No podéis hacer tal cosa! —le aleccionó su hijo—. Quien no tome esta vez el partido de Matilde quedará como un enemigo declarado de la única Iglesia bendecida, nuestra

Ecclesia catholica, y del único papa legítimo, Gregorio! —Al decir esto, Balduino le hizo una señal a su hermana para que lo siguiera, y salió de la habitación sin despedirse. Hedwig lanzó a su padre una mirada de animal herido y caminó tambaleándose detrás de Balduino. El conde no se lo impidió. Ni siquiera se dignó a seguirlos con la mirada.

UNA HERIDA ABIERTA

Rinat había dormido mal. Una y otra vez veía ante él a su señor, lo veía luchar con la muerte, fantasear con aquella mujer pelirroja que se había mostrado mucho más fuerte —¡tanto a la hora de quitar como de dar!— que el inconstante caballero Guillem de Gisors. Al verse próximo a su fin, el señor todavía había vuelto a cantar para la hermosa señora. Pero lo que más le preocupaba al escudero era aquel «¡Tan, tan!» que había aparecido sin ton ni son en la canción y que le traía de nuevo a la memoria un recuerdo enterrado hacía mucho tiempo.

El escudero salió de la espartana celda del monasterio de Monte Cassino y fue preguntando hasta llegar a donde estaba el abad de la comunidad. Le indicaron que fuera hasta el *scriptorium*, donde ya lo esperaba el padre benedictino. Desiderio no se llevó aparte a Rinat, sino que le comunicó delante de todos que su señor había muerto durante la noche.

—Fui a visitarlo una vez más antes de los laudes y le administré los santos sacramentos —le informó Desiderio con actitud impasible—. Cuando fuimos a ver cómo estaba, hacia maitines, todo resto de vida lo había abandonado.

Rinat no quiso mostrar su aflicción.

—Era de esperar.

—Bien que así sea, hijo mío —le dijo el abad, satisfecho—. ¡Y ahora, a trabajar! —Los dos monjes del día anterior ya estaban tras sus escritorios, listos para copiar. Las miradas que le lanzaron no mostraban entusiasmo, ni compasión ni empatía con su luto—. Os quedasteis, Rinat de Sitten, en aquellos *imponderabilia* que se presentan comúnmente cuando dos personas, sin el sagrado sacramento de la Iglesia...

—¡Lo sé! —lo interrumpió Rinat con tono mordaz—. ¡Pero si deseáis que os siga contando, dejadme a mí elegir el estilo y el vocabulario!

Se alzó un breve murmullo entre los monjes del *scriptorium*. ¡Hasta ahora nadie se había atrevido a hablar de ese modo al abad!

Desiderio soltó una sonora carcajada.

—¡Tenéis razón! Os dejaré solo. —Y diciendo esto, se fue del *scriptorium*.

A Rinat no le quedó tiempo para cavilar sobre si había ofendido a aquel hombre tan poderoso, porque el monje que ya estaba listo para escribir dio unos golpecitos impacientes sobre el pergamino.

—Cuando, al cabo de un tiempo, se supo que Fedaye no sólo estaba en estado de buena esperanza —empezó diciendo el escudero, que no tenía ganas de que lo atosigaran—, sino que también estaba embarazada de mellizos, al señor Guillem lo sobrecogió una gran inquietud. Ya no se hablaba de cuánto deseaba tener un hijo varón, sino de las consecuencias que ese hecho tendría en su vida, para su libertad. Lleno de pánico, se vio a sí mismo como un padre agobiado, con dos mocosos berreando entre sus piernas, y una mujer exigente como Fedaye dándole la lata...

La voz de Rinat había ido atenuándose más y más hasta convertirse en un susurro, quería evitar que todos en aquella sala pudieran oír lo que estaba relatando. Pero entonces, desde donde estaban los escribientes, resonó una voz implacable:

—¡Más alto!

De modo que Rinat alzó la voz.

—Yo servía por entonces de paje a la venerada señora Fedaye y, por lo tanto, me enteré de todo. Cuanto más se aproximaba el día del alumbramiento, tanto más pálido y callado se volvía el señor Guillem, como si fuera a dar a luz él. Finalmente, mi tía Miral me pidió que acudiera a verla. Ella estaba en compañía de su hija Cantar, que por entonces tenía catorce años, y de su cuñado, el señor de Gisors.

»—Rinat —dijo ella—, el noble caballero Guillem está listo para acogerte como escudero. ¡Es un gran honor!

»Comprendí claramente que lo habían decidido todo sin contar conmigo. Pero, por otra parte, aquello prometía grandes aventuras y una ocasión única e irrepetible de escapar de los estrechos horizontes del Valais. Sólo me apenaba que no me dejaran tiempo para despedirme de la hermosa señora Fedaye. Ella me había tratado siempre con mucho cariño... —dijo Rinat, quc comenzó a bajar otra vez el tono de su voz—. ¡Me sentía un canalla! Pero, si uno se pone a pensar, ¿cómo debía de sentirse el señor de Gisors, tras el cual salí poco después en secreto de la ciudad de Sión? Es cierto que aquello no era ningún consuelo para mí, sin embargo, me mantuve erguido. ¡Probablemente los hombres de verdad deban aprender a mostrar dureza!

—¡Hagamos una pausa! —gritó, frotándose los dedos, el copista al que le tocaba el turno entonces.

A Rinat le pareció bien.

—Si es lo que deseáis —dijo en tono amigable a los dos monjes—, y si vuestro severo abad no tiene ninguna objeción, desearía abreviar mi relato.

—¡Sois vos quien decide lo que cuenta y cómo lo cuenta! —le dijo con un gruñido el copista más viejo, el flaco, pero no había mala intención en su comentario.

—Los tres deberíamos recobrar fuerzas —añadió el gordo—. ¡Algo de manduca en el refectorio dará alas a vuestro espíritu y desentumecería nuestros dedos!

Rinat aceptó con sumo gusto la invitación; también a él le sonaban las tripas.

De comer había una sabrosa papilla de cereales con un buen chorro de aceite de olivas recién prensadas en el propio monasterio. A Rinat le hubiera gustado disponer de un poco de vinagre balsámico, pero sólo lo había en la mesa del abad, y el escudero no quiso pecar de arrogancia. Y como exquisitez adicional, a cada uno se le sirvió una ración de carpa dorada.

Al acabar, el escudero se lamió los dedos y, de buen ánimo, se sentó de nuevo en el *scriptorium* para retomar su esforzada labor, si bien no tenía que estar batallando con un pergamino que siempre tendía a doblarse, ni con las salpicaduras de tinta ni con la rebelde pluma, como les sucedía a sus dos compañeros.

—Partiendo de Sión, el señor Guillem de Gisors y yo, su recién estrenado escudero Rinat de Sitten, partimos hacia la cercana Saboya, donde fuimos a hacerle una visita a la duquesa Adelaida. Allí nos encontramos con Hugo, el afamado abad de Cluny. Guillem de Gisors, arrepentido, confesó ante el abad el pecado de doble adulterio...

—... el cometido contra su propia mujer Almodis —acotó el escribano, con el resultado de que su hermano de misión también pudo aportar su comentario...

—¡... y la canallada cometida contra Sigbert de Öxfeld!

—Si no me interrumpieseis constantemente —dijo Rinat, visiblemente enfadado—, ¡acabaríamos antes!

—¡Perdonad, señor cronista!

Rinat volvió a alzar la voz:

—El abad Hugo de Cluny le impuso como penitencia la misión de empezar a servir de inmediato en calidad de simple siervo. Mi señor pasó entonces al servicio de la duquesa de Saboya en los puestos más bajos, y ésta lo envió al campo de batalla, donde su hijastro, el emperador alemán...

—¡Enrique, por entonces, sólo era rey! —La rectificación no se había hecho esperar, y Rinat la aceptó sin decir palabra, pues esta vez era él quien había cometido un error.

—En fin, para que ayudara a Enrique en la campaña invernal para cruzar los Alpes. —Rinat recuperó la confianza en el oído de sus copistas y bajó el tono—. ¡El paso a través del Monte Cenis en pleno invierno fue una empresa agotadora y costó un indecible número de víctimas! Imaginaos...

—¡Por favor nada de dramáticas descripciones del paisaje! —tronó la voz del abad desde el techo del *scriptorium*.

Por lo visto, Desiderio los había estado escuchando todo el tiempo. Los monjes, sorprendidos, se encogieron de inmediato.

—¡Id a lo esencial! —exigió la voz invisible.

Rinat se ahorró la descripción del paso en medio del hielo, las altas nieves, los desprendimientos de rocas y las avalanchas de nieve.

—Pero finalmente pudieron llegar a la llanura del Po y emprendieron el camino de Canossa, donde el papa Gregorio había buscado refugio, bajo la protección de la margravina Matilde de la Toscana...

—¡Es suficiente por hoy! —resonó de nuevo la voz severa del abad—. ¡Espero al escudero Rinat en mi gabinete!

—¡Esto no puede seguir así! —exclamó Rinat, al entrar impetuosamente en el gabinete del abad—. No soporto más esas constantes y petulantes intervenciones, casi siempre innecesarias. Me hacen perder el hilo una y otra vez. ¡Es preferible que lo escriba todo yo mismo, a solas!

El abad lo miró en primer lugar con el ceño fruncido, pero de repente su rostro se iluminó dc nuevo.

—¿Cómo? ¡¿Domináis el arte de la escritura?!

—¡No me lo habíais preguntado! —le respondió el escudero, y añadió—: En cualquier caso, esa solución sería para mí la ideal. Podría redactar el relato sobre Canossa. Pero —Rinat le dedicó una irónica sonrisa al abad—, dicho sea de paso, ¡no tengo ningún interés en obtener un puesto como escribano!

Desiderio reflexionó.

—Entonces, ¿estaríais dispuesto a hacer esa labor para mí?

Rinat asintió distraído, pero mostrando su acuerdo.

—En ese caso, podéis ocupar los aposentos de la torre, que tiene las mejores vistas de todo Monte Cassino. Me ocuparé de que no os falte de nada allí arriba. Si vos lo deseáis, se os servirán allí incluso vuestras comidas, lo mejor que pueden ofrecer nuestra cocina y nuestra bodega. Por lo demás, a esa torre no tendrá acceso nadie.

Rinat respondió a la mirada inquisitiva del abad con una risa sarcástica.

—No os preocupéis, honorable y bondadoso abad, no me escaparé, al menos mientras no me haya sacado de dentro el relato sobre lo sucedido en Canossa y lo haya plasmado en el papel... Siempre que me tratéis bien, claro.

Desiderio le extendió su carnosa zarpa y el escudero besó su anillo.

LECHE, ROSAS Y ESPINAS

Sigbert de Öxfeld, acompañado de su hijo Gerald, llegó a la ciudad imperial de Worms con las tropas que había reclutado por el camino. Montó su campamento a las orillas del Rin, pero no todos los caballeros que habían acudido al llamamiento a las armas de Godofredo se mostraron conformes con alojarse en tiendas de campaña.

Encontraron, en el casco viejo de la ciudad, la antigua sede del gremio de los barqueros del Rin, cuyo espacioso patio interior ofrecía algo parecido a un caravasar. Una rica familia judía, los Gildermann, había adquirido aquel inmueble del casco antiguo, un edificio que se había vuelto demasiado pequeño, y lo había ampliado y reconvertido en una hospedería que daba cobijo a los comerciantes de paso devotos de su fe. La sinagoga no estaba lejos de allí. Los nobles señores de la región situada entre el Mosa y el Mosela confiscaron el inmueble sin preguntar, y ni siquiera pensaron en pagarle algo al judío por el alojamiento. El viejo Gildermann, por su parte, que también era el líder de la comunidad judía en la ciudad, había mostrado todo su tacto y su buen tino para que a sus inesperados huéspedes no les faltase de nada. Los invitó incluso a su casa, pero los señores de Lorena rechazaron con brusquedad la invitación de sentarse a la misma mesa que un judío. Sólo Gerald de Öxfeld aceptó en nombre de su padre, y lo hizo con sentimientos encontrados. Sigbert, en su condición de líder de las tropas, creía que debía dar ejemplo, por eso prefirió permanecer con sus hombres en el campamento de tiendas.

La cena en la casa de los Gildermann transcurrió en un ambiente de cordialidad, casi familiar, algo que Gerald había echado de menos desde su más tierna infancia. Al anciano Gildermann le encantaba tener a su mesa invitados que hubieran viajado mucho, pues de ese modo tenía noticias fiables de lo que sucedía por el ancho mundo.

Gerald contó que, cuando estuvieran camino de Italia, iría de paso a visitar a su madre en Sión, un lugar que había visto por última vez cuando era un niño.

—¿A qué edad? —le preguntó la mágica criatura que estaba sentada con ellos a la mesa.

Por un breve instante, Gerald vio brillar un cielo estrellado antes de que sus largas pestañas, vergonzosas, le escamotearan otra vez aquella magnificencia divina. Gerald se sentía como si lo hubiera alcanzado un trueno. Aquella figura, con una piel que parecía una mezcla de leche y miel, cuyos grandes ojos bajo el tupido cabello sólo le habían sonreído una vez brevemente, era Miriam Gildermann, la jovencísima hija del anciano.

—Yo... tendría, quizá, unos diez años —tartamudeó el joven.

El señor de la casa acudió de inmediato en su ayuda.

—Y puesto que, según vuestro calendario, ahora estamos en el año 1085...

—Vos tenéis ahora diecisiete —dijo en una exhalación aquella joven sobrenatural, sin cortarse ni un momento—, y vuestra querida madre...

Una mirada de amonestación del anciano Gildermann hizo callar aquel tintineo llegado del cielo. ¡Pero ya era demasiado tarde! La varita mágica ya había tocado a Gerald. Como caído del cielo, aquel rayo había alcanzado su corazón, y unas cadenas invisibles se habían ceñido en torno a él. Una inefable sensación de dicha inundaba a Gerald... Y luego, con un cosquilleo, perdió todo lo que le quedaba de sano juicio.

De todos modos, comprendió justo a tiempo que le mostrarían la puerta de salida si se atrevía a insinuar sus sentimientos por el tesoro oculto del anciano. Por eso se dedicó a hablar con el padre acerca del emperador y el papa, y se guardó muy mucho de volver a deslizar la mirada hacia la hermosísima hija, aunque sentía que Miriam no lo perdía de vista, si bien con gran cautela. Gerald se despidió precipitadamente, escuchando sólo a medias que el anciano Gildermann, a quien el joven *goi* le parecía la mar de simpático, lo invitaba a dejarse ver nuevamente, pues siempre sería bienvenido en su casa.

Como aturdido, Gerald caminó de regreso al campamento de su padre. Informó escuetamente a Sigbert sobre aquella velada, pero no dijo ni una sola palabra acerca de Miriam.

Los caballeros llevaban en Worms apenas un día cuando arribó un pequeño grupo de viajeros. Se componía principalmente de una litera cubierta, escoltada por soldados del obispo de Verdún, a la cabeza de los cuales estaba Balduino de LeBourg. Sin dilaciones, los guardias de las puertas guiaron a los recién llegados hasta el palacio episcopal, donde ya los esperaban. De la litera descendió la señora Maurcade du Berq, bien conocida, por los iniciados, como la agente de aquella Matilde de Tuszien, a la que se consideraba la principal rival del emperador. El obispo de Worms estaba, con toda seguridad, del lado de Enrique. En cuanto sus huéspedes llegaron, les habló de las tropas que estaban apostadas en la ciudad bajo las órdenes de Sigbert de Öxfeld. Era inminente su marcha a Italia, donde debían unirse al ejército de Godofredo.

Maurcade du Berq no se mostró sorprendida por la noticia. Exigió fríamente que la dejaran a solas con Balduino.

Maurcade fue al grano de inmediato:

—¡Hemos alcanzado a esa pandilla de cerdos! ¡Ahora toca impedir que lleguen a su objetivo!

—Pero ¿cómo? —objetó el joven sacerdote tímidamente.

—Querido Balduino, vos, como pariente cercano de Godofredo, podéis simular que actuáis en nombre y por encargo de vuestro primo. Enviad los refuerzos de vuelta con el pretexto de que él ya no los necesita —le dijo, con voz seductora, la bella normanda.

—Si una mentira tan pérfida se hiciera pública, Godofredo haría que me atasen a una rueda y me descuartizasen...

Maurcade lo fulminó con la mirada.

—¡Si es que él os encuentra!

—¡No conozco ningún lugar en el que pueda sentirme a resguardo de su venganza!

Aquella gata negra con los ojos verdes observó al joven sacerdote como a un pájaro que se ha caído del nido.

—¿Tenéis algo mejor que ofrecerme?

Balduino batió sus alas entre balbuceos, aunque sabía que no podría escaparse de aquella mujer.

—¡Vos, estimada Maurcade, podríais embaucar al joven Öxfeld!

Ella soltó una carcajada en son de burla.

—¡Si es preciso comer cerdo de las Ardenas, prefiero al viejo jabalí... y no al jabato! —dijo, y se quedó pensando—. Tendríamos que averiguar algún punto débil de esos Öxfeld, da lo mismo si se trata de algún miembro de su familia, o de un lío de amores.

Balduino se mostró aún más desanimado.

—No conozco ni al padre ni al hijo.

—Y está bien que así sea —ronroneó Maurcade—. ¡Ellos tampoco os conocen! ¡De modo que podéis dirigiros al campamento de esos caballeros y aguzar el oído! —exclamó la mujer, tumbándose—. Mientras tanto, yo pediré consejo al alto clero.

Maurcade se dio cuenta de que Balduino vacilaba. Entonces le habló con brusquedad:

—¿A qué esperáis? ¡No tenemos tiempo que perder!

Ese mismo día, proveniente de Italia, llegó a Worms el condotiero Berenguer de Saissac. Las nuevas que traía para los Öxfeld generaron inseguridad tanto en el padre como en el hijo. Después de que Enrique fuera coronado emperador por el antipapa, Gregorio se había atrincherado en el inexpugnable Castillo de Sant'Angelo y llamado a los normandos para que acudieran en su ayuda. Pero cuando Guiscardo acudió presuroso, Enrique ya había abandonado Roma de nuevo.

Los normandos desatendieron por completo la misión encomendada, se alojaron en la Ciudad Eterna como conquistadores, saqueando, violando y sembrando la destrucción. La población, indignada, se sublevó y obligó al príncipe normando a retirarse junto con sus hordas. Al desdichado Gregorio, que les había traído todas aquellas desgracias, el normando tuvo que llevárselo consigo, de lo contrario los romanos lo hubiesen hecho pedazos. Se llevaron al papa con ellos a Salerno, donde el príncipe le ofreció asilo.

—¿Y qué hace Godofredo mientras tanto? —quiso saber Sigbert, apenas el jefe de mercenarios concluyó su relato.

—Le cubre las espaldas al emperador en la Toscana.

—¡De modo que nos necesita con urgencia! —afirmó Gerald lleno de confianza, pero Berenguer negó con su calva cabeza.

—Eso depende exclusivamente de si desea mantener su posición contra Matilde —explicó el mercenario—. Al emperador le atrae la idea de regresar al Imperio germánico, y pretende reconciliarse con la margravina.

—Entiendo —dijo Sigbert—. Nuestros refuerzos serían muy bienvenidos en uno de los casos. Pero en el otro, sólo estorbarían.

—¡Sí, podría verse de esa manera! —gruñó el condotiero, malhumorado. A Berenguer le gustaban las situaciones belicosas inequívocas y las órdenes claras.

Gerald se despidió rápidamente. Había visto en el campamento al anciano Gildermann y se apresuró a saludarlo. El líder de la comunidad judía había acudido para quejarse del indisciplinado comportamiento de los caballeros de Lorena en su hospedería. El astuto comerciante se expresó de un modo bastante discreto, pero Gerald pudo imaginarse vivamente cuál había sido el comportamiento de algunos de aquellos hombres. ¡Sin embargo, el judío los había acogido como huéspedes y no había pedido ni un céntimo por ello! Era mejor que su padre no se enterara de aquel atropello. Gerald prometió ayudarle y se sintió decepcionado de que el viejo Gildermann, al despedirse, no lo invitara a su casa. Los deseos del joven Gerald de ver a la bella Miriam no habían disminuido un ápice, más bien se habían incrementado. Por eso se sintió tan feliz cuando Berenguer propuso esperar un poco más antes de conducir a las tropas a través de los Alpes.

—¿Sabéis, mi querido Balduino, quién ha llegado a Maguncia recientemente? —soltó Maurcade du Berq, casi sin aliento.

Sin llamar, había abierto la puerta e irrumpido en la recámara del joven sacerdote. La excitación le sentaba bien a la mujer, le temblaban los labios, según comprobó el joven abordado de aquel modo intempestivo. Luego preguntó:

—¿Quién?

—¡El emperador! —La indignación vibraba en su voz—. ¡El señor Enrique desea anunciar la Paz Divina! ¡Como si no fuera culpa suya el que haga tanto tiempo que no exista la *Pax Dei* en estas tierras!

A Balduino no se le ocurrió nada al respecto. Se refugió entonces tras la misión que se le había encomendado.

—He visto en el campamento al condotiero Berenguer de Saissac... —dijo.

—¡Ese calvo terco! —bufó Maurcade—. ¡A ese conejo lo he tenido en dos ocasiones siguiéndome los pasos, la primera vez durante el viaje a la ceremonia de compromiso de Gisors, y después al marcharme, por segunda y última vez! —A continuación, la mujer aplacó su furia—. ¡También quiero evitar a ese toro de Öxfeld, tan amablemente propuesto por vos! —Maurcade dirigió su mirada de bruja al joven sacerdote, y Balduino se sintió desnudado hasta las pantorrillas. Era algo perturbador, porque el decoro que se suponía que debía tener una mujer no se manifestó en ningún momento—. De modo que... —añadió Maurcade— ... sólo quedáis vos, Balduino. —Y diciendo esto, con un rápido movimiento de sus zarpas, lo atrajo hacia ella y lo empujó hacia el lecho, donde el joven cayó de espaldas. Balduino sintió cómo su miembro viril se comprimía contra el peto de sus calzones. Maurcade no había pasado por alto ese detalle y empezó a acariciarle la entrepierna—. ¡Si demostráis ser un verdadero diablo, capaz de hacerme arder en los fuegos del infierno con azotes y embestidas, os recomendaré a mi querida amiga y pecadora hermana Matilde, que necesita con urgencia un padre confesor! —Estas últimas palabras de Maurcade se escaparon de su boca entre jadeos; a continuación, se entregó por entero a aquella cabalgadura de prueba del joven sacerdote.

Berenguer de Saissac regresó de Maguncia y se presentó ante Sigbert de Öxfeld y su hijo.

—Vuestro general en jefe y líder de vuestros ejércitos, el señor Godofredo de Bouillon, os hace saber... —empezó diciendo el condotiero.

—¿Cómo? —se le escapó al joven Gerald—. ¿Es que no está en la Toscana?

—El emperador ha expresado su deseo de que el combativo conde esté presente *in personam* cuando se anuncie la Paz Divina.

—Ya, pero ¿qué nos comunica el emperador? —preguntó Sigbert, haciendo rechinar los dientes.

—Que abandonéis vuestra empresa. —Y como si de un consejo personal se tratase, Berenguer añadió— : En cualquier caso, antes...

—¡No puedo dejar que ese montón de soldados se quede aquí sin hacer nada! —dijo Sigbert, indignado—. ¿Quiere decir eso entonces que debo disolver las tropas?

—¡Claro que no! —exclamó el calvo, sonriente—. En Quedlinburg, el osado legado papal, el cardenal Odón de Lagery-Chatillon, ha renovado el anatema de la Iglesia contra Enrique, con lo cual ha provocado una sublevación de los sajones. El emperador ha lanzado todas las tropas disponibles del imperio contra los rebeldes y me ha encargado...

—Entiendo —gruñó Sigbert—. Nos asumís...

—¡De conformidad con el señor Godofredo!

—... para que permanezcamos como un grupo cohesionado...

—¡... y haciendo movimientos útiles!

—¡... hasta que nuestro señor Godofredo pueda retomar sus planes, que aún no ha enterrado del todo, y continuar su lucha contra la margravina Matilde!

—Sigbert, hacéis honor a vuestra reputación como hombre visionario —dijo sonriendo el calvo condotiero—. ¡Os pido, además, que os mantengáis a la cabeza de esta tropa!

Sigbert miró hacia donde estaba su hijo, que asintió con un discreto gesto. ¿Qué otra opción tenían? No había posibilidad de regresar a Castelbov... Y la señora Fedaye de Sión tendría que esperar, del mismo modo que ella había mantenido en ascuas, durante tantos años, a su esposo y a su hijo.

Gerald pensó con nostalgia que le estaría vedado volver a ver a Miriam durante mucho tiempo; aparte de que el anciano Gildermann no se había mostrado muy proclive a volver a invitarle a su casa. Ni por asomo sospechaba que Miriam, ante las insistentes preguntas de su padre, que vio en sus pupilas el reflejo de la pena, había admitido que se había enamorado de aquel *goi*. A partir de ese momento, el anciano consideró como una obligación —aunque le pesara, ya que sentía simpatía por Gerald—, ocuparse de que aquellos dos irreflexivos jóvenes no se encontraran nunca más.

Un día después, el ejército de Sigbert de Öxfeld partió de Worms.

LA ÚLTIMA PRUEBA

El abad Desiderio recibió la visita de un viejo conocido. En compañía de Remy d'Aretin, su *secretarius*, al que, entretanto, había ayudado a ascender a la condición de monseñor, apareció en Monte Cassino Odón de Lagery-Chantillon, elevado al rango de cardenal y legado papal.

—Vengo, por así decir, como *custos visitans* de nuestra atacada Iglesia —le hizo saber, de buen humor, a su anfitrión—. ¡Mientras tanto monseñor Remy —dijo señalando con orgullo a su *adlatus*, quien hubiera preferido una presentación menos rimbombante— asumirá con botas de siete leguas ciertas misiones importantes y secretas!

El anciano abad le dedicó una sonrisa al joven, dándole ánimos.

—Pues parece llegado el momento de que el Cardenal Gris nos supervise ahora a nosotros, la más antigua orden de toda la cristiandad desde san Benedicto —añadió a sus palabras una breve carcajada, para que no pareciera que lo decía en serio—, para comprobar si nos mantenemos fieles al papa en nuestras ideas y somos adeptos a la doctrina católica más pura.

Remy captó la indirecta.

—Puede que en este convento el universo católico se mantenga todavía en orden —dijo el joven, inclinándose ante el abad para mostrarle su respeto—, pero ahí fuera hay dos papas al mismo tiempo, un usurpador del trono de san Pedro, mientras que el legítimo *Vicarius Christi* se encuentra en el exilio, en Salerno.

Con expresión divertida, Desiderio se dirigió a su viejo amigo y rival.

—¡Ved esto! Con qué paso seguro sigue vuestro joven discípulo vuestro camino.

Remy sonrió discretamente y continuó impasible:

—En lo que a la «doctrina pura» se refiere, nadie ha dicho si seguirla al pie de la letra, como exigen los reformadores de Cluny, es beneficioso para el Occidente cristiano... O si, por el contrario, amenaza con escindirlo.

—¡Vaya! —rió el abad, con una tronante carcajada—. ¡Una serpiente anida en vuestro pecho, señor cardenal!

El legado no se dejó llevar por el tono desenfadado y acudió en ayuda de Remy:

—Nuestro joven e inteligente amigo ha querido expresar que a todos los príncipes seculares, a los reyes y a los emperadores, les resultaría más fácil plegarse voluntariamente al *dictatus papae* si el Trono de san Pedro pudiera adjudicarles una misión convincente y que entusiasmase a todos. —A Odón de Lagery-Chatillon no parecía importarle tanto que el abad fuera capaz de seguir sus argumentos. Más bien mantuvo la mirada fija en Remy d'Aretin, y sólo cuando vio en la luz de sus ojos, bajo su ceño fruncido, un destello indicador de que había comprendido, añadió—: Una idea capaz de inflamar su corazón desorientado...

En eso tocaron otra vez a la puerta del *tabularium*. Los dos monjes encargados de asistir al escudero que había llegado hacía un año al monasterio acompañando a Guillem de Gisors, aparecieron en la puerta empujando a Rinat a través del umbral. Este último llevaba una enorme cantidad de legajos escritos bajo el brazo, legajos que depositó con orgullo sobre el escritorio, delante del abad.

—¡Hecho! *Drama pontefecis maximque imperatoris!*

Odón de Lagery-Chatillon lo miró con el ceño fruncido.

—¡No es un buen título! —dijo a continuación, y luego, dirigiéndose al abad—: ¡No me gusta ese intento de equiparar en rango al papa y al emperador!

—Rinat de Sitten —dijo Desiderio, saliendo en defensa propia y del autor de aquellos legajos— estaba entonces en Canossa, aunque en su afán por escribir olvidase —añadió, destacando esa mácula— que por entonces Enrique sólo era rey. Le pedí que escribiera sus impresiones como testigo imparcial. —El abad se dio cuenta de que su ocurrencia no hallaba aprobación entre los otros—. Podría leérnoslas, ¿no? —Con mirada inquisitiva, buscó la conformidad de su distinguido huésped.

—Si sirve para encontrar la verdad... —empezó diciendo Remy.

Pero de inmediato su mentor lo interrumpió:

—¡¿Por qué debería repasar de nuevo ese capítulo, el más negro de toda la historia de nuestra *Ecclesia catholica*?! —exclamó el cardenal, resoplando.

A esto Remy replicó fríamente:

—¡Para aprender de ello, Eminencia!

Atónito ante tal osadía, Odón alzó los ojos.

—¡Estáis en lo cierto, Remy d'Aretin! —admitió el legado papal, sonriendo irónicamente.

Ello, a su vez, alentó al joven monseñor a hacer una propuesta que nadie se esperaba.

—Pues podemos comenzar con algo; creemos un archivo —dijo, cerciorándose de que el abad asentía en señal de aprobación—. ¡Una crónica de cada época, del mismo modo que en nuestras vidas tenemos etapas en las que predominan la apatía, la ecuanimidad o la amargura, o como cuando nos ponemos metas ante los ojos, metas que perseguimos con arrojo o sabiduría!

El legado carraspeó.

—¿Y quién va a leer eso?

El viejo abad Desiderio le ahorró a Remy la respuesta.

—¡Todo el que se sienta en compañía de Dios! —dijo, notando el escepticismo de su distinguido huésped—. ¡Todo el que se sienta llamado! —añadió con voz firme.

Rinat se dirigió a su anfitrión, el abad. Parecía algo cohibido.

—¿Me necesitáis por más tiempo? —preguntó, titubeante—. De no ser así...

—Seguid siendo mi huésped —dijo el abad, sin pensarlo demasiado—. ¡Aún tengo varias preguntas que formularos! —Al ver la confusión del escudero, que en realidad tenía intenciones de despedirse, añadió un cumplido—: Sois una deliciosa fuente borboteante, mi querido Rinat, una fuente que se alimenta de otras corrientes muy ramificadas y ocultas bajo la roca.

—Vuestra narración, además, muestra un estilo seguro y una noble elegancia —dijo Odón de Lagery-Chatillon, quien, a su manera sarcástica, también sabía hacer un elogio—. Al principio, cuando hablabais de Sión, habéis mencionado a una tal Cantar —quiso saber el cardenal—. Yo tuve el privilegio, más tarde, de conocerla en Gisors. ¿Qué ha sido de ella?

Todos en la habitación se quedaron perplejos. ¿Es que acaso el Cardenal Gris estaba mostrando una debilidad humana?

Rinat, sin embargo, no pudo darle la información deseada.

—Cuando dejé mi patria en el séquito de Guillem de Gisors, la hija de mi señor era una chiquilla de cinco años, una patita fea...

—¡Oh! —Remy intervino de inmediato, restando importancia a lo dicho—. En mi camino hacia Sajonia me detuve por algún tiempo en la región del Valais. ¡Puedo deciros que la hija de Miral de Saissac ha florecido y se ha convertido en un maravilloso cisne negro!

—¡Eso nunca me lo habíais dicho hasta ahora, monseñor Remy! —Al legado le molestaba haber dejado que se le escapara aquella pregunta delante de testigos—. Por entonces, aquella niña que a mí me pareció tan seria y temerosa de Dios quería ser abadesa a toda costa.

Con esa mentira piadosa conseguía erguir la cabeza entre aquella corona tejida con rosas rojas; las espinas correspondientes se las colocaría más tarde al descuidado monseñor debajo de la silla. ¡No le importaba nada que Remy conociera sus debilidades, pero debía prestarles atención!

Volvieron a llamar a la puerta. Los dos monjes irrumpieron nerviosos en el *tabularium*.

—¡El Santo Padre ha muerto! —exclamaron—. ¡Se nos ha ido esta noche en Salerno!

Los dos príncipes de la Iglesia se miraron; a continuación, el abad sacó a todos los demás presentes de la habitación. También Remy cumplió la orden.

Apenas la puerta se cerró a sus espaldas, ambos hombres suspiraron.

—Dios se muestra comprensivo —dijo el abad sin esforzarse por mostrar la más mínima tristeza—. Y redimió a Gregorio de la pena de su exilio.

A continuación, un silencio se cernió entre ambos: los dos eran *papabiles*... ¿Cuál de ellos aceptaría llevar esa carga? Desiderio tomó la iniciativa.

—¡Pondré al cónclave a vuestro favor! —le aseguró a su interlocutor.

Odón lo miró con expresión amargada.

—Del mismo modo que vos, estimado Desiderio, adoráis vuestra tranquilidad y vuestro excelente vino —empezó diciendo el legado papal—, a mí, en este momento, me depara un enorme placer poder moverme libremente en mi condición de cardenal y, al mismo tiempo, mantener los hilos del poder en las manos —le dijo, riéndose—. Votaré para asegurarme de que la elección recaiga sobre vos, ¡y no sobre alguien como el obispo de Verdún, por quien nuestra vieja amiga Matilde hace votos, abrigando la esperanza, desde hace tiempo, de que alguna vez sea el portador de la tiara!

Desiderio se sintió alarmado.

—¡Os lo ruego, Odón, os lo suplico, apartad de mí ese cáliz! —Pero sus palabras cayeron en oídos sordos—. *Amor fati!* ¡Pero si ése es mi destino! —exclamó con fingida desesperación—. ¡Consolémonos con vino! —Entonces cogió la campanilla del escritorio y le ordenó de inmediato al *cellerarius*, que acudió presuroso, que trajera el mejor caldo de sus bodegas.

Por eso no pudo oír la fría réplica de su rival.

—*Ducunt volentem fata*... —comentó Odón de Lagery-Chatillon con una sonrisa burlona.

Liber II

A. D. MLXXXVI

BANDIDOS DE LOS MARES

En medio de la pequeña plaza del mercado de aquel pueblo situado entre las colinas de la Campania estaba Astair, con las piernas abiertas y el musculoso torso desnudo inclinado hacia atrás. Estaba sacándose la espada que poco antes se había introducido en la garganta. Elgaine, envuelta en una túnica de color rojo fuego que ondeaba al viento, como una mariposa batiendo las alas, estaba allí de pie, con una jarra lista para abastecer de nuevo al maestro. Apenas Elgaine se le acercó con una antorcha encendida en la otra mano, Astair tomó un largo trago, infló los carrillos y soltó un resoplido, vertiendo de golpe el contenido de su boca en dirección a las llamas. Con un sordo estruendo, la pequeña nube invisible se convirtió en una volátil llamarada que de inmediato se apagó. Astair había saltado detrás de ella, y también lo había hecho su mariposa roja. Pero ninguno de los dos consiguió atrapar al vuelo a aquel fantasma de tan corta vida. Elgaine batió tristemente sus alas y le acercó de nuevo la antorcha a Astair, a los labios. Éste volvió a sacar todo el aire que tenía en su pecho, soltó otra de aquellas pequeñas nubes para su princesa, pero ¡otra vez se le escapó! Enojada, Elgaine arrojó al suelo la antorcha, que se apagó de inmediato, con un siseo. Hubo aplausos de los pocos lugareños que seguían en círculo el espectáculo.

Elgaine se apartó con paso elegante del corro de los espectadores, y unas pocas monedas cayeron en la escudilla que se fue pasando entre los presentes. Mientras tanto, Astair ya había guardado los pocos utensilios necesarios para su actuación en el carro, delante del cual esperaba pacientemente un mulo. Elgaine saltó al asiento, al lado de Astair, le quitó las riendas de la mano e hizo restallar el látigo. Traqueteando, el vehículo se puso en movimiento. Los reunidos en la plaza se dispersaron de nuevo.

En el ancho mar, con apenas viento, avanzaba un barco a la deriva. Tenía las velas izadas, pero éstas colgaban fláccidas e inertes, como si la tripulación estuviera dormida, y también el timón parecía obedecer más bien al vaivén de las olas, no a las manos firmes de un timonel. El barrigudo barco mercante, que hacía rato había visto entrar en su campo visual el delgado cuerpo de la embarcación de alta borda, avanzó vacilante hacia aquel bajel extrañamente silencioso. *Laus ad verginem!* era el nombre del barco, anunciado por unas letras pulcramente pintadas. Varias escalerillas colgaban de los costados, y sobre la cubierta no se veía ni un alma. Tampoco nadie apareció después de dar varias voces.

El capitán ordenó que uno de los hombres de los botes trepara por una escalerilla. Una vez arriba, éste gritó.

—¡Parece que lo han atacado! —dijo, mirando atento a su alrededor—. ¡Hay uno que parece estar vivo aún, tal vez sea el grumete, está aferrado al timón!

El capitán hizo que su propio barco, mucho más potente, se acercara con cuidado por un costado, y él mismo subió al mercante. Sobre la cubierta de la otra embarcación había varias monedas de oro por el suelo, las cuales, de inmediato, atrajeron la atención del capitán con su brillo tentador. En medio había un cofre enorme abierto; tenía la tapa levantada y un collar de perlas se mecía desde el borde de la caja. Todo apuntaba a que había habido un ataque pirata; un ataque que, por lo visto, había quedado abortado. En el timón, en efecto, había un mozalbete pelirrojo y enjuto. Debía de ser el grumete, y sólo atinaba a hacer un débil gesto con el que parecía suplicar ayuda.

El capitán dio la orden de abordaje. Sus hombres saltaron por encima de la borda y se lanzaron sobre el botín disperso por todas partes. El entusiasmo por aquella riqueza inesperada contagió también a los que debían permanecer a bordo del bajel. Sobre todo les atraía el gran cofre. Intentaron moverlo, pero fue imposible. Se les unieron cada vez más y más hombres, que se plantaron frente a aquella maciza caja revestida de hierro...

—¡La tapa! —les gritó el pelirrojo grumete con voz quejumbrosa— ¡Tenéis que cerrar la tapa!

Varios hombres se lanzaron con todas sus fuerzas sobre la pesada tapa y, a pesar de la resistencia, lograron hacerla bajar... Algo crujió bajo sus pies, los tablones del barco habían cedido. De repente, se doblaron hacia abajo. No había dónde sostenerse, así que cayeron dando volteretas hacia abajo, hacia las profundidades de la bodega de aquel barco aparentemente sin tripulación. Como salidos de la nada, aparecieron sobre sus cabezas los piratas.

—¡Yussuf el Zirí! ¡Señor, ayúdanos! —gritó con espanto uno de los marineros, cuando se hizo visible la figura corpulenta de un hombre con turbante y barba negra. En gesto de reconocimiento, el traficante de esclavos más tristemente célebre de toda la costa bereber acarició la cabellera pelirroja del grumete.

—¡Bien hecho, Bert el-Caz! —dijo, al tiempo que sus hombres colocaban otra vez los tablones en posición horizontal hasta que éstos encajaron de nuevo en su sitio, debajo del arca del tesoro.

Se oía el murmullo sordo de los hombres recluidos en la asfixiante bodega del barco. El ruido se fue acallando poco a poco, a medida que los prisioneros fueron cobrando conciencia de que podían olvidar ya toda esperanza.

—¡El Elogio de la Virgen! —El háfsida sonrió con satisfacción. Sabía muy bien por qué nunca había cambiado el nombre al barco. El nombre de *Laus ad Verginem!* podía sonar muy religioso para los oídos cristianos, pero para él, el traficante de esclavos, constituía la máxima de su cotidiano hacer.

El carro de los feriantes, decorado con bandas de colores, había llegado a los acantilados situados encima de Amalfi, el célebre nido de piratas. Con añoranza, la mirada de Astair escudriñó el mar que se extendía a sus pies. Elgaine saltó del asiento del conductor y miró con ojos curiosos hacia el abismo. Por el puerto, entre las rocas, sólo navegaba, con las velas arrizadas, el imponente barco mercante que había sido víctima de la trampa de Yussuf el Zirí. Su propio barco, mucho más ligero y pequeño, iba a remolque. Sólo unos pocos de sus hombres vigilaban allí en ese momento a la tripulación del buque apresado, hacinada bajo la cubierta tras haberle sido cambiado su encierro. Lentamente, fueron acercando el barco pirata hasta un costado de la nave de mayor tamaño, de modo que sólo se pudiera llegar a uno a través del otro. Desde su alta atalaya, Elgaine observó la maniobra con creciente interés.

—¡Deberíamos tener un barco como ése! —dijo, dirigiéndose con tono serio a Astair—. ¡Incluso me conformaría con el segundo para empezar! ¡Con él podríamos volar sobre los mares, arribar a islas lejanas...!

Astair miró divertido hacia abajo, hacia donde estaba su infantil compañera.

—¿Y de qué pretendéis vivir, princesa mía?

—¡Como piratas, naturalmente! —Para ella, eso estaba fuera de toda duda—. Por el modo en que mi maestro de esgrima sabe manejar las dagas y las espadas, nadie se atreverá a enfrentársele con una afilada hoja, ¡y yo, como sabéis, soy una maestra atando y cortando las presas!

—¡Sí, hasta que nos atrapen! —Astair sabía la manera irreflexiva en que Elgaine aplicaba esas habilidades suyas, las cuales aprendía con una rapidez que asustaba, y eso le preocupaba—. O hasta que nos topemos con alguien que sea mejor que nosotros... —Elgaine había vuelto a tomar las riendas e hizo que el pequeño carro rodara cuesta abajo, a través de las empinadas revueltas de un precipicio que acababa delante de las primeras casas de Amalfi.

Yussuf el Zirí, en compañía del pequeño Bert el-Caz, el joven con aspecto de zorrillo, había visitado la embarcación de dos mástiles que había capturado, un recio mercante. Estaba repleto de fardos de tela de Oriente: sedas de la India, ligeras como plumas, pero también de tejidos preciosos procedentes de Mosul o pesadas y brillantes telas de Damasco.

—Por esto nos darían lo suyo en el norte —bramó el barbudo traficante de esclavos bajo su turbante, tan negro como su barba—, ¡pero yo prefiero deshacerme cuanto antes de la carga humana, mientras ésta permanezca fresca y con fuerzas, en el Gran Bazar de Béjaïa!

—¡Qué pena, esas telas tan valiosas! —objetó el pequeño.

Yussuf agarró uno de los fardos del mejor damasco, de color verde hierba, lo desenrolló y cortó un gran trozo de la tela con un solo tajo de su afilada cimitarra. Con habilidad, enrolló un turbante alrededor de la pequeña cabeza de su discípulo, un turbante tan grande e imponente, que la cara de zorro del pequeño apenas se veía debajo de él.

—¡Si sigues progresando tanto, Bert el-Caz —le dijo en tono de reconocimiento—, podrías llegar a ser primer oficial, convertirte en mi segundo! —Yussuf esperó ver muestras de alegría por tal elogio, pero el hombrecito que estaba bajo aquel turbante levantó la vista con gesto insolente hacia su benefactor.

—Si con ello queréis decir, *sidi*, que antes debo cumplir más años —dijo, saltando ágilmente a la borda del mercante y poniéndose de ese modo a la misma altura del Zirí—, ¡os digo desde ahora que no esperaré tanto tiempo!

El poderoso hombre de barba negra soltó una estruendosa carcajada.

—Si estuviera seguro de que me sería beneficioso —dijo, pensando en voz alta—, podría quedarme con este barco, meter aquí a los prisioneros y hacer llevar las telas a mi viejo barco. —Bert el-Caz era todo oídos—. Y podría enviarte con él a Pisa o a Génova, donde podrías vender la mercan...

El perplejo Bert el-Caz quiso asegurarse de que había oído bien, pero Yussuf el Zirí ya le había dado la espalda. ¡Pero lo más sorprendente era que él, Bert el-Caz, no había mostrado ni pizca de entusiasmo por tan magnífica perspectiva...

—¡Haré uso de los derechos de la tripulación y echaré un vistazo por Amalfi! —le hizo saber a su señor—. Vos, *sidi* Yussuf, podríais mientras tanto ir meditando qué os pide con mayor apremio vuestro corazón: ¡el tráfico con personas vivas o con mercancías muertas!

Sin esperar respuesta, Bert el-Caz dio un temerario salto hasta el muelle y desapareció en el ajetreo del puerto. La tripulación del Zirí ya se había apresurado a meterse en las tabernas, pero él no tenía ganas de mujeres...

El penúltimo cuchillo había surcado el aire a toda velocidad, muy pegado al flanco izquierdo del cabello rubio de Elgaine, clavándose en el blanco de la altura de un hombre al que aquella delicada figura había sido atada con las piernas abiertas. A la derecha de su cuello estaba clavada ya una afilada daga. También los brazos desnudos y extendidos estaban flanqueados por afiladas hojas.

—¡Y ahora, princesa —gritó Astair con fuerza, riendo y dirigiéndose al público—, alegraos de no ser un hombre! —Dicho esto, el cuchillo voló de nuevo a toda velocidad y se clavó en la blanda madera con la punta justo debajo de la entrepierna, a pesar de lo cual Elgaine ni siquiera pestañeó. Ni un solo dedo hubiera cabido en el espacio que quedó.

—¿Por qué me mira tan extrañamente aquel tipo bajito? —se quejó Elgaine entre susurros a Astair, cuando éste, con sumo cuidado, empezó a sacar de la madera los afilados cuchillos que estaban clavados junto a sus muslos. Con un gesto del mentón, señaló hacia donde estaba el joven que llevaba un turbante de tamaño exagerado. Astair desató del todo a su princesa, y ella tomó una de las dagas, se metió por detrás de la multitud boquiabierta y se plantó detrás de aquel enorme turbante de damasco verde. Ya estaba a punto de ponerle el cuchillo al cuello al sujeto por la espalda, cuando éste se volvió, la miró a la cara y balbuceó tímidamente:

—¡Elgaine de Gisors! —Al notar la confusión de la joven, Bert el-Caz se apartó la tela de la frente para que pudiera ver su pelo rojo como el de un zorro—. ¡Soy yo! —dijo, riendo—. ¡Berthold, tu prometido!

Elgaine lo fulminó con la mirada.

—¡Podéis iros al diablo! —gruñó enfadada, mientras él sonreía.

—¡Me iré, pero sólo si vosotros dos venís conmigo! ¡Vos, «princesa», y vuestro espadachín, Astair de Saissac!

Elgaine miró a su alrededor. El único número que Astair podía ejecutar sin su participación era tragarse su espada. Ya casi la había hecho desaparecer hasta la empuñadura. La gente aplaudió tibiamente. Elgaine no esperó a que se la sacara, sino que cogió la escudilla y empezó a hacer la colecta del dinero. Bert el-Caz no quiso presenciar aquello, por eso se plantó delante de Astair en cuanto éste tuvo su gaznate libre de nuevo.

—¡Esta forma de hacer uso de la espada no es mucho más honorable que dejarse dar una paliza con una espada de madera, Astair de Saissac!

—¡Éste es el hijo del conde, el tal Berthold de Lehburg!

—dijo Elgaine, que se había acercado de un salto. Y en ese momento Astair lo reconoció.

—¿Conocéis alguna manera mejor, estimado y joven señor —le dijo Astair a aquel enturbantado de aspecto bastante ridículo. Sus palabras mostraban autodominio y cortesía— con la que se puedan alimentar decentemente dos seres sin patria?

Bert el-Caz sostuvo las miradas despectivas de ambos.

—Pues yo tengo una propuesta que haceros y que puede considerarse honorable —respondió el muchacho con una expresión sarcástica—. Quien pretenda hacerse a la mar desde aquí por sus propios medios, sólo puede dedicarse a la vida de pirata... ¡Es decir, vender su alma al diablo! —Con gesto elegante, Bert al-Caz se inclinó ante Elgaine.

—¡Estupendo! —exclamó la joven, riendo, y lo dejó plantado, ya que Astair había iniciado ya los preparativos de la próxima actuación, que fue anunciada por ella con las siguientes palabras—: ¡La lección sobre cómo desatarse!

Astair alzó entonces del carro dos gruesos postes de la altura de un hombre y los colocó en medio de la plaza, que se hallaba no muy lejos de los muros del muelle. A continuación, le hizo una señal a Elgaine para que se le acercara. La joven ya llevaba en la mano una recia cuerda enrollada.

—¡Cualquiera de vosotros —dijo Astair, dirigiéndose al público— puede ahora dar un paso adelante y atar al poste a la princesa con esta cuerda! Luego, a esa persona, yo la ataré a este otro palo, y apostaré la suma que sea en su contra! —En ese momento, Astair alzó la bolsa con las monedas, las que habían ido ganando hasta el momento, y las hizo sonar—. ¡Apostaré que la princesa podrá zafarse de sus ataduras antes que su retador! A ver, ¿quién se atreve? ¡El monto de la apuesta lo determina el retador! ¡Vamos, señores! —Al ver que nadie se animaba, Astair intentó atraerlos por todos los medios posibles—. ¿Nadie quiere llenar sus bolsas?

El cohibido silencio que reinaba alrededor demostraba que nadie se atrevía, ya fuera porque no tuviera dinero que apostar o porque temía verse víctima de un malvado truco.

—¡Voy a aumentar las posibilidades de ganancia! —gritó Astair como un avezado pregonero del mercado—. ¡Dos denarios! —dijo, metiendo la mano en la bolsa del dinero y alzando las monedas de plata para que todos las vieran—. ¡Y contra un mísero céntimo de cobre!

El temeroso silencio reinante amenazaba con estropear el espectáculo. Entonces, desde el fondo, una figura imponente se abrió paso y avanzó entre los que estaban en la primera fila. Llenos de respeto, todos se apartaron.

—¡Yussuf el Zirí! —se oyó decir entre murmullos y siseos, con una mezcla de reverencia y envidia. El hombre de barba negra, que llevaba un turbante del mismo color que Bert el-Caz, se plantó delante de Astair.

—¡Acepto la apuesta! —gritó a voz en cuello, para que todos lo oyeran—. Podéis atarme como os plazca. —El Zirí hizo como si acabara de ver a Bert el-Caz, y le ordenó que se acercara con un gesto—. ¡No me interesa el dinero! —dijo, lanzando su bolsa repleta sobre la mesilla donde estaban los utensilios de Astair—. ¡Si gano, esa bolsa os pertenece, maestro! Las pupilas de Astair se achicaron brevemente, formando una ranura que denotaba su alborozo. Yussuf se dio cuenta de ello—. ¡Pero si soy más rápido liberándome que vuestra princesa, entonces... ella me pertenece!

En medio del silencio que surgió, Elgaine dijo:

—¡Genial! —Los ojos de la joven fulminaron a Yussuf. Astair no vaciló mucho tiempo.

—¡Pues bien, ataré al famoso Yussuf el Zirí al otro poste! —anunció Astair, y a continuación, muy seguro de sí, le hizo un gesto al traficante de esclavos, invitándolo a que se acercara. El público chilló de júbilo cuando Astair empezó a enrollar la cuerda alrededor de aquel hombretón. El maestro de espadas fue atando los nudos de forma experta, pero sobre todo ató las manos con sumo cuidado—. ¡Y ahora voy con vos, princesa! —le gritó bien alto a Elgaine, que ya se había acercado dócilmente al poste pensado para ella.

—¡Deteneos! ¡A ella no la ataréis vos! —exclamó Yussuf, refunfuñando—. ¡Esa labor la asumirá un hombre de mi confianza! —añadió, señalando con la cabeza a Bert el-Caz. Este último obedeció de inmediato, cogió la cuerda y ató a Elgaine según todas las reglas de ese arte. Maniobró bastante alrededor del palo y tiró de las cuerdas de manera visible para todos, en especial para su amo y señor, mientras le susurraba a la joven entre dientes:

—¡Esperaremos ahí enfrente, en la taberna La Última Ancla! —Dicho esto, se detuvo delante del Zirí, que ya estaba atado—. ¡Permitidme que eche una ojeada al contrincante! —le dijo a Astair, pues había captado la mirada de Yussuf, la cual iba dirigida a su daga. La biselada hoja de plata sobresalía de la faja de su pantalón. Haciendo como si revisara la adecuada disposición de las cuerdas, Bert el-Caz le dio la vuelta al poste. Yussuf percibió claramente cómo la daga se deslizó entre sus muñecas. Sus dedos podían palpar el filo. El hombre de la barba negra sonrió satisfecho.

Astair dio la señal para que el concurso empezara. Ambos contrincantes, la flacucha Elgaine y el corpulento Zirí, empezaron a tirar de sus cuerdas. La multitud acompañaba sus esfuerzos con gritos de ánimo que fueron convirtiéndose en aplausos acompasados.

—¡No soporto ver esto! —gimió Astair.

—¡En ese caso, esperad el desenlace en la taberna! —dijo el pequeño Bert el-Caz, mofándose de él—. Id a por un trago de reconfortante vino. —Dicho esto, el pequeño zorro arrastró consigo al maestro de armas hasta La Última Ancla. Desde allí, donde muchos de los integrantes de la tripulación del Zirí ya estaban totalmente borrachos, podían ver perfectamente el escenario de la acción. Yussuf tiraba de las cuerdas, se encabritaba como un toro furioso, pero las amarras no cedían, por el contrario, se tensaban cada vez más. Elgaine, sin embargo, apenas se movía, era como una brizna de hierba al viento, y sonreía calladamente.

En la taberna, Bert el-Caz aún no había cogido su vaso, cuando Astair lo agarró por la faja de sus pantalones y tiró de él.

—He visto cómo colocabais una daga entre... —le espetó el tragasables al pequeño.

Bert el-Caz mostró una amplia sonrisa.

—¡La funda, sólo la funda! —Con agilidad, metió la mano en su verde turbante y sacó la hoja desnuda de la daga, como si fuese un pasador que adornara la tela. Ambos brindaron.

—Espero que no hayáis atado a la princesa demasiado... —A Astair no le gustaba nada ser objeto de bromas, pero por segunda vez tuvo que aceptar la mofa del pequeño.

—¡Sé cómo hacer un nudo suelto! —le dijo en tono triunfal a Astair, que se mostró sorprendido—. ¡Los gitanos que me salvaron de la furia de mi padre, también me enseñaron muchas otras cosas! —dijo riendo—. ¡Y también me sacaron buen partido como expósito y ladronzuelo!

La mirada de Astair se posó justo a tiempo en Elgaine, que de repente había empezado a temblar como una hoja.

Las cuerdas rodaron hacia abajo por su cuerpo y la dejaron salir como si fuese una mariposa recién salida de su crisálida. La princesa salió con garbo de aquel enredo de cuerdas que yacía a sus pies y saltó hacia el otro lado, donde estaba Yussuf. Se alzó de puntillas, besó al perplejo hombre en su mejilla barbuda, cogió la bolsa del dinero y desapareció.

HABEMUS PAPAM

En el más alto de los aposentos de la torre del monasterio de Monte Cassino estaba Rinat, el antiguo escudero del señor de Gisors; lo flanqueaban los dos monjes. Su abad, Desiderio, les había encargado que copiaran todo lo que el escudero tuviera a bien decir sobre cómo había tomado parte, junto a su señor Guillem —que apoyaba a Roger de Sicilia, el Gran Conde—, en la conquista de Siracusa y de Taormina, los últimos reductos de resistencia de los sarracenos en la isla.

—En realidad, pretendíamos ir donde el conde Raimar de Lecce, en la Apulia —dijo Rinat alegremente—, pero entonces nos encontramos por el camino al cuñado del señor Guillem, Berenguer de Saissac, que se había puesto al servicio del Gran Conde, en calidad de jefe de los mercenarios. Y cuando el noble señor Roger d'Hauteville oyó hablar de nosotros y se dio cuenta de que mi señor Guillem era normando como él, le pidió que entrara a su servicio. También dejó entrever que le entregaría un feudo, un feudo que, por supuesto, por entonces se encontraba todavía en manos de los sarracenos...

Sin que ninguno de los tres se diera cuenta, el abad había entrado en la habitación. Al parecer llevaba algún tiempo escuchándolo, pues en seguida intervino en la conversación con cierto deje burlón:

—Sin embargo, a vuestro señor Guillem, hombre de espíritu inquieto, le aterraba un futuro de esa índole, como un señor asentado, así que muy pronto buscó nuevos horizontes y se largó...

Pero Rinat no quiso permitir que aquella calumnia recayera sobre su señor.

—Guillem de Gisors peleó como un valiente e hizo grandes méritos, y fue recompensado ampliamente por el Gran Conde a partir de lo obtenido como botín —continuó el escudero—, pero luego aceptó la oferta de su cuñado Berenguer, que le pidió que lo acompañara a Saissac.

Desiderio parecía estar de buen humor, porque envió a los dos monjes a que bajaran en busca de una jarra del buen vino que el *cellerarius* tenía en un tonel especial destinado únicamente al abad.

—A partir de ahora —le confió el abad a Rinat—, quisiera continuar plasmando en el papel la crónica para la cual habéis puesto ya la primera piedra con las narraciones y los relatos que nos habéis regalado hasta ahora —dijo, acariciando la mano del tímido escudero, a fin de darle ánimos—. Se me ocurre un nombre para ella: *Annales ad extremum!* ¿Qué os parece?

A Rinat no le quedó más remedio que sonreír para sus adentros, si bien sospechaba que aquella propuesta lo ataría a la orden de los benedictinos como si fuera un miembro de la misma, obligado a guardar *oboedientia*. Sus temores se confirmaron de inmediato.

—Los escribanos, a los que a partir de ahora mismo llamaré «cronistas», estarán aquí arriba, exentos de todo influjo molesto y de cualquier chismorreo...

—Entonces, ¿serán prisioneros de su confidencial labor? —se atrevió a preguntar Rinat, pues se daba cuenta, cada vez con mayor claridad, de que aquello también determinaba su destino... Por lo menos durante un tiempo considerable.

—¡A ésos no les faltará de nada! —le aseguró, consolándolo, el animoso Desiderio—. ¡Hasta podrán beber el vino de mi bodega! Por cierto, ¿dónde se han metido esos dos?

—¡Pues estarán probando el vino de vuestro tonel! —repuso Rinat en broma, pero aquello no le gustó nada al abad.

—¡Que se atrevan! —bramó el abad—. ¡Esos borrachines!

Y justo en ese momento hicieron su entrada los dos monjes, cada uno llevando una jarra en la mano.

—¡Deteneos! —les ordenó Desiderio, y ellos obedecieron—. ¡Y ahora mostradme que aún sois capaces de andar derechos!

Ninguno de los dos se movió del sitio. El más joven, algo regordete, miró a su abad con cara de reproche.

—Vuestra es la elección: si hacéis que nos tambaleemos, el vino se derramará de las jarras...

La respuesta le encantó al abad, que rió de buena gana.

—¡A partir de ahora mismo te llamarás *Angelus vigilans*! ¡Tu misión consistirá en proteger la palabra hablada!

El aludido no entendió, ciertamente, lo que su abad había querido decir con aquello, pero le dedicó una radiante sonrisa desde su cara sonrosada y mofletuda. Eso estimuló a su compañero y hermano de orden, el más delgado.

—Si alguien me quitara la jarra —explicó éste con expresión mortalmente seria—, podría caminar hacia vosotros derecho como una vela, ¡pero jamás permitiré tal cosa! —Su expresión severa se ensombreció aún más—. Antes la vacío yo mismo —añadió, e hizo ademán de empinar el recipiente.

—¡Diablos! —le increpó el abad—. ¡Comportaos!

Entonces el abad rompió a reír con carcajadas aún más sonoras.

—*Vocator diaboli!* —exclamó el clérigo, orgulloso de su ocurrencia—. Ése será en el futuro tu papel a la hora de redactar la crónica: ¡poner cada palabra sobre la balanza y verificar cualquier contradicción!

—¡Sois grande en las maneras y estáis bendecido por el cielo! —intervino Rinat—. *Angelus vigilans versus Vocator diaboli*, ¡el «ángel vigilante» en pugna con el «abogado del diablo»! —La risotada del escudero no tuvo nada que envidiar a la del anciano abad—. Pero ¿qué cometido le queda al cronista narrador en este apareamiento?

Desiderio lo miró divertido.

—¡El vino, Rinat de Sitten! ¡Olvidáis el beneficio de este caldo! —exclamó el abad, haciéndoles una señal jovial al gordo y al flaco para que se le acercaran—. ¡Y, ahora, bebamos de una vez! —dijo, y él mismo agarró una de las jarras y les sirvió a todos. Vaciaron la primera jarra hasta la última gota.

—Imagínate, hermano *Vocator* —dijo el abad, gran bebedor—, que hubieras vertido el contenido de la jarra que llevabas en tu mano; tendrías que ir ahora a buscar otra.

El aludido asintió con seriedad.

—¡Pero eso no ha ocurrido!

—¡Ni tampoco le ha sucedido a nuestro narrador! ¡Rinat

arde en deseos de seguir contándonos su relato! Así que, Ángel, agarra la pluma, ¡y por mí puedes hacerlo con ambas manos!

Con diligencia, Rinat retomó su narración.

—En el castillo de la familia Saissac, de la antigua nobleza de Occitania y próxima a la dinastía de los condes de Toulouse, la anciana Nona, mujer de pelo ya blanco y madre de Berenguer, llevaba la casa con mano recia. —Agradecido, Rinat aceptó el trago que le acercó el abad, en un gesto que fue acompañado por la amable invitación de «*Sat celeriter fieri, quid quid*», luego completada por el propio Rinat con un: «*Fiat satis bene!*», antes de apurar el vaso—. En la más alta torre del castillo, descubrí a una chica pequeña e intimidada, que huyó de mí en cuanto me vio. Le pregunté a nuestro jefe de mercenarios si se trataba de su hija. Entonces, como una furia, Nona se interpuso entre nosotros; el imponente guerrero se fue en seguida con el rabo entre las piernas, y yo mismo sentí de cerca la amenaza de aquella bruja. Más tarde, durante la partida, Berenguer le explicó todo a mi señor Guillem.

—¡Sed breve! —le espetó entre murmullos el gordo Ángel, reprendiéndolo.

—Breviter in re, citius in modo! —remachó el abad, que lo oyó.

Rinat se tomó aquellas palabras a pecho.

—Felipa, a la que todos en el castillo llamaban Pilar, era la hija tardía y única heredera del viejo conde de Toulouse. Ya en su más tierna infancia había sido prometida como esposa al poderoso duque de Aquitania. Pero luego el anciano señor de Occitania abdicó, se retiró a un monasterio y dejó el condado de Toulouse a su hermano Raimundo. Éste entregó a la pequeña Felipa a sus leales vasallos de Saissac, que debían tratar a la niña como a una huésped. ¡Sin embargo, lo que hicieron fue encerrarla en la torre del castillo de Saissac y tratarla como a una prisionera! —recordó Rinat—. Berenguer se mostró muy enfadado con aquello, y hubo muchas discusiones violentas con Nona...

En eso llamaron a la puerta: uno de los hermanos que custodiaban la entrada, anunció al abad la llegada de monseñor Remy d'Aretin. Desiderio, con paso ligeramente tambaleante, salió de la habitación.

—¡Pongamos ahora fin a vuestro viaje, Rinat! —le exigió el flacucho *Vocator* al escudero—. De lo contrario...

—¡Por mí no será! En fin, mi señor Guillem y yo tomamos un barco en Narbona. El condotiero, preocupado, nos había ofrecido un séquito para que nos acompañara en el viaje, debido a la falta de dinero que padecíamos. Pero el señor Guillem rechazó la oferta. Quería llegar por fin a Lecce sin llamar la atención y ver a su amigo Raimar...

—Entonces, ¿no regresaron a casa, a Gisors? —preguntó Ángel con asombro.

—¡Ni por un momento lo pensó! —afirmó con vehemencia Rinat—. Nada de volver a las garras de la esposa ni de regresar a Sión,[2] donde tal vez esperaba al infiel la hermosa señora Fedaye... —Rinat bebió un trago, también la segunda jarra estaba a punto de acabarse—. Por el miedo a los piratas, navegamos primero bien pegados a la costa, pero no apareció nadie interesado en atacarnos. Entonces mi señor se mostró temerario. A la altura del cabo de Hyères ordenó a la tripulación que pusiera proa al extremo sur de Córcega y que buscara el paso hacia el mar Tirreno.

—¡Ah! —exclamó el abogado—. ¡El tristemente célebre cuello de botella de Bonifacio!

—Los hombres le advirtieron, pero él insistió en tomar ese camino más corto hasta Amalfi, desde donde esperaba llegar a la Apulia por tierra. Temblábamos cuando nos deslizábamos por el norte de Cerdeña entre aquellas islas rocosas. ¡Pero nada sucedió! Ya teníamos Ponza a la vista, y fue entonces cuando, como de la nada, aparecieron dos bajeles moros y nos acorralaron. Metí todo el oro que cupo en una bolsa de cuero y la guardé. Me hubiera gustado dejarles nuestra «reserva de guerra», nuestro cofre recubierto de hierro, a los piratas, pero mi señor Guillem sacó la espada cuando los moriscos, superiores en número, empezaron a saquear nuestro barco. Su caballo de batalla, un recio ejemplar de raza brabante, estaba atado al mástil. ¡A caballo, Guillem de Gisors era invencible! Pero ¿a pie? Mi señor golpeaba con furia y de un modo totalmente insensato. Ellos ya estaban

2. Sión (en alemán Sitten; lat. *Sedunum*) es una ciudad y una comunidad del sur de Suiza, capital del cantón del Valais. *(N. del t.)*

en sus rápidos botes con el maldito cofre cuando vi el mal estado en que habían dejado a mi señor Guillem. De inmediato ordené a la tripulación que enfilara hacia la cercana costa. ¡El resto de la historia ya la conocéis! —Agotado, Rinat echó mano de la jarra. Estaba vacía.

—Pero hay una cosa que no sabemos —dijo *Vocator*—. ¿Dónde está el botín con el oro? No lo llevabais cuando os recogimos...

Rinat lo miró primero lleno de asombro, pero luego sonrió con sarcasmo.

—Se lo dejé a la piadosa señora que le hizo de samaritana a mi señor, la tal Terès... ¡así se llamaba, ¿no?!

—¡Una diablesa! —gritó indignado el mofletudo abad—. Gracias a sus «remedios curativos» vuestro señor se habría ido al infierno, si nosotros no hubiésemos...

—Ahora está en el cielo... O por lo menos eso esperamos —dijo *Vocator* con unción, justo en el momento en que, desde el patio del monasterio, llegaron los sonoros gritos de:

—Habemus Papam! Hallelujah in excelsis! Papa! Abbas Noster Desiderius Papa!

Entonces empezaron a repicar todas las campanas. Se oía desde el tronante sonido que llamaba a la oración hasta el repiqueteo tintineante del toque de ánimas.

Los tres se acercaron a la ventana y miraron hacia abajo. Los monjes bailaban como derviches, se abrazaban, saltaban, se retorcían por el suelo en su contento.

—Habemus Papam! —*Vocator* y *Angelus* se retiraron ligeramente indignados.

—¡El pobre Desiderio! —dijo el monje más flaco—. Nada le atrae menos que sobrellevar la dignidad de san Pedro el Pescador en su bien alimentado cuerpo...

Angelus se mostró de acuerdo.

—La mera idea de cambiar el sosiego alegre y la comodidad de nuestra clausura por el vanidoso ajetreo del palacio Laterano, habrá de causarle malestar.

—¡Sobre todo porque por ahí está todavía al acecho el antipapa de Rávena!

La puerta se abrió, y por ella entraron el abad y su huésped, monseñor Remy d'Aretin. Orgulloso, el recién nombrado sumo pontífice señaló hacia donde estaban sus cronistas.

—*Annales ad extremum*, bajo ese título crearemos una

Opus magnum para la posteridad y la conservaremos aquí, bajo la protección de este monasterio. —El antiguo abad, aunque no esperaba ningún entusiasmo, por lo menos confiaba en que habría ciertos elogios por su iniciativa, pero Remy sólo frunció el ceño.

—Con vuestro nombramiento, mi estimadísimo Desiderio, éste ya no es el lugar adecuado para tal empresa. —Monseñor reflexionó un instante—. Los escritos podrían caer en las manos equivocadas. Abogo por un inmediato traslado a Sión...

—¡No, mientras yo, aquí...! —protestó Desiderio, pero fue interrumpido con gesto brusco y descortés por monseñor.

—Tendréis que renunciar al para vos tan entrañable puesto de abad de Monte Cassino...

—¡De ningún modo! —se acaloró Desiderius—. Insisto en conservar mi puesto aquí, en el monasterio; de lo contrario, ya podéis ir buscándoos a otro, por ejemplo... ¡a vuestro famoso cardenal diácono Odón de Lagery-Chatillon!

—¡Pero si fue precisamente él quien se decidió por vos! —le replicó Remy, imponiéndose—. Él quiere que seáis vos quien ocupe el Trono de san Pedro, ese intrigante quiere veros con todo el ornato y la máxima dignidad.

Desiderio comprendió que no podía contradecirle abiertamente, que tenía que ofrecer resistencia de un modo discreto.

—Pero los *Annales*, en cualquier caso, permanecerán aquí, por lo menos mientras mi mano sea la que proteja el lugar en que vieron la luz y pueda preservar su conservación. Sería ridículo —dijo, resoplando y tranquilizándose poco a poco— que, apenas empezados, vayan a desaparecer. ¿No os parece?

Monseñor dio un paso atrás.

—¡La infalibilidad de vuestro futuro cargo os hará tomar la decisión correcta en el momento correcto! —dijo, y besó el anillo de un sorprendido Desiderio, dedicó un guiño a los cronistas, también al escudero Rinat (un gesto con el que intentaba ganarse su confianza), e hizo ademán de salir rápidamente por la puerta. El abad dedicó a todos una tímida sonrisa y lo siguió sin muchas prisas... No quería perder la cara.

LA TRIPLE DESGRACIA DEL CONDE RAIMAR

En Amalfi, Astair de Saissac, el maestro de armas, y su protegida, la jovencísima Elgaine de Gisors, habían ido directamente al barco del Zirí, después de haber vencido a su dueño. Y, *nolens volens*, iba con ellos Bert el-Caz, al que no pudieron quitarse de encima, pues él les había puesto en las manos la posibilidad de entrar en posesión del barco. Saltaron a bordo del capturado y barrigudo barco mercante, que estaba atracado en el puerto, y de allí siguieron hasta llegar a bordo del bajel, la nave del traficante de esclavos, en cuya bodega se asaba todavía la tripulación prisionera. Bert el-Caz le quitó a Elgaine el dinero obtenido con la apuesta y repartió las monedas generosamente entre los guardias que se habían quedado en los dos barcos. Su amo y señor, el Zirí, les anunció Bert el-Caz, deseaba que ellos también celebrasen con él aquel día tan exitoso. Por eso él, Bert el-Caz, asumiría mientras tanto el cuidado del barco. Los piratas no vacilaron demasiado, estaban contentos de poder hacer compañía a sus demás camaradas, que estaban en las tabernas en busca de mujeres, y partieron presurosos en dirección a las callejuelas de Amalfi.

Astair y sus dos compañeros zafaron las amarras que unían al bajel con el otro barco, e izaron a toda prisa el velamen. Las velas atraparon suficiente viento para hacer que la nave se deslizara lentamente fuera de la bahía. Mientras Bert el-Caz se hacía cargo del timón, Astair y Elgaine devolvieron la libertad a los prisioneros. Los tripulantes sólo se atrevieron a subir a bordo con paso vacilante, pero cuando vieron que habían escapado verdaderamente de su destino como esclavos, pusieron manos a la obra, de buena gana, para abandonar aquel puerto lo antes posible. A toda vela, el barco salió rápidamente a mar abierto.

Los marineros aceptaron las órdenes de sus salvadores sin chistar, y también lo hicieron cuando Bert el-Caz propuso navegar en dirección a Bari, ya que allí podían obtener fácilmente algún botín. Era algo que sabía gracias al Zirí, quien le había revelado todos sus planes. El último bastión de los bizantinos se oponía al enorme poder que tenían los normandos poco antes de su caída. Cada vez eran más los griegos que se marchaban con todos sus bienes y pertenencias. Y era preciso ayudarlos en esa empresa...

Elgaine vio de inmediato que aquella oportunidad prometía abundantes ganancias, y fue la princesa la que convenció al vacilante Astair para que probaran su suerte allí, bien lejos de Amalfi y de un Zirí seguramente sediento de venganza. La joven había alcanzado su meta; no volvería a estar al servicio de otros, dejaría de ser una abnegada princesa de circo. ¡Por fin era una auténtica pirata!

Durante muchas lunas, el calor abrasador y las frías tormentas se habían cernido sobre Bari, la orgullosa y rica capital del otrora poderoso Bizancio en suelo italiano. El brillante nombre de *Magna Graecia* se había convertido en un envoltorio vacío y reseco, ¡una amarga broma! Los frutos de sus posesiones se los habían ido llevando, en sucesivos picoteos, las gaviotas de asalto normandas. Bari era el último bastión que se enfrentaba todavía —a veces de manera heroica, otras veces de un modo desesperado— a aquellos incesantes picotazos. Los enemigos más crueles del imperio al este de Roma rompían en oleadas, por el lado de tierra, contra los muros que se desmoronaban, daban sus picotazos, y embestían sin cesar, con los elevados estraves de sus ágiles embarcaciones, las fortificaciones del puerto. Pero entonces el procónsul, Rufo Argyros, ordenó izar el estandarte imperial con el águila bicéfala sobre el palacio del gobernador. De ese modo daba a entender que estaba dispuesto a negociar una entrega honrosa. El bloqueo había surtido su efecto, pero el *katapan* de Constantinopla se sentía, sobre todo, abandonado.

El príncipe Bohemundo de Tarento, quien comandaba las operaciones de los normandos, no estaba en ese momento junto al ejército que llevaba a cabo el asedio, sino que hubo de ser llevado hasta allí. Por eso Beowulfo, el primogénito del conde Raimar de Lecce, apremió a su padre para que bajara a tierra y aceptara la capitulación del gobernador bizantino. El conde Raimar, de espíritu simplón, no sabía apreciar normalmente los consejos que se le daban, ni siquiera el de su hijo, pero tampoco quería aparecer ante Bohemundo como un cobarde.

La pesada cadena de hierro que bloqueaba el puerto fue levantada, y el barco del conde de Lecce, adornado con una cabeza de lobo, se deslizó por la dársena del puerto y fue a echar sus amarras directamente junto a la mole situada bajo el Kapogyron. Desembarcaron los caballos, ya que el señor Raimar no pensaba, ni por asomo, comparecer a pie. Le molestaba bastante que el *katapan* no acudiera a recibirlo en persona. Raimar sólo se hizo acompañar por un séquito pequeño, entre el que se encontraba también su hijo Beowulfo. Raimar iba en la vanguardia, en una postura erguida que inspiraba respeto, cuando, de repente, un ruido silbante le hizo alzar la mirada. Pudo echar hacia atrás la cabeza y el torso a tiempo, pero en eso la reja del portón bajó a toda velocidad y sus puntas se clavaron entre su bajo vientre y la perilla del arzón de su silla, en medio del lomo del caballo, que se desplomó al suelo con la columna destrozada. Entonces Raimar sintió dolor en su entrepierna, y ese dolor se clavó con tal fuerza en su cerebro, que ni siquiera se oyó a sí mismo cuando soltó aquel grito...

Tampoco vio cómo los hombres de su séquito saltaban de sus caballos detrás de él e intentaban levantar la reja a mano limpia. Al otro lado, los guardias de la puerta tiraban desesperados del mecanismo del torno, hasta que su señor, el *katapan* Argyros, que había acudido al instante, les ordenó con voz furibunda que unieran sus fuerzas a las de los normandos delante de aquella reja. Así consiguieron levantarla lo suficiente para que Beowulfo y los guerreros del séquito pudieran arrastrar al señor Raimar y sacarlo de debajo de aquellos dientes de hierro, lejos del cuerpo del caballo. Dirigidos por el prudente Beowulfo, colocaron al hombre que vociferaba sobre el adoquinado. Por una estrecha puerta situada en un lateral salió el gobernador, quien —desconcertado— ya traía al médico. Éste fue el primero en colocarle sobre la boca y la nariz, al señor Raimar, la esponja impregnada con el anestésico más potente, y sólo entonces aquella burbujeante lava de gritos humanos, de rugidos jadeantes y de lloros agudos, se apagó con un estertor. Aparte del médico, que cortó la pernera del pantalón, nadie pudo ver en detalle la papilla sanguinolenta que antes había sido la entrepierna del conde Raimar.

Con esfuerzo, Beowulfo consiguió dominarse.

—Si él muriera en vuestras manos... —dijo en un susurro, con la voz ronca. A continuación, sacó de un tirón su puñal de la garganta del caballo, al que le había dado la estocada de gracia. Beowulfo mantuvo el arma en el puño.

—¡Como por milagro, el pene ha quedado ileso! —balbuceó el *medicus* griego—. Voy a atar el escroto, como vi hacer en Salerno al gran Garioponto...

—¡Ésa es una buena idea, que los huevos queden pegados al culo! —se mofó Beowulfo.

Mientras, el discípulo de Esculapio continuaba sus explicaciones con diligencia:

—Con un brebaje recién preparado a base de *Polyonum, Viscum* y *Capsella bursa pastoris* lo envolveré, como indica Constantino el Africano en su erudito estudio sobre la orina...

—¡No os preocupéis por la orina! —resopló Beowulfo—. ¡Lo que debéis detener es la sangre!

—Para eso podría sernos útil algo de *Psychotrophon*. —El flaco hombrecito seguía maniobrando, impasible, entre los muslos ensangrentados del normando, que ya empezaba a despertar, con un tenue gemido, de su benéfico desmayo. De unas pequeñas vasijas de terracota y unos frascos de cristal, que iba sacando aparentemente al azar de los amplios bolsillos de su caftán, el esmirriado *medicus* fue vertiendo gotas de diversas esencias sobre la esponja y luego apretó ésta contra los labios de Raimar, que estaba pálido como la cera. Luego ligó los aplastados testículos, puso una venda bien tensa sobre toda la zona de la entrepierna y esparció entre las asentaderas —murmurando todo el tiempo nombres en latín, como si de un conjuro se tratase— hojas secas de ajenjo, de salvia y de helechos.

Fue entonces cuando el recién desembarcado Astair se les acercó lleno de curiosidad. Había dejado a Elgaine y a

Bert el-Caz a bordo del bajel, a fin de explorar la situación por sí solo. De ese modo se había visto en medio de toda aquella agitación, y ya no podía irse sin levantar sospechas. No obstante, se mantenía al fondo, de modo que los normandos supusieran que él era uno de los suyos. En silencio y con una delicadeza asombrosa, los rudos guerreros normandos colocaron a su señor conde en una parihuela.

—Al culpable de esta torpeza lo castigaré de la manera más seve... —empezó diciendo el *katapan*.

—Os habéis rendido —dijo Beowulfo enojado, cortándole la palabra—; el malvado debe presentarse de inmediato, o no habrá piedad para ninguno de los vuestros que están a este lado de la reja. —A una señal suya, dos normandos se acercaron a la portezuela lateral y la cerraron.

Y entonces Raimar de Lecce despertó de su letargo narcótico, se apartó la esponja de la cara y trató de hacer una broma, entre gemidos:

—¡Para qué necesita alguien como yo un escroto! ¡Ya engendré a mi heredero a tiempo, y he acertado con él! —exclamó, cogiendo la mano de su hijo Beowulfo y apretándola contra su mejilla empapada en sudor—. ¡A vos os cabe el honor, hijo mío! Corred a donde está el Gran Conde y decidle que Bari es nuestra. ¡Llevaos con vos al *katapan* para que dé fe de ello!

Los normandos sacaron la camilla del estrecho camino del portón. Delante del Kapogyron, Rufo Argyros se vio obligado a hacerles una señal a sus hombres para que dejaran caer definitivamente la cadena que bloqueaba el puerto, y que de ese modo, la flota lo pudiera pasar.

—El conde, hombre magnánimo, os ha perdonado la vida —aleccionó Beowulfo al compungido *katapan*—; pero sólo a vos... si es que no me entregáis al pérfido traidor que provocó esto, antes de que comparezcáis ante el príncipe Bohemundo de Tarento, el vencedor.

Dicho esto, sus hombres se aprestaron a llevar al tembloroso gobernador hasta el barco.

Beowulfo era el único que había saltado sobre la grupa de su caballo, y en ese momento estaba dándose la vuelta para saludar a su padre, cuya mirada orgullosa sentía posarse sobre él. Entonces un estremecimiento recorrió el cuerpo del joven, que se llevó la mano al cuello... A continuación, cayó del caballo. Los normandos soltaron al *katapan* y corrieron hacia donde estaba Beowulfo, que estaba en el suelo. Un virote de ballesta lo había alcanzado en la nuca, y allí estaba reciamente clavado, al punto de que la sangre apenas brotaba. Los ojos vidriosos lo ponían de manifiesto: ¡el cuerpo de Beowulfo estaba sin vida!

Movido más por el espanto que por la compasión, intervino entonces Astair. Con un vistazo comprendió lo que estaba pasando. Agarró al asustado gobernador y lo arrastró hasta donde estaba la camilla con el padre de Beowulfo. A sus pies arrojó Astair a Rufo Argyros, quien de inmediato ofreció también su nuca, en un gesto abnegado, a modo de un sacrificio impotente ofrecido a una deidad que repartía sus golpes a ciegas. La flecha no había sido disparada desde el Kapogyron, sino desde arriba, desde la torre de la ciudadela, situada a mayor altura.

Y eso fue lo que vio al punto el príncipe de Tarento, Bohemundo d'Hauteville, que acababa de arribar. No obstante el gesto del gobernador, el enfurecido príncipe, que tenía que aceptar, apretando los dientes, la muerte de su sobrino Beowulfo, ordenó a los normandos que desembarcaban que asaltaran la sede del gobernador y pasaran a cuchillo a todo el que encontrasen allí, sin importar la persona.

Astair deseó que Hermes de Antioquia no estuviera entre los muertos, sino que se hallara a su disposición para apretar la esponja contra la cara de color ceniza del padre y cerrar de una vez con clemencia aquellos ojos centelleantes que se movían desorbitados e inquisitivos de unos a otros; pero Bohemundo, como un ángel vengador armado de una espada de fuego delante del palacio, no estaba dispuesto a dejar escapar ni a una sola alma de aquel infierno de ruidos de armas y de jadeos, de huesos rotos y de estertores de gargantas moribundas.

Entonces se abrió la boca del conde, y de aquella garganta salió un alarido que llegó hasta la médula de todos los que lo rodeaban. Aquel grito alcanzó un volumen terrible, pasó a un chirriante agudo de plañideras y se mantuvo en esa tonalidad a pesar de su creciente dificultad para respirar. Todos se miraron con desconcierto. Por fin Rufo Argyros se levantó y echó mano al anillo con el sello que tenía en uno de sus dedos.

—Su contenido, tres gotas —dijo pausadamente—, basta para derribar a un buey; por eso lo llevo siempre conmigo...

—Entonces cogió la esponja e hizo saltar la cápsula oculta bajo la gema—. Una sola, sin embargo, mezclada con el suficiente líquido, manda a los brazos de Morfeo a cualquiera que la huela. —Con cautela, el *katapan* dejó caer una gota centelleante en los poros de la *spongia* y se la entregó a Astair de Saissac con un gesto apremiante. Éste confió en el griego y le colocó la esponja al que gritaba debajo de la nariz. Con un suspiro, se extinguió aquel alarido, que se convirtió en una respiración tranquila.

Entretanto había entrado también en el puerto, con su flota, el Gran Conde, el más joven de los hermanos Hauteville. Este último impidió que se produjeran más derramamientos de sangre, pues Bohemundo estaba enfrascado, en ese momento, en masacrar a la guarnición bizantina de la ciudadela, aunque ésta había lanzado a uno de los suyos desde las almenas, al que consideraban el pérfido agresor que había lanzado la flecha. Cuando el Gran Conde reconoció en Astair de Saissac al hijo de Berenguer, autorizó a que éste acompañara hasta Lecce la camilla con el herido Raimar y con el finado Beowulfo. Allí debía encargarse de dar parte a Melina Argyros, la esposa del conde, de aquellos dos golpes del destino.

Nadie puso objeción cuando Astair se ofreció para transportarlos en su barco. De modo que hizo trasladar al muerto y al herido, así como a todo su séquito, a su bajel. Bert el-Caz se mofó de este poco lucrativo servicio de samaritano. Pero Astair se prohibió dar cualquier réplica mordaz a lo que le dijo. Elgaine, por el contrario, se ocupó, de inmediato y con diligencia, del conde gravemente herido. Y partieron hacia Lecce.

DEL DIARIO DE UNA EMPERATRIZ

Monseñor Remy d'Aretin regresaba a Monte Cassino después de un largo viaje por el sur. Aunque había renunciado a todas las insignias de su poder como cardenal —su litera, si bien con séquito, no lucía adornos ni escudo—, su manera de comparecer se había vuelto más pretenciosa, y a la vez más fría.

—¿Qué teníais que hacer con tanta urgencia en Sicilia? —El designado *Pontifex* Desiderio, siempre jovial, le ofreció un trago de bienvenida de su propia jarra de vino, pero Remy obvió el amable gesto.

—La vacante Sede de Roma, provocada por vos, mi estimado Desiderio, que dura ya demasiado tiempo, obliga sin cesar a los servicios secretos a dar los pasos necesarios para no causar más daños al Trono Sagrado —dijo, tomando esta vez el vaso de vino que se le ofrecía, pero sin que su humor mejorase un ápice—. Si os decidierais por fin a ocupar vuestro puesto en Roma...

—Pero es que aquí me siento más seguro —dijo el regordete abad, al que se le escapó un gemido involuntario—. ¡Me gustaría morir en Monte Cassino!

Remy d'Aretin lo miró con expresión divertida.

— Roger de Sicilia, el Gran Conde, está dispuesto a ocuparse de que... —con malicia, Remy dejó la frase inconclusa por un breve instante— ...el perro ladrador de Enrique sea expulsado de la Ciudad Eterna, para que vos podáis hacer vuestra entrada allí.

—¡¿Y qué voy a hacer yo en la desordenada y rebelde

Roma?! —rezongó el abad, pero monseñor permaneció inflexible.

—¡No me moveré de aquí hasta que no consintáis en ser conducido hasta el trono que os aguarda!

Los tres hombres que ocupaban las habitaciones de la torre, *Vocator*, *Angelus* y Rinat, fueron convocados para que acudieran al *tabularium*. Allí, junto a Remy d'Aretin y el renuente papa electo, Desiderio, los esperaba también Odorisio, un anciano avinagrado que había sido ordenado abad por el capítulo de la orden, como sustituto de Desiderio. Acalorado, agitaba un envoltorio de cuero manchado y deshilachado, cuyo contenido estaba extendido sobre el escritorio de su antecesor en el cargo.

—Según han dicho los guardias de la puerta —dijo con enfado—, fueron normandos los que entregaron estos pergaminos. «¡Para el papa!», dijeron. —A continuación, dejó de manotear, ya que aquello no impresionaba a nadie—. Supuestamente han interceptado este mensaje secreto a la altura de Tarento. ¡No sé cómo tomármelo!

Desiderio, que estaba estudiando aquellos escritos con atención, alzó su nariz de tubérculo ligeramente enrojecida.

—No tenéis que tomároslo de ninguna manera, hermano Odorisio. En primer lugar, porque no sois papa; y en segundo lugar, porque no entendéis nada de política —dijo el sumo pontífice, mirando compasivamente a su sucesor—. ¡Y por eso ahora tenéis mi permiso para dejarnos a solas!

El aludido se mostró terco.

—¡Esos monjes... —dijo, señalando con el dedo a los cronistas recién llegados— ... no deberían seguir ocupándose de tales tonterías, sino incorporarse de nuevo a la comunidad de sus hermanos y aprender a orar otra vez!

Remy d'Aretin se adelantó, ahorrándole al *Pontifex* el dar una respuesta.

—Estos hermanos, por disposición del Santo Padre, quedan, desde este mismo instante, fuera del alcance de vuestra potestad; estarán directamente subordinados al Trono de san Pedro. ¡Y ahora, marchaos, por favor!

Furioso, con miradas que no prometían nada bueno, Odorisio emprendió la retirada que se le había ordenado.

—¡*Angelus!* —exclamó Desiderio—. Vos que sois capaz de descifrar hasta los garabatos de vuestro hermano *Vocator,* leednos en voz alta, por favor, lo que veis escrito en este pergamino...

—¡Hacedlo, aunque ello supere vuestra capacidad para comprender! —se mofó *Vocator,* con lo cual se buscó que Desiderio le lanzara una fulminante mirada reprobatoria.

El mofletudo *Angelus* se arrojó sobre los pergaminos, para, de inmediato, quejarse:

—¡Pero si no son más que fragmentos incoherentes!

—¡Sólo leedlo, ángel mío! —siguió burlándose *Vocator*—. ¡Y dejad en manos de quienes tienen la vocación la labor de unir esos fragmentos!

—¿Por qué lleva por título «Del diario de una emperatriz»? —preguntó *Angelus,* que había empezado a sudar—. La carta no va dirigida al papa, sino a un normando de alto rango...

—«... en vos, a quien, con injusticia, se mantiene alejado del trono de Palermo y de la Corona de Hierro... un imperio mayor en perspectiva, más rico y poderoso que la Apulia, Calabria y todas las islas juntas... conseguir mover al Santo Padre para que se sitúe a la cabeza de toda la cristiandad...»

Con gesto inquieto, *Angelus* fue repasando una y otra vez aquellos fragmentos. Jadeaba a causa de la excitación.

—«... absurdo un llamamiento a los reyes y al emperador de Occidente... sólo la conquista y la ampliación de su poder en mente... necesitan ayuda militar, la pérdida del Asia Menor... significativa no sólo para el otrora glorioso... bastión... cercenada la sagrada Jerusalén de todo el mundo cristiano, entregada a las hordas del Profeta... mostrarle a Su Santidad que sólo... una pared defensiva de los cristianos, hecha de acero resonante... nadie como vos, de la más elevada estirpe... nuestro mandatario con el mayor poder sobre todas las tropas auxiliares que, con el papa de Roma... también Dios Todopoderoso... Gracias al Salvador...»

Angelus había concluido su lectura sin aliento, una lectura retardada por la labor de hacer encajar aquellos jirones de pergamino.

—¡Un complot monstruoso! —exclamó Desiderio, resoplando.

—Quieren utilizarnos para que les saquemos las castañas de ese fuego al que han sido arrojadas por los griegos.

—¡Castañas que otros luego se comerán con gusto! —intervino Rinat.

—Sí, pero ¿quién?

—¡Bizancio, por supuesto! —dijo *Vocator*.

Monseñor había guardado silencio hasta ese momento.

—Esa carta está sin duda dirigida a Bohemundo —empezó diciendo serenamente—. Hasta entonces se lo consideraba el más acérrimo enemigo de Constantinopla —añadió en tono pensativo.

—¿Y tiene sentido para Bizancio tener a las espaldas a alguien así, casi encima de la nuca?

—¡La sanguijuela chupa sangre donde la pongan! —dijo *Angelus* con brío, contribuyendo con su opinión.

—Sin embargo, también podría ser que Bohemundo, en este caso, sea culpable de conspiración —dijo Remy, retomando el hilo de sus reflexiones—, o que esté siendo obligado a abandonar la alianza normanda.

—¿Y quién tendría interés en eso? —preguntó Desiderio con menosprecio.

—Pues tanto su medio hermano Borsa, que se siente bastante molesto, y con razón, o el ambicioso Gran Conde de Sicilia —respondió Remy, al tiempo que estiraba la mano por encima de la mesa y cogía un jirón de pergamino para observarlo con atención—. ¡No han sido arrancados, sino que han sido elaborados cuidadosamente! ¡Han sido grabados a fuego! —reflexionó—. Todo parece indicar que los separaron de tal forma para que nos revelen algún sentido oculto. El escrito original podría contener detalles muy comprometedores. ¿O quizá algunas calumnias extremadamente maliciosas?

—¿Veis acaso en la mención del príncipe de Tarento, más allá de las querellas internas entre los normandos, alguna señal para la Iglesia? —Desiderio, que en ese momento se mostraba muy interesado, había llegado a esa conclusión, pero había disfrazado la misma en forma de pregunta dirigida a monseñor.

—Sí y no —respondió éste—. Bohemundo se puede ver como un ejemplo del método insinuado aquí: el papa se pone a la cabeza...

—¡Porque le presentan una falsa *Unam sanctam*, una voluntaria renuncia de los ortodoxos cismáticos! —exclamó indignado Desiderio.

Remy continuó como si no hubiese oído aquellas palabras:

—El papa a la cabeza, y detrás ningún monarca que pudiera disputarle sus pretensiones de liderazgo, sino la clase que está jerárquicamente por debajo: los príncipes de Occidente...

—¡Ya querrían ellos! —Desiderio se lo tomó con sarcasmo, pero Remy no tanto.

—¡Los llevarán a hacerlo! —dijo, y miró por la ventana del *tabularium*, como ensimismado, hacia las colinas—. En el país del sol poniente, a la antigua nobleza se le ha ido estrechando el espacio. La idea de tal empresa bajo el signo de la cruz —dijo Remy, ampliando su visión del asunto— podría convertirse en el ancla salvadora para el papado. ¡A la cabeza de un ejército de caballeros cristianos, sin tener en cuenta sus naciones, podría avanzarse hacia la liberación del Santo Sepulcro! ¿Quién podría discutirle entonces, al portador de la tiara, la supremacía otorgada por el propio Dios?

En medio del silencio que se creó, Desiderio, cohibido, preguntó:

—¿Y qué va a ocurrir ahora con esa carta que no ha sido dirigida a nosotros?

—El cardenal legado debe tener conocimiento de ella —dispuso Remy, con la soltura de quien ya está acostumbrado a dar órdenes.

—¿Y nosotros? ¿Qué hacemos nosotros? —quiso saber *Angelus*.

Y entonces, para asombro de todos, se oyó la voz clara y firme de Desiderio.

—Vosotros prepararéis los *Annales* para que sean fáciles de transportar —dijo—. He ordenado que venga el condotiero Berenguer de Saissac, para que sea él quien asuma el traslado de esa obra que tan cara a mi corazón resulta. Vosotros... —añadió, volviéndose a *Vocator* y a *Angelus*—, vosotros lo acompañaréis, pues he decidido irme a Roma y aceptar el peso de dicha carga.

Nadie se sintió más perplejo ante este anuncio que monseñor. Sin decir palabra, Remy d'Aretin abandonó el *tabularium*.

En las habitaciones de la torre, los dos cronistas guardaron en cajas, con sumo cuidado, los pliegos de los *Annales*; luego añadieron sus escasas pertenencias y sus útiles de escribir. Rinat se había dirigido a los establos. Monseñor le había insinuado que le parecería muy adecuado que cabalgara con los demás hacia el norte. Ahora bien, en el campamento de Matilde, en Canossa, debía separarse del resto, a fin de entregarle al legado aquella dudosa carta llegada desde Bizancio. Rinat estuvo de acuerdo.

En el establo, junto a las caballerías de los monjes, estaba todavía, sobre sus patas temblorosas, el caballo de Guillem de Gisors. El animal había envejecido y mordisqueaba entre babas el sustento que recibía en gesto de misericordia. Aquel caballo ya no servía para largas cabalgatas, comprobó el antiguo escudero. Pero en eso oyó unas voces. Era ya demasiado tarde, y por eso se ocultó. Apareció el condotiero Berenguer, a través de los tablones; Rinat lo reconoció por su calva. La otra voz, sin duda, pertenecía a monseñor, quien, extrañamente, había estado acechando allí la llegada de Berenguer, antes de que el condotiero se presentara ante Desiderio. Rinat no pudo entender lo que conversaron, pues Remy d'Aretin se esforzaba por hablar entre susurros, mientras que el condotiero, hombre acostumbrado a vociferar órdenes, sólo gruñía:

—¡Entendido! ¡Eso está hecho!

Luego Berenguer cogió de nuevo su caballo, reunió a sus hombres en el patio del monasterio y salieron por la puerta sin haber pisado el lugar. Rinat no se lo podía creer. ¿Acaso no había sido Remy d'Aretin quien había convencido a Desiderio de lo importante que era poner los *Annales* a resguardo en Sión? ¡Y era él, precisamente, quien, a espaldas del sumo pontífice, impedía el transporte de los mismos, ya preparado! ¡Quién podía entender a los servicios secretos! ¡Al escudero le molestaba la manera en que manejaban a los cristianos sencillos! También *Angelus* y *Vocator* se mostrarían decepcionados. Esos dos se habían alegrado de lo lindo por el traslado a Sión, sobre todo teniendo en cuenta que allí, en Monte Cassino, tendrían pocos motivos para reír bajo la fusta del nuevo abad, el resabiado Odorisio. Para que monseñor burlase de esa manera tan ignominiosa la confianza del bueno de Desiderio, tenía que haber razones de peso que atañían a la Curia, pero que también le hiciera una faena a él, a Rinat de Sitten, ¡eso era ir demasiado lejos! Rinat devolvió entonces el golpe con las mismas armas. Sacó el caballo de monseñor del establo y salió por el portón del monasterio con la mayor tranquilidad del mundo. ¡*Angelus* y *Vocator* se darían cuenta de su ausencia cuando él no apareciera por la torre, y monseñor tendría que buscarse a otro como mensajero!

A falta de una orden estricta, los cronistas guardaron la carta en el fondo de una de las cajas con los *Annales*, el lugar donde, según ellos, debía estar. Más tarde, cuando monseñor preguntó por el paradero del escrito, ellos respondieron que el escudero Rinat se la había llevado consigo al marcharse. Remy d'Aretin parecía encantado con la manera en que el escudero había acometido su misión, y hasta le perdonó por ello el robo de su caballo.

A la mañana siguiente, monseñor, en compañía de su séquito, abandonó Monte Cassino. Con ellos se llevaron al inconsolable Desiderio, quien la noche antes había estado emborrachándose insensatamente en compañía de *Angelus* y de *Vocator*. Todavía en ese estado, una bamboleante litera fue la encargada de llevar al *Pontifex maximus* rumbo a la Ciudad Eterna.

Cuando *Angelus vigilans* y *Vocator diaboli* llegaron por fin a la conclusión de que ni un ángel protector ni ninguna conjura del diablo podrían hacer nada contra los poderes ocultos que determinaban aquel juego, se plegaron a su destino y se sometieron a la fusta del triunfante Odorisio. Antes, sin embargo, habían guardado las cajas en la bodega de Desiderio y se ocuparon de esconder bien la llave. Algún día —y eso lo presentían bien— alguien demandaría tener esos *Annales*, y a tal fin les preguntarían a ellos dos. ¡Tal vez, incluso, pasaría lo mismo con aquella ominosa carta llegada desde Bizancio!

LA IRA DE LA GRIEGA

El bajel, con su carga de dolor, enfiló rumbo hacia la bahía de Lecce. Había sido una decisión correcta evitar el traslado por tierra. El más mínimo vaivén del barco —a pesar de que Bert el-Caz sabía sortear de manera magistral las crestas de las olas—, bastaba para que el herido conde Raimar soltara un gemido de dolor. Elgaine permanecía arrodillada junto a su lecho y le sostenía la mano.

Junto al muelle se había reunido toda la corte del palacio condal, con su señora, Melina Argyros, a la cabeza. Junto a ella estaba su hijo más joven, Teodoro, todo un mozo de gran estatura. Astair hizo arriar las velas y disminuyó la velocidad del barco, a fin de mostrar el caballo, sostenido por varios hombres armados, sobre el cual, según la antigua usanza, colgaba boca abajo el cuerpo del asesinado. Aquella visión bastó a la condesa para soltar un estridente grito, apartarse de su séquito y correr como una furia en dirección al castillo de la ciudad fortificada. El joven Teodoro se quedó allí solo cuando alzaron la camilla con su padre gravemente herido por encima de la borda y ésta fue conducida a paso lento y con cuidado hacia la sombría fortaleza, siempre a hombros de sus súbditos. El hijo, lívido como la muerte, no dedicó ni una sola mirada al hombre que gemía. Su mirada se clavó más allá, en el barco, de donde en ese momento sacaban al caballo que llevaba sobre la grupa a su hermano muerto, el joven Beowulfo. Todos los miembros de la corte que allí aguardaban, así como la silenciosa multitud reunida, descubrieron sus cabezas cuando pasó por delante el cortejo fúnebre. Teodoro se les unió.

Los desgarradores gritos de la condesa, acompañados de los embotados lloros de las plañideras, continuaron oyéndose hasta bien entrado el amanecer desde la sede del palacio condal de Lecce. La mayoría de las damas de la corte eran griegas como la propia condesa. Luego los lloros se convirtieron en desoladas inculpaciones contra su marido, la única persona a la que Melina culpaba por la muerte de su hijo mayor. Aquellas acusaciones tuvieron su punto culminante en varias ofensas burlonas que todos pudieron oír bien, y que tenían como blanco las partes pudendas del desdichado conde, quien tuvo que soportar aquello con un rechinar de dientes. Hacia el mediodía, se hizo el silencio en el castillo, próximo al puerto. Con peso agobiante, aquella calma se cernió sobre la sombría fortaleza.

Bert el-Caz, quien se había acercado a los guardias de la puerta, pudo averiguar lo que le habían comunicado a la condesa a través de mensajeros: que su tío, Rufo Argyros, *katapan* y gobernador bizantino de Bari, había muerto mientras estaba prisionero del Gran Conde.

Poco después, Astair de Saissac, por su condición de capitán del bajel, fue convocado al palacio. La condesa, que hasta entonces había sido ama y señora del palacio, sin ninguna restricción, tenía en ese momento, dada la «incapacidad» de su marido —como ella la llamaba—, las manos libres para tomar decisiones e imponer su voluntad. Le exigió a Astair —previo pago, por supuesto— que los pusiera a salvo, a ella y a su hijo Teodoro, en Constantinopla, pues no tenía ningún deseo de perder también al único hijo que le quedaba, el más joven, a manos de esos asesinos, los normandos. Astair se mostró de acuerdo.

Apenas la condesa llegó a bordo, con un séquito de sólo dos pajes, Astair ordenó soltar las amarras y Bert el-Caz condujo el barco otra vez fuera del puerto, rumbo al mar Jónico. La tripulación estaba satisfecha, ya que Melina había hecho entregar a cada uno una cantidad de dinero como regalo. También la recibió Elgaine, quien, disfrazada de grumete, había ocultado su hermosa cabellera rubia bajo un atrevido pañuelo. Ni por asomo deseaba ser acaparada por la condesa en su condición de única mujer de la tripulación. El tímido Teodoro se quedó junto al timonel, Bert el-Caz, al que le tomó confianza de inmediato. Para la dama Melina se extendió sobre los tablones una valiosa alfombra, y encima de ella se irguió un pabellón de tela. Allí se alojó ella, y allí hacía que sus pajes la abanicaran aprovechando la brisa del mar.

—Para seros franca —tuvo a bien decirle a Astair, tras algunas horas de agradable viaje bajo el influjo de favorables vientos—, un día antes de mi partida, recibí una misiva que mi tío me hizo llegar clandestinamente desde el calabozo, en la que me decía que temía por su vida, que tenía miedo de que acabaran usando con él algún veneno. —Melina suspiró, despertando la compasión de Astair—. ¡Y así han sucedido las cosas! ¡Ciertos círculos de la Curia romana y de las familias de los señores normandos, como los Hauteville, se han unido para organizar un complot asesino!

—¡Seguramente que para el bien de la cristiandad! —exclamó Astair respetuosamente, pues no entendía nada de política.

—¡Será, sin duda, para bien de las pretensiones de poder único que tiene el presuntuoso obispo de Roma! —se mofó la griega, y despidió al capitán a continuación con un gesto de condescendencia.

—¡Un barco a toda vela intenta cortarnos el paso! —gritó Bert el-Caz de repente. Astair y su grumete, la joven de frágiles articulaciones, acudieron a su lado.

—¡Es el barco mercante capturado por Yussuf! —reconoció de inmediato Elgaine.

—¡Todos los hombres a las velas! —ordenó el capitán Astair—. ¡Tenemos que escapar de él!

Sin embargo, pronto se vio que la tripulación no estaba en condiciones de competir con los experimentados piratas de El Zirí.

Aunque el barco de Astair era más rápido, el recio mercante no cesaba de acercárseles. Astair miró a su alrededor en busca de Elgaine. ¡La joven había desaparecido!

Melina no puso el grito en el cielo ni mucho menos —algo que el capitán, agobiado por los nuevos acontecimientos, había esperado—, sino que contemplaba la competición de aquellos dos barcos tan desiguales con un interés asombrosamente escaso. Yussuf estaba en el puente y disfrutaba haciendo correr un poco más a la acosada presa. Poco a poco iba disminuyendo la distancia entre sus bordas.

El Zirí de barba negra unió sus manos y las ahuecó ante su boca para gritar:

—¡¿Dónde está mi princesa?! —exigió en tono amenazante—. Entregádmela, sólo entonces...

Astair no sabía qué responder, ni siquiera sabía dónde se había ocultado Elgaine. Bert el-Caz le ahorró tener que dar cualquier información.

—¡Tuvimos que dejarla en Lecce, como rehén —graznó el—, ya que nos confiaron a la condesa y a su hijo! —dijo, señalando a Melina, que continuaba manteniéndose impasible. Ni siquiera se había levantado de sus cojines.

El mercante se fue acercando cada vez más a la borda de su presa, y Yussuf agarró un cabo y se lanzó a la cubierta del viejo bajel. Fue a parar directamente a los pies de la condesa, a la que saludó con un galante besamanos.

—En mis manos este barco hubiera conseguido escapar como en un juego de niños —le explicó el hombre de la barba negra, casi en tono de disculpa—. ¡Tragasables! —fue el único comentario que tuvo para Astair; a continuación, se volvió hacia Bert el-Caz, que no había abandonado su sitio en el timón—. ¡En cambio tú, Bert el-Caz, a quien, a pesar de todo el mal que me has hecho, sigo viendo como a un hijo, tú sí que tienes madera de marino! —Bert el-Caz aceptó el cumplido con una breve y satisfecha inclinación de su turbante verde.

Aunque Astair estaba delante de él con toda su tripulación, el Zirí continuó dirigiéndose al timonel:

—Me he acostumbrado a mi nueva barquita —anunció con tono bondadoso—. Con su carga he logrado vestir como es debido a mis buenos hombres —añadió, señalando hacia el otro barco, donde los piratas se habían alineado en la borda, todos con coloridos turbantes de damasco y fajines, también, de vivos colores, enrollados tres veces alrededor de las *djallabijat* de fina muselina o de unos *sirwal* de seda de la India—. ¡No podría encontrar mejores hombres! Los que habéis heredado aquí como tripulación ni siquiera sirven para emprender con ellos el viaje hasta el Gran Bazar de Béjaïa.

Con mirada despectiva recorrió a los hombres de Astair, hasta que, con visible satisfacción, sus ojos se detuvieron en Melina y en sus pajes.

—Sin embargo, os reemplazaré en la tarea de trasladar a esta hermosa dama y a sus acompañantes, si es que no tenéis nada en contra. En cualquier caso, conmigo estará en mejores manos. Además, mi barco ofrece mayores comodidades, ¡las que esa dama merece! —dijo, inclinándose en perfecta elegancia ante la condesa y extendiéndole la mano.

Melina sólo tuvo para Astair, salvo la expresión —siseada entre dientes— de «¡Menudo caballero!», una mirada de furia.

En tono de queja, Teodoro preguntó a su madre:

—¿No podría Bert venir con nosotros? —El pequeño timonel consoló al confundido joven y lo animó para que se plegara a su destino. Podía estar seguro de que por él darían mucho dinero de rescate, una inestimable ventaja debida a su alcurnia. Con amargura, Bert pensó que su padre, por él, no sacaría ni un solo céntimo del arcón del dinero. ¡Él, Bert el-Caz, tenía que saber cómo arreglárselas por su cuenta!

El Zirí hizo que trasladaran su botín al otro barco y sólo dedicó un saludo de despedida a Bert el-Caz, para hacerle saber que lo acogería nuevamente con los brazos abiertos en cualquier momento.

La gran nave dejó rápidamente tras de sí a los infelices que quedaron en el bajel, partiendo de allí a toda vela.

Elgaine salió arrastrándose de su escondite y, con expresión ensoñadora, vio cómo el mercante se convertía poco a poco en un punto en el horizonte y desaparecía.

—Qué lástima —le dijo la joven a Bert el-Caz—. ¡Ésos sí que son auténticos piratas! ¡Y eso sería una aventura mucho más excitante que tener que estar codeándose con las ratas en la punta de la quilla!

—¡Nunca pierdas las esperanza, princesa! —rió el pequeño zorro—. ¡Tenemos delante de nosotros el anchuroso mar! ¡Y está lleno de sorpresas!

CONON DE LA MONTANA, TANCREDO DU MAR

El rebeco estaba situado no muy por encima de él, su cuerpo peludo se perfilaba contra el fondo blanco de las laderas cubiertas de nieve, al otro lado del valle, y sobre él, radiante, se veía el cielo azul de los Alpes del Valais. Volviendo la vista, Conon palpó su espalda en busca del carcaj, para, con movimientos lentos, sacar una de las flechas. Cualquier prisa habría asustado al huidizo animal. ¡Jamás podría colocar tan rápidamente la flecha, tensar el arco y apuntar, a fin de acertar a uno de aquellos animales huidizos que saltaban de risco en risco! Con cuidado, apuntó, concentrado únicamente en tensar la cuerda...

Tan absorto estaba Conon en los pasos de esa acción que se dio cuenta demasiado tarde de que el suelo de cantos rodados situado a sus pies empezaba a desmoronarse y a ceder. Se lanzó entonces hacia un lado, hacia la pared de roca, pero sus piernas resbalaron. Las piedras chocaron unas con otras, mostrando el trayecto de su caída, que Conon sólo podría mitigar. Cayó de culo y se deslizó ladera abajo. Fue una suerte que hubiera descubierto aquella presa a tan baja altura, pues aquel descenso a toda velocidad tuvo una corta duración.

Conon fue a parar casi justo al sitio en el que había cedido a su afán de caza en el momento en que, inesperadamente, vio al rebeco, junto a la abertura de la gruta que estaba situada sobre el lago. Ya no había ni rastro del animal, pero tampoco de los compañeros de Conon. Había escalado hasta allí con su hermano gemelo y con Cantar, ya que la joven, venerada por él en secreto, había descubierto una cueva en la que, supuestamente, había un ramal subterráneo del lago. Y fue justo en ese momento en que, guiados por Cantar —buena conocedora de aquellas montañas—, pretendían entrar a la gruta, cuando apareció el rebeco.

Conon se sacudió el polvo y la suciedad de la ropa, a fin de que no quedara ningún testimonio del final poco glorioso de su breve excursión de caza. Prestando atención al traicionero suelo después de aquella dolorosa experiencia, puso un pie, con cuidado, en la oscura gruta. Tuvo que vencer todavía varios fragmentos de roca caídos para ver el rayo de luz que entraba desde lo alto, a cierta distancia de donde estaba. Con agilidad, trepó por encima de aquellos montones de escombros, y entonces vio la maravilla que les había anunciado Cantar: El Ojo de la Diosa, un lago azul de tal profundidad y claridad, que la mera imagen lo dejó sin habla. ¡Era la luz la que lo hacía brillar con aquellos tonos! Conon se arrodilló y, en ese momento, la superficie lisa del agua se convirtió en el espejo de la Gran Hechicera. El reflejo lo cegó, pero instantes después vio las estalactitas, de tonalidades que iban desde el marrón óxido hasta el blanco plateado y que conformaban frente a él el marco ideal de aquel silencioso espectáculo, las tupidas cejas de la diosa, sus delicadas pestañas. En silencio, Conon dejó que aquella magia hiciera su efecto sobre él, antes de dedicarse, por fin, a buscar a sus dos compañeros. Cantar reinaba como una sacerdotisa suprema sobre una de las pocas estalagmitas visibles, ya que la mayoría de ellas se las había tragado el lago. No obstante, si uno miraba detenidamente, percibía su opaco brillo, que llegaba desde el fondo, como si de estrellas hundidas se tratase. Su hermano Tancredo estaba agachado al pie de ellas. Conon se tomó su tiempo. Por eso no vio cómo Cantar hablaba con entusiasmo de traer al mundo un hijo en un lugar como aquél, una gruta casi marina, llena de luz y de rayos de sol invisibles, de ondas cristalinas que rompían entre sí y de reflejos danzantes, un hijo, por supuesto, que tendría que ser un varón, el cual quedaría a merced de sí mismo y, al mismo tiempo, bajo la protección de aquella diosa maternal. Tancredo estaba profundamente impresionado. Antes de que pudiera expresar en palabras lo que sentía —lo cual, dicho sea de paso, no era uno de sus puntos fuertes—, apareció Conon y destruyó aquella armónica unión que tanto estaba disfrutando el callado Tancredo. Y es que el otro gemelo también amaba a la hermosísima y enigmática Cantar. Sin embargo en ese momento él, Tancredo, compartía con su adorada un secreto maravilloso: ¡El secreto de Cantar du Mar!

Ruidosamente, como era su costumbre, Conon había aparecido allí, acaparando la conversación, la cual, de inmediato, desvió hacia el tema de Gisors, una experiencia que compartía con Cantar y de la que estaba excluido su hermano.

—¡Imagínate, hermano mío —dijo, dejándose llevar por el entusiasmo—, una fortaleza rodeada de altas murallas, de torres que se alzan hacia el cielo! Nobles caballeros atraviesan el portón montados en sus caballos, por los colores de sus gualdrapas se deduce su noble alcurnia... Unas damas encantadoras los esperan junto a la mesa redonda, para el torneo caballeresco...

—¡Pero no llevarían una espada de madera! —lo interrumpió Cantar, dándole un golpe—. Por aquella época, cuando viajamos a aquella ceremonia de compromiso bajo la custodia de nuestro capellán Remy d'Aretin, te llamabas Conon de la Montana...

—Y todavía me llamo así —respondió Conon tercamente—, ¡y me seguiré llamando así mientras nuestra querida madre no nos dé ninguna información acerca del nombre de nuestro padre!

—¡No deberías atosigarla con eso! —lo reprendió Tancredo, siempre esforzándose por mantener la paz—. ¿No has pensado que ella puede estar sufriendo más que nosotros por su desaparición?

—¿Y con qué nombre, querido hermano, piensas luchar tú? ¿Acaso piensas hacerlo con el nombre de la familia de la noble Fedaye de Béthune?

—¡A partir de ahora me llamaré Tancredo du Mar! —explicó el gemelo para sorpresa de su hermano. Conon lo miró perplejo, y al hacerlo se le escapó la elocuente sonrisa de Cantar.

—¡¿Qué relación tienes tú con el mar?!

—¡Mucha! ¡Por lo menos le tengo más respeto que el que tienes tú por las montañas! —dijo Tancredo, reivindicando su espontánea elección—. Y sí que veo una relación —dijo, primeramente inseguro, pero luego añadió con orgullo—:

¡Además, ponerme ese nombre es reconocimiento galante! —Tancredo no se atrevió a levantar la vista para mirar a Cantar.

—¡Mirad esto! —dijo Conon burlonamente—. ¡Mi hermano con pretensiones de casarse! ¿Y quién es esa dulce moza?

Antes de que Conon pudiera arrinconar a Tancredo, Cantar exclamó:

—¡Alguien se acerca!

Y en efecto, desde las rocas situadas encima del lago, apareció Berenguer.

El calvo condotiero apenas prestó atención a la magia de aquel lugar consagrado a la diosa, más bien dedicó toda su atención a Cantar, su digna sacerdotisa. Él la miró fijamente.

—Una orquídea... —balbuceó en un torpe arrobamiento—. Una orquídea debería florecer en un ambiente más iluminado, ¡un ambiente que haga resaltar aún más su exótica belleza y su abrumadora perfección!

Cantar soltó una carcajada de notas argénteas.

—¡Mi buen tío Berenguer! Seguramente os habéis aprendido esa frase de memoria.

La joven bajó de su pedestal para abrazar al hombre calvo.

—¡Qué bien que mi señora madre no ha oído cómo su querido hermano, tan experimentado con las mujeres, intenta cortejar a su inocente sobrina!

La joven besó a su tío en ambas mejillas, mientras Tancredo y Conon tomaban nota de aquella cordialidad con celos de adolescentes.

—¿Decís lo mismo a todas las mujeres que pretendéis conquistar o es que pretendéis sacarme de Sión y llevarme a esplendorosos lugares desconocidos?

Berenguer mantuvo la compostura.

—En primer lugar, debo llevaros a vos y a vuestros jóvenes amigos de vuelta a casa. En el castillo ya están preocupados por vosotros, temerarios trepadores de rocas. —El condotiero se dio la vuelta para marcharse; un hombre como él no esperaba ninguna réplica—. ¡Gracias a Dios, un pastor os ha visto desaparecer dentro de esta gruta!

Todos siguieron a Berenguer obedientemente, como cabras montesas a su pastor, y regresaron al castillo de Sión.

LA SULTANA MELINA

Yussuf el Zirí pronto descartó la idea de poner en venta su botín en el Gran Bazar de Béjaïa. Con Melina, la condesa de Lecce, podía hacer algo que le resultara mucho más provechoso.

En el Cuerno de África, en ese saliente rocoso de Mahdia, que se adentraba bastante en el mar, reinaba el anciano sultán Boujaffar ibn Jawhar, un descendiente del gran general que había conquistado El Cairo para los fatimitas. En recompensa, le habían dejado aquella fortaleza considerada por todos inexpugnable. Es cierto que Yussuf tenía un padre en común con el sultán regente, razón por la cual estaba autorizado a utilizar el resguardado puerto de Mahdia como punto de partida para sus viajes de rapiña por el mar Mediterráneo, pero todos los gobernantes tenían un carácter voluble, y por eso él era lo suficientemente sabio como para darles una alegría de vez en cuando con algún regalo.

Y por eso no se llevó a Melina Argyros y a su vástago Teodoro hasta el mercado de esclavos para ponerlos en subasta, sino que los condujo, provistos de todas las insignias y comodidades debidos a su rango, por toda la costa de Túnez, hasta que se abrieron para él las bien vigiladas puertas de hierro del puerto de Mahdia, esculpido en la roca del litoral. La resuelta Melina se prestó de buena gana a asumir el papel que le habían asignado en el pomposo recibimiento que le deparó el sultán, pues ni por la mente se le pasó que desaparecería, como cualquier otra mujer, tras los muros de un harén. Para servir a la causa, aceptó de inmediato separarse del perturbado Teodoro, a quien el cauteloso Zirí retuvo a bordo de su nave.

Con motivo de aquel inesperado botín ganado para sus aposentos, el anciano sultán dio una ruidosa fiesta, tras la cual sus entusiasmados súbditos pudieron oír durante casi tres días y dos noches los gritos de placer de Melina Argyros, mezclados con los gemidos y jadeos, los roncos bramidos, las toses y todos los ruidos resultantes de un esfuerzo físico enorme, pruebas de la supuesta potencia taurina del sultán.

En las primeras horas de la mañana del tercer día, se oyó un grito animal, un grito inhumano que estremeció todo el palacio... Luego se hizo silencio. ¡Un silencio sepulcral! La servidumbre personal del sultán encontró a su amo con una convulsa expresión de máxima dicha en el rostro, pero extendido de espaldas sobre su lecho, con los ojos vidriosos. Boujaffar ibn Jawhar había dado su último aliento arremetiendo contra la pelvis de Melina Argyros, que estaba a horcajadas sobre él, haciendo movimientos circulares, golpeándolo como un martillo. La condesa de Lecce estaba sentada, desnuda, viendo impasible el ajetreo del personal de palacio. Ni siquiera tenía agitada la respiración. A continuación hizo que la vistieran y dio instrucciones a los ayudas de cámara para que hicieran todos los preparativos de un sepelio de Estado.

Una vez que el sultán quedó sepultado con todos los honores en el cementerio instalado entre las rocas, con vistas al mar, y una vez que acabaron las ceremonias después de tres días, la sultana Melina recibió al Zirí.

—Podéis olvidaros de todo, Yussuf —le explicó la mujer al traficante de esclavos de barbas negras—. Os consagraré a mi lado y os elevaré a un rango similar al de un sultán. —La voz de la gobernanta indicaba a las claras que no era aconsejable poner en duda su voluntad—. En su lugar, y puesto que seguro querréis el estatus que os brinda nuestra mano protectora, os ordeno que partáis y me traigáis aquí a Astair de Saissac. ¡En compañía de su pequeña princesa o sin ella!

Sin embargo, con eso no había acabado aún la audiencia para el Zirí.

—En lo que concierne a mi hijo Teodoro, lleváoslo al harén, para que aprenda allí cómo ha de comportarse un hombre. Es preciso exhortar a las mujeres, con severidad, a que realicen su tarea con éxito... ¡De lo contrario habrá que hacer uso del látigo!

Yussuf abandonó la sala caminando de espaldas y con la cabeza baja, y de inmediato se dispuso a satisfacer los deseos de la sultana.

EL ABANDONO DEL NIDO DE LAS MONTAÑAS

En Sión, junto al curso superior del Ródano, en medio de los Alpes de la región del Valais, los hijos gemelos de Fedaye de Béthune habían alcanzado una edad en la que los jóvenes se sienten atraídos por el mundo de las aventuras, o por lo menos se sienten tentados a salir de entre las paredes rocosas de un estrecho valle cuya única opción de futuro sólo podría consistir en continuar manteniendo despejado el paso hacia Italia para el emperador alemán. Tancredo, el más callado de ambos hermanos, no le iba a la zaga en valentía a su gemelo, pero se sentía demasiado apegado a su madre Fedaye, mientras que Conon ardía en deseos de realizar hazañas. Todas las habilidades bélicas que había podido aprender en medio de la estrechez de aquel páramo, habían quedado agotadas hacía mucho, y nada ni nadie estaba seguro ante las fuerzas incontrolables de aquel chico de apenas doce años.

Por otro lado, el joven sentía el incontrolable deseo de conocer a su padre, o por lo menos de averiguar quién era aquel héroe, porque aquel hombre tenía que ser un héroe, de lo contrario no hubiera sido capaz de obtener la mano de la hermosa Fedaye. Algo tendría que ver aquel hombre con Gisors, aquel poderoso castillo situado en el norte de Francia, pues de no ser así Fedaye no hubiera consentido entonces, de tan buena gana, que él acompañara en ese viaje a Cantar y al capellán Remy. Y entonces, en ese instante, Conon recordó a la espigada Elgaine. ¿Se habría comprometido la joven, entretanto, con otro hombre? En realidad, ella se merecía algo más que aquel mocoso llamado Berthold, ¡mucho mejor si se trataba de alguien como él, Conon de la Montana, o como lo que él podría llegar a ser! Por ella quería luchar... ¡Elgaine de Gisors y Conon, gloriosos representantes de la orden de la caballería! En su ensoñación, Conon acercó aquellos rizos rubios a sus labios y los besó con ansias. Pero en ese momento una pesada mano se posó en su hombro. Conon se sintió descubierto y alzó los ojos. Era Berenguer, el calvo condotiero, que había seguido su rastro hasta allí.

—No pasaré mucho más tiempo en estas aburridas montañas —murmuró el viejo guerrero—, refugio solitario para jóvenes águilas que aún no saben volar o no se atreven a hacerlo...

Conon reaccionó rápidamente.

—¿Me llevaríais con vos, Berenguer de Saissac, en calidad de escudero?

El calvo sonrió con sorna.

—¿Lo consentiría vuestra señora madre?

Con gesto obstinado, Conon pegó una patada en el suelo.

—¡Mi madre no puede negarme esa oportunidad! ¡Ella, a fin de cuentas, tiene a Tancredo!

Berenguer frunció los labios como si todo aquello no le resultara de gran importancia.

—¿Qué dirá Cantar —preguntó sin pensarlo mucho— cuando se entere de que su compañero de juegos preferido la ha abandonado?

—¡Yo no soy su compañero de juegos preferido! Ella prefiere estar con Tancredo, aunque, por otra parte... —Conon se quedó pensativo—. Bueno, ella, en realidad, es mucho más osada. Cantar añora la mayor de las aventuras, la del espíritu. ¡Eso me lo ha dicho ella misma! —exclamó Conon, orgulloso por la confianza que la joven había depositado en él, y sintiéndose llamado a defender el honor de Cantar—. ¡Le diré que hemos salido a recorrer el ancho mundo!

Un frenético entusiasmo se apoderó de él.

—¡Sea el espíritu o la espada, ambos hemos escogido el camino de la libertad! —dijo, y aceptó con un fuerte manotazo la garra que le ofrecía el condotiero, con lo cual quedó sellada la promesa.

Poco después de aquello, Berenguer de Saissac abandonó el valle del Ródano y puso rumbo hacia los pasos del sur. Detrás de él cabalgaba, orgulloso, su nuevo escudero, Conon de la Montana. Sin embargo, ya a la altura del paso, se les unió una tercera persona, alguien que cabalgaba sobre un asno y llevaba la capucha muy hundida sobre el rostro, como un monje del cercano hospicio de San Bernardo.

No fue hasta el anochecer que el señor Urs de Sitten, *praefectus et comes vallesiae*, y su esposa Miral de Saissac se dieron cuenta de que su única hija, Cantar, había desaparecido.

EL ELOGIO DE LA VIRGEN

El bajel comandado por Astair, autonombrado capitán del mismo, y que llevaba, además, a Bert el-Caz como experimentado timonel y a Elgaine como precavido grumete, cortaba las olas del mar Tirreno después de haber pasado Escila y Caribdis, el estrecho de Messina.

«¡Rumbo noroeste!», había sido la orden, y Elgaine, quien dominaba mejor que nadie en la tripulación el arte de izar las velas, aun cuando la fuerza de sus brazos la abandonara a veces, ajustó con pericia aquellas telas al viento y, a continuación, amarró bien las escotas. Orgullosa, miró hacia el timón, donde estaba Bert el-Caz, que había secundado su maniobra con destreza, mientras Astair apenas tomaba nota de sus recién adquiridas habilidades. En cualquier caso, ninguno de los dos había puesto ninguna objeción cuando ella ordenó que cubrieran con pintura aquellos caracteres que decían: *Laus ad virginem!* «¡Elogiad a la Virgen!» ¡Era ridículo!

Reinaba cierta tensión entre el capitán y su timonel, ya que Bert el-Caz estaba en contra de hacer aquello, lo que él llamaba «cruzar la mar abierta», porque las tormentas allí podían ser impredecibles. Además en alta mar, la labor de seguir el rastro a un botín se asemejaba más bien a la búsqueda de una aguja en un pajar, mientras que, en las proximidades de la costa, la empresa podía realizarse con mucho más éxito.

—¡Aparecer, golpear rápidamente y desaparecer! —dijo Bert el-Caz recordando su severo aprendizaje con Yussuf el Zirí.

Pero a Astair le encantaba permanecer de pie en cubierta, con las piernas abiertas, con el viento revolviéndole el cabello y, en lo posible, no verse estorbado por otras tareas de más baja condición, como podía ser el rastreo y el saqueo de otras naves.

—¡Si no os gusta, Bert el-Caz —decía con tono desafiante, desde arriba—, podéis abandonar el barco cuando lo queráis! ¡Por mí podéis hacerlo ahora mismo!

El fibroso timonel se agachó un poco y, de repente, hizo girar bruscamente el timón, de modo que Astair casi cae al agua por encima de la borda. Elgaine soltó una carcajada, pero Bert el-Caz estaba furioso.

—¡Si yo no estuviera aquí, vuestros pies no estarían pisando los tablones de este barco, Astair de Saissac! ¡De modo que esta nave me pertenece tanto como a vos o... a Elgaine!

—¡Dejad a la princesa fuera de esto! —dijo el capitán, resoplando, al tiempo que colocaba una mano, con gesto elocuente, sobre la empuñadura de su espada—. ¡Si os apetece, podríamos batirnos y determinar en un duelo quién tiene aquí la última palabra, meón!

—¡Avergonzaos! —gritó Elgaine, aunque no quedó claro si se refería a ambos o únicamente a Astair—. Estamos poniendo rumbo a la agradable Amalfi, donde comenzó nuestra aventura conjunta —dijo la joven, y para demostrar que hablaba en serio hizo que el barco pusiera rumbo a la costa—. ¡Y vos, señor espadachín, disculpaos por vuestro infame desliz, indigno de un caballero! —añadió, dándole la espalda a Astair, hasta que éste cedió.

—Perdón, timonel, no fue mi intención —murmuró.

Pero Bert el-Caz apartó la vista y se ocupó de maniobrar el timón y ajustarlo al rumbo trazado por Elgaine. ¡No se olvidaría tan fácilmente de aquella ofensa! Con expresión sombría, Bert el-Caz miró fijamente hacia el mar, mientras que Elgaine observaba a Astair con ojos de reproche. Este último intentó abrazarla, pero ella lo evitó. Tenso estaba el ambiente a bordo cuando entraron en la bahía de Amalfi, a última hora del atardecer.

La tripulación bajó de inmediato de a bordo y se lanzó a las tabernas; Bert el-Caz se ocupó de amarrar bien el barco en el muelle y luego desembarcó también. Astair y Elgaine se quedaron solos. No hablaron ni una palabra en toda la noche, y al cabo de un tiempo se fueron a dormir. Bert el-Caz había dirigido sus pasos hacia La Última Ancla, donde empezó a emborracharse lentamente pero sin pausa. Ya era bien pasada la medianoche cuando decidió regresar al barco. Sin embargo, no consiguió encontrar el camino hacia su muelle. Tambaleándose, caminó a lo largo del muelle exterior, y entonces descubrió allí la imponente nave del Zirí, que había anclado en aquella zona. Vio la escalerilla desplegada, subió a la cubierta, que se balanceaba, y, al cabo de unos pocos pasos, cayó al agua.

Cuando volvió en sí, estaba sentado, envuelto entre mantas, delante de Yussuf, el de las barbas negras, y frente a una humeante fuente de *shai* árabe, con un intenso aroma de menta y de otras hierbas revitalizantes. El Zirí le dejó tiempo, pues él ya sabía bastante. Sus hombres habían oído hablar en las tabernas de las rencillas surgidas entre Bert el-Caz y su capitán, y le habían informado al respecto. Bert el-Caz tomó un sorbo de aquella bebida caliente.

Finalmente, Yussuf dijo:

—Si quieres disponer del barco para ti solo, tendrás que deshacerte de Astair. —Bert el-Caz asintió con gesto sombrío, y el Zirí continuó, impasible—: Si consigues atraer a Astair de Saissac hasta Mahdia, quedará resuelto tu problema.

Bert el-Caz fue despejándose poco a poco, pero tenía una molesta sensación en el estómago.

—¿Y Elgaine? —preguntó a continuación—. ¡¿Qué pasará con ella?!

—Nada, si se comporta sensatamente. Tampoco a Astair le retorcerán el pescuezo —dijo el Zirí con una risa tronante—. ¡Lo más probable es que se mee en los pantalones! ¡Pues la venganza de la dama apunta más bien por debajo de la línea del cinturón!

—Pero ¿y Elgaine? —insistió el pequeño zorro. Ni siquiera quiso averiguar quién era la mencionada dama, pues su corazón latía todavía ardientemente por la novia perdida—. ¡No quiero que Elgaine padezca ningún sufrimiento!

—No sé decir lo que le deparará el destino. Pero si no quieres correr riesgos, mantente alejado de Mahdia. ¡Y olvídate de lo de tener un barco propio!

—¡De acuerdo! —gruñó el pequeño zorro—. ¡Ya estoy en ello!

Yussuf se dio cuenta de que el zorro aún no había husmeado el verdadero meollo del asunto.

—¡Por mí, puedes hacerle creer a tu capitán que la rica sultana de Mahdia busca con urgencia hábiles piratas con barco propio y promete a cambio una elevada participación del botín! ¡Ese tragasables es lo suficientemente vanidoso como para morder el cebo! —El hombre de las barbas negras empezó a soltar una risotada, que contagió a Bert el-Caz—. Y ahora vuelve a bordo de tu barco y vete a dormir. Ya veo que, finalmente, va a ser tu futuro barco, así que muéstrate magnánimo y dispuesto a perdonar.

UN VIENTO FRÍO

La calma apacible y la serena despreocupación habían desaparecido de las idílicas laderas situadas por encima del valle del Ródano, como si hubiesen sido barridas por los vientos llegados desde los Alpes. Mezclado con los remolinos de copos de nieve, un viento frío lamía los muros de la fortaleza de Sión. La pérdida de su única hija y heredera dolía e indignaba a los padres, el señor Urs de Sitten y su esposa Miral de Saissac. La culpa por la desaparición no se la echaban a Berenguer, hermano carnal de Miral, sino al inútil de Conon, quien, hasta su desaparición de Sión, había vivido allí con su madre y con su hermano gemelo, Tancredo. Durante años Miral le había dado hospitalidad a Fedaye de Béthune, y los hijos de esta última eran considerados como de la familia. ¡Y así se lo agradecían! Porque Cantar no se hubiera metido en una empresa así de no haber sido por las ideas que le había metido en la cabeza el tal Conon, y que habían movido al final a su hija, normalmente tan sensata, a dar un paso como aquél. Y sin duda Fedaye había tenido conocimiento de los planes de los dos jóvenes cuando le permitió a su hijo Conon marchar con Berenguer a regiones tan lejanas. Desde entonces, Miral no intercambiaba una palabra con su antigua amiga.

La alterada Fedaye apenas podía imaginarse que el calvo Berenguer no estuviese informado del asunto. ¡Tal vez él mismo había sido la fuerza motriz de todo aquello! Porque por muy ávido de aventuras que considerara a su hijo Conon, resultaba imposible que Cantar hubiera podido unirse a los dos hombres en contra de la voluntad del condotiero. Cantar, además, se había mostrado siempre como una persona muy peculiar y obstinada, y ya no era —bien lo sabía Dios— ninguna niña pequeña. ¡En realidad, jamás lo había sido! ¡Conon nunca hubiera podido convencer de hacer aquello a esa criatura tan seria, que se había convertido en una joven mujer tan prematuramente! ¡A Fedaye le parecía más bien que todo había sucedido al revés, que había sido Cantar quien había convencido a Conon para que la acompañara en aquel paso! ¡¿O acaso su hijo se había visto en el papel de su joven caballero?!

Por su parte, Tancredo no pudo contribuir con nada a las insistentes preguntas que se le hicieron para esclarecer los motivos y los hechos de la huida. A decir verdad, no echaba mucho de menos a su hermano gemelo, pues ambos eran demasiado diferentes, pero sí que echaba en falta a Cantar, con quien hubiera podido desahogar su corazón. No entendía por qué la joven le había hecho tal cosa, ¡y se sentía engañado!

Dado que ya no podía hablar con su amiga Miral, mucho menos con su esposo —el *praefectus et comes vallesiae*—, Fedaye fue a visitar al obispo del valle. Cuando Urs de Sitten tuvo que asumir de un día para otro el cargo de prefecto, debido a la inesperada muerte de Hermanfried, pues el matrimonio con Miral de Saissac le vedaba la dignidad eclesiástica. Por ello, su primo Gosbart fue sacado a la carrera del seminario y llamado a Chur, donde, con todas las dispensas y las anuencias, fue consagrado como *Episcopus sedunensis*. Gosbart de Sitten era un lisiado, un accidente mientras cabalgaba le había hecho perder la movilidad de la cintura para abajo ya desde sus tiempos juveniles. La familia le dedicó todos los cuidados imaginables. Es más, un ingenioso herrero construyó para el imposibilitado, una silla a la que hizo atravesar un eje por debajo del asiento. A dicho eje, del lado derecho y del izquierdo, fijó dos ruedas muy ligeras, que los peleteros forraron con pieles, de modo que Gosbart

—quien por eso llevaba siempre unos guantes— pudiera desplazarse hacia adelante y hacia atrás. Pronto se vio incluso en condiciones, además, de compensar su limitada capacidad de movimiento con otras cosas del espíritu. Gosbart mantenía correspondencia con todos los grandes de Occidente, con científicos y teólogos, con médicos famosos y, sobre todo, con gente que tenía un gran conocimiento de lo que era el poder. Su curiosidad era insaciable, y su influencia fue creciendo.

Muy pronto aquel hombre atado a su silla de ruedas se vio precedido por la fama —o más bien la mala fama— de ser el peor intrigante a ambos lados del paso del Gran San Bernardo. Los servicios de espionaje de muchas potencias se servían de él, y apenas había un agente que no le debiera alguna cosa.

Por supuesto que sabía muchas más cosas acerca de Fedaye de Béthune de lo que aquella hermosa mujer podía sospechar, por eso le aconsejó, con urgencia, que iniciara la búsqueda de los desaparecidos. ¡En Sión, Miral convertiría su vida en un infierno! Aquel consejo encontró suelo fértil y agradecido en Fedaye de Béthune, de modo que la mujer prometió ponerse en camino. Gosbart le recomendó mantenerse tras los pasos del condotiero, que eran más fáciles de rastrear que los de los jóvenes, quienes probablemente no hubieran dejado rastro alguno. Sin embargo, en el caso de su vástago, Conon, Fedaye no estaba del todo segura, pero aun así prometió seguir aquel consejo y, poco después, abandonó el valle del Ródano en dirección al sur, llevándose a Tancredo consigo, así como el suficiente séquito. El obispo se había ocupado de que la tesorería de la prefectura la proveyera del suficiente dinero. A fin de cuentas la expedición de búsqueda redundaba en beneficio de la familia de los condes De Sitten.

Al obispo Gosbart no se le había pasado por la mente informar a su visitante de que la noticia ya había llegado hasta los lugares más recónditos y solitarios de los montes de la región del Valais: en Roma había muerto el papa Víctor III, elegido un año antes. El *Episcopus sedunensis* se había enterado a través de los monjes benedictinos que habitaban arriba, en el hospicio del paso del Gran San Bernardo, con sus peludos y mansos perros pastores. De modo que al otrora abad Desiderio no le había sido concedida la gracia de regresar a tiempo, para su encuentro con el Altísimo, a su querido monasterio de Monte Cassino.

Y por tal razón la indignada dama Miral había ido a presentar sus respetos al obispo. La mujer se sentía sumamente indignada por la imputación de haberle hecho la vida imposible a su mejor amiga, Fedaye de Béthune, en la ciudad de Sión. ¡Era todo lo contrario! ¡La señora Miral se sentía desolada porque Fedaye —y, con ella, su bien educado hijo Tancredo— le hubieran dado la espalda a la región del Valais! En los últimos tiempos, sólo había recibido una buena noticia, y quería hacérsela saber al obispo: su antiguo capellán de la corte, Remy d'Aretin, había ascendido a la dignidad de cardenal, ya que su amigo y protector, el cardenal cegado Odón de Lagery-Chatillon, iba camino de subir al Trono del Pescador de Roma. En realidad, no había otra opción, pensaba triunfalmente la señora Miral.

—¡Me alegra por Remy! —dijo Gosbart, agradecido por aquellas nuevas que, claro está, ya habían llegado a sus oídos—. ¡Si vos, mi querida Miral, no hubierais enviado a Remy a aquella ceremonia de compromiso en Gisors que nunca tuvo lugar, ahora, probablemente, seguiría sentado en esta suntuosa silla, a cargo de la gloriosa misión de predicar en este valle la Palabra del Señor, en lugar de tener que ir trepando, peldaño a peldaño, esa esforzada escala del éxito dentro de la ardua Curia!

Miral mostró los dientes, llena de indignación.

—¡No seáis desagradecido, Gosbart; nosotros debemos llevar sobre nuestras espaldas toda la onerosa carga que nos corresponde! ¡Y aquí, entre cabras montesas y perros de trineo!

—¡Muy cierto! —respondió el obispo, con gesto de unción—. ¡Presuponiendo que a uno le guste, día tras día, comer el queso fresco que viene de la cabaña del lechero! Visto así —continuó con una sonrisa refunfuñona—, podéis mostrar un poco de comprensión también para aquellos que nos han abandonado. Los caminos del Señor no siempre son inescrutables. ¡Alabado sea Jesucristo!

El obispo Gosbart le ofreció a la dama su pequeña mano para que le besara el anillo.

LA PUERTA DE HIERRO DE MAHDIA

El elegante bajel de los tres jóvenes volaba otra vez como un pájaro surcando el mar. Habían aligerado algo la tripulación en Amalfi, sólo habían conservado con ellos a los mejores marineros, el resto se quedó en tierra. El capitán Astair y su timonel, Bert el-Caz, competían bajo la atenta mirada de Elgaine para ver cuál de los dos se superaba en elogios y favores mutuos. Sin oponer resistencia alguna, Bert el-Caz había puesto el rumbo hacia alta mar. Una vez más viajaban hacia el sur, y para alegría de Astair, pasaban junto a la costa occidental de Sicilia; ya habían dejado detrás la isla de Ustica. Astair se explayaba en elogios sobre su timonel y le ofreció a Elgaine retomar sus clases de esgrima. Un buen pirata no sólo debía mostrar su arrojo con las velas, también debía manejar con destreza la cimitarra y el hacha de abordaje, y saberlo hacer tan bien como cualquier enemigo potencial.

Elgaine agarró al vuelo el arma que le fue arrojada y saltó hacia los cabos blandiendo la curva espada.

—Tal vez Bert el-Caz también debería aprender —dijo ella en tono desafiante— a manejar algo más que una espada de madera, ¿no os parece?

Astair se dejó convencer para enseñarle al pequeño zorro el manejo de la cimitarra, pero en realidad aquella espada curva era más grande que el propio Bert el-Caz si se quitaba el turbante.

En lo único que el fibroso jovenzuelo era mejor que el elegante maestro de esgrima era en el lanzamiento del hacha. El joven pirata había aprendido a manejar esa arma con el Zirí. Elgaine lo miró con atención y se fijó en la manera habilidosa y astuta con que hacía volar por los aires aquel pesado trozo de hierro. Astair se excusó rápidamente diciendo que, a fin de cuentas, la espada era la única arma digna de un caballero, y aunque fuera un pirata, quería seguir siendo todo un caballero.

Continuaron deslizándose cada vez más al sur, hacía ya algún tiempo que navegaban a lo largo de la costa de Túnez, aunque lo hacían a cierta distancia. La tierra se fue volviendo de un color marrón rojizo, desaparecieron los últimos oasis de color verde y, blancos como sedimentos de una sal de grano grueso, brillaban los aislados asentamientos humanos junto a la orilla.

Bert el-Caz levantaba una y otra vez la vista al cielo para examinarlo, hasta que su capitán, por fin, le preguntó qué miraba.

—Me huelo la proximidad de una tormenta —le respondió el timonel—. Una gran tormenta se está incubando en el cielo.

Elgaine se mofó cariñosamente del timonel.

—¡¿Esas nubecitas de nada que se ven brillando en el cielo azul?! —preguntó, cerciorándose antes de la aprobación de Astair—. ¡Un verdadero pirata no teme a esas nubes! —Con sonrisa maliciosa, Elgaine desafió a Bert el-Caz—: ¡Queréis regresar a vuestro timón para no tener que tomar la espada!

Pero el zorro siguió insistiendo en lo que le advertía su olfato.

—La tormenta proviene del desierto, ¡y puede caer sobre nosotros con la velocidad del rayo!

Los tres concentraron sus miradas en tierra firme, pero sólo Bert el-Caz divisó lo que en realidad estaba buscando: a lo lejos, emergiendo del mar, se elevaba el acantilado rocoso de Mahdia, semejante a un enorme velero blanco.

Sin que lo notaran sus compañeros, que habían vuelto a enfrascarse en el agotador arte de la esgrima, Bert el-Caz puso rumbo hacia su objetivo. Sólo cuando los escarpados acantilados se alzaron delante de ellos y los dos lo miraron con ojos inquisitivos, el timonel señaló orgulloso hacia el portón de hierro que protegía de cualquier ataque las instalaciones del puerto esculpido en la roca.

—Aquí podemos hallar cobijo hasta que pase el peligro —les explicó Bert el-Caz con voz trémula.

—¿Por qué no? —dijo Elgaine con la determinación propia de ella—. ¡Tampoco estaría mal recoger un poco de agua potable fresca!

Los batientes de hierro del portón se abrieron lentamente, mientras la nave pasaba hacia la estrecha bahía bajo la mirada curiosa de los guardias.

En el muelle había sólo unas pocas personas, que apenas prestaron atención a los recién llegados. Bert el-Caz enfiló con cuidado la proa del barco hacia el muro de piedra y luego lanzó las amarras. Algunas personas que allí estaban las atraparon el silencio y ataron el bajel a los postes de madera clavados en el agua. Bert el-Caz saltó a tierra.

—¡Anunciaré nuestra llegada al comandante de la plaza! —les gritó a Astair y a Elgaine, que estaban juntos sobre cubierta, dejándose fascinar por el efecto que aquel mundo exótico ejercía sobre ellos. Su pequeño timonel desapareció entre la multitud, que ya empezaba a aglomerarse rápidamente. No pasó mucho tiempo para que ésta se apartara y dejara el paso libre. Un turbante aún más imponente que el de Bert el-Caz, rodeado por una escolta personal provista de enormes cimitarras, se fue acercando con paso majestuoso al barco recién atracado. ¡Ése tenía que ser el comandante del pucrto! Tras él avanzaba torpemente Bert el-Caz. Le hizo una señal a Astair para que saludara al alto funcionario con el debido respeto. Con actitud digna, el capitán caminó hasta la proa y saltó ágilmente, cayendo delante del gran turbante.

—¡Soy Astair de Saissac! —dijo respetuosamente e hizo una reverencia.

El turbante se inclinó de un modo imperceptible.

—¡Apresadlo! —dijo el eunuco con voz estridente, y antes de que Astair pudiera pestañear, las manos de los escoltas ya se le habían echado encima. El joven se sintió como atrapado en la red de una enorme araña sin rostro, ya que no veía las caras de los esbirros, sólo sus ojos oscuros y brillantes tras unas delgadas ranuras situadas entre los *assbet ras* y los embozos que cubrían sus mentones. De poco consuelo le sirvió el ver de soslayo cómo aquellas manos que salían rápidamente de los blancos *baranis* se arrojaban también sobre los hombros de su timonel. Ambos hombres fueron llevados por separado al palacio. Nadie había prestado atención al pequeño grumete Elgaine, y tampoco se le tocó un pelo a la tripulación.

Elgaine no se mostró asustada al presenciar la detención de sus dos compañeros. De repente, con actitud fría, recordó su papel de princesa. Pero una intervención digna de ese papel tenía que ser muy bien meditada, pues no podría repetirse. Y puesto que, por lo visto, nadie conocía su identidad, decidió, en principio, esperar y averiguar discretamente el motivo de aquella detención. Sólo cuando tuviera un conocimiento exacto de las circunstancias, tendría sentido dirigirse hacia el palacio.

De forma brusca, algo la sacó de sus reflexiones.

—¡Elgaine de Gisors! —gritó una voz clara que le pareció conocida. Era Teodoro, el hijo de la condesa de Lecce. A Elgaine se le cayó de pronto la venda de los ojos, pero Teodoro no le dio tiempo a reaccionar.

—¡Venid! —gritó el hijo de la condesa—. ¡Os llevaré a un lugar seguro!

La multitud los miraba atentamente, de modo que tendría que acceder a la exhortación de Teodoro. Elgaine, con la cabeza erguida, empezó a andar detrás del joven conde, para, poco después, verse en el harén del palacio.

EL CÓNCLAVE

Odón de Lagery-Chatillon, cardenal de Ostia y antiguo prior del monasterio de Cluny, otorgaba el máximo valor al hecho de que su inminente elección como *Pontifex maximus* tuviera lugar sin ninguna pompa ni despliegue de poder. Había renunciado a la oferta que le había hecho la margravina Matilde para que se alojara en la fortaleza de Canossa y le había pedido a Remy d'Aretin que se ocupara de que se montaran tiendas de campaña a cielo abierto, en las cuales debían pernoctar los cardenales antes de entrar al cónclave. Para ello se había erigido, en medio del campamento, un imponente pabellón de lino blanco que les facilitaría las deliberaciones y la elección, para que nadie dijera luego —lo mismo de forma bien intencionada que maliciosa— que habían sido influidos por la pompa de ciertos poderes terrenales. La delgada tela de la tienda sólo los protegía de la lluvia, mas le daba a Dios la posibilidad de ejercer su influjo sobre aquellas calvas cabezas y de verter sobre ellas el Espíritu Santo.

Poco a poco fueron llegando los príncipes de la Iglesia con derecho a voto; llegaban desde todas las regiones del reino, ni siquiera los poderes imperiales les habían impedido el viaje ni les habían bloqueado los pasos a través de los Alpes.

Remy d'Aretin, provisto de la púrpura cardenalicia recibida de manos del fallecido Desiderio, se presentó ante su señor con un ruego:

—Es quizá la última ocasión en la que no tendré que dirigirme a vos con el apelativo de *Sua Santità*. Por lo tanto, permitid que este vuestro fiel servidor se retire brevemente, ya que a él...

—¡Remy, decidme de una vez qué os urge tanto!

—Quisiera escribir algo para vos, algo que va más allá de un mero informe sobre la situación, una especie de visión de futuro, ideas que tal vez podréis utilizar con provecho en vuestra alocución... ¡O que también podréis descartar!

—¡Sois mi gran cerebro para las cosas malas! —dijo el cardenal riendo—. ¿Acaso hay algo profano, por no decir ninguna «obra del diablo», que no os atrevéis a revelar al Santo Padre, pero que pretendéis confiarme a mí ahora?

Remy no tuvo que reflexionar demasiado.

—El condotiero Berenguer de Saissac, que está a mi servicio, ha cumplido discretamente con su misión: la joven dama se encuentra sana y salva en el convento de L'Immacolata del Bosco, en Lerici.

El cardenal de Ostia escuchó aquellas palabras con satisfacción.

—En ese caso, es preciso considerar, como paso siguiente, el traslado a Amalfi —ordenó el cardenal de inmediato—. ¿Ha sido ya acondicionado el convento de aquel lugar? —Remy asintió—. ¡Bien! Pues allí debéis instalar a Cantar en calidad de abadesa. —Esta vez, Odón de Lagery-Chatillon no esperó aprobación de su diligente ayudante—. ¡Ello seguramente la alegrará y lo hará todo mucho más fácil! —Remy d'Aretin se ahorró cualquier toma de posición, sus pensamientos estaban en otra parte. A continuación se inclinó en gesto de respeto y se marchó.

Remy d'Aretin estaba sentado en una de las habitaciones de la torre del castillo de Canossa y contemplaba, pensativo, el paisaje de colinas de la región de la Emilia Romagna. A lo lejos se alzaban las tiendas de campaña dispuestas para el cónclave, cuyo número iba cada vez más en aumento. El comienzo de las deliberaciones estaba previsto para el día siguiente. Para Remy el cónclave sólo representaba la preservación de una forma, de una buena tradición, pues no abrigaba la menor duda acerca del resultado de los votos. Odón de Lagery-Chatillon le había encargado el día anterior a él, al cardenal *Remus Arentinus*, la jefatura de los servicios de espionaje de la Curia, con lo cual en ese momento recaía sobre él el título no oficial de Cardenal Gris. La sensación de dicha por ese poder se mantenía dentro de ciertos límites, pues, de facto, Remy llevaba ya bastante tiempo asumiendo esa tarea.

Remy ordenó sus utensilios de escribir, situados sobre la mesa, delante de él. Le alegraba no tener que estar sobre un escritorio, como era todavía costumbre habitual en los *scriptoria* de muchos monasterios. Alisó el pergamino con los pisapapeles y hundió la pluma en el tintero sujeto a la mesa.

Pensó con sarcasmo en ponerle a aquel documento el título «Del diario de una emperatriz», aquel inquietante escrito de Monte Cassino que había desaparecido junto con el talentoso escudero Rinat. Debajo anotó: *A. D. MLXXXVIII - Idibus martiis*. Remy reflexionó un instante sobre si esa fatídica fecha podría irritar al destinatario, y a continuación comenzó a escribir fluidamente:

> Godofredo de Bouillon, jefe supremo del ejército del emperador y mariscal del imperio, podrá retirarse de Sajonia dentro de muy poco.
>
> El conde Egbert de Meissen, quien creía tener derecho a soñar con las dignidades de un rey alemán, fue asesinado en un molino durante su huida, a manos de los guerreros de la abadesa Adelaida de Quedlinburg, la querida hermana de Enrique, a la que Egbert de Meissen hizo mancillar.
>
> El obispo Burchard de Halberstadt, alma de la resistencia en Sajonia, fue asesinado en Goslar por sus propios clérigos encolerizados.
>
> El conde Norberto de Lehburg, quien acudió presuroso en su ayuda, huyó a través de la región y fue en busca de la protección del obispo Thierry de Verdún.
>
> Con ello se extingue la sublevación de los sajones, y los obispos «gregorianos» restantes se someten a Enrique. El tiempo dirá cuánto tiempo más podrán fiarse de los de Lorena, los aliados de Matilde.
>
> Ya en el año anterior el emperador consiguió que los demás príncipes aprobaran la elección de su hijo Conrado como «co-rey». Con ello se ha mantenido la ley sálica en la sucesión hereditaria.
>
> De ese modo, Enrique puede reponerse del golpe que Dios le deparó con la muerte de la emperatriz Berta. La buena mujer guardó fidelidad a su marido en todas las épocas, a pesar de los malvados intentos de Enrique por repudiarla.

Con ello, el emperador se encuentra ahora en el cenit de su poder, y el intento de Gregorio de restringírselo ha fracasado definitivamente. De igual modo que la empresa consagrada por Dios, Nuestro Señor, emprendida por el último *Pontifex*, Victor, para que los obstinados cedieran por fin. Para ello, Enrique hubiera tenido que abandonar a su cómplice, Guiberto de Rávena, quien lo coronó emperador siendo el papa Clemente, pero eso hubiera puesto en entredicho, a posteriori, la corona imperial de Enrique.

Remy alzó la cabeza y soltó un resoplido dirigido hacia el patio. La señora del castillo, la margravina Matilde, acompañada de la inevitable Maurcade du Berq, había aparecido en una de las escaleras con la intención de despedir a una dama. Remy d'Aretin reconoció de inmediato en ella a Fedaye de Béthune; a fin de cuentas, sólo habían transcurrido cuatro años desde que fue capellán en Sión. El joven que la acompañaba, muy parecido a Conon, era tal vez el hermano gemelo Tancredo, su otro hijo varón. La despedida de la margravina fue cordial. No obstante, el observador se llevó la incómoda sensación de que quien se marchaba era una mujer que había venido a pedir algo y no había tenido éxito, por lo que en ese momento se dirigía con paso rápido a su carruaje, que, rodeado de una abundante comitiva, salió poco después a través del portón.

¿Qué habría ido a solicitarle la hermosa Fedaye a Matilde? ¿Había sido desestimada su solicitud? ¡Una mente tan ocupada como la de Remy d'Aretin no podía llegar a la conclusión de que se tratase de una búsqueda, algo que él mismo había provocado con el rapto de Cantar! Sus pensamientos seguían girando en torno al memorándum que estaba redactando.

Ésta es, por lo tanto, la situación ante la que se verá el nuevo papa. ¡Se recomienda a Su Santidad que se aleje de los espacios de poder de Gregorio, a quien tal vez el propio diablo le habrá inculcado ese ímpetu casi fanático, junto con una insoportable terquedad! Su fracaso era inevitable, ¡y si no fracasaba con Enrique, hubiera fracasado con los príncipes de este mundo! Pero también la tibieza y la búsqueda de armonía de las que hizo gala el bueno del papa Víctor fueron poco apropiadas para llevar adelante la causa de la Iglesia de Cristo.

El nuevo papa tiene que transitar por caminos completamente nuevos. ¡Y lo que le otorgará el poder no será la confrontación, sino la hábil evitación de sus enemigos! Habrá de reunir bajo sus designios a los príncipes de Occidente, tanto a los de la Iglesia como a los profanos, y habrá de hacerlo asignándoles soberanamente tareas nuevas de carácter general, tan sagradas y tan grandes, que nadie pueda sustraerse. ¡Tienen que entusiasmarse por alguna nueva idea! El papa les pondrá delante la bandera de Cristo, y ellos deberán tomarla y aceptarla con un convencimiento profundo y con el corazón henchido.

Las últimas frases trastocaron incluso a una persona tan fría y calculadora como Remy. Entonces se puso en pie y empezó a caminar de un lado a otro, midiendo con sus pasos la habitación de la torre, como una fiera enjaulada. Luego puso su sello en el pergamino enrollado y lo metió en el bolsillo delantero de su túnica. ¡Tenía que hacérselo llegar al futuro *Pontifex* antes de que se iniciara el cónclave! Al bajar de la torre de Canossa, el Cardenal Gris equivocó la salida y se perdió por las bóvedas del sótano del castillo, donde no había ni un alma. Entonces le salió al paso un jovenzuelo rubio y pálido, todavía un niño. Sus ojos de gato le recordaron a Remy, involuntariamente, los rasgos de Maurcade du Berq. Remy le preguntó cómo se llamaba, pero sólo recibió, a modo de respuesta, un involuntario gesto negativo de la cabeza. El niño, sin embargo, le mostró al Cardenal Gris, sin decir palabra, el camino para salir de aquellas grutas.

Confundido por aquel extraño encuentro, Remy se subió a su caballo. ¿Acaso el Mal en persona se le había cruzado en el camino bajo la figura de aquel chico? Como si la aparición pendiera aún sobre su cabeza, Remy cabalgó a toda prisa por la agradable región de la Emilia Romagna, y puso rumbo al campamento de los reunidos para el cónclave.

EN EL HARÉN

El palacio del sultán en Mahdia parecía, visto desde el exterior, un amontonamiento desordenado de cubos sin ornamentos y, debido al calor, carente de ventanas. En los laberínticos patios interiores y en las terrazas escalonadas se podía apreciar por lo menos cierta riqueza, la cual imponía a los visitantes, cuando se les permitía pasar al interior, presuponiendo, claro está, que hubiesen acudido como huéspedes por su propia voluntad. Pero ése no era el caso de Astair.

Los hombres que lo habían apresado lo llevaron en andas como a una alfombra enrollada a través de escaleras y balaustradas, de modo que poco pudo ver de las refinadas arcadas, de las galerías ocultas y de los refrescantes atrios, ya que su cabeza permaneció casi todo el tiempo colgando hacia abajo, y el universo de las fuentes de mármol y los artísticos patios, con sus aves exóticas, giraban siempre en torno a él. Unas enormes puertas forradas de metal se abrieron, una tras otra, hasta que aquel amasijo indefenso de su cuerpo fue arrojado al suelo de piedra.

Astair levantó la vista y vio por encima de él la expresión burlona del rostro de Melina, la otrora condesa de Lecce. Para el desdichado capitán estuvo claro de inmediato que lo que lo esperaba no era nada agradable. ¡Si esa mujer había logrado zafarse de las garras de Yussuf, el de las negras barbas, y recostar su cuerpo en estos suntuosos cojines de seda, entonces era capaz de cualquier cosa!

Astair sintió cómo la mirada de la mujer lo desnudaba antes de que las manos de sus esbirros le arrancaran las prendas del cuerpo. Estaba desnudo delante de Melina, que lo contemplaba con una lujuria evidente. La mujer, con un gesto señorial, le indicó los cojines de seda que se extendían a sus espaldas. Astair no se movió.

—Venid aquí, mi fiel capitán —dijo la sultana, casi entre gorjeos—; ¡dejadme sentir vuestra espada, esa que clavasteis aquella vez con alevosía, como un cobarde! —Melina se apoyó hacia atrás, en los cojines de su lecho, con gesto de goce; su túnica de damasco se abrió, dejando entrever la blanda carne de sus muslos. Astair dobló la rodilla y se mantuvo con la cabeza gacha delante de la sultana, y evitó mirar su miembro viril—. ¡Tened la bondad de levantaros! —gritó de forma estridente—. ¡Y permaneced en vuestro sitio!

Astair se arrojó al suelo y se extendió cuan largo era; lo hizo en silencio y con gesto obstinado.

—¡Podría hacer que os aplasten la cabeza ahora mismo! —bramó la sultana, casi agotada su paciencia—. Si vos...

—¡Hacedlo! —fue lo único que salió a través de los dientes apretados de Astair. ¡Y delante de la vulva de la griega, que se le ofrecía desvergonzadamente!

—¡Guardias! —gritó Melina—. ¡Lleváoslo! —Furiosa, la mujer volvió a cubrir su desnudez con la túnica.

Los guardias, que habían permanecido al acecho hasta ese momento, se lanzaron sobre el desnudo Astair, lo alzaron del suelo, lo metieron en una cesta de mimbre y lo arrastraron escalera abajo hasta la húmeda oscuridad de las mazmorras subterráneas de Mahdia.

El harén se encontraba alejado de los muros exteriores del palacio, en una torre que se elevaba en medio del patio central. Sus aposentos se agrupaban en torno a una alberca de agua caliente revestida de mosaicos romanos. Había también unas bañeras de mármol excavadas en el suelo, junto con baños de vapor, entre los cuales fluían artísticos arroyuelos con surtidores borboteantes. Allí pasaban sus días las odaliscas, ocupadas en el cuidado de sus casi siempre exuberantes cuerpos. Desde la muerte del sultán, que se había servido de ellas bastante poco, aquellas chicas no tenían otra cosa que hacer que repantigarse lascivamente en las albercas y dejarse rociar y amasar con aceites etéreos y toda clase de esencias fragantes o probarse nuevos vestidos.

Para Elgaine esto hubiera podido significar, en otras circunstancias, un placer largamente añorado, pero en ese momento no estaba en condiciones de disfrutar de aquellos prolongados chapoteos, de las pequeñas alegrías dentro del harén y de los constantes chismorreos y risitas de las demás mujeres, por lo menos mientras no supiera cuál había sido el destino de sus dos compañeros. Teodoro, su «salvador», que por lo menos la había alejado, de momento, de las manos de sus esbirros, tampoco podía ayudarla. El hijo de la condesa de Lecce parecía estar contento de poder ocultarse tras los muros del harén, y casi parecía deseoso de que lo vieran como a una chica más. A Elgaine le había llamado la atención aquello cuando lo vio entrar en *tepidarium*. Mientras que todas las damas del harén se deshacían con contento de sus túnicas, Teodoro llevaba una especie de taparrabos que ocultaba su sexo, y hasta casi parecía avergonzarse de él. Poco a poco Elgaine pudo irle sacando al cohibido joven la información necesaria: su madre lo había enviado allí con el propósito de que las mujeres del harén lo instruyeran en las cuestiones del amor, una idea que a él le resultaba en extremo repulsiva. Y puesto que las jóvenes, por órdenes de la sultana, habían sido amenazadas con castigos corporales si no conseguían el esperado éxito —«¡Imaginaos eso, querida!», se lamentaba Teodoro, para mayor asombro de Elgaine. «¡Esas mujeres han de hacer de mí un hombre!»—, él había concebido un astuto plan para el caso de que lo estuvieran escuchando. Una vez al día, él, «Teodora» (como lo llamaban todas por sugerencia propia), se retiraba a uno de aquellos aposentos destinados al placer con algunas amigas muy bien escogidas, y al poco rato se oían desde allí toda clase de revuelos, griteríos y gemidos de placer que uno apenas se podía imaginar. Finalmente, las jóvenes despedían al chico totalmente «exhausto», y los eunucos tenían que ungirlo, empolvarlo y correr luego a palacio para rendir su informe sobre los progresos del día.

Teodora jamás permitía que las mujeres le tocaran el pene, ese raro objeto del que ellas, con gran entusiasmo, hubieran hecho uso.

Más bien se entregaba con sumo placer a la danza, a la música y a los disfraces diseñados con mucha imaginación, siempre haciendo abundante uso de todo tipo de telas de colores, de velos y maquillaje. Luego se ponía a bailar con las demás, haciendo bromas y fumando hachís, y en esos momentos parecía canturrear mientras flotaba en el séptimo cielo. Elgaine se iba llevando la impresión de que todo lo que añoraba aquel extraño joven era ser reconocido como una odalisca deseable y misteriosa. Sin embargo, Teodora no mostró la más mínima comprensión para los ruegos de Elgaine, para sus insistentes súplicas de que le hiciera el favor, el gran favor, de averiguar lo que había sucedido con Astair y con Bert el-Caz. Entonces Elgaine empezó a marchitarse como una flor a la que le falta la luz del sol. Echaba de menos el aire salado del mar, el viento revolviéndole el pelo...

La sultana le concedió una audiencia de despedida a Bert el-Caz. Ya había provisto al joven de cabello rojo con abundantes regalos, desde valiosas pieles hasta anillos con piedras preciosas, y hasta le había regalado un cofre lleno de piezas de oro que había hecho trasladar al bajel. Lo único que Melina exigió a cambio fue la posibilidad de que Bert el-Caz declarara contra Astair, afirmando que éste se había acercado a Mahdia con intenciones hostiles. Pero Bert el-Caz descartó esa petición de manera rotunda. ¡Había llevado a cabo el encargo del Zirí según lo acordado, entregando a Astair en Mahdia! Pero no podía ni quería decir absolutamente nada acerca de los motivos por los cuales el capitán lo había seguido voluntariamente. Tal vez Astair hubiese oído decir que la sublime ama de Mahdia buscaba a piratas hábiles y eficientes que contribuyeran a la riqueza del sultanato. Enfadada, la sultana dejó marchar a Bert el-Caz.

La sesión del juicio en la gran sala de ceremonias del palacio fue preparada con sumo cuidado. La sultana había convocado para ello a todos los sabios en cuestiones jurídicas y a todos los mulás. La cuestión ya no era una acusación por ofensa a la gobernadora: ¡ello hubiera significado, sin más, la decapitación del ofensor! Por otro lado, no podía considerarse a los guardias presentes como testigos honorables, ya que todos ellos pertenecían al gremio de los eunucos de palacio. De modo que la acusación debía ser la de haber penetrado sin permiso en las dependencias reales del palacio, con la intención o bien de asesinar a la sultana o bien de espiar el puerto con vistas a un ataque. Los expertos en derecho trajeron ya una condena preparada. Los mulás, incluso, renunciaron a escuchar a las partes. De inmediato anunciaron su veredicto de culpabilidad, lo cual significaba la muerte por lapidación.

Pero entonces la sultana hizo uso de sus prerrogativas para otorgar un plazo de clemencia. El veredicto le sería leído ese mismo día en su celda, luego tendría toda la noche para arrepentirse, y la ejecución tendría lugar por la mañana bien temprano. El tribunal dio su consentimiento. La sultana, a continuación, dio órdenes para que se iniciaran los preparativos necesarios y se erigiera, en el gran patio central, un patíbulo digno del ejecutado.

En todo el harén sólo había una ventana desde la cual podía verse la dársena del puerto. Era de forma transversal, y entre las chicas del harén se la conocía como La Última Salida, no tanto porque pudiera inducirlas a escapar, sino porque en el harén se comentaba que, de vez en cuando, por allí se arrojaba a algunas de las damas caídas en desgracia. Todas las mujeres evitaban aquel sitio, de modo que Elgaine pudo ocuparlo sin ser molestada cada vez que deseaba estar sola. Estaba, pues, sentada allí, sumida en sus pensamientos, contemplando con añoranza su bajel, el antiguo *Laus ad virginem!,* cuando la nave se puso en movimiento.

Elgaine reconoció de inmediato a Bert el-Caz por su turbante verde. El timonel estaba de pie, con las piernas abiertas en gesto orgulloso sobre la cubierta. El portón de hierro se abrió, y el barco desapareció de la vista de la joven. ¡Aquello no podía significar nada bueno! Aquel zorro había traicionado a su capitán Astair y había sido recompensado por ello con el barco y con su liberación. ¡De ello ya no cabía ninguna duda!

Elgaine fue sacada bruscamente de sus meditaciones cuando apareció el eunuco mayor y le comunicó que la bondadosa sultana deseaba verla. Con valentía, la joven Elgaine reprimió todos los temores que la asaltaron en ese instante. Por fin sabría por qué se la trataba como a una prisionera.

Y tal vez se le desvelaría también cuál había sido el destino de Astair. Los eunucos encargados de conducirla hasta la sultana la llevaron a través de los pasillos del palacio. Era la primera vez que los pisaba desde que habían atracado en aquel maldito peñón rocoso. ¡¿Por consejo de quién lo habían hecho?! De Bert el-Caz, por supuesto, ¡ese canalla! Con paso rápido, el grupo atravesó patios y arcadas, hasta que pasaron junto al gran patio central. Un grupo de hombres estaba erigiendo un podio que parecía destinado a alguna ceremonia solemne. Alzaban en ese momento un enorme poste de madera. Elgaine caminó más despacio.

De entre las sombras del arco del portón apareció una figura enorme que subió al podio y, de pronto, dejó caer su *djallabija* de color negro. El torso musculoso de aquel nubio brillaba con tonos aceitosos bajo la luz del sol. Bajo la túnica mantenía oculta una enorme cimitarra de ancha y pesada hoja. Para su espanto, un espanto que la paralizó de inmediato, Elgaine vio una franja roja sobre el madero. Entonces la hoja de la cimitarra brilló y cayó con fuerza, como un hacha, justo allí por donde discurría aquella franja de color rojo, partiendo el madero de un solo tajo. A Elgaine le flaquearon las piernas. Los eunucos, enojados, la arrastraron, sacándola de allí.

A la joven le temblaba todo el cuerpo cuando compareció ante Melina. Le asombraba volver a ver a la condesa de Lecce en esas circunstancias. La griega mostró una cordialidad desbordante. Casi con atención maternal, obligó a Elgaine a tomar asiento y le dio a oler una infusión de valeriana y *lupulus* que tenía un intenso aroma a hierbas. El sabor era amargo y soso a la vez.

—¡Eso tranquiliza! —le dijo con tono arrullador, para, a continuación, sentarse a su lado y tomar su mano entre las suyas—. Estoy preocupada por vuestro Astair —dijo Melina en tono compasivo—. Debido a su terquedad, ha estropeado su joven vida. —Elgaine oía aquella voz como a través de una gruesa cortina—. Mañana bien temprano ya no estará con nosotros.

Elgaine se contuvo.

—¿Puedo verle antes?

Melina le acarició la mano.

—Esperaba ese deseo vuestro —repuso la sultana en tono amable—. Haré todo lo posible para que vos, Elgaine, podáis pasar la última noche rezando con él en su celda...

Perpleja, Elgaine alzó la mirada hacia la griega.

—Sois realmente previsora —respondió la joven fríamente—. Os lo agradezco.

Entonces quiso ponerse en pie, pero la sultana la retuvo.

—Podéis quedaros aquí y descansar, comer un poco tal vez, o dormir hasta que llegue el...

Elgaine miró a Melina con ojos de compasión.

—Sé que os resultará duro, pues no me veo en condiciones de hacer uso de vuestro generosísimo ofrecimiento. —Elgaine se esforzaba por no perder su autodominio—. ¡No tengo apetito!

No obstante, la sultana había notado aquel tono de desprecio. Su actitud rebelde le provocó cierto enfado, si bien mantuvo su papel, el cual incluía hacer todo lo posible para poner a la joven en el estado de ánimo adecuado.

—En ese caso, podéis esperar aquí —le dijo la ofendida Melina—, ¡hasta que os lo traigan! —Y dicho esto último, salió de la habitación, dejando a Elgaine sola.

Ella lo vio en la penumbra, de pie junto a la columna. Astair de Saissac sólo llevaba, alrededor de la cintura, una larga tela blanca que le llegaba hasta los tobillos; tenía el torso musculoso al desnudo, pero sus manos estaban atadas a la espalda. Una cadena de hierro iba desde sus muñecas hasta la columna. Y cuando Astair, sorprendido y contento de verla, dio uno o dos pasos hacia adelante, en dirección a Elgaine, la cadena tiró brutalmente de él. Elgaine quiso lanzársele al cuello, pero al ver aquel tirón cobró conciencia de la situación en la que se encontraba su compañero. Suavemente, tomó su cabeza entre las manos y lo besó. Era algo que nunca había hecho en los casi cuatro años enteros que habían pasado juntos, de modo que ahora les tocaba recuperar el tiempo perdido, desquitarse y hasta excederse. ¡Y todo en una sola noche!

Poco a poco, Elgaine se fue separando del pecho del hombre. Ella lo sostenía entre sus manos, ya que los brazos del joven no podían abrazarla. Respirando con dificultad, la joven dio un paso atrás, sin perder de vista el cuerpo del encadenado; él la secundó en su hacer, abrigando el vago deseo de mantenerse entre los brazos de ella.

—¿Podéis arrodillaros, Astair de Saissac? —Elgaine se esforzó para que él comprendiera bien sus palabras.

Él la miró asombrado, pero luego rió.

—Únicamente si no me alejo demasiado de la columna.

Con dolor, Elgaine se dio cuenta de cuánto echaría de menos esa risa desenfadada y espontánea.

—¡En realidad, quería ahorrarme lo de ponerme de rodillas hasta el amanecer! —añadió Astair con desenfado. Estaba jugando con el horror que sentía Elgaine, pero en realidad la estaba azuzando. Antes de que el joven pudiera pestañear, ella se sacó la *kamis* por la cabeza y quedó delante de él con los pechos al descubierto. Pero eso no le bastó; con ligereza, se despojó también de su *sirwal* y, con gesto enérgico, empujó al joven, que estaba perplejo, de vuelta a la columna. Entonces, rápidamente, ella también se arrodilló y se dejó caer de espaldas en el frío suelo de piedra del calabozo, mostrando toda su desnudez. Sólo a continuación extendió sus brazos y atrajo al joven. Astair estaba tieso como un palo, pero entonces comprendió lo que Elgaine se proponía. ¡Ella, por cuya virtud él había velado con tanto afán y celo durante años!

—No podéis hacer eso... —balbuceó el capitán, pero ella se negó a aceptar sus objeciones con una sonrisa elocuente.

—¡Claro que puedo! —exclamó la joven con orgullo—. ¡Juntos venceremos a la muerte! —Y como si quisiera enfatizar su resolución, puso sus piernas en ángulo y le ofreció sus muslos al joven, que empezaba a corresponderle por fin. Avergonzado, Astair dejó caer la tela con que se cubría a lo largo de sus piernas. Elgaine le sirvió de apoyo, cuidadosamente, al hombre que en ese momento se inclinaba sobre ella, y colocó sus dos manos sobre los hombros de él. Sintió cómo el glande palpaba su entrepierna, y elevó hacia él su pelvis; sintió el fuego que desataba su potente miembro en su regazo, un fuego que abarcaba todo su cuerpo. Era cosa suya compensar al encadenado de la imposibilidad de usar los brazos. Con dureza y avidez, se aferró a los hombros de él y obligó a Astair a adoptar el ritmo que ella deseaba. Elgaine no quería hacer ningún sacrificio, y mucho menos que él se sacrificara. ¡Los sentidos de ambos debían fundirse en el fuego de aquellos mil soles! El incontenible frenesí de ella acabó arrastrando a Astair. Elgaine se entregó toda.

En el lejano Monte Cassino, a mil millas de distancia a través del mar, los monjes *Angelus* y *Vocator* despertaban con dolor de cabeza en la bodega del abad. Sólo ellos poseían la llave, pero nadie lo sabía en el monasterio.

—¡Creo, *Vocator*, que nos hemos perdido los laudes! —dijo el gordo *Angelus* con un gemido—. Odorisio...

—... no debe habernos echado de menos —lo consoló el flaco *Vocator*, con un graznido—. ¡Ése se queda dormido en las dependencias del coro!

—Creo que estábamos borrachos, ¿o no?

—¡Eso, querido *Angelus*, no es cuestión de creer! ¡Lo seguimos estando!

—He tenido un sueño infernal: vi a Remy poniéndole la tiara a su maestro en la cabeza, y unas lengüetas de fuego salían de la corona, y entonces...

—... y entonces a Remy d'Aretin le creció un cuerno en la frente...

—¿Y por qué uno solo?

—¡El otro lo lleva oculto el papa!

—*¡Vocator!* —lo reprendió el mofletudo *Angelus*—. ¡Estaréis de guasa! ¡Pero en verdad estaba en el infierno!

—¿Y a quién habéis encontrado allí?

—¡A Rinat! Estaba en una caldera de aceite hirviendo y tenía que ir uniendo los fragmentos de «Del diario de una emperatriz», que nadaban en vino...

—¡¿Y por qué vino?! —exclamó *Vocator* con tono severo.

—¡Porque ahora el tercer tonel del abad también está vacío! —se quejó por lo bajo *Angelus*—. Pero ¿no queréis saber quién era el diablo, quién avivaba el fuego bajo la caldera? ¡Era Remy d'Aretin!

—*¡Angelus!* —gruñó el flaco *Vocator*—. Tenemos que salir de aquí, de lo contrario nos perderemos también los maitines, ¡y entonces sí que Odorisio nos convertirá la vida en un infierno!

—¡Estáis borracho, hermano *Vocator*!

—¡Lo sé! —*Vocator* se izó del suelo húmedo de vino y también ayudó a su hermano de orden a levantarse sobre sus piernas tambaleantes—. ¡Con más razón! ¡Y ahora, venid!

Dando tumbos, ambos salieron de la bodega del abad. Sobre Monte Cassino, en medio de la ligera niebla de la mañana, el sol empezaba a abrirse paso.

Elgaine despertó de su profundo desmayo y vio que estaba en el harén. El *kabir at-tawashi*, el eunuco mayor, tan avezado en hierbas medicinales como en venenos, le había suministrado un brebaje que hizo revivir sus espíritus vitales. Como si estuviera detrás de unos retazos de nubes que pasaban, Elgaine vio delante de ella el calabozo y se vio recostada, inmóvil, junto a Astair. Este último le había pedido que le pusiera de nuevo la tela que se había quitado, como si quisiera evitar que cualquier extraño tuviera conocimiento de aquello que sólo les incumbía a ellos dos... ¡Para siempre!

La joven había pegado el oído al pecho de él para oír los latidos de su corazón, hasta que el chirrido de unas llaves en la puerta enrejada les anunció que llegaba el fin. El verdugo, aquel nubio de piel oscura, había llegado en compañía de sus ayudantes. Llevaba la misma túnica larga de color negro que vestía el día anterior, y Elgaine supo que debajo ocultaba la afilada espada de la ejecución. Acto seguido, desataron a Astair de la columna y lo condujeron en silencio hacia el exterior. Pero Elgaine no podía recordar nada más.

No tenía la más mínima noción del tiempo transcurrido. En algún momento se había despertado de su modorra y les había preguntado con obstinación a las muchachas que hacían guardia junto a su lecho:

—¿Ya ha tenido lugar la ejecución?

—¿Qué ejecución? —le respondieron las mujeres con asombro, y entonces Elgaine volvió a sumirse en aquella modorra que el *kabir at-tawashi*, con tanta cautela, había sabido inducir por medio de aquellos anestésicos curativos. Elgaine tenía plena confianza en aquel anciano, los tomaba sin pensárselo dos veces. Entre éstas, se levantaba, la bañaban y luego ella se ponía a dar vueltas de un lado a otro de su habitación.

Debían de haber transcurrido ya varias semanas cuando le pusieron delante otra vez una comida abundante y bien condimentada, y entonces apareció el eunuco para, con expresión radiante, comunicarle a Elgaine que estaba embarazada. La joven había esperado aquello todo el tiempo, lo había esperado en silencio y en secreto. En ese momento se sentía feliz, no tanto por el niño en sí, como por el sentido que le daría a su vida.

Liber III

A. D. MXCII

LOS IRRECONCILIABLES

Un ejército de alemanes asediaba, por órdenes del emperador, a la margravina Matilde en su fortaleza de Canossa, situada en el norte, a fin de forzar de una vez la sumisión de la Toscana. A nadie más adecuado pudo confiarle Enrique el mando de esas tropas que a su mariscal Godofredo de Bouillon, quien tenía más de una cuenta que ajustar con su belicosa tía. Pero Godofredo no había conseguido caer como un azor sobre ese corral de gallinas papistas.

Canossa resistía, y desde hacía meses. Enrique lo apremiaba, pues aquella enojosa pugna pesaba como un lastre sobre su relación con el nuevo papa, quien, por lo demás, estaba bien dispuesto hacia él, lo cual, a su vez, creaba inquietud entre los obispos del imperio, quienes, a pesar de la frágil paz que él había alcanzado con el sometimiento de la sublevación en Sajonia, aguardaban el momento de arremeter de nuevo contra él.

También ocurría que Godofredo de Bouillon, al que el emperador —no en última instancia debido a su posición en la región de Lorena— le había obsequiado con el título de conde de Amberes, sólo podía confiar en algunos de sus hombres, como Sigbert de Öxfeld y su hijo Gerald. Padre e hijo permanecían firmemente fieles a su conde; sin embargo, también le servían a Godofredo para medir el pulso del estado de ánimo reinante en el ejército, y ese ánimo no era bueno. Muchos lamentaban tener que estar allí apostados, sin hacer demasiado, delante de la bien abastecida fortaleza, por lo que abogaban por emprender un ataque masivo o por caer sobre la floreciente región de la Toscana, que se extendía hacia el sur y prometía un abundante botín.

Ello también era tema de conversación entre Sigbert y el joven Gerald, si bien este último —para preocupación del viejo— mostraba cada vez menos entusiasmo por los asuntos relacionados con la guerra. El joven hubiese preferido irse ese mismo día o al siguiente a casa, a la región del Rin.

—Ya sé lo que te mueve —gruñó Sigbert, algo decepcionado—. ¿Está todavía por Worms aquella joven judía que te ha trastornado la cabeza?

Gerald rió con melancolía.

—¡Para ello esa joven tendría que haberme dirigido la palabra alguna vez, pero eso nunca sucedió!

—¡Eres un soñador! —lo increpó su padre. Amaba a su hijo por encima de todas las cosas, y también a él le dolía contradecirlo, pero ¿dónde debía mantenerse fiel a la verdad, sino en las cuestiones del amor?

—Yo llevo a Miriam en mi corazón —le explicó Gerald con valentía—, ¡y estoy seguro de que ella siente lo mismo por mí!

—¡Necio! —gruñó de nuevo Sigbert, sacudiendo la cabeza—. ¿No hubiera sido tal vez más inteligente no haber rechazado de un modo tan brusco la mano de la encantadora Hedwig de Lehburg?

—¡No empecéis otra vez con eso! —dijo Gerald riendo, al tiempo que se sentía liberado—. ¡Imaginaos tan sólo a quién tendríamos por suegro en ese caso!

El anciano secundó a su hijo en la risa; luego le dio una palmada de ánimo en el hombro y lo dejó para que pudiera seguir cumpliendo con sus obligaciones.

La fortaleza de Canossa se mantenía amplia y orgullosa, como la zarpa de un oso, en medio del paisaje de la Emilia Romagna. Amenazante, como un bastión casi inexpugnable, se elevaba como lo que era, un puesto defensivo de la frontera situada tras ella, hacia el sur, pero constituía, al mismo tiempo, una puerta para cualquier ataque a la llanura del Po, una amenaza latente para el comercio de las ciudades más ricas del norte.

El campamento del ejército alemán se mantenía a respetuosa distancia, y en realidad no podía hablarse de un cerco muy estrecho. Del mismo modo que los asediados se atrevían a salir fuera de las murallas del castillo, a fin de proveerse de alimentos, quienes los asediaban podían moverse libremente por sus inmediaciones, siempre y cuando no se pusieran al alcance de los proyectiles que lanzaban arqueros y ballesteros desde las almenas en cuanto descubrían algún objetivo al que valiera la pena disparar.

Entre chistes rudos y obscenos, un alemán arrastraba consigo a una joven cantinera a través del prado; andaba en busca de algún agujero o de algunos matorrales donde ponerse a cubierto. La joven se desprendía de él una y otra vez, pero no se marchaba ni echaba a correr, sino que seguía bromeando con aquel hombre, que ya se había abierto la bragueta.

—¿Qué tengo que darte para que me dejes hacértelo una vez? —le dijo el soldado entre jadeos.

La regordeta prostituta, que para nada ocultaba sus exuberantes formas, se burló de él.

—¡Una vez resulta caro! —dijo la joven dejándose caer al suelo—. ¡Primero muéstrame lo que tienes para ofrecer! —Su dedo afilado señaló la bragueta abierta.

—¡Eso te lo haré sentir, puta! —dijo el hombre, y se arrojó sobre ella—. ¡Dame ese culo que tienes, así no tendré que ver tu jeta de guarra! —dijo el hombre, intentando colocar de espaldas a la mujer tumbada—. ¡Te daré tres sueldos por tu culo! —dijo entre jadeos.

La joven, por su parte, siempre acababa volviéndose de frente cada vez que el alemán creía haberla colocado en la posición correcta, con lo cual echaba por tierra todos sus esfuerzos. Primero se oyó un resoplido y luego las siguientes palabras:

—¡Cuatro sueldos!

—¿¡Por qué!? —preguntó ella, riendo.

Había conseguido lo que quería.

El hombre se desplomó a su lado, sobre la hierba, respirando con dificultad.

Sin que ninguno de los dos lo notara, enfrascados como estaban en aquel forcejeo, se abrió detrás de ellos la tapa de un pozo completamente cubierto de plantas.

Los ojos de un niño, de un mocito, escudriñaron con

cautela el exterior. Fríamente, aquellos ojos siguieron el espectáculo que estaba teniendo lugar delante de ellos. Vieron la carne desnuda de la joven bajo la falda levantada, vieron la mano del soldado subir por aquellos muslos, vieron su perilla pegándose babosamente contra aquellos blandos pechos. La jovencita parecía haber renunciado a toda resistencia, y el hombre se creía ya próximo a la meta de su lascivo deseo.

El niño levantó la tapa sin hacer ruido. Tenía el pelo rubio, casi blanco, la cara pálida y uno ojos inquietantes, de un color que parecía salido de las profundidades del mar. Hábilmente, como una marta, salió de aquel agujero y se deslizó por detrás de los dos que se revolcaban en la hierba, gruñendo y chillando. En silencio, casi inmóvil, se mantuvo allí, de pie, como un animal de presa. Transcurrió algo de tiempo para que los otros dos, tan ruidosamente ocupados consigo mismos, notaran su presencia.

—¿De dónde has salido tú? —le preguntó el soldado, enfadado por haber sido sorprendido in fraganti por un crío. El chico señaló hacia la tapa abierta del pozo, que los otros dos aún no habían visto.

—Del viejo pozo —le explicó el niño—. Desde allí hay un pasadizo secreto que conduce a...

—¡¿Al castillo?! —El alemán se puso en pie de un salto. El deber estaba por delante del placer, pareció decirse de pronto, recordando sus obligaciones—. ¡A ver, enséñamelo! —le ordenó al chico, que le dedicó una sonrisa irónica.

—¡Sólo cuando hayáis entregado a la dama la recompensa que se merece: cinco sueldos!

—¡Vaya mocoso atrevido! —resopló el hombre, al que no le quedó más remedio que echar mano de su bolsa y arrojarle al regazo a la joven, de mala gana, unas monedas—. ¡Tres son suficientes! —dijo con rudeza, y a continuación se dirigió al chiquillo—. ¡Son las mujeres las que deberían pagar, recuérdalo!

Con paso rápido, el soldado alemán se dirigió a la abertura y miró concentradamente a lo profundo del pozo.

—¿Dónde tiene la salida? —preguntó el soldado con desconfianza.

—En medio de la fortaleza —le explicó el chaval fríamente—. Podéis meteros con la cuerda y verlo con vuestros propios ojos. —El joven señaló entonces a un cabo oculto entre los matojos, que estaba fijado al borde del pozo por medio de una anilla de hierro y con cuya ayuda, probablemente, había trepado él.

—¡Pues claro que lo haré! Quién sabe... —dijo el soldado, resoplando, lleno de ímpetu—. ¡Y luego te pagaré a ti los otros dos sueldos restantes! —le gritó, magnánimo, a la muchacha sentada sobre la hierba, que le sonreía al niño rubio con expresión agradecida. El soldado agarró la cuerda, se la enrolló con pericia alrededor de la cintura y los brazos e inició el descenso, apoyando los pies contra las paredes.

La joven se había acercado al niño de cabellos rubios. Ambos se inclinaron sobre el borde del pozo y siguieron con la mirada, paso a paso, cómo desaparecía el soldado en aquellas oscuras profundidades.

—¡Aquí hay una puerta! —gritó el hombre.

—¡Vaya mala suerte! —dijo el chico. De repente, el pequeño tenía en la mano un cuchillo no muy grande, pero lo suficientemente afilado para cortar la cuerda de un tajo. Se oyó el eco de un grito, y, en lo profundo, el golpe de algo que caía al agua.

—¿Por qué? —se le escapó a la joven, que tenía los ojos fuera de las órbitas debido al espanto que sentía.

—¡¿Y por qué no?! —El niño rubio la miró ligeramente asombrado—. Hace mucho tiempo que no utilizamos ese pozo para abastecernos de agua potable —intentó explicarle el crío—. ¡Sólo lo siento por la cuerda, que era buena!

—¿Qué edad tienes? —preguntó la joven, estremecida.

—¡Ocho años, tres lunas y diecisiete noches! —se apresuró a responder aquella criatura.

—¿Y cómo lo sabes con tanta exactitud?

El chico asintió con expresión sombría.

—¡Mi señora madre los cuenta por mí desde el odioso día de mi nacimiento! ¡Y a todo ello se añaden los doscientos setenta y dos largos días y noches padecidos a partir de su embarazo forzoso!

—¡Eso es horrible! —balbuceó la joven, que tenía el corazón blando y se mostraba perpleja, si bien aquel chico no le daba ningún miedo.

—¡Yo, por mi parte, cuento los días para que ella se muera por fin! —le dijo el pequeño a la perturbada cantinera y se levantó—. ¡No os preocupéis por mí, conozco otros muchos caminos para entrar en Canossa!

Dicho esto, se dio la vuelta una vez más y le sonrió a la joven tímidamente, como si fuese un angelito rubio.

—¿Cómo te llamas?

—¡Hedwig! —respondió casi sin aliento la muchacha, que siguió con la vista al niño durante largo rato.

LA VENGANZA DE LA SULTANA

Cuando Astair fue sacado de la oscura celda y —tras una extensa caminata por pasillos infinitos y escaleras tan empinadas que subirlas constituía una tortura, llevado hasta el gran patio del palacio de Mahdia—, la resplandeciente luz del sol lo cegó de momento. Luego vio el cadalso preparado para él, detrás del cual estaba el nubio, alto como un árbol, que apoyaba su torso reluciente y negro sobre una espada curva y miraba al reo con ojos de desprecio. Para Astair, aquella mirada era como una serpiente que se enroscaba en su cuello, le cortaba el aliento y hacía que sus piernas le pesaran como plomo. Pero los ayudantes del verdugo lo condujeron pasando de largo de allí, y hasta llegaron a agarrarlo por debajo de los brazos cuando sus rodillas amenazaron con dejar de sostenerlo. Luego lo arrastraron con ellos en toda regla.

La sultana lo recibió como la otra vez, en su lecho, con fría premeditación. La manera de tratar a su víctima seguía siendo la misma.

—Tenéis por delante nueve largos meses en los que podréis escoger entre el calabozo o mi cama —dijo la sultana, y esta vez no lo miró como una matrona ávida de sexo, sino más bien como una vendedora que regatea en el bazar—. ¡Recuperaréis vuestra libertad cuando la princesa haya traído al mundo a su hijo! ¡Vuestro hijo!

Astair se esforzó por mantener una actitud de indiferencia; Melina no debía notar que el embarazo de Elgainc le resultaba desagradable. En todo caso, no dio muestras de satisfacción por la noticia.

—Vuestro hijo —continuó la gobernanta— me lo quedaré yo, para que vos, capitán, no podáis escaparos de mí del todo... Cuento para ello con vuestro sentimiento paternal. Por lo demás, lo cuidaré como a mi propio...

Astair vio entonces una oportunidad de decir algo.

—¿Es que no tenéis ya la dicha, con Teodoro...? —quiso saber el capitán, con dobles intenciones, si bien el tono de sus palabras era conciliador.

Melina hizo un gesto de rechazo.

—A él le corresponde la herencia de Lecce, en cuanto el conde Raimar esté muerto del todo —dijo y vaciló—. Ésa podría ser una de vuestras primeras misiones. —Astair alzó las manos como oponiéndose, y la sultana lamentó el malentendido—. Si pasáis ese tiempo, hasta entonces, conmigo... ¿Y bien?

Astair no tuvo que pensárselo demasiado.

—Es preferible verter jugos vitales cada día por la verga...

—¡Moderad vuestro ímpetu! —lo interrumpió con voz autoritaria la matrona—. ¡Dos veces por semana!

Pero Astair se empecinó en terminar su frase:

—¡... que ver cómo mi sangre se derrama toda, de una vez, a través del cuello!

—¡Magnífica manera de pensar! —dijo la sultana Melina con júbilo—. ¡Quiero que me lo recuerdes cada vez!

Astair empezó a soltar el nudo que le mantenía el mandil a la sultana alrededor de las caderas. La mujer, triunfante, aspiró con voluptuosidad el fuerte olor que emanaba de Astair, pero en lugar de deleitarse con su triunfo allí mismo, aplazó un poco más el goce y frunció la nariz en gesto de asco.

—¡Pero primero tened la bondad de tomar un baño!

Mientras el capitán Astair de Saissac prestaba sus servicios de ese modo a la sultana, Elgaine pasaba el tiempo prescrito por la naturaleza aprendiendo la lengua árabe. Ella no sabía que Astair había conseguido sobrevivir, ya que a este último lo mantenían aislado del mundo exterior de un modo tan rígido como a ella en su jaula de oro. Muy pronto Elgaine leyó todos los libros de la valiosa biblioteca de Mahdia, que le había ido llevando el fiel y servicial *kabir at-tawashi*, y debatía con algunos eruditos, a los que invitaba a una pérgola reservada para ella tras los altos muros. Y desde que no tenía compañero para practicar la esgrima, se dedicaba a perfeccionar sus habilidades de lanzadora de cuchillos. Sin embargo, las otras jóvenes del harén, a las que les pidió que le sirvieran voluntariamente de objetivo, se mostraban vacilantes en el momento decisivo, cuando no se morían de miedo al escuchar la descripción de cuál sería su tarea en aquel pasatiempo. Tampoco los eunucos se mostraron muy valientes. Además de esto, para hacer más ejercicio, se acercó a Teodora y le pidió que le permitiera bailar en el corro con las odaliscas. Mientras su cuerpo, que se hinchaba cada vez más, se lo permitió, Elgaine aprendió a dar aquellos giros de pelvis, a menear las caderas y a apoyar delicadamente los pies desnudos. Cada vez más impaciente, esperaba el día de su alumbramiento.

Para Astair, en la sección de palacio donde habitaba, los días se hacían largos de otra manera. La sultana daba rienda suelta a su necesidad de amor y malcriaba a su presa en toda regla. Algunos pequeños castigos, como los latigazos, los compensaba luego cubriendo de regalos a su capitán del modo más generoso. Después de haberlo recompensado con todo tipo de alhajas y con armas incrustadas de piedras preciosas magníficamente talladas, hechas con el mejor acero de Damasco, así como con túnicas de brocado cubiertas de perlas, Astair ya no estuvo en condiciones de imaginar qué podría superar aquellos obsequios. Pero Melina condujo un día a su amante hasta la terraza oculta desde la cual podía verse el puerto y le mostró, orgullosa, el lujoso barco que había hecho construir para él. Y puesto que no había nadie presente, aquella insaciable mujer exigió el agradecimiento que se le debía en la misma terraza.

—¿Tiene ya un nombre el barco? —preguntó Astair a su benefactora, jadeante, tras el acto.

Melina mostró entonces un nuevo triunfo.

—¡Su nombre es *Soja al-Iffriqia,* La espina de África!

Como respuesta inmediata, el capitán exigió que se le autorizara a formar una tripulación experimentada. Astair sonrió con ironía.

—¡¿De qué sirve la espina, aun la mejor, si no se la clava a nadie?!

Melina le permitió a Astair convertir un atrio del palacio,

algo apartado, en una escuela de esgrima. A fin de cuentas, era de provecho para sus piratas que supieran manejar con destreza la espada, y así podría, además, gozar del espectáculo de aquellos cuerpos nervudos y de su frenesí, y sentir agradables escalofríos al verlos. Y así los días volaban.

En el harén reinaba la excitación: a Elgaine se le habían presentado, de forma inesperada, los dolores de parto. Llamaron a la comadrona, que hacía mucho tiempo que no había vuelto a pisar el harén. El *kabir at-tawashi* se ocupó de que a la parturienta no le faltara de nada. Con actitud enérgica espantaba a las curiosas odaliscas de la habitación que Elgaine había solicitado para el parto, aquella cuya ventana llamaban de La Última Salida, con la vista sobre la dársena del puerto. Presentía que, con el nacimiento de su hijo, su situación en Mahdia cambiaría de un modo radical. Todos —no sólo el eunuco mayor— estaban convencidos de que sería un niño, y Elgaine ya se había hecho a la idea de que así sería. Bajo la supervisión de la comadrona, una mujer de recia osamenta, oriunda de las agrestes montañas del interior —la cual, además, irradiaba una serenidad pasmosa e inquebrantable— las sirvientas dispusieron jofainas de agua caliente y paños junto al lecho. El anciano *kabir at-tawashi* dejó caer en una de las jofainas, con cuidado, algunas gotas de oscuras esencias salidas de uno de sus frascos. El aroma empezó a elevarse y acarició a Elgaine, que estaba muy tensa, sosegando sus sentidos. De buena gana adoptó la recomendada postura de espaldas, con la cabeza y el torso ligeramente elevados, y abrió las piernas en ángulo. Aquellos tirones en su vientre empezaban a ser insoportables, venían en oleadas, con intervalos cada vez más breves, y la atravesaban como relámpagos de fuego. El *kabir at-tawashi* se había colocado detrás de ella, y agarró su cabeza firmemente con sus frías manos.

—¡Tenéis que estar muy quieta, princesa! ¡No hagáis fuerza, manteneos tranquila! —repetía el hombre en un murmullo monótono. La resuelta comadrona colocó las piernas de Elgaine entre sus brazos, y ello, sentir la calidez de una carne ajena, pareció hacerle bien a la torturada. La indecible presión iba en aumento, y Elgaine sentía como si fuera a reventar.

—¡Aguantad un poco más, princesa! —insistía también la comadrona—. ¡Ya veo la cabecita!

—¡Aguantad! —resonó, apremiante, la voz del anciano tras la cabeza de Elgaine—. ¡No hagáis fuerza! ¡Este hombrecito necesita su tiempo!

—¡La cabeza pronto estará fuera! —anunció en tono triunfante la experimentada comadrona entre sus piernas.

El *kabir at-tawashi* le metió en la boca a la parturienta, que intentaba incorporarse una y otra vez entre gemidos, un trozo de madera para morder. Su reiterada exhortación, «¡No hagáis fuerza!», parecía una broma.

Elgaine apretó los dientes. ¿Es que esa tortura bárbara no tendría fin? El dolor amenazaba con desgarrarla. ¡Así debían de sentirse los que eran desmembrados o clavados en un poste!

Por fin la mujer colocada delante de ella dio la orden salvadora:

—¡Empujad! ¡Empujad!

Elgaine hizo lo que le decía la comadrona, y esta última llevó sus manos a la entrepierna de la madre.

—¡Estupendo! —dijo la mujer, jadeante y satisfecha—. ¡Y ahora una vez más, princesa! ¡Haced acopio de todas vuestras fuerzas!

Elgaine apenas se dio cuenta cuando el niño abandonó del todo su cuerpo. Asombrada, miró hacia aquel amasijo sanguinolento que, de repente, la comadrona alzó ante sus ojos.

—¡Es un niño! —Dichosa, Elgaine cerró los ojos y extendió los brazos para recibir aquel regalo.

—¡Es espantoso lo que tenemos que padecer las pobres mujeres! —oyó decir, como a través de una pared de algodón, a la indignada voz de Teodora, quien, por lo visto, había esperado llevarse un estremecimiento placentero al observar en secreto todo el proceso. En ese momento todas las chicas se abalanzaron sobre Elgaine para admirar a aquella criaturita sonrosada y recién lavada en los pechos de la joven madre.

—¿Cómo pensáis llamarlo? —preguntó el anciano *kabir at-tawashi*.

—¡Pons! —dijo Elgaine, jadeante—. ¡Pons! ¡El puente hacia una nueva vida!

En el palacio del sultán, Melina le ordenó a su capitán que se pusiera los vestidos de gala, pues había llegado el día en el que quería concederle la libertad. A partir de ese momento, podría salir a navegar con su barco cada vez que le apeteciera, regresar a donde ella y ver a su hijo. Ella se lo haría llevar en seguida. Entonces obligó a Astair a tomar asiento junto a ella, en el trono.

Elgaine apenas había abandonado su lecho de parturienta cuando el *kabir at-tawashi* le comunicó el deseo de la sultana de verla en palacio con motivo de una ceremonia muy particular. De modo que la princesa fue vestida como correspondía a su rango, con una túnica muy lujosa que las sirvientas le habían llevado en nombre de la sultana. Ya desde antes del parto, Elgaine había rechazado el ofrecimiento de tener a su servicio una nodriza. Quería darle ella misma el pecho a su hijo, por el que sentía tanto orgullo, después de haber sufrido tanto por haber caído en aquella terrible situación. Por tanto, con la mayor naturalidad, cogió a Pons en sus brazos, para dejarse conducir hasta el palacio. Pero el eunuco mayor se lo impidió. Era poco habitual que, en actos de tipo solemne, se apareciera en palacio con un niño en brazos. El breve tiempo que transcurriría hasta que estuviera de regreso en el harén, le dijo tranquilizadoramente el eunuco a la indignada joven, la nodriza se ocuparía del crío.

Cuando Elgaine entró en la sala de audiencias, su mirada se posó de inmediato en el hombre que estaba junto a Melina, y entonces sintió una punzada en el corazón. ¡Lo que la afectaba no era tanto el hecho de que Astair aún estuviera vivo, sino su imagen! Un primer vistazo bastó a Elgaine para ver las lorzas en torno a sus caderas, generosamente cubiertas con un brocado; hasta su cara se había hecho más ancha, desde las fláccidas mejillas hasta las marcadas bolsas debajo de los ojos. No era posible pasar por alto que el capitán había engordado en aquellos pocos meses al servicio de Melina como amante.

Él le sonrió tímidamente, se levantó y se puso de rodillas delante de la sultana. Elgaine sintió un escalofrío. ¡Astair era un cobarde, un miserable traidor! Y la envergadura de esa traición se le hizo clara entonces, cuando, desde atrás, media docena de guardias de la sultana se acercaron a ella y la llevaron hasta el centro de la sala, mientras Melina evitaba mirarla directamente a la cara. ¡Sin embargo, por suerte, ella tenía a Pons, a su hijo!

Entonces la sultana tomó la palabra.

—¡Sacad a esa persona de mi vista, ahora que ya ha cumplido con su obligación! —le ordenó a Astair en tono autoritario. Luego, en contra de su intención original, se volvió hacia Elgaine y la interpeló—: ¡El hijo que habéis dado a luz —anunció la sultana con tono gélido— se quedará en Mahdia, mientras que vos seguiréis a mi capitán Astair de Saissac hasta su nave, para que no tengamos que veros aquí nunca más!

Elgaine sintió como si se la tragara la tierra. Tuvo ganas de gritar en señal de protesta, de mostrar toda su rabia, pero antes de que pudiera separar los labios, sintió que una profundísima tristeza la dejaba paralizada e impotente. Ni siquiera notó cuando las manos de los guardias se cerraron en torno a sus brazos, como abrazaderas de hierro. Sin mostrar resistencia, despojada de toda voluntad, se dejó llevar. La condujeron al puerto sin más dilaciones, hasta aquel nuevo buque desconocido, y allí la encerraron en un camarote. Poco después oyó la voz de Astair, que llegaba a bordo y daba órdenes de soltar las amarras. La tripulación obedeció sin tardanza. A través de una escotilla con barrotes de hierro Elgaine vio cómo el portón de hierro que cubría la entrada pasaba por su lado. Las olas, cada vez más impetuosas, le revelaron que ya estaban en alta mar.

Elgaine pensaba y pensaba, presa de un estado febril. Tendría que abandonar por un tiempo a Pons, su hijo. Y desde ese mismo instante todos sus esfuerzos estarían encaminados a recuperar a su vástago, aun cuando, para ello, tuviera que aplazar el ajuste de cuentas con el traidor de Astair.

Alguien llamó entonces con insistencia a la puerta del camarote. Era Astair, por supuesto, que le susurró:

—¿Podéis perdonarme, princesa?

Y entonces Elgaine se vio a sí misma respondiendo en un tono cariñoso:

—Os entiendo, maestro, sé que habéis tenido que actuar de ese modo... —Esa respuesta desconcertó al capitán. Después de correr el pestillo de la puerta, Elgaine salió del camarote como si nada hubiera sucedido—. ¡Una hermosa nave! —exclamó con admiración. Astair había retrocedido un paso, en gesto respetuoso. Conocía el ímpetu de su princesa, sabía lo rápido que podía atacar. Pero en ese momento ella observaba, con mirada segura, el timón—. Puesto que habéis perdido a vuestro timonel, permitidme que asuma el mando de la nave...

Aquello no había sido una pregunta, sino una afirmación. Astair accedió, loco de contento por el hecho de que todo hubiera acabado de aquel modo.

SIN AMOR

El sacerdote Balduino de LeBourg estaba delante de los aposentos de la margravina Matilde de Canossa. Ya había puesto una mano sobre el pomo de la puerta, cuando su mirada vagó de nuevo sobre los terrenos situados delante de la fortaleza. A lo lejos podían reconocerse claramente las puntas de las tiendas del campamento que acogía al ejército de los alemanes. En las cercanas cimas de las colinas se alzaban las siluetas de las catapultas germanas, ya en posición, y cuya imagen siniestra tenía como fondo un cielo de amenazante color gris. Desde hacía semanas, el señor Godofredo de Bouillon asediaba la fortaleza, pero aún no se había decidido seriamente a atacarla por medio de un asalto con hombres o con piedras. Balduino creía saber lo que retenía al mariscal del emperador: Matilde había puesto en marcha a la mayor parte de su ejército en dirección al norte, a fin de contener al emperador, quien ya había avanzado hasta Verona. Enrique había anunciado que esta vez sí que impondría por todos los medios ese destierro del imperio con el que la renegada margravina había sido castigada tantas veces, y prometido vencerla en su propia región de origen, la Toscana. Pero mientras reinara todavía incertidumbre sobre el desenlace de esa batalla, Godofredo no emprendería nada. Si el emperador se llevaba el triunfo, él tendría manos libres para actuar en Canossa; pero si las tropas de Matilde mantenían la superioridad, el mariscal tendría que contar con que los hombres de la margravina se lanzaran sobre ellos, corriendo el peligro de ser aplastados entre esos hombres y la fuerte dotación de la fortaleza.

En tales instantes, Balduino de LeBourg pensaba con cierto malestar en los muchos de sus amigos y parientes que, desde el otro bando y al mismo tiempo, abrigaban las mismas esperanzas y temores. Con toda seguridad se contaban entre ellos Sigbert de Öxfeld y su hijo Gerald. Sin embargo, no pensó en el desagradable hecho de que su propia hermana Hedwig estuviera también apostada delante de esas tiendas alemanas.

Balduino entró en la recámara de la margravina. Estaba vacía, pero desde el dormitorio contiguo oyó unas voces femeninas que peleaban a voz en cuello. Con una sensación de embarazo, quiso retirarse. A Balduino no le importaba mucho averiguar el motivo de aquella discusión, pero en eso la puerta se abrió de golpe y, en el umbral, apareció, en actitud descompuesta y furiosa, Maurcade du Berq. Sólo aquel encuentro inesperado con el sacerdote la hizo contenerse para no salir tempestuosamente de aquellos aposentos. Tras ella apareció entonces Matilde, quien, como era habitual en ella en tales situaciones, mostraba una expresión de suficiencia y de superioridad. No parecía importarle en lo más mínimo que el sacerdote hubiese sido testigo de aquella confrontación, del mismo modo que tampoco la cohibía el hacer que quedara en evidencia Maurcade du Berq por su tristemente célebre amorío en la antesala de su dormitorio. A fin de cuentas, a Maurcade apenas había podido escapársele la relación íntima que la margravina mantenía con su padre confesor. Quien se relacionaba con Matilde debía estar dispuesto a aguantar muchas cosas, también ciertas humillaciones.

Y para demostrar que ella estaba por encima de todas esas cosas, Matilde se dirigió a su sacerdote:

—¿Por fin hemos recibido noticias de nuestras tropas?

Balduino negó con la cabeza.

Entonces Maurcade, sin que nadie lo esperara, intervino:

—¡Yo ya os había desaconsejado, señora, que os pusierais de ese modo al descubierto! —le dijo a Matilde—. ¡Suceda lo que suceda con vuestro querido ejército, aquí tendremos que vérnoslas con vuestro sobrino Godofredo!

Matilde guardó silencio.

Balduino se dirigió entonces a la mujer indignada:

—¿Sabéis de alguna vía factible para que vuestra señora se reúna con el mariscal?

Esta vez fue la propia margravina la que respondió:

—¡Thierry de Verdún ha de lanzarse sobre su herencia, la ciudad de Bouillon, de cuya posesión está tan orgulloso Godofredo, y cuyo nombre aún lleva!

—¡Ojo por ojo y diente por diente! —exclamó Maurcade riendo.

Balduino buscó el contacto visual con Matilde, pero ésta no lo miró.

—Únicamente existe una persona de mi absoluta confianza que podría convencer al obispo de Verdún para que dé ese paso: ¡su antiguo pupilo Balduino de LeBourg! ¡Vos, querido, debéis asumir la carga de esa misión...!

El sacerdote se mostró abrumado por la sorpresa.

—¿Pretendéis deshaceros de mí?

Matilde le sostuvo la mirada.

—Os estoy pidiendo un servicio —le explicó con frialdad—. Si creéis que será el último que me prestaréis, ¡entonces así será!

Balduino inclinó imperceptiblemente la cabeza y salió de la habitación.

—¡Me doy cuenta —la zahirió Maurcade, mientras ambas mujeres regresaban al dormitorio contiguo— de que, en cuanto tengáis las riendas de ese joven toro en la mano, los viejos amoríos serán desechados! ¡Tal vez yo sea la siguiente!

—No seáis necia, querida Maurcade, puede que Welf sea un par de años más joven...

—¡Tiene veintisiete años! —se mofó Maurcade—. ¡Vos le dobláis con creces la edad!

La margravina replicó, algo enfadada:

—Si ese toro me lo hace notar, siempre podré llamaros para que me prestéis auxilio. ¡Tenéis experiencia en ser montada, vaca imbécil!

—¡Gracias! —dijo Maurcade, fulminándola con un mirada cargada de odio, pero Matilde ni siquiera le prestó atención.

—La ventaja de mi avanzada edad es que sé diferenciar lo importante de lo que no lo es: ¡Welf le cerrará al emperador los pasos a través de los Alpes! —Mientras decía esto, había rodeado con sus brazos a la furiosa Maurcade y la atrajo hacia sí—. ¡Ven, sé otra vez mi ramera preferida!

Maurcade no opuso resistencia, sino que soltó, con dedos expertos, los nudos que ataban la túnica de Matilde.

—¿Y por qué, vos, dueña y señora de mis sentidos, no nombráis a vuestro Welf, en razón de vuestro derecho hereditario, duque de Lorena? —le susurró seductoramente a la margravina. Dicho esto, Maurcade hundió sus labios entre los pechos flácidos de su señora.

—¡Porque no será capaz de sonsacarle ese título al emperador! —dijo Matilde con un gemido, ya que Maurcade había redoblado sus esfuerzos. Entonces esta última le arrancó a Matilde el corpiño.

—Enrique no está en condiciones de emprender nada si vuestro Welf asume el poder en Lorena. —Los pechos algo marchitos de la margravina estaban en sus manos—. ¡El territorio de vuestro dominio abarcaría entonces desde el río Escalda hasta el Arno, desde el Mosela hasta el Inn!

—Eso no nos serviría de nada —se lamentó Matilde—. ¡Godofredo tiene que largarse! —exclamó la margravina, y los ojos de Maurcade brillaron.

—Pues tened la bondad, mi ama querida, de revelarme cómo puede ocurrir eso —dijo en tono seductor la amante.

—Yo sabría de alguien que podría daros... —balbuceó Matilde.

—¡No! —se le escapó a Maurcade, al tiempo que soltaba los pechos de Matilde—. ¡No y mil veces no! —Furiosa, se puso en pie y se plantó delante de la descocada margravina—. ¡Nunca más!

Matilde, sin sentir un ápice de vergüenza por su poco atractiva semidesnudez, sonrió maliciosamente.

—¿Y por qué no lo pensasteis antes? —preguntó, regodeándose en el dolor de su amante y sierva—. ¡El cura podía haberse llevado también ese encargo, sobre todo teniendo en cuenta que, después de todo, el conde Norberto de Lehburg es su padre carnal!

—¡Por eso mismo! —dijo con tono duro Maurcade—. ¡Él lo desprecia! ¡Del mismo modo que yo odio a ese cerdo salvaje! —Maurcade pegó una furiosa patada en el suelo—. ¡Lo odio profundamente! —En su excitación, Maurcade no se había dado cuenta de que Matilde había dejado caer su falda después de maniobrar con la hebilla de su cinturón. La margravina lo dejó caer rápidamente por su delgado cuerpo y se tumbó de espaldas sobre el lecho ya revuelto.

—¡Tengo ganas de ti, mi puta! ¡De ti y de tu furia incontenible!

En esa vorágine de odio y malicia, de ofensas y burlas, ninguna de las dos mujeres notó los ojos de un niño que brillaban detrás de una ranura abierta en el panel de la pared. Eran unos ojos verdes y fríos que las observaban fijamente, sin ni siquiera pestañear.

En su tienda de campaña, en el campamento de Godofredo, Gerald y su padre, Sigbert de Öxfeld, estaban en ese momento frente a frente.

—¿Por qué no aprovechamos el trasiego de campesinos y pescadores que abastecen cada día a Canossa con provisiones frescas? —preguntó Gerald, impaciente—. Así podríamos llevar dentro de la fortaleza a nuestros hombres, disfrazados de mercaderes. —El joven no se dejó desanimar por la escéptica manera en que Sigbert frunció el ceño—. Vos, padre, tenéis el favor del mariscal; ¡deberíais presentar al señor Godofredo esa propuesta!

—¡No debería hacer nada! —rugió el padre—. ¡Además, el señor Godofredo no necesita consejos! Tiene la cabeza llena de otras preocupaciones: ¡el duque Welf de Baviera, recién casado con su archienemiga Matilde, se ha hecho proclamar duque de Lorena!

—Con más razón, probablemente, me gustaría que mi plan...

—Te prohíbo que... —Una palabra atrajo a la otra; ninguno de los dos dejaba que el otro hablara, no se escuchaban. Pero entonces Gerald exclamó:

—¡En ese caso, puedo abandonar el servicio en cualquier momento!

—¡Bien, pues despídete y márchate! —El anciano Öxfeld estaba tan furioso, que apenas se daba cuenta de lo que decía. Se mostró totalmente perplejo cuando Gerald se inclinó delante de él y abandonó la tienda con paso firme. Pero Sigbert era demasiado orgulloso para llamarlo y pedirle que regresara.

Justo en ese momento se oyó un vocerío en el campamento. Eran exclamaciones de contento.

—¡Victoria! ¡Victoria! ¡Nuestro emperador ha ganado la batalla!

—¡Ha derrotado al ejército de Matilde en Trisontai, le ha asestado un golpe demoledor, lo ha dispersado a los cuatro vientos!

También Hedwig, la cantinera, había oído la buena noticia en la zona de las cocinas, donde los bueyes giraban en los asadores, donde se desplumaban gallinas y los potajes hervían en grandes ollas. De todos modos, a ella no le había quedado claro lo que eso significaba para los soldados que estaban allí apostados. ¿Llegaría entonces la orden de atacar las murallas con las escalas, los ganchos y los arietes o se pondría fin al asedio? Hedwig había estado luchando todo el tiempo consigo misma sobre si dar o no parte a alguien de la existencia de aquel pozo ciego, el cual, probablemente, ocultaba alguna puerta secreta de acceso a la fortaleza. No estaba segura de si aquel extraño niño rubio le habría estado tomando el pelo o no. Además, ¿con quién iba a confesarse? Ella no conocía a nadie, y, por otro lado, ¿quién iba a tomar en serio a una simple cocinera? Había visto a los dos Öxfeld desde lejos, al callado Gerald y a Sigbert, el cascarrabias de su padre, y de inmediato se había escondido. A Hedwig le hubiera avergonzado que los Öxfeld la vieran justo allí, en esa situación indigna para una virgen de alcurnia.

—¿Hedwig? —La joven alzó la vista. «¡Ah, qué vergüenza!» Allí estaba Gerald delante de ella, casi encima de ella, porque iba a caballo—. ¿Eres tú de verdad?

—Sí —respondió la joven, tímidamente, al tiempo que se sacudía del delantal las plumas de la gallina recién desplumada—. Me las arreglo de algún...

—¡Si lo hubiera sabido antes! —Aquel encuentro resultaba penoso para Gerald—. En ese caso, hubiera hecho algo por...

—Si vos... —Hedwig tuvo presente la cortesía debida a un caballero, que era la condición del joven Gerald—, si vos pudierais dedicarme un instante de vuestro tiempo, yo podría contaros algo que...

—¿Por qué mejor no hablas con mi señor padre? —interrumpió el joven a la muchacha, entre jadeos—. Me dispongo a cabalgar hasta Alemania —dijo, y se dio la vuelta, orgulloso—. ¡No me lo tomes a mal! —le gritó volviéndose—. ¡Ah, y saluda a mi padre de mi parte!

Hedwig no lo siguió con la mirada por demasiado tiempo. A continuación se deshizo del delantal y se lavó la cara. ¿Por qué no seguía aquel consejo? Tal vez el anciano Öxfeld se alegraría con la noticia.

MONJAS Y PIRATAS

La imagen que Lerici le ofreció al antiguo escudero Rinat de Sitten, un hombre que ya había recorrido mucho mundo, era la de un miserable pueblo de pescadores que, probablemente, habría visto mejores épocas. De ello daba fe la torre de defensa de la fortaleza en ruinas, que sobresalía mirando al mar sobre un peñón detrás del cual se hallaba la bahía. Hacia el otro lado se elevaban los encorvados muros de una pequeña iglesia, un indicio de que allí estaba situado el contiguo convento de las Hermanas de la Caridad. Nadie en el lugar había sabido decirle a Rinat por qué la institución llevaba el nombre de Immacolata del Bosco, pues allí no se veían árboles por ninguna parte. Por otro lado, los habitantes del lugar no eran personas particularmente devotas, sino más bien piratas que se habían establecido allí, tal vez cuando en ese nido rocoso ya no había ningún botín que llevarse.

En el pequeño muelle que rodeaba la diminuta bahía como las pinzas de un cangrejo sólo había unas pocas barcas de pescadores. Sin embargo, en las tabernas y hospederías, hechas de maderos y que llegaban hasta la playa, reinaba un constante entrar y salir.

Rinat escogió una hospedería bastante ruinosa situada en el extremo más apartado, y lo primero que hizo fue proveer de alimento a su orgulloso caballo negro, el mismo que había tomado prestado, sin autorización, a monseñor Remy d'Aretin. Sobre una maltrecha viga de madera podía leerse grabado el nombre de aquel tugurio: La Alegre Sirena. Detrás de la terraza de la taberna de la hospedería empezaba la llamada *Via crucis*, el Camino de la Cruz, que llevaba en zigzag, a través de los acantilados, al convento de la Immacolata del Bosco y a sus caritativas monjas.

—Después de todo, esas hermanas no son tan desinteresadas —le explicó el dueño de la taberna a su nuevo huésped—. Todos los que se echan a la mar aquí, también algunos pescadores —dijo el hombre, riendo con sarcasmo y alcanzándole a Rinat un pequeño vaso lleno de un líquido de color claro—, ¡son terriblemente supersticiosos! —A continuación, él también se sirvió un poco del contenido de aquella barriguda jarra y se lo echó al coleto de un solo trago—. Sólo las devotas mujeres de allí arriba —dijo señalando hacia el acantilado con el pulgar— son capaces, gracias a sus ruegos, de preservar a esas almas pecadoras de los eternos fuegos del infierno.

Rinat asintió y bebió un sorbo de la bebida con cautela.

—¡No! ¡Tiene que beberlo de un trago! —ordenó el patrón de La Alegre Sirena, y Rinat obedeció.

—¡Esto es el fuego del infierno! —exclamó con voz ahogada, asustado a causa de la explosión que se produjo en su cerebro.

El patrón le dedicó una sonrisa burlona.

—Las hermanas cuidan con sumo celo la receta de esta bebida, y llaman *Lacrimae virginis,* Lágrimas de la Virgen, a este brebaje del infierno. ¡Un monopolio que las ha hecho muy ricas! —El patrón sirvió otra vez a Rinat y luego a él, y, a continuación, cubrió de nuevo la jarra con una tapadera—. De toda presa, ya sea mercancía, hombre o pescado, ellas se embolsan una décima parte, ¡así que, en ese aspecto, son peores que el obispo!

En eso, un joven entró dando tumbos por la puerta de la taberna y se dejó caer en uno de los bancos.

—¡Vaya! ¡Ése os va a vomitar toda la taberna! —lo alertó Rinat.

—¡No importa! —respondió con gesto magnánimo el posadero—. ¡Pagan las hermanas! Ellas han asumido la manutención del joven, desde que Berenguer, el condotiero, lo dejó aquí como si fuera un cachorrillo que nadie quiere, aduciendo que era «demasiado joven y demasiado travieso».

El tabernero parecía sentir cierta compasión por aquel joven ebrio.

—¡Ese calvo mercenario es un hueso duro de roer! —siguió parloteando el hombre con Rinat, que continuaba mirando fijamente a aquel joven en estado tan poco digno—. Desde entonces, el caballerito viene a dormir aquí, pues ese joven, Conon de Béthune, se pasa el día merodeando entre la escoria del muelle...

—¡Conon de la Montana! —protestó el joven—. ¡Así deseo que me llamen! ¡Aun cuando a la señora Fedaye, mi querida madre, no le parezca bien!

Entonces Rinat ya estuvo seguro.

—¿Venís de Sión, en la región del Valais? —le preguntó con cierto apremio.

—¡De la Montana! —balbuceó el mozo, dejando caer la cabeza sobre el tablero de la mesa.

—¡Su padre fue el famoso caballero Guillem de Gisors, a quien tuve el honor de servir! —le explicó Rinat al dueño con orgullo, y también lo suficientemente alto para que Conon pudiera oírlo.

—Debe de haber estado bebiendo con ganas las lágrimas de la Virgen —lo disculpó el posadero—. ¡Pero, da igual, pues ni siquiera cuando está sobrio, evita las peleas! Pues hay que decir que, a pesar de su juventud, Conon de Béthune sabe usar con maestría todo tipo de espadas, ¡y le encanta batirse!

—De la Montana... —murmuró el aludido, apoyando su rostro de niño sobre sus robustos brazos.

—¡Pues menos mal —dijo Rinat, levantándose— que vuestra venerable y maravillosa madre desconoce la ignominia que le está deparando su hijo! ¡No es éste el sitio adecuado para un retoño de tan antigua estirpe! —dijo el antiguo escudero cuando se marchaba, dejando allí al dueño de La Alegre Sirena, que en ese momento mostraba una expresión ofendida, si bien había empezado a ver con otros ojos a su joven protegido.

Rinat de Sitten sólo había dado unos pocos pasos hasta el sitio donde empezaba el *Via crucis* que conducía hasta el convento de la Immacolata del Bosco, cuando un pequeño grupo de jinetes se acercó a paso raudo. Con demasiado retraso reconoció Rinat, en medio de ellos, a monseñor Remy d'Aretin, en cuyas manos no quería caer debido al caballo que había robado. ¡Pero ya era demasiado tarde!

El Cardenal Gris fue muy poco expresivo ante aquel inesperado reencuentro. Saltó de su caballo —también de color negro, según vio Rinat, algo aliviado— y aterrizó junto al escudero. Y le habló en estos términos, como si nada hubiera pasado:

—Bien que podría necesitar a un diligente *secretarius* como vos, Rinat de Sitten —le dijo en tono amable—. Tenéis madera para ello, ¡y tenéis el don de la palabra, tanto hablada como escrita, cosa que ya habéis demostrado! —Rinat no sabía qué responder, pero monseñor le ahorró dar cualquier respuesta—. Acompañadme al convento. Tengo que entregar un mensaje muy importante a la joven dama Cantar de Sión. —Remy d'Aretin indicó a su séquito que lo esperase allí y empezó la escalada en compañía de Rinat—. Seguramente Cantar se acuerda de vos —dijo, subiendo con paso ligero los anchos peldaños—. Debía de tener cinco años cuando vos abandonasteis Sión en calidad de escudero del señor de Gisors. —Rinat no dijo nada. Caminaba dificultosamente y en silencio detrás de monseñor, y entonces tampoco pudo evitar oír una alusión a su precipitada partida de Monte Cassino—. Los *Annales ad extremum* aún no han llegado a Sión...

—¡¿Cómo iban a llegar?! —se sublevó Rinat—. Fuisteis vos mismo quien hizo que Berenguer...

—¡Ya está bien! —protestó monseñor—. Esta vez os hago asumir esa responsabilidad, Rinat, ¡y dispondréis de los medios necesarios!

Rinat guardó silencio, lo que podía entenderse como un gesto de aprobación.

Remy d'Aretin —acompañado de Rinat, que se mantenía en un segundo plano— estaba de pie delante de Cantar, que había florecido y ya mostraba toda la belleza de la madurez. La hermana de la orden vestía un elegante traje, con un ancho cinturón de cuero que resaltaba su estrecha cintura, y llevaba botas. Cantar había reconocido de inmediato a Rinat de Sitten, pero su saludo no fue efusivo, no pasó de una amable inclinación de cabeza. Para monseñor, quien había sido durante años el capellán de su familia y que también la había acompañado a Gisors, la joven no tuvo más que una sonrisa enigmática y expectante. Pero tal vez aquello se debiera a sus extraños ojos, recordó Rinat.

De ese modo, la joven obligaba a monseñor a reaccionar, y este último así lo hizo.

—Vuestras novicias —empezó diciendo Remy con rudeza— me recuerdan a una bandada de niñas huérfanas que más bien parecen disfrutar aquí de asilo, en lugar de estar preparándose para su futura vida como monjas.

Cantar no se cortó un pelo para responder:

—Su llamativa juventud, monseñor, la deben a la circunstancia de que la mayoría, apenas florecen y se convierten en mujeres, empiezan a ser forzadas por los piratas, cuando no sucumben por sí solas, a causa del instinto o la inexperiencia, a las seducciones de una vida de filibustero. La otra opción es subir hasta aquí a tiempo para salvarse.

Cantar había dado esa explicación sin disculparse, como si estuviera por encima de todas las cosas.

Remy volvió a la carga:

—Es obvio que a esas tiernas criaturas les falta abnegación para mantener la fe, carecen de un firme sostén en Jesucristo y no conocen el ejemplo de la Virgen María...

—¡Amén! —dijo Cantar con seco sarcasmo—. Las únicas hermanas de la Immacolata del Bosco que han envejecido con su honor intacto tienen otras cosas que hacer, en lugar de instruir a la nueva generación del convento. —La voz de Cantar se volvió más áspera—. ¡La Iglesia, monseñor, se empeñó en que me fuera de Sión y me trajo a una licorería donde se prepara el diabólico brebaje llamado *Lacrimae virginis*! Aquí el supremo mandamiento es el incremento del tesoro del convento, ¡y no se conoce ninguno de esos otros diez que Moisés recibió directamente de Dios en la montaña! —El tono de la joven era de ira, y con él apartó a un lado el intento del visitante por presentar una objeción—. Sabéis muy bien, Remy d'Aretin, que desde hace años este convento está a merced de su suerte, ¡ni siquiera hay aquí una madre superiora que haga honores a su cargo! ¡Así que no os quejéis! —Monseñor sonrió satisfecho con aquel arranque, y eso enfureció aún más a Cantar—. ¡Si lo clausuráis, estaréis dando el tiro de gracia a Lerici, y despojando a la Iglesia de una constante fuente de ingresos!

Remy esperó pacientemente a que la joven enfurecida se aplacara.

—Ése ya no será por mucho más tiempo vuestro problema, Cantar de Sión. El Santo Padre os ha llamado... —Con esas últimas palabras, Remy sacó de su sotana un pergamino sellado y se lo entregó a la joven, que sonreía de nuevo con altanería— ... para que seáis la abadesa del reconstruido convento de Santa Magdalena, en Amalfi.

Apenas la recién nombrada abadesa rompió el sello, se le escapó un poco devoto «¡Me cago en la Virgen!» que, de inmediato, la hizo persignarse.

—¡Al parecer, al papa no pudo ocurrírsele una Babel de pecado más desoladora! Allí hasta el diablo prefiere bañarse con agua bendita...

—¡Pues con más razón! —rió Remy, satisfecho con aquella reacción de la joven—. ¡Sentaréis allí las bases para un nuevo comienzo!

—¡¿Y de dónde saldrán las monjas?! ¿De los buques piratas?

—Tampoco sería una mala idea, pero nuestra Santa Madre, la Iglesia, se ocupará de ponerlas a vuestra disposición.

—¿Magdalenas inocentes? —dijo burlonamente Cantar, para luego añadir rápidamente—: Bueno, no hay nada aquí que me retenga... Salvo ocuparme del pobre Conon.

—¡De él me ocuparé yo! —le ofreció Rinat a monseñor, pero éste lo rechazó.

—Vos, Rinat, os pondréis en camino *stante pede* hacia Monte Cassino, para que, por fin... ¡Bueno, ya sabéis!

Rinat asintió, sí, pero no dejó de mostrar su enfado.

—¿Con qué medios?

Remy había entendido, y a continuación se volvió hacia Cantar.

—Tendré que meter la mano en las arcas de vuestro convento, y todo en nombre de...

—¡Pues adelante, servíos! —asintió Cantar sin objeción alguna, y abrió la puerta a la modesta capilla anexa, que tenía un altar enorme que abarcaba todo el ancho del espacio—. ¡Son dineros provenientes del pecado!

Entonces empujó a sus dos huéspedes para que atravesaran el umbral y cerró la puerta tras ellos. Sólo un pequeño rayo de luz caía desde la cúpula sobre el cuerpo blanco del Señor. Cantar pateó con fuerza contra la repisa del altar mayor tallado, éste crujió, y luego la joven cogió al Crucificado con ambas manos y lo hizo girar como una rueda, hasta que quedó colgado con la cabeza hacia abajo. Con toda su fuerza, empujó una columna de mármol del pórtico del altar y, lentamente, la pesada pared fue cediendo, deslizándose. Finalmente, reveló su parte trasera, donde había una talla en forma de diablo agachado, cuyo ancho trasero se mostraba a los impresionados espectadores y cuya cara, deforme en una mueca, les sonreía con sarcasmo.

—¡Es el guardián de nuestro tesoro! —les explicó Cantar sin inmutarse—. ¡Torcedle el cuello, y podréis llenar vuestras bolsas!

—¡Un milagro de la Virgen! —exclamó Remy en señal de reconocimiento—. Sin embargo, dejaré a cargo de mi fiel *secretarius* el meter la mano, ya que tengo plena confianza en él. —Y dicho eso, tiró de Cantar y la sacó suavemente de la capilla—. De ese modo no tendré que ver con mis propios ojos este acto pecaminoso. Y en fin, ¿puedo informar al Santo Padre de que habéis aceptado su llamamiento?

Cantar asintió.

—Pero tenéis que prometerme que alguien se ocupará de Conon. ¡No puedo dejar aquí a ese chico, a merced de su destino!

—¡Rinat de Sitten ha recibido de mí todos los poderes para ir preparando vuestra mudanza a Amalfi. Debe arrendar un barco. Conon puede acompañaros, tendréis suficientes recursos a vuestra disposición.

Cantar se inclinó en señal de que estaba de acuerdo, y entonces monseñor abandonó con paso rápido el convento.

Una vez llegado a donde se alojaba, Rinat juntó sus pocas pertenencias y sacó el caballo negro de la cuadra. A derecha e izquierda, en las alforjas, metió los sacos con las muchas monedas de oro sacadas de las arcas del convento. Todavía tuvo tiempo para echar una ojeada a Conon. El pobre muchacho casi se había caído debajo de la mesa, y aún seguía durmiendo la mona. Llevarlo en el viaje era un incordio y una carga para Rinat, y por eso reprimió un impulso cariñoso que se apoderó de él por un breve instante y no lo despertó. En el caso de Cantar, tenía menos remordimientos. Ella tenía suficiente dinero —¡y una cabecita bien amueblada!—, de modo que sabría llegar a Amalfi por su cuenta. Con las que Rinat de Sitten no quería ningún tipo de trato era con las monjas de allí arriba, y eso bien lo sabía Dios. No quería trato con las novicias ni con las viejas brujas que se pasaban el día delante de su caldera de destilación, ya que era de suponer que muchas de ellas aceptarían con gusto el unirse a Cantar de Sión en su partida. ¡¿Iba a asumir la responsabilidad de aquel montón de mujeres?! ¡Eso era pedir demasiado! ¡Monseñor podía darse por satisfecho con que él, Rinat de Sitten, llevara por fin aquellos *Annales* hasta Sión! Sólo gracias al oro que portaba en las alforjas Rinat había considerado brevemente la posibilidad de contratar una escolta, unos dos o tres siervos. Pero sabía que llamaría mucho menos la atención si viajaba solo.

En los piratas de Lerici no se podía confiar, y eso se lo había recalcado el posadero en el momento de despedirse. De modo que no iría al puerto a preguntar por un barco, sino que visitaría algunos de los pueblos de pescadores más próximos y preguntaría allí si había algún barco que pudiera llevarlo hasta el sur con su caballo.

A continuación, Rinat avanzó a lo largo de la playa en dirección al cono rocoso donde se hallaba la fortaleza. El camino que debía tomar conducía por el lado de tierra en paralelo a una roca en forma de bastión, cuya edificación delantera había protegido en otro tiempo el terraplén de acceso a la entrada. Una de las torres parecía todavía intacta. Con el ánimo alegre, Rinat dobló la esquina, y de repente se vio rodeado por unos siniestros personajes que le cortaban la retirada. Aquellas figuras saltaban desde todas partes, y en la orilla, entre las rocas, se mecía su barco. ¡Eran piratas!

A Bert el-Caz se le había ocurrido usar aquel sitio como una especie de lucrativa aduana. Eso mantenía a sus hombres ocupados hasta que se hicieran de nuevo a la mar. El orgulloso capitán de piratas se mecía en una hamaca, desde donde podía mantener un ojo sobre sus subordinados. Como una araña que corretea por su tela en cuanto echa el guante a su presa y ésta empieza a patalear, Bert el-Caz se levantó de un salto cuando vio al jinete que sus leales hombres habían detenido. A continuación, saltó hacia las rocas para ver su captura más de cerca.

Rinat quedó perplejo al ver al pequeño hombrecillo de pelo rojo al que todos hicieron sitio con sumo respeto. Se llenó de valor y, como si no tuviera conciencia de la existencia de ningún peligro, anunció:

—¡Soy Rinat de Sitten, y voy de camino al monasterio de Monte Cassino por encargo de la Santa Madre Iglesia!

Bert el-Caz lo miró de arriba abajo con expresión astuta; Rinat era un palmo más alto que él.

—¡Habéis llegado a Lerici esta mañana! ¿Por qué os marcháis tan pronto?

Rinat, tontamente, le tuvo confianza a aquel pequeño zorro.

—¿Debo ser sincero?

Bert el-Caz casi pareció asustado.

—¡Si no queda más remedio!

Esto último volvió a confundir a Rinat.

—Si me quedase más tiempo —dijo con franqueza—, tendría muchos disgustos, ¡hay un montón de mujeres!

—¿Siendo un hombre de la Iglesia?

Entonces Rinat se vio obligado a aclarar algo:

—¡El convento de monjas de Lerici será disuelto y trasladado a Amalfi!

Eso es como salir del fuego para caer en las brasas —dijo en son de chanza el pirata, algo incrédulo y casi con indignación—. ¿Qué será de Lerici cuando nos abandonen las piadosas hermanas, llevándose consigo esas lágrimas de la Virgen, capaces de obrar milagros?

—¡Han sido obligadas a mudarse, con todo lo que tienen! —le explicó Rinat.

Bert el-Caz lo miró de nuevo con picardía.

—¿Con todo lo que tienen, decís? Es decir, ¿también con ese tesoro que han guardado con el celo de viejos dragones?

—¡No sé nada de un tesoro! —dijo rápidamente Rinat—. ¡En realidad, me han dado la impresión de ser unas pobres ratoncitas de iglesia!

—¡Ja ja! —rió mordazmente el capitán, y sus hombres, bien aleccionados, lo secundaron—. ¡Ésas son ratas bien alimentadas! En una ocasión estuve calculando lo que se embolsan noche tras noche por cuenta de su brebaje. ¡Para eso, un pirata tiene que surcar los mares durante todo un año!

—Sí —dijo Rinat, suspirando—. ¡Quién iba a pensar que ser religioso hiciera rico a alguien! Pero en fin, ahora debo continuar.

—¡Pues hoy ya no lo haréis! —decidió Bert el-Caz, que se

olfateaba que habría un botín. Y la cautela es la madre de toda riqueza. Tenía que actuar antes de que otros se enteraran—. ¡Sois mi huésped! ¡Muchachos! —dijo el capitán, dirigiéndose a sus subordinados—. ¡Despejad esa torre! ¡Y que nada le falte a nuestro mensajero de la Iglesia!

Condujeron a Rinat, junto con su negro caballo, hasta los espaciosos bajos de la torre, y le dieron comida y bebida suficiente, antes de echar el cerrojo a sus espaldas. ¡Aquellos hombres ni siquiera habían registrado sus alforjas! Rinat se sentía satisfecho, y en ese estado de ánimo se tumbó sobre el lecho de paja.

Entretanto había llegado el atardecer. El capitán Bert el-Caz esperó todavía a que se hiciera bien oscuro, luego subió a la torre e hizo unas señales de fuego en dirección al mar: la señal que él y Yussuf habían acordado. En medio de la densa niebla del amanecer, una sombra apareció junto a su bajel. El barco del traficante de esclavos, que había acudido presuroso, estaba a las órdenes de uno de los hijos de Yussuf, un joven que tenía una barba negra como la de su padre, pero no su autoridad. Y por tal razón Bert el-Caz asumió de inmediato el mando.

—¿Qué vas a pagarme por unas treinta *qitat* jovencísimas, todas vírgenes, por supuesto? —El joven de barba negra dijo un precio, a lo que Bert el-Caz respondió—: ¡Pues yo quiero el doble! ¡Y eso sólo porque eres el hijo de mi amigo Yussuf, que te dará una paliza si dejas que se te escape de las manos este negocio!

El hijo accedió.

—Pues bien, mañana por la noche me darás treinta de tus hombres, y cada uno de ellos se llevará a bordo a una de esas gatitas.

—¿Y cómo voy a mover el barco sin los hombres?

—¡No lo moverás! —respondió el capitán Bert el-Caz, sonriendo con superioridad—. Mañana, al atardecer, lo dejas en la playa, al otro lado de Lerici, delante de La Alegre Sirena, y esperas a que tus hombres regresen con la mercancía.

—¿Y eso es todo? —preguntó el hombre de barbas negras con un gesto de incredulidad.

—Sí —dijo el experimentado pirata—. El dinero lo pagas

ahora, y a tus hombres los recogeré mañana a media noche en tu barco. ¡No dejes que ninguno baje antes a tierra! De lo contrario, el negocio no saldrá, ¡y sólo perderás tu dinero!

—¡Así se hará! —dijo con firmeza el hijo de Yussuf, que quería mostrarse digno de su célebre padre.

Hasta ahí, Bert el-Caz estaba la mar de satisfecho con el curso de las cosas. Sabía que su informante estaba seguro en la torre, e involucrar al háfsida le parecía una jugada inteligente. Por un lado, tenía a sus hombres de su parte, incluso bajo sus órdenes, y por otro lado, podría deshacerse de una vez de aquellas jóvenes monjas, las cuales, lo más probable, sólo estorbarían la operación. Porque a Bert el-Caz sólo le importaba el tesoro del convento; por eso le había exigido al hijo de Yussuf el precio habitual por cada virgen, a fin de que éste no sospechara. Había otros problemas en los que pensar, pero para ello necesitaba la luz del día. Bert el-Caz se tumbó en su hamaca y dio órdenes de que lo despertaran al salir el sol. ¡Había poco tiempo para dormir!

El *Shoka al-Iffriqia*, el barco nuevo de Astair de Saissac, regalo de la sultana de Mahdia, entró en el puerto de Lerici.

Elgaine, que iba vestida de hombre y era, desde hacía mucho, una timonel experimentada, no enfiló la nave hacia la playa de aguas bajas, sino que atracó en un extremo del muelle, allí donde se encontraba la posada La Alegre Sirena. De ese modo, el barco tendría todavía suficiente agua por debajo de la quilla, a fin de poder izar velas de nuevo y largarse en el caso de que fuera necesario.

Con Astair, el capitán, Elgaine ya no hablaba más que lo necesario. A ella sólo le importaba conservar su confianza. En realidad, Elgaine estaba horrorizada de ver cómo el padre de su hijo creía que ella podría olvidarse de la pérdida de Pons así, sin más. Eso la corroía más que pensar en la manera en que él, durante todo el tiempo que ella estuvo embarazada, encerrada en el harén, había estado retozando con Melina en el palacio. Sólo tenía una cosa en mente: ¡aprovechar la menor oportunidad para arrancar a Pons de las garras de la sultana!

Elgaine verificó todavía que la cadena del ancla no quedara demasiado suelta, para que el *Shoka al-Iffriqia* no chocara contra los afilados bloques de roca; y fue entonces cuando vio, meciéndose al otro lado del muelle, el bajel de Bert el-Caz. Con una rápida mirada de soslayo pudo comprobar que también Astair había visto el barco del zorro traidor. A Bert el-Caz no se lo veía por ninguna parte, lo más probable era que hubiese bajado a tierra. Astair le dio un par de órdenes irrelevantes a su timonel, bajó rápidamente por la pasarela y desapareció. Elgaine se tomó su tiempo.

Bert el-Caz había ido a ver el convento situado sobre los acantilados. Sin embargo, el pirata no había entrado al edificio, se había quedado admirándolo por fuera, impresionado con el aspecto apacible de aquella construcción, semejante a un pájaro en su nido, donde la pared de roca se elevaba hacia lo alto. Allí los constructores habían podido ahorrarse incluso los muros de defensa que rodeaban al convento y lo protegían de cualquier ataque por sorpresa. Se había pensado incluso en instalar un puente levadizo que pudiera ser izado a tiempo por la monjas, de modo que cualquier pandilla de piratas se viera obligada a asaltar el convento subiendo en zigzag el Camino de la Cruz.

Bert el-Caz echó un último vistazo al impresionante escenario de aquellos acantilados escarpados, y se encaminó, satisfecho con el resultado de su inspección, hacia la iglesia contigua. Como un fiel que acudía a la iglesia en busca de recogimiento, quería verificar si el número estimado de jóvenes monjas aptas para ser puestas en el mercado estaba en realidad disponible o si le había prometido demasiado al háfsida. De ser así, ello podría traer disgustos, pero, sobre todo, podría costar un tiempo muy valioso.

El zorro Bert el-Caz se apretujó con otros feligreses en la última fila. Las campanas llamaban a sexta, la misa del mediodía.

Con atención fue contando a las novicias que iban apareciendo por una entrada lateral. La verdad es que eran jóvenes como higos frescos, y había muchas. Y entonces, de repente, sobresaliendo entre todas las demás monjas, vio a Cantar, que también destacaba entre ellas por su comportamiento poco devoto, pues deslizó su mirada con atención por toda la comunidad reunida, en lugar de permanecer con la cabeza baja en señal de recato. Bert el-Caz hizo como si le molestara algo en el zapato y se agachó rápidamente para esconderse. Así, agachado, se escabulló entre las filas de fieles y, sin llamar la atención, llegó hasta la puerta del templo.

La aparición de Cantar de Sión le confirmó que era cierto lo que le había dicho Rinat de Sitten, a quien había hecho una visita «muy amistosa» esa misma mañana. El Bert-Caz evocó en su mente aquel encuentro, mientras se deslizaba con paso alegre cuesta abajo por la *Via crucis*. Rinat le había descrito con lujo de detalles cada movimiento, cada acción que había realizado la joven dama para poner el tesoro del convento a disposición de las manos ávidas de los necesitados. Sin embargo, no había mencionado el nombre de esa distinguida dama, así que dedujo que la monja y el pirata jamás se habían encontrado en persona. ¡La descripción de Rinat había sonado como un cuento de hadas, pero Bert el-Caz supo que el tesoro existía realmente!

Elgaine también había abandonado el *Shoka al-Iffriqia* e ido en busca de Bert el-Caz. Lerici no era grande, por lo menos no tanto como para que el pirata y ella no se cruzaran en algún momento. La joven deseaba capturarlo antes de que se encontrara con Astair. Elgaine tampoco tenía en muy alta estima al infiel zorro, pues había sido él quien la había metido en aquel lío de Mahdia. Pero la traición no había sido contra ella, sino que había sido un intrigante juego del gato y el ratón escenificado por Melina de Lecce, en el que la sultana era el gato y Astair el... imbécil.

Ella, Elgaine, había tenido que pagar los platos rotos. «¡Eso sólo me va a ocurrir una vez!», se prometió Elgaine mientras entraba en la cercana taberna, llamada La Alegre Sirena. Tal vez allí alguien podría darle información sobre Bert el-Caz.

La taberna estaba vacía a esa hora tan temprana de la tarde. En una tina de madera, el posadero lavaba los vasos de arcilla dejados por los borrachines de la noche anterior. En unos de los bancos había un jovenzuelo acostado boca abajo, que dormía con la cara apoyada sobre los brazos cruzados.

Para no ser torpe y soltar de inmediato la pregunta que

la había llevado allí, Elgaine se acercó al tabernero y señaló hacia el joven que dormía.

—¿Un trasnochador? —preguntó la joven en tono burlón.

El patrón apenas alzó la cabeza.

—No, ésa es la mona de esta mañana —dijo, secándose las manos y volviéndose a Elgaine—. Y nuestro Conon la está durmiendo ahora.

La pirata, que todavía llevaba ropas de hombre y ocultaba su magnífica cabellera bajo un pañuelo rojo, lo miró con mayor detenimiento: ¡Era Conon!

El posadero añadió:

—Aguanta muchísimo, es sorprendente. ¡Es un chico muy fuerte!

Y a Elgaine le vino una idea a la mente: Quizá Conon era el hombre que podía ayudarla en su principal empresa: la liberación de su hijo Pons.

—¿Me permitís que os ayude con los vasos? —le ofreció al perplejo posadero.

—¿Necesitáis dinero? —le preguntó el hombre en tono respondón.

Elgaine negó con la cabeza.

—¡Os pagaré algo si me dejáis ocupar vuestro lugar hasta que ése se despierte! —El dueño la miró con cara de estupefacción—. Quiero darle una sorpresa a Conon, somos viejos amigos —dijo, y le arrojó una moneda de oro.

Entonces, la figura de Astair se hizo visible en la puerta, y tras él estaba... ¡Bert el-Caz! Como el rayo, Elgaine se ocultó detrás de la barra y le hizo señas al posadero para que no la delatara. Éste entendió de inmediato, sobre todo después de que la joven le hubiera dado una segunda moneda de oro. Agachada detrás del parapeto de madera, Elgaine no podía ver nada, pero oía cada palabra. Los dos recién llegados no parecieron notar la presencia del que dormía. Se sentaron en un banco vacío, cerca de la joven que los espiaba. Entonces Elgaine oyó cómo el tabernero se acercaba a los dos hombres y les preguntaba qué deseaban.

Astair pidió vino.

—¡Del mejor! —dijo.

Mientras el dueño llenaba la jarra, la risotada de Bert el-Caz penetró hasta el escondite de Elgaine.

—¡Vosotros podéis permitíroslo, Astair, ahora que tenéis esos tablones nuevos bajo los pies!

—Bah —respondió Astair tras una larga pausa—. ¡No hay nada como el deber de cubrir esas tablas constantemente con nuevos botines! Por cierto, os he visto bajar por el camino del convento, Bert el-Caz. —Astair no podía ocultar su curiosidad.

—¡He estado rezando! —respondió Bert el-Caz.

—Y vuestro viejo amigo Yussuf ha sido visto por aquí cerca.

Bert el-Caz le dejó hablar, mientras que, por medio de señas, le daba a entender que hablara más bajo. El patrón no debía enterarse de la conversación.

—¿Trabajáis otra vez con él? ¿Alguna nueva batida? ¿O acaso hay mercancía nueva para el mercado de esclavos de Bugía? ¿O acaso...? —Astair bajó la voz como un mal conspirador— ¿... se trata de las monjas de la Immacolata del Bosco?

Aunque se dice que el vino suelta la lengua, lo cierto es que sólo lo hacía con Astair. Bert el-Caz volvió a guardar silencio, lo que motivó a su interlocutor a seguir elucubrando...

—¡Aunque vos, viejo zorro, hagáis como si un juramento os hubiera sellado los labios, lo tomaré como una confesión!

Astair se volvió más insistente.

—¡El *Shoka al-Iffriqia* está a vuestra disposición para vuestra empresa, os doy mi palabra como capitán!

Por primera vez, Bert el-Caz separó los labios.

—Suponiendo que estéis en lo cierto, Astair de Saissac —dijo el pequeño pirata en voz baja—. Entre las monjas se encuentra una dama a la que quiero ahorrar ese destino...

—¿Quién? —quiso saber Astair.

—Vuestro barco y vos debéis acoger a Cantar de Sión.

—¡Hecho! —exclamó Astair, satisfecho, y llamó al patrón para pagar.

—Los demás detalles podemos hablarlos a bordo de mi bajel...

—Con mucho gusto —oyó decir Elgaine al orgulloso capitán— pisaré otra vez la cubierta de esa vieja chalupa. —Después de eso, las voces y los pasos de ambos se alejaron.

Elgaine salió de su escondite.

—¿Habéis oído...? —En un primer momento, el posadero se tapó las orejas con ambas manos, y luego se puso el dedo índice sobre los labios. Acto seguido se pasó una mano por el cuello, imitando la afilada hoja de un cuchillo.

—Entiendo —dijo Elgaine—. Ahora soy yo la que necesita un vino. ¡Del mejor que tengas! —dijo, y se sentó con el vaso lleno en el banco vacío, después de asegurarse, con una rápida ojeada, que Conon seguía durmiendo su borrachera. Tal vez la idea de llevarse a aquel joven consigo no fuera tan buena. Para su empresa necesitaba a gente en la que se pudiera confiar, ¡y Elgaine sólo conocía a una: ella misma!

La joven bebió un largo trago. Pensó en alertar a Cantar, pero luego se acordó del sensato gesto del posadero. Era mejor que se mantuviera al margen de todo aquello. De lo contrario se vería allí arriba, en el convento, en medio del asalto, revolcándose entre un montón de gallinas cacareando, o tal vez, en caso de fallar el ataque, la considerarían una traidora y quedaría en una muy mala posición. ¡O más bien, en realidad, no tendría ninguna! Y en este caso, ya no podía recurrir a Astair para que la protegiera...

Lo mejor era esperar en el *Shoka* y ver cómo se desenvolvían los acontecimientos. Lentamente, Elgaine regresó a su barco.

Bert el-Caz estaba al timón de su bajel y observaba impasible a su huésped Astair, que colgaba en medio de una trampilla en cubierta, junto al traicionero baúl del tesoro, con ambas piernas pataleando en el aire.

—¿Cómo pudisteis olvidarlo, Astair de Saissac? —Se burló el pequeño pirata—. Ése es vuestro problema: ¡manos ágiles, pero muy poco seso! ¡Jamás llegaréis a ser un auténtico pirata! —Astair luchaba desesperadamente para no caer en la bodega, pero sus brazos, sobre todo sus dedos, con los que se aferraba al baúl que se balanceaba por encima de él, amenazaban con ceder bajo el peso de su propio cuerpo—. ¡Como cómplice, me resultáis demasiado peligroso, y como socio sois más bien una carga!

Bert el-Caz se regocijaba con la callada lucha del maestro de esgrima, hasta que por fin Astair se dejó caer sin causarse demasiados daños. Bert el-Caz se asomó por la abertura.

—¡Cuando el trabajo esté hecho, quedaréis otra vez libre!

—fue lo último que le gritó a su prisionero—. ¡Quién va a querer teneros tanto tiempo a bordo, Astair de Saissac! —A continuación, el pequeño pirata, con ayuda de su gente, cerró la trampilla, justo a tiempo de ver antes, junto al muelle, a Elgaine de Gisors. Mientras, del lado del mar, se aproximaba el barco del háfsida.

El sol fue bajando y se puso justamente detrás del promontorio rocoso. Los botes de los pescadores regresaron. Lentamente la oscuridad fue cerniéndose sobre Lerici, unas llamas se encendieron y otra vida comenzó. Era la noche de los piratas.

Arriba, en el convento de la Immacolata del Bosco estaba Cantar, de pie en la única terraza que había, mientras contemplaba pensativa las luces titilantes y veloces que se veían abajo, junto a la playa. Algunos fragmentos de música y de risas llegaban hasta donde estaba aquella figura solitaria que, a veces, destacaba luminosa en contraste con el oscuro cielo, y otras veces apenas se veía. Había luna llena, unos bancos de nubes que pasaban producían ese efecto cambiante.

Cantar pensó en la misión que el papa le había asignado en Amalfi. ¿Acaso sería ese su destino? La joven se volvió lentamente hacia el monasterio, pues empezaba a refrescar; además, no quería perderse las completas, la última misa después de todos los esfuerzos del día.

En ella tomaban parte sobre todo las hermanas de mayor edad. Cantar se quedaba más tiempo que las otras, arrodillada y sumida en la oración. Pensaba en su inesperado e inmerecido nombramiento como abadesa, ¿sería ésa su verdadera vocación? No encontraba respuesta para ello. Cavilando, regresó a su celda después del *Nunc dimittis* e intentó conciliar el sueño.

Su inquietud se encargó de romperle una y otra vez el sueño tan ansiado, aunque tal vez se debiera también a aquella celda calurosa y llena de humedades. Finalmente, Cantar se levantó para buscar tranquilidad sobre la solitaria terraza, acariciada por la fresca brisa del mar. Lerici yacía bajo un manto de silencio y oscuridad, sólo unos puntos aislados y brillantes recordaban la luz del atardecer. Cantar deslizó su mirada por los blancos acantilados que estaban detrás del convento; aquellos acantilados inaccesibles que se elevaban bajo el brillo de la luna, atravesando las nubes que pasaban.

Pero entonces se quedó atónita, paralizada como una presa de caza asustada. Unos delgados hilos negros caían sobre el blanco de los acantilados, como si unas arañas negras se descolgaran por ellos. Pero tenían que ser criaturas humanas... ¡Eran piratas!

Entonces la joven vio a los primeros hombres descolgarse detrás de los muros traseros. Saltaron al suelo sin hacer ruido. Cantar ahogó su grito y corrió escalera abajo. En la casa se oyó el ruido del primer tumulto, el sonido de puertas que se abrían a golpes, los gritos ahogados de espanto y las órdenes rudas y ásperas pronunciadas en una lengua morisca.

Con paso seguro, Cantar corrió por los pasillos hasta llegar a la pequeña capilla. Cerró la puerta a sus espaldas y se arrodilló de inmediato. Pero en lugar de rezar, colocó su mano sobre las líneas del *Ave María Stella*:

—*Solve vincla reis profer lumen caecis*.

No podía esperar que no la descubrieran allí, pero aquel lugar le pareció a Cantar una protección más eficaz que su propia celda.

—*Mala nostra pelle* —cantó a voz en cuello—. *Bona cuncta posce*.

El pequeño Bert el-Caz, con su enorme turbante de color verde, se encontraba en ese momento en la misma terraza en la que había estado Cantar un poco antes. Satisfecho, supervisaba el traslado de las novicias, que gritaban y pataleaban. Cada hombre del háfsida había cogido a una de las jóvenes y la arrastraba por el camino hacia abajo. Bert el-Caz contó de manera aproximada el botín. Cuando el último negro desapareció con su gatita jadeante, que arañaba y mordía a diestra y siniestra, el exitoso pirata dio un silbido para reunir a sus hombres, y todos, bajo su guía, fueron en busca de la pequeña capilla.

—*Virgo singularis inter omnes mitis*.

Cantar fue sacada bruscamente de su escondite cuando

la puerta se abrió de repente y Bert el-Caz apareció ante ella. La joven hizo como si no lo reconociera, y a él eso le pareció muy bien.

—*Nos culpis salutos miotes fac et castos*.

El pirata enano protestó al ver que la joven continuaba con su obstinado canto:

—*Vitam praesta puram*...

—*Silentium!* —vociferó el pequeño zorro—. ¡Tengo que concentrarme! —Cantar empezó a decirle toda la secuencia de maniobras precisas; el pequeño pirata puso manos a la obra.

—¡Pegadle una patada a la repisa! ¡Luego agarrad el cuerpo del Señor y hacedlo girar! —El pirata sacudió el crucifijo, pero nada se movió.

—¡Moved el cuerpo! —dijo Cantar, soltando una risita; él le lanzó una mirada de asombro y lo intentó de nuevo. ¡Nada!

—¡Señor! —dijo Bert el-Caz, siseando entre dientes hacia el objeto que provocaba en él aquel arranque de violencia—. No hagas que tenga que recurrir a medios más...

—¡Hasta que la cabeza esté abajo del todo! —le indicó Cantar.

El pirata obedeció. Se oyó un crujido.

—¿Y cómo sigue?

Antes de que el enfurecido hombrecillo del turbante verde se pusiera aún más rabioso y tratara peor al Crucificado, Cantar acudió en su auxilio.

—¡Empujad la columna! —le ordenó.

—¡¿Cuál?!

—¡Da lo mismo!

Bert el-Caz se arrojó con todo el peso de su delgaducho cuerpo. Finalmente, la pared dio un giro, y el trasero del diablo se mostró en un primer plano.

Bert el-Caz rindió un breve homenaje a aquella visión.

—¡No me obliguéis a hacer pedazos esa horrenda estatuilla!

Cantar se echó a reír.

—¡No abuséis de vuestra valiosa cimitarra! ¡Es de hierro!

—¿Y ahora qué hago? —preguntó el pirata, pegando una patada en el suelo.

—Ahora lo que quiero es que me raptéis como es debido, ¡de lo contrario, no digo una palabra más!

La confusión de Bert el-Caz era absoluta.

—¿Es que queréis compartir el destino de las otras, Cantar de Sión? ¿Por qué despreciáis el regalo de la libertad? —balbuceó el pirata—. ¡Realmente no os entiendo!

Cantar comprendió que tendría que mostrarle que para ella se trataba de un asunto muy serio.

—¡Tenéis que llevarme a Amalfi!

El rostro ensombrecido de Bert el-Caz se iluminó.

—¡Lo prometo! ¡Por mi honor!

—¡Por la salvación de vuestra alma, Berthold!

Aquello le cayó al pirata como una patada en el estómago.

—¡Tan cierto como que creo en Dios! —dijo, alzando la mano para jurar.

—Ahora tenéis que besar el culo al diablo —le ordenó Cantar con tono rudo—, pues es él quien vendrá a llevarse vuestra alma.

Bert el-Caz se puso pálido.

—¡Lo juro! —dijo, inclinándose y dando aquel beso.

—Y ahora, llamad a vuestra gente para que me lleven al barco. —Cantar se quedó impasible hasta que aparecieron dos piratas y la cogieron. Ya en la puerta, la joven se volvió con altanería, sonrió al pequeño pirata y reveló el último secreto:

—¡Torcedle la cabeza!

Elgaine había esperado al acecho durante todo el día, y luego también durante la noche, a bordo del *Shoka al-Iffriqia*. El hecho de que Astair no apareciera de nuevo ya le iba bien. Luego vio a los piratas bajando por el Camino de la Cruz, llevando cada uno a una joven monja que pataleaba, en dirección al barco del háfsida, atracado no lejos del suyo. Elgaine examinó cada una de aquellas caras, pero la de Cantar no estaba entre ellas. Con cada rostro que le pasaba por delante, Elgaine iba comprendiendo un poco mejor que en ese momento era dueña y señora del *Shoka*, con toda su tripulación, que, como ella misma sabía, la respetaba e incluso la quería. ¡Y Astair seguía sin presentarse! ¡Ésa era su oportunidad!

Elgaine dio la orden de recoger la pasarela cuando vio a dos piratas que doblaban la esquina de La Alegre Sirena. Llevaban prisionera a Cantar. A la luz de la luna, Elgaine pudo reconocer los familiares rasgos de su prima. Y entonces, de las sombras de la taberna salió Conon de Béthune, que saltó sobre los dos hombres con la hoja desenfundada. Éstos de inmediato dejaron ir a su presa y huyeron dando gritos.

Elgaine empezó a vociferar:

—¡Ven aquí, Cantar! —Y Conon y Cantar saltaron a las aguas poco profundas.

Del barco del traficante de esclavos ya se descolgaban los primeros piratas, por unos cabos, dispuestos a emprender la persecución.

Elgaine ya había levado el ancla, así que pudo enfilar el *Shoka* hacia donde estaban los dos fugitivos, gracias a un hábil golpe del timón, pero entonces el viento infló la vela.

—¡Daos prisa! —les gritó Elgaine—. ¡Rápido! ¡Agarraos!

Conon, como un caballero, alzó a Cantar sobre sus hombros, de modo que la joven pudo aferrarse en el último momento a la escalerilla que colgaba. Él intentó remar frenéticamente para conseguirlo, pero el *Shoka* ya había tomado velocidad.

Totalmente agotado, Conon cayó de frente al agua; mientras, unas manos auxiliadoras arrastraban a la fugitiva a bordo, y las dos mujeres, Elgaine y Cantar, se fundían en un abrazo.

Poco después, antes de que amaneciera, el háfsida abandonó también la bahía de Lerici con las bodegas de su barco llenas de unas jovencitas que lloraban a causa del miedo. Las novicias ya sospechaban que no las habían violado porque su virginidad les proporcionaría a los piratas mejores precios en el mercado de esclavos.

Y como si sólo estuvieran esperando la desaparición del traficante de esclavos, los piratas empezaron a cargar en sacos el oro del convento y a bajarlo por la *Via crucis* hasta el bajel de Bert el-Caz. Por todas partes, a lo largo del camino, aparecía su turbante verde, pues el pequeño pirata velaba con ojos de Argos que ninguna de las pesadas bolsas de cuero se «perdiera» de camino a su destino. Una vez a bordo, fueron vaciadas en el arcón del tesoro fijado al suelo en medio de la cubierta, todo bajo la supervisión rigurosa de Bert el-Caz. Cada vez que las monedas de oro caían tintineando en el arca, al zorro rojo le alegraba la idea de cómo tendría que sonar aquel ruido a oídos de Astair, que estaba encerrado en la bodega. Cuando vertieron el contenido de la última bolsa, y el arcón estuvo lleno hasta los bordes, Bert el-Caz se tumbó muy satisfecho en su hamaca y dio la orden habitual de que lo despertasen cuando saliera el sol. Su gente quiso informarlo de que habían conseguido apresar a Conon, mientras éste intentaba, infructuosamente, salvar a Cantar... Pero para entonces Bert el-Caz ya se había quedado dormido y roncaba.

Cuando los primeros rayos del sol empezaron a hacerle cosquillas en la nariz, el pirata, molesto, se levantó de golpe para reprender a sus hombres por no haberlo despertado hacía rato. Su imponente turbante verde se le había movido. Y sólo cuando lo hubo enderezado y pudo ver bien, Bert el-Caz vio a Conon, al que habían atado y dejado delante de él, de modo que el joven quedara de rodillas y tuviera que alzar los ojos hacia el capitán. No obstante, Bert el-Caz se asustó tanto que agarró la enorme cimitarra con la que solía dormir siempre, apoyada sobre su pecho. Sin dejar la hamaca, apuntó con la punta de su arma al hombre que estaba a sus pies.

—¡Esta espada no es de madera, Conon de la Montana! —dijo, siseando y sin ocultar su tono triunfal—. ¿Qué ha movido al héroe de Gisors a desafiarme aquí, en mi imperio?

Conon no se sentía capaz de tomar en serio aquel rostro de zorro de pelo rojo bajo aquel turbante tan enorme.

—¡Las mujeres! —le dijo, riéndose en su propia cara—. ¡Esas criaturas maravillosas que son capaces de hacernos cometer cualquier estupidez, estimado Berthold!

—¡Llamadme Bert el-Caz, por favor! —dijo resoplando el pequeño pirata, y blandió en gesto amenazante la cimitarra—. De lo contrario os cortaré la... —Entonces el pirata recibió tal patada en el trasero, por debajo de la hamaca, que la espada salió volando de sus manos.

Había sido Astair, que había aparecido por detrás de él sin que se diera cuenta.

Bert el-Caz se puso en pie e hizo ademán de coger su arma, pero Astair ya había puesto un pie sobre la hoja de la espada.

—¿Quién os ha soltado? —dijo resoplando.

Astair cortó con toda calma los cabos que tenían atado a Conon.

—Vuestra gente ha sido tan estúpida como para dejar una escala apoyada en la trampilla, cuando sacaron a Conon de la bodega...

El pirata miró furioso a su alrededor, a sus hombres, que contemplaban la escena llenos de respeto —o de alegría por el mal ajeno— y se mantenían a cierta distancia. Todos agacharon la cabeza en gesto culpable.

—¡Bueno, está bien! —dijo el temido capitán, fingiendo un tono conciliador—. ¡Podéis enrolaros los dos! —dijo, haciéndole un guiño a Astair—. Pero una cosa tiene que estar clara: ¡en este barco el capitán soy yo! —Conon rió con sorna ante la idea—: Vos, Astair de Saissac, podéis ser el hombre del timón, y si eso no os conviene, o en caso de que demostréis ser un inepto, ¡os podéis ir al diablo!

—Una alternativa tentadora —dijo en tono burlón Conon—; pero ¡¿qué pasará conmigo?!

—Al ser el más joven de nosotros tres —dijo Astair, satisfecho con su cargo de segundo a bordo—, a vos, Conon ¡sólo os queda el cargo honorífico de grumete!

—¿Y cuáles son las funciones del grumete? —quiso saber Conon.

—Pues, ponerme las botas por las mañanas —le explicó Bert el-Caz, en tono serio—, y afilar por las noches mi cimitarra, que pierde el filo de vez...

—El grumete también limpia la cubierta de la sangre de las cabezas cortadas —añadió Astair.

—¡Eso me gusta! —dijo Conon riendo—. ¿Y qué hacemos ahora, gran capitán?

—¡Nos haremos a la mar! —dijo Astair, con voz altisonante.

—De eso nada, timonel —lo atajó Bert el-Caz—. ¡Antes tengo que cumplir con una deuda de gratitud! —Hizo como si quisiera darle una patada a Astair, pero éste lo eludió con habilidad.

»¡Os ordeno dirigir el barco hacia allí detrás, donde está la torre, y para eso debéis rodear la bahía! ¡Todavía acogeremos a bordo a un pasajero, señores míos!

El bajel se alejó del muelle, describió un amplio arco y desapareció tras las rocas de la fortaleza, al sur de Lerici.

Una vez que llegaron a la altura de la torre, Bert el-Caz envió un bote para que recogiera a su huésped involuntario junto con su caballo. No tardaron mucho en hacerlo. Pronto se vio al bote de remos avanzar entre las rocas de la orilla y dirigirse al velero. La figura del escudero y su caballo se veía claramente.

—Ése es Rinat de Sitten —les explicó el capitán, orgulloso, a sus dos compañeros—. Viaja con una misión secreta de la Iglesia, y va camino de Monte Cassino. Lo dejaremos en Mondragone, según sus propias instrucciones. ¡Creo que es un hombre del Cardenal Gris!

Bert el-Caz, sin esperar a que su anuncio causara la impresión deseada, se acercó a la barandilla para saludar al perplejo Rinat. Éste había contado con su liberación, pero no con aquella generosísima oferta de poder viajar en el barco, que lo compensaría por todo el tiempo perdido. Y el pequeño capitán de piratas sentía cierto placer por estar haciendo un favor a un hombre de rango y, al mismo tiempo, a la Iglesia. ¡Uno nunca sabía!

UN CAMINO PEDREGOSO

En Monte Cassino, los ratones no bailaban encima de las mesas, pero la ausencia del celoso y viejo gato les permitía a los dos cronistas, *Angelus* y *Vocator*, dedicarse de nuevo sin inhibiciones a lo que era su gran pasión: recopilar noticias. El abad Odorisio había acompañado al papa hasta Roma a su regreso del concilio de Melfi, y aún no había regresado desde entonces.

—¿Sabíais, *Angelus*... —dijo el esmirriado *Vocator* apenas entraron en su antiguo lugar de trabajo, la habitación de la torre—, que nuestro señor, el papa, ha flexibilizado las leyes relacionadas con el celibato? ¡Ahora el matrimonio está permitido de nuevo para el clero de menor rango, hasta la dignidad de subdiácono! —El mofletudo *Angelus* lo miró incrédulo, lo que llevó a su hermano a decir de memoria y con gran énfasis lo siguiente—: «¡... me parece duro e injusto que alguien que nunca antes se ha comprometido a guardar abstinencia, se vea obligado a separarse de su esposa!»

Angelus hinchó los carillos, divertido.

—A vos nadie os quiso antes, hermano *Vocator*, ¡y ahora sois un monje benedictino, no un subdiácono!

Unos ruidos poco habituales distrajeron a *Angelus* de sus pullas. El cronista miró hacia abajo, hacia el patio del monasterio. Una dama, rodeada por hombretones, había bajado de su litera de viaje y miraba a su alrededor en busca de ayuda. A su lado se encontraba un jovenzuelo que observaba su entorno más bien con desconfianza.

—Y ahora aparece la reina de las hadas de la fábula —rió

Vocator, que también se había asomado a la ventana— ¡y viene a liberaros de vuestro hechizo, sapo hinchado!

—¿Por qué me llamáis sapo, esmirriado...? —Al gordo no le gustó nada la certera comparación.

—Ella ha venido a besaros, ¡y en seguida empezaréis a croar!

Angelus no tenía ganas de hacerse el ofendido.

—Es mejor que bajemos a toda prisa y le preguntemos a la dama qué desea, ya que ninguno de nuestros hermanos ha creído necesario hacerlo, al parecer.

Los dos corrieron escalera abajo.

Fedaye de Béthune, acompañada por el hijo que le había quedado, Tancredo, seguía buscando a Conon y a Cantar de Sión. Había emprendido el viaje hasta el monasterio porque alguien en Roma le había dicho que los astutos hermanos de la orden de San Benedicto en Monte Cassino podían incluso oír crecer la hierba, y como mínimo podrían darle información sobre los desaparecidos, si es que había alguien que pudiera hacerlo.

Por eso se sintió agradecida por la aparición de *Angelus* y de *Vocator,* que le dieron la bienvenida en nombre del ausente abad y le pidieron que pasara a la celda de los huéspedes. Tancredo, al que todo aquel viaje le parecía absurdo, entró con paso torpe y de mal humor. Los dos cronistas se esmeraban por ofrecerles la mayor cortesía, brindaron a los viajeros un poco del vino del abad y esperaron a que la dama les contara lo que tenía que decirles.

—Estuve con el papa en Roma —empezó diciendo Fedaye, ya que eso daba una buena impresión, y ponía su persona bajo la luz adecuada— y cuando le pedí que incluyera también en su bendición a mi hijo Conon, al que estoy buscando, él accedió con gran amabilidad. Pero cuando le pregunté lo mismo sobre la hija de mis amigos, Cantar de Sión, el Santo Padre reaccionó de un modo extraño.

—Entonces vos, estimada dama, sois... —quiso decir *Angelus,* excitado, pero *Vocator* le quitó la palabra.

—¡¿Habéis dicho Cantar de Sión?!

—En efecto —confirmó la señora Fedaye—. Su Santidad me ha hecho partícipe de la nueva: ¡a partir de ahora Cantar será la abadesa de Amalfi, y sus padres tendrán que conformarse con eso! Sobre mi hijo no ha sabido decir nada. Y con ese encargo he sido enviada por el mundo, y de un modo bastante rudo...

—Sois la hermosa señora de Sión, ¡la que nos describió el escudero Rinat! —explotó *Angelus*, lleno de entusiasmo.

A Fedaye la alusión le resultó a todas luces desagradable, y *Vocator* acudió en su ayuda.

—De modo que —dijo, interrumpiendo bruscamente a *Angelus*—, ¿os halláis de camino hacia Amalfi?

—Sí —dijo la hermosa Fedaye, soltando un suspiro—, ¿creéis que me tropezaré allí con algún rastro de Conon?

—¡Que Dios bendiga vuestra búsqueda! —repuso el fraile más delgado en tono patético, antes de que *Angelus* pudiera retomar sus dolorosas preguntas.

Pero el gordo había comprendido.

—*Pax vobiscum!* —dijo, y acompañaron a la madre y al hijo de nuevo afuera.

—Deberíamos apuntar todo eso —dijo *Angelus* cuando entraron otra vez en el edificio principal—; según lo que dice, Berenguer ha dado el encargo de...

—¡Tened en cuenta, *Angelus*, que el encargo fue ordenado por Remy d'Aretin! ¡Por nadie más!

—¡No os acaloréis, enclenque espantapájaros! Es mejor que, para completar nuestros *Annales ad extremum*, evoquéis en vuestra memoria lo otro que sucedió en Melfi.

—Como es tan habitual, y como ya ha sido probado tantas veces (como lo del hermano en Cristo y cosas por el estilo), se le ha ofrecido una mano a Bizancio, pero ésta ha sido retirada una vez más por el anatema de la Iglesia pronunciado contra el emperador Alejo...

Aquellos dos cronistas tan dispares querían bajar en ese momento a las bodegas de Desiderio, a la que sólo ellos tenían acceso, pero entonces se tropezaron con el recién retornado abad Odorisio.

—¿Qué hacéis dando vueltas por estos corredores...? —los reprendió de inmediato—. Siempre charlando y diciendo tonterías, en lugar de rezar...

Los dos agacharon la cabeza riendo con sarcasmo, contentos de que el abad aún no hubiera descubierto su pequeño secreto, y a continuación se largaron de allí.

LOS SERVICIOS SECRETOS

Poco después de haber dejado atrás la isla de Elba, la tormenta alcanzó al bajel de Bert el-Caz. El pirata, buen conocedor de los cambios del clima, ya la había visto venir por encima del agreste cabo situado en el recodo nordeste de la isla de Córcega, y vio cómo se iba formando, con sus colores negros y amenazantes. Entonces hizo que recogieran la vela y fue a unirse, dispuesto a ayudar, a su timonel, Astair de Saissac. Éste, en un principio, rechazó con altivez toda ayuda, pero cuando las primeras olas rompieron contra el barco, dejó que otra mano experimentada se ocupara también del timón. La espuma arremolinada del mar se mezcló con las ráfagas de lluvia y azotó la cubierta del barco. Rinat se había atado al mástil junto con su caballo, y tenía al animal, que sólo se sostenía en pie a duras penas, bien agarrado por las riendas. Conon acudió en auxilio del escudero. Para él aquella tormenta era un reto bienvenido. El alarido del viento y los bramidos de las olas hacían casi imposible entenderse. No obstante, Bert el-Caz siguió gritando, contra viento y marea, a su timonel:

—¡¿Por qué Elgaine... está tan predispuesta... contra vos?!

Astair no venía ninguna necesidad de responder al pequeño pirata, pero entonces le dio la razón más sencilla:

—¡Por lo de su hijo Pons! —Y añadió con el aliento entrecortado—: ¡Y eso ella no nos lo perdonará... ni a mí ni a vos, Bert el-Caz!

Bert el-Caz tragó saliva.

—¡Que os hayáis convertido en padre, es, en parte, culpa mía....! ¡Pero lo de haberla abandonado es sólo culpa vuestra!

A Astair no le agradó mucho oír aquellas palabras tan ciertas.

—¡Hijo de puta! —increpó al pirata—. Os pasáis de listo diciendo tal cosa... —Entonces una fuerte ola barrió las palabras restantes por encima de la borda—: sobre todo cuando vos mismo estáis hasta el cuello de porquería.

Bert el-Caz sonrió con sorna.

—¡No hay charco de mierda tan profundo como para que un hombre no pueda sacarse él mismo! —le gritó al timonel, refiriéndose a la tormenta, que ya iba amainando.

Todavía las olas golpeaban la borda como bofetadas, haciendo crujir las cuadernas, mientras el viento silbaba y hacía gemir el maderamen; sin embargo, el negro velo de antes se había despejado. Bert el-Caz volvió a dejar el timón en manos de Astair y luego, a buen paso, se dirigió hacia donde estaban Conon y Rinat. El caballo se había tranquilizado.

—¿Por qué quería Cantar viajar a Amalfi? —le preguntó sin rodeos a Conon.

—¡Porque la Santa Iglesia la envía allí para que sea la abadesa! —respondió Rinat—. ¡Yo fui testigo!

—Entonces ¿es de suponer que el *Shoka al-Iffriqia* esté camino de allí, llevando a esas dos damas a bordo?

—Eso podéis darlo por sentado, capitán —se apresuró a afirmar Rinat.

—¡Nadie rechaza una orden como ésa!

—¡Pues yo no diría tal cosa! —lo contradijo Conon—. El barco y la tripulación están ahora a entera disposición de Elgaine. Su objetivo podría estar más allá de Amalfi...

—¿Estáis pensando en...?

—¡Conozco a Elgaine! —repuso Conon con brusquedad.

—Por lo inexpertos que son, no pueden haber llegado demasiado lejos —reflexionó Bert el-Caz, y dio la orden de izar de nuevo la vela.

Llegaron a Mondragone, el puerto de pescadores, un lugar que Rinat todavía recordaba desde el día en que había recalado allí en compañía de Guillem de Gisors, entonces herido de muerte.

Bert el-Caz dio orden de que cargaran el caballo en el

bote, pues no era aconsejable atracar, a causa de las altas olas. A continuación, abrazó a Rinat como a un viejo amigo y le alargó una bolsa con las monedas de oro.

—¡Por las molestias causadas por vuestra involuntaria estancia en la torre de Lerici!

—No era necesario —dijo modestamente el escudero, en tono de gratitud—. A fin de cuentas, a mí no me habéis robado...

Conon y Astair se brindaron para llevar a Rinat y a su caballo en el bote, pero Bert el-Caz, que desconfiaba de las habilidades marineras de esos dos, les asignó otros dos remeros con experiencia. Sólo se tumbó tranquilo en su hamaca cuando vio cómo el bote, danzando en medio de las olas, fue sorteando con paso certero las rocas en medio del oleaje.

Rinat fue el primero en saltar a tierra. ¡Y de pronto se vio delante del Cardenal Gris! Con el sombrero sobre la frente, y la negra túnica cubriendo su cuerpo ascético, a fin de proteger a este último del viento y de la lluvia, Remy d'Aretin se había mantenido firme en la playa, como una columna de sal, y sólo entonces descargó toda la impaciencia acumulada:

—¿Dónde está Berenguer? —le dijo en tono de enfado al escudero.

—¿Y yo cómo voy a saberlo? —replicó éste—. ¡Yo no le he pedido que viniera aquí!

—¡Pero yo sí!

Mientras tanto, Astair y Conon, que habían sacado el caballo del bote y lo habían llevado hasta suelo firme, se les acercaron. De inmediato reconocieron a Remy, y éste no se anduvo con muchos rodeos:

—El emperador está trasladando su ejército después de haber vencido a las tropas de Matilde, y ahora se dirige a Roma. Lleva con él a su propio papa, Guiberto de Rávena, al que no quiere renunciar. Para Urbano, el Santo Padre legítimo, esto representa un altísimo riesgo. Pero él no quiere verlo así. De modo que es preciso pronunciar un anatema en contra de la voluntad expresa de Su Santidad. La seguridad de este último es para mí el mandamiento supremo. —Remy hizo una pausa para ver cómo aquellos dos jóvenes acogían sus palabras. Astair lo miró con mala cara, pero los ojos de Conon se iluminaron—. ¡Y en vista de que Berenguer, el condotiero, no ha llegado a tiempo, y yo no quiero seguir corriendo este riesgo, espero que su hijo Astair de Saissac, así como vos, Conon de Béthune, me sigáis! Bajo mi orientación, tendréis que tomar las medidas necesarias. —Aquellas palabras no eran ningún ruego, sino la clara exigencia de un hombre acostumbrado a que todos cumplieran sus órdenes.

Conon no necesitaba recibir ninguna orden, aquélla era una de esas aventuras que a él le gustaban, era como un guiño tentador. ¡Lo más posible era que saliera de aquella peripecia como el gran héroe!

—¡Yo soy vuestro hombre! —declaró al punto.

Remy d'Aretin hizo un gesto de asentimiento. No había esperado otra cosa. Astair estaba furioso por dentro, con ganas de replicar. De un modo vago, sentía hacia Elgaine la responsabilidad de ayudarla a recuperar a su hijo pero, por otro lado, ella le había quitado su barco y su orgullo. ¡Sin el *Shoka al-Iffriqia* se sentía como un tullido! Se le ofrecía la oportunidad de restituir su reputación con las verdaderas habilidades que tenía, como lo que era, un maestro de la espada.

—¡Y yo me pongo a vuestra disposición! —le hizo saber al hombre que tanto lo impresionaba.

—Sabía que podía contar con vos —le respondió Remy d'Aretin, al tiempo que se volvía hacia Rinat—. Vos esperaréis aquí hasta que llegue Berenguer, y luego llevaréis a cabo la operación que ya conocéis. ¡Me fío de vos, Rinat de Sitten!

El clérigo, cuyo rango todos conocían, caminó hacia donde estaban sus acompañantes, hizo que trajeran caballos para Astair y Conon y, poco después, el grupo partió a lo largo de la antigua Vía Apia en dirección a Roma.

Mientras tanto, Bert el-Caz se había mantenido a la espera. Cuando vio regresar el bote sin Astair y sin Conon, tomó por fin la decisión. Izó velas y se alejó de la costa en dirección al mar abierto rumbo al sur.

UN DESGARRÓN EN LA VELA

Muy maltratado por la tormenta, el *Shoka al-Iffriqia* había encontrado refugio en la isla de Ponza. La vela no estaba hecha jirones, ciertamente, pero tenía un desgarrón que excluía la posibilidad de utilizarla. A Elgaine no le quedó más remedio que reprocharse el haberla recogido demasiado tarde. Pero en ese momento las dos mujeres habían tenido que luchar con todas sus fuerzas para controlar el timón, que se había descontrolado. La tripulación oriunda de Mahdia, tan acostumbrada a recibir órdenes, permaneció demasiado tiempo sin hacer nada, hasta que Cantar consiguió hacerse oír en medio del caos y ordenó que rescataran la vela. Y con un último esfuerzo, a duras penas, Elgaine había conseguido dirigir el barco hacia aquella playa de aguas poco profundas.

En ese momento, unos pescadores del lugar se disponían a coser con costura doble o triple aquel grave desgarrón, de modo que fuera posible continuar viaje cuando los vientos fueran favorables.

—No deberíamos precipitarnos, querida Cantar. —Elgaine sabía callar cuánta prisa tenía. El error cometido la corroía más de lo que estaba dispuesta a admitir, sobre todo teniendo en cuenta que era su primera travesía siendo la capitana, sobre la que recaía ahora toda la responsabilidad. Se había concentrado demasiado en el timón, lo único que había aprendido con Astair, y al hacerlo había perdido la visión de conjunto sobre el barco. ¡Sin embargo, era eso, precisamente, lo que hacía de alguien un hábil capitán!

A Elgaine, el paso del tiempo le quemaba las plantas de

los pies. Sin embargo, su prima aún no sabía nada acerca de su plan, y en algún momento tendría que decírselo a Cantar si no quería acabar desembarcando en Amalfi junto con la recién designada abadesa.

—Ya me veo llegando a Amalfi —dijo Cantar, como si de repente hubiera adivinado a Elgaine el pensamiento, por lo menos en parte—. ¡Veo el monasterio vacío! ¡Veo a una abadesa sin monjas!

Elgaine hubiera preferido hablarle en aquel preciso instante, la ocasión era perfecta. Decirle: «Pues, en ese caso, podéis acompañarme hasta Mahdia, para que pueda ir a buscar a Pons!». Pero no se atrevió a decirlo y dejó que Cantar siguiera meditando sobre sus propios problemas, en comparación tan insignificantes.

—Por otro lado, también podría ser una señal de Dios, diciéndome que yo misma debo buscar y reunir a las hermanas que van a acompañarme —reflexionó Cantar en voz alta—, ¡y que he de encontrarlas entre las pobres, las débiles, las marginadas! Eso daría un sentido a esta carga que me ha sido impuesta, y vos, Elgaine, podríais ayudarme en ese cometido...

Elgaine hubiera querido empezar a gritar de alegría por ese giro inesperado de la conversación. Pero, en su lugar, se mostró pensativa.

—En el harén de Mahdia —reveló con una honda y grave tristeza en la voz—, que, a falta de un gobernante varón, le sirve a la pérfida sultana como mezquina prisión... —Hubo un brillo de humedad en sus ojos—, tenéis una prisión llena de jóvenes arrebatadas a sus padres por medio del chantaje... —Elgaine describió el terrible destino de las odaliscas en aquella jaula de oro de Mahdia—: Pues allí están esas pobres criaturas esperando ser lanzadas al apetito carnal de los capitanes de esa traficante de esclavos ¡como una recompensa! —Cantar la miró estremecida, pero Elgaine no bajó el tono—. Se desgastan los ojos de tanto llorar, ruegan a su dios, Alá, presas de una profunda desesperación, ya que no conocen el consuelo de ese otro, nuestro Dios, ni la intercesión de la Virgen María...

Cantar se tapó la cara con las manos.

—¡Tenemos que salvar a esas almas!

Entonces la joven se arrodilló y exhortó a Elgaine, con mirada cariñosa, a que hiciera lo mismo.

—¡Recemos a la Virgen para que nos proporcione esa gracia, a nosotras, criaturas indignas!

Durante un buen rato permanecieron postradas, y luego Cantar se levantó de un salto y animó a los pescadores a que acabaran cuanto antes su labor de remiendo. La vela que le entregaron, remendada y reforzada varias veces, podía romperse por cualquier parte, dijeron los eficientes pescadores, pero no en el sitio donde antes había estado el desgarrón. Elgaine pagó a los bravos pescadores, cargó a bordo el agua potable suficiente e hizo izar las velas. El *Shoka al-Iffriqia* puso rumbo a la costa de Túnez.

EN CONFIANZA: *LA MEZUZÁ*

La antigua ciudad imperial de Worms, aquel destino tan largamente añorado por el joven Öxfeld, movía su ánimo mucho menos que la imagen que había llevado en su corazón durante tantos años. Extraños se le habían vuelto los apacibles prados a las orillas del Rin, las intrincadas callejuelas del casco viejo y hasta la antigua casa gremial, que había servido de alojamiento de nobles guerreros. En ese momento le pareció bastante venida a menos. Lo único que le pareció no haber cambiado ni un ápice fue el camino hacia la casa de la familia Gildermann. Gerald vaciló al llegar. Había renunciado a seguir sirviendo en el ejército de Godofredo debido a su amor por hija de la casa, y por ella, también, había emprendido aquel viaje hacia un futuro incierto. Con todos los respetos, pero sin rodeos, pretendía solicitar al padre la mano de Miriam. Por eso Gerald se animó a dar aquel osado paso allí mismo, antes de que las dudas por la fe judía de Miriam volvieran a despojarle de su valor.

Sin embargo, la puerta de la casa permaneció cerrada para él. El mayordomo de la casa del comerciante había respondido a su llamada, pero no le dio a Gerald ninguna esperanza de que el viejo Gildermann fuera a recibirlo. Con gesto afligido le hizo saber a Gerald, de un modo cortés pero firme, que era mejor que no lo intentara de nuevo.

El joven Öxfeld estaba abatido. Sin rumbo, erró por las callejuelas de la ciudad que le negaba la única cosa que lo haría feliz. Entonces pasó por delante de la sinagoga, como un ladrón, pues no quería de ningún modo darle al padre de su adorada ocasión de pensar que él, Gerald de Öxfeld, estaba acechándolo. Casi como si alguien estuviera persiguiéndolo, llegó a la plaza de la catedral. Un número poco habitual de personas afluía hacia el templo, la gente parecía muy excitada. ¡El célebre predicador Thierry de Verdún iba a hablar! Gerald se dejó llevar por la multitud, entró en la catedral, llena a reventar. El joven Öxfeld sólo encontró sitio entre las personas que se agolpaban muy lejos del púlpito, entre las columnas entorchadas. De la briosa prédica de Thierry sólo le llegaban algunos fragmentos, jirones de palabras.

El obispo de Verdún, tiempo atrás un escéptico partidario de Gregorio y en ese momento un ferviente adepto del nuevo papa, había aceptado emprender aquel largo y penoso viaje hasta el Concilio de Melfi, sobre todo, para apoyar a Urbano. Con fino olfato de intrigante, Thierry interpretaba a su manera la aproximación a Bizancio que se había urdido en Melfi. Sin ningún empacho se lanzaba a la punta de lanza de una tendencia cuyos objetivos él mismo había ocultado durante mucho tiempo, aun cuando barruntaba, como una maldición, el rumbo que tendrían las reformas introducidas por el Santo Padre. Según Thierry, a la grandeza del estimadísimo *Pontifex maximus* sólo le correspondía, a fin de cuentas, la labor de tender un puente firme con Bizancio, ¡y gracias a esa osada maniobra se podría conquistar la divina *Hierosolima,* la ciudad santa de Jerusalén!

Insoportable le resultaba la idea de que la sagrada Jerusalén estuviera en manos de los enemigos, ¡esos pérfidos musulmanes y los infieles judíos! ¡A ésos había que declararles la guerra dondequiera que uno se los encontrara! Y había que hacerlo en los países fundamentales de la cristiandad, ¡y para ello no había sitio mejor que la ciudad episcopal de Worms! En ella aún no había penetrado los terribles turcos, pero sí, quizá, los traicioneros hijos de Abraham.

—¡Los judíos viven entre nosotros!

Tales palabras cayeron en terreno fértil entre el pueblo de la región del Rin, y Gerald percibió de inmediato la creciente excitación de la muchedumbre que había acudido a la catedral. Azuzada, aquella multitud continuaba acalorándose gracias a las palabras del predicador.

—Y bien, ¿a qué esperamos? ¡La sangre de Cristo clama venganza!

Para Gerald de Öxfeld, el obispo de Verdún había sido

hasta entonces aquel poderoso príncipe de la Iglesia que los había arrojado de Castelbov y convertido en apátridas; sin embargo su burdo espíritu estaba allí, perturbado, en medio de las maldiciones, juramentos y escupitajos que emitía la multitud. ¡Gerald se sentía como si estuviera en una enorme caldera de sopa, atrapado entre mondongos gelatinosos y remolachas podridas! Pero el fuego que hacía hervir a aquella olla podrida y maloliente podía haberlo desatado, por sus propios y únicos medios, el obispo extranjero. En opinión de Gerald, el tal Thierry de Verdún sólo había estado soplando con fuerza los rescoldos que había en medio de la ceniza. ¿Acaso aquella olla llena de aquellas pobres criaturas era una rendija abierta en el infierno? ¡Quien había caído sobre Worms tenía que ser el mismo diablo!

Gerald estaba delante del palacio episcopal, el sitio adonde había ido a parar, en calidad de huésped, el forastero llegado de Verdún. Una doble hilera de hombres armados, a pie y a caballo, rodeaban y bloqueaban el edificio de cara a la plaza. Sólo dejaban pasar a aquellos visitantes que podían legitimar su presencia con alguna recomendación. Y en eso Gerald vio al odiado conde De Lehburg acercarse a caballo. Como un pavo real con la cola desplegada, el señor Norberto se detuvo a presumir un rato delante del palacio, como si fuera necesario que todos vieran que él allí era un hombre bienvenido. En realidad, estaba esperando a su hijo Balduino, que se hallaba al servicio del obispo, quien a fin de cuentas sería quien le franquearía el paso. Cuando por fin apareció Balduino de LeBourg, el señor Norberto se pegó todo lo que pudo a su sotana, y ambos desaparecieron dentro de la sede episcopal.

Thierry de Verdún exigió oír de boca del conde qué pasos concretos pensaba dar éste para proporcionar un respiro a Matilde y liberar al papa legítimo de la insoportable presión ejercida sobre él por el emperador. ¡No podía tolerarse que el usurpador Guiberto de Rávena mantuviera la silla de Pedro, ni que Urbano, el verdadero pontífice, tuviera que buscar refugio y protección al sur de su trono romano, entre los normandos, o en el norte, donde Matilde!

Norberto empezó a mostrarse esquivo como una anguila. Cada vez se apoderaba más de él una sensación de náusea cuando se quitaba de en medio a Godofredo. Y no porque Godofredo de Bouillon fuera su sobrino, los parentescos no eran a sus ojos ningún impedimento: ¡era, simplemente, por miedo! Sentía que aquella empresa no podría salir bien, ¡y lo veía tan claro como si se tratase de un presagio escrito en la pared! Sólo que no podía admitirlo delante del poderoso Thierry. A la menor señal de debilidad o de cobardía, el príncipe de la Iglesia lo aplastaría sin más, como a una babosa fea e inútil.

Para poner fin al comportamiento indigno de su padre, Balduino de LeBourg intervino en la conversación. Todavía había una forma de apaciguar al señor Godofredo, dijo, y para ello era preciso ejercer presión sobre Matilde para que ésta no siguiera disputándole el título de Bouillon. En reciprocidad, el mariscal podría suspender su campaña contra la Toscana y contra Roma, y al emperador no le quedaría más remedio que retirar a su antipapa, Clemente, con lo cual el verdadero papa podría ocupar su legítimo trono.

Mientras Balduino todavía opinaba que él había mostrado un camino verdaderamente transitable, por encima de su cabeza se iba formando una tormenta.

—¡Eso es una absoluta traición a la voluntad de Dios! —le espetó su superior—. Si no supiéramos —continuó el obispo en voz inquietantemente baja— que vos, Balduino, poseéis el favor de Matilde (¡y esperemos que con razón!), ¡podría pensarse que esa dama ha ofrecido sitio en su pecho a una víbora! —Y a continuación el obispo vio una oportunidad de escupir toda la bilis que llevaba dentro—: Pero tal vez vos, Balduino de LeBourg, y quizá también el conde de las Ardenas, estáis en contubernio con Godofredo; ¿puede ser?

Balduino iba a montar en cólera por esa acusación, ya que su padre Norberto lo había abandonado con su silencio. Pero entonces el joven se lo pensó mejor y dio una respuesta fría.

—Si vos, Eminencia, tenéis algún motivo para dudar de mi lealtad a la causa papal, ¡entonces debéis decirlo alto y claro! —El joven Balduino temblaba visiblemente a causa de la ira contenida—. ¡Y debéis hacerlo aquí y ahora!

Thierry transigió.

—Ése no es el camino a seguir, pues no estáis teniendo en cuenta la terquedad de Godofredo...

—¡Pues la de la princesa Matilde no es ciertamente menor! —opuso el reprendido—. ¡La conozco!

—Pues por esa razón me maravilla —dijo el obispo Thierry con tono malicioso— que vos, mi querido Balduino, tengáis tales ideas, ¡y que las expreséis tan abiertamente!

—¿Y cómo, si no, va a moverse algo en una causa que está atascada desde hace años?

—¡Olvidáis al nuevo papa! —Dijo el obispo, fulminando a su pupilo con la mirada—. ¡Él hará que las cosas se muevan! —Entonces Thierry lo miró con ojos penetrantes—. En todo este tiempo, vos, Balduino de LeBourg, deberíais meditar mejor qué pretendéis aportar para eliminar a Godofredo. —El tono del obispo había regresado otra vez a la malicia de hacía un rato.

Balduino no tenía ganas de doblegarse una vez más ante aquella amenaza velada. ¡A Thierry había que enseñarle los dientes, de lo contrario te mordía!

—¡Teniendo en cuenta que vos, Eminencia, ni siquiera habéis conseguido que mi padre, el conde, sea uno de los asesinos, podéis id sacándoos de la cabeza presionarme para que cometa tal fechoría! —Dicho esto, Balduino se inclinó ante su señor y abandonó precipitadamente el palacio episcopal.

Gerald lo vio alejarse de allí a toda prisa. Aunque no sabía lo que había ocurrido, sospechaba que tenía que ver con Godofredo, o más bien contra él. Sin embargo, extrañamente, eso ya no le importaba. Él, Gerald de Öxfeld, había puesto fin a sus servicios al mariscal, y en ese momento el destino de este último estaba en manos de Dios.

Una nube opresiva y bochornosa se había cernido sobre la ciudad a raíz de la prédica de Thierry de Verdún. Gerald luchó con sus reticencias para presentarse nuevamente ante el viejo Gildermann. ¿Acaso no era el deber de todo cristiano impedir la obra malvada del diablo, aun cuando ésta fuese en contra de una mujer judía? Entonces, casi corriendo, partió hacia la casa del patriarca de la comunidad de los hebreos. Sus dudas, esas que había estado intentando reprimir a toda costa, se revelaron infundadas.

Apenas golpeó la puerta con la aldaba, el portón se abrió un palmo, y el anciano mayordomo le dejó entrar. Condujo a Gerald a través del oscuro silencio de la casa y lo llevó hasta el despacho del rico comerciante. El anciano Gildermann, con su cabello de plata, lo esperaba con amistosa curiosidad. El joven Öxfeld consiguió superar su timidez inicial y lo informó con profusión acerca de la encendida prédica de Thierry de Verdún, de la repercusión que ésta había tenido entre la población cristiana de la ciudad y acerca de sus propios temores. Veía llegar el peligro, dijo, de que fuera precisamente la gente humilde, la que nada poseía y nada tenía que perder (como los estibadores y los jornaleros, los curtidores y los techadores), la que se dejara cautivar por esas ideas de odio.

Gerald le contó a su interlocutor que el predicador sostenía que Jerusalén, la tumba del Señor, así como todos los demás sitios sagrados, tenían que ser liberados de la ignominia, de esos monstruos descreídos, pero cada cristiano decente debía empezar esa labor de limpieza allí mismo, delante de las propias puertas de Jerusalén.

El tono de Gerald era de tal indignación que fue cayendo en una especie de trance, y, sin darse cuenta, empezó a hablar como el propio señor Thierry.

—¿Acaso no fueron los judíos los que traicionaron a nuestro Señor, ocupándose de que éste fuera clavado a la cruz? ¿No viven esas sanguijuelas todavía entre nosotros, siempre dispuestas a causar nuevos e incalculables daños a la Santa Iglesia, a su papa y a Nuestro Señor, incluso a todo el Occidente cristiano?

»Ésas fueron las palabras del obispo Thierry —concluyó Gerald, agotado.

El anciano Gildermann, que se había estremecido varias veces, se obligó a mostrar una sonrisa cansada.

—Eso venimos oyéndolo desde hace cien años —dijo en voz baja—, y casi siempre se trata de cuchicheos a nuestras espaldas, pocas veces nos lo gritan abiertamente a la cara. Con ello tenemos que vivir. Pero es cierto, esos nuevos tonos me inquietan —añadió con gesto pensativo—, ¡y representan una exigencia que viene haciéndose más intensa desde hace algunos años: la de «reconquistar Jerusalén»! ¡Cómo si los judíos la hubiesen conquistado por la fuerza! —Una sonrisa triste se deslizó por los rasgos del anciano—. ¡Ojalá! —dijo suspirando—. Pero son los musulmanes, los adeptos del profeta Mahoma, quienes la tomaron por la fuerza, primero los selyúcidas, llegados de Asia menor, ¡y ahora los fatimitas de El Cairo!

Gerald permaneció en silencio ante esta última y serena afirmación, que acabó con un resignado «¿Qué se puede hacer?». Y entonces se sublevó.

—¡En ese caso, es preciso alertar a los judíos sobre este nuevo peligro!

—¡Sería preciso hacerlo, y se podría hacer! —dijo el encanecido patriarca de la comunidad judía de Worms—. ¡Ningún conquistador llegado de Occidente diferenciará entre los musulmanes y los oprimidos judíos! No quisiera verme en la piel de un cristiano cuando llegue ese momento, ¡y ellos son la inmensa mayoría de los habitantes de la Ciudad Santa!

Entonces, en medio del largo silencio que siguió, Gerald dijo, avergonzado:

—¡Eso no lo sabía!

—Ah, jovencito —le respondió el anciano Gildermann—, ¡a veces la ignorancia constituye una gran ayuda para mantener el ánimo! —Una vez más se produjo un largo silencio. Y más tarde, el patriarca judío añadió en un suspiro—: He querido ahorraros la mala noticia: Miriam, mi querida hija, murió hace dos años. Os lo digo por vuestro bien, pues ella, hasta su último aliento, estuvo muy bien dispuesta hacia su *goi*, es decir, hacia vos. Pero la tisis se la llevó.

Gerald sintió como si el suelo desapareciera bajo sus pies, se vio despeñarse en un abismo cada vez más y más profundo. El anciano Gildermann lo observó con creciente preocupación, luego se levantó y le puso ambas manos al joven Öxfeld sobre los hombros.

—¿Qué puedo hacer por vos? Si supiera al menos...

—¡Soy yo el que tiene que hacer algo! —dijo Gerald—. ¡Quiero hacer algo! ¡Por vos..., pero también por Miriam!

El anciano miró a la cara al excitado joven.

—¿Acaso no será una misión demasiado grande?

—Pues sí —respondió Gerald—, será una misión que dará un nuevo sentido a mi vida... Por vos, podría ir a Jerusalén...

—¡Dejad que me lo piense! —lo interrumpió el anciano—. También vos deberíais poner orden y claridad en vuestros pensamientos, antes de meteros en algo no muy bien pensado debido a un arranque de dolor. —Entonces el patriarca dio un paso atrás para dejar el camino libre a Gerald—. Volved en un par de horas, para entonces ya se me habrá ocurrido algo.

El mayordomo acompañó a Gerald hasta la puerta.

Sin ser consciente de ello, Gerald de Öxfeld dirigió sus pasos hacia las praderas que bordeaban el Rin. Se sentó sobre una piedra y se quedó contemplando cómo se deslizaban las aguas del caudaloso río. Estaba como atontado. Sus sentidos sólo se avivaron nuevamente cuando oyó unas voces a sus espaldas, en el embarcadero. Una de aquellas voces la recordaba muy bien: era la del obispo Thierry de Verdún.

Por lo visto, el prelado se disponía a emprender su viaje de regreso, lo cual podía deducirse por el numeroso séquito y el barco que estaba listo en la orilla. Thierry charlaba con una dama que tal vez hubiera acudido a despedirle. Gerald no podía entender lo que hablaban, pero sí le llamó la atención la espectacular belleza de la joven. Por la manera en que su pelo negro le caía sobre la cara y sobre su níveo escote, se veía que tenía el espíritu salvaje de un felino. Vaya, el obispo no era alguien que despreciara los buenos manjares. Gerald vio cómo Thierry le hablaba con insistencia a la seductora criatura, pero sólo algunos fragmentos de la conversación se abrieron paso hasta el furtivo oyente.

—¡Mi querida Maurcade —instruyó con acritud el príncipe de la Iglesia a la bella mujer—, es vuestra misión hacer que Norberto de Lehburg (quien es, en efecto, un sujeto repelente), lo haga! ¡Que lo haga con sus propias manos, con veneno o por medio de otra persona! Para eso estáis en esto conmigo, y si es preciso tendréis que poneros en posición horizontal —añadió el obispo con un tono de maliciosa arrogancia.

—¡Eso nunca! —La gata soltó un bufido y escupió aquellas palabras, como presa de arcadas.

»¡Eso nunca, nunca más! ¡¿Cuántas veces os lo voy a decir, Thierry?! —Maurcade parecía dispuesta a abalanzarse sobre el príncipe de la Iglesia con sus garras o con un puñal—. ¡Eso no podéis pedírmelo, y mucho menos obligarme a hacerlo! —exclamó con una serenidad peligrosa—. Prefiero matar al conde, y luego a vos, Eminencia, ¡y hasta matarme a mí misma!

A Thierry, por lo visto, le apenaba seguir batallando contra la resistencia de la mujer.

—¡Pues entonces encontrad a alguien! —le ordenó, y se dio la vuelta de manera brusca hacia el barco que lo esperaba.

Maurcade du Berq, enfadada, se cubrió con su túnica de brocado, dejó que la capucha cubriera su rostro y les hizo señas a los hombres que portaban su litera para que se acercaran.

Para Gerald de Öxfeld había llegado la hora de regresar a la casa del judío. En el despacho del patriarca lo esperaba, además del señor Gildermann, todo el consejo de la comunidad judía.

—Hemos decidido hacer llegar un mensaje a nuestros hermanos en Jerusalén —dijo el anciano Gildermann—. Y para que vos contéis con toda la legitimidad como portador de ese mensaje, ocultaremos el mismo en una *mezuzá*, que normalmente se coloca en los pilares de nuestras puertas para atraer hacia nuestra casa el ojo generoso de Dios. En lugar de los acostumbrados versos de la Torá, hemos escrito unas palabras de alerta. Dos miembros de nuestra comunidad han sido testigos, a fin de que nadie dude de la autenticidad del documento. —Entonces Gildermann cogió el sencillo estuche de plata y se lo colgó a Gerald al cuello—. ¡Que esto también os proteja en vuestro largo y fatigoso viaje!

Gerald se inclinó respetuosamente ante aquellos hombres de blancas barbas y abandonó presuroso la casa de Miriam Gildermann.

El mayordomo del comerciante judío, por encargo de este último, había llevado a la pensión tal cantidad de provisiones y de ropa que Gerald, después de haber puesto todo sobre su caballo, ya no tuvo sitio en su lomo. No tuvo más remedio que conducir al animal llevándole las riendas, atravesando las inmediaciones del bosque del Palatinado, junto al monte Hardt, siempre caminando en dirección al sur, pues antes de emprender aquel largo viaje hacia Tierra Santa quería pasar por Sión para ver a su madre, Fedaye. Sin embargo, antes de nada, tenía que conseguir con urgencia un asno de carga.

A paso de marcha fue alcanzado y superado de pronto por una litera cerrada que avanzaba rodeada de varios hombres corpulentos. De repente la litera se detuvo y esperó a que Gerald se acercara. Sólo cuando se abrió la portezuela, y una blanca mano y delicada le hizo señas para que se acercara, el joven Öxfeld reconoció a la hermosa mujer que viajaba en la litera, la misma a la que había visto en los prados del Rin despidiéndose de Thierry de Verdún.

—Un noble caballero como vos no debería viajar a pie —dijo Maurcade du Berq con un ronroneo—. ¡Venid y hacedme compañía!

Gerald no estaba de ánimo para meterse en ninguna aventura, pero tampoco se vio en condiciones de rechazar aquella invitación. Los hombres que viajaban a caballo, cuya expresión facial parecía petrificada, tomaron su caballo por las riendas y, a sus espaldas, se cerró la portezuela de la litera como si se tratara de una trampilla. Acto seguido, la comitiva continuó su marcha. En silencio, los hombres que cargaban con la silla intercambiaron unas miradas elocuentes con los hombretones que iban a caballo, y se prepararon para llevar una carga doble que pronto se pondría en movimiento. Pero poco rato después la pequeña puerta se abrió y Gerald salió torpemente de la litera.

—¡Esa daga que lleváis entre los pantalones —le dijo entre bufidos la voz indignada de Maurcade— no sirve ni para elevar una mujer al cielo ni para mandar a un hombre a los infiernos! —Entonces la blanca mano volvió a cerrar la portezuela de golpe.

Gerald, algo perturbado, dejó que los jinetes que acompañaban a la litera, que sonreían maliciosamente, le entregaran de nuevo su caballo; y entonces la caravana desapareció tras el siguiente recodo del camino.

Y fue así como fracasó el primer intento de la hermosa Maurcade du Berq. Gerald de Öxfeld se había mostrado terco ante la propuesta de traicionar a Godofredo. En realidad, ni siquiera había comprendido bien el propósito.

Negando con la cabeza, continuó su camino.

UN RESCATE INDESEADO

Completamente exhausta, la tropa del Cardenal Gris, reunida a toda prisa, había llegado a la Ciudad Eterna y entrado rápidamente por la Porta Appia para dirigirse al palacio Laterano. Allí tenían su sede los servicios secretos, aun cuando su jefe, el *Caput canis*, casi nunca hiciera uso de él. Remy d'Aretin prefería «hacer trabajo de campo». Pero esta vez le alegraba disponer in situ de un equipo intacto.

A medida que avanzaba, iba empujando delante de él a sus dos agentes recién reclutados, Conon de Béthune y Astair de Saissac, y los hizo pasar a través de una puerta triplemente asegurada. Todos sus colaboradores más estrechos esperaban sin excepción a la «cabeza gris», como lo llamaban entre ellos. La mayoría de esos colaboradores eran viejos clérigos y unos pocos monjes. Todos tenían en común sus cráneos llamativamente ascéticos, casi duros. «¡Con esa gente uno no debe andarse con bromas!», le pasó por la cabeza a Conon. La sesión de información dio comienzo:

—¡Los alemanes, bajo las órdenes de Godofredo de Bouillon, están apostados junto a la llamada tumba de Nerón, en el norte de la ciudad!

Pero una noticia recién llegada vino a corregir esa afirmación:

—¡Los alemanes han llegado ya a las murallas de la ciudad, están junto a la Porta Flaminia, pero no han hecho ningún intento por entrar, sino que se han dividido: el grueso de las fuerzas, bajo las órdenes de Godofredo, se despliega a lo largo de las murallas en dirección al este, y una pequeña tropa de asalto, bajo las órdenes del general Sigbert de Öxfeld, atraviesa el Campo de Marte, por lo visto con el propósito de cruzar el río y luego atacar el castillo de Sant'Angelo!

—¡Buen trabajo! —alabó Remy—. Y ahora, quisiera tener una conversación privada con Su Santidad.

Se hizo un silencio sepulcral. Finalmente, alguien alzó la voz:

—¡El Santo Padre se ha atrincherado en el castillo de Sant'Angelo! ¡Él mismo insistió en hacerlo!

—¿Y me lo decís ahora? ¡Maldita sea otra vez! —explotó el *Caput canis*—. Entonces, ¡¿todas las buenas almas lo han abandonado?! En ese caso, el pontífice corre un grave peligro en este momento —dijo, y todos a los que miró entonces, se apresuraron a bajar la cabeza con sentimiento de culpa.

—¡Conon, Astair! —les dijo a los dos jovencitos como si disparase dardos—: Coged inmediatamente unos caballos. ¡Reunid una tropa! —Y a continuación, el último de sus disparos verbales se dirigió a sus subordinados—: Cabalgaréis con estos hombres —dijo y, volviéndose hacia Astair, le indicó—: ¡Atravesaréis la colina, pasaréis junto a las Termas de Caracalla hasta que lleguéis al final del *Circus Maximus* y vayáis a parar al Tíber! ¡Allí, junto al puente Palatino, dejaréis los caballos y tomaréis una buena barca que sea rápida, me da lo mismo si la compráis o la arrebatáis por la fuerza. Luego remaréis hasta echar el bofe y os dirigiréis al castillo de Sant'Angelo para sacar al papa de allí!

—¿Lo hacemos por las buenas o por medio de alguna estratagema?

—¡Me da igual cómo lo hagáis! ¡El verdadero pontífice no debe, bajo ningún concepto, caer en manos de esos alemanes! —Remy reflexionó por un breve instante para ver si había dicho todo lo que tenía que decir; mientras tanto, en la antesala de aquella habitación se oyó un agitado ruido de pasos.

Astair aprovechó la oportunidad.

—¡Entregadnos como guía a alguien que conozca bien el lugar! ¡Todo lo demás preferimos hacerlo a nuestra manera!

El Cardenal Gris se detuvo, no estaba acostumbrado a ningún tipo de réplica.

Pero entonces asintió.

—¡Navegaréis río abajo hasta que yo acuda a recogeros!

Astair y Conon corrieron escalera abajo. En el patio, un chico de oscuros rizos y nariz aguileña les tenía listos tres caballos. Los tres saltaron sobre las sillas y partieron al galope.

—¡Más bien nos ha echado, en lugar de enviarnos a una misión! —dijo Conon, riendo. ¡Conquistar Roma de ese modo le agradaba inmensamente!

Apenas sus dos nuevos asistentes abandonaron la habitación, Remy d'Aretin impartió sus siguientes disposiciones:

—¡Alfonso de la Carmen! —dijo, volviéndose hacia un caballero delgado y alto, con una cara larga y sombría—. No en balde pesa sobre vos el sarcasmo de ser muy parecido al Santo Padre...

—Es algo que me avergüenza —dijo el aludido con timidez.

—¡Pues no tenéis por qué avergonzaros ahora! —dijo el *Caput canis*—. *Vestitiarius!* —dijo Remy, llamando al máximo responsable de la guardarropía papal—. ¡Vestid a Alfonso de la Carmen con todo el ornato! ¡Con báculo y tiara! ¡O no! ¡Mejor no! —dijo, reflexionando—. ¡Alfonso debería llevar una capucha, como señal de luto porque todo hubiese llegado tan lejos! —A continuación siguieron las instrucciones a los clérigos—: ¡Y vosotros, anunciad de inmediato una gran misa, aquí, en la iglesia de San Juan de Letrán! Y decid: «¡El Santo Padre, nuestro benévolo pastor, ha regresado al seno de su rebaño, para enfrentarse al criminal Enrique!» ¡Ocupaos de que la noticia corra como la pólvora! Quiero que el enemigo se sienta tentado a venir aquí, al palacio Laterano, rápidamente y sin rodeos. ¡De ese modo evitaremos cualquier posible ataque al castillo de Sant'Angelo!

Una vez más, los hombres del servicio secreto empezaron a moverse como un enjambre, a fin de hacer todo lo que fuera necesario.

—Podéis fiaros de la discreción de los romanos —dijo burlonamente el larguirucho Alfonso de la Carmen, que ya se había quedado en jubón—. ¡Antes de que las mujeres del mercado de pescado empiecen a darle a la lengua comentando el regreso secreto de Urbano a San Juan de Letrán, sus espías ya se lo habrán dicho a Godofredo!

—¡Coraje, *Sua Santitá*! —le dijo Remy, en gratitud a aquellas palabras de aliento.

—Los alemanes han entrado a la ciudad por la Porta Pia, y no han encontrado ninguna resistencia digna de mención —gritó alguien en la habitación—. ¡Ya se mueven hacia aquí, y han pasado junto al castillo de la Guardia Pretoriana!

—¡Bien, señores! —dijo el cardenal dirigiéndose a su equipo.

Astair de Saissac y Conon de Béthune estaban siendo guiados por Dado, el chico de cabellos desgreñados y sucios, que se burlaba de sí mismo por ello. Subían por una empinada calle en dirección a la basílica de Santo Stefano Rotondo, y pronto se vieron encima de otra colina, el llamado Monte Celio, como les explicó a gritos Dado, que parecía conocer cada rincón de la ciudad. Se vieron entonces en el camino sin adoquinar que bajaba serpenteando por debajo de las ruinas de los palacios imperiales y conducía hasta el Tíber, pasando junto al gran anfiteatro de los aurigas. Dicho camino desembocaba justo allí donde el espléndido puente Palatino, hecho con noble mármol blanco, llevaba hasta los tristemente célebres barrios transtiberinos. Más que todas las informaciones sobre las glorias y las miserias de la antigua Roma, que Astair no se cansaba de escuchar, a Conon le parecía mucho más importante encontrar un lugar seguro donde dejar los caballos y luego, tan pronto como fuera posible, encontrar una embarcación que los llevara río abajo. Pero el vivaracho Dado también sabía cómo resolver eso. De repente los caballos desaparecieron dentro de un templo de forma circular.

—¡Está consagrado a la diosa Vesta! —les hizo saber Dado, y tras un silbido de su joven guía, aparecieron bajo el puente una docena de figuras que despertaban muy poca confianza—. ¡Son mis amigos! —anunció Dado, orgulloso—. ¡Y también tienen una barca!

Poco después, ocho hombres estaban colocados junto a los remos a ambos lados del bote, a cuyo dueño, sin duda, no le habían consultado para que autorizara aquella excursión. Con fuertes golpes de remo, alcanzaron los rápidos de la corriente de la llamada isla de los Leprosos, donde, sencillamente, saltaron al agua, que les llegaba por la cintura. Luego empujaron la barca entre las rocas; y más tarde continuaron remando, como si Dado les hubiese prometido el tesoro del rey Salomón por recompensa. Aún no se veía el castillo de Sant'Angelo, la tumba del emperador Adriano, convertida en fortaleza papal.

Sigbert de Öxfeld estaba ante aquella imponente construcción redonda junto a la orilla del Tíber. Lo acompañaban los hombres de su tropa de asalto, que no llegaban a los cien.

Lo habían rodeado a una respetuosa distancia, y entonces, cuando se disponían a acercarse, volaron los primeros proyectiles. El veterano de guerra contemplaba justamente aquellos muros en forma de acueducto, los cuales eran los únicos que podían ofrecer un acceso. En ese momento, sus hombres le llevaron a tres personajes de aspecto sospechoso.

—Los hemos capturado al pie del castillo, ¡era obvio que pretendían entrar en contacto con sus defensores!

Sigbert se quedó perplejo. Aquellos dos hombres le resultaban bastante conocidos. También Astair y Conon comprendieron de inmediato que no tenía ningún sentido negar su identidad. Por el contrario, los recuerdos comunes de la ceremonia de compromiso en Gisors podrían convertirse en una ventaja para ellos. Por eso tuvieron que responder sin dudar a la primera pregunta del desconfiado general.

—¿Qué trae a unos caballeros tan jóvenes a este sitio? ¿Es que pretendíais presentar vuestros respetos al papa?

Astair reaccionó con presencia de ánimo.

—¿Al papa? ¿Cómo se os ocurre? ¡El papa debe de estar ya en el palacio Laterano! ¡Esta misma mañana hemos podido presenciar su misa matutina en la iglesia de San Juan!

—¿Cómo? —Sigbert se mostró confundido—. Tenemos información fidedigna de que está ahí arriba... —dijo, señalando aquel doble anillo de muros—. ¡Ahí se ha escondido!

—¡Es imposible! —intervino Conon—. ¡No es posible que el Santo Padre haya llegado volando hasta aquí, adelantándose a nosotros, que hemos contado con la avezada guía de nuestro amigo Dado! ¡A fin de cuentas, no es un ángel!

—¡Dios bien lo sabe! —gruñó Sigbert, y miró a los tres hombres con escepticismo—. ¡Pero yo quiero saberlo todo con exactitud! —dijo entonces—. Si me voy de aquí sin cumplir con mi cometido, he de ser capaz de poner la mano en el fuego al decir que el papa, realmente, no se oculta en este castillo. —De pronto, como si algo se iluminara en su mente, preguntó—: En ese caso, ¿por qué se defiende el castillo de un modo tan aguerrido?

—¡Porque el castillo pertenece al papa! —dijo Dado, tomando la palabra con descaro—. Pero, si lo queréis, podemos ir a echar un vistazo —dijo, al tiempo que notaba la mirada desconfiada del militar—. Tengo algunos amigos entre los guardias. Ellos nos dejarán entrar, ¡y no nos dispararán!

—¡Vosotros asumiréis ese riesgo! —admitió Sigbert—. Si no regresáis después de un avemaría, ¡atacaremos!

—¡Que sean dos avemarías!

Los tres volvieron sobre sus pasos hasta la última torre de los muros.

Cuando la fuerza principal de los alemanes se fue acercando al palacio Laterano, el Cardenal Gris hizo que se interrumpiera la «misa papal» en San Juan de Letrán, y lo hizo abruptamente.

La tropa que pretendía llevar con él ya estaba lista. Sin que nadie lo viera, abandonó el palacio Laterano a través de una puerta lateral poco llamativa, empotrada en los muros. Como precaución, el cauteloso cardenal se llevó consigo a Alfonso de la Carmen. ¡El mal uso de la dignidad papal podía costarle el cuello al hidalgo español!

Los fugitivos se movieron casi todo el tiempo a través de las catacumbas, que abundaban en esa zona. Quien supiera orientarse allí abajo podía escabullirse fácilmente, como un topo, hasta la basílica de San Pablo, justo delante de las murallas, donde podría esperar el regreso —ojalá que exitoso— de sus hombres del castillo de Sant'Angelo y reunirse con ellos a orillas del río.

Los tres estaban en la antesala de los aposentos papales en el castillo de Sant'Angelo. El *secretarius*, al principio, los miró con bastante incredulidad cuando ellos le explicaron que habían acudido en nombre del cardenal Remy d'Aretin, a fin de llevarse de allí al *Pontifex maximus* para dejarlo en algún lugar seguro.

Tuvieron que decirle al más que cauteloso *secretarius* sus nombres, y de inmediato añadieron que debía recordarle al Santo Padre que eran los jóvenes de Gisors, que sabían que había acudido allí de incógnito, fingiendo ser un trovador. Eso, sin duda, los acreditaría. Quedaron a la espera. El tiempo apremiaba. Finalmente, se abrió una puerta de dos hojas y el papa Urbano, en persona, hizo acto de presencia.

—Conon de Béthune y Astair de Saissac —dijo con serenidad—. No existe ningún motivo, ni siquiera la innecesaria excitación del bueno de Remy, para que yo, ahora en esta fortaleza inexpugnable...

En ese preciso momento se oyeron algunas voces:

—¡Los alemanes! ¡Los alemanes! ¡Están intentando entrar por la fuerza a través de la muralla del Borgo!

El *secretarius* se apresuró a salir, y al poco volvió, blanco como una hoja de papel.

—¡A través del pasadizo secreto están empujando a nuestros hombres, sin parar, hacia el viejo acueducto! No necesitarán mucho más tiempo para...

—*Bene* —dijo Urbano con serenidad—. ¡Remy vuelve a tener razón al enviarme a sus ángeles de la guarda! —Y entonces se volvió hacia Astair—. ¿Adónde debo seguiros?

El *secretarius* guió a la pequeña tropa hasta las profundidades de aquel *tumulus* atravesado por pasillos como un termitero hasta que llegaron por fin delante de una pequeña puerta de hierro. Dado salió al exterior y le hizo señas a sus amigos del bote para que se acercaran. El *secretarius* arrojó su túnica negra sobre el pontífice, vestido de blanco absoluto. El bote se acercó, y, rápidamente, todos saltaron a bordo. Podía oírse perfectamente el fragor de las armas de los que luchaban.

Cuando aquellos dos jóvenes habían desaparecido en la torre, Sigbert de Öxfeld había utilizado el mismo acceso a fin de apoderarse con un golpe de mano de la fortaleza.

Apenas Conon y Astair habían subido al bote con su valiosa carga, éste enfiló sin dilaciones hacia el centro del río; luego los amigos de Dado se pusieron a remar como locos. Gracias a la corriente, que les era favorable, la barca se deslizó río abajo, y pasó sin inconvenientes bajo los dos siguientes puentes. Pero cuando pensaban recorrer de nuevo los rápidos cercanos a la isla de los Leprosos, apareció en la orilla uno de los Hermanos de la Caridad, que prestaban allí sus servicios a los enfermos y mutilados. El hombre empezó a gesticular agitadamente con ambos brazos.

—¡El puente Palatino ha sido ocupado! ¡Los alemanes os quieren atrapar!

—¡Gracias, hermano! —exclamó Dado. A continuación, los cuatro abandonaron el bote y consiguieron llegar a tierra. Allí estaba otro hermano, el cual probablemente hubiera llegado hasta allí, proveniente de la isla, a través del pequeño puente.

—¡Los *trasteverini* no los dejarán pasar! ¡Hasta ahora han tenido éxito!

Dado envió a sus amigos a que bajaran por el río con la barca vacía, en dirección a la Porta Portualis, allí donde el Tíber estaba doble y triplemente asegurado con muros.

—*Merda!* —se le escapó a Conon—. ¡Perdón, *Sua Santità*, ahora hemos perdido nuestros caballos! ¡Están en el templo dedicado a la diosa Vesta!

El papa sonrió.

—¡Una ofrenda a nuestra diosa por el éxito de nuestra huida!

A través de callejuelas, caminaron a través del barrio portuario de la Ciudad Eterna. La gente reconoció a Urbano y empezó a aclamarlo.

—Tómese su tiempo, *Padre Santissimo* —gritaban otros que regresaban del puente con las cabezas ensangrentadas—. *Non passerano!* ¡No los dejaremos pasar!

En efecto, cada vez eran más los barcos y los pescadores que acudían, aunque también había toda clase de personajes sospechosos, armados con hachas y guadañas, que avanzaban en dirección al puente Palatino. El fragor de las armas y los enfurecidos gritos llegaban hasta allí. Aunque la fiel gente del pueblo reconoció a Dado como a uno de los suyos, no pudieron evitar correr con el papa, lado a lado para protegerlo, por aquellas callejuelas. ¡En realidad, les hubiese encantado llevar al papa en hombros! *Il Papa, il Papa!*

Y así, sin que nadie le hubiera tocado ni un pelo al Santo Padre, respaldados por aquellos combatientes espontáneos, llegaron al destino que tenían previsto.

—¡Gracias a Vesta!

Justo detrás de la puerta de acceso al puerto fluvial, les esperaba la barca, que, en medio del fragor de los combates, se había deslizado sin sufrir daño bajo el puente. Con enérgicos y rápidos golpes de remo, pero calculando sus fuerzas, los remeros llevaron el bote río abajo, llevando consigo al Santo Padre y a los tres hombres que lo habían rescatado. Entonces el papa se zafó de la cadena de oro con la cruz que llevaba en el pecho, y se la colgó a Dado, que de inmediato rompió a llorar.

Cerca de la basílica situada a orillas del río Tíber, la iglesia de San Pablo Extramuros, los esperaba Remy con un séquito de hombres bien armados.

Aquellos hombretones acogieron al pontífice en medio de ellos, pues Urbano se negó a usar la litera que habían llevado para él.

—También el Santo Padre quiere guardar penitencia por su terquedad —dijo el papa en voz baja, al tiempo que le guiñaba un ojo a Remy—. Por eso no voy a colocar mi trasero en esa litera que hace tanto tiempo que no uso.

A través de la ruta de peregrinos conocida por el pueblo con el nombre de *Sette Chiese*, la cual serpenteaba a través de una colina bien cubierta de bosques, llegaron por fin a la antigua Vía Apia, que debía llevarlos hasta el seguro Monte Cassino.

Remy d'Aretin acompañó a su *Pontifex* todavía durante un trecho, luego se despidió y cabalgó de regreso a la Ciudad Eterna.

Astair y Conon se quedaron con el papa, aun en contra del deseo de este último, y así marcharon hasta llegar definitivamente a su destino.

CAMARLINGI SANCTAE SEDIS

Rinat había llegado al pie de Monte Cassino en compañía de un muy enfadado Berenguer. El condotiero no tenía el menor deseo de torturarse subiendo aquella agreste colina sólo por un par de cajas llenas de pergaminos. ¡Si por lo menos se tratase de un tesoro! Entonces Rinat accedió a emprender solo la subida. Berenguer debía esperarle allí.

Para el transporte de aquellas cajas, ambos se habían agenciado unos mulos. Tirando de aquellas bestias, Rinat empezó a subir aquella cuesta serpenteante. Sin embargo, cuando se fue acercando a los muros del convento, cobró conciencia de que probablemente el nuevo abad no supiera nada de los *Annales*. Rinat ató los mulos y su caballo a una higuera y continuó el camino a pie. Lo mejor sería presentarse como un pariente de uno de los cronistas, del mofletudo *Angelus* o del esmirriado *Vocator*. Luego pensó que tal vez nadie en el monasterio conocería a esos dos por dichos nombres. Sin embargo, para sorpresa de Rinat, fue el propio *Angelus vigilans*, un poco más arrugado, quien asomó su redonda nariz por la ventanilla del portón cuando él llamó, y de inmediato dejó entrar al antiguo escudero de Guillem de Gisors.

Rinat informó al guardián de la puerta de que el cardenal Remy d'Aretin exigía que los *Annales ad extremum* fueran sacados definitivamente de allí. Él y Berenguer de Saissac serían los encargados de llevar aquel material hasta Sión, en la región del Valais.

Angelus echó a correr tan rápido como se lo permitieron sus cortas piernas, a fin de informar a su compañero *Vocator*. Para ser discretos, metieron a Rinat de contrabando en la bodega del abad Desiderio. Aprovechando la oscuridad de la noche, pretendían ayudarlo a sacar las cajas del monasterio.

Y fue así como Rinat se vio bajo la turbia luz de la gruta de Monte Cassino, delante de los célebres toneles llenos de aquel delicioso caldo. Los dos cronistas, previsores, habían ocultado bien las jarras. Pero Rinat se tumbó de espaldas sobre el suelo y dejó que el chorrito le cayera directamente de la espita del barril en su boca, abierta de par en par. ¡Exquisito!

Ni se enteró del repentino revuelo que se armó arriba. En las primeras horas del atardecer, el papa había arribado, acompañado de un séquito muy pequeño. ¡Los monjes fueron presas de la excitación!

Nadie, ni siquiera el abad Odorisio, que normalmente les tenía el ojo siempre echado, se ocupó de lo que hacían *Angelus* y *Vocator*. ¡Eso venía a pedir de boca para su propósito secreto!

Sin que nadie los viera, los dos cronistas se escabulleron y desaparecieron en las profundidades del monasterio. ¡Y al llegar abajo se vieron ante un Rinat que estaba hasta las cejas de vino! Este último ya ni sabía dónde se encontraba, y ni pensar que pudiera levantarse por su propio pie. Soltando maldiciones, *Angelus* y *Vocator* se dispusieron a sacar las cajas de su escondite y a arrastrarlas a través de los oscuros pasadizos hasta una puerta secreta. Más tarde, arrastraron también a Rinat hasta allí, que pesaba tanto como un saco de patatas. Y en vista de que ni siquiera el traslado lo despertó, usaron el método de unas buenas bofetadas. Estuvieron pegándole bastante tiempo, hasta que Rinat, entre balbuceos, les dijo por fin dónde estaban los mulos. A continuación lo arrojaron boca abajo sobre una de las bestias, cargaron las otras con las cajas, subieron los dos al caballo de Rinat y empezaron a bajar la trabajosa cuesta hacia donde estaba esperándolos Berenguer.

—¡Debéis de haber sido vos quien hizo llamar al papa, querido *Angelus*! —exclamó *Vocator* con un gemido a causa de aquel esfuerzo.

—También podría ser, sin embargo, una señal del cielo que nos dice que es ahora cuando debemos huir... —El gordo sudaba—. Si hubiese sido obra vuestra, el diablo estaría forzosamente detrás de ella, ¡y en ese caso yo no querría volver a donde el fuego abrasador de Odorisio!

Y de ese modo se pusieron de acuerdo en que, haciendo un enorme sacrificio por el pobre Rinat, que era incapaz de tomar decisión alguna, tendrían que acompañar aquel cargamento hasta que éste llegara sano y salvo a Sión.

En los aposentos del abad, rápidamente cedidos por éste en honor de tan distinguido huésped, el pontífice había podido asearse después de las penurias de aquel viaje, y en ese momento recibía en audiencia, vestido con toda la pompa y el ornato, a sus dos jóvenes héroes, Astair de Saissac y Conon de Béthune. Ellos le habían hecho saber al abad Odorisio que, como habían cumplido con su misión, tenían pensado abandonar el monasterio de Monte Cassino. Sin que lo dijeran, la manera en que entraron en los aposentos para despedirse daba a entender que no sería del todo inapropiado recibir alguna pequeña remuneración por los servicios prestados. A fin de cuentas, el futuro que tenían por delante era incierto, y ninguno de los dos tenía lo suficiente en los bolsillos para negarse a aceptar la propina, como hubiera sido propio de su alcurnia.

Su Santidad se mostró muy campechano.

—Sé que no es compatible con el honor de un joven caballero el regalarle dinero, y que ello sólo menoscabaría a la gloria de vuestra singular hazaña —dijo el *Pontifex*, tomando asiento en el sillón que acababan de prepararle—. Por eso deseamos expresar nuestra gratitud por vuestra osada y a la vez prudente participación en esta hazaña con un honor muy peculiar —continuó el papa con palabras muy escogidas—. Cierto es que no se trata de un honor habitual para hombres de edad tan joven, pero ésa es nuestra voluntad: ¡Yo, *Urbanus Pontifex Maximus*, os nombro *camarlingi* del Trono Sagrado, ayudas de cámara vitalicios del papa!

Los dos jóvenes honrados no sabían muy bien lo que significaba aquel título, pero aun así se pusieron de rodillas. Esperaban una especie de título caballeresco, pero el pontífice se quitó con un único y rápido movimiento una de sus sandalias y les dio a besar su pie descalzo en señal de abnegación. Luego los cogió uno a uno por los hombros, los hizo levantarse y les colocó a cada uno un anillo con su propia mano.

—Del mismo modo que me habéis protegido, deseo que el cielo os proteja —dijo el papa en voz baja, e hizo sobre ellos la señal de la cruz. Poco después, Conon de Béthune y Astair de Saissac abandonaron en silencio el monasterio.

ENTRE ESCILA Y CARIBDIS

La señora Fedaye de Béthune se encontraba en una situación desesperada. Había viajado con su hijo Tancredo casi hasta el fin del mundo, sin haber dado con una sola pista del hermano gemelo de este último, Conon, y tampoco de Cantar de Sión. La mujer, otrora célebre por su belleza, se sentía cansada, horriblemente cansada. Cierto que aún no se le habían agotado todos sus recursos monetarios pero, por otro lado, Tancredo la atosigaba constantemente para que desistieran de aquella absurda búsqueda. Fedaye hubiera estado dispuesta a desistir, pero le faltaban las fuerzas.

Había tenido que despedir, uno tras otro, a los hombres que habían formado su otrora abultado séquito. Sólo quedaban un puñado de sirvientes y sus dos doncellas, ninguno de los cuales deseaba abandonar a su señora. Habían llegado a la solitaria punta de la bota que conforma la península italiana. Al frente estaba Sicilia, y si la valiente dama hubiera sido un poco más consciente de su situación, hubiese visto que, desprotegidos como estaban, sólo podía ser cuestión de tiempo que cayeran en manos de unos bandidos.

Fedaye de Béthune acampó en la playa con su séquito, y se dedicó a contemplar el monótono movimiento del mar, de modo que no fue capaz de responder a su hijo Tancredo cuándo éste le preguntó hacia dónde pensaba dirigirse.

El barco que había aparecido de la nada y que se estaba dirigiendo a la orilla alarmó a las doncellas.

—¡Son piratas! —gritaron, asustadas cuando el velero echó su ancla antes de llegar a la rompiente. La señora Fedaye se mantuvo muy serena y sólo preguntó:

—Bueno ¡¿y qué?! —A continuación, miró interesada la maniobra con la que el bote era echado al agua.

—¡Nos van a apresar! —se quejaron las doncellas.

Pero su ama intentó tranquilizar a las amedrentadas muchachas.

—¡Soy demasiado vieja para que me vendan como esclava! —exclamó. Esas palabras apenas les sirvieron a las doncellas de consuelo.

Sin embargo, en lugar de las temidas hordas de salvajes, un solo hombre bajó del barco. Era muy bajito, y llamaba la atención, sobre todo, por su turbante verde. El hombre hizo que le alcanzaran un niño, un crío de, a lo sumo, unos cuatro años. Lo tomó luego cariñosamente entre sus brazos, antes de sentarlo en el banco del bote. Luego remó con hábiles golpes de remo a través del oleaje y se dirigió a la playa. A continuación detuvo el bote, saltó a las aguas poco profundas y alzó al chico para sacarlo de la embarcación. Tomados de la mano, avanzaron a través de las olas bajas. El niño se negó a recoger las caracolas que el hombre del turbante le iba señalando a lo largo del camino; en su lugar, pateaba con sus pies descalzos el fondo blando de la playa, haciendo que el agua salpicara. Casi al unísono los dos descubrieron, temerosos, a aquel grupo de personas.

—¡Me prometiste que iríamos a ver a mi madre! —gritó el chico, al tiempo que se soltaba y hacía ademán de echar a correr hacia donde estaba la desconocida dama.

Saltando como un lucio, el hombre bajito lo retuvo.

—¡Ésa no es tu madre! —le aclaró—. Ya iremos a...

Pero el chico se mostró terco:

—¡Le preguntaré! —dijo, y arrastró al portador del turbante verde hacia la dama.

A Bert el-Caz no le quedó más remedio que seguirlo. Y antes de que pudiera disculparse por el comportamiento de aquel chico malcriado, Bert ya se había lanzado sobre Fedaye con el grito salvaje de «¡La bolsa o la vida!». Sin embargo, al observar a la extraña dama con más detenimiento, le entraron dudas. En lugar de insistir en su exigencia, cerró los ojos y se sumió en un terco silencio. La sonrisa de la mujer lo confundía.

En cambio el del turbante, con descortesía, apartó la vista de Fedaye y miró a Tancredo.

—¿Tenéis un hermano gemelo? —le preguntó.

Tancredo sonrió tímidamente, pero Fedaye, que sintió curiosidad, atrajo de inmediato la conversación hacia sí.

—¿Es que conocéis a Conon? Es mi hijo, y lo estoy buscando...

Bert el-Caz se sintió cogido por sorpresa.

—Pues la verdad es que no lo conozco bien. —Estaba inseguro sobre lo que debía o no debía revelar. En realidad, prefería callarse la historia de que Conon, en su primer encuentro, le había propinado una paliza—. En Lerici, Conon se alistó en nuestro barco, pero dejó de servir en él en Mondragone.

—¿Y dónde está ahora?

El pequeño pirata se encogió tan exageradamente de hombros que éstos casi chocaron con el turbante.

—¿Y vos quién sois? —A Tancredo no le había gustado que aquel flacucho se diera tanta importancia, pero Fedaye ya no daba ningún valor a los formalismos. ¡Por primera vez, una puerta se abría ante ella!

—¿Y no tenéis ninguna pista de adónde puede...? —insistió, pero el desconfiado Tancredo se entrometió en la conversación.

—Lo único que falta es que digáis ahora que mi prometida, Cantar de Sión, es vuestra...

A Bert el-Caz no le quedó más remedio que reír ante ese comentario inesperado.

—¡Yo estaba presente cuando Conon de la Montana salvó a la recién designada abadesa de Amalfi, cargándola en hombros, para que no fuera atrapada por unos peligrosos piratas!

—¡No le creo ni una palabra a este tipejo! —dijo Tancredo resoplando, pero su madre le hizo una señal para que se apartara.

—¡Al principio, yo misma pensé que erais un pirata! —le dijo la todavía hermosa Fedaye, sonriendo.

—¡Dios me valga! ¿Adónde queréis llegar, señora mía? —A Bert el-Caz aquel juego empezó a parecerle muy divertido—. Cantar de Sión salió a navegar con su prima Elgaine de Gisors...

—¡Así se llama! ¡Exactamente así! —insistió el chico, entusiasmado, que había estado siguiendo la conversación con los ojos fuera de las órbitas y los oídos alerta—. ¡Elgaine! ¡Así se supone que se llama mi madre!

—¿Cómo dices? ¿Es que no la conoces? —El instinto maternal de Fedaye le hizo abrir sus brazos, pero el chico ni siquiera pensó en dejarse abrazar por una desconocida. Fedaye miró inquisitivamente a Bert el-Caz.

—¡Eso no es justo! —dijo éste.

A lo que Tancredo replicó en tono burlón:

—¿Acaso sois su padre?

El pequeño pirata bajó afligido el turbante verde.

—¡Más bien soy su madre! ¡En realidad, soy las dos cosas! —dijo, atrayendo al niño hacia sí, en un gesto protector.

A Fedaye la conmovió la escena.

—Quisiera en verdad poder hacer algo por vos y por el pobre chico —dijo—, pero mis recursos...

—¡No somos pobres! —graznó el pirata, interrumpiéndola—. ¡Tenemos cajas y cajas llenas de oro!

—¡Entonces sí que sois piratas! —dijo Tancredo, lanzándole la estocada.

—¡Ya nos gustaría! —respondió Bert el-Caz con un suspiro—. Mi única ocupación es mantener el buen humor de este niño de carácter difícil, hasta que encuentre a su madre. —Pero entonces al capitán se le metió el diablo en el cuerpo, y agregó—: ¡Pero mientras eso no suceda, no nos queda más remedio que seguir navegando a través del mar Mediterráneo, saqueando buques y atacando pueblos costeros indefensos, secuestrando a damas que viajan solas para venderlas luego en el mercado de esclavos! —Dicho esto, consiguió dibujar una triste sonrisa.

Tancredo soltó un siseo:

—¡¿Quién se va a creer eso?!

Sin embargo, a Fedaye se le ocurrió algo.

—En ese caso, ¿podéis llevarnos hasta Lecce?

La dama se había acordado a tiempo de que, en el pasado, Guillem de Gisors había querido irse a casa de su amigo Raimar, cuando éste apareció en Sión.

Tal vez ese hombre todavía estuviera vivo, tal vez, incluso, podría encontrar allí a Conon o a Cantar. ¡O a ambos! Ahí no podía quedarse, y hacia algún lugar tendría que poner rumbo.

Bert el-Caz le dedicó una sonrisa.

¿Y qué pasaba si ese zorro del turbante verde era realmente un pirata? ¡En ese caso habrían tenido muy mala suerte! ¡Tal vez ése sería el punto final que se merecía, después de un viaje tan largo que jamás debieron emprender! De forma vacilante, le devolvió la sonrisa, pero fue el niño el que se encargó de poner punto final a todo.

—¡Sí que podemos hacerlo! ¿O no? —preguntó el chico, mirando a su acompañante con expectación—. ¡Unos nobles caballeros como nosotros siempre estarán al servicio de una hermosa dama! —El chico se mostró radiante cuando la cabeza del hombre del turbante verde se inclinó hacia adelante, dando su aprobación.

Metieron en dos botes a Fedaye de Béthune, a su hijo Tancredo, a las doncellas y sirvientes, y fueron llevados todos a bordo del velero. Bert el-Caz soltó un silbido de satisfacción cuando hizo levar el ancla y salió a la mar con su valiosa carga.

EL RAPTO DE LAS ODALISCAS

El *Shoka al-Iffriqia* surcaba las olas del mar Mediterráneo. Su juvenil capitana había dirigido la nave pasando junto a las islas Egadas, al oeste de Sicilia y, desde entonces, ya no se había apartado ni una sola vez del rumbo hacia el sur. El ardiente sol, en su cenit, indicaba que Elgaine se había adentrado en un territorio que ni siquiera los normandos de Sicilia, que dominaban los mares, consideraban parte integrante de Occidente.

El *Shoka* se hallaba cerca de la costa bereber.

Pero eso no inquietaba a Elgaine. Ella sólo tenía un objetivo: liberar a su hijo de las garras de la sultana de Mahdia. Pero todavía le ocultaba ese propósito a Cantar. De lo contrario, su prima podía llegar a la conclusión de que, a fin de cuentas, para Elgaine el reclutamiento de las jóvenes del harén como futuras monjas no significaba gran cosa.

Llevaban ya tiempo más próximos a la costa de Túnez que al sur de Sicilia. A la altura de la pequeña isla de Lampión, cerca de Lampedusa, habían echado el ancla por última vez. La cautelosa Cantar había insistido en hacer jurar a la tripulación, una vez más, su lealtad a la joven capitana, antes de que iniciaran la verdadera empresa que la guiaba, porque, después de todo, la mayoría de esos hombres eran de Mahdia, y una vez llegados allí podrían, tal vez, cambiar de idea.

Elgaine estuvo de acuerdo.

—¡Querida —dijo, sermoneando a su prima—, lo único

que no podemos mostrar ahora es miedo! —Entonces se plantó delante de la tripulación y pronunció su discurso en árabe, un idioma que hablaba con fluidez y que, además, tenía la ventaja de que la futura abadesa no comprendía.

—¡Hombres! —exclamó la mujer—. Entraremos ahora en el puerto de Mahdia y despojaremos el palacio de la sultana de su harén. Llevaremos a esas jóvenes hasta Amalfi. Hasta entonces, es decir, mientras esas mujeres estén a bordo, ¡os pertenecerán! A quien esto le parezca demasiado peligroso, que lo diga ahora: puede quedarse en esta isla —añadió ella, señalando a aquel pedazo de tierra tan poco atractivo—, y esperar a que regresemos. —Dicho esto, examinó fríamente los rostros de los hombres formados delante de ella, desde el más experimentado marinero hasta el jovencísimo grumete.

Ninguno dio un paso hacia adelante, salvo el más viejo, que se arrodilló delante de Elgaine y dijo:

—¡Nos ha ido muy bien navegando bajo vuestro mando, capitana, confiamos plenamente en vos y en vuestros sabios planes!

Los hombres saludaron sus palabras con un aplauso. Elgaine vio, satisfecha, que Cantar estaba impresionada, y ordenó poner rumbo a Mahdia.

La puerta de hierro de la entrada del puerto se abrió, para asombro de Elgaine, en cuanto los guardianes divisaron el *Shoka*.

Elgaine había ocultado a la mayoría de sus hombres bajo cubierta, a fin de causar la impresión más inofensiva posible; también Cantar estaba allí, de modo que no hubiera otra mujer a bordo que causara ningún revuelo. Avanzando ágilmente, el *Shoka* atravesó la bahía hasta llegar al puerto. Un eunuco de turbante blanco, un turbante imponente como un cojín de damasco, era el capitán del puerto, y en ese momento se acercó.

—¡Alá está con vos, estimado capitán del puerto! —le gritó Elgaine—. ¡El capitán Astair yace gravemente enfermo en su *qamrah*!

El hombre del turbante retrocedió asustado.

—¿Es algo contagioso? —quiso saber el castrado con voz de espanto.

—¡De eso nada! —lo tranquilizó Elgaine—. ¡Ha conseguido llegar por su propio pie, pues desea sanar en los brazos de su señora, la sultana!

—¡Primero tengo que verlo! —dijo el eunuco y se hizo subir a bordo.

Elgaine lo acompañó hasta el camarote, lo dejó pasar delante de ella y cerró la puerta a sus espaldas. Sobre el lecho del enfermo estaba tumbada Cantar. Pero antes de que el eunuco pudiera emitir ningún sonido, sintió la frialdad de la hoja de un cuchillo que Elgaine le había puesto al cuello.

—¡Dadme paso libre al harén! —le dijo la capitana al oído—. ¡Una palabra traicionera y seréis hombre muerto!

—¡Ya me gustaría! —dijo el eunuco con asombrosa serenidad.

Cantar se puso en pie de un salto y le ató las manos a la espalda con un fuerte nudo. Entonces Elgaine lo empujó hacia la puerta.

—¡Acompañad a la noble dama y a su séquito hasta donde está el *kabir at-tawashi*! —dijo el capitán del puerto, instruyendo a sus hombres. Elgaine le había entregado la daga a Cantar y ésta, poco experimentada en el uso de armas blancas, le clavó la punta del acero al pobre hombre en la espalda, causándole gran dolor.

—¡Por favor, decidle que no me mate! —exclamó el eunuco en voz baja, lloriqueando a espaldas de Elgaine, que ya avanzaba por delante, presurosa—: ¡De mi parte no tenéis que temer ningún acto de traición!

Elgaine no esperó sus siguientes palabras, sino que azuzó a los miembros de la tripulación con los que pensaba asaltar el harén. Poniéndose a la cabeza de sus hombres, la joven saltó a tierra. Respondiendo a las órdenes de su capitán, los guardianes del puerto los dejaron pasar y condujeron a aquella horda a través de los patios, hasta la torre que albergaba el harén. El palacio parecía muerto. A Elgaine le llamó la atención que en ninguna parte hubiera guardianes armados hasta los dientes; los patios estaban vacíos, ni en los pasillos ni las galerías se tropezaron con una sola alma. Una vez llegados a la torre, Elgaine ordenó que la esperasen y se fue hacia los aposentos del eunuco mayor.

El envejecido *kabir at-tawashi* no pareció asombrado ni indignado por la presencia de los intrusos. Elgaine tampoco le dejó tiempo alguno para lamentaciones.

—¿Dónde está Pons? —lo interpeló la mujer con acritud, pero el *kabir at-tawashi* no se dejó intimidar.

—Eso tenéis que preguntárselo a la antigua sultana —gruñó el anciano sin dar muestras de temor.

La respuesta alarmó a Elgaine.

—¿Qué... ha sucedido? —balbuceó.

—Yussuf el Zirí tramó una revuelta en el palacio y ha arrebatado el poder a la señora Melina...

—¿Dónde está ella? —A Elgaine se le hizo un nudo en la garganta a causa del miedo.

—¡Y la ha desterrado al harén, junto con nosotros! ¡Os llevaré hasta donde está!

Elgaine lo siguió a través del *hamam*, con sus vapores, sus suaves y densos aromas. ¡Allí estaban todavía los mismos fingimientos, pensó Elgaine con amargura, las mismas risitas, las mismas bobadas! Sin reaccionar a las miradas de curiosidad de las chicas, caminó presurosa detrás del anciano. Melina estaba en la misma habitación donde Elgaine había traído al mundo a su hijo, en el cuarto de La Última Salida.

Ya no había nada que recordara a la altanera matrona: Melina parecía un ser afligido y sin esperanzas. A Elgaine aquello le afectó mucho más que si hubiera tenido ante ella a su vieja enemiga, aquella griega cruel y obsesionada con el poder.

—He venido a llevarme a Pons —dijo en voz baja.

Melina la miró perturbada.

—Lo tiene Bert el-Caz, ese bicharraco miserable lo ha secuestrado. ¡Lo hizo antes de que el Zirí me quitara el trono!

—¡¿Cómo?! —se le escapó a Elgaine—. ¿Tiene a mi hijo?

—Nadie se dio cuenta —dijo, quejumbrosa, la defenestrada sultana—. ¡Yussuf me lo hizo saber mucho después, riéndose! ¡Bert el-Caz se ha quedado con ese malvado renacuajo!

Aturdida, Elgaine salió de aquella habitación y fue junto al *kabir at-tawashi*.

—Las chicas deben salir del harén en un santiamén y dirigirse al puerto —dijo con voz cansada.

Entonces el viejo eunuco se puso de rodillas ante ella.

—No me dejéis aquí solo, por favor —le rogó—. ¿Qué van a hacer esas muchachas sin mí?

A pesar de su pena, Elgaine tuvo que reírse.

—¡Sigues sin entender nada, querido! —dijo, y bajó hasta donde estaban esperándola sus hombres—. ¡Hoy podréis disfrutar! —les dijo la joven al pasar por su lado, antes de emprender el camino hasta el puerto.

Con un bramido, los hombres corrieron escalera arriba e irrumpieron en el harén. Los chillidos y los gritos se fueron apagando a medida que Elgaine se alejaba de la torre.

La capitana había ocupado de nuevo su sitio a bordo del *Iffriqia al-Shoka*. Junto a ella estaba Cantar, que todavía amenazaba con la daga al eunuco. Entonces aparecieron las odaliscas, rodeadas por la tripulación, que se desgañitaba dando aullidos. Los guardias del puerto las vieron pasar sin mover un dedo por ellas, tal y como les había indicado su superior.

—¿Qué encargo habéis dado a vuestros hombres? —dijo Cantar, dirigiéndose a Elgaine, indignada por aquel rudo tratamiento—. ¡Así no se trata a unas futuras novicias!

—¡Ah, mi querida Cantar, en vuestro convento la única virgen será la abadesa! —respondió la otra joven, poniendo cara seria—. Vos no queríais ejercitar la misericordia con vírgenes devotas y virtuosas, sino con mujeres caídas en la tentación. ¡Y eso es lo que ahora tendréis!

Elgaine vio cómo los piratas separaban rigurosamente a las viejas de las jóvenes, a las bonitas de las feas. Las primeras eran arrojadas a las aguas de la bahía antes de que pudieran poner un pie sobre las tablas de cubierta; las otras eran reunidas en el centro del barco. Algunas lloraban amargamente; la mayoría, sin embargo, disfrutaban de aquel excitante cambio en sus vidas, y había otras que se mostraban indiferentes ante su incierto destino.

Entre las chicas de cubierta, Elgaine descubrió también, con maquillaje de colores chillones, llorando, a la asustada Teodora, quien, después de todo, ¡estaba feliz por no haber sido arrojada al agua! El *kabir at-tawashi* no tuvo esa suerte.

A Elgaine le entristeció ver al anciano chapoteando hacia la orilla. Pero intervenir hubiera debilitado su posición, aunque ¡hubiera sido una buena idea colarle a Cantar a un eunuco para su convento de monjas! Pero la abadesa tendría que conformarse con Teodora.

—¡Estimuláis con ligereza estos abusos, Elgaine! —le espetó Cantar a la capitana cuando vio, alarmada, lo que estaba sucediendo en cubierta.

—¡No lo permito con ligereza, sino con un gran peso en el corazón —replicó la joven—, ¡pues tengo que marcharme de aquí sin haber encontrado a Pons! ¡Sin saber dónde ni cómo podré encontrarlo!

—¡Las mujeres del harén sólo fueron para vos un pretexto para arrastrarme a este viaje, ahora lo sé! —dijo Cantar, abrazando a su prima con una súbita efusividad—. ¡Pero ahora también me doy cuenta de que o bien no toda mujer vale para ser monja, o bien yo no sirvo para abadesa!

—Cuanto más alto, más solo estás, más frío hay...

¿Por qué debía dar consuelo a quien contaba con el apadrinamiento de agentes tan poderosos? ¿Es que las penas de Elgaine de Gisors no interesaban a nadie?

—¡Nada se nos regala en este mundo!

Antes de que la puerta de hierro se cerrara detrás del *Shoka al-Iffriqia*, también el capitán del puerto, y su turbante blanco, fueron a parar al agua. Lo que quedó fue como un gran nenúfar flotando sobre las olas durante un tiempo junto al *Shoka*. Y el barco con las mujeres salió a mar abierto.

LA FELIZ ADOPCIÓN DE LECCE

Bert el-Caz navegó con sus huéspedes a bordo alrededor de la punta de la bota, de la suela y del tacón de la península de los Apeninos. Se mantuvo todo el tiempo, por seguridad, a cierta distancia de la costa, pues sabía que los normandos, cuando estaban de mal humor, no mostraban muchos miramientos con gentes como él. Había emprendido aquel viaje, más bien, para esparcimiento de Pons, y no tanto por hacerles un favor a la señora Fedaye de Béthune o a su hosco hijo Tancredo. Era la primera vez que el crío tenía trato con gente llegada desde un mundo que no fuera el de los piratas y el del harén de Mahdia. Pons aprovechó la oportunidad con avidez, atosigando a la señora Fedaye —que lo había acogido cariñosamente, como una madre— con preguntas acerca de los «nobles caballeros», sobre su forma de combatir y sus caballos de batalla.

—¡En Mahdia llevamos *malabis* y sabemos usar la cimitarra! —le aclaró, y a continuación preguntó por qué sus doncellas no llevaban velo y dónde estaba su *kabir at-tawashi*. A Bert el-Caz lo tranquilizó que fuera Tancredo quien se esforzara por saciar la sed de conocimientos del chiquillo. A Fedaye, por su parte, le asombraba la actitud madura del niño, su forma de contar su vida en el harén, sobre todo lo relacionado con un personaje bastante extravagante llamado Teodora, quien, por lo visto, lo había conmovido. El chico entretenía a los viajeros con sus increíbles historias, que todos tomaron como si fuesen fantasías salidas de la mente del muchacho, hasta que Bert el-Caz les aclaró que era verdad, que Pons había vivido en un harén junto a la costa bereber. Él lo había secuestrado allí, a fin de devolvérselo a su legítima madre. Pero ésta, hasta el momento, seguía sin aparecer.

—Pero ¿no es ésa Elgaine de Gisors? —se inmiscuyó Tancredo.

—Sí, la joven hija del señor Guillem —respondió Bert el-Caz con el pecho henchido.

Fedaye no dejó que él se diera cuenta del pinchazo que sintió al oír ese nombre. Sin embargo, Tancredo irritó al pirata cuando dijo con sarcasmo:

—¡Me suena familiar! ¡Podría tratarse de alguna persona del sexo femenino de la caótica madeja de mi confusa parentela.

Su madre, con una mirada severa, le prohibió hacer más comentarios sobre su media hermana Elgaine.

Había doblado cerca del cabo Leuca, la punta del tacón de la península, y navegaban en dirección al norte. Pronto llegarían a Lecce, pero era eso, precisamente, lo que Bert el-Caz deseaba evitar a toda costa. Era de temer que allí le preguntaran por el destino de Melina Argyros, la condesa de Lecce. Había sido Yussuf el Zirí el que había vendido a la esposa del conde Raimar al sultán de Mahdia, pero luego saldría también a la luz que él, Bert el-Caz, no era más que un mezquino pirata. Para Bert era importante el hecho de aparecer a los ojos de Pons como un noble caballero que auxiliaba de un modo solícito y desinteresado a las damas en apuros.

En una rápida decisión, Bert el-Caz dejó a sus viajeros en Otranto, la antigua ciudad griega de *Hydruntum*. Desde ahí, podrían continuar camino hasta Lecce sin correr ningún peligro, les explicó, y le entregó a la sorprendida Fedaye una bolsa llena de monedas de oro. Con ellas podría dotar de nuevo a su séquito de acuerdo con su rango.

Ello causaría en el conde Raimar una mejor impresión que si aparecía allí con un destartalado velero.

—Tengo, además, mis razones —dijo con aflicción el pequeño hombre con el turbante demasiado grande—, ¡y por eso no quiero dejarme ver por allí!

Tancredo se acercó entonces a Bert el-Caz.

—¡Ya habéis demostrado tener un gran corazón! —dijo

en voz alta—. Mi señora madre no os olvidará. ¡Y yo tampoco! —dijo, abrazando al perplejo pirata. Luego se agachó delante del pequeño Pons y lo abrazó también. Al hacerlo, le susurró—: ¡Y aun así, tu capitán seguirá siendo un pirata! —Y luego, en voz baja, pero respetuosa, añadió—: ¡Aunque un pirata, ciertamente, bastante peculiar!

Bert el-Caz agarró al chico de la mano y arrastró consigo al pequeño, que se resistía, de vuelta a su barco. ¡Tancredo tenía razón! Por otro lado, cuán diferente era aquel joven de su hermano gemelo, Conon.

Sin más dilaciones, el pirata Bert el-Caz enfiló su bajel hacia mar abierto. Pons estaba a su lado, junto a la popa, y miraba con nostalgia hacia atrás, hacia donde había tenido que despedirse de un modo tan precipitado de sus amables compañeros de viaje.

—¿Un pirata es como un noble caballero, pero sin caballo?

—Es algo peor, hijo mío, ¡y al mismo tiempo algo mil veces mejor!

—Entonces prefiero seguir siendo pirata —dijo Pons agarrando la mano de su protector—, así podré estar siempre contigo.

Bert el-Caz pensó con tristeza en que algún día tendría que separarse para siempre de Pons y entregárselo a Elgaine. A ella, a Elgaine, a su prometida de Gisors, pertenecía por lo menos, todavía, una parte de su corazón de pirata; ¡en cambio, Astair, ese padre malvado, jamás debía echarle el guante al muchacho!

Durante un tiempo, surcaron sin rumbo el mar Jónico.

—¿Qué buscas, una isla? —preguntó Pons.

Al pirata le asombró la pregunta.

—¿Cómo se te ocurre? —fue su malhumorada respuesta.

—¡Pues porque me parece que quieres esconder en ella tu tesoro! —Para Pons, aquello parecía una idea más que obvia, pero Bert el-Caz jamás había pensado en una cosa así.

—¡Pero no aquí, en este lugar! —respondió al preguntón—. Tendría que ser un sitio que luego tú pudieras encontrar. —Entonces Bert el-Caz miró al niño con expresión pensativa—. Tú heredarás mi tesoro —agregó—, ¡lo heredarás cuando yo ya no esté!

Pons lo miró disgustado.

—¡En ese caso, arrójalo al mar! —Y, orgulloso, añadió—: ¡No quiero ese tesoro!

Conmovido, el pirata acarició la cabeza llena de rizos del chiquillo para el que tenía que hacer las veces de padre y madre, y dio inicio al viaje de regreso hacia terrenos conocidos, a lo largo de la costa del mar Tirreno.

Cuando el conde Raimar oyó decir que en Otranto había desembarcado un joven caballero que viajaba acompañado de su madre, envió unos mensajeros para pedirles a los forasteros que acudieran a verle. El solitario y amargado señor de Lecce jamás había superado la herida por la muerte de su hijo y heredero, Beowulfo, mientras que la partida de su pendenciera mujer, Melina, que se llevó consigo a su vástago más joven, Teodoro —¡un nombre que la griega había insistido en ponerle!— sólo le había causado un leve dolor. El conde se ilusionó grandemente desde el momento en que vio a Tancredo. Y en seguida convenció a la señora Fedaye para que se estableciera en el castillo de Lecce.

Fedaye de Béthune estaba verdaderamente cansada de tanto viajar por el mundo, por eso aceptó con gratitud aquel ofrecimiento. Por su parte, a Tancredo le agradaba que, después de todas las privaciones sufridas, del largo vagabundear al que su señora madre lo había obligado, por fin pudiera vivir como correspondía a su rango y sin preocupaciones.

Más de tres años habían transcurrido desde su partida de Sión. Tancredo podría medirse con gente de su edad, y se encontró con que los jóvenes de familias de la aristocracia de Salento, de la Basilicata o de la Lucania, se mostraron abiertamente amistosos con él, ya que eran normandos de sangre, como él mismo.

El conde Raimar examinaba al chico. Con orgullo creciente comprobó que Tancredo era cada vez más estimado y admirado por sus compañeros en su condición de líder. El conde, despojado de su fuerza viril, empezó a florecer de nuevo desde que Tancredo trajo de vuelta la vida al palacio. Entonces Raimar le pidió a Fedaye que tuvieran una charla en privado.

Fedaye había comprendido hacía mucho tiempo que las muestras de cortejo del conde no se debían a ella, sino a Tancredo, y que eran sumamente honorables. Tras una infancia muy dura, una infancia que le habían robado, y después de todas las humillaciones que había experimentado con los hombres —experiencias sobre las que Fedaye jamás hablaba—, tras un matrimonio tedioso y un amorío que fracasó con gran revuelo, la mujer no tenía ánimos para empezar una nueva relación. No obstante, se quedó sorprendida cuando el conde le pidió su aprobación, ¡ya que era su deseo adoptar a Tancredo! Fedaye dijo entonces que todo dependía de la decisión de su hijo, pues ya era mayor de edad.

Tancredo —quien, a diferencia de su hermano Conon, no estaba obsesionado con su padre desaparecido, al que no conocía—, aceptó el ofrecimiento con placer. Él, que llevaba consigo como un talismán el nombre de «Tancredo du Mar», un nombre dedicado a Cantar, ya había sospechado que su destino se cumpliría allí, junto al mar. Para él era importante, le explicó a Raimar —quien, dicho sea de paso, hubiera deseado ver un poco más de entusiasmo— que Bohemundo, el príncipe de Tarento y señor de Lecce, estuviera de acuerdo en aceptarlo como futuro conde.

Por su parte, Bohemundo, que había tenido muy malas experiencias con los asuntos de su casa normanda, mostró absoluta comprensión por aquel anhelo y dio su consentimiento. Sólo entonces Tancredo se echó primero al cuello de su madre en un abrazo, y más tarde al del viejo conde, lleno de alegría, antes de arrodillarse ante Raimar y aceptar como hijo la dignidad de conde. Para Fedaye, aquello fue el final de un largo viaje, y ¡el nacimiento de Tancredo de Lecce!

LA AVALANCHA

El traslado secreto de los *Annales ad extremum* desde Monte Cassino, situado al sur de Roma, hasta Sión, en los Alpes del Valais, había sido planeado con sumo cuidado. Para evitar el peligroso camino por tierra, el condotiero Berenguer, responsable del traslado, pudo disponer en Mondragone de un velero rápido que estaba al servicio de la Curia. Aquel anodino pueblo de pescadores, situado en la llanura del Volturno, le había parecido a Remy d'Aretin un sitio estratégicamente muy favorable, cuando, en una ocasión, siendo el joven acompañante del actual papa, había conocido la discreta ubicación del lugar. Desde entonces, los servicios secretos gustaban de regresar a menudo a Mondragone.

Rinat de Sitten, que había acompañado el traslado de acuerdo con el encargo que le había encomendado el papa, le pidió a Berenguer en Lerici que lo dejara bajar de a bordo, cosa que el condotiero autorizó. El velero continuó el viaje con los dos cronistas y llegó hasta Savona, puerto del mar Tirreno situado más al norte. Sólo a partir de allí, el pequeño grupo continuó el viaje por tierra bajo la protección de la duquesa de Saboya y entró por el valle de Aosta, a través del paso del Gran San Bernardo, hasta el valle del Ródano.

Berenguer cabalgaba a la cabeza, luego le seguía los piamonteses, hombres probados en las montañas, que la duquesa había puesto a su disposición. Luego, en medio, iba una recua de mulos con las cajas, y en la retaguardia marchaban los dos monjes benedictinos *Angelus* y *Vocator*. Estos dos mantenían el ojo bien abierto para vigilar aquella valiosa carga, pues ella constituiría la base para las labores que deseaban continuar en Sión, su nuevo destino.

El avance era penosamente lento, el deshielo de la primavera había comenzado, y en repetidas ocasiones se encontraron con partes del camino y puentes arrasados por el agua. Los saltos de agua que caían alegremente en otras épocas del año, se habían convertido en auténticas cataratas de agua que lo arrasaban todo. A ello se añadían también los desprendimientos de piedras. Ya habían perdido un mulo, y tuvieron que repartir la carga de éste entre los demás. Y los hombres del Piamonte, duchos en el clima montañoso, alertaban sobre el creciente peligro de encontrarse con una avalancha.

Ya tenían Sión a la vista, con su sede episcopal, situada en el descollante castillo del prefecto. El condotiero había enviado por delante unos mensajeros para que anunciaran la llegada de su carga. El contenido de las cajas era considerado secreto, y por eso el prefecto, Urs de Sitten, así como su mujer, la señora Miral de Saissac, partieron rápidamente al encuentro de aquel convoy, comidos por la curiosidad.

Berenguer veía el reencuentro con su hermana con sentimientos encontrados, pero tampoco deseaba evitarlo. A fin de cuentas, no fue él quien había secuestrado a su hija Cantar, pues ésta se había unido a él y a Conon por voluntad propia. Además, Miral no podía demostrar que él hubiera ejercido influencia alguna para que la joven abandonara Sión.

Berenguer azuzó su caballo cuando vio acercarse a la pareja condal, luego se enjugó el sudor de la calva, ya que el sol, a esa hora del mediodía, era abrasador y la nieve y su reflejo acentuaban su efecto. Sin embargo, Miral castigó a su hermano con un gesto de frío desdén. Sin saludarlo, pasó por su lado para echar un vistazo a aquellas misteriosas cajas que ella ya veía como de su propiedad.

Remy d'Aretin, su antiguo sacerdote, no le había explicado nada acerca del sentido y el propósito de los *Annales ad extremum*, ni siquiera le había dicho nada acerca de los dos cronistas que acompañaban el traslado de los mismos. Para el Cardenal Gris, la ubicación del archivo en Sión era una cuestión muy personal, del mismo modo que veía a *Angelus* y *Vocator* como dos componentes muy útiles de los servicios secretos, sólo obligados a rendirle cuentas a él en persona.

De repente, de la empinada ladera de la montaña, una avalancha se desprendió profiriendo un bramido. La presión de aire que la precedía arrojó al suelo a hombres y animales, antes de sepultarlo todo bajo ella. El prefecto Urs de Sitten y su esposa Miral, así como la mayor parte de la carga, quedaron aplastados por aquella furia de hielo. Algunas de las pesadas cajas se desprendieron de los animales de carga y cayeron al río, siendo arrastradas por la bravía corriente o reventándose contra las piedras, para ser finalmente tragadas por aquellas aguas borboteantes.

En el último segundo, el calvo condotiero fue sacado a tirones de la zona de peligro por los hombres que lo acompañaban, y aquella imponente capa de hielo no llegó a acertarle por unos pocos metros. También la retaguardia tuvo la fortuna de ser alcanzada únicamente por los extremos de la masa de nieve. Con espanto, los dos cronistas vieron cómo el resultado de tantos años de trabajo era barrido ante sus ojos, cómo todas las pruebas de su talento desaparecían. A pesar de tener la nieve hasta las rodillas, se lanzaron desesperados sobre aquella masa de color blanco sucio e intentaron excavar con las manos. Pero la nieve acumulada de la avalancha ya se había vuelto piedra. Todo lo que hasta entonces no había podido sacar la cabeza —o al menos una mano— de aquella masa húmeda, se había perdido para siempre. De forma definitiva.

El cardenal diácono Remy d'Aretin había llegado a Sión a tiempo para recibir el archivo. El mero hecho de haber dedicado una visita al obispo Gosbart en su sede de San Teódulo, impidió que Remy no fuera invitado por el prefecto y su esposa para que los acompañara a recibir a la comitiva. Fue así como eludió el ser enterrado en aquella nieve helada, pero de todos modos no quedó exento de las consecuencias de aquel accidente. Tardarían días en sacar los cadáveres, y él no podía esperar tanto tiempo.

Cantar era la única heredera del cargo y del título de *praefectus et comes vallesiae*, así que había que encontrarla cuanto antes para llevarla a casa, de lo contrario Sión corría el peligro de ser absorbida por la casa de Saboya. El pobre condotiero, al que no le quedó ni siquiera tiempo para recuperarse de aquel horror, recibió la orden del Cardenal Gris de partir al día siguiente de Sión para ir en busca de la desaparecida. Remy d'Aretin le recomendó que pusiera rumbo hacia Amalfi, pues era de suponer que Cantar, entretanto, ya habría asumido allí su cargo de abadesa. Lo mejor era que él mismo la trajera de vuelta a Sión, ¡del mismo modo que él, en algún momento, había hecho que se marchara de allí!

El condotiero aceptó el encargo sin rechistar. Pero en realidad, por dentro hervía de rabia. Berenguer de Saissac estaba hasta las mismísimas narices de que Remy lo mandara de un sitio a otro para hacer labores de mensajero de los servicios secretos —o tal vez incluso para satisfacer las ambiciones personales del cardenal Gris— o, simplemente, para que le sacara las castañas del fuego en uno u otro asunto.

Remy d'Aretin convocó a los dos cronistas. Ambos estaban todavía estremecidos hasta el tuétano por la conmoción que habían sufrido. *Angelus* y *Vocator* habían empezado a temblar desde el mismo instante en que los piamonteses los arrastraron fuera de la zona donde había caído la avalancha, donde ellos seguían removiendo el hielo y la nieve en busca de sus cajas. Ninguno de los dos se atrevió decirle al diácono general que en una de ellas se encontraba aquel dudoso mensaje llegado de Bizancio, aquellos extraños jirones de papel titulados «Del diario de una emperatriz», lo cuales habían metido allí, en el fondo, en contra de la expresa orden del cardenal.

Pero Remy no se dedicó a hablarles del pasado. Una fuerza mayor, probablemente Dios mismo, había puesto un punto final a los *Annales ad extremum*, quizá porque no aprobaba su existencia. De modo que era necesario empezar de nuevo, y ello fue ordenado en aquel momento. *Angelus* y *Vocator* debían procurarse sin dilaciones todas las condiciones de trabajo necesarias para empezar de inmediato su labor. ¡Aquella avalancha, en el fondo, era un buen comienzo!

Y Remy deseaba que a sus nuevos escritos se les diera también un nuevo título, el de «Los protocolos secretos de Sión».

Los cadáveres del prefecto y de su mujer aún no habían sido encontrados, y en eso llegó a Sión, procedente de Worms, Gerald de Öxfeld. Quería ver a su madre, Fedaye de Béthune, pero antes de que todos lo acosaran con detalles acerca de los agitados últimos años de la dama, el diácono general lo llevó aparte con un gesto firme y le contó que su madre, hacía tiempo, se había trasladado al sur y desde entonces nadie había oído hablar de ella. Gerald se sintió amargamente desilusionado.

Entonces Remy d'Aretin animó a Berenguer de Saissac a partir al instante y llevarse consigo a Gerald de Öxfeld, sin importar hacia dónde fuera éste. Lo mejor, tal vez, sería que lo dejara de nuevo donde estaba su padre, que servía como oficial en las filas de Godofredo de Bouillon. El condotiero asintió, dando su aprobación. Por fin tenía a alguien en quien poder delegar aquel encargo tan pesado: traer de vuelta a casa a Cantar de Sión.

Cuando los dos hombres pasaron por el camino que conducía al paso y se toparon con los restos de la avalancha, estaban sacando justamente los cuerpos congelados del prefecto Urs de Sitten y de su mujer Miral de Saissac. Gerald se persignó, y el condotiero escupió tres veces a su derecha y a su izquierda, ya que era un hombre muy supersticioso.

Liber IV

A. D. MXCIII

LA BRUJA BUENA DE MONDRAGONE

Bert el-Caz había llegado con su bajel, una vez más, a aguas conocidas. Sin embargo, delante del extremo sur de Calabria, se había visto alcanzado por una de las temidas tormentas primaverales. Para él y para su barco el incidente no tuvo mayores consecuencias pero Pons, a pesar de que Bert le había mandado que se metiera en su camarote varias veces, había estado escabulléndose una y otra vez hasta cubierta, para ayudar al timón a aquel capitán de piratas tan admirado por él. Como era de esperar, las olas que rompían contra el barco y las frías ráfagas de lluvia lo empaparon de pies a cabeza. Finalmente, Bert el-Caz tuvo que arrastrar a aquel terco mocoso al camarote que ambos compartían bajo la cubierta, dejando el mando del barco en manos de uno de sus hombres. Una vez en el camarote, le quitó al chico las ropas empapadas, lo frotó con toda suerte de aceites y con aguardiente, y lo acomodó entre mantas y almohadas bien calientes. Por desgracia, no pasó mucho tiempo antes de que Pons empezara a quejarse de dolores de garganta, a toser y a ofrecer un aspecto lamentable. Bert el-Caz le dio a beber unas gotas de ajenjo, ya que la amarga absenta le resultaba repugnante a Pons, pero eso tampoco sirvió de mucho. Por lo menos el chico permanecería en cama, con fiebre no muy alta y sudando.

El pirata estaba preocupado. Ya habían bordeado Amalfi, dando un amplio rodeo delante de sus costas, algo de lo que se arrepentía. Entonces recordó que cuando se habían acercado a Mondragone, Rinat le contó algo acerca de una curandera experta de hierbas que había conseguido aliviar en su momento los padecimientos de Guillem de Gisors. Terès se llamaba la joven mujer, recordó. ¡Seguro que ella podría ayudarlo! De modo que Bert el-Caz puso rumbo a aquel pueblo de pescadores insignificante por su aspecto. Esta vez el pirata no ancló el barco fuera de la rompiente sino que, haciendo uso de todas sus habilidades como marinero, maniobró la nave con temeridad entre las afiladas rocas y la hizo atracar en la playa de bajas aguas. Al pirata le quitaron un gran peso de encima cuando la primera persona a la que le preguntó le confirmó que la tal Terès todavía existía y vivía en una casucha en la parte alta del pueblo. Entonces Bert el-Caz cargó a sus espaldas a Pons y emprendió la ascensión.

La puerta de la casucha estaba abierta, y también ardía un fuego bajo una caldera cuyo contenido borboteaba quedamente y desprendía un olor muy fuerte. Sin embargo, no se veía a la dueña por ninguna parte. Bert el-Caz depositó a Pons cerca del fuego y aguardó. Todo indicaba que aquella bruja de las hierbas no estaría fuera de casa por mucho tiempo. Entonces el pirata agarró una cuchara de madera y probó un poco de aquel brebaje que se cocinaba a fuego lento.

—¡Eso siempre ayuda! —dijo una voz áspera desde la puerta—. ¡Es *Trigonella,* sirve para todos a los que la tormenta les haya afectado la garganta y el pecho! ¡Una infusión caliente de alholva! —La mujer de fuertes huesos comprendió de una sola mirada la situación, antes de que el capitán pudiera señalarle a su hijo adoptivo. Entonces la mujer vertió el contenido de su canasto, todo tipo de yerbas, de ramas y follaje, sobre la mesa de madera, y dedicó sus cuidados a Pons.

—¡Cerrad la puerta! —le dijo hoscamente al pirata—. ¡Este joven ya ha cogido suficiente frío!

Terès obligó a Pons a ponerse en pie y desnudó el torso del muchacho, que la miró con ojos febriles, pero con una confianza esperanzada. La curandera pegó la oreja primero a la espalda del chico y más tarde sobre su pecho.

—¡Esto suena como unas semillas dentro de una vaina! —dijo en tono de reproche y añadió—: ¡Hay que preparar ahora mismo una pócima con *Tussilago farfara* mezclado con *Plantago* a partes iguales! —dijo, y de inmediato se puso a revolver en sus bolsitas, que colgaban de un madero—.

¡Tengo llantén seco, y hojas de uña de caballo recién arrancadas!

A continuación, la mujer inclinó un poco la olla que colgaba sobre el fuego y vertió un poco de su contenido en una pequeña cazuela. Luego, con un cuchillo que colgaba de su cinturón, empezó a cortar unas hojas de uña de caballo en forma de corazón, y las mezcló con los trozos de tallos y flores del llantén. Acto seguido, echó tres puñados de aquella mezcla en la olla hirviente y la sacó del fuego.

—Mientras se asienta la infusión —dijo la mujer a Pons— te voy a frotar con aceite de oliva y miel. —Y dicho esto, vertió de uno de sus tarros un líquido de color verdoso, de otro extrajo unas gotas de oscura miel de abejas, y frotó la piel del chico con la mezcla, con unos masajes suaves y circulares. Luego la experta coló el brebaje con un paño, lo vertió en un pequeño cuenco, lo probó y se lo dio a beber a Pons—. ¡Tómalo a sorbitos! —dijo, animando a su paciente, que al dar el primer trago torció el rostro. Con cuidado, la bruja le sostuvo la cabeza con una mano mientras que, con la otra, le iba dando sin contemplaciones el brebaje caliente hasta que el cuenco estuvo vacío. Luego echó mano de una cacerola y le untó el pecho, la garganta y el cuello con una masa amarillenta—. ¡Esto es sebo de vaca bien condimentado! —dijo, satisfecha, a Bert el-Caz—. ¡Pero no os diré todo lo que lleva! —exclamó con regocijo y picardía—. ¡Es el secreto de Terès!

El capitán asintió, agradecido. Aquella resuelta mujer metió a Pons en su lecho de paja, lo cubrió con una piel de cordero y lo tapó hasta las orejas.

—¡Vos lo vigilaréis! ¡El chico va a sudar mucho! —dijo, y volviéndose con intención de marcharse, agregó—: ¡Podéis quedaros a pasar la noche!

Antes de que Bert el-Caz pudiera poner ninguna objeción, la mujer había desaparecido.

LOS PROTOCOLOS SECRETOS DE SIÓN

El Cardenal Gris había hecho llamar al castillo de Sión a los dos cronistas, *Angelus* y *Vocator*. Lo hizo el mismo día en que se les dio cristiana sepultura a Urs de Sitten, *praefectus et comes vallesiae*, y a su esposa, Miral de Saissac. Antes de eso, se había celebrado una solemne misa de réquiem en San Teódulo.

—Le he pedido al obispo Gosbart que acuda a verme esta tarde, lo cual, para vosotros, será una magnífica oportunidad de comenzar con vuestra nueva labor —les reveló Remy d'Aretin con tranquilidad. Si de verdad lo conmovía la repentina muerte de los condes, sabía ocultarlo de un modo magistral. Cierto tono de burla se le escapó cuando dijo—: En el futuro, seréis vosotros los que tendréis que ocuparos de reclutar a informantes solícitos, pero también deberéis sonsacar a los que no lo sean tanto, a aquellas personas que estén de paso. A ellos también tendréis que estimularlos a hablar. —Con disgusto, Remy se dio cuenta de las miradas de escepticismo de sus cronistas—. ¡Aquí, en la región del Valais, no os caerán las palomas asadas del cielo como sucedía en Monte Cassino, sólo porque tengáis las bocas abiertas de par en par! —dijo y rió—. ¡Sión no es un palomar!

—¡Ya vemos que no hay cagadas de palomas ni huevos! —objetó el delgaducho *Vocator*—. Hasta ahora, hemos podido hacer poco con las posibilidades que ofrecen las habitaciones para hacer escuchas secretas...

—¡Pues tendréis que hacerlas! —le espetó el cardenal—. Permaneceréis sentados en esta habitación, bien callados, y consignaréis en el papel lo que hablemos el obispo y yo. ¡Así que preparaos!

Angelus, que tan buena mano tenía para las cosas artísticas, escribió en el pergamino, con sinuosos caracteres, el siguiente título: «De los protocolos secretos de Sión.» Y luego, debajo, en caracteres más sobrios, añadió: «A. D. MXCIII». En eso se abrió la puerta, y el Cardenal Gris no perdió la oportunidad de adelantarse y empujar él mismo la silla de ruedas del obispo Gosbart. Luego lo acomodó y tomó asiento junto a la ventana. Ninguno de los dos tomó nota de la presencia de *Angelus* y *Vocator*, encogidos detrás de la mesa, entre libros y pergaminos.

—Nada cambiará en vuestra posición, querido Gosbart —dijo Remy, dando inicio a la conversación—. Ni siquiera aunque, tras la muerte de la princesa Adelaida, el emperador envíe a su hijo Conrado a Turín para que asuma la región de Saboya en calidad de heredero de su abuela.

El obispo notó en seguida la pregunta velada en aquella afirmación.

—El emperador Enrique hubiera hecho lo mismo en la cuestión de los pasos alpinos, estratégicamente tan importante para él, y lo hubiese hecho con independencia de la malvada jugada de Matilde al bloquearlos con la ayuda de Welf de Baviera. —Gosbart examinó la situación, que no se presentaba como él la había previsto—. Por desgracia, va a suceder: el hijo del emperador, De LeBourg, tan débil de carácter y, como se sabe, el favorito de Matilde, se pasará al bando del papa.

—En caso de que eso suceda, querido Gosbart, entonces no deberíais dejar que yo os pille ni que me entere de que vos tenéis las manos metidas en este asunto... ¡No podríais reconocerlas más tarde!

Gosbart se puso blanco como la cera.

—¡Os lo ruego, Excelencia, no me tejáis una soga con los finos hilos que me proporcionan las informaciones que recibo, las cuales, a fin de cuentas, redundan en vuestro beneficio!

Remy rió, y un escalofrío recorrió la espalda del obispo.

—Ya sabéis cómo actúan los gobernantes autoritarios con los portadores de malas noticias, ¿no?

—¿Qué otra cosa peor puede sucederme a mí, que soy un tullido?

—Despacio, id despacio —dijo burlonamente el cardenal, pero luego rió, lo cual infundió valor a Gosbart nuevamente.

—Si no es Balduino, entonces será Maurcade du Berq quien los pondrá sobre la pista de Conrado —susurró—. ¡Yo sólo quería advertiros!

—¡Vaya linda pareja! —se mofó Remy—. Esa sucia cortesana de Lucifer, y eso sólo si queremos rendir honores a Matilde...

Gosbart no se dio por vencido.

—¡Cualquiera de ellos, por sí solo, podría ser un obstáculo para vuestros planes!

—¡Balduino de LeBourg —lo interrumpió Remy con enfado—, debe ser alejado por la margravina y llevado al bando de Godofredo, el lugar que le corresponde!

El obispo sonrió por ese desliz emocional del Cardenal Gris. ¿Sería un síntoma de debilidad?

—Ese acto de alejamiento tendrá que realizarlo él por su cuenta. ¡Pero, de todos modos, vos podríais tomarlo a vuestro servicio! —propuso el obispo con astucia, pero Remy d'Aretin continuó con sus formas amables.

—Tal vez tengáis razón, mi querido Gosbart. En realidad, había pensado en Rinat de Sitten para ese puesto, pero éste se marchó antes de llegar a Sión.

El obispo sonrió.

—¡Y con ello ha demostrado el buen olfato que tiene. De lo contrario, también hubiera quedado sepultado bajo la avalancha!

El Cardenal Gris siguió riendo amistosamente.

—Ese accidente, mi querido Gosbart, parece haberos venido de maravilla. Fue todo muy repentino, aunque no casual, y ahora el cargo del prefecto se ha puesto al alcance del obispo...

—Esa suma de dos cargos en una misma persona siempre existió en el Valais —dijo Gosbart con desenfado—. ¡Nada debería impedir a un fiel servidor de la *Ecclesia* que acepte en su persona esa doble carga, sobre todo teniendo en cuenta que ello tiene sus raíces en una antigua tradición, y no hay a lo largo y ancho ningún otro miembro de la familia condal que, al mismo tiempo, sea clérigo!

Entonces el obispo guardó silencio, pues se dio cuenta, ya demasiado tarde, de que había caído en la trampa del

Cardenal Gris. Ya no fue necesaria ninguna réplica correctora de éste; eso correspondería a los cronistas, que debían consignar por escrito su comentario.

—Supongo que no habréis olvidado a Cantar de Sión —tuvo que oír Gosbart a continuación—. La joven ha sido nombrada abadesa por Su Santidad Urbano II, nuestro *Pontifex maximus*. Y con ello, la joven cuenta con los sacramentos necesarios, ¡y ella es la única heredera de sangre del conde! —El obispo, poco antes tan parlanchín, guardó silencio con expresión afectada. Impasible, Remy continuó—: ¡Cantar regresará a Sión, y os alerto, Gosbart, a esa chica no puede sucederle nada! Cantar asumirá la prefectura. —Entonces el cardenal moderó su tono—. A cambio, le haré saber al arzobispo de Turín, vuestro superior, que podéis mantener vuestro trono —concluyó Remy d'Aretin, quien, a continuación, extendió la mano a su interlocutor para que le besara el anillo.

— Os lo agradezco, Eminencia... —musitó Gosbart.

Inmediatamente después de eso, el cardenal abandonó Sión.

TUSSILAGO Y *PLANTAGO*

Lerici seguía siendo un sitio desolado, pero los piratas del mar Tirreno lo evitaban desde hacía varios años, ya que tanto los genoveses como los pisanos toleraban cada vez menos que aquel pequeño puerto fuera utilizado por ellos como base para sus saqueos. Ambas repúblicas habían erigido en la playa unos pilares de haya, los cuales estaban adornados constantemente con algunos ahorcados, a modo de advertencia y escarmiento. La visión de aquellos cadáveres meciéndose al viento, pudriéndose al aire libre, era poco seductora. El cadalso de Pisa se elevaba debajo del peñón de la fortaleza, y el de Lerici estaba situado justamente delante de la taberna La Alegre Sirena, esto último para gran disgusto del dueño, pues cualquiera puede imaginarse muy bien cuánto puede gustarle a alguien el estar viendo cadáveres meciéndose delante de sus narices mientras empina el codo.

El único huésped alojado en la pensión, el único que le había quedado, era el ex escudero Rinat de Sitten. Éste se había adaptado ya a aquella imagen tan poco edificante, y lo había conseguido entregándose a aquel brebaje de color amarillento, la *Lacrimae virginis*. Dicho destilado, que había hecho a Lerici tan tristemente célebre, era fabricado todavía por las ancianas mujeres que habitaban en lo alto, en el convento de la Immacolata del Bosco.

—¡Y esas mujeres se consideran monjas devotas! —protestó el posadero, y le sirvió a su único huésped un trago de una barriguda jarra de barro—. ¡Ganan un buen dinero con ese brebaje diabólico!

Rinat lo miró fríamente.

—Pero vos os alegraréis de lo lindo —dijo con cierta cautela, y bebió un sorbo de su vaso— cuando más tarde venga la hermana portera y os llene de nuevo las jarras con ese néctar. Y sin importarle que vos estéis endeudado hasta el cuello con ellas...

—¡Un barco! —exclamó el tabernero, señalando hacia el mar cubierto de nubes.

A pesar de su malestar por la manera en que el Cardenal Gris lo utilizaba, enviándolo de un lado en calidad de mensajero, Berenguer de Saissac volvió a subir al barco puesto a su disposición y puso rumbo a Savona, presto a cumplir con su misión: encontrar a Cantar de Sión. El calvo condotiero llevaba consigo al alemán Gerald de Öxfeld, cuya presencia le había impuesto el propio Remy d'Aretin, pero quien, tal vez, le fuera útil en algún momento.

Gerald seguía guardando luto por la pérdida de su amor, la judía Miriam, y estaba firmemente decidido a llegar a Jerusalén. Se había impuesto el viaje como una penitencia por su luto, pero también abrigaba el propósito de alertar a los habitantes de la Ciudad Santa acerca del creciente malestar de los cristianos en su contra. Como prueba de su compromiso, llevaba una *mezuzá* de plata colgando sobre su pecho. La comunidad judía de Worms le había entregado una modesta suma de dinero para los gastos de viaje, pero el inexperimentado alemán no tenía la menor idea de dónde ni cómo conseguir un barco que lo llevara. Por eso tuvo suerte de encontrarse con Berenguer, quien le ahorró el esfuerzo de hallar una solución por su cuenta, cuando, tras unas palabras, lo llevó con él rumbo a Lerici.

Apenas el barco tuvo la playa bajo su quilla, el calvo condotiero saltó de a bordo y avanzó directamente hacia la taberna La Alegre Sirena. Inseguro sobre lo que allí los esperaba, Gerald de Öxfeld siguió al condotiero.

Sin decir palabra, Berenguer le arrojó al tabernero una moneda sobre el tablero y le señaló el vaso de Rinat. «¡Que sean dos!», indicó alzando el índice y el dedo medio. El dueño les sirvió a ambos el líquido dorado de la jarra de barro.

—¿Qué es esto? —preguntó el calvo apenas se echó la bebida al coleto.

—*Lacrimae virginis!* —le informó orgulloso el posadero—. ¡Una receta secreta y celosamente guardada por las hermanas del convento de la Immacolata del Bosco!

—¡Es pura *Artemisia absinthium*! —dijo el condotiero, que ni siquiera se mostró asombrado o afectado por el licor—. ¡Si se bebe lo suficiente y con regularidad, puede acabar con cualquier hombre!

—A mí, en realidad, me ha endulzado la vida, estimado señor De Saissac —dijo Rinat, sonriendo—. ¡Al menos todo el tiempo que me habéis dejado esperando aquí, toda una eternidad! —añadió con tono de reproche.

—Parece que los efectos fatales de esta bebida se revelan en la ingratitud —respondió Berenguer con sequedad—. ¿Habéis olvidado ya que os he ahorrado toda una marcha a través del hielo y de la nieve? —dijo, riendo, e hizo que el dueño de la taberna le llenara de nuevo el vaso—. Sin embargo, os he traído a un soñador alemán —añadió, al tiempo que veía que Gerald aún no había tocado su vaso—. ¡Y vos, no os hagáis de rogar, Gerald de Öxfeld! —exclamó, exhortando a su compañero de viaje—. Este joven caballero quiere llegar a Jerusalén como sea, ¡como si la Ciudad Santa estuviera al doblar la esquina! He pensado que tal vez vos podríais ayudarlo, ¿qué os parece?

Ambos hombres se examinaron con tímida curiosidad. Y entonces el calvo anunció:

—Yo tengo que seguir viaje hacia Amalfi. Y vosotros dos, que os quedaréis aquí, deberíais tener en cuenta que la dama Cantar de Sión, si apareciera, ha de ser llevada de inmediato de vuelta a su región natal, en el Valais; ¡es una orden del cardenal diácono Remy d'Aretin!

Rinat iba a protestar, pero a continuación, mirando con expresión elocuente al silencioso Gerald, anunció:

—El emperador Enrique ha instalado a su papa Clemente en Roma, y los alemanes marchan ahora de vuelta hacia el norte.

El calvo se tomó aquello con serenidad, pero el caballero De Öxfeld dio muestras de inquietud.

—Las primeras tropas de Godofredo de Bouillon han pasado por aquí. Vuestro señor padre —dijo Rinat, dirigiéndose a Gerald— parece haberle encontrado el gusto a

Lerici, así que no me extrañaría volver a verlo pronto por...

—¡Una razón más para desaparecer de aquí cuanto antes! —gruñó el condotiero.

—Pues llevadme con vos —dijo en tono apocado el joven Gerald—. Podría buscar un barco en Amalfi, un barco que...

Entonces Berenguer volvió a dar muestras de esa disciplina que, en circunstancias normales, jamás se tomaba muy al pie de la letra.

—Estoy en un servicio... —le hizo saber al decepcionado Gerald—. El Cardenal Gris ve con disgusto que no se cumplan sus órdenes...

Aquello iba dirigido a Rinat. Con enfado, tuvo que admitir para sus adentros que, una vez más, se había doblegado a la voluntad de Remy d'Aretin. Riendo, el escudero aprovechó para echar sal en la herida.

—Navegad sin preocuparos por nada, Berenguer de Saissac, yo me ocuparé de todo aquí.

—La verdad es que no tendría ganas de enfrentarme a mi padre —dijo Gerald, mientras que el calvo condotiero ya salía con paso firme en dirección a su barco, que lo esperaba.

Delante de la taberna, Berenguer se cruzó con una monja regordeta que llegaba bajando por el *Via crucis*. Llevaba una enorme garrafa forrada de mimbre a la espalda, y entró jadeando en la taberna.

—La hermana Ermengarda di Toano —dijo el tabernero, presentándosela al alemán—. ¡Honorabilísima celadora de las puertas de acceso a la fuente de la felicidad!

—¡Pagad vuestras deudas! —fue la acre respuesta que recibió el posadero de la monja, y entonces, dirigiéndose a Gerald, la hermana sonrió ampliamente y dijo—: ¡Vos podéis llamarme hermana Erma!

Pero el tabernero no iba a ceder tan fácilmente.

—¡El señor De Öxfeld ha declarado su disposición a cortar la leña para vuestro destilado a cambio de comida y alojamiento, así como hacer toda clase de labores que necesite el convento de la Immacolata del Bosco!

Gerald miró satisfecho aquella maniobra del astuto tabernero, que le había conseguido alojamiento gratuito y, al mismo tiempo, liquidaba sus deudas. Sólo cabía esperar que La Alegre Sirena no estuviera demasiado endeudada, y que él no tuviera que pasar el resto de sus días cortando leña allí arriba o cargando baldes de agua. Instintivamente, cogió el amuleto que llevaba al pecho. ¡La *mezuzá* lo protegería de cualquier desgracia!

Rinat pareció intuir sus temores.

—¡Y yo, mientras tanto, soportaré la embestida de los alemanes y buscaré un barco y a Cantar! —le aseguró a Gerald.

Tranquilizado de ese modo, y bien abastecido, Gerald de Öxfeld se echó al hombro la vacía garrafa y siguió a la hermana que hacía las veces de portera del convento.

Tras su honrosa despedida del Santo Padre en el monasterio de Monte Cassino, Conon de Béthune y Astair de Saissac se pusieron por fin en marcha hacia Amalfi, su destino original. Cabalgaron a orillas del mar, y muy pronto llegaron a Mondragone, el pueblo pesquero en el que había comenzado su aventura romana. No tenían intención de descansar, pero entonces vieron, en la playa, tumbado de lado, el otrora orgulloso bajel de Bert el-Caz. Totalmente abandonado, aquel barco era la viva imagen de la ruina.

—¿Nos querrá tender una trampa, tal vez? —preguntó Astair, quien se mostraba más que cauteloso debido a sus malas experiencias con el taimado Bert el-Caz.

—¿Y qué iba a querer de nosotros? —objetó Conon—. ¡Ese pequeño zorro debería apartarse de vuestro camino, en lugar de andar buscándole las cosquillas a la persona que embaucó! —dijo, y se bajó de su caballo. A continuación, empezó a avanzar hacia el casco del barco, semejante a una ballena varada. No se veía ni un alma alrededor. Pero el ancla, clavada firmemente entre las piedras de la orilla, ponía de manifiesto que la tripulación tenía que haberla lanzado cuando ya el barco había embarrancado. ¿Qué rayos habría sucedido?

Entonces, Astair también se llenó de valor y siguió a su compañero. Para su asombro, vio entonces el arca del tesoro en medio de la cubierta. Probablemente el pirata la hubiera vaciado antes de marcharse. Conon saltó por encima de la borda inclinada y se fue elevando con ayuda de los cabos que colgaban por encima de los tableros de cubierta. Intentó abrir la tapa del cofre.

—¡Tened cuidado! —le advirtió Astair—. ¡Puede haber una trampilla!

Conon se detuvo y miró la cubierta.

—¿Hacia dónde voy a caer? —dijo burlonamente—. Si las cuadernas ya tocan la arena...

Astair trepó hasta donde estaba el timón, que sobresalía sobre cubierta.

—¡Aquí solía estar siempre nuestro gran capitán de piratas! —gritó Astair, evocando en voz alta sus recuerdos y despertando también los de Conon—. Ojalá el suelo se abriera bajo los pies de ese codicioso... —dijo Astair, moviendo el timón, que giró, crujiendo, pero sin ejercer ningún efecto sobre el cofre.

Conon sacó su espada y tocó con la empuñadura la banda de hierro superior del cofre. ¡Nada! Entonces Conon se apartó de aquel terco cofre y llegó hasta donde estaba Astair. Pero tampoco allí encontró nada que le llamara la atención, salvo una palanca de bronce que sobresalía entre los tablones a sus pies.

—¡Éste podría ser el mecanismo! —susurró, presa también de la fiebre del tesoro. Despacio, empujó la palanca, listo para aplicar mayor presión; sin embargo, no encontró resistencia alguna. Fue como si el mecanismo oculto funcionara en el vacío. ¡No tenía agarre! Decepcionados, ambos hombres se quedaron mirando fijamente aquel baúl tan tentador.

—Es como una hermosa mujer —bromeó Astair con amargura— que levanta su trasero hacia uno, seductoramente, pero luego no deja que la toquen.

—Pues conformémonos con eso —bromeó Conon—; vuestra hermosa mujer nos ha lanzado un pedo. ¡Ahí no debe de haber nada, salvo un aire apestoso y enrarecido! ¡Venid, olvidemos este sueño!

Ambos saltaron desde la inclinada plataforma del timón a cubierta. Para quitarse el disgusto del cuerpo, se colgaron de las cuerdas y empezaron a saltar como niños sobre una borda. El casco del barco, ya bastante escorado, se inclinó un poco más. Les divertía vengarse un poco de Bert el-Caz y acabar por derribar del todo, sobre la arena, el antiguo orgullo del enano, lo que otrora fuera el *Laus ad virginem*. Saltaban tan frenéticamente que no oyeron cuando, a sus espaldas, la tapa del cofre se abrió de par en par con un chasquido. No se dieron cuenta de nada hasta que saltó la primera bolsa con el oro, emitiendo un golpe seco, y fue a parar a sus pies a través de los tablones del barco. Y de inmediato, a la primera, le siguió una segunda bolsa.

—¡Sigamos saltando! —gritó Conon, excitado como un crío, y ambos continuaron pegando brincos colgados de las cuerdas, meciéndose de un lado a otro, como vejigas hinchadas, hasta que el arca dejó de soltar bolsas. Cuando por fin se tranquilizaron, la tapa se bajó de nuevo, se cerró y el maltratado bajel se fue irguiendo otra vez lentamente hasta alcanzar la posición que tenía cuando ellos habían llegado.

—¡Y ahora, a largarse de aquí, señor *camarlingo*! —ordenó Conon.

Entonces ambos cogieron rápidamente sus caballos y llenaron las alforjas con el inesperado botín.

UNA CARTA AL HERMANO GEMELO

En el castillo de Sión, los dos cronistas se había acomodado tal y como les había sido indicado. Esta vez, *Angelus* y *Vocator* tuvieron que renunciar a la comodidad que les ofrecía la habitación de una torre, ya que, para el buen desempeño de su misión, su *scriptorium* tenía que ser, al mismo tiempo, el gran oído con el que pudieran espiar todas las conversaciones que tuvieran lugar abajo, la habitación donde ejercía su cargo el prefecto.

Por eso se encontraba allí entonces, oculto sin llamar la atención en el techo de la sala, una casi clásica Oreja de Dionisio. Algunas pruebas hechas en secreto habían dado como resultado que cada palabra que se dijera abajo, aunque fuera en un susurro, podía oírse con claridad en la habitación de arriba. ¡Lo único molesto era que apenas entraba nadie a quien valiera la pena espiar!

—Echo de menos las vistas que alegraban nuestro ojo cuando estábamos en las alturas de Monte Cassino, aquellas tierras amplias y llenas de colinas...

—Mi querido *Angelus*, estos valles están en las alturas —le objetó su larguirucho compañero—, pero aunque esta habitación miserable tuviera una ventana, ¡vos sólo podríais ver al frente una pared de roca desnuda! —dijo *Vocator*, observando una de aquellas paredes pintadas de blanco de su cuarto, iluminado por dos lámparas de aceite—. Lo que, sin embargo, me asombra, mi buen *Angelus vigilans*, es que se nos permitan realizar todas las reformas que queramos sin objetar nada, que no nos hagan ninguna crítica por los gastos, o que ni siquiera nos hayan formulado ninguna pregunta curiosa...

Entonces el gordo levantó la vista.

—¿Queréis decir, *Vocator*, que el brazo de los servicios secretos llega tan lejos?

—¡O que tenemos tan cerca el aliento del obispo Gosbart que haría rato que tendríamos que haberlo sentido respirando en nuestra nuca!

—¿Y no será que nos deja hacer porque él mismo piensa sacar provecho? Es muy poco probable que no se haya dado cuenta de las reformas que hemos hecho.

—¡Nosotros fuimos los únicos testigos en el momento en que Remy alertó expresamente a Gosbart para que no fuera a coger la herencia de Cantar!

—Pero eso no impidió a ese ambicioso ocupar como *vicarius* el cargo de prefecto, supuestamente sólo hasta el momento en que regrese Cantar de Sión...

—¿Y todavía preguntáis, angelito, por qué actúa como si nosotros no existiéramos? ¡Quiere utilizarnos! La cuestión es únicamente para quién trabaja.

Al mofletudo *Angelus* aquello pareció molestarle menos.

—¿Acaso debería preocuparnos eso, señor conjurador del mal? Ni siquiera sabemos lo que se propone el Cardenal Gris con nuestros «protocolos».

En eso, la puerta del despacho situado abajo se abrió, y se oyó aquel chirrido de las bisagras, ya tan familiar para ellos, así como el ruido susurrante de las ruedas forradas de pieles de la silla móvil de Gosbart. De inmediato los dos cronistas guardaron silencio y echaron mano de la pluma.

—¡Los señores murciélagos pueden soltar la pluma de nuevo! —dijo sarcásticamente la voz del obispo, dirigiéndose a los hombres que estaban arriba—. Y os lo digo en latín: *Plecoti auriti!* Aquí ha llegado una carta de Tancredo de Lecce, dirigida a su hermano gemelo perdido, Conon de Béthune. —Gosbart mostraba una manera provocadora y fría de disimular sus instrucciones, como si se tratasen de una recomendación—. ¡No hay nada en esa carta que ya no supiéramos! Pero, aun así, debéis recogerla en vuestra crónica, sólo por dar una alegría a vuestro mentor, Remy d'Aretin, pues aquí, a Sión, llegan muy pocas cosas que merezcan la pena ser recogidas por la Historia...

Vocator ya estaba a punto de responderle al hombre de

la silla de ruedas, pues por temperamento no toleraba que nadie hiciera bromas a su costa. Pero entonces desistió de aquel acto de rebeldía, al tiempo que *Angelus* anunciaba con humor hacia abajo:

—¡Agradecemos a Vuestra Excelencia la inmerecida atención que presta a estos dos pobres vampiros que cuelgan sobre vos en el techo, y nos pondremos a escribir de inmediato!

El obispo se rió por lo bajo.

—Supongo que sabréis adoptar la posición adecuada del *Plecotus auritus*: ¡con la cabeza hacia abajo y las orejas tiesas!

El ruido de su silla de ruedas avanzando silenció su risa burlona.

De los protocolos secretos de Sión
A. D. MXCIII

De Tancredo, conde de Lecce, a su hermano Conon de Béthune:

Ingrato, pero no menos querido hermano, no os envío estas líneas por propio impulso ni porque os eche mucho de menos, sino única y exclusivamente, porque nuestra querida madre me apremia a hacerlo.

Vos no habéis merecido el amor que ella sigue profesándoos: un hijo considerado, capaz de mostrar respeto y afecto, ya habría proporcionado alivio, tiempo ha, a la preocupación de la dama por vos, ¡por lo menos dando alguna señal de vida! Por pura intuición, envío esta carta al lugar donde os vimos por última vez.

La señora Fedaye y yo, en nuestro largo viaje hasta la Apulia, hemos tenido la dudosa fortuna de encontrarnos con el pirata Bert el-Caz. De su boca tuvimos que oír que vos, Conon, lleváis al parecer una vida indigna, lo cual entristece sobremanera a nuestra madre.

Asimismo, quiero dedicar unas palabras a lo bien que me ha ido: me he ganado la amistad del príncipe Bohemundo de Tarento, lo cual me llena de orgullo. Por desgracia, el príncipe vive animado con el deseo de que juntos conquistemos un nuevo reino, si no es en la tierra de Bizancio, por lo menos en Asia menor o incluso en Siria: ¡es decir, en Terra sancta*! Él nos* *ve como parte de un gran plan divino, pero yo prefiero conformarme con lo que Dios me ha dado. ¡Es mejor tener en mano las costas rocosas desde Lecce hasta Otranto que los desiertos de arena de Palestina bajo los cascos! Con gusto estaría dispuesto a hacer algo para contrarrestar la injusticia que se cometió con él, el primogénito del gran Guiscardo, y luchar por la corona ducal que le corresponde: ¡todo por la Apulia! Pero, por favor, nada de hablar de quimeras, como puede ser la de un «Reino de los Cielos». ¡Lo que importa es ser precavido y guardar para tener una vejez apacible y tranquila!*

Nuestra señora madre, Fedaye, está muy bien. Tal vez deberíais saber lo que me confió hace poco, mientras bebíamos un vaso del excelente tinto de la región de la Apulia, ¡tal vez incluso alguno de más! Resulta que tenemos una hermana mayor, un «pecado de juventud», según me confesó ella misma, y nuestra madre no sabe nada de su paradero. La hija le fue arrebatada inmediatamente después de su alumbramiento, y a ella misma la casaron en contra de su voluntad con un hombre horrible, al que más tarde abandonó. Nuestra señora madre no quiso revelarme el nombre de la hija ni darme más detalles acerca de las circunstancias de ese matrimonio forzoso. No puedo imaginar que ese hombre horrible pueda ser el caballero alemán Sigbert de Öxfeld, que siempre nos ha sido descrito como un hombre sumamente honorable y valiente, y a cuyo hijo, nuestro medio hermano Gerald, ella siempre recuerda con pensamientos cariñosos. Por el contrario, nuestro padre, querido Conon, fue el hombre al que ella, nuestra madre, siempre amó, por el que la engañaron, hasta que el destino la llevó a Sión y encontró allí, por fin, su felicidad, de la cual tú y yo somos los frutos. ¡Querido Conon, somos los hijos de un gran amor! Por lo menos es algo que ahora sabemos.

Y si ahora os abrazo, lo hago sobre todo por nuestra maravillosa madre.

Tancredo, conde de Lecce y Otranto

Los dos cronistas se miraron significativamente.

—La buena de Fedaye de Béthune —dijo el delgaducho *Vocator*, cauteloso— parece haber tenido una vida amorosa bastante movidita, ¡más de lo que hasta ahora parecía!

—Si he calculado bien —dijo *Angelus*, cuyos carrillos estaban encendidos a causa de la excitación—, hubo primero un «pecado de juventud», luego un «matrimonio forzoso con un hombre horrible», de cuyas consecuencias no sabemos absolutamente nada, luego vino la boda con un valiente pero aburrido caballero alemán y, finalmente, «la gran dicha de Sión» con el aquí no mencionado Guillem de Gisors...

—Con ello sumamos cuatro hijos de tres padres —calculó con tono malicioso *Vocator*—. ¡Hasta ahora!

El mofletudo sonrió con picardía.

—¡Vaya con las aguas mansas!

Entonces se puso a reflexionar sobre las consecuencias, frunciendo el ceño, con lo que se le formaron unas arrugas de perro san bernardo.

—Lo que tendríamos que averiguar ahora es qué ha sido de esa hija.

—Pues a mí me interesa mucho más quién fue o es ese «hombre horrible» —se opuso *Vocator*—. ¡Cómo consiguió ella escapar de él y fue a dar donde el señor de Castelbov!

—El único que tuvo buenas intenciones con ella y al que ella abandonó de un modo infame...

EN EL PURGATORIO

En la casucha de Terès, situada en lo alto del pueblo de pescadores de Mondragone, aguardaba el pirata Bert el-Caz, preocupado por el regreso de la curandera. El estado de Pons iba mejorando, sus ojos ya no tenían el brillo de la fiebre, y habían disminuido sus jadeos y secreciones mucosas. Sin embargo, Bert el-Caz seguía apremiando de un modo incesante al joven paciente para que bebiera a pequeños sorbos aquel brebaje que él mismo aumentaba a menudo con una nueva dosis de agua caliente. Siguiendo las indicaciones de la mujer, añadió unas hojas más de *Sambucus ebulus*, saúco enano, y se dispuso a exprimir las bayas maduras de la planta. «Habéis de hacerlo con sumo cuidado —le había advertido Terès—, ¡y sólo una cucharada, porque las semillas son muy venenosas!» Bert miró con recelo aquel zumo rojizo antes de dárselo a Pons. ¡Al chico parecía saberle bien aquel brebaje tan peligroso! Entonces apareció en la puerta Terès, y con una rápida ojeada comprobó cuál era la situación.

—¡Vuestra tripulación, señor capitán, se ha esfumado! —le dijo alegremente la mujer.

—¡Y tras haberle pagado todo su sueldo! —respondió Bert el-Caz, irritado—. ¿Acaso no les habéis dicho que yo regresaría pronto?

—Lo más probable es que se aburrieran en tierra —dijo Terès, mostrando cierta comprensión con la actitud de los piratas—. ¡La verdad es que Mondragone no tiene nada que ofrecer, ni siquiera a cambio de una buena cantidad de dinero! Supongo que se habrán ido a Amalfi...

—¡Pues puedo darme por satisfecho con que, por lo menos, me hayan dejado el barco! —dijo el capitán de piratas, enfadado, pero intentando tomárselo a chanza.

—¡Pues parece haber caído en manos de unos bandidos! —le dijo la mujer, propinándole el siguiente golpe—. Yace de costado en la playa, como una vaca ahogada. ¡Válgame Dios! —Entonces la mujer lanzó una mirada a Pons—. ¡En cambio, nuestro jovencito parece sano y salvo! —Bert el-Caz tomó aquello como un cumplido por los esfuerzos que él había dedicado a cuidar al niño y sonrió satisfecho, pero Terès aún no había acabado su relato—: Cuando bajé, vi a dos hombres merodeando por vuestro barco; estaban bastante ocupados, al parecer, con el pesado cofre que habéis dejado imprudentemente en cubierta.

Bert el-Caz sonrió con aires de superioridad.

—¿Y? ¿Pudieron abrir la tapa?

—¡No lo sé! —dijo Terès—. Creo que volvieron a cerrarla. En el momento en que me vieron, partieron de allí a todo galope.

Entonces la sonrisa de autosuficiencia bajo el turbante verde desapareció.

—¿Los habéis reconocido? ¿Y sus caballos?

Terès se quedó pensativa.

—A esos dos los vi una vez en Mondragone —recordó de pronto la mujer—. Se encontraron con un hombre que me pareció bastante extraño, como si se tratase de alguien de la Iglesia. ¡Más tarde se marcharon con él a caballo! ¡Y vos, capitán, estabais aquel día atracado delante de la rompiente con vuestro barco!

—¡Mis respetos, Terès! —exclamó el pirata—. ¡No sólo tenéis un ojo bien agudo, sino una muy buena memoria!

La mujer rió.

—¡En Mondragone una no puede distraerse con tonterías! La búsqueda de las plantas adecuadas aguza los sentidos.

Hacía tiempo ya que Bert el-Caz veía a aquella fuerte mujer con otros ojos.

—Cuando Pons se cure, gracias a vuestra ayuda —dijo el capitán de piratas con cautela—, ¿vendríais conmigo? Quiero decir: ¿aceptaríais poneros a mi servicio a cambio de un buen salario, y ocuparos de Pons? ¡La verdad es que tal vez yo no sea la madre ideal!

Con expresión divertida, Terès miró a aquel pirata un buen palmo más bajo que ella.

—¡Mientras eso no sea una petición de matrimonio, la verdad es que podría venirme bien un cambio de aires! —La mujer soltó una carcajada al ver la expresión ofendida de Bert el-Caz—. ¡Lo haría, pero sólo podréis tomarme a vuestro servicio como una pirata libre! ¡En cambio, mis cuidados a Pons serán no remunerados!

—¡Os tomo la palabra! —saltó Pons, animado de repente—. ¡Quiero que vengáis con nosotros! —añadió el joven, al tiempo que extendía los brazos hacia la dura mujer, que se dejó abrazar de buena gana.

—Aquí estuve una vez con mi antigua princesita —comentó Astair, y, aunque hablaba para sí, lo dijo tan alto que Conon no pudo pasarlo por alto—. Estuvimos aquí con nuestro carro adornado con cintas de colores... a nuestros pies estaba Amalfi, y por delante teníamos la vida...

—Pues Elgaine la ha manejado de una manera valiente, mientras que vos, Astair de Saissac, hoy apenas estáis mejor que hace ocho años. —Sin embargo, tampoco él, Conon de Béthune, aparte de la hazaña de haber salvado al papa junto con su compañero, podía mostrar las heroicidades que había esperado llevar a cabo cuando siguió a la comitiva de Berenguer, el condotiero, abandonando Sión.

Desde los acantilados miraron abajo, hacia el nido de piratas, el primer destino de aquel viaje de ambos hacia lo incierto. Astair soñaba todavía con una gloriosa vida como pirata, con los tablones de una cubierta bajo los pies y unas velas hinchadas sobre su cabeza, por eso Amalfi era para el maestro de esgrima, sin ninguna duda, el lugar adecuado. En cambio, a Conon ya no le atraía hacerse a la mar. Añoraba los campos en los que se libraban las batallas, donde un caballero podría alcanzar fama y honor.

—Lo mismo si encontráis o no ahí abajo un barco adecuado —dijo Conon, señalando hacia la multitud reunida alrededor del estrecho puerto—, nuestros caminos se separarán más tarde o más temprano, Astair.

Dicho aquello, Conon enfiló a su caballo hacia el sendero que conducía a las callejuelas.

Astair lo siguió de mal humor.

—Pensé que podríamos unir nuestras alforjas, Conon, ¿no os parece? ¡Por mi bolsa no me darán ni siquiera un bote de pescadores en estado ruinoso!

Conon refrenó su montura.

—Pues id a quejaros a Bert el-Caz —dijo burlonamente—. Lástima que él no llenase más su cofre del tesoro. ¡O uníos de nuevo a él! Seguramente aparecerá muy pronto por aquí y vendrá a veros.

—¿Y por qué sólo a mí? —dijo Astair indignado, mientras Conon se le reía en la cara.

—¡Pues porque para entonces yo estaré a mil leguas de aquí!

Astair no quiso entrar a discutir aquella última afirmación. Se mostró amable:

—Recuerdo una taberna, La Última Ancla, y allí también alquilaban cuartos para dormir. El posadero era un griego robusto, Alekos. Creo que así se llamaba.

Astair por poco no reconoce la taberna del griego. La habían pintado recientemente, y un techo de tejas sobre unos pilares de piedras cubría la parte delantera. Justo al lado, en un local que, obviamente, pertenecía a la posada, descollaba un extraño armazón de madera. Había dos postes fijados a la roca, dos postes que sobresalían por encima de cualquier mástil, que habían sido bien cepillados y desbastados, y llevaban directamente a las alturas. Arriba flotaba una imponente rueda, sobre el abismo de paredes rectas, y una cadena de hierro pasaba por encima. En el extremo más elevado colgaba un barril de madera del tamaño de un hombre que chorreaba constantemente. En el extremo de la cadena había un cesto de mimbre, lo suficientemente grande para acoger a tres o, tal vez, a cuatro personas. En ese momento se encontraba abajo, en el suelo.

Alekos, el posadero, se acercó orgulloso a sus huéspedes.

—Esa bendita instalación se la debe Amalfi al papa de Roma —empezó diciendo—. Hace tres años, Su Santidad ordenó reconstruir a toda prisa el convento que está ahí arriba, ¡y sin escatimar en recursos!

Alekos deslizó su mirada hacia lo alto, pero allí arriba, tras el borde rocoso, sólo se distinguían las puntas de los muros.

—En su origen, había sido un monasterio para eremitas, en parte excavado en unas cavernas —continuó parloteando el griego—. Pero entonces mandaron a un constructor de catedrales expresamente para que echara un vistazo al monasterio, un hombre llegado de Borgoña, y fue él quien construyó este elevador de cargas genial, ya que allí arriba, ¡por una feliz coincidencia del cielo!, brota una fuente de las rocas. Su agua llena el tonel que veis ahí arriba, y luego su peso arrastra el cesto con la gente hacia arriba...

—¿Y cómo se baja de nuevo? —preguntó Conon con recelo.

—¡Pues del mismo modo! —dijo Alekos—. Subiéndose al cesto, en el barril sólo hay poca agua, justo la necesaria para que no os despeñéis; yo he desarrollado ya una buena mano para hallar el equilibrio justo. Cobro un cuarto de besante por cada noche que paséis ahí arriba, y medio besante por el transporte.

—¿Y quién está ahora ahí arriba? —quiso saber Astair.

—Mi criado, un chico mudo, pero fuerte como un oso; ¡él os ayudará a bajar y a subir! —dijo Alekos, poniendo así fin a su discurso para atraer clientes—. Éste es el lugar más seguro de Amalfi, no hay rateros, ningún ladrón de bolsas llega hasta allí. Las vistas sobre la bahía y el puerto son gratuitas, y aquí abajo vendo la deliciosa agua del manantial, por la que obtengo muy buen dinero —añadió con una sonrisa—. También abastezco a vuestros caballos, que tendréis que dejar aquí abajo.

—¡Una oferta convincente! —dijo Astair, hurgando en su alforja—. ¡Tomad esto como un pago anticipado por mí y por mi compañero!

Conon lo miró de reojo.

—No os entreguéis a falsas esperanzas, Astair —dijo Conon, sonriendo—, no creáis que gracias a ese mecanismo podréis mantenerme prisionero aquí. Por cierto, posadero, ¿qué ha sido de las monjas?

—Jamás arribaron —les informó solícito el dueño de la taberna—. No llegaron ni la abadesa, supuestamente célebre por los milagros que obra, ni las hermanas de la orden, tampoco ninguna novicia.

Los dos caballeros liberaron a sus caballos de las monturas, así como de sus pesadas alforjas, y subieron a la oscilante cesta.

Alekos dio un silbido corto y uno largo, y el barril que estaba encima de sus cabezas se puso en movimiento, dando un tirón. Astair y Conon flotaron por el aire con su valiosa carga, en dirección al abandonado convento.

Conon y Astair ya habían pasado su primera noche en aquel convento vacío. Lo que se veía algo desolado a la luz de las antorchas, al anochecer, se reveló a la luz del día como unas instalaciones en muy buenas condiciones. Todas las celdas se extendían a lo largo del acantilado, habían sido encaladas recientemente y daban la impresión de ser como panales de abeja, que sólo aguardaban a ser ocupados por sus laboriosas inquilinas. Las pequeñas ventanas abiertas en los muros daban todas hacia el puerto. A un lado se encontraba la estructura que sostenía la rueda y que comprendía los dos recipientes de tan distinta forma, de modo que uno podía subir al cesto mientras el barril era alimentado con agua de la fuente a través de un canalón abatible hecho de madera. Cuando el recipiente estaba lleno, el agua se desbordaba, y el chapoteo le indicaba al operario que la instalación estaba lista para transportar hacia arriba a unos nuevos huéspedes.

En ese extremo, se encontraban también las instalaciones de servicio y la cocina. Un largo corredor techado conducía por detrás de la nave central hasta la iglesia cavada en la roca, con su gruta y su figura de la Virgen María. Había un lugar para el oficio divino asombrosamente amplio, el cual podía acoger a muchos más fieles que las propias hermanas del convento. Contiguo a ese edificio estaba el refectorio, también excavado en la roca, lo cual le confería el lujo de ser como una veranda abierta con una pérgola cubierta de vides que crecían de forma silvestre. Los aposentos de la abadesa estaban en el otro extremo del acantilado; era un pabellón adornado con mosaicos llenos de arabescos. Allí se había instalado Conon, con plena conciencia de por qué lo hacía, entre otras cosas porque era el único punto del convento desde el cual no sólo podía verse el puerto, sino también los palacetes, altos y en ruinas, así como las estrechas y sombrías callejuelas del lugar. Astair tenía su habitación al lado de la cocina, donde también se alojaba el mudo criado. A Conon le pareció que, de ese modo, Astair quería asegurarse de que su compañero, dueño de la otra pareja de alforjas, no pudiera largarse sin ser visto.

Todavía no se habían puesto de acuerdo entre ellos sobre lo que iban a hacer, cuál de los dos se quedaría cuidando el oro robado del bajel de Bert el-Caz, para que el otro pudiera bajar y echar un vistazo al puerto, o si los dos debían bajar al mismo tiempo para que el otro no se aprovechase de esa oportunidad «de oro», nunca mejor dicho.

Y así, mientras se vigilaban más entre ellos en lugar de estar vigilando el barco, vieron entrar en la bahía, contra toda expectativa, al *Shoka al-Iffriqia*, que llegaba con las velas desplegadas. De inmediato, al antiguo capitán de la nave, Astair, le entraron las ganas de hacerse a la mar de nuevo en ese barco. También Conon captó al momento el cambio en la situación.

—Si Elgaine de Gisors os ve, pobre Astair —dijo socarronamente—, se temerá en seguida lo peor —añadió, mirando a su compañero fijamente a los ojos—. Pero si creéis que, por tal razón, debo ser yo quien se reúna con ella, entonces me llevaré mis alforjas conmigo y...

—¡Y desapareceréis con mi barco! ¿No es así? —resopló Astair, indignado—. ¡Sólo puedo dejaros ir si me dejáis vuestra parte del botín como garantía de vuestro regreso!

—¿Debo creer, pues, que vos...?

—Tenéis que creerme, Conon —le espetó el capitán—, sin el *Shoka* no daré un paso...

—No quisiera abordar a Elgaine por sorpresa, en cuanto el barco eche el ancla —dijo Conon, pensativo, pero todavía receloso—, y supongo que tampoco a Cantar de Sión. —Y a continuación, seguro de su victoria, agregó—: ¡Eso me dará la deliciosa oportunidad de torturaros todavía un poco más!

La llegada de un barco lleno de jóvenes mujeres corrió como la pólvora por aquella guarida de piratas. El *Shoka* todavía no había atracado en el muelle, cuando se vio ya rodeado jóvenes frenéticos e impacientes que esperaban a que bajara la pasarela y las damas descendieran de a bordo. Entonces Cantar, que hacía tiempo que no se hacía ninguna clase de ilusión sobre las chicas, apremió a Elgaine para que no bajaran la pasarela, tan indefendible por otra parte, sino que aguardara junto a ella hasta que aquella turba se calmara y, en el mejor de los casos, se marchase. Ella prefería primero informarse sobre las circunstancias del lugar.

—A diferencia vuestra, honorable abadesa —respondió Elgaine—, he estado ya alguna vez en Amalfi, y recuerdo que hay una taberna llamada La Última Ancla, que está situada justamente bajo el acceso a vuestro convento, ¡al otro lado del puerto!

—Y entonces, ¿por qué estamos aquí? —protestó la prima de mayor edad.

—¡Porque quería deshacerme de vuestras mujeres tan pronto como fuera posible! —replicó Elgaine—. No sabía que yo misma tendría que acompañar a esas chicas hasta la cama a la hora de dormir.

—¡Elgaine! —le dijo Cantar con acritud—. ¡Me habéis vendido vuestro harén diciéndome que eran novicias útiles para mi convento! ¡Ahora no os queda otra opción que ocuparos de que esas confundidas criaturas sean tratadas como monjas, y no como *hurijat* expulsadas del paraíso!

Entre gruñidos de protesta y muestras de enfado de los hombres que aguardaban con ansiedad, el *Shoka* volvió a levar el ancla y se deslizó a través de la bahía en dirección a la playa situada delante de la taberna del griego.

Cantar saltó de a bordo y cayó en la arena, y luego caminó hasta donde se encontraba Alekos, el robusto posadero, que estaba delante de su establecimiento, con actitud expectante. Estaba fuera de sí por la llegada de las pasajeras y porque, por fin, el convento empezaría a funcionar.

—Contad conmigo para cualquier ayuda que os pueda brindar —dijo de inmediato el griego, cuando el cesto se posó abajo y Conon bajó de él.

Cantar contuvo la alegría por aquel reencuentro.

—¡Vos, caballero Conon de Béthune, sois lo último que me esperaba! —dijo la abadesa, mientras Conon, perplejo, se ofrecía a ayudarla para transportar hacia arriba, en varios viajes, a sus compañeras.

—Esperaba que estuvierais establecida ahí arriba en calidad de abadesa desde hace mucho tiempo —comentó el joven a modo de broma—, ¡pero es obvio que carecíais de monjas para vuestro convento!

—¡Esa ausencia ya ha acabado! —respondió Cantar, que no estaba para bromas—. ¡Es preciso llevar a un lugar seguro a esas chicas, antes de que sucumban a las tentaciones de la carne!

Conon le explicó a la futura abadesa cómo funcionaba el mecanismo, y muy pronto el primer cesto subió su carga de chicas entre chillidos. Conon no había dicho ni una sola palabra acerca de la presencia de Astair. Había empezado a anochecer, el laborioso Alekos había hecho encender las antorchas en la playa y dirigía con sus silbidos los viajes del cesto. ¡Aquellas damas serían muy buenas clientas!

Conon, entretanto, ya estaba listo para subir a bordo del *Shoka*, que se estaba vaciando. Quería saludar a Elgaine, de la que suponía que traía a su hijo Pons consigo, lo cual no haría más fáciles, seguramente, las relaciones con Astair, su padre legítimo. Mientras se dirigía a la pasarela del barco, sintió la mirada recelosa de Astair desde las alturas del convento, en ese momento también iluminado por las antorchas. El inminente encuentro con Elgaine hizo que su corazón palpitara con más fuerza, cosa que lo incomodó. Todavía nadie del *Shoka* lo había visto, así que detuvo sus pasos. Con repentina resolución, giró sobre sus talones y se fue corriendo de vuelta a la taberna de Alekos.

—¡Silbad a mi compañero! —le pidió al robusto tabernero—, ¡y decidle que baje para que me acompañe a beber!

UNA ODALISCA EN EL CIELO

A última hora de la tarde, sin que nadie lo notara, el bajel de Bert el-Caz hizo su entrada en Amalfi. El pequeño zorro se mostró cauteloso. Cuando vio las antorchas y el baile de luces intercambiado entre el *Shoka* y la taberna del griego, decidió que anclaría el barco a un lado, en la parte oscura. Su resuelta acompañante, Terès de Mondragone, hizo que la llevara a tierra con el bote para comprobar qué era eso tan extraño que estaba sucediendo entre La Última Ancla y el convento hasta entonces vacío, situado sobre el acantilado. El capitán aguardó agazapado en el bote, ¡con el rostro oculto tras el enorme turbante verde, como si así nadie pudiera reconocerlo!

Terès se deslizó hasta la taberna sin que nadie notara su presencia; allí, las últimas damas del harén habían sido elevadas con el elevador hidráulico, aquellas que se había resistido a las tentaciones de Amalfi y a las inequívocas ofertas de los hombres que merodeaban por la orilla. Terès vio los dos caballos pertenecientes a Conon y a Astair; estaban atados bajo la techumbre de la parte delantera, pero no había ni rastro de sus dueños. La curandera hizo de tripas corazón y abordó al posadero para preguntarle sobre los dos caballeros. El griego, solícito, le dio la información que reclamaba, y le dijo que ambos se habían instalado en el convento, un alojamiento que tendrían que abandonar, a raíz de la llegada de las monjas. El señor Astair seguía estando allí arriba, adonde había subido también la señora abadesa; el señor Conon, en cambio, se había dirigido al barco con el que habían llegado las damas. El previsor Alekos dijo conscientemente algo que no era verdad. Conon estaba sentado en un rincón de la taberna, emborrachándose, mientras esperaba a su compañero. ¡Pero no era recomendable que el joven caballero ofreciera esa visión de sí mismo a la desconocida!

Terès ya sabía lo suficiente. Desapareció en la oscuridad de la noche y se deslizó de nuevo hasta donde la estaba esperando Bert el-Caz. Valientemente, se ofreció para aprovechar la confusión general reinante y hacerse subir hasta el convento en el cesto. Seguramente conseguiría encontrar las bolsas de oro robadas y salir del edificio sin ser vista. Sin embargo, Bert el-Caz se asustó ante la idea.

—¡El tiempo es un buen consejero! —Él, por el contrario, veía una oportunidad de devolver por fin a su madre al niño que tanto tiempo había cuidado. La ocasión se mostraba propicia; por lo visto algo retenía a Astair allí arriba, en el convento. Ya pretendían remar de nuevo de regreso, a fin de sacar al chico de la cama, cuando Astair bajó del cesto. A Bert el-Caz le entró el pánico. ¿Acaso Astair pretendía subir a bordo del *Shoka*? La resuelta Terès se burló de él por cobarde, pero hasta ella se veía impotente frente a la manía persecutoria del pequeño pirata.

—¡El tiempo vuela, y no aparece el esperado consejo! —le dijo con sarcasmo.

—¡Voy a poner fuera de combate a ese hombre al que tanto teméis! —Entonces sacó una pequeña redoma de entre sus ropas y se la colocó a Bert el-Caz bajo la nariz. Éste la miró con incredulidad, pero se rindió a sus deseos y asintió. Ocultos tras la borda del bote, continuaron observando cómo se desenvolvían las cosas.

Cantar, después de un ascenso entre bamboleos, había llegado por fin con el cesto hasta el lugar donde ejercería su cargo. Antes de que pudiera ocuparse de sus muchachas, vio a Astair haciendo algo en la chimenea de la cocina. Estaba metiendo dentro dos alforjas que, por lo visto, eran bastante pesadas, y las cubrió cuidadosamente con unos trozos de leña, de modo que no pudieran verse. Luego se dirigió a toda prisa hacia donde estaba el cesto e hizo que el criado mudo lo bajara.

Astair no había notado la presencia de Cantar, y ella no había hecho nada por llamar su atención. Al momento se dispuso a investigar el contenido de las alforjas. ¡Vaya torpeza! Bastaba con que una de las chicas encendiera la chimenea, y aquellas valiosas bolsas de cuero serían pasto de las llamas.

Para asombro suyo, Cantar comprobó que las alforjas escondidas debajo de la leña contenían las bolsas de oro que el pirata Bert el-Caz había robado del convento de Lerici. ¿Es que acaso Astair estaba conchabado con el pequeño zorro? Cantar decidió no perder de vista aquellas alforjas.

—¡La presencia de Conon en el barco no debería perturbarme! —decidió Bert el-Caz, al tiempo que le ocultaba a Terès que dicha presencia le resultaba muy conveniente, pues él sería así testigo de su generoso gesto—. ¡Por favor, id hasta donde está Elgaine y decidle que venga a la playa, así podré entregarle a Pons de modo seguro!

Terès se puso en camino hacia el *Shoka*, mientras Bert el-Caz se disponía a despertar a Pons y a prepararlo anímicamente para el reencuentro con su madre. La verdad era que no tenía ningunas ganas de hacerlo, pues estaba muy apegado al chico, ¡y creía que Pons vería aquella entrega como un quebrantamiento de su confianza, podría considerarla como una traición incluso!

Elgaine recibió a Terès, aquella desconocida salida de la nada, con suma desconfianza. En el primero que pensó fue en Astair, el antiguo capitán del *Shoka*, aunque todavía no sabía nada de su presencia en Amalfi. ¿Acaso aquella mujer era una espía enviada por el padre de su hijo?

Pero Terès, tan segura de sí, anunció su mensaje con toda franqueza:

—A mí me envía vuestro admirador, el gran capitán de piratas Bert el-Caz —le explicó—. Él os ruega que arregléis con él la entrega de vuestro hijo Pons a cambio de que se le devuelvan las bolsas de oro que le han robado Conon y Astair...

Elgaine se sintió estremecida y feliz al mismo tiempo.

—¡Mi hijo Pons! ¡¿Está aquí?!

—Claro —dijo Terès—. ¡Bert el-Caz lo ha traído hasta aquí, y el chico está sano y salvo!

—Pues de inmediato quiero...

—¡Primero las alforjas con el oro! —dijo Terès, a la que no le resultaba fácil mostrarse dura con aquella madre tan confundida a causa de una felicidad que le habían devuelto de forma tan inesperada; pero aquel juego ya había comenzado y tenía que llevarlo hasta el final.

—Ni siquiera sé dónde están Conon y Astair...

—Los dos se han alojado en el convento —la interrumpió Terès—. Es de suponer que hayan dejado allí arriba las alforjas.

—¡Pues en eso sólo Cantar puede ayudar! —En su desesperación, Elgaine se fiaba de repente de aquella desconocida—. ¡Pero me ha dejado plantada aquí!

En ese momento, tomados del brazo y dando tumbos, Conon y Astair, que estaban bastante borrachos, subieron por la pasarela del *Shoka*. Avanzaron tambaleándose hasta donde estaba Elgaine con intenciones de abrazarla.

—¡Los viejos piratas volvemos a estar felizmente juntos! —dijo Conon, con voz gangosa, y abrazándose al cuello de Elgaine. Sin embargo, la joven madre pudo evitar a última hora ser abrazada por Astair. El burlado rió y alzó la jarra que traía de la taberna.

—¡Deberíamos brindar por ello! —Ninguno de los dos notó la presencia de Terès. A Elgaine no le quedó más remedio que poner buena cara ante aquel estúpido juego, así que secundó sus risotadas—. ¡Qué sirvan las copas! —exclamó Astair.

Con actitud resuelta, Terès intervino:

—¡Pues permitidme que brinde por el reencuentro! —propuso la curandera y atrajo la jarra hacia sí.

—Nosotros tres deberíamos estar juntos de nuevo... —soltó Conon, que parecía más borracho que su compañero—. Elgaine como timonel, yo como grumete y Astair...

Elgaine lo golpeó en la pantorrilla.

—¡Eh, cuidadito! ¡Elgaine es la capitana!

Terès había cogido tres copas del aparador del camarote y las había llenado con el vino de la jarra. Rápida como el rayo, dejó caer algunas gotas de la diminuta redoma en dos de las copas y se las alcanzó a los dos hombres; la tercera se la entregó a Elgaine, que no tenía ganas de tomar vino.

Pero, una vez más, Conon la apremió para que se tomara el primer trago.

—¡Bebamos por nuestra hermandad! ¡Eres una hermana! —gritó, al tiempo que intercambiaba con ella su copa. Con los brazos entrecruzados, Elgaine tuvo que beber de la copa de Conon, mientras este último bebía el contenido de la suya de un solo golpe. Su compañero no quiso quedarse a la zaga y lo imitó, también brindando en honor de Elgaine, quien no pudo evitar beber también a su salud. Terès vio todo aquello con espanto.

Astair fue el primero en poner los ojos en blanco y en caer al suelo como un saco de harina mojado. Le siguió Elgaine; Conon consiguió atraparla en el aire y, bien apretado contra su carga, cayó de rodillas. Colocó la cabeza de la joven sobre su pecho, y los dos quedaran tumbados sobre los tablones de cubierta.

Fuera de sí, Cantar irrumpió en el camarote.

—¿Qué está pasando aquí? ¿Quién es usted? —preguntó a Terès, quien se esforzaba por no parecer una pérfida asesina que había envenenado a sus compañeros.

—Elgaine quería neutralizar a los hombres —dijo, señalando despectivamente a Astair, que se había desplomado en el suelo—, a fin de recuperar de nuevo a su hijo Pons. —Terès parecía muy creíble en su descripción—. ¡Pero, por desgracia, ella también ha bebido de sus copas!

Cantar no parecía dudar, pero mostró a las claras su disgusto.

—¿Algo más?

—Sus últimas palabras fueron: «¡Cantar sabe dónde están las alforjas!» ¿Es eso cierto?

Aquello molestó sobremanera a Cantar.

—Y aunque lo supiera, ¿cómo voy a llegar hasta ellas?

—Si no se las arrebatáis a Bert el-Caz —dijo Terès—, sobre vos recaerá la culpa de que la madre y su hijo no puedan...

—¡Basta ya de esas acusaciones! —interrumpió Cantar a la curandera—. ¡Lo mejor es que subáis en el cesto y que vos misma recojáis el maldito oro, se lo metáis a vuestro Bert el-Caz en el gaznate, para que éste suelte a Pons, y luego os vayáis al diablo los dos! —A Cantar le dolía toda aquella historia, pero en seguida recordó su dignidad y su deber como abadesa cristiana y tomó a Terès por el brazo en un gesto conciliador—. La codicia masculina y la debilidad de las mujeres no son cosas que se os pueda achacar. —Entonces guió a Terès mientras bajaban por la escalerilla hacia La Última Ancla.

Alekos se había quedado dormido con la cabeza apoyada sobre el mostrador. Cantar lo despertó y empujó a Terès con un gesto enérgico en dirección al cesto del elevador hidráulico.

—Cuando lleguéis arriba —dijo, instruyendo rápidamente a la mujer de las hierbas—, deteneos delante de la chimenea de la cocina. ¡Bajo los trozos de leña encontraréis las alforjas con el oro! —El cesto pegó un tirón, y el barril lleno de agua se puso en movimiento salpicando por todos lados. Terès voló hacia arriba.

Teodora había tomado el control del convento después de que la joven abadesa desapareciera otra vez, apenas un momento después de haber arribado. Las chicas protestaron, diciendo que tenían hambre, y entonces la odalisca ordenó que echaran a la gran caldera todo lo que hubiera, cualquier pedazo de pan, toda corteza de queso duro, cualquier trozo de tocino, frutos secos o alubias, con lo cual podrían hacer una sopa, aprovechando la abundancia de agua de la fuente.

Las *hurijat*, entusiasmadas, arrastraron la caldera hasta el fuego, y bajo las instrucciones de Teodora, las improvisadas cocineras se pusieron a avivar el fuego. Y fue entonces cuando las chicas descubrieron bajo los trozos de leña las alforjas con las bolsas, justo en el instante en que llegaba Terès. Con total presencia de ánimo, la curandera se coló entre las muchachas que gritaban excitadas y les arrebató su hallazgo. Teodora se sintió desafiada y le cortó el paso a la resuelta curandera.

—¡No me toques, bruja! —le gritó Terès, como si fuese un dragón que arrojase fuego por la boca.

—¡¿Cómo se te ocurre, asquerosa vaca de corral?! —replicó Teodora—. ¡Estás hablando con la condesa de Lecce!

Las chicas de la cocina se quedaron petrificadas.

Antes de que se pudiera llegar a las manos, Terès, sin dilaciones, cargó las alforjas sobre sus espaldas y se dirigió hacia el cesto con el que acababa de subir.

—¡Agarradla! —gritó Teodora, y las chicas de la cocina

se arrojaron sobre Terès, pero el cesto ya se había puesto en movimiento. Debido al peso de las alforjas llenas de oro, el cesto bajó a toda velocidad, pues abajo nadie había cargado el barril de agua, que estaba vacío.

Cantar estaba todavía a la espera, cuando el cesto cayó junto a ella, dando un tremendo golpe contra el suelo. Entonces la abadesa reaccionó con prontitud; soltó los dos caballos, les echó encima las alforjas y se marchó de allí al galope. Sólo entonces se dio cuenta de que no le había preguntado a Terès dónde se le haría la entrega del tesoro a Bert el-Caz. Pero ¿acaso debía esperar por aquella mujer?

Arrancó del suelo la última antorcha clavada en la arena, junto a la escalerilla de abordaje, y la blandió en el aire, por encima de su cabeza, de modo que fuera visible para cualquiera. Y así partió, avanzando a lo largo de la playa, siempre manteniendo a la vista el mar. Sus esfuerzos se vieron recompensados, y desde el agua le llegó una respuesta: un reflejo de luz que se movía.

Al poco rato el perfil de un bote de remos se dibujó sobre el oleaje cubierto de blanca espuma, deslizándose en dirección a la orilla. Cantar azuzó a los caballos para que se metieran en el agua. En el bote estaba, en efecto, el pirata Bert el-Caz, y para identificarlo ni siquiera hubiera sido necesario aquel extraño turbante. Delante de él, estaba un muchachito que la miraba más bien con hosquedad, en lugar de con miedo. ¡Ése tenía que ser Pons! Cantar no dudó ni un instante. Le lanzó al pirata las alforjas, y la embarcación se tambaleó.

Bert el-Caz se puso en pie de un salto, se arrojó al mar torpemente, como todos los que no saben nadar, y luego, con el agua por la cintura, alzó al chico para sacarlo del bote. Lo tomó sobre los hombros y lo acercó a donde estaban Cantar y los caballos. No intercambiaron una palabra entre ellos. El pirata, sin mirar al chico a la cara, alzó su carga de los hombros y la elevó hasta la silla del caballo de Cantar. Entonces se dio la vuelta sin decir nada, avanzó con esfuerzo entre las olas y se metió como pudo en la embarcación bamboleante. Allí se irguió de nuevo, y pareció que quisiera hacer un gesto con la mano en señal de adiós, perdió el equilibrio, tropezó con el remo y cayó de cabeza al agua.

—¡No! —gritó Pons, que, con una osada maniobra, azuzó de nuevo a su caballo hacia la corriente, antes de que Cantar pudiera impedírselo. El muchacho se dejó caer del lomo de su caballo justo en el sitio en el que el imponente turbante había emergido por última vez.

Una sombra pasó volando por el lado de Cantar: Terès se había lanzado a las olas a toda velocidad. Con fuertes brazadas, se fue acercando a aquellos dos, que luchaban para no ahogarse. La curandera consiguió agarrar a Pons y lo empujó hacia el bote que se mecía sobre el oleaje, lo agarró por las piernas y lo lanzó por encima de la borda. Pons tuvo la suficiente presencia de ánimo para meter su torso dentro del bote y agarrar de inmediato uno de los remos, el cual extendió a Bert el-Caz, que había salido de la espumosas aguas del mar como un desgreñado demonio acuático.

Terès ya no tuvo fuerzas para subir a bordo, de modo que ella también se aferró a la paleta del remo. Entretanto, la tripulación del bajel había notado los apuros en los que estaba su capitán. Algunos de los hombres, los que sabían nadar, habían saltado al agua, dominaron el bote y remaron, llevando consigo a Bert el-Caz, al orgulloso Pons y a Terès, de vuelta al barco.

Cuando Cantar estuvo segura de que la operación había sido un éxito, le dio la vuelta a su caballo, y éste, el mismo que debía haber llevado de vuelta a Pons a su madre, la siguió, con la silla de montar vacía. Pensativa, Cantar se encaminó de regreso al *Shoka al-Iffriqia,* que se mecía apaciblemente sobre la playa, ató a los animales a la pasarela del barco y subió a bordo. En el camarote, Elgaine seguía durmiendo en compañía de los dos hombres. A Cantar la tranquilizó que todos roncaran: los tres estaban vivos. Entonces la desdichada abadesa fue bebiendo de cada una de las copas, apurándolas. Todavía tuvo intenciones de servirse el resto que quedaba en la jarra, pero para entonces ya el somnífero había surtido su efecto. Cantar cayó al suelo junto a los compañeros de su infancia, y en ese momento abrigó la esperanza de poder despertar al día siguiente junto a ellos, sin verse obligada a recordar lo que había sucedido esa noche.

Una niebla matutina envolvía Amalfi. Tras los acantilados, la luz del día se anunciaba, pero la localidad y el puerto yacían bajo un manto de sombra. A Berenguer de Saissac le había costado encontrar a alguien a esa hora temprana a quien pudiera preguntarle dónde podría encontrar a la abadesa Cantar de Sión.

—*Vasciama la uallera!* —gruñó uno de los dos ancianos pescadores—. ¡Que el diablo venga a vaciarme los huevos! —dijo, y se persignó, mientras que el otro pescador, parco en palabras, señalaba hacia arriba con el pulgar, hacia donde estaba el convento erigido encima de los acantilados.

Pero entonces el condotiero vio en la playa el *Shoka al-Iffriqia*, no lejos de la taberna llamada La Última Ancla. Justo al lado destacaba el andamiaje del elevador hidráulico que, supuestamente, conducía hasta el convento, ¡si es que no lo llevaba a uno directamente al cielo!, como dijo el segundo pescador con recelo, persignándose también tres veces.

—¡Eso para quien lo añore! —fueron las palabras de gratitud de Berenguer. Los primeros rayos de sol cayeron sobre su calva cabeza, cuando, con paso decidido, entró en la tranquila cubierta del barco. Todos parecían estar durmiendo todavía. Entonces Berenguer vio que la puerta del camarote del capitán estaba entreabierta. La visión que se ofreció a los ojos del valiente condotiero sólo consiguió alarmarlo: en el suelo del camarote, arrojados unos sobre otros como prendas de ropa que alguien se ha quitado a toda prisa, estaban su único hijo, Astair; a su lado estaba su compañero Conon de Béthune, con la cabellera rizada de su indomable sobrina Elgaine de Gisors sobre el pecho, y encima de todos, la grácil figura de cabellos oscuros por la que había ido hasta allí: Cantar de Sión. Ella también era hija de su hermana, aunque huérfana, pero eso Cantar no lo sabía aún. ¡Y por nada del mundo quería ser él el primero en decírselo!

Ninguno estaba muerto. Lo evidenciaba la respiración agitada y jadeante. Por lo visto, los cuatro estaban durmiendo una gran borrachera. Entonces el calvo carraspeó, de modo que pudieran oírlo.

Conon fue el primero en abrir los ojos y quedarse mirando fijamente, con desánimo, al condotiero. A modo de disculpa, murmuró:

—No tengo ni idea de cómo... Ni sé qué... —Sólo entonces reparó en la cabeza de Elgaine, que se había acomodado bajo su mentón y cuya cabellera le hacía cosquillas en la nariz. Entonces sonrió tímidamente y le mordió a Elgaine el lóbulo de la oreja.

La joven se espabiló de inmediato y lanzó una mirada fulminante a Berenguer.

—¿Dónde está esa mujer? —dijo, levantándose—. Ella nos ha...

Elgaine comprendió de inmediato que el calvo no podía saber nada de aquello, por eso se volvió hacia Conon, que también la miró fijamente y sin comprender—. Sí, esa mujer, pretendía devolverme a Pons...

Entretanto, Cantar también se había despertado, e intervino de inmediato.

—Cuando llegué aquí, Conon me ofreció una copa —afirmó la abadesa en tono arrogante—. ¿O acaso fue esa mujer? —Con esas palabras, Cantar, hábilmente, se ponía del lado de las desdichadas víctimas.

Todo aquello le interesaba poco a Berenguer.

—¡Cantar de Sión! —le ordenó el condotiero—. ¡El cardenal diácono Remy d'Aretin desea que regreséis de inmediato a la región del Valais!

Cantar sintió como si le propinasen un mazazo en la cabeza.

—¿Es que la Iglesia ya no me cree capaz de realizar esta misión? —preguntó, rebelándose. Había temido no estar a la altura de la misión encomendada, la de ser abadesa, pero estaba dispuesta a luchar por su cargo—. La Curia no puede quitarme así como así la dignidad que aún no he ocupado...

—¡Pues de eso se trata, exactamente! —contestó el calvo, y, en un momento de inspiración, agregó—: Se trata de algo muy superior. ¡Me han encargado acompañaros sin demora hasta Sión!

A Conon le incomodaba el tono militar del condotiero. El calvo era incapaz de empatizar con el alma de una joven.

—Si lo deseáis, Cantar —le ofreció espontáneamente—, ¡asumo con mucho gusto la labor de protegeros! —Y entonces, dirigiéndose a Berenguer en gesto desafiante, añadió—: ¡Me pongo a disposición como escolta de esta dama!

La expresión en la cara de Elgaine no mostraba ningún

entusiasmo por este giro de las cosas, y la oferta pareció golpear al calvo como un chorro de agua sucia sobre una sábana limpia y seca.

—¿Dónde estoy? —gimió Astair, que fue el último en volver en sí de su desmayo. Confundido, miró a su alrededor, mientras se ponía en pie agarrándose del marco de la puerta. Su mirada se posó entonces en el extremo inferior de la pasarela de acceso. Allí se encontraban los dos caballos, que no tenían por qué estar amarrados en aquel sitio. Estaban ensillados y llevaban las alforjas, ¡pero las bolsas no estaban! A Astair le entró el pánico. Él había ocultado la silla y las alforjas muy bien allí arriba, en el convento, debajo de la leña de la chimenea, ¿o no?

El joven corrió entonces por la pasarela; fue rápidamente por la playa hasta La Última Ancla.

Impasible, Berenguer de Saissac retomó la cuestión de la vuelta a casa de Cantar de Sión.

—¡A mí me da igual! —le respondió Conon, sin dejar entrever lo más mínimo cuán bien le venía aquella oferta. Cantar también se mostró muy serena. También ella supo ocultar bien su alegría de que fuera Conon quien la acompañara en ese viaje, en lugar de aquel hombre con la cabeza pulida como una bola de madera. Porque, con Conon de Béthune, ella podría presentarse durante el camino en Roma ante la persona que había tomado esa injusta decisión. Ni por la mente le pasó que Remy d'Aretin estuviera actuando en el mejor interés de la Iglesia.

Elgaine de Gisors estaba enfadada con ambos, con el voluble Conon, a cuyo pecho musculoso ella había confiado su cabeza esa noche, y con Cantar, la falsa monja, que no necesitaba de un mozalbete como Conon para que le sostuviera la mano. Pero lo que más la enfadaba era que su prima le otorgara el honor de representarla a ella, la *abbatissa venerabilis*, durante su ausencia de Amalfi.

—En religiosidad, yo no podría medirme con vos, Cantar, ni tampoco en el cuidado del espíritu de vuestras protegidas —dijo Elgaine con rabia disimulada con esfuerzo—, ¡pero intentaré igualarme a vos en lo que atañe a las necesidades del cuerpo de esas jóvenes!

Cantar la miró primero con ojos reprobatorios, pero luego respondió con expresión suave:

—Tomad el ejemplo de la Virgen María, Elgaine de Gisors.

—¡Demasiado tarde para eso! —dijo Elgaine, a la que se le hincharon las venas del cuello—. Concebí a Pons en el pecado, y lo amo más que a cualquier hombre en esta Tierra, ¡e incluyo tanto a los presentes como a los ausentes! —añadió, fulminando con la mirada tanto a Conon como a Astair—. ¡No reconoceréis a vuestras monjas cuando regreséis, eso os lo prometo, querida Cantar!

Al pie del elevador se encontraba Teodora, que regateaba con Alekos sobre su participación en el negocio de peaje a los visitantes masculinos del convento. El griego era de la opinión que él debía tener una participación en aquellos honorarios del amor que la *madame* iba a embolsarse allí arriba.

—Entonces no se fornicará, y el elevador no os servirá de nada —amenazó Teodora con expresión tan fría como el hielo—. ¡Pensáoslo!

Astair oyó lo dicho por Teodora antes de que se volviera bruscamente hacia él:

—¡Yo a vos os conozco de Mahdia, pero vos no me conocéis a mí! ¡Y está bien que así sea! —La odalisca había reconocido de inmediato al antiguo amante de su madre, y se regodeó en el efecto de esas palabras introductorias—. Seguro que venís por lo de las alforjas, ¿no? ¡Pues una bruja malvada las ha robado! ¡Tenía pelos en los dientes, en el pecho y en sus robustos brazos! —Con habilidad, Teodora hizo como si todavía temblara a causa del miedo—. Esa horrible hermafrodita nos arrancó las bolsas de las manos y las arrojó a ese cesto —añadió, señalando al cesto en el que había estado flotando hacía tan sólo un momento—. ¡Y aquí abajo estaba Cantar, nuestra nueva abadesa!

Astair negó involuntariamente con la cabeza, tanto a causa de aquel relato como del aspecto de Teodora, que llevaba uno de los atuendos de odalisca más atrevidos y estaba muy maquillada, con unos labios rojos demasiado marcados, con bordes de ojos sombreados, el pelo teñido de henna y las mejillas amelocotonadas.

—¿No os habréis confundido, querida...?

—Podéis llamarme Teo, señor Astair de Saissac, soy el legítimo conde de Lecce y de Otranto...

—Pero es que Cantar, durante la noche, se encontraba en... —Astair se sentía completamente inseguro—. Por lo demás, ella ya no será vuestra abadesa, porque ha sido llamada a Sión. —Esto pareció afectar a Teodora.

—*Ojemine!*[3] ¡Una persona tan adorable! —se lamentó—. ¿Qué va a ser ahora de nosotras? —En realidad, aquello la alegraba. ¡Una excelente disposición del cielo!

Astair no tenía más tiempo que perder.

—*Ojemine!* —exclamó él también, burlonamente, y en tono algo cruel agregó—: ¿Por qué no vivís como hetairas libres en un templo del amor? —Y ya con sarcasmo—: ¡Ya habéis negociado, Teo, con Alekos, el posadero!

La odalisca con título de conde lo miró con ojos reprobadores:

—¡Para vos sigo siendo Teodora!

Astair regresó al *Shoka* con las nuevas noticias, justo en el preciso instante en que Conon y Cantar se habían marchado al galope. Todavía pudo distinguirlos en la lejanía. Cantar había cogido su caballo, y nadie se lo había impedido. Por lo visto, el viaje había sido emprendido de una manera muy precipitada, y no sin dejar detrás un ambiente algo caldeado. Elgaine estaba enfadada, el propio Astair estaba bastante desconcertado. Sólo Berenguer de Saissac ya no hacía ningún esfuerzo por ocultar su satisfacción. Acababa de enviar de vuelta a Mondragone al capitán del barco de los servicios secretos con el que había llegado hasta allí, y éste llevaba la noticia de su éxito, con instrucciones de hacérsela llegar *stante pede* al Cardenal Gris: había conseguido encontrar a Cantar de Sión, y ésta ya se encontraba camino de la región del Valais, acompañada de una persona de confianza, el *camarlingo papale* y noble caballero Conon de Béthune.

3. La expresión *Ojemine!* o *O Jemine!*, como demostración de compasión, horror o sorpresa, tiene su origen en la alocución latina *O Jesu Domine*. *(N. del t.)*

LAS MÁSCARAS DE LA BELLA MELUSINA

Sentados en su habitación, con poca luz, estaban los dos cronistas, el mofletudo *Angelus* y el esmirriado *Vocator*, discutiendo sobre a cuál de los dos le correspondía fijar por escrito, de una vez, los detalles del matrimonio celebrado entre el emperador y aquella princesa rusa llamada Práxedes. Gosbart, el obispo de Sión, aprovechó el vacío surgido en la ciudad no sólo para ejercer el cargo de prefecto, sino que también intervenía de un modo tiránico en la actividad de los dos escribanos, quienes en realidad sólo tenían que rendir cuentas al Cardenal Gris. Él les metía prisas, los controlaba y los utilizaba. Y ellos estaban indefensos a merced de él... ¿Indefensos?

—¡Pues hagámosle ese favor! —dijo el gordo *Angelus*.

—En fin, en primer lugar, ahora se llama Adelaida —gruñó el monje más delgado—, en segundo lugar es de Kiev, la hija de un gran príncipe de Ucrania. ¡El hecho de que sea viuda a pesar de su juventud, viuda del conde de la Marca del Norte, me parece, por el contrario, irrelevante!

—Debe de poseer todos esos atractivos eslavos —dijo *Angelus* en defensa de aquella beldad llegada del este—; altas mejillas, pelo rubio... ¡en cualquier caso, tendrá todo lo suficiente para que el señor Enrique, después de un tiempo apropiado de luto de la mujer que no amaba, la fiel Berta de Saboya, haya caído rendido a sus pies!

—¡Una segunda primavera para el emperador! —dijo burlonamente *Vocator*—. Como si el señor Enrique no tuviera otras preocupaciones...

—¡Esas preocupaciones se las quitará el eficiente Godofredo de Bouillon! —lo consoló el mofletudo.

—¡El futuro nos dirá si la princesa Práxedes le corresponderá a ese afecto tan frenético con la misma entrega y fidelidad! —replicó su compañero de inmediato.

Con ello quedaba resuelto el asunto para *Vocator*. Y justo a tiempo, porque, sin que ellos se hubieran dado cuenta, una visita había entrado en el despacho situado bajo ellos.

—Balduino de LeBourg —oyeron los espías la voz fría y amenazante del obispo—, hace mucho tiempo que no nos vemos; sin embargo, algo hemos oído acerca de vuestra carrera sacerdotal.

—Ya lo ves —siseó *Vocato*r—. Él sabe exactamente que nosotros...

—Tú te harás cargo del obispo —lo interrumpió *Angelus* en voz baja y con apremio—, y yo me ocuparé del tal Balduino.

—¡No a todos se nos depara la suerte, Gosbart de Sitten, de ser elevados desde el pupitre del seminario directamente al trono de un obispo!

—¡Que no haya envidias! El trono del *Episcopus sedunensis* es mucho más duro que los lechos de pluma de Canossa, ¡especialmente cuando éste se lleva entre picos de montaña!

—¿Adónde pretendéis llegar, Eminencia?

—En este páramo de las montañas, me interesa saber de qué lado está alguien como vos cuando no está tumbado en una cama.

—Podéis ocultar muy bien vuestra codicia, Gosbart, tras la máscara de la ingenua curiosidad. ¿Para quién pensáis interrogarme ahora?

—Soy yo ahora quien os pregunta, Balduino. ¿Qué os trae por aquí? El camino de vuelta de la Lorena a la Toscana no pasa por Sión si no es por algún motivo.

—¿Y quién os ha dicho, Eminencia, que vuelvo allí?

Balduino de LeBourg guardó silencio, lo cual dio a los escribanos la oportunidad de intercambiar unas miradas. Los dos estaban desconcertados.

—Me da igual que vos, Gosbart, queráis espiarme por encargo de la margravina Matilde, o que los servicios secretos deseen verificar mi disponibilidad; ¡lo cierto es que he emprendido este viaje para indagar en mi conciencia, mi yo más profundo!

—Vuestra franqueza, si es que es tal, me honra.

—Nada más alejado de mis intenciones que consideraros un hombre de honor, Gosbart de Sitten.

Gosbart era un maestro asimilando los golpes, era como si su cuerpo, atado a aquella silla de ruedas, estuviera recubierto con fardos de paja.

—¡No me juzguéis tan duramente, Balduino de LeBourg, ¡Ambos pendemos de los hilos del mismo titiritero! Por eso me alegra oír de vos que venís de Alemania, de modo que nadie puede haceros responsable de lo que está sucediendo al otro lado del paso, en la bella Italia...

—¡Será bella para Matilde! —lo interrumpió Balduino—. Pero es sombría y terriblemente agobiante para Enrique.

—Entonces, ¿lo sabéis? —preguntó el obispo con gesto amenazador.

Balduino asintió.

—Era de esperar. El hijo del emperador, Conrado, no ha podido resistirse a la tentación...

—¿La de Maurcade du Berq?

Balduino respondió con un despectivo movimiento de la mano.

—¡Eso no fue necesario! ¡Bastó con el atractivo de la corona que los enemigos de su padre le encasquetaron en la cabeza a ese cobarde!

El obispo lo miró con expresión preocupada.

—¡¿Y cómo va a terminar ahora todo eso?!

—No os mostréis más afectado de lo que estáis, Excelencia —lo increpó Balduino—. Yo, por el contrario, tengo un interés legítimo en que se aclare este enredo, que no sólo corroe a la Iglesia y al emperador, sino también a la margravina, tan devota del papa, y al fiel jefe de los ejércitos de Enrique, el mariscal del imperio, y los va erosionando lentamente, pero de un modo implacable, como entre las dos ruedas de un molino. Ése también ha sido el motivo de mi viaje, que me ha llevado bien lejos hacia el oeste y hacia el norte. Me preocupa Bouillon, el territorio heredado por Godofredo de su madre, Ida de Lorena, y me preocupan las maquinaciones que, en ese sentido, haga Thierry de Verdún.

—El poder es un mal consejero —suspiró Gosbart.

Balduino continuó a pesar del comentario:

—Yo, por un lado, soy amigo de Matilde y adepto del papa legítimo, pero también soy primo carnal de Godofredo, ¡un hombre para mí muy amado y querido!

A Gosbart no le interesaban las penurias del otro, y entonces preguntó con suspicacia:

—¿Y qué resultados ha dado vuestro viaje de exploración por el norte, qué teclas ha tocado en el fondo de vuestro corazón?

Balduino no se dejó provocar por aquel comentario.

—Puesto que sois un hombre del cardenal...

—¡Como lo sois vos!

—... quisiera saber que esto consta, antes de que vuelva a meterme entre las ruedas de ese molino, en el que ningún grano sabe que será pulverizado antes de caer en el saco...

—¡Si es que llega a caer alguna vez! ¡Así que, por favor, nada de nostalgias! —Gosbart tenía todas las de ganar—. Nadie debe meterse entre las ruedas de un molino de manera voluntaria, ¡y vos, Balduino de LeBourg, menos que nadie!

Balduino mostró una sonrisa de cansancio.

—He hecho este viaje no tanto para comprender viejas rencillas, sino más bien para evitar otras nuevas.

—¿A favor de Godofredo?

—Ése era mi propósito en un inicio, pero luego los vientos cambiaron de rumbo y me golpearon en plena cara, me hicieron dar vueltas como una hoja en el otoño.

—¡No busquéis compasión para vuestra vejez!

Balduino sonrió agradecido por las rudas maneras del obispo. El tono desenfadado le hacía más fácil la narración.

—Todo lo que todavía no soy capaz de reconocer tiene más que ver con los normandos y con Gisors que con la Lorena y con Bouillon. —El obispo lo dejó hablar, y sólo asintió, en señal de que comprendía, pero sin saber hacia dónde se encaminaba todo aquello. Él, allí, era un marginado, alguien de fuera, ¡gracias al cielo! Aquel pensamiento que lo llenaba de satisfacción le vino a las mientes en el instante en que Balduino volvió a la carga con una historia aún más remota—. Guillermo el Conquistador tenía tres hijos. El primogénito y el heredero legítimo, Roberto, preñó a la joven Melusina de Béthune, media hermana de Ida de Lorena, quien desde su más temprana edad estaba prometida a su hermano Rufo. Y por ello tuvo que pagar Melusina. Fue desterrada a la sombría fortaleza de príncipe, la fortaleza de Berq, y allí trajo a un hijo al mundo, por lo cual la casaron de inmediato, en contra de su voluntad, con un pariente lejano de la familia de Lorena.

—Algo estúpido —añadió el obispo, regodeándose en sus palabras—, ¡pues aquella jovencita, para entonces, se había enamorado de un caballero normando llamado Guillem de Gisors!

—Al que le fue denegada —completó con amargura Balduino—. Probablemente el comprador, mi desconcertado padre Norberto, conde de las Ardenas, ofreció más dinero por la pobre Melusina, que de ese modo forzoso se convirtió en mi madre...

—¡El bosque de las Ardenas, junto con el castillo de Trifels, del señor Norberto de Lehburg, está situado a muchas más millas del lugar de la infamia que el castillo de Gisors, tan disputado! —dijo Gosbart a modo de explicación—. Pero ¿qué fue de vuestra señora madre, aparte de la dicha de haberos dado a luz a vos, estimado Balduino?

—Cuando yo era pequeño —recordó el sacerdote— se decía que ella había muerto. Más tarde, gracias a mi insistencia, el señor Norberto admitió que sólo había «desaparecido» un buen día. La verdad es que él hablaba de mi madre como de un hada, un ser irreal, *Melusine Lointaine*, alguien que vivía en una lejanía desconocida, ¡y lo hacía siempre embargado por la añoranza! Yo le perdoné el hecho de no haber conocido a mi hermosa madre, porque pensé que él tal vez la había amado. Pero pronto empezó a enfurecerse cada vez que yo mencionaba su nombre. Me pegaba por ello, y entonces sepulté a Melusina en mi corazón y me hice sacerdote. —El obispo asintió, pensativo—. Al hermano lo castigó Rufo cuando pasó por encima de él y se hizo nombrar rey de Inglaterra, y le concedió a Roberto, a modo de burla, la dignidad de duque de Normandía.

—Con lo cual humilló al primogénito, convirtiéndolo en un vasallo suyo —confirmó Gosbart—. Además, hasta el día de hoy lo sigue amenazando con incluir el ducado como un territorio de la corona.

—El único aliado de Roberto es ahora su archienemigo, el rey de Francia, quien reclama la condición de gran señor feudal, pero que le dejaría a él la Normandía.

—Y con ello hemos llegado a la disputada fortaleza de Gisors, situada justamente en la línea divisoria que se extiende por en medio de la región de Vexin.

—¡... la antigua manzana de la discordia entre París y los normandos! —dijo Balduino, retomando el hilo—. Guillem de Gisors se vengó de ellos cuando, ya casado con una Saissac, oriunda de Occitania, prometió la mano de su hija Elgaine precisamente a un descendiente de aquel conde de la Lorena que una vez le robó a Melusina.

—¡Pero no todos los cálculos hechos con odio salen a pedir de boca, como puede verse en el punto final que Elgaine de Gisors y Astair de Saissac pusieron a tales planes!

—Razón por la cual hace mucho que no creo que salga bien la jugada de Matilde y de su marido, Welf de Baviera, que tiene menos de la mitad de años que ella, cuando incitaron a Conrado a renegar de su padre, el emperador.

—A ese joven la jugada ya le ha costado la corona real de Alemania, ¡intercambiada por esa corona de espinas y rodeada de perlas de la rezongona Lombardía! *Sic erat in fatis!* —concluyó Gosbart. Entonces Balduino se puso en pie.

—¡Si supiera que mi madre aún vive —dijo, pensativo—, la buscaría por todo el mundo, para de ese modo hacerle saber que yo no soy como el hombre que me engendró!

Gosbart examinó a su interlocutor.

—Si nos —dijo el obispo, usando el mayestático, aludiendo en el fondo a los servicios secretos— hallásemos su rastro, ¡os lo haríamos saber!

—¡Gracias, Excelencia! ¡Y no os enfadéis!

En ese momento a Balduino le importaba mucho salir cuanto antes del alto valle del Valais.

—En cambio, estimado Balduino, lo que nosotros esperamos de vos es que vuestro buen juicio y vuestra conciencia os aconsejen sobre una cuestión: ¿a disposición de quién queréis poner vos, en el futuro, ese talento vuestro tan versátil?

Balduino de LeBourg no dio ninguna respuesta a ese comentario del obispo. Era muy consciente de sus dudas.

CAMINOS EXTRAVIADOS

Elgaine no tenía deseos de seguir perdiendo tiempo en Amalfi. La visita nocturna de aquella extraña mujer le había demostrado que Bert el-Caz no sólo había estado muy cerca, sino que, por lo visto, tenía la voluntad de devolver a Pons. En alguna parte a lo largo de la costa mediterránea del mar Tirreno tenía que capturar al pirata con aspecto de zorro y a su valioso y pequeño pasajero. Pero antes Elgaine quería dedicar una visita a su convento, que le habían impuesto en contra de su voluntad. No lo hacía porque alguien como Cantar le hubiera recordado su deber, sino que la movía la responsabilidad de ocuparse de que las chicas raptadas del harén de Mahdia tuvieran allí un buen desenlace para sus vidas y no se convirtieran en un botín indefenso para los piratas o los traficantes de esclavos que anduvieran de paso. La ubicación del convento reconstruido por la Curia expresamente para que Cantar asumiera el cargo de abadesa, protegido por aquellos acantilados inaccesibles, parecía la más apropiada para Elgaine a la hora de establecer un hogar de esa índole, y con Teodora tenía también a la persona que se encargaría de dirigirlo como era debido. Más tarde se alegraría de no haber echado de a bordo a la odalisca en el puerto de Mahdia.

Reforzar a Teodora en su papel de loba de la manada era el firme propósito de Elgaine cuando subió al extraño elevador situado al lado de la taberna La Última Ancla. A ella la siguió Astair de Saissac, su antiguo maestro de esgrima y padre de su hijo, al que había pedido que la acompañara.

Elgaine no quería dejar solo a bordo al todavía ambicioso ex capitán del *Shoka al-Iffriqia* —barco que constituía el objeto de sus deseos—, que era, además, un pirata, ¡y ya se sabe que no es posible confiar en un pirata! ¡Del mismo modo que la tripulación, en su momento, no movió un dedo para ayudar a su capitán, entonces sería capaz de abandonar a su capitana sin ningún remordimiento de conciencia!

Los dos subieron al cesto, y Alekos, el robusto, silbó dos veces, después de abrir bien la mano para cobrar sus honorarios. Dando tirones, pero con rapidez, el aparato se puso en movimiento, mientras que arriba, por encima de sus cabezas, el barril lleno de agua se acercaba salpicando agua. Junto al mudo factótum del griego estaba Teodora, lista para recibir a sus visitantes.

—¡Vaya! —exclamó—. Nuestra joven madre. —Entonces la odalisca le extendió la mano a la visitante para ayudarla a bajar del cesto. Sin embargo, apenas Elgaine puso un pie sobre la segura plataforma, el criado, sin previo aviso, hizo bajar rápidamente el cesto con Astair dentro. A media altura, el mudo detuvo el mecanismo, de modo que el elevador se quedó meciéndose con su ocupante entre la taberna y el convento, delante de los acantilados.

—¡Ese hombre no entra en esta casa! —espetó Teodora, mirando triunfalmente a su víctima desde allí arriba. Elgaine no vio ningún motivo para contradecirla.

Suponiendo que Elgaine había subido para averiguar algo sobre el paradero de las alforjas, Teodora señaló a sus espaldas, hacia el sitio donde en ese momento los leños ardían al rojo vivo.

—Vuestra amiga Cantar sacó esas bolsas de la chimenea —parloteaba la odalisca como si nada—, ¡y luego esa diablesa salvaje las robó! Lo vi todo con mis propios ojos.

—¡En realidad ese tema apenas me interesa! —comentó Elgaine con brusquedad, y añadió—: Aun cuando vos, Teodora, hayáis inventado esa historia para quedaros con el oro...

—¿Oro? —Los ojos de la odalisca, perfilados en negro, brillaron a causa del asombro—. Podéis poner patas arriba el convento entero —dijo, indignada—. ¡Y a mí también, si queréis!

Elgaine, para apaciguarla, le puso una mano sobre el brazo cubierto de pulseras tintineantes.

—Mi único deseo es poder abrazar de nuevo a mi hijo Pons, por eso me iré de Amalfi hoy mismo.

—¡Pues no os preocupéis, capitana! Tengo bien controladas a las mujeres aquí arriba. —Teodora se esforzaba por dar ánimos y valor a Elgaine.

—Cierto que no puedo nombraros abadesa, mi querida Teodora, pero os concedo todos los poderes por los cuales vos...

—¡Ah, la *auctoritas*! —explicó la odalisca con una firmeza sorprendente—. ¡No se puede conceder ni regalar, sólo se puede poseer!

A la buena de Teodora no le faltaba amor propio y conciencia de sí, lo que sedujo a Elgaine a soltar el siguiente comentario:

—Una cualidad del carácter que os predestina para asumir la dignidad que os corresponde, ¡la del conde Teodoro de Lecce!

Al oír esto, los ojos de la odalisca se volvieron llameantes.

—¡Yo me siento mejor en esta piel mía que vos en la vuestra! —dijo, golpeando el suelo con el pie, con lo cual las pulseras de sus tobillos tintinearon sonoramente—. ¡Para los piratas de paso soy la virgen de Creta, y el Minotauro para los apetitos más estrafalarios de la Curia y los cardenales!

—¡Mucha suerte! —le dijo Elgaine, y besó a la sorprendida mujer en la boca.

—¡También os lo deseo, de todo corazón, Elgaine de Gisors!

A una señal suya, el factótum, fuerte como un oso, alzó el cesto de nuevo, y lo elevó tanto que Elgaine tuvo que saltar para entrar en él. Astair, que estaba furioso, le daba la espalda, pero eso a ella no le molestó. Una vez llegaron abajo, Elgaine le comunicó a Alekos, dueño y señor del elevador y de la taberna, que Teodora asumiría las riendas del convento hasta nuevo aviso.

Elgaine regresó al *Shoka al-Iffriqia*. Astair casi no podía seguirle el paso; iba detrás de la capitana como un perrito faldero. Ya en el barco, Elgaine le anunció a Berenguer de Saissac, que estaba esperando por ella, cuándo pensaba partir. Le dijo que intentaría capturar en Lerici al pirata Bert el-Caz, que llevaba consigo a su hijo Pons, y que, de no ser así, lo perseguiría por todo el mar Mediterráneo.

—¡Y si fuera necesario, hasta el fin del mundo!

Astair no tenía nada que añadir a eso, su única esperanza era poder arrebatarle de nuevo el oro al pirata, o, en su defecto, hacerse de nuevo con el *Shoka*. ¡Pero lo preferible serían ambas cosas! Sin embargo, el joven no dejó entrever sus deseos.

Berenguer estuvo de acuerdo con todo. Su única duda era si había sido correcto dejar marchar a Cantar en compañía de Conon. Y tenía razón en dudar.

Ya se disponían a partir, cuando apareció Dado, el romano de cabellos rizados, que llegó con el velero de los servicios secretos y al que Astair reconoció de inmediato. El velero se había detenido delante de la proa del *Shoka*, y Dado saltó desde allí hasta la cubierta del buque pirata. Sin rodeos, abordó al calvo condotiero:

—¡No sólo habéis sido despedido, Berenguer de Saissac, sino que tengo el encargo y la potestad para arrestaros! —dijo Dado, y cuando se dio cuenta de que el condotiero lo miraba con incredulidad, con ojos de carnero, añadió—: ¡Por desobediencia!

—¿Por qué? —preguntó el calvo, alarmado.

—La orden que se os dio era muy clara: ¡acompañar personalmente a Cantar hasta Sión! ¡Y vos no la habéis cumplido a conciencia, sin haber tenido ningún percance! ¡Y ahora, por ello, tendréis que pagar con vuestra cabeza, y ojalá que esa dama llegue a su destino sana y salva! ¡Deponed vuestra espada y pasad a bordo de mi velero!

Ante los ojos de su hijo, el veterano condotiero tuvo que quitarse el cinturón con la espada y entregárselo a Dado, el de los pelos rizados. Sin despedirse, torpemente subió a bordo del velero con el que él también había hecho viajes al servicio del Cardenal Gris. ¡Qué ignominia! Astair lo miró con ojos sombríos. Elgaine intentó aprovechar la ocasión:

—Tal vez el joven señor De Saissac quiera permanecer junto a su padre y hacerle compañía en ese viaje, ¿no?

La mirada que Astair le dedicó era bastante elocuente, pero Dado rechazó la oferta de un modo frío.

—¡Sobre ello no se dice nada en el encargo que me han dado! —exclamó, y se inclinó ante Elgaine y ante el enfurecido Astair, y a continuación montó en su velero.

Entonces Elgaine dio la orden de soltar por fin las amarras, y condujo al *Shoka* fuera de la bahía de Amalfi. En cuanto la brisa marina hinchó las velas, el barco salió raudo al mar abierto. La capitana hizo que toda la tripulación formara en cubierta.

Elgaine había aprendido algo del pasado: ¡exigió de sus tripulantes un juramento de lealtad! El veterano suboficial dio un paso adelante y reafirmó la inquebrantable lealtad de toda la tripulación, también de las mujeres de a bordo. Porque ellos, según explicó el anciano, contando con la comprensión de su generosa capitana, habían conservado a bordo a algunas de las damas del harén.

—¡Están bajo la cubierta y andan libres!

¡Elgaine tenía que dar un ejemplo, por sentido de la disciplina!

—¡El señor De Saissac os entregará ahora vuestra espada! —ordenó la mujer fríamente. Astair le arrojó su espada a los pies, pero Elgaine respondió a aquella afrenta—: ¡Durante los próximos tres días el caballero permanecerá encadenado!

El suboficial ejecutó la orden, y Astair no opuso ninguna resistencia. Entonces la capitana puso rumbo a Lerici.

El viaje de Cantar de Sión, abadesa sin esperanza alguna de ejercer su dignidad, estaba transcurriendo hasta entonces sin dificultades. En Nola, ella y su caballero, Conon de Béthune, habían llegado por fin a la Vía Apia, tras haber dejado detrás el Vesubio. En secreto, Conon respiró con alivio. El peligro de ser asaltado por bandidos era menos probable en la antigua vía romana, ya que los duques de Capua, cuya ciudad pronto atravesarían a caballo, se ocupaban de la seguridad de esa transitada vía comercial, debido a sus lucrativos peajes.

Poco antes de llegar a Gaeta, la fortaleza fronteriza del Estado eclesial, alcanzaron el mar, y después de vadear los pantanos de Fondi —tras pasar una última noche en las ruinas del templo de Júpiter Anxur— cabalgaron en línea recta hasta entrar en la Ciudad Eterna. Llevaban ya tres días de camino.

Cantar había insistido en hacer aquel desvío hacia Roma, porque todavía no tenía intenciones de aceptar sin más la pérdida del cargo que le habían asignado. Sabía que el hombre al que tenía que agradecérselo todo estaba tras los muros del palacio Laterano. Quien había urdido aquella trama no había sido el papa Urbano, aun cuando fuera él, originalmente, el *spiritus rector* de aquel asunto tan dudoso, sino el elegante capellán de sus padres en Sión, el entonces *Monsignore* Remo d'Aretino, o Remy d'Aretin. Ella sólo podía sospechar lo que había movido a Remy a hacer aquello; ¡nunca le había hecho ninguna insinuación! ¡Tal vez al cardenal le agradase jugar con sus sentimientos, al lanzarla hacia lo más alto a ella, a Cantar, otorgándole un honor que no merecía, para luego dejarla caer hasta un abismo también inmerecido! Pero ella no era su pelota, nunca había querido serlo y tampoco en el futuro le permitiría apresarla, arrastrarla consigo, para lanzarla luego hasta el lugar más recóndito de la región del Valais, en los Alpes. ¡Había cosas más sublimes en juego!

Conon de Béthune, el caballero que la acompañaba y antiguo camarada de juegos en la infancia, entendía muy poco lo que le pasaba por la cabeza a Cantar de Sión. Ella siempre había sido, de los dos, la más madura, la que les hacía participar a su capricho a él y a su hermano gemelo Tancredo en sus osadas aventuras, algunas incluso temerarias. Sin embargo, Conon, de Cantar siempre había visto emanar cierta magia de Cantar, una fuerza mágica a la que no era capaz de sustraerse. Y precisamente era eso lo que había ocurrido cuando se brindó para servirle de acompañante en aquel viaje.

Nada más partir de Amalfi, Cantar lo había abordado para que le revelara allí mismo cuál era el motivo de aquel ofrecimiento incomprensible de regresar a Sión de inmediato. Conon quiso darle largas al asunto, ganar tiempo, era demasiado cobarde para enfrentar a la joven con aquel golpe del destino que había desatado la avalancha en la lejana región del Valais. Pero Cantar estuvo apremiándolo con tal vehemencia que en seguida vio Conon que la joven haría del viaje un auténtico infierno si no se lo decía. Así que se lo había dicho. Se lo dijo con franqueza y sin remilgos. Primero ella se quedó como petrificada. Ni siquiera pidió saber más detalles del incidente, simplemente se apartó en silencio. Estuvo llorando durante tres días, pero en silencio, sin alzar ninguna queja. No se le escapó ni siquiera un sollozo de su boca temblorosa. Cada vez que miraba a Conon, se le saltaban lágrimas que iban formando perlas lentamente alrededor de sus ojos, como antes lo habían hecho las gotas en el espejo cristalino del lago subterráneo de montaña. Su cara, sin embargo, permanecía blanca como el mármol, no había rubor, ni ojos hinchados bajo sus pestañas negras y largas. Conon no se atrevía ni a tomarla del brazo, pues lo más probable era que ella lo rechazara. Aliviado, había comprobado esa mañana, durante su cuarto día de viaje, que sus lágrimas se habían secado.

Y entonces, de repente, la joven volvió a dirigirle la palabra:

—¡Nada de eso es razón para que la Curia, sea su eslabón más alto, el que lleva la tiara, o su brazo invisible, me haga moverme sobre el tablero como peón del ajedrez! —dijo Cantar en tono burlón, pero soltando una risa furiosa—. ¡La abadesa cambia su sitio por la torre del Valais, convirtiéndose así en *praefectus vallesiae*! —Otra vez sus ojos soltaban chispas—. ¡También el Cardenal Gris ha de atenerse a los usos y las buenas costumbres!

—¿Qué sabemos nosotros de las *Règle du jeux* que sigue la Iglesia? —se atrevió a objetar Conon.

Las chispas se convirtieron entonces en rayos de fuego.

—¡Pues precisamente por eso deseo presentarme en Roma! ¡Ahora quiero saberlo!

A la derecha de ambos jinetes, el sol iba descendiendo despacio en el horizonte, la Vía Apia desplegaba sus últimas sinuosidades, antes de llegar a la Ciudad Eterna, y trepaba serpenteando hasta Velletri y de ahí se adentraba en el paisaje volcánico de los montes Albanos. Al otro lado del redondo lago di Nemi, se hundió el círculo rojo del sol. Cantar y Conon bajaron hasta el oscuro lago y montaron su último campamento nocturno ante las puertas de Roma. Como todos los días, se tumbaron tranquilamente uno al lado de la otra, y contemplaron el cielo estrellado. Pero esta vez Conon se sentía presa de la inquietud. ¿Acaso era culpa de aquel lugar mágico? ¿Era a causa de la tensión que se había apoderado de Cantar desde que el destino de su viaje se había puesto a un tiro de piedra?

—En las profundidades de ese lago se hundió, supuestamente, el barco de un sacerdote —dijo Conon, que había oído en alguna ocasión la leyenda, cuando él mismo había recorrido ese camino en compañía de Remy d'Aretin—, un barco de dimensiones gigantescas y de una magnificencia única. Con él viajaba el emperador, a fin de tener un diálogo a solas con la diosa. —Su visión se llenó de imágenes de oscura belleza, con ninfas desperezándose a la luz de la luna. Suavemente, Conon fue sumergiéndose en una especie de modorra.

Cuando despertó de su sueño en medio de la noche, el sitio al lado de su lecho estaba vacío. Como un sonámbulo, Conon caminó a través de las rocas. Allí abajo, en lo profundo, vio el cuerpo blanco de Cantar flotando en el agua oscura. Pero antes de que el susto pudiera oprimirle el corazón, ella rompió con tranquilas brazadas aquel espejo negro y salió de aquel baño nocturno. Conon se retiró discretamente. Poco después, la joven desnuda apareció de nuevo a su lado. Él se hizo el dormido. Cantar apartó la manta y él sintió los dedos fríos de la mujer que, sin mostrar excitación alguna, agarraron su miembro erecto. Conon no se movió. La mano se volvió cálida, y él se sintió arder. Justo cuando creía que tendría que suspender aquella torturante simulación, ella lo apartó y lo tapó de nuevo. La tranquilidad que emanaba de la joven hizo que Conon volviera a quedarse dormido de inmediato. Esta vez no tuvo sueños.

Si por la mañana no lo hubiera despertado un tierno beso en la frente, Conon, probablemente, hubiera olvidado aquel incidente nocturno. Pero subió a la silla de montar con el pensamiento fijo en aquella caricia. Cantar sonrió. Y ambos continuaron cabalgando en dirección a Roma.

En La Alegre Sirena, en Lerici, estaba el antiguo escudero Rinat de Sitten, entregado al disfrute de la *Lacrimae virginis*. Su cerebro oscurecido por el licor ya había olvidado, hacía mucho, que estaba allí esperando a que apareciera el pirata Bert el-Caz, quien supuestamente había secuestrado al hijo de Elgaine de Gisors. ¿O es que pensaba encontrar a Cantar de Sión para decirle que debía regresar a su Valais natal? ¿Era aquél un encargo del calvo Berenguer o se lo había dado el Cardenal Gris en persona? Todo aquello se encontraba sumergido tras la niebla de su borrachera. A veces Rinat creía ver llegar un barco, que enfilaba directamente hacia La Alegre Sirena, y en esos casos solía salir corriendo hacia fuera, haciendo señas con las manos, tropezando en la arena con sus propios pies, cayendo al suelo. En algún momento el posadero lo recogía del suelo y lo hacía entrar nuevamente, lo consolaba con otra copa del licor de la barriguda jarra.

Erma di Toano, la hermana portera del convento, había bajado el *Via crucis* llevando a la espalda su garrafa de licor. La tan ansiosamente esperada gorda hermana, encargada de proporcionar los suministros de aquella bebida diabólica, se sentó junto al escudero y se permitió beber también un vasito.

—Vuestro Gerald —dijo la monja— corta nuestra leña como un gigante en penitencia. ¡No somos capaces de destilar al ritmo en que él nos proporciona el combustible!

—¿Quién? —preguntó Rinat, al que se le había borrado de la memoria, hacía tiempo, la figura del joven Öxfeld, con su *mezuzá* de plata alrededor del cuello. ¿Acaso no le había prometido a Gerald que encontraría un barco que lo llevase a Jerusalén?—. ¿Está aquí todavía?

—¡Pues bien que podríais tomar su ejemplo! —exclamó la gorda—. No teme ningún trabajo pesado, canta todos los días en nuestro convento y no bebe. —El posadero volvió a servirles a los dos—. ¡Marchaos a casa! —exclamó la hermana portera—. Por mí puede quedarse cuanto quiera. ¡Tan recatado, tan alemán y devoto! Pero su sueño, únicamente, es Jerusalén. —Rinat la miró fijamente a través de unos ojos vidriosos, y la gorda se levantó pesadamente—. Nosotras le daríamos el dinero —dijo, dirigiéndose al tabernero—, si ese de ahí —añadió, señalando con el pulgar hacia Rinat, que estaba desplomado encima de la mesa— consiguiera un barco que lleve a nuestro Gerald, sano y salvo, hasta Tierra Santa... —Dicho esto, la hermana se echó al hombro su garrafa y se marchó.

Unos jinetes con armaduras se deslizaron por la torre baja del edificio delantero; les seguían otros hombres a pie y, en la retaguardia, unos caballeros armados con lanzas. No tenían nada que temer de aquellas ruinas situadas sobre sus cabezas, sobre la agreste altura de la roca de la fortaleza, en la salida sur de Lerici. Después de haber cumplido con su misión en Roma, los alemanes regresaban a casa. Estaban de buen humor, cargados con su botín, pues no habían dejado títere con cabeza en la rica región de la Toscana, la de la odiada Matilde.

—«Cuando marchamos a la batalla, ni dinero ni riqueza en nuestras manos se hallaba» —cantaban.

Y su señor Godofredo tampoco había querido impedírselo.

—*Strampede mi a la mi presente* —cantaban también ruidosamente—, *al vostra signori!*

Los soldados marchaban en dos largas filas, y en su cabecera, alto sobre su caballo, cabalgaba el encanecido general Sigbert de Öxfeld. El tabernero se hallaba ante La Alegre Sirena. Sigbert hizo que su comitiva de soldados pasara junto al camino conocido como *Via crucis*, pero no bajó de su caballo. El posadero, que lo conocía, le alzó un pequeño vaso. El general acercó la nariz y se bebió el vaso de *Lacrimae*. Sigbert se llevó dos dedos al borde de su casco, a modo de saludo, y continuó cabalgando detrás de sus hombres.

—«A Roma marchamos y al papa encontramos» —resonó el canto de marcha en las colinas de la Toscana—. ... *A la mi presente al vostra signori!*

Cuando la capitana dobló con el *Shoka al-Iffriqia* el cono rocoso que sobresalía en el lado sur de la bahía de Lerici, se acordó de pronto de la manera en que ella había salvado a Cantar allí, en el último minuto, de la esclavitud. Bert el-Caz y sus piratas habían atacado el convento situado arriba, y Elgaine pudo reconocer bien los muros de la Immacolata del Bosco. En realidad había sido Conon quien, con su decidida y osada intervención, había preservado a Cantar de la amenaza que se cernía entonces sobre ella, la de ser vendida en el gran mercado de esclavos de Bugía. Junto con la futura abadesa, Elgaine se aventuró luego en aquel atrevido viaje a lo largo de la costa berebere, que le devolvería a su hijo, allí retenido, y a Cantar las deseadas monjas para su convento. Pero, sin embargo, regresaba con las manos vacías al mismo lugar. ¡Y las esperanzas de Cantar también se habían esfumado! Cuando Elgaine dirigió su barco hacia el muelle de Lerici, la joven se vio obligada a luchar con todas sus fuerzas contra la amarga certeza de que había fracasado. La capitana hizo que echaran el ancla detrás de la entrada del muelle, pues no tenía intenciones de quedarse mucho tiempo. Sólo tenía el propósito de deshacerse de su molesto pasajero. Elgaine hizo que le llevaran a Astair y ordenó que lo liberaran de sus cadenas.

—Podéis bajar a tierra, Astair de Saissac —le comunicó la mujer, impasible—, ¡y también podéis quedaros allí!

El hombre, que ya había sido humillado varias veces, no dejó que se lo repitiera por segunda vez. Cogió su cinturón con la espada y bajó de a bordo lleno de ira.

Rinat había soportado el paso de los alemanes y la llegada del *Shoka*, sin inmutarse, aunque algunos recuerdos revoloteaban en su mente nublada, y esos recuerdos tenían que ver con el paradero de Cantar de Sión y con ese buque. Todo ello cambió cuando el posadero le comunicó que sus deudas, por tanto fiarle, habían alcanzado tal suma que ya no podría servirle ni una gota más. Entonces la niebla se despejó, y con el despertar, a Rinat le entró el pánico. Juró que lo pagaría todo, empezó a rogar y suplicar, y al ver que esto tampoco daba sus frutos, empezó a llorar por su fracasada vida, que también estaba seca.

Con el ánimo ensombrecido, Astair de Saissac entró en la taberna. Cuando el caballero reconoció al escudero y ordenó de inmediato al tabernero que le trajera dos vasos de *Lacrimae*, se disiparon sus nubes y un rayo de sol irrumpió en su corazón. El posadero se sirvió él mismo un vasito y se sentó junto a los dos hombres. De manera confusa, Rinat habló al nuevo huésped, y para que este último pudiera entenderlo, el dueño de la taberna asumió la labor de esclarecer la situación: arriba, en el convento, aguardaba un valeroso caballero alemán, que intentaba encontrar una manera de viajar a Tierra Santa, en una especie de viaje de peregrinación a Jerusalén. «¡En dinero no es problema!», había dicho el posadero y sirvió de inmediato una nueva ronda. Rinat había recibido el encargo de conseguir el barco adecuado para esa travesía. A él, al desinteresado y paciente tabernero, sólo le importaba perder de vista a Rinat. Si el honorable señor Astair de Saissac podía ayudarlo *in personam* en ese propósito, él no sentiría ningún perjuicio en darle la suma de dinero que pidiera.

—¡Sin compartirlo con nadie! —dijo, mirando ávidamente al escudero que lo escuchaba.

Astair pagó la siguiente ronda. Su mente rumiaba. ¿Acaso se le estaba ofreciendo allí la oportunidad única de levantar cabeza de nuevo, de alzarse, sobre la cubierta de un barco y, al mismo tiempo, propinarle una buena a la desagradecida y cruel Elgaine? ¡Eso habría que pensárselo!

—¡Que esa jarra que nos proporciona consuelo y alegrías se quede junto a nosotros! —le soltó al posadero con tono jovial. ¡Tenían que hallar una solución antes de que la jarra se vaciara! El dueño de La Alegre Sirena tenía más confianza en las habilidades de Astair de Saissac que el escudero Rinat, que en seguida se preguntó cómo alguien como Astair podría conseguir un barco. Pero, a fin de cuentas, tampoco Rinat tenía nada que perder.

—¡A Jerusalén! —gritó en tono alegre y vació su vaso de un trago.

EL DESENMASCARAMIENTO DE UN MAL BICHO

—¿Qué clase de juego está jugando nuestro obispo Gosbart? —preguntó en un susurro el gordo *Angelus* a su esmirriado compañero. El hecho de que vieran al tullido rondando en su silla por el patio no hacía que se les disipara el temor de que él los estuviera espiando de algún modo. Los cronistas eran víctimas de su propia actividad. Estaban al lado de una de las altas ventanas del despacho del prefecto, un sitio en el que en realidad no tenían permiso para entrar, y, ocultos tras las gruesas cortinas, como niños desobedientes, vigilaban el portón, situado abajo.

Una comitiva de jinetes armados hasta los dientes atravesó el portón y entró al patio de la fortaleza de Sión. El hombre que los lideraba bajó del caballo y se arrodilló delante de la silla rodante del obispo. *Angelus* y *Vocator* se apresuraron a llegar a su pequeña habitación situada en lo alto, pues la visita de aquel guerrero extranjero prometía que tendrían trabajo.

—¡Según mis cálculos, Gosbart está azuzando a unos contra otros! —dijo en un siseo *Vocator* a su hermano, que subía la escalera delante de él, haciendo ruido—. La cuestión es si lo hace de acuerdo con el Cardenal Gris o para interferir en los planes de éste —añadió cuando ya se acercaban a sus escritorios.

—¿Qué os trae hasta nosotros, Norberto de Lehburg, conde de las Ardenas y señor de Trifels? —La voz del obispo no sonaba especialmente amable.

—Nuestro común amigo Thierry, obispo de Verdún, me ha hecho saber que tengo en vos, Excelencia, a un hombre de nuestro bando, en el que puedo confiar en la lucha contra los maldecidos por nuestro Dios y nuestro Santo Padre: Godofredo y su emperador. —La voz del conde sonaba a protesta, era desagradable y metálica. Gosbart así lo notó.

—Vuestro propósito, estimado caballero, tiene un error, y es que una cosa excluye a la otra: si nos veis como pertenecientes al mismo bando, entonces lo mejor es que no tengáis confianza en nosotros, ¡y si, por el contrario, parecemos gente digna de confianza, entonces no somos de vuestro bando! —El obispo le dejó tiempo al conde para que digiriera esa frase, y volvió a golpear—: Entonces vos, Norberto, ¿ambicionáis también la dignidad ducal de la Baja Lorena?

—¡Mi amigo y benefactor Thierry me ha mostrado esa perspectiva, pero para ello, primero, hay que sacar a Godofredo, en segundo lugar es preciso poner al emperador de rodillas, y, en tercero, se necesita la bendición de Matilde, que quiere ver en ese trono a su estúpido hombre, Welf de Baviera, como un peldaño más hacia la corona de los alemanes!

—Mantengámonos dentro de vuestro lenguaje sencillo —dijo Gosbart sin ocultar su sarcasmo—. ¡Al estúpido de Conrado ya le habéis dado un buen tiro de gracia!

—¡Eso fue fácil, para eso no se necesitaba a un magnífico y premiado tirador como yo! Ese tonto vanidoso se dejó cegar por el brillo de una segunda corona, ¡y ahora sólo lleva sobre las orejas el gorro del bufón! —Una risotada burlona acompañó la broma del conde.

—Si no queréis ser ni yunque ni martillo —dijo el obispo con tono insidioso—, sólo nos queda Maurcade.

—¿Por qué Maurcade y no Balduino?

—¡Porque este último no es la clase de persona que se entrega a tales intrigas! En cambio, Maurcade du Berq está bastante cerca de vos, ¿no es así? Ella es quizá la hija de vuestra Melusina, ¿o no?

Aquella secuencia de golpes era demasiado seguida para el conde. Los cronistas oyeron cómo resoplaba.

—¿Cómo es que tenéis noticia de Melusina? —El señor Norberto parecía abatido, y el obispo volvió a la carga.

—Os apropiasteis de la chica cuando ésta huyó de Berq e iba camino de Gisors...

Después de una larga pausa respirando con dificultad, el conde dejó oír su voz nuevamente, todavía jadeante:

—¡Antes de que sigáis interrogándome de ese modo, Excelencia, deseo exigir la protección de la confesión! —Aquello quería ser una exigencia, pero llegó a los oídos del otro como un gesto de apocamiento.

—¡Podéis verme como al sacerdote que soy! —dijo el obispo, impasible—. ¡Pero mi paciencia tiene límites!

Con la voz entrecortada, Norberto empezó la confesión de todos sus pecados:

—Los príncipes normandos se han visto afectados en su honor. Rufo, porque se sentía un cornudo, y Roberto, porque Melusina se atrevió a amar a otro y no al hombre que la sedujo con violencia. ¡Y como castigo, ella no debía tenerlo a él, quien era del todo inocente de todo aquello! Los de Lorena estaban dispuestos a acoger a Melusina con su hija. El encargo de ir a buscarla a Berq recayó sobre mi vasallo, Sigbert de Öxfeld. A mí me hubiera gustado asumir yo mismo la labor, pues había tenido la gran dicha de haber podido ver una vez a la hermosa Melusina, en aquella ocasión en que fue encerrada en la fortaleza. ¡Qué criatura tan maravillosa! Pero la condesa de Boulogne, la madre de Godofredo de Bouillon, no confió en mí. Por eso me rompí la cabeza pensando en lo que podía hacer para hacerme con aquel botín sin tener que matar por ello a mi vasallo, el fiel Sigbert. Porque hasta a eso estaba dispuesto...

En medio del torbellino de su vanidosa confesión, el conde tuvo que parar para tomar aire.

—Sigbert de Öxfeld era un hombre decente y servicial; en Berq lo preparó todo con cuidado para la partida, sólo que por un momento perdió de vista a su protegida. Ni le pasó por la mente la idea de que ésta pudiera huir. Gracias a su encargo, se creía más bien su salvador, tras muchos años de cárcel. En cambio Melusina no tenía en mente ninguna intención de dejarse llevar a Boulogne o a Bouillon, ¡su único y terco deseo era llegar donde el caballero Guillem de Gisors, el hombre por el que suspiraba en secreto! De forma precipitada, huyó de Berq, y vino a caer directamente en mis manos. La resistencia que opuso, su ira, me excitó todavía más. Temblando de alegría, la amenacé con matarla si no me seguía. La magnífica Melusina me miró entonces con ojos fulminantes: «¡Pues, matadme!», me gritó. A Maurcade, que entonces tenía dos años, la había dejado en Berq, pues quería llegar donde Guillem sin llevar consigo a aquella hija no amada, ¡sin embargo, aquel tonto la hubiese aceptado también con ella! Yo estaba loco por Melusina, ¡tenía que poseerla!

—Entonces vos le pusisteis un puñal al cuello, la subisteis a vuestro caballo y la llevasteis a la fuerza a Trifels. Allí la encerrasteis, la violasteis, ella trajo al mundo a vuestro hijo Balduino... ¡Y al final huyó!

—Maldita sea, estáis muy bien informado. ¡Sí, se largó! Transcurrieron años, y sólo el azar quiso que yo fuera a visitar un día el Castelbov de mi vasallo Sigbert. Él no estaba allí, pero sí estaba su esposa Fedaye... ¡Mi Melusina!

—¿Estabais unido a ella en un matrimonio amparado por el sagrado sacramento? —lo interrumpió el obispo con acritud.

—¿Para qué? —respondió el conde burlonamente.

—¿Os lanzasteis sobre vuestra presa entonces como de costumbre? —continuó Gosbart con su interrogatorio.

—Sus fieles escuderos, Rutger y Jakob, se interpusieron, y yo abandoné Castelbov con la amenaza de que volvería y me la llevaría por la fuerza.

—¿Y en ésas Melusina, o mejor dicho, la señora Fedaye, estaba casada?

—¡Probablemente! Le estaba dando por entonces sus maravillosos pechos a su vástago, el tal Gerald —dijo suspirando el señor Norberto—. Pero cuando volví a visitar el castillo por sorpresa, ella ya no estaba allí.

—Por miedo a vuestra violencia, se había escapado también de la casa de su honorable marido, Sigbert —afirmó el obispo de manera lacónica.

—¡Aquel desgraciado la había ayudado a escapar de Trifels!

—¡Por suerte para ella! ¡Pero eso no es algo que os incumba! —le espetó con placer al obispo para hacerle callar—. Sobre todo porque vos, ahora, habéis transferido vuestro incontrolable deseo de poseer a la madre desaparecida, Fedaye, a su sensual hija, Maurcade, de la que esperáis una suficiente compensación en placeres de la carne...

Norberto de Lehburg no hizo ningún comentario sobre aquel reproche. Se lo tuvo que tragar. Sólo le quedaba el triunfo de haberse embolsado ya los frutos que el obispo hubiera querido sacudir del árbol del conocimiento con toda prisa, para que éstos no cayeran en manos tan sucias como las suyas.

Gosbart intuyó aquello, porque de inmediato abrió un nuevo frente.

—¿Sabéis que el duque Roberto le ha prometido a la pequeña Maurcade que, si Guillem de Gisors muere sin dejar descendencia, ella recibirá el castillo de Gisors? —empezó diciendo el obispo de forma inesperada.

—¡Ja! —rió el conde—. ¿Una tardía compensación por la ausencia de su madre? —Por lo visto, no daba aquella historia por verdadera.

—La única condición impuesta a Maurcade —continuó Gosbart, en un tono que mostraba alegría por el mal ajeno— es que se case con un caballero de sangre normanda.

El conde se mostró indignado.

—¡Gisors ha sido prometido a mi descendencia!

—Eso sucedió cuando Melusina estaba todavía en vuestras manos. Pero el único hijo fruto de esa unión se hizo sacerdote, ¡y con ello quedan anulados vuestros derechos! —Con deleite, Gosbart añadió—: ¡Ni siquiera aunque Maurcade os tomase por esposo podría cambiarse nada en eso, ya que vos no sois en verdad normando y no lo seréis jamás!

—¡Me importan una mierda esos malditos normandos! —vociferó Norberto, enfurecido—: ¡Lo mismo hombres que mujeres! Sólo exijo una cosa: ¡la cabeza de Godofredo! ¡Y ésa me la traerá Maurcade en bandeja de plata! ¡Por lo demás, no quiero tener nada que ver con esa escoria!

—Más claro ni el agua —se mofó el obispo—. Sólo que no parece que sepáis quién es el padrino de Maurcade du Berq, ¿no?

El conde negó despectivamente con la cabeza.

—Ni siquiera sabía que estuviera bautizada...

—El duque, en su momento, le pidió a alguien que asumiera ese padrinazgo, un hombre lo suficientemente alejado de él y que no tuviera intereses mundanos. Éste le hizo el favor de mala gana, pero luego la pupila se reveló en su mano como una manzana de oro en la lucha por el poder.

—¡¿Quién?! —resopló Norberto, furioso—. Decidme, ¿de quién se trata?

—¡De vuestro buen amigo Thierry, el obispo de Verdún!

¡Aquel golpe había surtido su efecto! El conde se puso

pálido como un cadáver y le faltaba el aire. Se sentía timado, utilizado por jugadores que se creían muy superiores.

—¿Y es él quien pretende impedirme mis propósitos? ¿O es más bien vuestro Cardenal Gris? —Los ojos de Norberto cobraron un ligero brillo—. ¿Y qué pasa si yo, Excelencia —empezó diciendo Norberto, y su voz adoptó un tono amenazador—, mantengo alejada a Cantar de vos, si de algún modo estropeo su regreso a Sión? —Hizo una pausa dramática—. ¿Me pondréis en situación para acabar con mi archienemigo?

—El regreso arrepentido al bando del emperador es algo que se puede arreglar, tal vez de la mano de vuestro hijo Balduino de LeBourg, pero si levantáis la mano contra Godofredo, ello podría significar una muerte segura para vos.

—¡Deje que yo me preocupe por eso! Mi oferta sigue en pie.

—Pues cumplidla, y yo me ocuparé de que podáis enfrentaros al hombre cuya vida tanto ambicionáis segar. ¡Que Dios esté con vos!

Inmediatamente después, los cronistas oyeron cómo los pasos del conde se alejaban acompañados del tintineo de sus espuelas.

—¿Qué tal ha ido? —resonó la voz del obispo, dirigida hacia arriba, hacia ellos.

—Estupendamente —respondió *Angelus*—, ¡pero me duelen los dedos!

—¡Pues alegraos de que todavía podáis sentirlos! —fue la resonante respuesta.

—¡Cómo desearía que mis pies me proporcionaran la gran dicha de darme una buena patada en el trasero!

—¡El Señor reparte las cargas y los placeres! —dijo *Vocator*—. ¡Que se haga la voluntad de Dios!

—¡Hay algunos que se patean ellos mismos el culo!

EL *SHOKA AL-IFFRIQIA*

Matilde, la margravina de la Toscana, sintió por fin ganas de entrar en acción después de su exitosa jugada de restituir al antipapa Clemente en Roma, gracias al emperador. Sin embargo, a la larga, no estaba dispuesta a reconocer a Guiberto de Rávena como ocupante del Trono de san Pedro. Como una serpiente, Matilde se retorcía, a fin de no adherirse a ningún partido. En su lugar, reorganizó a su ejército y se preparó para un nuevo capítulo de la confrontación.

Desde su regreso de Alemania, Balduino de LeBourg, su padre confesor, oriundo de la Lorena y otra vez acogido con benevolencia, fingía estar cumpliendo concienzudamente su nuevo papel, sobre todo en lo que atañía a sus antiguos servicios como amante, pero lo que Matilde no iba a permitir de ningún modo era que no sirviera como sabio consejero.

—¡Para apoyar a vuestras tropas y proteger los caminos de la retaguardia —le propuso Balduino—, deberíais aseguraros un libre acceso a la costa! Pienso, por ejemplo, en Lerici.

La margravina lo miró pensativa.

—¿Asumiríais vos esa labor, Balduino?

Él asintió.

El sorprendente encargo, que lo dotaba de todas las potestades, hizo que la favorita de Matilde, Maurcade du Berq, interviniera:

—¿Confiáis vuestro destino a un primo de Godofredo? —dijo la mujer, soltando una pulla—. ¡Mañana, con la ayuda de Pisa, los alemanes podrían desembarcar allí y cortarles el paso a vuestras tropas, apostadas en Canossa!

Matilde reaccionó enojada.

—¿Qué queréis?

—¡Que lo controléis y lo vigiléis!

—Si vos lo decís...

Y fue así como el ejército papal, ya de por sí débil, el mismo que había sido enviado por Matilde para que la ayudara en su empresa, se vio encabezado por dos personas que no poseían ninguna experiencia militar. Balduino evitó una disputa con su rival reclamando para sí únicamente una pequeña tropa de asalto, a cambio del derecho a actuar según le pareciera. Maurcade se situó a la cabeza de la comitiva.

Balduino de LeBourg, que venía del norte, fue el primero en infiltrarse en Lerici. Tomó en secreto, de un modo discreto y sin hacer ruido, el flanco desprotegido de aquella guarida de piratas, justo en el lugar por donde bajaba el *Via crucis* que llevaba al convento de la Immacolata del Bosco y donde se hallaba, junto a la playa, la solitaria taberna llamada La Alegre Sirena. A sus hombres los ocultó entre las sinuosidades del camino, mientras él se incautaba de la taberna. Su plan, en cuanto Maurcade bloqueara el acceso al lugar, bajo la roca con la fortaleza, era cerrar, en un rápido avance sobre el muelle, la bahía, con todos los buques piratas que hubiera en ella, ya que los papistas estaban bastante escasos de barcos.

Elgaine se encontraba a bordo del *Shoka al-Iffriqia* cuando percibió unos extraños movimientos entre las rocas, bajo las ruinas de la fortaleza. ¡Soldados extranjeros! ¡Seguro que tenían malas intenciones! Puesto que el *Shoka* no había echado las amarras, sino que sólo había lanzado el ancla, la capitana ordenó a sus hombres que izaran la vela y que, sin hacer ruidos que llamaran la atención, levaran el ancla. Los soldados, que intentaban torpemente ocultarse entre las rocas, se quedaron perplejos al ver, de repente, las velas colgando del mástil, hinchadas rápidamente por el viento, pero para entonces ya el *Shoka* había puesto rumbo al mar.

Sin embargo, justo en ese momento el bajel del pirata Bert el-Caz entró por el estrecho acceso a la bahía de Lerici, que semejaba las pinzas de un cangrejo. Junto al pirata, con su inconfundible turbante verde, estaba un chico que saludó excitado al *Shoka*.

—¡Pons! —Elgaine dio un brusco giro al timón, para que el barco no fuera hacia el mar abierto—. ¡Pons, hijo mío!

Como un general en el campo de batalla, Bert el-Caz extendió el brazo y señaló hacia el extremo más apartado de la bahía, donde se podía atracar sin ser percibidos. Elgaine, que debía de saberlo mejor, perdió su fría visión de conjunto.

Le cortó el paso al bajel del pirata, y casi lo embistió para arrinconarlo en el extremo de la bahía. Elgaine sólo pensaba en la posibilidad de aquel reencuentro con su hijo. Pons le hacía señas con ambos brazos. El *Shoka* encalló en la arena de la orilla, y de inmediato la capitana saltó al agua poco profunda para, por fin, estrechar a su hijo entre sus brazos. Entonces fue Bert el-Caz quien empezó a gesticular. El pirata le hacía señales de advertencia para que no hiciera aquello. Pero Elgaine no comprendía; ¿es que aquel maldito no quería entregarle a Pons? ¿Iba a estropearle el reencuentro con su frenética manera de gesticular?

Elgaine encaminó sus pasos impetuosamente hacia la taberna, el sitio por donde el pirata tendría que alcanzar la orilla, pero entonces la capitana fue a caer directamente en las manos de Balduino de LeBourg.

Bert el-Caz, que no había podido evitar aquel desastre, se arriesgó a dar un giro peligroso, justo a tiempo para evitar la trampa que le habían tendido las fuerzas papistas.

Sin voluntad, Elgaine de Gisors se dejó arrestar. Ninguno de sus tendones se tensó para ofrecer resistencia, ningún músculo se preparó para oponerse a aquel destino que en ese momento parecía irreversible. La capitana se dejó caer en la arena y oyó, impávida, cómo Maurcade du Berq, «aquella mujer», la reclamaba como prisionera. Balduino no se opuso, pero se ocupó de que Elgaine fuera trasladada en primer lugar a la taberna.

Astair de Saissac no era ningún héroe. Cuando las fuerzas adeptas al papa, encabezadas por Balduino de LeBourg, se incautaron de la taberna, él, con la ayuda del posadero, consiguió escapar al corral de los cerdos, por mucho que aquello pareciera indigno de un caballero. Ya tenía intenciones de escabullirse hasta la playa para ocultarse entre las tropas papistas y las alborotadas mujeres de los pescadores, cuando fue testigo de cómo Elgaine era tomada prisionera delante de sus propias narices por Balduino en persona. Tras la intervención inmediata y vehemente de Maurcade du Berq, y al ver que Elgaine era llevada a empujones hasta la taberna, Astair decidió no intervenir. Volvió a cerrar la puertecilla del corral, y se escondió detrás de las pocilgas. Con los pies metidos en el estiércol y el penetrante hedor en la nariz, el caballero se vio apremiado a encontrar una salida. ¡Y la solución sólo podía llamarse Rinat!

El escudero había visto embotado la llegada de los ocupantes papistas a La Alegre Sirena, y los soldados apenas habían advertido la presencia de aquel borracho. Más bien malhumorado recibió la exhortación del solícito posadero para que fuera hasta el corral y le llevara un vaso de *Lacrimae* a Astair y viera cómo le iba al caballero. Rinat se bebió la absenta de un trago apenas cerró la puerta a sus espaldas. A Astair no se lo veía por ninguna parte. Sólo después de que el escudero lo llamara en voz baja, el caballero salió de detrás del montón de paja.

—¡Tenemos que apoderarnos del *Shoka*! —le exhortó Astair, pero Rinat se encargó de bajarle los humos al Caballero de las Pocilgas.

—¡El barco ha sido encadenado por órdenes de Balduino de LeBourg! —dijo, pero Astair de Saissac no se daba por vencido tan rápidamente.

—¡Entonces tendremos que sublevar a la tripulación! ¡Y lo mejor sería que vos, Rinat, os escabullerais a bordo al amparo de la oscuridad de la noche y...!

—¡¿Algo más?! —gruñó enfadado el antiguo escudero—. ¡Haríais bien, señor mío, en salir de nuevo al aire libre y limpiar un poco vuestras botas!

Astair desoyó la objeción soberanamente.

—Deberíais comunicar a la tripulación que su antiguo capitán ha regresado, con suficiente paga para todos, incluido el grumete.

Rinat miró al caballero con cara sumamente divertida: tenía la cabeza llena de paja, y las botas cubiertas de porquería hasta la caña.

—¿Y desde cuándo disponéis de tantos medios? —preguntó socarronamente el escudero.

Astair dio una pronta respuesta:

—¡Vuestro amigo alemán les sacará la suma necesaria a las hermanas!

—Pero el propósito es que él llegue a Jerusalén —lo reprendió Rinat, levemente indignado—, ¡no llenar vuestros bolsillos!

—¡Sin mí, el alemán no conseguiría siquiera llegar al barco, mucho menos podría llegar con el *Shoka* hasta *Terra sancta*! ¡Para eso necesita un capitán! —exclamó Astair—. ¡Y la tripulación sigue siendo la misma que navegó bajo mis órdenes!

Rinat observó divertido al afanoso caballero.

—¡Si estáis tan seguro de todas esas premisas, Astair de Saissac —dijo, dándose la vuelta con intención de marcharse—, entonces es preciso que habléis cuanto antes con la tripulación! ¡La noche también os protege a vos, no sólo a mí, que soy un pobre diablo! —añadió, echando más estiércol sobre el caballero—. ¡Yo prefiero quedarme esperando, mientras bebo otro vaso, y ver el resultado de vuestros osados esfuerzos!

Sonriente, Rinat abandonó el corral y regresó a su banco en la taberna. Luego alzó los dedos, en señal de triunfo.

—¡Dos dobles, a cuenta del caballero Astair de Saissac!

EL LECHO DEL PAPA

Gracias a la buena memoria de Conon, los dos viajeros llegados del sur encontraron sin esfuerzo la sede de los servicios secretos, la archibasílica de San Juan de Letrán, en el palacio Laterano. Cantar estaba impresionada con el ajetreo de la ciudad y los imponentes edificios, pero tampoco lo estaba tanto como para olvidar su enfado, con el que pensaba enfrentarse a esos solícitos sirvientes suyos que actuaban en lo oculto. Conon le dijo a modo de broma que tomara asiento en la enorme nave de la iglesia, pues era propio de una futura abadesa el iniciar su llegada a Roma con una oración, mientras él anunciaba su presencia. En su condición de camarlengo, Conon no tenía ninguna dificultad para penetrar hasta los ámbitos más íntimos del poder papal, aquellos recintos en los que, según se comentaba, se decidían los destinos del mundo. Conon preguntó por el cardenal diácono Remy d'Aretin y de inmediato lo condujeron a través de varios corredores, atravesando salas señoriales, hasta que por fin se abrió una puerta tres veces resguardada y se vio delante del flacucho monseñor Alfonso de la Carmen.

—El *Caput canis* está a vuestra disposición, Conon de Béthune, y también a disposición de la dama que os acompaña —le dijo con frialdad el clérigo de cabeza alargada—. Pero no entendemos por qué Cantar de Sión se ha tomado el trabajo de hacer este desvío hasta Roma, en lugar de dirigirse cuanto antes, por mar, a la región del Valais, tal y como se le exigió... —Conon, algo enfadado, tuvo intenciones de contradecirlo, pero monseñor le cortó toda posibilidad de réplica—. Hemos alejado a la dama de la iglesia y la hemos llevado a unos aposentos apropiados. Y allí tendréis también vos vuestro alojamiento.

Con ello se daba por terminada la audiencia.

Los aposentos que les habían asignado eran sumamente suntuosos, incluso pomposos, teniendo en cuenta el decorado de las paredes y los techos de los salones, pues el mobiliario era bastante modesto. Lo que más llamaba la atención, sobre todo, era que aquellas habitaciones parecían deshabitadas; al parecer, hacía mucho tiempo que nadie las utilizaba, apartadas como estaban en un extremo exterior del imponente palacio papal.

—Son los aposentos privados de Su Santidad —dijo el veterano sirviente que los condujo hasta allí—. ¡Gracias a los ángeles ese anticristo llamado Clemente no los ha profanado, pues él, por puro miedo, prefiere ocultar su cabeza traidora entre los muros del castillo de Sant'Angelo!

Cantar pareció estar auténticamente perdida entre aquella magnificencia fría cuando ocupó uno de los asientos forrados con hermosas telas. ¡Había perdido toda su confianza en sí misma! Conon abrió las altas ventanas: por encima de las murallas la vista se extendía hasta los montes Albanos, desde donde habían partido esa mañana, llenos de esperanza.

—Éstos no quieren entrar en ningún tipo de discusión —le comunicó Conon su impresión, de la manera más suave que le fue posible—. El Cardenal Gris, nuestro amigo Remy d'Aretin, no está disponible para hablar. ¡O quizá ni siquiera esté aquí! —añadió el joven, ocupando un asiento delante de Cantar—. Sin embargo, las instrucciones que ha dado a sus hombres son bastante inequívocas: ¡que regreséis a Sión sin más dilaciones!

Cantar, pálida, miraba por la ventana.

—Y entonces, ¿por qué hicieron que me marchara de allí? —preguntó con amargura—. ¿Por qué simularon que podría asumir el cargo de abadesa de un convento? ¿Por qué han estado confundiéndome, despertando mi entusiasmo por una misión a la que nunca había aspirado?

Al ver el dolor de la joven, Conon se sintió obligado a reflexionar sobre sus palabras.

—Hay dos cosas que pudieron provocar ese cambio radical en los planes que tenían pensados para vos. Por un lado, la muerte de vuestros padres. Y el otro motivo puede ser algún cambio en las circunstancias vitales del hombre que tenía tan grandes propósitos para vos —dijo Conon, pensando en voz alta, y muy orgulloso de las conclusiones a las que había llegado hasta ese momento—. Pero lo que no sé, mi querida Cantar —se atrevió a añadir con cierta cautela—, es cuál es vuestra relación con Remy...

—¡Eso, en verdad, no viene al caso! —lo interrumpió Cantar bruscamente—. Pero hay una cosa: ¿os acordáis de aquel juglar que apareció en el castillo de Gisors con motivo de la planeada ceremonia de compromiso de Elgaine?

—¿Cuando di una buena paliza con la espada de madera a quien hoy se hace llamar Bert el-Caz? —dijo Conon, con intenciones de soltar una estrepitosa carcajada, pero la mirada severa de Cantar se lo impidió.

—Pues ese hombre —dijo ella, siguiendo con el hilo de sus pensamientos—, cuyos ojos oscuros, entonces... —Cantar guardó silencio por un instante—. ¡Ese juglar se ha convertido en papa!

—¡Eso sí que cambia muchas cosas! —exclamó Conon.

Y en ese momento la voz de Remy d'Aretin resonó por encima de sus cabezas, desde el artesonado del techo de la sala.

—¡Por vuestro propio bien, Conon de Béthune y Cantar de Sión, debéis absteneros de romperos vuestras limitadas cabecitas pensando en los planes anteriores y los motivos de un sumo pontífice! —dijo la voz, con cierto tono de burla. Hubo entonces una pausa, con la cual los dos aludidos demostraron, con su silencio, que habían entendido la advertencia; entonces el Cardenal Gris continuó—: ¡Sobre la infalibilidad del papa huelga toda discusión! —La voz carraspeó—. Si vos, Cantar, necesitáis una razón de por qué sois la persona inapropiada para desempeñar el cargo de abadesa, recordad entonces que os anuncié que las monjas para vuestro convento en Amalfi serían proporcionadas por la *Sancta ecclesia*. Vos, en cambio, opinasteis que podríais proceder según vuestro parecer, por una disposición caritativa. ¡Eso significa una clara insubordinación y basta para retiraros el cargo! Ahora bien, en lo que atañe a vuestro viaje de regreso a Sión, éste es necesario debido a la lamentable muerte de vuestros padres, y por el vacío que ha dejado Urs de Sitten como *praefectus et comes vallesiae*. Se han de evitar los apetitos de un hombre que, disponiendo ya del título de obispo, pueda extender la mano para coger...

—¡Gosbart! —se atrevió a interrumpir Cantar.

—¡Correcto! —dijo la voz, que sonaba mucho más relajada. Entonces Cantar insistió:

—Entonces, ¿es un acto contra la *Sancta ecclesia romana* el que yo, pobre fracasada en contra de su voluntad, una mujer que ha sido guiada por el camino equivocado...?

—*Oboedientia!* —retumbó la voz—. ¿Adónde iríamos a parar si cualquier servidora de la Iglesia interpreta sus cometidos según su capricho, ya sea la misericordia, la ambición misionera o la *Caritas*? La libertad de acción que intentasteis tener, nadie os la asignó, todo lo contrario. ¡Habéis actuado *expressis verbis* contra lo que se os encomendó! ¡Y ved ahora el resultado! ¡Habéis convertido el convento de Amalfi en una babel del pecado, un refugio para los comercios carnales! ¡Por muy tontamente bondadosas que hayan sido vuestras intenciones!

—¡Vos no me habéis dejado tiempo!

—Los errores no se deshacen porque pase el tiempo, ¡y a lo sumo son perdonados gracias a la contrición!

Cantar no supo aprovechar la pausa que surgió entonces, pero Conon encontró valor para intervenir:

—¿Y qué hay de la misericordia?

—La misericordia que estamos dispuestos a sopesar, Conon de Béthune, podría consistir en que le permitamos a Cantar, una vez que ella haya asumido sus obligaciones mundanas y haya reclamado con éxito sus derechos como única y legítima heredera, que funde en Sión una comunidad conventual y que la conciba en estricto acuerdo con nosotros. De ello podemos hablar en el momento apropiado —dijo la voz de forma concluyente—. ¡Pero de lo que no hablaremos será de todas esas demás quimeras! ¡Nosotros no podemos perder ni un minuto! ¡Y vos, Cantar de Sión, tampoco! Mañana bien temprano continúa vuestro viaje.

Cenaron bien, y el servicio lo había dispuesto todo, también vino y frutas. Conon y Cantar se mantuvieron mucho tiempo sentados a la luz de las plateadas velas que habían encendido para ellos. Finalmente, Cantar afirmó:

—Ni siquiera el Cardenal Gris puede estar espiándonos todo el tiempo —dijo, levantándose para coger uno de los candelabros—. En algún momento tendrá que irse a la cama y «nos», Cantar de Sión —dijo imitando la voz de Remy—, ¡no tenemos tiempo que perder! —Entonces tomó de la mano al perplejo Conon y lo condujo, alumbrando el camino con el candelabro, a través de algunos de los aposentos contiguos, hasta que llegaron a uno más bien modesto por sus dimensiones, coronado en lo alto por un imponente baldaquín—. ¡Es el lecho del papa! —susurró Cantar en tono conspirativo, y acariciando con deleite las sábanas blancas. Entonces le pasó el candelabro a Conon—. Ahora id hasta el vestidor de Su Santidad y despojaos de todas las ropas de vuestro cuerpo. —Ella lo empujó enérgicamente a un lado; Conon empezaba lentamente a comprender de lo que se trataba. A continuación, Cantar cerró las cortinas—. ¡Cuando regreséis, querido Conon, es probable que encontréis aquí al diablo!

Conon se retiró a la habitación contigua y se quitó sus ropas, entonces cogió el candelabro y entró decididamente en el lecho papal, apartando la cortina. ¡En lugar de encontrarse con el cuerpo desnudo de Cantar, de color de alabastro, tal y como él lo conservaba en la memoria tras haberlo visto en el lago, lo que se ofreció a sus ojos fue un lecho vacío e intacto! Perturbado, apartó el candelabro, y entonces, alguien detrás de él, entre risas, apagó las velas con un soplido. Conon se detuvo en medio de la oscuridad, oyó la respiración de ella a sus espaldas, y sintió cómo crecía su miembro. Esperó a que ella hiciera aquel gesto que ya había hecho aquella noche junto al lago, pero en lugar de eso, los dientes de Cantar se clavaron en su firme trasero. En medio de la oscuridad, intentó agarrarla, pero calculó mal, y con una risotada maliciosa, unas zarpas bajaron por su espalda, quemándole la piel, hasta que un golpe en el dorso de las piernas lo hizo caerse hacia adelante, arrastrando a la joven consigo. En la lucha de sus cuerpos, en medio de los ardientes besos y las tiernas mordeduras, la virgen Cantar perdió sus últimas inhibiciones. Atrajo las caderas del hombre hacia ella, la apretó contra su entrepierna y soltó un grito salvaje cuando Conon introdujo su verga en su vagina. La joven se retorció frenéticamente, buscando que el placer anulara el punzante dolor; cabalgó sobre Conon, lo azotó, y el joven casi no supo lo que sucedió realmente, cuando ella se le abalanzó de frente, ya próxima a su clímax. Y entonces le vino también a él.

Pero no todo iba a quedar meramente en aquella mancha oscura que se extendió por las sábanas, así que Cantar se liberó de su caballero.

—Traed el vino, querido —le dijo con un arrullo de pantera y empujando a Conon fuera del lecho de amor. Éste salió corriendo y regresó al momento con una jarra de plata. Ambos bebieron con avidez—. Y ahora, verted también un poco sobre vuestro miembro, siempre tan presto para todo —le rogó Cantar, y a continuación agarró entre sus manos el miembro otra vez endurecido del hombre. Conon accedió a su deseo, y le agarró la cabeza por los pelos, al tiempo que apretaba los labios contra su regazo.

—¡Porque ésta es mi sangre! —dijo la joven, riendo. Y se dio la vuelta para ponerse boca abajo y le ofreció su trasero—. ¡Y éste es mi cuerpo! —añadió, jadeante—. ¡Y Conon es mi rebeco!

Conon sabía a qué venía aquella mención a la salvaje criatura de las montañas, pues a menudo los dos habían visto a los rebecos durante el apareamiento. Entonces se arrodilló detrás de ella y acercó hacia él su níveo trasero. A ella le gustó. A continuación, Conon le agarró los pechos, ella soltó un gritito de placer, y a él le gustó. El joven fue aumentando la frecuencia de sus embestidas, luego la disminuía, las aumentaba, Cantar gemía y reía, y así estuvieron durante toda la noche, hasta que se vieron las luces grises del amanecer.

Acto seguido, abandonaron el lugar profanado, cerraron la puerta con llave y se dirigieron a los aposentos asignados a ambos.

UNA CUBIERTA Y UNA PLAYA TRAICIONERAS

El destino jamás había tratado a Maurcade du Berq con guantes de terciopelo. Y aunque los hombres se servían de ella todo el tiempo a gusto y sin escrúpulos, jamás aquella mujer había tenido la ocasión de sellar un matrimonio que la protegiera. Ese papel lo había asumido Matilde, y ella la utilizaba, la trataba aún más despiadadamente de lo que había sido nunca capaz un hombre. Ese eterno acoso había convertido a Maurcade en una gata salvaje y vagabunda, recelosa, siempre al acecho, astuta, mordaz y también ávida de presas.

Por lo tanto, apenas podía creerse la suerte que había tenido cuando Elgaine de Gisors cayó en sus manos. Maurcade ya no contaba con llevarse una presa de esa índole, y, como a través de la niebla de la lejana Normandía, de repente se abrió ante ella el cumplimiento de la promesa de su infancia: ¡Gisors! El único obstáculo para conseguirla estaba indefenso ante ella, a su merced, sin poder hacer nada: ¡era Elgaine, la incuestionable heredera! La gata salvaje no pensaba ni por asomo en morder. Pondría a su inesperada presa a resguardo, como si fuese un pájaro muy valioso y frágil. ¡Un mordisco equivocado y a destiempo podría hacer que se esfumara otra vez el sueño de su juventud! La litera de viaje más hermosa que pudiera conseguirse, se convertiría en una acolchada jaula para Elgaine, una jaula de la que no podría escapar, y de ese modo quedaría protegida de cualquier mirada de fuera, de cualquier peligro externo, como en un fino capullo, y así la llevaría al castillo de Canossa, rodeada por una escolta bien armada.

En la taberna La Alegre Sirena, no en el corral de los cerdos, sino en la sala, el antiguo maestro de esgrima y el escudero se habían puesto de acuerdo sobre la manera en que se apoderarían del *Shoka al-Iffriqia*, el cual en ese momento estaba sin dueño. A los dos conjurados no les molestaba en lo más mínimo que la nave estuviera en manos de los papistas. Su mutuo recelo, sin embargo, era tan grande, que intercambiaron las misiones que le correspondían a cada uno para llevar a cabo su plan.

La labor de Astair consistía en sacar al alemán a escondidas del convento y llevarlo al *Shoka*. El caballero quería asegurarse de que Gerald de Öxfeld había sido provisto por las Hermanas de la Caridad con el oro suficiente para ser enviado a Jerusalén. ¡Todo el plan dependía de que aquellas monjas le abrieran su arca del tesoro del mismo modo que le abrían sus corazones! Astair no tenía ningún remordimiento, ¡pues aquellas brujas codiciosas se ganaban su oro gracias a un terrible pecado, destilando aquel brebaje diabólico llamado *Lacrimae virginis*!

Rinat, por su parte, debía ir al mismo tiempo al *Shoka* y allí preparar a la tripulación, que estaba sin hacer nada a falta de un jefe, y decirle que su antiguo capitán, Astair de Saissac, pronto asumiría de nuevo el mando de la nave, a fin de acompañar a un rico comerciante hasta Palestina.

Antes tenían que deshacerse de los guardias que el señor Balduino de LeBourg había apostado en el barco incautado. ¿Cómo lo harían: por la fuerza o con astucia? Eso estaba todavía por decidir.

Balduino, padre confesor y defenestrado protegido de la margravina Matilde, no tenía ganas de pudrirse en Lerici como gobernador de Lerici y guardián de los buques piratas capturados. Ello incrementaba el peligro de que, si se daban muestras de indisciplina o de anarquía, pudiera dar un escarmiento ensañándose con los piratas. Y entre esas muestras de anarquía estaba, sin duda, el robo de un barco como el *Shoka al-Iffriqia*.

La hermana Erma di Toano, la portera del convento de la Immacolata del Bosco, situado en lo alto de Lerici, se presentó ante el gobernador, que se alojaba en La Alegre Sirena.

—Arriba, en el convento, tenemos un caso grave de enfermedad —le anunció la monja a Balduino, con voz grave a causa de la preocupación—. Desde hace algún tiempo, nuestra querida hermana Geraldina, que fue en viaje de peregrinación a Tierra Santa, ha sido atacada por la pérfida lepra. Hasta ahora, hemos estado en un estricto aislamiento y hemos evitado todo contacto, hemos conseguido vivir así con mucho esfuerzo, pero lo hemos hecho soportable —informó la gorda monja, sin tono de queja, aunque sí con una mueca de dolor—. Ahora, sin embargo, le ha empezado una horrible fiebre, y tiene esputos de sangre, las úlceras se le abren, y de ellos emana un hedor putrefacto, y sus extremidades están cobrando una coloración negruzca. Y yo, la verdad, es que no quiero tentar al diablo...

—¡El infierno abre sus puertas! —chilló el señor Balduino, espantado—. Eso tiene muy mala pinta, hermana, ¡y probablemente sea muy contagioso!

—¡También nosotras tememos lo mismo! —le aseguró Erma con voz teñida de fatalidad—. Por tal razón hemos acordado llevarnos a la enferma de aquí, y dejarla en alguna isla solitaria, en la cual el Todopoderoso llame a su seno a esa pobre alma, antes de que se produzca una catástrofe...

—¡Por supuesto! —le confirmó el señor Balduino—. ¡Y hacedlo, por favor, sin dilaciones!

Erma bajó su barbilla regordeta y miró con franqueza al gobernador directamente a sus ojos severos.

—Pero para eso necesitaríamos un barco que se lleve a la enferma, en compañía de las dos hermanas que se han sacrificado para cuidarla; es probable que ya se hayan contagiado, por eso sería mejor, para seguridad de todos nosotros, que sean las primeras en ser desterradas...

—¡Santo Dios! —exclamó el señor Balduino—. ¡Hay que conseguir un barco! —Entonces se le ocurrió una idea—. Tengo ahí al *Shoka al-Iffriqia*, un barco de piratas, con toda su tripulación, y la nave está lista para navegar. De todos modos habría que conseguir a un capitán digno de confianza... —Al gobernador se le escapó el brillo triunfal que se reflejó en los ojos de la monja.

—¡Que la Virgen María, nuestra santa protectora, se compadezca de nuestras pobres hermanas! —dijo, arrodillándose delante del gobernador y alzando las manos para una oración de gracias—. Esta noche, el célebre capitán Astair de Saissac ha llamado a nuestras puertas.

—Pero no será aquel pirata que estaba con Elgaine de Gisors, ¿no...?

—¡Eso forma parte del pasado! —dijo despectivamente la regordeta hermana—. ¡Un pecado de juventud ya perdonado por el papa!

Erma salió en defensa de Astair con todas las armas.

—¿Cómo, si no, el *Pontifex maximus* podría haber dado al valioso caballero el título de camarlengo, como hizo recientemente en Monte Cassino, y honrarlo con un anillo entregado por su propia mano?

—¡Lo que le parezca bien al Santo Padre, es válido también para mí! —respondió Balduino con un suspiro de alivio—. ¡El barco está a vuestra disposición!

Erma le besó la orla del abrigo antes de dejar que el gobernador la ayudara a ponerse en pie. A la velocidad que se lo permitieron sus pies, la hermana subió a toda prisa y jadeando el sinuoso camino del *Via crucis,* de vuelta al convento.

El gobernador ordenó que retiraran de inmediato a los guardias armados que estaban en el *Shoka al-Iffriqia* a fin de vigilar el barco, y que quitaran las cadenas. Sus hombres no podían entrar en contacto, bajo ningún concepto, con aquella enfermedad mortal. Rinat, que estaba agazapado en un rincón y lo había escuchado todo, se escabulló fuera y corrió detrás del mensajero, a la espera de que el camino hacia el barco quedara despejado.

Arriba, en el convento de la Immacolata del Bosco, se inició un febril ajetreo, apenas la hermana Erma dio la señal convenida, levantando dos dedos, el símbolo de la cornamenta del diablo. De inmediato, varias hermanas se lanzaron sobre el rostro y las manos del pobre Gerald, dando forma y amasando, con una masa de harina mezclada con miel, yema de huevo y zumo de bayas de saúco, unas tumoraciones abiertas con puntos purulentos y sangre. Le afearon la cara, para que pareciera una anciana, le agarrotaron los dedos de la mano, al punto de que uno sentía repugnancia al verlos. Otras acondicionaron la litera, un lecho de enfermo bajo un baldaquín, cubierto totalmente con finos paños de gasa de Mosul, los cuales ocultarían aquel horror, pero dejarían entreverlo. Mientras tanto, Astair de Saissac acompañó a la hermana portera y a las dos cuidadoras elegidas a la capilla del convento, donde la pared del altar ocultaba el arca del tesoro. Con ojos de codicia, Astair siguió todo el proceso de apertura, la patada contra la base, el giro al Crucificado, hasta que éste quedó con su corona de espinas bocabajo. Luego llegó el momento de lanzarse contra la columna, y lo hizo la gorda Erma: ¡y a continuación, apareció el trasero de bronce del diablo! Con ganas, le torcieron la cara deforme, y fue entonces cuando se abrió la tapa del arca, que estaba llena hasta el borde de monedas de oro. Astair sólo necesitaba llenar con ellas las bolsitas que había acarreado y llevarlas abajo, al patio, donde ya estaba lista la litera de viaje.

—¡Las bolsas las llevo yo! —dijo con demasiado ímpetu. La mirada de la gorda se lo hizo ver.

—¡Las bolsas irán debajo del lecho de la enferma! Nuestra pobre hermana Geraldina quedará encima de ellas. ¡Así será más seguro!

Antes de que Astair pudiera replicar, el alemán disfrazado de leprosa fue llevado al patio y metido en una camilla bajo el baldaquín con todo cuidado. Entonces cayeron los velos de gasa y el alemán y el oro quedaron ocultos a los ojos de todos.

En el *Shoka*, la tripulación se había reunido en torno a Rinat. El escudero sabía tratar a los piratas, sobre todo se ganó en seguida la confianza del veterano suboficial. Rinat habló con entusiasmo del viaje a Jerusalén como si se tratara de un cuento salido de *Las mil y una noches*, y habló de la grandeza de corazón de Gerald de Öxfeld, que iba a sacrificar todo su dinero en aras de ese viaje.

—Es vuestro dinero —les dijo a los impresionados piratas—. Él no quiere quedarse con nada, su único interés es peregrinar hasta...

Tanta devoción no causó el efecto que Rinat esperaba entre los filibusteros musulmanes.

—¡Un auténtico *hajj*! —murmuraron algunos, llenos de respeto.

Rinat continuó hablando de lo mismo.

—¡Y un *hajj* no daña a un *moslemun* creyente ni levanta la mano contra él, sino que lo protege de cualquier desgracia!

—¡Jamás! —gritaron los hombres—. *Allahu Akbar, al qawiyo al raheem!*

En procesión solemne, las monjas del convento de la Immacolata del Bosco bajaron el *Via crucis*. Los papistas formaban un pasillo para ellos. Delante marchaba la hermana portera, Erma di Toano, luego iban las seis fornidas mujeres que cargaban la litera de la gravemente enferma hermana Geraldina, así como otras dos hermanas, las cuidadoras, marchaban a derecha e izquierda del baldaquín cubierto con velos de gasa. Al final, con la cabeza gacha, avanzaba el capitán Astair de Saissac. Balduino de LeBourg esperaba a la comitiva en la playa, frente a la taberna. Cuando pasó la camilla, él y su séquito, por si acaso, dieron un paso atrás, a fin de no estar demasiado cerca de ella. El gobernador se volvió hacia Astair, mientras la macabra procesión continuó avanzando, impertérrita, hacia el buque.

—Os agradezco, caballero —dijo Balduino en voz baja—, que aceptéis ese sacrificio.

Astair se detuvo un momento y miró al gobernador a los ojos con una expresión ensombrecida por la tristeza.

—¡Como cristiano y camarlengo de Su Santidad, sé a quién debo servir!

Balduino hizo de tripas corazón y abrazó al valiente capitán.

—¡Cuando hayáis cumplido con vuestra noble misión, regresad aquí con el barco; quisiera recompensaros ampliamente por vuestra hazaña!

—¡La recompensa de Dios es la cura para mi alma! —dijo Astair con humildad, y continuó avanzando hacia el *Shoka al-Iffriqia*.

El señor Balduino lo siguió a una prudente distancia.

La hermana Erma y las monjas que la acompañaban se mantuvieron detrás esta vez, mientras que las mujeres que portaban la litera la llevaron lentamente a bordo a través de la pasarela. Un soplo de viento les trajo el asqueroso hedor de las pústulas. Astair se tapó la nariz con relativa discreción. ¡Había que mostrarse valiente! La litera con el baldaquino fue depositada cuidadosamente sobre la cubierta, y las seis mujeres que la habían transportado se apresuraron a volver a tierra; sólo las dos cuidadoras escogidas se quedaron junto al enfermo. El *Shoka al-Iffriqia* se dispuso a zarpar. El gobernador y su séquito se retiraron.

Triunfante, Astair dirigió a la tripulación, formada al completo delante de él, el discurso que tenía preparado, y lo hizo en árabe. Su alocución acabó con lo que podía considerarse una amenaza:

—*Min djadeed ana qubtanakum*, ¡vuelvo a ser vuestro capitán!

Ya el *Shoka* había salido de la bahía; entonces el capitán arrancó el velo de gasa de la litera y dejó a la vista al disfrazado Gerald, en verdad digno de compasión:

—¡Y ahora quitad el oro a este embustero, está debajo de él, y lanzad al tipejo por la borda!

Entonces el suboficial dio un paso adelante, y con él otros tres hombres. Sin embargo, agarraron a Astair de Saissac por brazos y piernas, lo balancearon como si fuese un saco de harina, y lo lanzaron al agua, mientras su cuerpo describía un elevado arco, a causa del impulso.

Las únicas que se quedaron espantadas fueron las dos monjas.

—¡Como buenos cristianos, no podéis permitir tal cosa! —dijo una, dirigiéndose al escudero—. ¡Lanzad al agua de inmediato un bote para que podamos salvarlo de morir ahogado!

—¿Es que no queréis ir a Jerusalén? —la increpó Rinat.

—¡No en tales condiciones! —gritó la otra monja, y Rinat, encogiéndose de hombros, dio la orden de echar el bote al agua—. ¡No queremos llegar a Tierra Santa con una vida sobre nuestras conciencias! —dijo la monja, y ambas subieron al bote que se mecía en el agua, agarraron los remos con decisión y remaron hacia donde se veía la cabeza de Astair, sobresaliendo a través de las olas.

La fresca brisa del mar hinchó la vela del *Shoka al-Iffriqia*, que en seguida ganó velocidad. Rinat se acercó al lecho de enfermo de Gerald de Öxfeld, que había seguido lo ocurrido más bien con un asombro incrédulo, no con horror.

—¿Jerusalén? —preguntó con serena esperanza.

—¡Lo quiera Dios! —respondió Rinat pensativo, y le extendió a Gerald una mano, para que éste pudiera levantarse de su incómodo lecho—. ¡Dejadme ser vuestro escudero!

La frase de Rinat no era una pregunta, sino la expresión decidida de su deseo largamente acariciado.

—¡Jerusalén!

Con sumo esfuerzo, las dos hermanas habían conseguido pescar a Astair y sacarlo del agua, y lo habían subido al bote entre bamboleos. El caballero les quitó de inmediato los remos de las manos y les ordenó que tomaran asiento en los bancos. El muelle de Lerici estaba todavía al alcance de la vista. Sin decir una sola palabra de agradecimiento, les gruñó a sus dos salvadoras:

—¡Si sale de vuestras bocas una sola palabra sobre lo ocurrido, os partiré el cráneo! —Y para dar más énfasis a su afirmación, alzó ligeramente uno de los remos e hizo volar la paleta por encima de las cabezas agachadas de las dos mujeres. Las dos Hermanas de la Caridad asintieron temerosas y se quedaron quietecitas.

El gobernador esperaba al capitán en la playa, presa de la excitación.

—Sólo puedo explicarme este incidente de un modo —le dijo Astair con cierto dominio de sí mismo, en cuanto puso un pie sobre suelo firme—. Los piratas musulmanes, azuzados por ese borracho llamado Rinat de Sitten, se han apoderado del oro de la hermana enferma, Geraldina, dinero que ella, sin mi conocimiento, llevaba en abundancia. —Cuando Astair vio que su explicación era recibida con oídos receptivos, continuó—: Brutalmente, golpearon el cuerpo de la pobre mujer, lleno de llagas, y sacaron a la fuerza las bolsas llenas de monedas de oro que estaban debajo de ella. ¡Y estaban llenas a reventar! —Su mirada se dirigió entonces hasta donde estaban las dos hermanas, que habían seguido su descripción de los hechos en silencio, con los ojos fuera de las órbitas a causa del miedo—. Esa mujer devota ya estaba consagrada a la muerte —añadió Astair, al que la voz le falló en ese momento, en una hábil jugada de simulación—. Un cuerpo humano digno de compasión será alimento para los peces...

El capitán, entonces, reprimió un sollozo y se obligó virilmente a concluir su relato y llevarlo hasta su amargo fin.

—¡Este humilde servidor, así como las dos Hermanas de la Caridad, siempre tan dispuestas a realizar sacrificios por cuidar a los demás —Astair señaló a las monjas—, molestaban como testigos de esa enorme fechoría!

Balduino estaba conmovido y las cuidadoras, por su parte, estaban mudas a causa del espanto que sentían.

—Y por eso nos echaron del barco. Luego nos mandaron el bote, a fin de paliar golpe tan cobarde. Sólo gracias a mi...

—Sois un hombre admirable, Astair de Saissac —exclamó Balduino, impresionado—. No sólo tenéis el alma dispuesta al sacrificio, sino que demostráis también consideración aun en las situaciones de mayor apuro. El Santo Padre sabía lo que hacía al entregaros la dignidad de camarlengo. —Astair buscaba las palabras de agradecimiento adecuadas, lo cual aprovecharon las dos hermanas escapadas a la muerte para alejarse rápidamente y subir al enclave seguro del convento—. Para mostraros el respeto que merecéis, sólo me queda una cosa, un gesto comparativamente modesto: ¡os nombro, aquí mismo, gobernador papal de Lerici!

El señor Balduino dio la vuelta a su caballo con el propósito de abandonar cuanto antes esa maldita guarida de piratas.

—Marcharé ahora para reunirme con la margravina Matilde, y la pondré en conocimiento de que Lerici está en las mejores manos, no gracias a nosotros, sino al hecho de que vos hayáis asumido el cargo del gobernador. ¡Y ella le hará saber esta feliz disposición del destino al *Pontifex maximus*! ¡Todos estarán orgullosos de vos! —dijo Balduino, que saludó brevemente y se marchó al galope.

CAPUT CANIS

Para su despedida, Cantar de Sión y su caballero, Conon de Béthune, fueron convocados una vez más al *ufficium* de los servicios secretos en el palacio Laterano. En representación del Cardenal Gris, fue Alfonso de la Carmen quien les comunicó que a partir de ese momento la seguridad del viaje de regreso a la región natal de la dama —ya no se mencionó la palabra «abadesa»— sería asumida por los propios servicios secretos. La intervención de Conon ya no era necesaria. Sin embargo, le permitirían unirse a la comitiva.

—¡Pero sin ninguna potestad para impartir órdenes! —añadió aquel hombre flacucho—. Y eso es válido también para el hombre al que estamos dispuestos a dar una segunda oportunidad. —De la Carmen guardó silencio hasta que les llevaron al condotiero Berenguer de Saissac y le hicieron entrar en la habitación. Berenguer parecía un acusado que, después de una larga prisión preventiva, está a punto de escuchar su sentencia—. A partir de ahora, Berenguer de Saissac va a seguir a la comitiva de forma permanente, hasta el momento en que se le pueda entregar la escolta de Cantar de Sión a fin de acompañarla a su lugar de destino. —El flacucho carraspeó, antes de continuar, en tono de advertencia—: y le recomendamos que esta vez se atenga estrictamente a ese cometido.

De ese modo fueron despedidos y luego conducidos al patio interior que Conon ya conocía. No le asombró ver allí, como cabeza de la comitiva, a Dado, aquel joven de pelo rizado. A diferencia de la otra vez, cuando habían acabado protegiendo al legítimo pontífice, esta vez salieron del palacio de los papas a través del portal principal, y tomaron el camino del Coliseo.

Desapercibidos, cabalgaron por la ciudad, pasando junto a los restos de los suntuosos foros y templos, las columnas de la victoria y los arcos de triunfo, cruzaron la Porta Flaminia y muy pronto tuvieron a sus espaldas las murallas de Roma. Siguieron una de las antiguas vías romanas, cruzaron el Tíber por el puente Milvio y, una vez llegados al valle cada vez más estrecho, pusieron rumbo hacia el norte.

Dado, orgulloso capitán de aquella tropa, azuzó a su caballo entre sus subordinados, después de haberles pedido casi avergonzado a Berenguer y a Conon —que habían buscado con todo descaro la cercanía de Cantar—, que se atuvieran a las indicaciones y cabalgaran al final de la comitiva. El séquito estaba compuesto por una buena docena de hombres armados y varios animales que llevaban las tiendas de campaña y las provisiones. El calvo y Conon se habían trasladado a la cola sin replicar y cabalgaban allí detrás, manteniendo cierta distancia. No querían hacerle la labor más difícil innecesariamente a aquel simpático chico de cabellos encaracolados.

Al pasar junto al arco de triunfo romano situado junto a la torre de vigilancia de la Prima Porta, a Conon le llamó la atención una tropa de jinetes que aguardaba allí y que examinó a los que pasaban con una frialdad poco amable. Poco después, cuando se dio la vuelta, vio que los jinetes se habían puesto en movimiento y los seguían.

—¡No me gustan esos tipejos! —dijo Conon a Berenguer, que cabalgaba a su lado—. ¡Mirad hacia adelante!

El calvo examinó con recelo la ladera boscosa que estaba a su izquierda, en la que, cada dos por tres, se abría la entrada a alguna gruta. Conon no perdía de vista, a su derecha, el profundo valle del sinuoso Tíber, pero sobre todo no le quitaba la vista al grupo que cabalgaba, alrededor de Cantar. La vía empezaba a serpentear por la cañada, y tras un pronunciado recodo, Conon vio, no lejos, por delante de ellos, a otro grupo de jinetes que avanzaba lentamente.

Y en ese preciso instante los jinetes que cabalgaban detrás les pasaron por el lado a él y a Berenguer. Se habían bajado las viseras de las armaduras y pasaron en silencio junto a ellos.

—Estad atento —gruñó el condotiero, dirigiéndose a Conon—. ¡Esto me huele mal!

Conon vio que el grupo que cabalgaba delante iba a chocar con la tropa encabezada por Dado. Entonces Berenguer clavó las espuelas a su caballo y Conon lo siguió. Tenía que acudir a toda prisa en auxilio de Cantar, ¡porque ese asalto, a todas luces planificado, sólo podía tenerla a ella como objetivo!

Se inició un forcejeo entre todos los hombres, y Conon vio que el cabecilla de los desconocidos se acercaba hacia donde estaba Cantar y tomaba las riendas de su caballo. Dado se interpuso, y Conon vio que del cinturón de cuero con púas del hombre salía disparada una corta espada, parecida a la lengua bífida de una víbora. Una hoja de acero centelleó y cayó sobre el cuello del joven de cabellos rizados, que se desplomó del caballo delante de Berenguer, que llegaba en ese momento a toda prisa.

—¡No arriesguéis vuestra vida por mí! —gritó Cantar, asustada, dirigiéndose al calvo—. ¡Entregaos!

Berenguer tomó su espada por la punta de la hoja, como si quisiera entregársela al cabecilla de los enemigos en un gesto de subordinación. A Conon aquello no le encajaba. Él, en cambio, blandía su espada y cortaba y golpeaba a diestra y siniestra, frenéticamente, a tal punto que a su alrededor se formó un claro. El cabecilla de los atacantes alargó la mano para coger la espada de Berenguer, pero en ese momento el mercenario le pegó tal golpe en el casco con la empuñadura, que la visera se le levantó. ¡Entonces Conon vio el rostro deforme por la rabia de Norberto de Lehburg!

—¡Ponte a salvo! —le gritó Cantar a su compañero, y Conon vio que el calvo, dando un enorme salto, había aprovechado el espacio vacío creado alrededor del conde, que aullaba de dolor. Conon hizo que su caballo se alzara y saludó galantemente a Cantar con el arma en ristre, la cual clavó en el cuello del último agresor, antes de seguir al condotiero con una hábil maniobra y adentrarse en la maleza del valle.

—¡Agarradlos! —chilló detrás de él la voz de Norberto—. ¡No les dejéis escapar! —Por el entrechocar de los cascos sobre las piedras, Conon se dio cuenta de que algunos soldados ya habían emprendido la persecución. Entonces Berenguer le agarró una rienda.

—¡Quieto! —le dijo en un siseo, y ambos se mantuvieron inmóviles.

Los perseguidores se sintieron entonces inseguros y se detuvieron también. Ya no se oía ningún ruido, salvo el murmullo del río. Los fugitivos parecían haber escapado. La tropilla se dio la vuelta. El experimentado condotiero esperó todavía un rato antes de dar la señal de iniciar el ascenso. Ya no quedaba rastro alguno de los jinetes que habían realizado aquel asalto tan bien preparado. Se habían llevado incluso el cadáver de Dado.

—¿Quién puede estar detrás de todo esto? —preguntó Conon, todavía confundido.

—Sólo alguien de sus propias filas puede atreverse a levantar la mano contra el Cardenal Gris —le respondió Berenguer con expresión sombría.

—¿De los propios servicios secretos? —preguntó Conon, poco convencido.

—¿Acaso no habéis reconocido al conde Norberto?

El calvo asintió.

—Nosotros podemos vivir sabiendo eso —gruñó—. ¡Pero no el Cardenal Gris! ¡Y eso significa para Norberto de Lehburg una sentencia de muerte!

Los jinetes, que seguían guardando silencio, llevaron a Cantar de Sión de vuelta a Roma y la entregaron en el castillo de Sant'Angelo. Allí, sin embargo, nadie parecía saber muy bien qué hacer con la joven. La hicieron subir y bajar escaleras, atravesar los oscuros pasillos de aquel *tumulus*, hasta que, por fin, la empujaron dentro de una habitación iluminada con luz natural y cerraron la puerta a sus espaldas. Era la primera de una serie de habitaciones iguales que se conectaban unas con otras en forma circular. En la última de ellas, había un anciano sentado a una mesa, escribiendo algo. Aquel anciano de pelo cano miró a Cantar con sus ojos claros y grises, como si un ángel hubiese descendido hasta él.

—¡Vaya alegría tan inesperada! —dijo con voz diáfana, al tiempo que, con un gesto de la mano, invitaba a la mujer a tomar asiento. En aquella habitación, el único sitio donde uno podía sentarse era la cama situada bajo el baldaquín. Tímidamente, Cantar se sentó en el borde—. Nunca recibo visitas aquí —dijo el anciano en tono de disculpa.

Entonces, a la exhausta Cantar se le escapó una pregunta indigna de aquel venerable anciano:

—¿Y vos quién sois?

El anciano rió con ganas.

—Eso también me lo pregunto yo a veces... Y cada vez lo hago con mayor frecuencia.

Cantar se avergonzó por su curiosidad, pero al anciano no pareció importarle.

—Me llamo Guiberto, Guiberto de Rávena.

A Cantar aquel nombre no le decía nada.

—Yo soy Cantar de Sión.

—Ah —sonrió socarronamente Guiberto y miró pensativo a través de la pequeña ventana que daba a los tejados de la ciudad—. ¡Sión! ¿No es allí donde el bueno de Gosbart ocupa el púlpito de San Teódulo?

Al ver que no recibía respuesta, Guiberto alzó los ojos.

Cantar se había tumbado de lado y se había quedado dormida.

Alguien llamó a la puerta. Apareció un ayuda de cámara, estaba alterado.

—Perdone, *Sua Santità* —dijo, balbuceante—. ¡Ha sido un lamentable descuido!

—¡Hable bajo! —lo reprendió el papa—. ¡Está dormida!

—Pero ¿no deberíamos...?

—¡Claro que no! —lo tranquilizó el pontífice—. ¡Buscadme otra cama! —demandó—: ¡La criatura de Dios, que lleva el nombre de Clemente, debería haberse acostumbrado a colocar su cabeza cada noche que Dios le ha regalado en una cama distinta! —dijo, y salió de la habitación de puntillas—. ¡Y cada mañana deberíamos dar gracias a la Virgen porque nosotros, pecadores, estemos todavía con vida! ¡Así que... —añadió, en tono reprobatorio—, dejadla dormir en paz, en su inocencia tan angelical!

Apartado de las principales vías de comunicación, en el sur, estaba situada la pequeña ciudad de Anagni, en la Vía Casilina, un lugar bien fortificado y protegido por los montes Albanos que se erigían frente a Roma. Y allí se había retirado el legítimo *Pontifex maximus*. Su Santidad, el papa Urbano, se alojaba de incógnito entre esos muros, vestido como un monje benedictino, tal como había sido en otro tiempo, y por ello se lo veía sin ninguna pompa o magnificencia, y también sin séquito. Los servicios secretos de la Curia, por supuesto, habían establecido un cuerpo de guardia en los alrededores de la casa habitada por el papa, y también vigilaban las dos puertas de la ciudad. Y allí había convocado el Santo Padre a su confidente, Remy d'Aretin, el Cardenal Gris, para que le hiciera una discreta visita. Hacía mucho tiempo que no se veían.

—Siete años han pasado —dijo Urbano al recibir a su amigo— desde que llegaron a Monte Cassino aquellos fragmentos titulados «Del diario de una emperatriz», en los cuales, en clave, Bizancio nos pedía ayuda por primera vez frente a los infieles...

—Y cinco de esos años han sido bajo vuestro pontificado —dijo Remy, adoptando también aquel tono nostálgico—. Hace tres años, poco después de vuestro Concilio de Melfi, el emperador Alejo os presentó otra solicitud de ayuda.

—¿Cuánto tiempo pasará ahora para que...?

—Será a la mayor brevedad posible —lo interrumpió Remy—. Para entonces se habrán hecho todos los preparativos a fin de poner en escena vuestro triunfal regreso a Roma.

El papa le regaló a su cardenal una sonrisa perpleja.

—Eso lo sé, mi querido *Caput canis*, confío en vos ciegamente, pero me refería a cuánto ha prosperado hasta ahora nuestra idea de un despuntar único y grandioso de Occidente. ¿Qué ha sido de nuestro ferviente deseo de liberar el Santo Sepulcro?

El cardenal reaccionó como si asintiera en silencio a aquella referencia no pronunciada, pero, en realidad, estaba poniendo orden en sus pensamientos, a fin de dar una respuesta al sumo pontífice que respondiera a sus expectativas, aunque nada más ajeno a las intenciones de Remy que alimentar esperanzas engañosas.

—En el fondo, tenemos el mismo problema que el emperador de Constantinopla: ¡no disponemos de un ejército que esté a la altura, tanto en efectivos como en fuerza, para acometer una misión de tal envergadura!

El silencio de Urbano indicaba que aquello le había afectado, pero sólo fue muy brevemente, ya que de inmediato el pontífice recobró su dinamismo habitual:

—¡Los gobernantes seculares de Occidente tendrían una

espléndida oportunidad para brindarnos sus fuerzas en esta empresa, en lugar de malgastarlas en infames luchas fratricidas!

—¡Tal vez sea cierto! —lo secundó Remy—. Pero no se puede tener en cuenta a nuestros grandes monarcas; ¡su comportamiento los excluye de obtener unos honores de esa índole!

—Sois severo, mi buen *Caput canis*, pero tenéis razón: el emperador está y seguirá estando, durante un largo tiempo, excomulgado por la Iglesia... ¡Aun cuando su hijo Conrado me haya rendido tributo recientemente en Cremona!

—Sólo os ha prestado el servicio de *strator* que os debía, el mismo que Enrique os ha negado constantemente. El hijo os ha ayudado a poner un pie en el estribo —afirmó Remy de un modo irreverente—. Pero incluso el rey de Francia se ha hecho acreedor entretanto de tantas culpas que...

—Lo sé, ha repudiado a su legítima esposa, Berta de Holanda, y le ha robado a su vasallo, Fulk d'Anjou, su mujer Bertrada de Montfort...

—... y ha hecho que su hermano, al que ha nombrado a toda prisa obispo de París —lo interrumpió Remy—, le otorgue el sacramento del matrimonio, ¡y ha metido en el calabozo al recto arzobispo Ivo de Chartres, que protestó contra aquel abierto pecado de bigamia! Felipe de Francia merece ser condenado por simonía y *adulterium*, y todo eso unido a una malvada y alevosa *rapina*...

El papa soltó una sonrisita irónica por la rabia con la que había hablado su cardenal, y ambos acabaron prorrumpiendo en una carcajada.

—Es probable que también tenga que excomulgar a ese caballero —dijo Urbano, dando por terminado el tema—, ¡pero habrá tiempo para eso hasta el próximo concilio!

—En ese caso, quien quedaría en el trono de Inglaterra sería el hijo del conquistador, el tal Rufo, y sobre él sólo puedo alertaros. Hace mucho que se la ha estado jugando a su hermano Roberto, el duque de Normandía...

—¡Quien, por cierto, tampoco es un inocente corderito! —intervino Urbano—. Los normandos son un pedazo de hierro al rojo vivo con el que cualquiera puede quemarse los dedos...

—¡Pero un buen herrero podría forjar a partir de ellos una buena espada! —dijo el papa.

—Pues bien, las cabezas coronadas se van cayendo todas a causa del deterioro —resumió Remy, alegre por el mal ajeno—, ¡y está bien que sea así! ¡Recordad el consejo que se daba en aquel texto titulado «Del diario de una emperatriz»! Si se encontrara a uno solo de esos monarcas dispuesto a participar, de inmediato se os disputaría vuestro liderazgo. ¡Ninguno de ellos se subordinaría a las órdenes de la Iglesia o de cualquier legado vuestro!

—Por lo tanto, ¿sólo nos quedan entonces los grandes príncipes...?

—Así es, *Sua Santità*. —Remy se vio acercándose a su meta—. Suponiendo que antes vos los hayáis liberado, mediante la excomunión de sus soberanos, de su deber de someterse a ellos y de sus deberes como vasallos...

—Debería ser una empresa francesa, ¡eso es algo que deseo de todo corazón! —añadió Urbano.

—Eso depende de los caballeros que movamos y de aquellos a los que vos designéis.

—Tomemos, por ejemplo, al duque Roberto de Normandía —propuso el papa, que era todo fuego—. Mientras sirva a nuestra causa, lo protegeremos ante cualquier intervención en su ducado por parte del rey de Inglaterra...

—¡Y Felipe de Francia! —añadió de inmediato el cardenal—. ¡Pensad en Gisors!

—En lo que atañe a los normandos, me parece que vos, Remy, queréis aplicar ventosas de cristal para que la sangre caliente de los normandos se enfríe...

—¡Podéis llamarlo, tranquilamente, una sangría, señor papa! ¡Ello no puede perjudicar a las distintas naciones de este país!

—¡Protegeremos a Raimundo de Saint-Gilles, el conde de Toulouse, de los de Aquitania, tan ávidos de botín! ¡Se pasará a nuestro bando con las banderas desplegadas! —Para entonces el papa ya había tomado verdadero impulso, y su cardenal se vio obligado a refrenar un poco aquella euforia.

—Precisamente por eso nosotros, vuestros fieles servidores, saldremos en defensa de la empresa, para ejercer la presión necesaria entre todos, ¡antes de poder propinarles el empujón decisivo! Pero, de todos modos, eso no basta...

—¿Y qué hay de los borgoñones, de los flamencos? —propuso Urbano—. ¿O de los bretones? ¿Los de la Champaña?

—El papa no quería dar su brazo a torcer, pero el Cardenal Gris fue inclinando a cada ocasión la cabeza, cada vez menos convencido.

—Yo pensaba más bien en los normandos del sur de Italia...

—Primero queríais alertarme —dijo el papa irónicamente—, ¡y ahora no podéis traerme suficientes de esos vikingos y meterlos en el barco!

—¡Vos me habéis nombrado vampiro, sólo chupo la sangre que sobra, la que borbotea entre Bari y Sicilia!

—¡En fin, mantengamos nuestra mano protectora también sobre Bohemundo de Tarento, quien no estará demasiado contento con su medio hermano Borsa, elevado a la condición de duque, ni con su poderoso tío Roger como rey de Sicilia!

—Así preservaremos a Bizancio de otras agresiones de ese príncipe incorregible. —El cardenal se dio cuenta de inmediato del útil efecto que provocaban aquellas palabras—. Con ello ganaremos el apoyo del emperador Alejo, quien desea que lo ayudemos con tropas...

—No sé —dijo Urbano, pensativo—, no sé si lo que nos proponemos lo hará feliz. La gran mayoría de los príncipes a los que tenemos echado el ojo querrá conquistar nuevos territorios para sí. Ninguno de ellos tiene la voluntad de sacarle las castañas del fuego a Bizancio...

—No hemos de perder de vista nuestros intereses: la consolidación de la Iglesia católica y romana en Occidente. —Remy tenía una idea muy clara de lo que era necesario para ello—. Por eso sería recomendable abordar también el problema del Imperio germánico, Santo Padre —dijo, cauteloso—. Es cierto que será un paso osado, pero no lo podemos pasar por alto. —El cardenal aguardó hasta que tuvo la certeza de que el papa le estaba prestando atención—. Deberíamos sacar a Godofredo de Bouillon del dilema en que se ha metido; ¡un pantano en el que amenaza con hundirse cada vez más, de tanto dar golpes y patadas a ciegas que da y que le propinan! No sólo tendríamos que protegerlo de las maquinaciones de su tía, de las intrigas de los obispos de la Lorena y de esa indigna explotación a la que lo tiene sometido el emperador Enrique, ¡sino, sobre todo, tendríamos que protegerlo de sí mismo! —Remy hizo una pausa. Quería darle tiempo a su *Pontifex* para que por lo menos se pensara esa idea tan atrevida y que ésta le llegara al corazón, pues en principio era muy ajena a él—. ¡Hay que trazar nuevos objetivos para las cualidades y la eficiencia de ese general tan religioso, objetivos convincentes, impresionantes!

—¿Sugerís que ponga mi mano protectora sobre nuestro archienemigo...? —Urbano estaba desconcertado—. ¿Del hombre que me ha puesto a Guiberto delante de las narices, y que todavía le garantiza su puesto en el Trono de san Pedro? ¿El mismo que humilla y acosa a nuestra querida amiga Matilde, que persigue y amenaza a nuestros fieles obispos, el que...? —A Urbano le faltaba el aliento para continuar enumerando aquellos hechos indignantes.

Remy aprovechó de inmediato su debilidad.

—Cristo dijo: «¡Amad también a vuestros enemigos!»

—¿Opináis en serio, Remy d'Aretin, que debería perdonar a ese hombre y levantarle el anatema cien veces merecido, para...? —El *Pontifex* miró a su servidor directamente a los ojos—. ¡Sois genial, Remy! —dijo, estremecido—. ¡Los arcángeles llevaran en volandas a Godofredo por los aires y lo dejarán caer lejos, muy lejos de aquí, en un desierto lleno de espinas! ¡Y así nos libraremos de él!

—¡Y no sólo eso, Santo Padre! ¡Él guiará a vuestras tropas hasta Jerusalén, os servirá sacrificándose, para ser el «libertador del Santo Sepulcro»! —Remy estaba sobrecogido por la fuerza de su imaginación—. Sin él, Enrique tendrá que arrastrarse hasta la cruz, podremos incitar a Matilde a desistir de sus ambiciosos planes, les daremos tranquilidad a los obispos y éstos podrán dedicarse por fin a las misiones para las que han sido llamados: actuar como pastores de las almas que se les han confiado.

—¡La cosa no será fácil! —dijo el papa, con un suspiro salido desde lo más profundo de su alma.

—¡Ni para vos ni para él! —Era un débil consuelo el que Remy le regalaba al Santo Padre—. Pero sólo con la participación de Godofredo vuestra grandiosa idea podrá convertirse en realidad. ¡Y el enorme ejército que lo obedece se echaría de menos amargamente en vuestra empresa! El conde de Bouillon es, además, entre todos los tercos príncipes mencionados, el único al que no le interesa obtener poder, a él le importan poco las posesiones, pero sí tal vez la corona espiritual de Cristo, la gloria del reino divino de Jerusalén.

El papa se puso en pie.

—¡Poned manos a la obra, mi buen *Caput canis*! ¡Tenéis mi absoluta confianza y todos los poderes que necesitáis. Dejo en vuestras manos los detalles. ¡Con el poder de mi cargo, os apoyaré en toda situación...! —Entonces el cardenal se arrodilló para besar el anillo.

—Por eso volveré a sentarme en mi trono de Roma, para que el mundo vea dónde se sienta el verdadero sucesor de Pedro como representante de nuestro Señor, y cómo sostengo el cetro con firmeza en la mano. —El pontífice agarró a Remy por los hombros y lo levantó. Casi con solemnidad, intercambió con el servidor un beso de hermandad.

El cardenal tuvo que controlarse para no salir a la carrera de aquella habitación. «¡Vaya batalla!», le pasó por la cabeza encanecida, y todavía tendría que librar muchas otras como aquélla en ese campo del espíritu, antes de que el primer combatiente por la causa de la Iglesia de Cristo pusiera un pie en el suelo arenoso de esa *Terra sancta* que era preciso conquistar. Fuera lo que fuese lo que alcanzasen los ejércitos de Occidente allí, Roma ya habría alcanzado una gran victoria en cuanto esos ejércitos se pusieran en marcha.

Liber V

A. D. MXCIV

MALAS NOTICIAS

En Sión, el cronista *Angelus* había escrito a todo lo ancho del pergamino, con esmerado trazo, como si fuesen grabadas, las cifras *MXCIV*, y luego, debajo, había puesto el título: *De los protocolos secretos de Sión*. En ese momento prestaba atención al estilo con el que *Vocator* había ido escribiendo la crónica, pues a él le correspondía hacerlo ese día:

En la eterna Roma, detiene su marcha triunfal el glorioso papa Urbanus Secundus, *en su calidad de* Pontifex maximus, *mientras se supone que su rival Guiberto, auspiciado por el emperador, y quien ha adoptado el nombre de Clemente, se ha retirado a Rávena. En señal de triunfo de la legítima* Ecclesia catholica, *el Santo Padre ha dado a la ciudad su bendición urbi et orbi.*

—¡Maravilloso! —lo alabó el otro escribano—. ¡Los ángeles están jubilosos! —Entonces, desde abajo, el tullido golpeó con el bastón contra el techo de la habitación, y su chirriante voz penetró distorsionada a través de la Oreja de Dionisos.

—¡Venid volando aquí abajo, mis *Plecoti aurita* de grandes orejas! —Y para dar más énfasis a su orden, el obispo golpeó otra vez el artefacto. Los cronistas se dieron prisa en bajar por la escalera de caracol. El obispo Gosbart se había situado con su silla de ruedas detrás de su mesa de trabajo, y blandía en ese momento un rollo de pergamino recién sellado—. A fin de que volváis a tomar el aire libre —les dijo en tono amable, pero no exento de crítica—, debéis llevar esta carta hasta el campamento papal de la margravina Matilde. Allí os reuniréis con un hombre del Cardenal Gris, su nombre es Alfonso de la Carmen, ¡y a él entregaréis este mensaje!

El delgaducho *Vocator* extendió en seguida la mano, pero Gosbart retiró el rollo, como si no pudiera separarse de él.

—Y para que, por el camino, no os coma la curiosidad y se os ocurra romper el sello, os hago saber ahora mismo su contenido —hablaba dirigiéndose más bien a *Angelus*, ya que *Vocator*, probablemente, se hubiera tomado mal aquella sospecha—: lo que está escrito ahí, algo que, por demás, ya vosotros conocéis (pues sois vampiros de mi confianza, capaces de sorber de mi mente la última gota de mis más secretos sentimientos) —añadió, avanzando con la silla de ruedas y entregándole el rollo, no obstante, a *Vocator*—. Esta carta contiene una exhortación a Balduino de LeBourg para que dé definitivamente el paso del que le hablé hace algún tiempo; ¿lo recordáis? En la carta también se le pide a su horrible padre, el conde Norberto, que haga lo mismo en esta ocasión. —Gosbart se dio cuenta de que sus palabras no convencían a *Vocator*, así que continuó, todavía con tono de mal humor—: ¡Así habrá algo de movimiento en los bandos de esos dos gallos de pelea!

El delgaducho *Vocator* miró al obispo con expresión reflexiva:

—¿Es que creéis que puede ser útil, en la situación actual, el tipo de movimiento que inspira al señor De Lehburg? —preguntó, haciendo con la mano el gesto de cortar el cuello.

El obispo sonrió son sorna.

—¡De ser eso cierto, ello sólo estaría en manos de Dios! ¡Pero las cosas no pueden seguir así...!

—¿Jugamos entonces con el destino? —murmuró el gordo de *Angelus* y se puso pálido—. O por lo menos hacemos el papel de mensajeros del mismo.

Gosbart lo examinó con ojos compasivos.

—¿Es que no os sentís preparados para cumplir esta misión? —dijo en tono de burla—. ¡Consolaos! ¡El *fatum*, de todos modos, seguirá su curso, y lo hará para cada uno de nosotros!

—Pues será así, tal vez —dijo *Vocator* con cautela; a continuación, se inclinó delante del obispo y empujó al indeciso

Angelus fuera del despacho. Cuando la puerta se cerró detrás de ellos, una sonrisa malvada recorrió el rostro del tullido.

Berenguer de Saissac, así como su acompañante, Conon de Béthune, cabalgaban lado a lado y en silencio en dirección al norte. No habían llegado demasiado lejos después de aquel incidente ocurrido a la altura de la Prima Porta. A Berenguer lo corroía esa nueva derrota, pues para él la pérdida de Cantar era como un fracaso personal. Podía imaginarse perfectamente la expresión despectiva que adoptaría el Cardenal Gris. ¡Y el condotiero no podía permitir que pesara sobre él aquella derrota!

A Conon, en cambio, le preocupaba poco lo que preocupaba al calvo. Lo que quería era llegar por fin al campamento del general del emperador, Godofredo de Bouillon, quien, desde hacía semanas —o incluso meses—, libraba una pequeña guerra de desgaste en el norte de la Toscana contra Matilde. ¡Y Conon sólo anhelaba una cosa: probarse como héroe en la batalla!

—Hemos llegado hasta aquí y no hemos avanzado ni un paso, *camerarius papae*. —El condotiero había tomado las riendas del caballo de su joven acompañante y había hecho detenerse a los dos animales—. ¡Nos daremos la vuelta ahora e iremos a rescatarla!

Conon le arrancó la tira de cuero de la mano.

—¡Un poco más de respeto, señor mío! —dijo resoplando a aquel hombre mucho más fornido—. ¡Yo a vos, calvo asalariado, no os llamo *calvena numerata*!

El condotiero sonrió.

—¡Tampoco me importaría! Pero, ahora, lo mejor es que regresemos a Roma; ¡creo que a Canțar la habrán llevado de vuelta al castillo de Sant'Angelo!

—¡Eso tendría lógica si los secuestradores son sus anteriores carceleros! —le respondió Conon, pensativo—. Pero, de todos modos, puede que sean los mismos, y tal vez Cantar no es más que una pelota en las rencillas internas de los servicios secretos.

—Entonces, ¿no está en Sant'Angelo? —La verdad era que, como estratega, el calvo no era ninguna lumbrera.

—Sí, claro —le respondió Conon—. ¿Recordáis aquella entrada secreta en los muros? —El calvo mostró una expresión radiante, pero no por mucho tiempo, pues Conon añadió—: Pues vos podréis encontrarla sin mí, ¡porque lo cierto es que no voy a acompañaros! ¡Así que mucha suerte! —le gritó al calvo, que había quedado perplejo; entonces Conon le clavó las espuelas a su caballo y desapareció de repente del campo visual del condotiero. Berenguer se quedó un rato siguiéndolo con la mirada incrédula, y lo vio cabalgar por la Vía Flaminia en dirección al norte. Poco después, hizo girar grupas a su caballo y, con la cabeza gacha, siguió cabalgando en dirección a Roma.

En el castillo de Sant'Angelo reinaba una gran agitación. Guiberto, el papa del emperador, arzobispo y *exarchos* de Rávena, que hasta entonces había residido en la fortaleza, estaba a punto de abandonar la ciudad.

En la vorágine de la partida, a Berenguer de Saissac le había resultado más fácil colarse en el castillo a través de un portón abierto que introducirse en el castillo por la puerta secreta. Gracias a su conocimiento del lugar, de aquellos pasillos del túmulo, tan confusos para los forasteros, llegó sin dificultades hasta los aposentos privados del papa, ¡y se vio de pronto delante del mismísimo Alfonso de la Carmen!

Aquel monseñor, de tan alto rango en los servicios secretos, quedó no menos perplejo que el jefe de mercenarios.

—Como libertador llegáis demasiado tarde, Berenguer de Saissac —le dijo monseñor a modo de recibimiento—. Además, un guerrero experimentado como vos no debería regresar dos veces al mismo sitio, sobre todo cuando ha recibido en éste dos sonoros golpes —comentó con una sonrisa—. ¡Detenedlo! —gritó entonces, lo suficientemente alto para que algunos de los guardias que pasaban por los pasillos lo oyeran y cumplieran la orden—. ¡Lo siento, pero aquí sólo estorbáis! —fue la despedida del monseñor al guerrero, en un tono que fingía rogar su comprensión.

Llevaron a Berenguer a través de varias escaleras, de infinitos y sinuosos pasillos que él todavía no conocía, hasta llegar a las mazmorras del sótano, donde lo encerraron.

Cantar no sabía nada de la llegada al castillo de Sant'Angelo de su protector. Estaba en el dormitorio del papa Guiberto, cuando monseñor De la Carmen entró. El español contempló la escena irritado.

Al amable y anciano anfitrión, que no tenía aspecto de *Pontifex maximus* ni pretendía tenerlo, pareció divertirle la extrañeza que se reflejó en el rostro del hombre de los servicios secretos.

—¿Es que la dulce feminidad de mi visita os incomoda, estimado De la Carmen? —preguntó Guiberto, señalando hacia Cantar, que estaba sentada al borde de su cama.

Monseñor inclinó algo compungido su alargada cabeza de caballo.

—No sé qué hacer con ella —murmuró, distraído—, a qué manos confiarla...

—¡Pues yo me la llevo conmigo! —lo interrumpió Clemente—. ¡A Cantar le va a gustar Rávena!

Monseñor miró a la joven, que estaba perpleja por el giro que habían tomado las cosas. Algunos pensamientos fugaces le pasaron por la cabeza. Cantar se dio cuenta de que Alfonso de la Carmen la había calado de inmediato, pero, curiosamente, de su parte no llegó ningún tipo de resistencia.

—¡Ésa sería una buena idea, con eso se habría recorrido un tercio del camino!

Cantar mostró una expresión radiante y agradecida a su carcelero, cuando éste añadió:

—Eso, en el caso de que ella consiga llegar alguna vez a Sión...

La expresión radiante desapareció; y la joven dedicó una fulminante mirada de ira a De la Carmen.

—¡Tal vez alguno de esos caballeros pregunte por la Providencia Divina, lo cual es mi deseo!

—Ya está bien así —dijo, con un suspiro y una sonrisa, el amable y anciano caballero—. ¡Las hermanas de Magdalena deberían rebelarse siempre contra los patriarcas de la *Sancta ecclesia*! —dijo, y le tendió su mano a Cantar—. ¡Y ahora, que podré deshacerme pronto de la carga que se me ha impuesto, he desarrollado unas simpatías insospechadas por una nueva interpretación de la palabra *Pontifex*! ¿Por qué no podría el Santo Padre tender puentes a los descendientes femeninos de las tres Marías?

Monseñor De la Carmen salió de la habitación y ellos lo siguieron.

—Él me toma por un hereje —dijo Guiberto en un susurro, al tiempo que le dedicaba una risa divertida a su joven acompañante—. ¡Probablemente siempre le resulté sospechoso!

Monseñor se dio la vuelta.

—¡Los servicios que prestamos en secreto casi siempre han sido incomprendidos para la Iglesia y sus más altos dignatarios! —dijo, sonriendo maliciosamente—. Y ahora me dirigiré a Canossa. —Tras una correcta reverencia, la cual, sin embargo, no incluyó el beso del anillo, añadió con forzada cordialidad—: ¡Os deseo un viaje agradable a Rávena!

La vida de un gobernador de Lerici empezaba a parecerle muy poco envidiable a Astair, sobre todo entonces, que comenzaba el invierno y los vientos helados barrían la desprotegida bahía, y ni siquiera los pescadores se hacía a la mar, mientras que todos los piratas ya se habían trasladado hacía mucho tiempo a aguas cálidas situadas más al sur. Aunque hacía poco que Balduino lo había colocado en aquel puesto, Astair sólo tenía una cosa en la cabeza: tener el vaso suficientemente lleno de aquel licor monjil, el cual, por lo menos, calentaba las tripas. Sin embargo, con el dueño de La Alegre Sirena podía hablarse de cualquier cosa, pero nadie podía convencerle de que le sirviera más de aquella deliciosa y diabólica *Lacrimae virginis*. Las rayas marcadas con tiza en la viga que pendía sobre la cabeza del bebedor solitario habían alcanzado un suma tal que el dueño ya no quería estirarse más para marcar la siguiente. El señor gobernador estaba muy abandonado, tenía la barba revuelta y descuidada, y apenas quedaba nada en él de la soltura del otrora maestro de esgrima, el célebre *maestro d'armi*. Cierto que Astair no había engordado, pero tenía la cara hinchada y los ojos rojos.

Erma di Toano, la hermana portera del monasterio de la Immacolata del Bosco, acababa de bajar por el *Via crucis* cargando a la espalda su garrafa, en la que traía una provisión de *Lacrimae* para La Alegre Sirena, y sintió compasión por el otrora orgulloso caballero, que estaba sentado delante de su vaso vacío y miraba con ojos embotados al frente.

—¡Servid otro trago a ese noble caballero! —le exigió la monja al refunfuñón tabernero. Pero éste negó hoscamente con la cabeza. Pero la resuelta Erma no se dejaba amilanar así como así—. ¡Pues entonces me vuelvo al monasterio! —dijo, haciendo ademán de llevarse el pedido.

No obstante, el estado de ánimo de Astair no mejoró.

—¡Yo también podría, en razón de mi cargo, gravar con un impuesto cada jarra que se sirva aquí! —vociferó. El tabernero y la gorda portera se miraron con asombro, pero no dijeron nada, lo cual dio a Astair ocasión de retomar con gusto el hilo de su discurso—. ¡Un impuesto especial como contribución a los costes de la guerra que nuestra señora, la margravina Matilde, tiene que llevar adelante!

Entonces Astair se vio interrumpido por la llegada de las dos hermanas que lo habían pescado en el mar. Astair no les había dado las gracias cuando lo rescataron, y lo único que se le ocurrió decirles fue esto:

—¿Qué estáis metiendo de contrabando en el convento?

Las monjas tenían sus canastos llenos hasta el borde con hierbas frescas.

—¡Absenta! —dijo, balbuceante, una de las hermanas, mientras la otra añadía a modo de disculpa:

—Para exprimirlas y sacarles ese líquido aceitoso...

—¡Ja! —dijo Astair, resoplando—. *Artemisia absinthium!* También eso está sujeto ahora a un impuesto, so pena de castigo.

La alegre risotada de la gorda lo sacó del paso.

—¡Dadle un trago de una vez! —le gritó la hermana Erma al dueño de la taberna—. ¡Nuestro *gobernatore* está padeciendo los trastornos de la abstención!

Pero Astair ya estaba tan enervado que empezó a gritar:

—¡Haré que os arresten a todas, por insubordinación al poder de la margravina, de quien soy el representante aquí!

Este anuncio incrementó aún más la euforia de las monjas, y hasta las dos hermanas recién llegadas empezaron a soltar risitas, pues cada una de ellas sabía que el gobernador ya no contaba con ningún hombre armado. El cuartel del pequeño puerto había quedado disuelto hacía tiempo por falta de dinero. Nadie se había dado cuenta de que unos nuevos huéspedes se habían detenido delante de la taberna: una tropa de jóvenes armados. Su capitán ya había entrado en la taberna. Era el conde Norberto de Lehburg.

—¿Quién representa aquí los intereses de mi noble señora Matilde? —preguntó ruidosamente, en son de burla.

Las dos hermanas se bebieron rápidamente un vasito, y ello les dio valor, mientras que Astair seguía luchando para encontrar las palabras.

—¡Aquí el gobernador los representa tan bien que ha dejado que roben un barco que el señor Balduino había confiscado para la margravina! —dijo una de las hermanas.

—¡En realidad no! —soltó la otra—. ¡En realidad, el señor capitán pretendía robar el barco él mismo, pero se sentó sobre un lecho de espinas! —Y entonces, implacable, con cierta alegría por el mal ajeno, remachó—: ¡Se clavó en el trasero la espina de la costa berebere! —exclamó sin mirar ni una sola vez a Astair, que veía cómo su honra se despeñaba en un abismo.

El conde De Lehburg tampoco miró a Astair.

—¡Ja! —exclamó, triunfante—. ¡Ha incumplido con su deber de vigilar y ha intentado un secuestro!

—¡Los piratas del *Shoka al-Iffriqia* lo arrojaron al mar! —relinchó la primera monja—. Y el señor Balduino, que estaba a dos velas...

—¡... pero nada veía!

—¡... nombró gobernador a un capitán de piratas!

Todos los ojos, en especial los ojos penetrantes de Norberto de Lehburg, se dirigieron entonces a Astair.

—¡Eso son mentiras! —gritó el gobernador con un sordo gemido—. ¡No es más que la cháchara de unas ancianas desvergonzadas!

El conde de las Ardenas veía por fin una oportunidad de vengarse por la ignominia de Gisors, pues había reconocido al maestro de esgrima. Entonces lo examinó como una serpiente examina a una liebre que está a punto de estrangular.

—¡Eso, Astair de Saissac, podéis contárselo a mi hijo Balduino de LeBourg, cuando os haya llevado conmigo a Canossa! —dijo, abriendo la puerta—. ¡Guardias! —gritó, y a continuación irrumpieron en la taberna tres o cuatro jóvenes soldados—. ¡Quedáis depuesto de vuestro cargo! —dijo, dirigiéndose a Astair, esperando de su parte, como siempre, una airada protesta—. ¡Os arresto!

Sin embargo, Astair aceptó que todo sucediera sin oponer resistencia alguna. Sin decir palabra, dejó caer el cinturón con la espada. Lo único que aceptó con un gesto de gratitud casi infantil fue el vaso de licor, lleno hasta el borde con la añorada *Lacrimae*, que el tabernero le entregó con una breve inclinación de disculpa, antes de que se lo llevaran.

A través de la alta nieve acumulada en lo alto del paso del Gran San Bernardo avanzaban torpemente dos figuras que arrastraban tras de sí a un mulo. Los dos cronistas de Sión iban camino del sur.

—¿Habéis reflexionado ya, hermano *Angelus*, sobre por qué Gosbart nos ha detallado antes todo el contenido del mensaje que debemos entregar? —preguntó el esmirriado *Vocator*, detrás de una gruesa bufanda de lana.

El otro cronista, tan entrado en carnes, avanzaba a duras penas con sus cortas piernas a través de la nieve.

—Tal vez pretendía asegurarse de que no leamos lo que está escrito realmente en ese pergamino —dijo, jadeando—. ¡Como si nosotros fuésemos a romper el sello! —Sus rojas mejillas se incendiaron más a causa de aquella fingida indignación.

Su compañero lo había entendido.

Después de haber subido a duras penas hasta el vértice, venciendo la tenaz resistencia de aquella magnificencia de color blanco, *Vocator* sacó el rollo de pergamino.

—El destinatario, el tal monseñor De la Carmen —dijo—, se dará cuenta, por supuesto, de que el sello ha sido roto; ¿o no?

—¡No se dará cuenta! —le respondió *Angelus* sonriendo—. ¡Me anticipé al obispo y, antes de que entrara en el castillo, encontré su anillo con el sello de *praefectus et comes vallesiae* en un viejo estuche, y me lo he llevado!

—¡Pero Gosbart usó como sello su anillo de obispo! —objetó *Vocator*.

—Eso no puede saberlo De la Carmen; ¡en el peor de los casos, lo tomará como un gesto vanidoso y precipitado del señor obispo!

Vocator rompió el sello, y ambos leyeron aquella carta escrita con una letra apresurada; en realidad, no contenía nada más, salvo la breve indicación de influir sobre Balduino de LeBourg para que cambiara de bandera, es decir, para que dejara las fuerzas papistas y se pasara al bando del emperador.

—¡Ésta es una buena prueba de alta traición! —exclamó *Angelus*.

—Ese concepto moral no existe en el universo de los servicios secretos —constató *Vocator*—. Pero, sobre todo, parece que al autor lo que le importa es que Balduino atraiga a su padre, el conde de las Ardenas, el señor Norberto de Lehburg, al bando de los alemanes...

—... para, de ese modo, situarlo cerca de Godofredo de Bouillon. Y es precisamente a eso a lo que se ha comprometido nuestro obispo Gosbart, si a cambio ellos mantienen a Cantar lejos de Sión.

—¡En ese sentido, estas líneas contienen una clara exhortación al asesinato! —El hecho en sí no estremecía a *Vocator*, pero sí las consecuencias, que entonces comprendía plenamente—. ¡¿No creéis, mi querido *Angelus vigilans*, que ahora sabemos demasiado?!

El gordo se puso pálido.

—¿Vos opináis, *Vocator diaboli*, que se nos ha enviado como mensajeros no sólo con el plan infame de apartar a Godofredo, algo sobre lo que, según estoy convencido, Balduino no abriga la más mínima sospecha; sino también...?

—¡También nos han enviado con nuestra propia sentencia de muerte! —le confirmó el más flaco de los cronistas—. Ved lo que dice aquí, al final. Es algo casi insignificante, como si estuviera animando al destinatario a hacer algo: *nec metu*.

—Entiendo tanto latín como vos, pero ello sólo me dice lo siguiente: el destinatario no tiene nada que temer...

—¡Y sería una absurda recomendación dirigida a un hombre del Cardenal Gris! —dijo sarcásticamente *Vocator*—. ¡Pero al que escribe lo que le interesa es el *nec*!

—¿Y si no es así? —dijo *Angelus* y tradujo lentamente—. ¿Ni una cosa ni la otra?

Pero *Vocator* negó bruscamente con su dura cabeza, al punto de que su bufanda se le deslizó por debajo del mentón.

—¡Ésa es la lectura de los ingenuos! —gruñó—. Pero entre gente con otra manera de actuar, el destinatario leerá lo siguiente: *Nuntium est caedendum*, es decir: «¡Matar al que entrega este mensaje!»

—¡Bonita perspectiva! —dijo *Angelus*, sonriendo irónicamente, y bajaron por el paso en dirección a Italia.

MOVIMIENTOS FORZOSOS

Desde hacía dos días el bajel de Bert el-Caz estaba atracado en Amalfi, justo delante de la taberna La Última Ancla. El pequeño pirata llamó a la puerta de su propio camarote, pero no recibió respuesta. Con cautela, abrió. Su huésped había dejado la cama y estaba sentada con mala cara tras la mesa donde el capitán solía jugar a las cartas, y miraba fijamente las aguas turbias del puerto a través de la pequeña ventana acristalada. «La depuesta sultana de Mahdia lleva mal su vejez», le pasó por la cabeza a Bert el-Caz, en una mezcla de alegría por el mal ajeno y compasión. Melina se había vuelto una mujer amargada en todo aquel tiempo que había sido desterrada en el harén. Su antiguo benefactor y actual gobernador de Madhia, Yussuf el Zirí, se había mostrado claramente aliviado cuando el pirata le pidió que se la entregara.

«Para salvarse del cruel dragón», incluso había cubierto a Bert el-Caz de valiosas telas de seda de damasco satinado y tejidos finos de Mosul, transparentes y brillantes como alas de libélula. Y a cambio de ello, el pirata debía cumplir una única misión bien pagada y muy secreta.

—Si vos, estimada dama, estuvierais dispuesta a influir en vuestro hijo —dijo el hombre con cara de zorro, Bert el-Caz, que tenía aspecto preocupado bajo el grueso turbante, que había cobrado un color pardusco—, de modo que éste regrese con nosotros a Lecce, nos ahorraríamos mucho tiempo y también el esfuerzo de tener que presionarlo.

En esa ocasión, por lo menos, la antigua sultana se dignó a responderle.

—Antes, en Mahdia, a Teodoro le pareció correcto abandonar a su sacrificada madre sin contar conmigo —explicó la mujer fríamente—. ¿Por qué iba yo ahora a rogarle que regrese?

—¡Porque es lo mejor para él! —explicó Bert, esforzándose por dar a su voz un tono de sinceridad.

Pero Melina se dio la vuelta bruscamente en señal de que había acabado la audiencia. Cerrando la puerta con furia a sus espaldas, el capitán salió del camarote.

Bert el-Caz encontró a su compañera, Terès, y a su pequeño protegido, Pons, en la bodega del bajel, donde no sólo estaban apiladas todas las telas que le había regalado el Zirí, sino que era su dormitorio, después de que la sultana reclamara para ella el único camarote.

—Pons y yo hemos concebido un ardid —empezó diciendo Terès—; nos disfrazaremos...

—¡Por favor, nada de somníferos! —dijo el capitán con un gesto de rechazo—. Además, ¿cómo llegaremos al convento para mezclar eso con el vino de Teodora? ¡Ella me reconocerá en seguida!

—¡Podemos aparecer allí haciéndonos pasar por célebres sastres del Oriente! —propuso Pons alegremente—. Ofreceremos los mejores paños, ¡esos que a él le gustan tanto!

El hijo de Elgaine aún no tenía seis años, pero era un espíritu despierto e imaginativo.

—¡Si conseguimos acercarnos a Teodora, habremos ganado! —dijo Terès, apremiando a Bert el-Caz—. Al amparo del alba, podemos meter las telas en el elevador —añadió—, ¡porque es probable que las damas del convento le tengan echado el ojo a nuestro barco y sospechen!

—¡Eso está muy bien! —exclamó Pons—. Yo me encargo de los remos. —Bert el-Caz sonrió a causa del ímpetu mostrado por el pequeño.

—¡Podemos intentarlo! —dijo, dedicando una sonrisa a su Terès, y abrazó a su protegido.

Alekos, el fornido posadero de La Última Ancla, hizo lo que le habían dicho. Apenas salió el sol, le silbó la señal acordada a su fiel criado, que estaba arriba, y le indicó que bajara el cesto. Terès se había transformado en el ya anunciado «sastre de la corte del Imperio bizantino», mientras que Bert el-Caz iba disfrazado de muda *musa'edah*, y llevaba un *burka*.

—Teodora —les dijo el posadero— es muy recelosa. ¡Teme que los piratas la secuestren! —Oscilando, el cesto iba bajando y acercándose a ellos—. Anoche me costó incluso trabajo hacer que recibiera a un cardenal de la Curia que deseaba visitar el convento. Él está ahora ahí arriba.

Alekos no notó la risa irónica del pirata tras el *burka*. ¡El Cardenal Gris no había querido renunciar a supervisar en persona el éxito de aquella acción ordenada por él!

Metieron los fardos de valiosas telas en el cesto que, entretanto, había llegado abajo, e hicieron que lo subieran. El «sastre de la corte» y su «asistenta» tuvieron que esperar el próximo viaje. Alekos los acompañaría hasta arriba; Teodora había insistido en ese detalle.

Remy d'Aretin estaba de pie en la terraza, al lado de la inquieta Teodora. Desde allí tenían una magnífica vista sobre Amalfi.

—¡Ese barco por fin se ha marchado! —ronroneó la odalisca, aliviada, y miró agradecida al importante príncipe de la Iglesia—. ¡Estoy segura de que eran piratas, pero gracias a vuestras oraciones, Eminencia, el cielo ha mostrado comprensión y nos ha protegido!

Inmediatamente después de que se anunciara la visita del clérigo, Teodora había dispuesto que ella y sus hermanas vistieran el traje reglamentario de la orden. El vestido de monja, con una cofia grande y tiesa, le sentaba muy bien, o por lo menos eso le parecía, y esperaba que el esbelto cardenal a su lado, vestido con su sotana roja y llevando un birrete del mismo color sobre la cabeza cana, tuviera la misma opinión.

—He oído decir —dijo el cardenal con toda intención— que no escatimáis esfuerzos, pues habéis hecho traer a un sastre que os complete vuestro ropero.

Teodora se había estremecido, creía que era su secreto. Pero el hombre de la Iglesia no insistió más.

—Ahora estaré rezando en la capilla con vuestras hermanas. ¡Así ellas no os molestarán! —dijo el cardenal—. La preocupación por la belleza es también un servicio al Señor, como nos lo enseña el ejemplo de la Virgen —añadió, y extendió la mano para que la odalisca le besara el anillo, cosa que ésta hizo al instante, pues estaba agradecida de que todo hubiera salido tan bien.

Teodora estaba sentada en su celda, delante del espejo de plata pulida que normalmente permanecía oculto, y disfrutaba de los cuidados y los esfuerzos que se dispensaban a su persona. El sastre y su ayudante extendían una valiosa pieza de tela tras otra por encima de sus hombros, y ella apenas podía alzar los brazos bajo el peso de aquel costoso material. Entonces la asistenta del sastre se colocó detrás de ella y le puso alrededor del cuello un chal de brocado y terciopelo, adornado con encajes... hasta que, de repente, la prenda se le deslizó por encima de la boca.

Teodora creyó que se trataba de alguna torpeza, pero la mordaza se tensó y le cerró los labios. A toda velocidad, la asistenta anudó con firmeza la tela en el cuello. Una enorme sábana que estaba ya preparada cayó sobre la mujer, que manoteaba. Quedó atada exactamente igual que los fardos de tela que el sastre había llevado hasta el convento. El criado del tabernero, fuerte como un oso, entró en ese instante y, juntos, arrastraron el paquete hasta el cesto del ascensor, lo metieron dentro y lo bajaron.

Después de la misa y de la oración con las *sorores,* el cardenal salió otra vez, pensativo, a la terraza del convento situado en lo alto de Amalfi. Abajo, el bajel del pirata levaba el ancla justo en ese instante. Remy d'Aretin estuvo tentado a gritar al barco que zarpaba un «*Vale, vale!*». Pero se contuvo y dejó entrever una sonrisa diabólica. La carga —¡según era de esperar!— desataría en Lecce el efecto deseado. La alegría de unos y la pena de otros: *sic erat in fatis!* A veces era preciso ayudar a las odaliscas a dar el paso más conveniente.

El castillo de Canossa yacía como un puño de hierro sobre el paisaje de colinas del sur de la Emilia Romagna. La desafiante fortaleza era el puesto de avanzada más lejano del norte en la Toscana. Nada recordaba allí a los bonitos viñedos de Chianti, a la cálida comodidad de Siena, las delgadas torres defensivas de San Gimignano, la costa color azul turquesa de la desembocadura del Arno, o las blancas canteras en las montañas de Carrara. El entorno de Canossa era un lugar salvaje y desierto, los alrededores más cercanos habían sido asolados por innumerables guerras.

Desde sus espaciosos aposentos, lejos de los inexpugnables muros y las torres de la fortaleza, Elgaine de Gisors, prisionera en Canossa, tenía una vista magnífica del paisaje de colinas.

La señora Matilde había insistido ante la indignada —por no decir furiosa— Maurcade para que a la prisionera no le faltara de nada; nada, excepto su libertad. ¡Ella no iba a tolerar que su propia reputación se viera dañada debido a los apetitos de la señorita Du Berq! Por supuesto que Matilde conocía muy bien todo lo relacionado con la posesión de Gisors y la ambición de Maurcade de solucionar esa cuestión de un modo definitivo y cuanto antes. Y para asegurarse de que la normanda, mujer de sangre caliente, no hiciera ninguna acción irreflexiva en su ausencia, se había llevado a Maurcade consigo al campamento de sus tropas, que ella quería inspeccionar.

De modo que Elgaine se había quedado sola. No era que Maurcade, hasta entonces, la hubiera frecuentado o hubiese intentado entablar alguna charla; la normanda sólo andaba al acecho, como una gata salvaje, siempre con la esperanza de que su pajarita pretendiera hacer algún intento de fuga.

En ese caso hubiera podido asestar el golpe impunemente. Era muy probable que Maurcade lamentara desde hacía tiempo el no haber pegado el mordisco mortal a su presa de inmediato, preferiblemente en Lerici. Pero en ese momento todos los ojos estaban puestos en esa captura tan valiosa. Sin embargo, Elgaine no tenía la mente preparada para escaparse en secreto. A la pajarita se le habían roto las alas. Después de haber fracasado varias veces en su intento por estrechar en sus brazos a su hijo Pons, habían desaparecido de su cuerpo su valor y su fuerza para enfrentarse a la vida.

Atormentada por los reproches y las dudas sobre sí misma, Elgaine miraba con añoranza y cavilosa hacia las colinas que estaban abajo.

Desde la antesala le llegó un vocerío: sin duda se trataba de Balduino de LeBourg y de ese clérigo más bien callado e introvertido que había sido presentado en Canossa con el nombre de monseñor Alfonso de la Carmen. El hecho de que ninguno de los dos hiciera el menor esfuerzo por bajar el tono de voz, o por ocultar el contenido de su conversación, le dejaba claro a Elgaine que no la temían como testigo. ¿Es que estaba muerta?

—Pero al elevar a su joven esposo Welf a la condición de duque de la Baja Lorena —oyó decir a Balduino con sarcasmo—, la margravina ha conseguido lo que...

—¡No obstante, no se prevé aún que pueda producirse una reconciliación con su sobrino! —lo interrumpió el español—. ¡Matilde también quiere Bouillon para sí, sólo para estropearle el pastel a Godofredo!

—¡Jamás! —gritó Balduino—. ¡Y en eso entiendo a mi primo demasiado bien! Hace mucho tiempo que Bouillon no representa ningún valor por el que sea preciso enemistarse, y mucho menos puede decirse que tenga un elevado e importante título. ¡Se trata de su honor!

—¡El emperador no apoyará a su mariscal en este asunto! —El misterioso monseñor De la Carmen se mostró pensativo—. ¡Pero Godofredo tampoco cederá, como ha hecho Enrique, que ha aceptado la retirada de su papa Guiberto hacia Rávena!

—¡Sin embargo, éste, probablemente, se alegraría muchísimo si tuviera que sentarse en ese trono infernal de san Pedro, tan al rojo vivo como está!

—También Godofredo podría, tras una serena valoración de la situación de los gastos y los beneficios, dirigir sus energías hacia objetivos más elevados. ¡Pero para ello se necesita una cabeza fría!

—¿Y por qué no hacéis vos, *Venerabilis*, esas recomendaciones a la margravina? —quiso saber Balduino.

—¡Porque actualmente esa dama está todavía muy segura en su silla!

—¡Todavía! —repitió Balduino, gruñendo—. A los servicios secretos de la Iglesia les gusta codearse con los poderosos.

—¡Eso es falso! —le respondió monseñor—. ¡Se mantienen firmes en sus propósitos! —dijo, e hizo una pausa muy marcada—. ¡Pero reconocer esto no es algo que pueda hacer cualquiera, ni siquiera aquellos que les sirven!

A continuación se hizo silencio en la antesala. Era probable que los señores se hubieran separado.

Desde detrás del panel de madera de la pared salió deslizándose, como una salamandra de escamas plateadas, el chico de pelo rubio cenizo. Sus ojos eran como agua congelada, como comprobaba Elgaine, con un escalofrío, cada vez que lo veía. Guy d'Abreyville se había erigido en su protector sin que ella se lo hubiera pedido.

—Os protejo...

Elgaine lo miró con tristeza.

—¿Qué quiere de mí Maurcade du Berq? —preguntó la mujer al enigmático chico. En realidad, no había contado con ninguna respuesta de su parte, sin embargo la recibió rápidamente y sin ningún tipo de emoción.

—¡Vuestro pellejo, Elgaine, ella quiere meterse en vuestra piel! ¡Aunque para ello tenga que arrancárosla de vuestro cuerpo vivo!

—Pero ¿por qué? —preguntó Elgaine, sin comprender.

—¡Porque no os habéis mostrado digna de Gisors!

—¿Gisors? ¡¿Por qué Gisors?!

—¡Para Maurcade, Gisors es una promesa de salvación casi mística! —rió Guy—. Ella se ve como la sagrada sacerdotisa de un templo muy secreto de los normandos, una especie de druida vikinga!

Elgaine veía pocas razones para bromear.

—¿Y por qué entonces no habla conmigo sobre ese asunto, sobre lo que se le ha metido en la cabeza?

—¡Una sacerdotisa no habla con los no iniciados! —le dijo el chico, dedicando a Elgaine una sonrisa radiante—. Pero no os preocupéis. Mientras yo viva, ¡y yo la sobreviviré!, Maurcade no conseguirá ningún poder sobre vos, no cortará un solo mechón de vuestros rubios cabellos, y mucho menos os tocará vuestra hermosa cabeza.

Con férrea actitud, Elgaine había conseguido dominarse para no mostrar miedo.

—¡Me basta con ser la prisionera de esa loca! —chilló.

—Es sólo una quimera de *mademoiselle* Du Berq —Guy d'Abreyville sonrió pensativo—. En realidad, habéis sido confiada a mis cuidados, sólo a mí.

Elgaine se obligó a sonreír para mostrar gratitud. El joven desapareció de nuevo a través del panel de madera por el que había llegado.

Estaba maravillosamente protegida por la mano de Dios, pensó Elgaine, entre una mujer que estaba loca y un hombre frío, ¡aunque este último, por lo menos, pretendía protegerla de la primera! De repente despertaron de nuevo los espíritus que animaban su vida. ¡Tenía que hacerlo aunque sólo fuera por Pons! ¡A una Gisors se la podía torturar y atormentar, pero no se la doblegaba nunca, jamás la pondrían de rodillas mientras una gota de sangre corriera por sus venas! ¡Se lo debía a su padre...! ¡Y a Pons!

El conde Norberto de Lehburg hizo su entrada. Utilizó el pasadizo secreto de la fortaleza, el cual conducía directamente a las mazmorras de Canossa, pues quería que su prisionero estuviera bien custodiado antes de comparecer ante Matilde y sus dos favoritos con la noticia de su captura. Ambos se enfrascarían en una violenta discusión, tanto Maurcade du Berq, por un lado, como su señor hijo, Balduino de LeBourg. El conde anhelaba saber lo que había empezado a hacer Gosbart de Sitten para someter a Balduino a sus planes. Sospechaba que sería el fruto de su propia sangre el que opondría una tenaz resistencia sobre este asunto. La verdad era que nunca se habían entendido bien. Y eso tal vez se debiera a la madre de Balduino, la malograda Melusina.

Tenía que darse prisa. Ese inútil de Conon de Béthune, sin duda, lo había reconocido durante el incidente que tuvo lugar en la Prima Porta. Y nada corre más rápido que las malas noticias. ¡Además, el Cardenal Gris no titubearía! De modo que en ese momento él, Norberto, conde de las Ardenas, tenía que ser más rápido que ese vanidoso bastardo llamado Remy d'Aretin. La reja de hierro de las mazmorras del sótano se cerró a espaldas de Astair de Saissac. ¡Norberto sentía «en el bajo vientre» —como le gustaba decir— que el joven no le sería útil para sus planes!

Rávena, donde había dejado al amable Guiberto, había quedado atrás. Cantar de Sión viajaba en un pesado carromato de cuatro ruedas que el bondadoso anciano había puesto a su disposición, obligándola casi a aceptarlo. También había insistido en que llevara escolta. El camino hasta el Valais era largo y azaroso, y el carro no era especialmente cómodo —los dos viajeros sufrieron toda clase de sacudidas y zarandeos—, pero ofrecía cierta seguridad. Cantar pensó con gratitud en los cuidados de ese hombre notable, que había descendido sin quejarse de los más altos honores que podían otorgarse y dejaba además el terreno libre para otros.

La fracasada abadesa se acordaba de las conversaciones que había mantenido con Guiberto, el hombre, en aquella jaula bamboleante e incómoda.

—Me gustaría, me encantaría incluso poder renunciar a todos los títulos y honores —le confió el papa Clemente—, pero el orgullo del emperador no admite este último paso, él se ha mantenido fiel a mí, ¡pero ahora me niega un crepúsculo vital en la paz del Señor!

Cantar mostró más incomprensión que lástima:

—¿Es que el emperador no puede imponerse por sí solo con su poderoso ejército?

Guiberto sonrió con pesar.

—Como cualquier emperador alemán, mi buen amigo Enrique, en su peregrinar por la Tierra, también depende en todo momento de los estados de ánimo y los caprichos, los intereses, las estupideces y las codicias de sus príncipes y obispos. ¡Eso lo corroe, lo hace débil!

—Pero él es el emperador, ¿no? —De repente, Cantar veía puestos en entredicho, también, los privilegios de su propia casta.

—¿Y eso qué? —preguntó aquel hombre probado en todos los pesares, descartando con un gesto la objeción de la joven—. Pese a detentar una posición tan elevada necesita todo el tiempo un consenso que ha de ser sostenido por todas las fuerzas, ¡la seculares y las eclesiásticas!

Cantar guardó silencio, afectada.

Guiberto.

—En un abrir y cerrar de ojos, puede verse solo de repente —continuó Guiberto—, sobre todo cuando la vejez empieza a anunciar la disminución de su poder.

—¿Y qué hace entonces que la Iglesia y el papa sean tan fuertes? —insistió Cantar.

Guiberto sonrió con indulgencia.

—¡La *Sancta ecclesia* se renueva por sí misma; cuando un papa es llamado por el Señor, otro nuevo es elegido!

—¡O dos! —se le escapó a Cantar, pero el rubor de su rostro demostraba que lamentaba aquella interrupción.

—¡Eso, en realidad, no debería ocurrir! —admitió el antipapa Clemente—. ¡Y por tal razón hace mucho que estoy dispuesto a iniciar mi retirada!

A Cantar la conmovió en lo más hondo aquella actitud.

No había visto nada de Rávena, aunque su anfitrión se lo había recomendado. En realidad, lo que la apremiaba, como a un animal que busca una guarida protectora, era llegar al familiar mundo de las montañas. Entretanto tenía la certeza de que su período no se había presentado: Cantar estaba embarazada. Era cierto que así lo había deseado, pero había llegado el momento de asumir las consecuencias. Cantar se despidió del hombre que, en su condición de sumo pontífice, tanto había podido contribuir al enderezamiento de unas circunstancias tan torcidas, pero al que el destino sólo había previsto como un estorbo, como un antipapa. La joven intentaba sacar de ello alguna enseñanza.

—Entonces, Santo Padre —dijo, arrodillándose ante Guiberto y apretando sus labios contra la delicada mano del hombre—, ¿haría bien en plegarme a las indicaciones de la Santa Iglesia y cumplir con la misión que me han asignado?

El hombre de pelo cano asintió, aunque sus pensamientos ya estaban en otra parte.

—Haz algo útil en ese sentido —le dijo, y entonces acarició la abundante y negra cabellera de Cantar, y le ordenó que se levantara. Rodeado por una escolta personal armada hasta los dientes y formada por hombres de distintas regiones de Alemania, ella, en ese instante, dejó Rávena y se dispuso a continuar subiendo por el cauce del Po, para luego atravesar la llanura lombarda y llegar a su Valais natal, pasando antes por Saboya.

UN LUGAR POCO SEGURO

Las mujeres y los hijos de los pastores de ovejas estaban en torno a una fogata, sobre cuyo fuego reposaba una enorme cazuela de sopa de alubias que hervía a fuego lento, borboteando. Habían acogido en su círculo, como algo natural, a los dos monjes bajados desde las frías montañas. Ya no podía faltar mucho para llegar a Canossa. El ambiente era relajado. Ello se debía, por un lado, a que los aromas de la olla de cobre iban aumentando en intensidad, pero también al talante divertido de aquellos dos monjes benedictinos tan distintos, uno de ellos tan flaco como un palillo y el otro rechoncho, aunque arrugado, como una manzana que se ha guardado durante todo el invierno. Haciendo muecas, entretenían a los niños, que se partían de la risa con sus monerías. Sin embargo, de repente, el flaco se puso en pie de un salto, lleno de espanto.

—¡Una serpiente! —exclamó, presa del pánico, señalando detrás del gordo, y apartándose de inmediato a un lado, presa del horror.

—¡Ahí, en la hierba! —vociferó *Vocator*—. ¡Son dos! ¡Y son muy venenosas!

En ese momento, también las mujeres se apartaron asustadas, arrastrando consigo a sus hijos.

—¿Serpientes venenosas? ¡Es mejor que nos larguemos de aquí! —gritó *Angelus*, levantándose y dando traspiés, lo que asustó aún más a las mujeres.

—Vos os quedáis —le ordenó *Vocator* a su compañero—, ¡y me ayudaréis a matar a esos pérfidos bichos!

Angelus, enloquecido por el miedo, empezó a pegar brincos entre las altas hierbas.

—¡Algo ha hecho ruido ahí! —gimió—. ¡Vosotras, queridas mujeres que aún no habéis huido, salvad las vidas de vuestros hijos! —exclamó—. ¡Os llamaremos tan pronto acabemos con este reptil asesino! —Con orgullo, señaló a *Vocator*, que blandía con agitación una rama sacada de la fogata, con la que se puso a golpear la hierba, como si lo atacaran unos reptiles invisibles. Las últimas mujeres agarraron a sus hijos y salieron corriendo de allí.

—¡Sí, marchaos! —jadeó *Vocator*, al tiempo que sacaba la carta del obispo de la sotana. *Angelus* cogió la única cuchara de metal que había allí, la lamió, vertió un trozo de lacre en ella y luego lo colocó encima de las brasas. En cuanto la masa de color rojo oscuro empezó a burbujear, *Vocator* le quitó la cuchara de la mano y vertió aquella papilla en el lugar del pergamino donde antes había estado el sello. Para entonces, *Angelus* ya tenía en la mano el anillo robado, y lo presionó cuidadosamente sobre la laca que se enfriaba.

—¡Ha quedado como nuevo! —exclamó jubiloso, admirando su obra, una vez que separó el anillo y se hizo visible la marca del sello.

—Parece auténtico —le dio la razón *Vocator*—, ¡pero ojalá no hayamos cometido ningún error con la elección del *sigillum*! —Todavía le dio tiempo para ocultar la carta entre los pliegues de su sotana, y entonces los primeros niños se atrevieron a volver—. ¡Hemos espantado a esos dragones diabólicos! —les gritó el mofletudo *Angelus*.

—¡La sopa está lista!

Entonces también las mujeres se atrevieron a regresar junto al fuego.

En el castillo de Canossa, la llegada de los dos cronistas pasó inadvertida a causa del ajetreo allí reinante. Los hombres armados corrían hacia las almenas, y la margravina había regresado ya de su inspección a las tropas, tras dejar bien claro que quería a cada hombre en su sitio. *Angelus* y *Vocator* fueron preguntando hasta encontrar el lugar donde se alojaba el tal monseñor De la Carmen. Éste los recibió en la antesala de los aposentos de Elgaine de Gisors, pues quería evitar que Maurcade du Berq, que había regresado con

Matilde, se arrojara de inmediato sobre «su» prisionera, aunque sólo fuera por aplacar su mal humor.

Sin embargo, de un modo totalmente inesperado, Maurcade se había tropezado con el hombre al que —¡bien lo sabía Dios!— menos quería ver, el hombre al que odiaba más que a la peste: ¡Norberto de Lehburg! Así que la normanda, muy acalorada, salió corriendo en dirección al dormitorio de su amiga Matilde y allí se encerró.

Monseñor De la Carmen recibió la carta que le entregó *Vocator*. Rompió el sello pero sin dignarse a mirar ni una sola vez aquella obra de arte. Por un momento, *Angelus* mostró un aspecto enfadado, como un niño gordo al que alguien ha ofendido, pero *Vocator* le pegó un codazo en las costillas, mientras De la Carmen les lanzaba una mirada, frunciendo el ceño, y leía al vuelo aquellas líneas.

—Habéis recorrido un largo camino, queridos hermanos —dijo por fin, con una sonrisa amable—. Que os den algo de comer en la cocina, algo que no huela a alubias quemadas, como este pergamino.

Vocator se puso pálido, más de lo que ya era por naturaleza, y *Angelus* soltó una risita tímida y dijo:

—¡Los viajeros como nosotros —le explicó a monseñor afablemente— aceptan lo que las almas caritativas les ofrecen por el camino!

—Sí, es preciso aceptar cualquier dádiva —dijo monseñor en tono jocoso—; también las más sencillas.

Entonces señaló con el índice el final de la carta que sostenía en la mano.

—Me resulta enigmático lo que el bueno de Gosbart ha pensado cuando ha escrito aquí la frase *nec metu*. ¡En realidad, tendría que tener delante un *nec spe*, si se tratara de la hermosa máxima! ¿O acaso el *Episcopus sedunensis* ha dejado que se esfume toda esperanza?

Lo quisieran o no, los dos cronistas estaban absortos escuchando a monseñor.

—¿Qué dicen vuestros estómagos, señores? Los oigo gruñir. ¡Seguramente os vendrá muy bien una comida caliente! —¿Acaso el clérigo los había descubierto y estaba jugando con ellos un juego malvado?—. Mi bendición sea con vosotros... Amén.

Y dicho esto, despidió a los dos mensajeros y dispuso que fueran llevados a la cocina.

—¿La comida del verdugo? —dijo *Angelus* en un susurro, mientras seguían a los guardias a través de las bóvedas del sótano hacia las profundidades.

—Tengo un hambre canina —le respondió *Vocator* con un gruñido—, y no voy a dejar que nadie me estropee el apetito; ¡el asado de monseñor no debe de estar envenenado! ¡Me lo olería!

En los aposentos de Elgaine de Gisors apareció, a través del panel de madera, el ángel de la guarda de la joven.

—¡Ese siniestro monseñor De la Carmen hace todos los honores a los servicios secretos, pero él no está a la altura de Guy d'Abreyville! —dijo el esbelto chico, dirigiéndose a Elgaine, que lo miró admirada y expectante a sus ojos de color bezafiro—. Ha ordenado a los guardias que lleve a los dos benedictinos, después de una buena comida, a través del pasillo que lleva por detrás a los calabozos al exterior, a través de una puerta secreta.

—Tal vez se trate de una medida de precaución, o quizá un gesto amistoso para esos dos hombres, ¿no te parece? —preguntó Elgaine sin malicia.

Guy soltó una carcajada.

—¡Ambas cosas, mi querida dama! Una medida de precaución, porque de ese modo no surgen sospechas para los condenados; y también es un gesto amistoso para con la margravina, pues de ese modo le evita la molestia que pudieran causarle dos cadáveres en la cocina de Canossa.

El pequeño se regodeó deleitándose en los ojos desorbitados de su protegida.

—¿Y qué haréis vos? —quiso saber Elgaine, desconcertada.

—Primero los dejaré que se harten de comer y se llenen las panzas —le dijo Guy amablemente—, luego los acompañaré fuera de la cocina a través de un estrecho túnel que acaba en un pozo muy profundo, ¡lejos de la fortaleza! —El joven rió al pensar en ello—. Y muy lejos también de aquellos que acechan más allá de la puerta secreta a esos dos golosos hermanos. —Y a continuación, en tono sarcástico, añadió—: ¡Serían eliminados cuando intentaran escapar!

—¡Os lo ruego, no hagáis que esos dos tengan que esperar demasiado tiempo vuestra ayuda! —le suplicó Elgaine, pero Guy le sonrió con confianza, para, a continuación, desaparecer por su camino habitual, a través de la pared.

El desdichado condotiero Berenguer de Saissac yacía tumbado en su celda de la prisión sobre un catre de madera y miraba hacia arriba, hacia la claraboya enrejada, tras la cual suponía que estaba el cielo de Roma. Ese azul sólo podían verlo los favorecidos que podían habitar uno de los aposentos papales del castillo de Sant'Angelo.

Desde una de esas altas habitaciones, Remy d'Aretin miraba hacia abajo, hacia el Tíber, que seguía fluyendo impasible. Reflexionaba sobre lo inútil que era su enojo, el que sentía —quizá con razón— hacia el calvo condotiero, y pidió una jarra del excelente tinto de las bodegas papales, así como dos copas. El Cardenal Gris no tuvo que esperar demasiado para que trajeran a su habitación al todavía fornido jefe de mercenarios, conducido como un criminal peligroso por los guardias del castillo. Remy soltó una carcajada cuando Berenguer se los sacudió de encima como si fuesen molestas moscas. De inmediato el calvo se quejó.

—¡¿A qué viene todo este asqueroso juego?! —protestó—. ¡Vos, vuestros servicios secretos, me encargasteis asegurar el regreso de mi sobrina Cantar de Sión a su región, pero luego os dedicáis a ponerme obstáculos sin cesar!

El cardenal le entregó al sublevado, para tranquilizarlo, una de las copas.

—Contadme —le pidió.

—¡Primero nos asaltaron apenas salimos de Roma, en la Prima Porta, unos personajes siniestros! Y allí reconocí a su jefe: ¡era ese renegado conde alemán, Norberto de Lehburg! ¡Y fue él, personalmente, quien mató al hombre que los servicios secretos pusieron a nuestra disposición, ese simpático joven de cabellos rizados, Dado!

—Interesante —dijo Remy d'Aretin, y bebió un trago.

—¡Pero eso no es todo! —le respondió Berenguer, sin un ápice menos de enfado—. Ese mismo personaje que nos envió a emprender el viaje me estaba esperando luego en este maldito castillo, adonde los bandidos trajeron a Cantar: ¡vuestro distinguido monseñor De la Carmen!

El cardenal miró a su huésped con expresión pensativa.

—¿¡Y cómo es que no os quitó la vida!?

Esta pregunta frenó al calvo en su acusadora indignación.

—Sí, eso mismo me pregunto yo. ¿Por qué no lo hizo? —Entonces pareció encontrar una explicación—. ¡Probablemente quieran tener a un idiota útil como yo en la reserva, ¿no os parece? ¿Los servicios secretos necesitarán próximamente un chivo expiatorio?

Berenguer no hacía ningún esfuerzo por ocultar sus reproches contra Remy.

— Con un factor tan poco fiable como el que vos describís, Berenguer de Saissac, resulta difícil trazar un plan sensato —comentó Remy en tono sarcástico. El fornido jefe de mercenarios bebió un sorbo, hasta que comprendió el sentido de lo que acababa de decir el cardenal—. Deberíais tomaros un descanso —continuó el Cardenal Gris, impasible—; retiraos a vuestros viñedos de Saissac. Y a propósito! —añadió, como quien no quiere la cosa—, ¿cómo está esa pequeña joven que el conde Raimundo entregó a vuestros cuidados? ¿Sabéis? Felipa, a diferencia de él, tiene derechos hereditarios sobre ese rico condado.

Aquel inesperado cambio de tema acabó por desconcertar a Berenguer. El jefe de mercenarios intentó ganar tiempo.

—Hace tanto tiempo que no he estado en casa —dijo con tono lastimero—. Cuando estuve por última vez en Saissac, Pilar... es decir, Felipa, estaba muy bien cuidada allí, no causaba dificultades de ningún tipo.

—No os pregunto sobre el estado en que se encuentra el atento carcelero, os pregunto por Felipa ¿Acaso no está a punto de cumplir la edad en que habrá de cerrar su matrimonio con el duque de Aquitania, al que fue prometida cuando todavía era una niña?

—¡Eso podría venirle muy bien! —bramó el condotiero—. ¡Él sólo está esperando poder hacerse con el condado de Toulouse! La joven novia le importa un bledo. —Berenguer estaba ciego de ira—. ¡En ninguna otra parte podrá Felipa, o Pilar, como la llamamos nosotros, vivir tan libre como en Saissac! ¡Y ella lo sabe! ¡A ella no le atrae nada ser la señora de Aquitania!

El Cardenal Gris había escuchado con mucha atención aquellas frases.

—Entonces, querido, debería ser de interés vuestro, y del conde Raimundo de Toulouse, que se impida ese matrimonio, sobre todo teniendo en cuenta que a vos ha sido encargada la custodia de la novia...

—¿Y cómo es eso? —preguntó Berenguer, asustado—. ¿Acaso corre Pilar algún peligro en Saissac?

—Los peligros que no se reconocen a tiempo —respondió Remy, y llamó a los guardias—: Llevad al señor Berenguer de vuelta a su celda —ordenó fríamente—. Y que no carezca de nada.

—Pero ¿por qué? —gritó el arrestado, indignado—. ¡No he hecho nada! ¡¿Qué...?!

—Pues, precisamente por eso —le respondió el cardenal—. Por eso permaneceréis custodiado aquí, a resguardo, hasta que hayamos encontrado algún uso para vos, algo en lo que vuestra intervención, con el menor de los riesgos, parezca adecuada! ¡Lleváoslo!

Como un toro al que han golpeado en la cabeza, el jefe de mercenarios abandonó aquella habitación inundada de luz. Remy cogió la jarra de vino y se permitió una generosa copa, cuyo contenido podía por fin disfrutar a placer.

Elgaine de Gisors había pasado una noche de pesadillas. Debió de ser poco después de medianoche cuando oyó un grito de rabia en la antesala de su dormitorio, seguido del sonido de un cuerpo que tropezaba y caía.

—¡Quién diablos ha...! —chilló la voz de Maurcade, rápidamente ahogada por el estrépito de los guardias que irrumpieron; luego se oyeron unos portazos, y de nuevo reinó el silencio, un silencio amenazante para Elgaine. Apenas se sumió por fin en el tan añorado sueño, fue despertada de nuevo, de manera brusca, por la violenta pugna de unas voces masculinas al otro lado de una pared de la habitación. Y como si pretendiera tranquilizarla, apareció su rubio ángel de la guarda en la cabecera de la cama. Una vez más, ella no se había dado cuenta del momento en que había llegado.

—La señorita Du Berq, en su afán de visitaros en medio de la noche, ha olvidado el mandamiento de su benefactora y se ha enmarañado con unos finos hilos de seda que se habían tendido sobre el suelo. —Elgaine miró aquellos dos enigmáticos ojos de color zafiro de Guy d'Abreyville, dos ojos que parecían estrellas—. Ni rastro de esa telaraña encontraron, sin embargo, monseñor De la Carmen y el señor Balduino, que en ese momento estaban sosteniendo una conversación al lado —dijo el pequeño y saltó hacia el panel de madera de la pared—. De ellos no emana ningún peligro —le aseguró sonriente el chico a su protegida—. ¡Y ahora no puedo perderme mi clase de esgrima! —dijo, y al momento desapareció.

—Como ya os ha insinuado nuestro común amigo Gosbart —dijo monseñor, en un tono tan zalamero que parecía que había tomado una cucharada de miel—, consideramos que es hora ya de que cambiéis de bando. —Calló por unos instantes. Al ver que no había respuesta, el español continuó—: No es que hayamos desarrollado una simpatía especial por el bando del emperador, pero tenemos un plan para quitarle hierro a este largo conflicto. Y de ello forma parte el debilitamiento del bando que es ahora el más fuerte...

—¿Os referís a los alemanes bajo las órdenes de mi primo Godofredo? —preguntó Balduino en un tono amenazador. Todavía no tenía muy claro de qué iba todo aquel asunto.

—Eso podría cambiar —objetó monseñor, cauteloso—. ¡Vos, al lado de Matilde, sois, en cualquier caso, un capote rojo para el mariscal! —A modo de explicación, continuó—: ¡Tan provocador sería para la margravina Matilde vuestra partida de aquí, como vuestra aparición en el bando del emperador! Ello facilitaría algunas soluciones que consideramos útiles.

—¡Matilde me tildará de traidor!

Balduino hacía como si estuviera desmedidamente asustado, con lo cual daba a entender que ya había estado coqueteando con esa idea.

De la Carmen aumentó la presión en el punto más débil:

—Nos vemos en la situación de ocuparnos de que el primer paso venga del bando contrario, de modo que no tenéis por qué tener sentimientos de culpa.

Balduino no dejó sin responder aquella pregunta formulada de un modo tan poco claro. No obstante, le dijo a monseñor de una manera también vaga:

—Dadme tiempo para pensármelo.

Después de eso, los dos hombres debieron de separarse, pues Elgaine oyó pasos que se alejaban. El hecho de que el tal monseñor De la Carmen conspirara de un modo tan despreocupado allí mismo, en casa de Matilde, donde todas las paredes tenían oídos, permitía sacar una única conclusión: ¡la margravina estaba al corriente de aquella intriga!

En la espaciosa mazmorra en la que habían encerrado a Astair de Saissac se oía el tintineo y a veces el chirrido de dos espadas chocando entre sí. A esos golpes les seguían los lamentos y alaridos del metal maltratado, el silbido del aire cuando un golpe daba en el vacío, y algunas breves voces de mando. El antiguo maestro de esgrima le estaba dando una lección de lucha con espada a su talentoso discípulo Guy d'Abreyville, para lo cual también llevaba un puñal en la mano «falsa». Para Astair, aquellas lecciones eran una magnífica oportunidad de mantener sus facultades, mientras que el chico las disfrutaba a tope, pues aprendía siempre nuevas variantes y fintas, ataques falsos, pérfidas estocadas y mortales golpes. Guy todavía era muy joven, y Astair resoplaba y reclamaba un descanso.

—¿Por qué estoy aquí como prisionero? —Para Astair el motivo más profundo de su detención seguía siendo un misterio.

El rubio le siguió la corriente:

—Eso también se pregunta Elgaine. ¡Día tras día encerrada en unos aposentos que son de princesa, pero despojada totalmente de su libertad! —Guy se daba cuenta de que aquella referencia no servía de mucha ayuda a Astair—. Quizá el señor De Lehburg quiera asegurarse...

—¿Qué queréis decir? ¿Os referís a como las ardillas, que guardan unas reservas para los tiempos difíciles? ¿¡Para luego olvidarse totalmente algún día de que estoy aquí abajo, sepultado en vida?!

—¡Me tenéis a mí! —interrumpió Guy el inicio de aquel lamento—. Consolaos con el hecho de que, a pesar de vuestra incertidumbre, os va mejor que a vuestra dama. Elgaine se hubiese abierto las venas hace tiempo si supiera lo que se propone hacer con ella la señorita Du Berq.

Astair observó a su astuto discípulo con cierto malestar, antes de hacerle la siguiente oferta:

—¿Qué pedís, Guy d'Abreyville, a cambio de ayudarnos a conseguir la libertad?

En el rostro imberbe del aludido se dibujo rápidamente una mueca de desprecio.

—Haga lo que haga, jamás buscaré obtener una recompensa, ni siquiera lo hago por amor, lo único que me mueve es causar daño, hacer el mal. ¡No lo olvidéis! —Guy vio que aquel golpe había sido demasiado violento para su maestro—. Pero lo haré —añadió en tono conciliador—. Lo haré cuando llegue el momento adecuado.

Balduino de LeBourg estaba en las almenas del castillo de Canossa, atormentándose con la decisión que ya había tomado varias veces y descartado otras tantas. ¿Debía darle la espalda definitivamente a Matilde? El hecho de haber sido su amante durante tanto tiempo desempeñaba el papel menos importante de sus reflexiones. Aquello había sido un juego de poder que a ella le gustaba y que él pudo conciliar fácilmente con su conciencia de clérigo. Más importante para él era su lealtad hacia el antiguo Cardenal Gris y actual papa Urbano, así como hacia sus compañeros de tantos años dentro de esa impenetrable hermandad de los servicios secretos. Sin embargo, era de sus filas desde donde le llegaba en ese momento la idea de pasarse al otro bando, el bando hasta entonces considerado enemigo. ¿Iban a traicionar su propia causa? ¿Es que ya no había ninguna «verdad»?

Balduino, corroído por las dudas y sumido en una enconada lucha con su mala conciencia, no deseaba ver a nadie, y mucho menos —¡justo en ese momento!—, al conde de las Ardenas, Norberto de Lehburg, quien era, por desgracia, su padre carnal. Pero el señor Norberto parecía haber estado buscándolo, pues se dirigió con expresión radiante de felicidad —¡esa repugnante sonrisa suya!— hacia donde estaba su primogénito.

—¡He oído decir que pronto iréis a visitar el campamento alemán! —le gritó desde lejos.

Balduino no hizo nada por ocultar su malestar.

—¿Quién dice tal cosa?

El señor Norberto no se dejó amilanar por aquella respuesta.

—¡Eso no importa! —le gritó su padre, dándole una palmada al hijo en el hombro. ¡Cuánto detestaba Balduino esa falsa camaradería, esa burda manera de intentar congraciarse! Pero en seguida llegó el siguiente golpe.

—¡No os dejaré marchar solo, monseñor! —vociferó el conde, inflexible—. Iré con vos para ponerme al servicio de nuestro eficiente señor Godofredo. —Sólo entonces el conde notó la actitud de rechazo de su vástago, e intentó atajarla de inmediato—. Porque, intercederéis por mí ante vuestro señor primo, ¿verdad? —La mirada amenazadora de los ojillos de cerdo del conde no sirvieron precisamente para poner de mejor humor a Balduino o para estimular su buena disposición. Entonces Norberto cambió de táctica—. Porque, no pensaréis en pedir a un señor de Trifels que se ponga a las órdenes de su antiguo siervo, ¿no? ¡El tal Sigbert de Öxfeld sirvió a nuestra casa en otra época en calidad de simple vasallo! —añadió Norberto, indignado, y abrigando la esperanza de que aquel llamamiento al honor de la familia hiciera cambiar de parecer a su terco *filius*. Pero Balduino se mostró más terco aún.

—Si el señor Godofredo ha pedido al caballero Sigbert de Öxfeld que sea el jefe de sus tropas, tendrá buenas razones para hacerlo. Y si eso, señor padre, no os gusta, ¡entonces podéis desistir de venir! No podéis esperar que se os reciba con los brazos abiertos, mucho menos que Godofredo os ofrezca un puesto de mando.

En el caso de que Balduino hubiera creído en algún momento que conseguiría hacer desistir al conde de su descabellado propósito; en ese momento vio que no tenía ninguna posibilidad.

—¡Lo que aún no es, puede llegar a ser! —dijo el señor Norberto—. Lo principal es que vos, querido Balduino, me presentéis ante Godofredo. ¡Luego yo lo convenceré de mi eficiencia!

Balduino evitaba todo contacto visual con su molesto progenitor, por eso no vio el brillo malvado en sus ojos. Pero el hijo no estaba dispuesto a dejarse engatusar.

—¡Ésa es precisamente la vergüenza por la que no pienso pasar! —dijo el señor LeBourg con voz firme, y se encaminó hacia abajo para demostrarle a su padre que la conversación había terminado; sin embargo, todavía se dio la vuelta una vez más—: Ateneos a lo que os ha dicho el informante que os ha puesto sobre mi pista. ¡Monseñor (¡y eso lo sabe Dios!)

debería disponer de las mejores relaciones para lograr que Godofredo de Bouillon vaya a pediros que os sentéis a su mesa para charlar y beber!

Diciendo esto, Balduino dejó solo al conde sobre las murallas y salió en busca de un lugar donde no tuviera que soportar aquellos desmanes.

Astair se sobresaltó, pues creyó haber oído el tintineo de unas llaves. Hacia el lado del pasillo, su celda no estaba delimitada por una pared, sino por una reja de hierro. Ello les permitía a los carceleros ver al prisionero sin entrar en las espaciosas mazmorras, pero también lo ponía a él en la situación de darse cuenta a tiempo cuando alguien se acercaba.

No podía ver a nadie, pero entonces se oyó de un modo claro cómo abrían la cerradura. Astair se deslizó de su camastro hasta la columna, de la que emanaba la única fuente de luz de la celda, una lámpara de aceite que parpadeaba tenuemente. Bajo su luz apareció aquella tardía visitante, que se detuvo, a la espera, sin miedo. Era Maurcade du Berq. Su única pieza de ropa era una túnica negra que le llegaba hasta los pies, una prenda parecida a una *djallabija* de las que llevaban las mujeres de la costa berebere.

La suave tela se pegaba a su cuerpo y resaltaba los contornos de su hermosa figura. Astair dejó de contemplarla y dio un paso hacia adelante.

—Cuando una hermosa mujer como vos, Maurcade —dijo en tono burlón— viene a visitar en secreto a un prisionero en medio de la noche —la excitación mal disimulada le hacía la voz más ronca—, lo que busca es amor ardiente, o la más fría muerte. ¿Qué me decís?

Maurcade dejó que Astair la devorara con los ojos.

—De una mujer como yo debéis siempre esperar ambas cosas, Astair de Saissac. —Maurcade disfrutaba la lujuria que emanaba del hombre—. Pero deseo mostrarme generosa con vos: más allá del placer fugaz, estoy dispuesta a regalaros la ansiada libertad, por un precio que me parece bajo. —Con un hábil movimiento, se abrió el corte lateral de su vestido y le mostró por un instante su muslo de alabastro.

Astair retrocedió y regresó a la sombra.

—El anzuelo que arrojáis es demasiado tentador, y las aguas parecen demasiado mansas —susurró Astair—, como para que no tengan oculto un artero gancho en el cebo. —El prisionero había seguido bajando la voz para, de pronto, llegar secamente a las palabras finales—: ¡Vuestro pescado apesta!

Maurcade no era el tipo de mujer que se tambalea por un golpe bajo. Cambió entonces de registro.

—Pues ved en mí a una pobre y pequeña sirena —dijo como si llorara ante el hombre que no quería morder su anzuelo— ¡y tomadme a la fuerza, como a una criatura indefensa! —Sus ojos centelleantes se dirigieron a la mesa que estaba junto al lecho de Astair, donde había toda suerte de cuchillos, espadas y puñales; ¡los que usaba el maestro de esgrima en sus lecciones!—. Poseéis todo un arsenal de armas, Astair —le dijo en un susurro—. ¡Y yo estoy desarmada! —De pronto, la túnica se deslizó al suelo. Maurcade cerró los ojos e hizo un gesto como si necesitara protección, un gesto que no cubrió ni su pubis ni sus pechos, pero que hizo que sus mechones de cabello negro le cayeran sobre el rostro y los hombros.

—¿A quién debo matar? —la pregunta del hombre que la miraba fijamente resonó con un frío timbre. Los dos se excitaron aún más.

—¡A Elgaine de Gisors! —El sonido metálico de la voz de Maurcade casó muy bien con el del hombre.

Astair se quedó helado.

—¡Vestíos de nuevo! —le ordenó, jadeante. Por un instante pareció como si fuera a arrojarse sobre Maurcade con intención de hacerle daño. Ésta vio la amenaza y tembló.

—¿Por qué tenéis ese apego por una mujer que ya no os ama? —ronroneó la mujer, como una gata en busca de cariño.

Astair depuso su actitud violenta.

—¡A lo que tengo apego es al respeto que tengo por mí mismo! —dijo y puso la mesa repleta de armas entre él y su enemiga.

—¿Y por ello estáis dispuesto a morir? —A la pregunta de Maurcade le siguió una expresión de burla incrédula.

—¡Ciertamente! ¡Y que Dios me dé fuerza para ello!

Maurcade se agachó y se cubrió otra vez con la túnica.

—¡Por la noche, antes de que seáis entregado al verdugo,

Astair de Saissac —gritó ella, riendo—, os daré la oportunidad de mostrarme vuestra fuerza por última vez!

Astair se dio la vuelta. La reja se cerró, y la corriente de aire hizo temblar la luz de la lámpara de aceite por un instante.

El salón de ceremonias de Canossa era una habitación cuadrada y sin luz, sus altas ventanas daban a un patio interior. Matilde lo utilizaba poco, estaba lleno de toscas mesas y largos bancos, pero el sitio le ofrecía un podio más elevado para que ella se sentara. Esa expresión de autoridad le parecía a la margravina muy importante con vistas a la conversación a la que había convocado al conde de las Ardenas, el señor Norberto de Lehburg. El diligente caballero de Lorena era uno de sus apoyos más fuertes en aquel sitio tan lejano de la Toscana, aunque ella no sentía ninguna simpatía por el señor de Trifels ni le daba tampoco toda su confianza. Con demasiada frecuencia, los obispos de la región de la Lorena, sobre todo Thierry de Verdún, la habían alertado diciéndole que el conde perseguía objetivos bien egoístas que eran incompatibles con sus intereses en la región. Del modo más artero había traicionado a sus parientes más cercanos, y un buen día podía atacarla por la espalda también a ella. Pero Matilde apartó a un lado tales pensamientos, pues había crecido entre la perfidia y el asesinato, y gracias a ello se había hecho tan poderosa; desde entonces, con la venia a regañadientes del emperador, había conseguido poner a su marido Welf, al que doblaba la edad, en Lorena, para que ocupara el trono vacío del duque, y por primera vez veía paz en ese nido de tensiones. ¡Ya sólo le faltaba Bouillon, la guinda del pastel! ¡¿Cómo ese paleto se atrevía a hacerla esperar!? En lugar del rezagado, quien entró con paso impetuoso en el salón fue monseñor De la Carmen, después de haber empujado a un lado a los guardias que estaban junto a la puerta. Como representante de la Iglesia, podía permitirse tales libertades. La gobernante, que se había preparado para una recepción formal con el caballero de las Ardenas, no permitió que el orgulloso español notase su desagrado.

—¿Qué apuros tiene la *Sancta ecclesia*? —dijo Matilde de buen humor para dar la bienvenida a monseñor. Matilde se mostraba muy serena, pero monseñor no.

—¡El hombre al que tenéis absoluta confianza en su condición de padre confesor, está a punto de traicionaros de un modo infame! —dijo el clérigo, apenas entró en el salón—. ¡Balduino de LeBourg está planeando pasarse al bando de los alemanes! —Alfonso de la Carmen parecía muy alterado—. ¡Y no sólo eso! —gritó de un modo innecesariamente exagerado—. ¡Esa víbora se ha acercado al honorable señor conde Norberto de Lehburg y ha intentado arrastrar a ese hombre íntegro a un nido de infames y desleales serpientes!

Como si la hubieran mandado a buscar, Maurcade du Berq entró al salón y ocupó su puesto habitual, evidentemente un poco más bajo, al lado de Matilde.

—¡Vaya ingratitud! ¡Eso provoca la vergüenza de cualquier persona decente! —dijo, exponiendo, sin que nadie se lo pidiera, su juicio sobre aquellas acusaciones de las que, sin duda, ya habría tenido noticia. Sin embargo, nadie la tomó en consideración.

Matilde volvió a ser dueña de la situación.

—¡Decidle al señor De Lehburg que pase! —ordenó con voz ofendida—. ¡Él debe declarar como testigo de esa monstruosa acusación!

El conde, que por lo visto ya estaba preparado fuera, fue conducido dentro del salón por los guardias.

—¡Sí! —ladró el conde, antes de que le dieran la palabra—. ¡Acompañaré a mi hijo al campamento del enemigo, y allí resolveré, como corresponde a un hombre, lo que hacía falta resolver desde hacía tanto tiempo!

Este anuncio, sólo comprendido por quienes estuvieran iniciados en los propósitos de aquel viaje, desató casi un tumulto entre los allí presentes.

—¡Eso es alta traición! —tronó el sacerdote haciéndose oír por encima de la voz del indignado conde.

—¡Guardias! —ordenó Matilde en medio del silencio que siguió—. ¡Evacuad este salón!

Los guardianes de la puerta empezaron a sacar del salón a todos aquellos que no se encontraban en el podio más alto. Obviamente, también se encargaron del conde.

—¡A él no! —les gritó monseñor—. ¡Él se queda, pues ha de responder ante nosotros! —Y para tranquilizar a los guardias, el clérigo se acercó al inculpado y le pidió que le entregara su espada, aunque más bien se la arrebató de las manos. Los protagonistas de la reunión esperaron entonces a que el último testigo abandonara el salón.

—¡Creo que aún debo daros las gracias —dijo Matilde, iniciando su ataque al conde— porque no me hayáis desenmascarado delante de todo el mundo anunciando de forma inequívoca lo que teníais entre manos! —La poderosa mujer no ocultaba su ira, pero Norberto de Lehburg se encargó de provocarla aún más.

—¡Ese sujeto tiene que desaparecer! —escupió, para luego, en un gesto teatral, darse unos golpes en el pecho—. ¡Y si no hay nadie más que quiera asumirlo, lo haré yo!

Monseñor De la Carmen tuvo intenciones de intervenir para apaciguar los ánimos, pero un gesto autoritario de Matilde le hizo desistir.

—¡Yo me opongo! —dijo la mujer—. ¡Y si a vos os guían el odio y los bajos instintos, soy yo aquí la que tiene que alzar la voz de la razón!

Aquello era un codazo en el costado a monseñor. También esas palabras hicieron que el conde se sintiera inseguro.

—Pero vos misma siempre habéis...

—¡De ninguna manera! —lo interrumpió Matilde con acritud—. ¡Y mucho menos en este momento! El emperador se muestra dispuesto a negociar, por eso permitió que Guiberto se marchase a Rávena...

—¿¡Y vos os dejáis engañar!? —preguntó Norberto con sorna—. Mañana el Anticristo estará otra vez a las puertas de Canossa, pero en esta ocasión no vendrá descalzo, sino con las botas y las espuelas puestas, y con su malvado perro de caza, Godofredo, siguiéndole los talones. —La verdad era que si Norberto había impresionado a Matilde con aquellas palabras, la margravina no dejó que se le notara.

—Yo no puedo daros ninguna orden, conde Norberto —respondió Matilde—, pero si insistís en vuestro estúpido propósito, ¡aquí se separan nuestros caminos! —Se dio cuenta de que hablaba a oídos sordos, y por eso añadió—: En lo que a mí respecta, no haré nada que no haya acordado antes con el inteligente caballero en el que también confía el Santo Padre: el cardenal legado Remy d'Aretin.

Nadie se percató de la manera en que se estremeció monseñor.

—¿El Cardenal Gris? —El señor Norberto se tomó su tiempo para clavar su última puñalada—. El *Caput canis*, a quien queréis tanto, falta a ese honor con razón: ¡a fin de cuentas, Remo d'Aretino es un hijo bastardo de vuestro padre, el conde Bonifacio!

La pausa que hizo el conde para reforzar el efecto de aquella revelación no tuvo el resultado esperado, así que Norberto continuó torpemente:

—Por su descendencia, Su Eminencia podría incluso quitaros vuestra región de la Toscana...

—¡Miserable calumniador! —chilló en medio de todo la voz estridente de Maurcade du Berq.

—¡Cierra el pico! —le ordenó Matilde—. ¡Traedme al señor Balduino de LeBourg! —dispuso entonces con la voz temblorosa, luchando por dominarse—. ¡Y que estén presentes todos los que me son fieles! —Los guardias abrieron las puertas y dejaron entrar de nuevo a todos los que se agolpaban fuera. Cuando por fin hubo calma de nuevo, una calma llena de expectación, Matilde alzó su voz—: ¡A fuer de mi cargo otorgado por Dios, así como de la dignidad de margravina de la Toscana, expulso de mi corte...!

En esto trajeron a Balduino. Había pasado las últimas horas en los aposentos de Elgaine de Gisors, adonde había ido a refugiarse de la persecución de su padre, razón por la cual no tenía ni idea de lo que estaba sucediendo allí.

—... ¡a los señores Norberto de Lehburg y Balduino de LeBourg! ¡A partir de ahora me desentiendo de ellos dos o de cualquier fechoría que puedan cometer! ¡Esta orden irrevocable ha de ser cumplida por los desterrados en un plazo de tres horas, de lo contrario, serán tratados como infames espías del enemigo! Cristo es mi testigo, y está aquí representado por el legado papal —añadió, haciendo partícipe a monseñor—, ¡del legítimo papa *Urbanus Secundus*!

Los presentes guardaron silencio, estremecidos.

EL DUELO

Angelus y *Vocator,* los dos cronistas, habían corrido tan lejos como se lo permitieron sus piernas, después de haber escapado felizmente a través del hueco del pozo, hasta que por fin ya no tuvieron que ver más a sus espaldas aquella trampa mortal llamada Canossa.

—¡Nosotros mismos nos lo hemos buscado! —dijo jadeante el regordete *Angelus*—. ¡El diablo mismo debe de habernos impulsado a traer y entregar esa carta!

—¡En ese caso, yo sería el responsable! —gruñó su esmirriado compañero de penurias—. Pero por lo menos así sabemos lo que debemos esperar de Gosbart.

—¡A ése vamos a hacerle la vida un infierno! —dijo, acalorándose *Angelus,* cuyas mejillas rojas se encendieron aún más—. Cuando estemos de nuevo en Sión...

—Por favor —lo reprendió *Vocator*—, primero ocupaos de ver dónde pondremos a reposar nuestras cabezas esta noche.

—¡Donde los alemanes, por supuesto! —le contestó *Angelus,* que de repente estaba otra vez animado—. ¡Tenemos que informarlos de lo que deben esperar del señor Balduino y de su padre!

—¿Es que no tenéis ya suficiente, mi buen *Angelus vigilans,* de andar por ahí salvándole el pescuezo a todo el mundo? —gruñó el flaco—. ¡¿Y, a cambio, poniendo la propia cabeza en la picota?!

—*Nec metu!* —El hombre pequeño y gordito sonrió con sorna, lo cual enfadó aún más al *Vocator diaboli.*

—*Nec spe!* —resopló el otro—. ¡Con vos se pierde verdaderamente toda esperanza!

Cuando los dos afanosos mensajeros llegaron al campamento de los alemanes, nadie se ocupó de ellos en un principio. Luego encontraron a Hedwig, que estaba tendiendo ropa delante de la tienda de su protector, el general Sigbert de Öxfeld. La joven soltó un grito de susto cuando aquellos dos hombres se enredaron con las sábanas húmedas e intentaron huir como dos blancos fantasmas. Los guardias, que acudieron de inmediato, arrestaron a los dos monjes benedictinos, a los que, sin haberles preguntado, consideraron del bando de los papistas, y los llevaron delante de Sigbert de Öxfeld. Este último escuchó con serenidad toda la historia, desde Sión hasta Canossa, pero en eso se mencionó el nombre de Norberto de Lehburg. Entonces, en lugar de mostrarse alarmado, su recelo recayó sobre los dos narradores. No obstante, el valiente hombre, a pesar de la descripción que le hiciera su fiel Hedwig —que los tenía por dos ladrones de ropa disfrazados de hermanos devotos—, decidió llevar a aquellos dos monjes ante su señor Godofredo. Éste no dedicó mucho tiempo a los dos hombres y le ordenó escuetamente a su general:

—¡Colgadlos!

Sólo el grito desesperado de *Angelus,* «¡Vuestro primo Balduino pretende asesinaros!», hizo que Sigbert decidiera no ejecutar la orden por el momento. Al final, *Vocator,* que hasta entonces se mostraba como el más sospechoso debido a su pertinaz silencio, pudo hacerse oír y logró contar lo que había escuchado. La historia de la Oreja de Dionisos en Sión sonaba tan estrafalaria que el señor Godofredo, aunque los nombres mencionados le resultaban conocidos, se mostró generoso ante su comandante y le dijo:

—¡Que se vayan al diablo! ¡No quiero manchar las manos de nuestro verdugo con el sudor de estos dos hermanos de la orden benedictina, dos talentosos cuentacuentos! ¡Y lo haré en memoria del querido Desiderio de Monte Cassino.

—¡De ahí venimos nosotros, en realidad! ¡Él fue nuestro querido abad! —gritaron los dos cronistas a una sola voz.

—¡Ya lo veis, Sigbert de Öxfeld, estos dos no tienen límites! ¡Dadles una buena zurra y luego echadlos de aquí! —Con ello, el caso quedaba zanjado para el conde de Bouillon. Pero sólo el hecho de que Hedwig, que lamentaba con creces su pánico, intercediera en su favor ante su señor Sigbert, consiguió que los dos cronistas se ahorraran el castigo prometido, y que lograran salir ilesos de ese nuevo percance. Una vez más se marcharon y corrieron todo lo que se lo permitieron sus piernas. Se encaminaron hacia las colinas, pero pronto sus pasos aminoraron: hacía dos días que no comían nada.

La caravana de jinetes que salió de la fortaleza de Canossa y se dirigió hacia el norte estaba compuesta principalmente por figuras oscuras armadas todas hasta los dientes. Su lealtad pertenecía al conde de las Ardenas, si bien parecían una horda de ciegos perros de caza, unidos por unas cuerdas atadas a unos collares de púas. El jefe de aquella partida de caza, el siniestro Norberto de Lehburg, cabalgaba al frente.

Su vástago, Balduino de LeBourg, quien durante años había sido el padre confesor de Matilde de Tuszien, se mantenía a cierta distancia al final de la comitiva. Su partida de Canossa, forzada debido a la insolencia del conde, lo inflamaba de una rabia sorda. No era la abrupta ruptura con Matilde la causa de su ira, sino el escándalo que ello había provocado. Pero lo que hacía que Balduino no parase de romperse la cabeza era cómo impedir que el cruel señor Norberto se presentara en campo de los alemanes, sobre todo ante su primo Godofredo de Bouillon. ¡Era algo que no debía hacerle a su pariente ni podía permitirse a sí mismo!

En medio de sus cavilaciones, Balduino no se dio cuenta de que los otros jinetes lo habían dejado adelantarse, de modo que, de repente, se vio cabalgando al lado de su odiado progenitor. Norberto le sonrió con expresión jovial:

—Tengo la fuerte intuición, hijo mío, de que os avergonzáis de entrar en el campamento de las tropas imperiales a mi lado, ¿es así? —Entonces el hijo cometió el error de no negar aquello al instante y con indignación. Quería oír lo que ese asqueroso tenía que decir, pero su obstinado silencio bastó al conde, que ordenó a sus secuaces—: ¡Atad con cadenas de hierro a mi hijo, sangre de mi sangre, para que se dé cuenta de la carga y el dolor que significan para mí entregar a mi querido sobrino Godofredo en manos de un asesino, un asesino pagado por su archienemiga, Matilde, que con ello pretende eliminar de este mundo a su glorioso enemigo!

Balduino arrojó a los ojos de su progenitor una mirada de profundo desprecio.

—¿Y creéis que así, señor Norberto, os ganaréis la confianza del conde de Bouillon? —Para Balduino, aquello era ridículo. Sin embargo, de repente le entró el miedo ante la locura de aquel hombre, ante su cruel perfidia, un hombre en cuyas manos se encontraba. Probablemente les diría a sus esbirros en algún momento que le cogieran la lengua y...

Balduino no acabó el pensamiento. Todavía los siervos de su padre no le habían cargado de cadenas.

—¿Y qué os dice, mi querido señor padre, el hecho de que me avergüence de ser vuestro hijo? ¿Es que merezco ese honor? ¿Acaso yo, un sacerdote renegado, amante de Matilde, soy digno de cabalgar a vuestro lado? ¿No se trata más bien de que soy yo el que debe estaros agradecido de que no reneguéis de mí ante Godofredo? ¡El lugar adecuado para mí es el último de todos en vuestra comitiva!

Ante aquel discurso, dicho con cierto regodeo, el conde se sintió como si lo hubiese alcanzado un rayo. La imagen del Crucificado apareció ante sus ojos, el velo de contención se vino abajo. Entonces bajó del caballo y atrajo a Balduino contra su pecho.

—¡Perdonad a vuestro padre pecador! —dijo el hombre, jadeante—. Dejad que yo, hombre indigno de nuestro Señor Jesucristo, cuyo espíritu de reconciliación vos representáis tan bien en vuestra condición de enviado de la salvadora Iglesia de Roma y de nuestro Santo Padre... —Al conde le faltaron las palabras; un sollozo lo estremeció. Entonces se enjugó sus lágrimas, se sonó y ambos continuaron cabalgando juntos.

El bajel de Bert el-Caz atracó en Lecce. El pirata hubiera preferido, ciertamente, deshacerse de su carga en Otranto, situada más al sur, pero las indicaciones expresas del Cardenal Gris le desaconsejaron hacerlo. Y aunque al capitán normalmente le importaban muy poco los mandamientos de la Iglesia, y mucho menos sus ideas morales, ¡por nada del mundo quería verse enredado en una pugna con los servicios secretos! Además, se sentía a salvo en el seno de la *Sanctissima ecclesia*, encarnado para él en los anchos pliegues de la oscura sotana de Remy d'Aretin, bajo la cual había encontrado una salida un diminuto piojo de turbante verde. Sin embargo, se deshizo de su turbante antes de que la entrada al puerto fuera visible. ¿Quién sabía cuán larga era la memoria de las autoridades portuarias de aquella ciudad? De todos modos, no se sintió nada animado cuando el atrevido de Pons le acercó el espejo de plata y vio su cabeza descubierta. ¡Salvo por un escaso mechón de pelo rojizo, se había quedado calvo y la piel que cubría su cráneo estaba salpicada de manchas!

Sin decir palabra, corrió a través de la cubierta y bajó los escalones hasta el camarote que le había cedido a la señora Melina. La sultana se había acicalado para el momento solemne, ya que pensaba regresar allí en calidad de legítima condesa de Lecce, tras haber partido de allí hacía muchos años. La entonces gorda matrona se había sometido de buena gana a las artes maquilladoras de Teodora, la cual, por su parte, se vio al final obligada a renunciar a todos los atributos que le recordaban su glorioso pasado como odalisca.

Bert el-Caz se mostró bastante perplejo al verse frente a la madre y el hijo: Melina, a la que había embarcado en Mahdia como una defenestrada mujer, golpeada duramente por el destino, se mostraba otra vez arrogante y tal vez también ávida de poder. Volvía a ser la mujer en cuyo rapto él había participado. ¡Gracias a Dios la sultana se lo había perdonado todo, después de que él la liberara del harén en la rocosa costa berebere y le prometiera llevarla de vuelta a casa sin ningún tipo de artimañas.

Pero otra cosa era Teodoro-Teodora. Había bastado finalmente con una sola palabra de la madre Melina para que Teodoro, conde de Lecce, se separara en su fuero interno de la veleidosa odalisca Teodora. Durante mucho tiempo, la dama del harén había estado enfadada con Bert el-Caz, sobre todo por la forma en que éste la había secuestrado del convento en Amalfi. Rápida había sido su caída: desde su condición de indiscutible soberana de todas las adorables *hurijat,* hasta su avatar como desamparado fardo de telas que bajó a toda velocidad en aquel sorprendente elevador instalado en los acantilados de Amalfi. Sólo gracias a las afanosas palabras de Pons y a las tranquilizadoras frases de Terès, Teodoro había comprendido por fin que aquel rollo de tela no tenía que ser algo perjudicial para él.

De hecho, cuando el capitán vio al joven de pelo corto, éste le ofreció una imagen aceptable. ¡Un poquito sí que envidiaba a Teodoro por aquella metamorfosis que le había otorgado tan buena planta! Y puesto que el resucitado conde de Lecce, al igual que su encarnación femenina de antaño, tendía a la exageración teatral, Teodoro había insistido en convertir al pirata Bert el-Caz, durante la travesía, en caballero. El pequeño zorro le ocultó al conde que él ya contaba con ese atributo, el del título de conde, que le correspondía por su cuna. En cualquier caso, la señora Melina había convencido a su generoso *filius* para que un acto tan solemne se celebrara, por todo lo alto, en el gran salón del castillo de Lecce. En fin, Teodoro honraba y respetaba a Bert el-Caz, se le caía la baba con Pons y se había enamorado secretamente de la ruda Terès. Nada de aquello era demasiado grave, y se podía conseguir con un poco de habilidad; sin embargo, podrían surgir algunos inconvenientes, incluso algunos disgustos, por parte del conde Raimar y de su hijo adoptivo, Tancredo. ¡Y él no podía perder de vista esa posibilidad! Ante sus compañeros de viaje, Teodoro no había mencionado en ningún momento nada relacionado con ese cambio de la situación en Lecce.

Tancredo de Lecce fue convocado al palacio condal. Había arribado un barco, trayendo a la antigua esposa del conde Raimar, la griega llamada Melina. El mayordomo que le susurró al oído la noticia no parecía tener muy buena opinión de la dama.

—¡Ella ni siquiera sabe que ha enviudado!

Tancredo guardó silencio; no tenía ninguna idea preconcebida acerca de esa mujer. Su padre adoptivo, con el que ella había estado casada, había muerto ya. Y él, Tancredo, sólo él, había sostenido la mano del moribundo en su última hora, acompañándolo hasta que soltó su última exhalación. Y entonces aparecía esa mujer, la bizantina. ¿Qué querría?

—Con ella ha venido el hijo del conde Raimar, el conde Teodoro —añadió el mayordomo secamente, carraspeando antes de decirlo.

Tancredo sintió como un mareo. Se puso en pie de un salto para demostrarse a sí mismo que no se tambaleaba. «¡Nada de ceder ni de tambalearse!», le pasó por la mente.

Sin notarlo, se aferró a un brazo de su trono. Todos los miraron fijamente. Por supuesto que sabía de la existencia y de la desaparición del tal Teodoro. A ese hijo se le daba por desaparecido. Nadie, y en especial Tancredo, lo había echado de menos ni había averiguado nada sobre su paradero. El heredero original había sido Beowulfo. Pero cuando Bizancio asesinó alevosamente a éste, el hijo predilecto del conde Raimar, su madre huyó de Lecce en compañía del hijo que le había quedado, Teodoro, y jamás había dado noticias suyas. Se decía que habían caído en las manos de los piratas. Sólo unos años después, el conde Raimar, que había quedado allí, solo y amargado, había conocido a la también solitaria y decepcionada Fedaye de Béthune y había acogido a Tancredo como su hijo. A él le habían prometido el condado como posesión, de eso no cabía duda, pues ésas habían sido las últimas palabras del anciano conde en su lecho de muerte. Raimar había entregado serenamente sus dominios en las manos de Tancredo y había muerto en paz.

—¡Deberíais recibirlos sentado, sentado en vuestro trono! —lo apremió el mayordomo—. Para que se den cuenta en seguida de que...

Pero Tancredo ya no lo escuchaba. Controlado, aunque se sintiera en evidencia ante la luz pública, caminó entre las filas de sus fieles, que lo miraban con preocupación, y no prestó atención a los cuchicheos de su mayordomo. Cada vez más rápidamente, bajó por la escalinata, entró corriendo al patio casi vacío y apareció impetuosamente en el portón del castillo. Sus guardias lo recibieron con expresiones excitadas y de agobio. Tenían arrestado a un jovencito que, por lo visto, había intentado atravesar el portal sin identificarse ante ellos; al joven no se le podía sacar ni una sola palabra de sus labios cerrados: todo eso lo escuchó Tancredo como en un sueño. Entonces vio los ojos obstinados y desesperados del otro, la profunda tristeza que se reflejaba en ellos, y apartó a los guardias a un lado y abrazó al hermano retornado.

Conon de Béthune veía por primera vez el campamento de las tropas del emperador abajo, en el valle. Por fin había llegado al objetivo de sus anhelos. Miró hacia abajo, a aquellas pulcras hileras de calles que se habían formado entre las tiendas, a las incontables catapultas alineadas de un modo impecable tras las empalizadas y los caballos y el ganado en sus corrales bien vallados. Una comitiva de armados caballeros se acercaba al campamento desde el sur, llevando sus banderas desplegadas. Probablemente, pensó Conon, esos caballeros regresaban de alguna escaramuza con las tropas papistas, que se habían reunido en torno a Canossa. Para una vida así, acaparando fama y gloria como un aguerrido caballero en el combate, era su destino. Y el señor Godofredo, el gran héroe y mariscal del ejército imperial, al igual que su mejor comandante, el señor Sigbert de Öxfeld, acogerían en sus filas, sin dudarlo, a un espadachín tan bueno como él. ¡Y lo harían con alegría! Con el ánimo por los cielos, el caballero enfiló con su caballo colina abajo.

La tropa del conde de las Ardenas entró en el campamento de los alemanes encabezada por Norberto de Lehburg; al lado de éste, de mala gana y sufriendo, cabalgaba su hijo, Balduino de LeBourg. Cada vez que había intentado quedarse rezagado durante el viaje, su padre le había tomado el caballo por las riendas y lo había arrastrado de nuevo a su lado; al final, el conde ya no soltó las riendas.

El señor Norberto no pidió ver primero a Sigbert —la mera idea de dirigirle la palabra a su antiguo vasallo le resultaba repugnante—, sino que esperaba ser llevado directamente ante el señor Godofredo de Bouillon. Para su disgusto, sin embargo, quien primero se le apareció, acompañado de su gente, fue el comandante de las tropas, que traía una expresión enigmática. Les ordenó bajar de sus cabalgaduras y deponer las armas. El conde cumplió la orden a regañadientes, y sus hombres hicieron lo mismo al ver que su señor aceptaba aquello en silencio. El único que no se sentía en condiciones de cumplir aquella orden era Balduino, pues él, en su condición de sacerdote, no llevaba espada consigo. Esto, al parecer, lo hizo más sospechoso a los ojos de Sigbert, y fue a él al único al que el alemán ordenó cachear de pies a cabeza. No encontraron nada. Así que el comandante de las tropas le ordenó al señor Balduino que se quitara la ropa, salvo el jubón. Entonces el conde ya no pudo más. Despotricando, insistió en que lo llevaran de inmediato ante el señor Godofredo. Y puesto que el criado había anunciado hacía tiempo la llegada del señor De Lehburg en la tienda del de Bouillon, los soldados de la entrada habían recibido instrucciones de que dejaran el paso libre a sus parientes, tanto al padre como al hijo. Se vio una expresión triunfal en Norberto, hábilmente disimulada, ¡mientras que el horror se hizo visible en la cara de Balduino! El leal Sigbert vio confirmados sus temores. Puesto que no se le ocurrió nada más, tomó a Balduino por el brazo, que estaba sólo con el jubón, y lo llevó aparte con mano férrea, como a un ladrón recién capturado, de modo que, aunque lo hubiera pensado, éste no tuviera oportunidad alguna de hacer ninguna tontería. El conde, por su parte, que estaba en plena posesión de su libertad de movimientos, vio aquello con siniestra satisfacción. Y así fueron cabalgando a través de aquellas calles flanqueadas por las tiendas, hasta llegar a la plaza central, donde Godofredo de Bouillon y su séquito se habían reunido para recibir a sus huéspedes.

Conon de Béthune apareció en medio del campamento sobre su caballo, pues los guardias de la entrada estaban todavía distraídos por los acontecimientos de unos momentos antes. Su porte de caballero era tan obvio que nadie le preguntó qué deseaba. Y ello trajo consigo que se perdiera entre aquellas callejuelas de tiendas de campaña, hasta que una joven lo abordó, lo llamó por su nombre, Conon de Béthune, y le preguntó adónde quería ir. Ello confundió totalmente al caballero. ¿Cómo sabía aquella chica quién era él y cuál era su nombre?

—¡Os acercáis tanto a la imagen que me he hecho del héroe de mi juventud que tenéis que serlo! —dijo la joven, sin el menor signo de rubor y dedicándole una franca risa a Conon—. ¡Y yo me llamo Hedwig y estoy a cargo de la tienda del comandante Sigbert de Öxfeld!

A Conon le pareció que aquello era un golpe de suerte del destino. Le pidió a la joven que le mostrara el camino para llegar a la tienda del señor Godofredo de Bouillon.

Con cierto atrevimiento, Hedwig le pidió al caballero de sus sueños que la tomara en su silla, y así llegaron a la plazoleta situada delante de la tienda del de Bouillon, justo en el instante en que el conde de las Ardenas debía comparecer ante el señor Godofredo.

—¡Oh, Dios! —se le escapó a la chica cuando vio a Norberto y se dejó caer de la silla de montar.

Ello, a su vez, provocó que Conon, olvidándose de todos los principios de la discreción, todavía a lomos de su caballo, le gritara al para él desconocido Godofredo de Bouillon:

—¡Estaréis tocando porquería si estrecháis esa mano! —Todos miraron hacia Conon, indignados; sólo Hedwig sonrió satisfecha cuando su caballero saltó de la silla y se interpuso entre Godofredo y el conde.

—¡Ofendéis a mis huéspedes! —le gritó Godofredo, mientras el conde le enseñaba los dientes con una sonrisa sarcástica. Cierto aire de superioridad burlona le pareció lo más apropiado en aquella situación, pues aquel atrevido jovenzuelo no debía de estar tan cerca del señor de Bouillon, del que lo separaban unos pocos pasos.

—¡Pues me podéis castigar por eso, Godofredo de Bouillon! —se apresuró a gritar Conon, insinuando que iba a arrodillarse, pero sólo para darse la vuelta rápidamente y quedar justo frente al conde. Ambos hombres se miraron fijamente a los ojos, como dos perros de pelea; los pelos de sus nucas se erizaron, y entonces el señor De Lehburg gruñó:

—¿¡Qué deseáis, mal bicho!?

—¡Quisiera restregarle el hocico a un perro rabioso por la sangre que ha derramado con sus cobardes asesinatos y violaciones! —Conon dijo aquello tan alto y claro que al conde no le quedó más remedio que sacarse lentamente el guante de su mano izquierda en medio de un silencio que cortaba el aliento. Conon lo miró como hechizado. En ese brazo ocultaba la mortal daga que había sido la perdición de Dado. Conon se tensó. Y cuando Norberto, de repente, intentó pegarle en la cara con el guante de cuero de ribetes de hierro, su diestra voló hacia adelante y le agarró el antebrazo como una abrazadera de hierro. El guante cayó al suelo, pero Conon había conseguido lo que quería, y el guante yacía entre ellos, en el suelo. Rápidamente lo recogió y lo arrojó a los pies del conde.

Godofredo estaba furioso, pero no podía hacer nada. Intercambió unos susurros con su comandante, que seguía teniendo a Balduino bien agarrado. Sigbert de Öxfeld dejó marchar al sacerdote y se plantó delante de la multitud, cada vez más nutrida.

—¡Evacuad la plaza! —les ordenó a sus guardias—. En

media hora empezará el duelo entre Norberto de Lehburg, conde las Ardenas, y el caballero Conon de Béthune. Será un combate a caballo y a pie, sin lanzas, sin escudos; por lo demás, se permitirá el uso de cualquier otra arma. ¡La decisión última no será dada por la incapacidad para seguir combatiendo, sino que se decidirá a muerte!

Entonces los siervos empezaron a levantar las empalizadas para crear una especie de cuadrado que ocupara prácticamente toda la plaza. Sigbert de Öxfeld hizo que acercaran las armas que le habían quitado al conde. Además de su espada, había un hacha, una de esas mazas llamadas «lucero del alba», una daga de doble filo y una enorme espada de doble empuñadura. Por el lado más estrecho de la plaza, el conde quedó rodeado por los suyos, mientras que, por el otro, Conon se vio secundado, en contra de todo lo esperado, por el sacerdote Balduino y por la joven Hedwig.

—Ella es mi hermana —dijo Balduino—. Lucháis contra el hombre que nos engendró, pero también lucháis para restituir mi honor. —A lo que añadió, impasible—: Todavía el señor Sigbert sospecha de mí y piensa que voy a traicionar a mi primo Godofredo para asesinarlo a traición.

—Yo sólo tengo mi espada —explicó Conon—. ¡Pero si a ésta se le concede la oportunidad de servir también a vuestra reputación, estaré doblemente contento!

—¡Y por ello, querido Conon, quiero presentaros al emperador, para que él dignifique y recompense vuestro triunfo, en el que confío!

Hedwig le sonrió tímidamente a su héroe, y los tres quedaron a la espera.

Sonó la fanfarria. Godofredo de Bouillon dio la señal para que el duelo comenzara. A cada extremo del campo los dos jinetes rivales subieron a sus caballos, se les dejó entrar en el cuadrilátero y de inmediato se cerraron tras ellos las barreras de madera. Los caballeros saludaron formal y brevemente al general de las tropas. Conon vio que detrás de Godofredo estaba Sigbert, y junto a él estaba Hedwig, su amable criada, que, probablemente, también le mantenía el lecho caliente al viejo veterano. Con una rápida mirada, el conde se convenció de que Conon no llevaba consigo ninguna otra arma aparte de su espada. Norberto ya lo había pensado, y por eso, precavido como era, había escogido el lucero del alba, aquella maza con una bola erizada de púas, y que era desconocida para casi todos los caballeros. Un arma terrible, capaz tanto de desarmar al enemigo como de aplastarlo. Con gesto amenazador, la hizo girar sobre su cabeza y bajó la visera de su casco. Con un ronco grito de combate, clavó las espuelas a su caballo y partió a la carrera contra su rival. Conon renunció a bajar la visera de su casco, pues quería tener mejor visibilidad, e hizo que su caballo hiciera unas cabriolas antes de soltarle las riendas. Los dos partieron disparados el uno contra el otro; Conon se agachó en el último momento y la bola pasó silbando por encima de su cabeza, mientras Norberto pasaba con un trueno por su lado. Pero cuando el conde hizo un giro, vio que su presa estaba en el suelo. Conon había saltado del caballo y llevaba al animal hacia un lado por las riendas. Luego esperó al conde con la espada en la mano. Norberto se alegró, pero ni pensó en hacer lo mismo. Avanzó entonces a toda velocidad, blandiendo el lucero del alba, pero tampoco acertó a su rival. Conon saltaba con habilidad de un lado a otro, mientras que el conde, en su rabia, pasaba cada vez más cerca de la valla. Impedido ya de retroceder más debido a la valla, Conon lanzó a su atacante una mirada de desesperación. Implacable, Norberto lanzó otro golpe, ¡esta vez con todas sus fuerzas! Su lucero del alba golpeó contra la madera y se quedó clavado en ella. Conon se había dejado caer sobre una rodilla, y de inmediato se puso en pie nuevamente. Subió a su caballo, antes de que el conde consiguiera sacar su hacha de combate de su montura. Conon pasó rápidamente por su lado y le cortó las riendas. Sin guía, el caballo de Norberto salió a todo galope, y entonces Conon le propinó al conde unos golpes en el casco y en los hombros, pero en eso Norberto dejó caer su hacha. Conon sólo pudo alzar su espada a fin de amortiguar el terrible golpe. Con un claro sonido, su hoja se partió, y a Conon sólo le quedó en la mano la empuñadura y el muñón de la hoja. Se la arrojó entonces a la cara de su agresor, no por rabia, sino para distraerlo, pues el joven Conon sólo tenía una cosa en mente: apoderarse de la gran espada que Norberto había colocado a un lado. Norberto le arrojó el hacha y ésta fue a clavarse ruidosamente en la valla, pero para entonces Conon ya se había bajado otra vez del caballo y había cogido la espada con las dos manos. Ello obligó al conde a bajar también de su silla. Le había quedado su espada normal, además de su daga de doble filo. Así, bien armado tanto en la diestra como en la siniestra, volvía a ser superior a Conon, que sólo contaba con la pesada espada de doble empuñadura, tan poco manejable. El señor Norberto fue empujando a su rival, que, con dificultad, pegaba golpes al aire y a ciegas con la pesada espada, y lo fue desplazando hacia donde estaba sentado y presidía Godofredo, a quien aquel encarnizado combate desigual lo ponía de buen ánimo. Conon quería brillar delante del general, y consiguió hacer algunas fintas en lazo y golpes circulares, y consiguió arrebatar a Norberto la espada de la mano. Con espanto, Conon se dio cuenta de que el puño amenazante del conde caía en picado, como un halcón, sobre el cuello expuesto del desprevenido Godofredo. Sólo tenía dos opciones: exponer su cuerpo indefenso a la puñalada de la daga o fiarse de la espada de doble empuñadura. Conon obligó su cuerpo a hacer una pirueta, la hoja temible de la espada cortó el aire, y lo hizo justo cuando la traicionera hoja de doble filo salía de su vaina de cuero sin que nadie más lo notara. El filo de la gran espada de Conon cercenó el antebrazo del conde como si fuese mantequilla; el guante, cerrado en un puño, con la hoja de la daga bien sujeta, voló por los aires, y la sangre empezó a salir a borbotones, dejando una estela como la cola de un cometa. La mano cortada, junto con la hoja de acero, fue a parar justamente al pecho de la espantada Hedwig. Se oyó un grito reprimido —Conon, como todos a su alrededor, estaba distraído, ni siquiera se percató de la herida que la daga le había causado. Norberto vio su última oportunidad de, por lo menos, llevarse consigo a la muerte a su odiado adversario; había caído de rodillas, casi sin conocimiento, a causa del dolor provocado por la pérdida de su brazo, y la daga había quedado lejos de su alcance, de modo que ya no podría clavársela en el corazón a Godofredo. Sólo podía saltar sobre Conon, antes de que la copiosa pérdida de sangre se lo impidiera. Haciendo acopio de sus últimas fuerzas, Norberto avanzó a toda velocidad, con la daga extendida hacia adelante como un pequeño espetón. Los ojos asustados de Hedwig alertaron a Conon. Sin darse la vuelta, golpeó a ciegas con la enorme espada hacia atrás, sosteniéndola con una sola mano, mientras que, con la otra, se sostenía en la valla.

Se oyó entonces un grito estridente. La empuñadura de la espada hizo jirones la carne de la mano de Norberto, y el pesado acero voló. A Conon, sin embargo, ni lo conmovió el hecho de que, antes, el arma hubiera separado el casco y la cabeza de Norberto del cuerpo del conde; ni siquiera se volvió, sino que se quedó mirando fijamente la palidez de muerte que cubrió el rostro de Hedwig. El desconsolado Sigbert sostuvo la cabeza de la joven en su regazo, un poco de espuma le salía por la boca; Balduino se arrodilló junto a su hermana, sostuvo su mano y oró por ella. Hedwig puso los ojos en blanco, y su cabeza cayó hacia un lado. El veneno de serpiente de aquel cuchillo escondido de un modo tan artero, había hecho su efecto.

Conon volvió en sí más tarde y se vio en un hospital de campaña. Junto a su lecho estaba Balduino.

—La piel de Hedwig sólo muestra un rasguño —aquellas palabras sonaron como si Balduino quisiera consolar a Conon—, pero eso bastó para demostrar a todos cuál ha sido el peligro del que se ha librado Godofredo, gracias únicamente a vuestra intervención.

—Fue la mano de su propio padre la que la mató —murmuró Conon.

—¡Ella ya lo ha perdonado, como lo he hecho yo! —Conon recordaba que Hedwig, después de sufrir aquella herida que le provocaría la muerte, no había dicho ni una sola palabra, pero no lo mencionó—. Ya quisiera yo que ella también tuviera para mí una palabra de consuelo...

—Podéis estar seguro de que ella os estaba agradecida —dijo Balduino—; veía en vos al caballero de sus sueños juveniles, y habéis ahorrado a nuestro padre la infame muerte de ser descuartizado y arrastrado por un carro, ¡la muerte que le hubiese esperado de haber llegado a cometer la fechoría que se proponía! —Conon intentó incorporarse, pero un dolor punzante lo arrojó de nuevo hacia atrás, en su lecho de enfermo—. No es tanto el ligero corte lo que os duele —le explicó Balduino con tono de haber sido bien informado—, sino el desgarrón que habéis sufrido cuando disteis ese golpe descabellado hacia atrás con la espada. ¡Habéis manejado una espada de doble empuñadura con una sola mano! —exclamó el sacerdote, lleno de admiración—. ¡Y además, acertasteis, hicisteis un corte tan limpio como el de un verdugo!

Conon sonrió por aquel *pathos* en la voz de Balduino.

—¡Ojalá que esa hazaña, hecha por pura desesperación, no me persiga toda la vida! ¡Por mi parte, jamás volveré a coger una espada de doble empuñadura!

—¡Para los alemanes sois el héroe indiscutible! —le explicó Balduino—. El señor Godofredo aguarda vuestra recuperación para luego honraros delante de todos. ¡Os concederá cualquier deseo que tengáis si decidís quedaros en el ejército del emperador!

—Pues ése era realmente mi deseo —dijo Conon en tono pensativo—, pero ahora ya no estoy tan seguro de si ésa es mi verdadera vocación.

—Pues pensadlo —le recomendó Balduino—. Para mí este suceso ha sido el último impulso para que tome la decisión que hacía tiempo estaba sopesando: ¡he colgado mis hábitos!

Conon lo miró divertido.

—¡¿Y acaso pretendéis recomendarme que ahora me los ponga yo?!

—¡Vos seríais un *mauclerc*, un mal sacerdote! —dijo Balduino continuando la broma, pero de inmediato se puso serio de nuevo—. Pero yo ahora debo asumir la herencia del conde de las Ardenas, ¡y sólo de ese modo podría y querría serle útil a mi primo Godofredo!

—Pues ya veis lo fácil que soy de sustituir como aliado —dijo Conon, riendo—. ¡Decid a vuestro primo Godofredo que yo soy un halcón itinerante, nadie sabría decir cuánto tiempo me quedaría quieto sobre un brazo extendido!

LA ENVIDIOSA

—¿Adónde vais con tanta prisa, querida? —Matilde, la gran dama y marquesa de Tuszien, estaba incorporada en su lecho, con la espalda apoyada en unos cojines de seda. La mujer a la que había hecho retroceder con una pregunta tan tajante era Maurcade, que ya había llegado a la puerta del dormitorio—. Desde que ya no os metéis bajo las sábanas conmigo —aquello era una alusión al temor de Maurcade ante las persecuciones del conde Norberto—, ya no hay nada que os retenga, ¿verdad? ¡Pues haced el favor de regresar aquí y preguntarme si todavía os necesito para algo!

Maurcade bajó la cabeza, y sus mechones de cabello oscuro, que le cayeron sobre el rostro, lograron el efecto deseado, ¡algo que ella sabía muy bien! Del mismo modo que sabía que la señora le abriría sus enjutos brazos. La señorita Du Berq se sentó entonces en el borde de la cama, a los pies de su ama, pero no levantó los ojos.

—Si sentís el deseo, mi gatita negra —dijo Matilde con acritud a su rebelde amiga—, de poner vuestras garras sobre Elgaine de Gisors...

—¡Gisors me importa un comino! —resopló Maurcade, lo cual hizo que Matilde gruñera aún más enfadada:

—Lo digo para que no os estropeéis vuestra linda carita con el arañazo o el golpe de un escudo: he apostado hombres armados delante de sus aposentos, y tienen órdenes estrictas de no dejar pasar a nadie, tampoco a vos.

Maurcade levantó la mirada, sus ojos echaban chispas.

—¿Qué interés tenéis en esa cabra?

Como si quisiera reconciliarse, Matilde le extendió una mano, pero Maurcade ignoró el gesto y no dijo nada.

—Hay que dejarla pastar, protegerla de los lobos y de los gatos salvajes —le explicó con paciencia la margravina—. Las cabras son útiles cuando están vivas, se las puede ordeñar, aparear, canjear... El buen pastor sólo las sacrificará cuando lo único que les quede sea la carne.

—¡Esa cabra es mía! —protestó Maurcade, ya más débil, con lo cual Matilde se dio por satisfecha.

—Es preferible que me aconsejéis, mi cariñosa felina —le dijo la margravina, con un ronroneo—, qué podemos hacer con el tal Astair de Saissac que nos ha traído nuestro amigo Norberto y que ahora está en un calabozo.

—Según vuestra sabiduría como pastora de rebaños, mi querida ama —dijo burlonamente Maurcade—, al cabrito hay que dejarlo en el corral, o traerlo a vuestra cama. Cierto que no dará leche —la voz de Maurcade se hizo cada vez más burlonamente obscena, y eso agradó a Matilde de un modo indecible—, ¡pero para el carnicero, un cabrito nunca estará lo bastante gordo!

—¡Así es como me gustáis, sois mi prostituta preferida! —Con un movimiento rápido, la mujer se echó hacia adelante, pero Maurcade había sabido alejarse del borde de la cama con suma agilidad y a tiempo.

—En realidad, había venido —dijo, reprendiendo a su ama— para recordaros que habéis citado a monseñor De la Carmen —dijo, asintiéndole a Matilde para darle ánimos. Y dicho esto, abandonó el dormitorio de su ama, la margravina, con paso enérgico.

—No sé si lo lamentaréis —le dijo el delgado monseñor, con su triste cabeza de asno, a una Matilde que llegaba tarde al salón de recepciones—; vuestro fiel y a veces tan impredecible partidario, el conde de las Ardenas, ha cometido un gravísimo error en su intento (¡que casi tiene éxito!) de librarnos de vuestro sobrino Godofredo: no consiguió agacharse a tiempo.

—¡Bueno, id al grano, Excelencia! —dijo Maurcade, interrumpiendo la florida retórica de monseñor De la Carmen, quien de inmediato se calló, algo picado.

—¡Por favor, no os dejéis provocar por mi pantera normanda! —le dijo Matilde burlonamente, pero De la Carmen había perdido el hilo de lo que quería decir.

—La daga envenenada mató a la amancebada del general, y su cabeza rodó ante los pies del señor de Bouillon...

—¿La cabeza de quién? —gritó Matilde, alterada— ¿¡Godofredo está muerto!?

—¡No! —la corrigió monseñor—. ¡La de Norberto...! Conon de Béthune se la separó del cuerpo con un golpe de espada —añadió en tono despectivo—. Ahora él es el gran héroe de los alemanes, su salvador, ¡el *Salvator mundi*!

La margravina consiguió controlarse muy rápidamente.

—La verdad es que no hay mucho que sentir por Norberto de Lehburg —dijo, mirando de reojo a Maurcade, a la que la noticia la había alegrado mucho más—. ¡Yo nunca confié del todo en ese hombre!

—Era como una culebra pegada a vuestro pecho, estimada dama —murmuró De la Carmen—, ¡pero lo que os dará que hacer es la traición de Balduino de LeBourg! Él no sólo ha aceptado de buen grado la muerte de su padre; antes incluso de que el cadáver se enfriara, ¡también ha colgado los hábitos, se ha declarado heredero del conde de las Ardenas y se ha puesto a disposición de Godofredo de Bouillon con todo lo que posee!

—¡El muy canalla! —se le escapó a Maurcade, sinceramente indignada, a pesar de todo el alivio que sentía con la noticia de la muerte del hombre que le había complicado la vida una y otra vez. Esa misma obsesión lo había llevado finalmente (¡por fin!) a su perdición.

—¡Un triunfo para mi querido sobrino en toda la línea! —afirmó Matilde con tono sarcástico.

—Pues a él deberíais bajarle los humos —dijo De la Carmen, exhortando a la margravina con una expresión pétrea en el rostro.

Maurcade saltó hacia el cebo lanzado con las garras al descubierto.

—¡Deberíamos derribar del trono a su glorioso matador de dragones!

—Pues la idea no está mal —dijo Matilde, en una tímida alabanza—. ¿Qué aconsejáis vos, monseñor?

El hombre con la cabeza de caballo se encogió de hombros.

—Yo debo mantenerme fuera de esto, pero no cabe duda de que la balanza de la fama, en ese caso, se inclinaría otra vez en vuestro favor; eso, dando por sentado que todo se ponga en escena de un modo espectacular: ¡es decir, de una manera brillante y perfecta!

—¿Matando a...?

Monseñor De la Carmen hizo un gesto de indignación.

—*Non semper similia similibus curantur*. —Parecía ligeramente decepcionado con aquella falta de ingenio—. No siempre los semejantes se curan con los semejantes.

La margravina entendió.

—¡Un secuestro! Y luego aparecer en el campamento del papa... Ese Conon de Béthune, ¿no es incluso su camarlengo?

—¡Pues dejad en manos de vuestra querida prostituta la misión de sacarlo del campamento del emperador! —le rogó Maurcade sin considerar la presencia de monseñor, que sólo supo sonreír.

Matilde ignoró el comentario, consciente de su poder, y soltó una sonrisa. ¡Que el tal De la Carmen pensara lo que quisiera!

—¡En quién mejor poner una empresa como ésa, sino en las garras de mi pantera negra!

Maurcade sacó rápidamente sus garras.

—¡En realidad, añorará una muerte rápida! —gruñó la amante de Matilde, sin perder de vista a su ama—. ¡Cuando haya echado mano a la presa y os ponga a Conon a vuestros pies, yo iré a tomar posesión de mi cabra!

—Eso me valdrá —respondió la margravina fríamente, enfadada por aquella actitud—. ¡Sólo espero que estéis a la altura del juego en el que os metéis!

Maurcade torció la boca con gesto despectivo y abandonó el salón de audiencias.

Bajo una lluvia torrencial, los dos cronistas en fuga habían buscado refugio bajo un árbol. Desde lo alto de la colina, contemplaron la llanura del Po, en ese momento cubierta de nubes, en un estado de derrota y desconcierto, pues no sabían adónde dirigirse. Aparte de la fría humedad, sufrían también a causa del hambre, un hambre atroz.

—Me veo como si fuésemos dos conejos de cría, mi estimado *Vocator diaboli* —se quejó el enflaquecido *Angelus*—, que se han perdido en pleno campo y van cayendo de una trampa en otra. ¡Jamás debimos abandonar nuestra cálida estancia en Sión!

El más flaco de los cronistas miró con burlona compasión a su compañero, que se había tumbado a sus pies.

—¡Parece que habéis olvidado, hermano *Angelus*, que nos obligaron a marcharnos de Sión! ¿Por qué deberíamos regresar voluntariamente con el obispo que pretendió engañarnos? Recordad esa palabra: *nec*.

—¡Espía inútil! —se lamentó la manzana arrugada, acomodándose la capucha sobre la frente—. ¡Esto os viene grande!

—¡Y vos tenéis un cerebro muy pequeño! —le espetó el maltrecho tallo de alubia—. ¡Es probable que los ángeles como vos vengan a este mundo sólo con un simple instinto!

Angelus no estaba dispuesto a soportar aquello.

—¿Y qué puede aconsejarnos el señor que mantiene un trato tan íntimo con el diablo?

—¡Que deberíais abrir los ojos, señor *Angelus*! —dijo *Vocator*, señalando hacia la llanura. El sol había salido. Un arcoíris irreal se extendió sobre la cadena de colinas que caían hacia el valle. Hubo un parpadeo en el horizonte, cada vez más intenso, más misterioso, más amenazante. Un ejército imponente llegado desde el norte se iba vertiendo como una papilla oscura sobre el valle, como una corriente de lava. Brillaban las puntas de las lanzas, los cascos, y entre ellos se veían los colores de las banderolas al viento. Penetraban en el valle pasando junto a las colinas.

—Debe de ser el emperador —murmuró temeroso *Angelus*, que se había puesto en pie de un salto—, que ahora marcha contra Matilde.

—Deberíamos unirnos a ellos —propuso *Vocator*, aunque no especialmente convencido—. Así por lo menos conoceríamos el sitio al que pertenecemos...

—A lo mejor con ellos estamos seguros de los enemigos que nos acechan —dijo *Angelus*, ganando de nuevo confianza—. ¡A fin de cuentas, Sión sigue siendo del emperador!

Dicho esto, empezaron el descenso.

La noticia sobre la proximidad del ejército imperial, encabezado por el emperador Enrique en persona, impulsó a la margravina Matilde a abandonar a toda prisa su castillo de Canossa e ir a buscar refuerzos al sur, a la Toscana.

Dejó su fortaleza al mando de su gobernador, pero sin dar ninguna orden expresa sobre las potestades que tendría su confidente, Maurcade du Berq. Con las prisas de la partida, tampoco se aclaró demasiado la posición de monseñor Alfonso de la Carmen. Aunque el representante de la Iglesia, de quien Maurcade conocía su pertenencia a los servicios secretos, era un huésped en Canossa, el español había dado órdenes a los guardias apostados delante de las habitaciones de Elgaine de Gisors para que dieran acceso a los mismos a cualquier persona.

Elgaine se indignó al conocer aquella medida pero, contra toda expectativa, su archienemiga se mostró extremadamente amable, casi maternal.

—La señora del castillo, que pretende seguir manteniéndoos aquí como rehén en esta confrontación con el emperador, está fuera, y yo quiero aprovechar esa oportunidad.

Maurcade du Berq contempló a sus prisionera. Elgaine sintió que un escalofrío recorría su cuerpo cuando comprendió que, sin la protección de la margravina, estaba en manos de su rival. Sin embargo, se quedó perpleja cuando la señora Du Berq le dijo:

—He decidido llevaros de vuelta a Gisors.

Elgaine no le creyó ni media palabra, pero oyó con un escalofrío sus siguientes palabras.

—Y ahora, con una pequeña escolta, a fin de no llamar la atención, nos pondremos en camino hacia Savona, pues la cercana bahía de Lerici está probablemente de nuevo en manos alemanas. Desde Liguria, sin embargo, un barco de confianza que está al servicio de la Curia nos llevará hasta la desembocadura del Ródano. Luego ya veremos. ¡Así que preparaos para partir!

Maurcade du Berq dejó a Elgaine, que tenía que dominar su creciente miedo. ¿Se cumpliría su destino en ese viaje, lejos de Canossa y sin testigos? Sus temores no se debían tanto a la cuestión de si volvería o no ver a Gisors, como a la terrible idea de que jamás podría estrechar de nuevo entre sus brazos a su hijo perdido, a Pons. Esa idea le atenazaba el corazón. Desesperada, buscó una brizna de hierba a la que pudiera aferrarse, pero el cielo le envió a su autonombrado ángel de la guarda, el rubio Guy d'Abreyville, que lo había escuchado todo.

—¡Os lo suplico, mi querido Guy! —le pidió Elgaine—. Tenéis que arreglároslas de algún modo para notificarle todo esto a Conon de Béthune, que, como vos mismo me habéis dicho, está ahora con los alemanes. Sólo él está en condiciones de liberarme en ese viaje de las garras de esa mujer, de Maurcade.

—Eso es algo que yo haría con gusto por vos —le respondió el chico fríamente—, si bien me hubiera gustado que vos misma me hubieses confiado a mí esa misión. —Elgaine se dio cuenta de que había ofendido al chico, y quiso atraerlo hacia sí, en un gesto conciliador, pero Guy evitó todo contacto—. Un día mi fama arrojará una sombra sobre la de vuestro héroe, ¡pero será una fama terrible! —Con un crispado parpadeo de sus ojos azules como un mar de hielo, el pequeño irguió su cuerpo nervudo—. ¡Porque conmigo vencerá el mal!

Con esas palabras, dichas casi en un ladrido, desapareció. Lo que Elgaine no sabía, aunque tal vez saberlo la hubiese tranquilizado, era que Guy iba a abandonar de inmediato el castillo de Canossa para llegar hasta el campamento de los alemanes.

Lo que también se le escapaba a Elgaine era que esta vez Maurcade tenía echado el ojo a los movimientos de Guy. Con satisfacción, la gata normanda comprobó que Guy había desaparecido de repente. Entonces fue a reunirse con monseñor, y ambos acordaron que De la Carmen siguiera, con una tropa de hombres bien escogidos, al carruaje en el que ella viajaría en compañía de Elgaine. Ella misma daría la señal para activar la trampa.

—¿Estáis segura de que Elgaine va a hacer llamar a ese Conon? —insistió De la Carmen.

—¿A qué otra persona tiene esa cabra a quien pueda pedir auxilio? —se burló Maurcade—. Yo os entregaré el héroe —añadió la mujer cuando notó la incredulidad de monseñor—. ¡A mí sólo me interesa la cabra de Gisors! —Con estas palabras, las dudas de monseñor desaparecieron.

—No olvidéis, Maurcade du Berq, que habéis aceptado ir a Sión con vuestra presa, para presentaros ante un árbitro designado por vuestro padre carnal, el duque Roberto, y por vuestro padrino Thierry de Verdún.

—¡Beeee, beee, beee! —Maurcade creyó poder restar importancia a la objeción de monseñor con aquella burlona expresión de desprecio. ¡Cumplir esa misión habría satisfecho los deseos del clérigo, pero nos los suyos!

—Yo me he asegurado de que esos hombres —dijo en un siseo— impidan que vos deis ningún paso por vuestra cuenta —la interrumpió De la Carmen—, o que pongáis en peligro la vida de Elgaine de Gisors. —Monseñor tuvo la sensación de que estaba hablando con una pared—. ¡Os advierto, Maurcade: con cualquier acción irresponsable por vuestra parte, no sólo os estaréis enfrentándoos a mí, sino también a todo el poder mortal de los servicios secretos! —proclamó, y dejó que aquella amenaza quedara flotando en el aire; luego continuó—: ¡Sólo me veo en situación de ayudaros en vuestro plan si me aseguráis que iréis directamente hacia Sión!

Maurcade asintió de mala gana. Para ella lo único que contaba era que Elgaine cediera en el tema de Gisors. Sólo si continuaba siendo su prisionera, podría estar segura de que todo transcurriera según sus deseos. Ella había olvidado una y otra vez la antigua palabra del duque de Normandía, pero, sin embargo, ahora ésta iba ocupando un lugar en su mente: ¡sólo si tenía un marido normando podría aspirar a conservar Gisors! ¡Conon tenía precisamente esa condición! Esa reflexión se la ocultó a De la Carmen, por supuesto, pues abrigaba la esperanza de que monseñor no conociera ese pequeño detalle, para ella tan importante.

Maurcade dejó a Guy el tiempo suficiente para que cumpliera la parte del plan en el que él no había deseado participar. ¡Ése sería un buen castigo para el pérfido chiquillo, que se imaginaba que podía apuñalarla por la espalda a ella, a Maurcade du Berq!

¿RECONCILIACIÓN?

En el castillo de Sión, que el obispo de la ciudad había convertido en la sede de su cargo mientras no regresara Cantar, Gosbart estaba sentado, de mal humor, detrás de su escritorio. Le molestaba el hecho de tener que depender de los sirvientes que lo llevaban hasta su despacho en aquella incómoda silla de ruedas. Por otro lado, el castillo recibía muy pocos visitantes, y cuando algún viajero recalaba en Sión, no tenía a nadie que anotara esas conversaciones. ¿Por qué había mandado de viaje a esos dos eficientes cronistas, esos chiflados monjes benedictinos de la Campania? Cierto que sabían mucho, pero si se pensaba bien, él también hubiera podido acallarlos allí, los hubiera podido encerrar en un sitio seguro, disponibles para cualquier labor de escribano. En ese momento tenía que hacerlo todo él solo, pues no había allí nadie más que supiera leer y escribir. Tampoco se hubiera fiado de nadie. Esos dos, *Angelus* y *Vocator*, como se hacían llamar, habían pasado por lo menos la dura escuela de Monte Cassino y habían sido entrenados por los servicios para manejar todo tipo de secretos e intrigas. Con un suspiro, el obispo Gosbart cogió la pluma, alisó un poco el pergamino que llevaba varias semanas delante de él, sobre el escritorio, lo lijó un poco, sopló la arena fina que lo cubría, metió la punta de la pluma en el frasco de tinta y escribió los siguientes garabatos:

De los protocolos secretos de Sión
A. D. MXCV

Carta de Tancredo, conde de Lecce, a su hermano Conon de Béthune:

Pero de inmediato el obispo se sintió exhausto. Otra vez había llegado una carta del tal Tancredo, la segunda, un hombre que había partido con su madre Fedaye desde tiempos inmemoriales en busca de su hermano gemelo. ¡Aparentemente, hasta entonces no lo habían encontrado! Gosbart decidió adjuntar la carta a la crónica sin hacer ningún comentario adicional, pero leyó el contenido una vez más:

Queridísimo hermano:

Te envío estas líneas desde Otranto, el lugar que nuestra madre Fedaye ha escogido para pasar su vejez y en cuya fortaleza he encontrado mi retiro. Ella está bien, y agradezco a mi previsión —o mejor dicho, a mi preocupación— el haberle entregado su ciudad y un condado. El hijo más joven y heredero legítimo del conde Raimar, Teodoro, ha regresado a Lecce después de varios años desaparecido. Y yo, lo admito, no estoy dispuesto a disputarle sus derechos sobre la ciudad. Y ello es así aunque a Teodoro le gustaría que yo ejerciera el gobierno para que él pueda encerrarse en un convento. Acepto su destino y el mío como una señal del cielo, la cual indica que Dios tiene otros planes para mí.

Por eso me he sentado con mi padrino, el príncipe Bohemundo de Tarento, y le he hecho saber que soy libre y que estoy dispuesto a emprender algo grande con él. Fue una suerte que recientemente el cardenal legado del papa, lo visitara y le preguntara si estaba dispuesto a renunciar tanto a sus derechos como heredero del gran Guiscardo como a bajar la espada de combate, siempre alzada en gesto amenazador contra el Imperio de Constantinopla, a cambio de la gloriosa perspectiva de conquistar, en nombre del Santo Padre, otro imperio más grande situado más allá del Mare Nostrum, *en Siria o en Palestina.*

El ofrecimiento le gustó al príncipe. A diferencia del reino de Tarento, le pareció adecuado a su condición y su dignidad, y yo me apresuré a asegurarle todo mi apoyo.

Mi buen hermano Teodoro se ha alegrado y se ha mostrado

de acuerdo en poner a disposición todas las fuerzas armadas de Lecce, lo cual no implica ningún riesgo, ¡ya que la Ecclesia *garantiza a todos los que marchen, acudiendo a la llamada del Santo Padre, la absoluta inviolabilidad de sus posesiones durante el tiempo en que estén ausentes!*

Siento esta perspectiva como algo grandioso y maravilloso: ¡la conquista del Reino de los Cielos en la tierra! ¡Deseo, mi querido gemelo, que vos también pudierais participar de ello! Por lo que os conozco, mi buen Conon, no os podréis resistir a esa tentación. Por eso voy a insistir con la esperanza de que esta carta os llegue a tiempo para que juntos emprendamos éste propósito, el más grandioso para mí. Cada día que Dios me concede estoy a la espera —y así le sucede también a nuestra querida madre— de recibir una noticia vuestra, ¡o, incluso, veros aparecer en una de estas bahías de Apulia!

Lleno de añoranza, os abrazo con un amor inquebrantable,

Tancredo, conde de Lecce

El obispo Gosbart dejó caer el pliego en un gesto pensativo. El tal Tancredo, y con él su madre, la hermosa Fedaye de Béthune, había encontrado su felicidad después de tantos viajes errantes, de equivocaciones, o por lo menos habría encontrado la clave para ser feliz. Él, por el contrario, Gosbart de Sitten, estaba atrapado en una maraña de intrigas, entre las pugnas de la margravina Matilde y su sobrino Godofredo de Bouillon por la dignidad ducal de la Lorena, hasta la lujuria de aquella hija de la que fuera en otro tiempo Melusina, esa mujer llamada Maurcade du Berq, que codiciaba Gisors, una codicia desatada por una insensata e irreflexiva promesa hecha por el duque Roberto de Normandía. Con su amigo Thierry de Verdún, Gosbart había acordado que ambos debían acabar de una vez por todas con tales pugnas. ¡Pero en este caso se las tenían que ver con gente terca y rebelde, gente odiosa y violenta! Pero ni él ni Thierry querían quedar fuera de eso. Con sus maniobras, él había logrado llegar a una posición que se enfrentaba *in extenso* a los planes del Cardenal Gris, que incluso los minaba, y eso le deparaba a Gosbart un creciente malestar. Pero ¿podía volver atrás? Estaba sentado en la barca equivocada, eso era evidente, ¡y ésta, probablemente, estaba haciendo aguas!

Balduino de LeBourg y Conon de Béthune habían dejado atrás el campamento de Godofredo, a fin de cabalgar al encuentro del emperador. Balduino había convencido al héroe con el argumento poco sólido de que era importante para Conon ser aceptado como nuevo caballero al servicio de la causa del emperador por el monarca en persona. Con ello, Conon tendría oportunidades más brillantes de destacarse como héroe, muchas más que si se quedaba al lado de Godofredo, desgastándose en esa pugna sin remedio que existía entre el conde de Bouillon y su inflexible tía Matilde. Conon no veía ninguna necesidad de dar aquel paso, tampoco le parecía ningún acto heroico el haber matado en aquel duelo al traidor conde de las Ardenas, el señor Norberto de Lehburg. Nada más lejos de sus intenciones que pavonearse por ello. Por otro lado, sin embargo, al joven guerrero le atraía la perspectiva de encontrarse frente a frente con el emperador, tal y como le había prometido Balduino.

La verdad era que Balduino —a quien, con la hazaña de Conon, le correspondía entonces la herencia de Trifels—, no estaba seguro de que Enrique —tras un largo período como renegado al lado de Matilde y con su pasado como eclesiástico— fuera a perdonarlo sin más y a obsequiarle el condado de las Ardenas. De modo que en nada podía perjudicarle, a fin de ganarse la confianza del emperador, llevar consigo a Conon de Béthune. ¿¡Qué otra cosa mejor para demostrar que él, Balduino de LeBourg, no sentía ningún deseo de venganza contra el hombre que había despachado a los infiernos a Norberto en una lucha honrosa!? ¡¿Acaso ese gesto magnánimo no iba a dar sus resultados?!

Como si Conon hubiera podido leer los pensamientos del hombre que cabalgaba a su lado, el caballero dijo de forma inesperada:

—¡Siento pena únicamente por vuestra hermana Hedwig! —Más que su medio hermano, Conon parecía cavilar mucho sobre el trágico destino de la joven—. Si yo no le hubiera cortado al conde el brazo que sostenía la daga envenenada, tal vez se habría...

—¡No os reprochéis nada, Conon! —lo interrumpió Balduino—. Con lo ocurrido se cumple, a fin de cuentas, el destino de la pobre Hedwig: siendo una jovencita, pude protegerla de los abusos de su propio padre... ¡pero esta vez ese canalla condenado por Dios se la ha llevado consigo a la muerte!

Conon no estaba convencido de que aquello fuera una disposición del cielo.

—Me causó muy buena impresión esa mujer —comentó, a modo de consuelo.

—¿Habiendo sido la amancebada de su padre, iba a casarse alguna vez con Gerald, el hijo de Sigbert? —Un ligero sarcasmo resonó en el comentario de Balduino, pero Conon no hizo ningún otro comentario sobre el asunto.

Cabalgaron un buen trecho en dirección nordeste, por donde esperaban ver llegar al ejército del emperador, pero aún no había el menor signo de tropas acercándose. Sin embargo, al que sí vieron fue a un extraño jovencito que llevaba bastante tiempo siguiéndoles los talones sin atreverse a aproximarse a ellos.

Balduino azuzó su caballo hacia él. Lo llamativo de aquel chico rubio, que no mostraba ni miedo ni cohibición, eran sus inquietantes ojos cristalinos. El chico, entonces, se dirigió a Conon como si Balduino no estuviera presente.

—Conon de Béthune —dijo con voz serena y baja—. Elgaine de Gisors os pide que la salvéis de las garras de Maurcade du Berq. —El joven esperó pacientemente para ver si el receptor de aquel mensaje estaba dispuesto a escucharlo. Conon le hizo una señal para que continuara—. Ella ha salido de Canossa junto con Maurcade, acompañadas de una pequeña escolta. Van camino de Savona, donde un barco del papa las espera. Avanzan tan lentamente que debería seros posible alcanzarlas antes de que lleguen al barco.

—¡Eso suena a trampa! —exclamó Balduino.

—Y lo es —respondió el jovencito, con absoluta tranquilidad.

—¿Y vos quién sois? —lo interpeló el señor De LeBourg con acritud—. ¿No seréis el hijo de...?

—Mi nombre es Guy d'Abreyville, pero eso no viene al caso. —La respuesta fue cortante como la hoja de un cuchillo, e hizo callar al que preguntaba—. El plan de Maurcade es obvio: pretende que yo incite al héroe Conon a meterse a ciegas en una trampa, y Elgaine es el cebo.

—¡Pues os podéis ir al diablo, Guy d'Abreyville! —rugió Balduino—. No vamos a desviarnos de nuestro camino.

—Con gesto altanero y una mirada de exhortación a Conon, añadió—: ¡El emperador nos espera! —Acto seguido, le dio la vuelta a su caballo, pero Guy sostuvo las riendas de la montura de Conon.

—¡¿Es que queréis satisfacer vuestras ansias de gloria mientras el peligro para Elgaine se hace cada vez mayor?! —le reprochó el joven—. ¡El objetivo de Maurcade es poseer Gisors! Durante el viaje, hará cualquier cosa para que Elgaine, la única heredera legítima del castillo, renuncie a sus derechos, de forma voluntaria o con violencia. ¡Es decir, Maurcade matará a su rival si ésta no se pliega a sus deseos!

—¡No puede hacerlo! —exclamó Conon, indignado.

—¿Conocéis a Maurcade du Berq? —le replicó Guy—. ¡Es capaz de hacerlo, y lo hará a sangre fría si no consigue imponer su voluntad de otra manera. ¡O Elgaine renuncia o muere! ¡O quizá ambas cosas!

Conon se sentía muy afectado. Balduino, en cambio, estaba furioso.

—¡No iréis a creer en esos cuentos!

Guy d'Abreyville le lanzó una mirada de desprecio.

—¡Maurcade du Berq es la hija del duque de Normandía! Una hija bastarda, en efecto pero, en un tardío arranque de mala conciencia, el señor Roberto Courteouse le prometió a Maurcade que podría hacerse dueña de Gisors cuando muriera el entonces señor del castillo, Guillem de Gisors, si éste, al morir, no dejaba descendencia. Pero sí que existe una hija: Elgaine.

—¡Dios bien lo sabe! —gimió Conon—. Y a esa diablesa se le ha metido en mente...

—¡Exacto! —le confirmó Guy—. Se le ha metido como una especie de tumor maligno. ¡A Maurcade la gobierna única y exclusivamente su ardiente deseo de poseer Gisors! ¡Está poseída!

—¡Por Satanás! —dijo resoplando el señor De LeBourg, que veía cómo se esfumaban sus esperanzas.

—Llamadlo como queráis, Balduino de LeBourg, ¡pero no subestiméis de nuevo a esa dama que tan bien conocéis!

—¡Tengo que sacar a Elgaine de allí! —anunció Conon con voz firme—. ¡Por ella cabalgaría hasta el infierno y me enfrentaría a esa Maurcade! —Conon dedicó un saludo al enfadado Balduino y cabalgó en compañía de Guy en dirección a las estribaciones de los Apeninos situadas en la región de Liguria, con la esperanza de encontrar a la mujer que buscaba en los pocos afluentes que iban a dar al Po.

Como un reptil enorme y centelleante serpenteaba el ejército de Enrique por el valle del Po y subía hacia la cresta de los Apeninos. El hambriento dragón iba absorbiendo con su blando y pegajoso abdomen todo lo que se cruzara en su camino, a veces sin darse cuenta siquiera, a menos que un grano de polvo fuera a caer dentro del ojo del poderoso monarca.

A Cantar, que aspiraba a llegar cuanto antes a su país natal, la región del Valais, ni siquiera le preguntaron. Su escolta alemana, que había puesto a su disposición, por pura generosidad, el antipapa Guiberto de Rávena, no había sido capaz de resistirse a aquella fuerza. Desde entonces, a Cantar la llevaban en el convoy sin que nadie le hubiese preguntado cuáles eran sus deseos. Del mismo modo habían caído en aquel torbellino los dos cronistas, arrastrados por una comitiva que avanzaba lentamente hacia el sur, por más que el propósito de los monjes era avanzar en la dirección opuesta. Por lo menos aquel destino había reunido a *Angelus* y a *Vocator* con la enojada Cantar. Grande fue la alegría cuando supieron que tenían la misma meta, llegar a Sión, en los Alpes suizos, a pesar de que éste se alejaba de ellos cada vez más.

Consciente de su objetivo, el señor Balduino de LeBourg dio por fin con el ejército del emperador y exigió sin demora ser recibido por Enrique. La atmósfera reinante en el entorno del emperador era de irritación. Desde hacía días los mensajeros partían a toda prisa hacia la lejana corte de la margravina. Era preciso conceder a Matilde unas condiciones honorables a cambio de su subordinación. Las negociaciones habían comenzado en el castillo y seguían prolongándose hasta el infinito. Como gesto de comprensión, Enrique había levantado el asedio a Monteveglio, pero Matilde seguía en sus trece.

Y no contribuía precisamente al buen humor del emperador el hecho de que Balduino, sin muchos rodeos, le advirtiera en contra de la supuesta disposición de Matilde a sellar una paz duradera. Sus consejeros espirituales se oponían a cualquier acercamiento, y al decir esto Balduino pensaba en monseñor De la Carmen y su fanática oposición. Con extrema cautela, el señor De LeBourg consiguió aclararle al monarca la postura oficial de la Iglesia, en virtud de la cual, sencillamente, se le denegaba todo derecho a llegar a acuerdos por pesar sobre él un anatema.

—¡Aunque esos acuerdos fueran razonables y brindaran las mayores ventajas —Balduino se veía obligado, de mala gana, a asumir el papel de *advocatus diaboli*—, entonces el alma del que ha sido tocado por un excomulgado sufriría perjuicios, sería como si acabara de hacer un pacto con el diablo!

El señor Enrique estaba rojo de ira, y Balduino ya temía lo peor, pero aun así, no cedió.

—Matilde sólo se doblegará a la presión y al filo de vuestra espada, como ha conseguido hacer hasta ahora el fiel mariscal del reino, Godofredo de Bouillon —dijo, armándose de valor—. A él debéis respaldar, ¡del mismo modo que yo, al darme cuenta de mi error, he comprendido que debo estar firmemente del lado de mi primo! ¡Conozco a esa víbora que se retuerce a los pies de la margravina Matilde, y la conozco en carne propia, por las amargas experiencias que he tenido!

El emperador estaba impresionado con la franqueza del recién llegado. Tras una breve deliberación con su asesor de la corte, le mostró a Balduino de LeBourg la generosa perspectiva de nombrarlo nuevo conde de las Ardenas, pero sin comprometerse a nada y sin aludir a la muerte de quien había llevado esa dignidad hasta entonces —su padre— o al pasado de Balduino como sacerdote. Sólo había que verificar si había otros miembros de la familia De Lehburg con derechos a ese nombramiento. Con cierta alarma, Balduino recordó a su desaparecido hermano más joven, Berthold, del que se decía que hacía sus estragos como pirata en el mar Mediterráneo pero que, quizá, estuviera muerto hacía tiempo. O no. Y puesto que el nuevo vasallo había aparecido sin ninguna tropa que ofrecer, se le asignó un puesto en el entorno del emperador.

EN LA TRAMPA

—¡De este modo jamás encontraremos a la mujer que buscamos! —protestó Conon de Béthune, muy malhumorado, ante su joven compañero de viaje—. Hemos inspeccionado cada río en esta llanura, cada vado, les hemos preguntado a los barqueros y a los campesinos, en los mercados, mientras que la señora Maurcade, probablemente, lleve ya tiempo con su presa muy en las montañas, donde cualquier corriente es todavía muy pequeña.

Guy d'Abreyville miró a aquel guerrero tan admirado antes por él... aquella pusilanimidad lo decepcionaba.

—¿Y qué? —preguntó—. ¡Acaso no hemos encontrado un rastro? ¡Ella os ha ido dejando una buena estela de pistas, bien reconocible, Conon de Béthune!

—¡Sí, pero para confundirnos!

—Olvidáis que Maurcade quiere que vos la encontréis a cualquier precio —le replicó Guy—, así que ella misma se ocupará de que la alcancéis, de modo que su trampa funcione, gracias al cebo que ella arrastra consigo, la señora Elgaine...

—¿Es que me cree tan tonto, piensa que estoy ciego...? —lo interrumpió Conon con vehemencia—. ¡Sobreestima muchísimo sus habilidades!

Guy detuvo su caballo. Una arruga de enfado apareció en su frente.

—Os advertí desde el principio, Conon de Béthune —respondió el joven al alterado caballero—. Maurcade lleva ventaja. Por lo que sé de ella, ya habrá hecho sus preparativos, ¡y vos tendréis que conformaros con lo que encontréis!

—¡Yo me fiaré de mi espada! —dijo Conon, que se mostraba inflexible—. Me da igual la cantidad de hombres que se me echen encima, ¡sacaré a Elgaine de ahí a golpe de espada!

—¡Y ése sería el error! —exclamó Guy, riéndosele en la cara—. ¡Un comportamiento previsible! Si queréis sorprenderla, tendríais que pensar en algo distinto. —Entonces Conon sí que escuchó al jovenzuelo—. Maurcade le ha prometido al siniestro monseñor De la Carmen que llevaría a Cantar hasta Sión, donde debe presentarse ante un enviado del duque de Normandía, que hará de árbitro en esa cuestión...

—¡Pero esa señora no se atendrá a esa promesa!

—¡Correcto! —le confirmó el joven de ojos cristalinos—. Ella pretende embarcarse hacia Francia en Savona, ¡a fin, probablemente, de forzar la decisión en el propio castillo de Gisors!

Conon por fin había comprendido.

—De modo que no se trata en absoluto de mí... ¿No?

Guy lo miró divertido.

—¡Ya sé que es algo difícil de aceptar para un hombre que tiene tal conciencia de su propia valía, Conon de Béthune! —exclamó el chico, para luego añadir—: ¡Y tenéis todos los motivos para creerlo así! Pero, no obstante, vos, en esto, sois algo secundario, tal vez una parte del precio, quizá un posible vengador que ha de ser eliminado. O quizá no seáis más que una maniobra de distracción... Como ya he dicho, estamos en desventaja, y sólo podemos hacer conjeturas. ¡Pero si estamos en lo cierto, deberíamos intentar reaccionar de la manera apropiada!

Conon, lleno de asombro, miró al jovencito a los ojos.

—¿Qué os hace poneros de mi parte, Guy? —preguntó el caballero, en una mezcla de respeto y desconfianza.

—¡No os equivoquéis! ¡Yo no estoy en favor de la causa de Elgaine, sino en contra de la de la señora Du Berq!

—Maurcade es...

—¡Una pariente cercana! —dijo el chico, desviando la conversación—. Pero volvamos a vuestro problema: si queréis proteger a Elgaine...

—¿Qué? ¿Debería dejarme atropellar sin oponer resistencia? —preguntó burlonamente Conon.

—Sería una posibilidad —respondió Guy, pensativo—.

¡Pero no es ninguna garantía! Maurcade apenas me va a la zaga en maldad.

—Entonces ¿qué? —preguntó Conon, impaciente.

El chico señaló hacia abajo, hacia el valle, hacia un río que bajaba hasta la llanura desde las montañas. Junto a una cabaña muy pegada a la orilla, lo que tal vez fuera la choza de un barquero, se detenían unos hombretones que habían bajado de sus caballos y rodeaban un carruaje.

—Conozco esa clase de carruajes de altas ruedas, ¡y ése, inequívocamente, pertenece a la margravina Matilde! ¡Mucha suerte!

Guy le dio la vuelta a su caballo.

—¿Es que no vais a acompañarme? —se le escapó a Conon, que se mostró algo decepcionado.

—¡Prefiero no dejarme ver con vos! —le dijo el jovenzuelo—. ¡Tampoco quiero que me apresen junto con vos! —añadió, riendo—. ¡Siendo el lobo solitario que soy, puedo seros mucho más útil a vos y a Elgaine!

Y entonces Conon se quedó solo.

El avance del ejército del emperador se detenía una y otra vez. Enrique, se decía, estaba indeciso sobre la manera de proceder con la margravina de la Toscana. Esa mujer no sólo se había negado a reconocer a su papa, Clemente, sino que había osado además proponerle que renegara del Anticristo, Guiberto de Rávena. Aquello no cabía en las consideraciones de Enrique, en parte por fidelidad, pero sobre todo porque, de hacerlo, hubiera puesto en peligro la coronación imperial avalada por el papa Clemente. ¡Por otra parte, él quería la paz! ¡Y ése era su dilema! Ya era suficientemente grave que Godofredo de Bouillon, al que había confiado el mando de su ejército, mantuviera una hostilidad con la margravina Matilde, su tía, por asuntos privados relacionados con un feudo, así que no tenía ningún interés en aflojar la presión sobre su parienta. Las negociaciones iban y venían. Hacía un momento, precisamente, había aparecido en el campamento de los alemanes el cardenal legado del papa Urbano II, Remy d'Aretin, y allí, rodeado por un nutrido séquito, había plantado su tienda. Una señal de que también el bando opuesto se esforzaba por conseguir resultados.

El Cardenal Gris había solicitado de inmediato la presencia del señor Balduino de LeBourg en cuanto se enteró que éste estaba en el campamento del emperador Enrique. Con un mal presentimiento, Balduino fue hacia ese encuentro, pero sus sospechas se revelaron infundadas. El cardenal no le reprochó absolutamente nada por haber roto sus votos sacerdotales, sino que recibió al renegado con comprensión.

—He oído decir —dijo amablemente— que habéis avisado al emperador sobre vuestras pretensiones de ser nombrado conde de las Ardenas...

—¡Ese condado me corresponde por herencia! —aclaró de inmediato Balduino.

—Como hijo del primer matrimonio puede que sea así —sopesó Remy—. A no ser que vuestro padre haya dado la prioridad al hijo de su segundo matrimonio después de que vos os hicisteis sacerdote...

—¡Bah! ¿Os referís al pobre Berthold? ¡Ese debilucho! Para el señor Norberto no era más que una vergonzosa mancha en la familia. Además, es un...

Berthold lleva mucho tiempo a mi servicio, lo cual es ventajoso para ambas partes. ¡Es probable que él esté dispuesto a asumir ese cargo si yo se lo pidiera!

Balduino estaba desconcertado.

—¡¿Queréis impedirme que me erija en señor del condado de las Ardenas?! —preguntó, indignado—. ¿Sólo porque he llevado el hábito del sacerdote...?

—Yo no os he reprochado eso, es algo que tendréis que resolver con vuestra conciencia —respondió Remy, para de inmediato añadir—: También podría convencer al emperador de que os otorgue el título y el feudo.

Balduino miró al cardenal a los ojos.

—Pues decidme qué tengo que hacer, Excelencia, para poder disfrutar de esa muestra de favor.

Remy reflexionó brevemente.

—Tengo el propósito de encargaros una delicada misión, conde Balduino, una misión que correspondería mejor a un hombre de la nobleza secular, y no a un siervo de la *Sancta ecclesia*. Sentaos.

Balduino obedeció. El cardenal hizo que trajeran vino.

—Se trata principalmente de Gisors —empezó diciendo

Remy d'Aretin—. Una posesión bastante disputada, como ya sabéis. Ahora está en manos de Francia. Roberto, el actual duque de Normandía, sufre por ello, y haría cualquier cosa porque esa fortaleza vuelva a estar en manos normandas. Nosotros (el papa, por ejemplo, por quien podéis hablar sin tener que mencionar su nombre) nos ocuparíamos de que se cumplan los deseos del duque...

—¿Y qué exige la *Sancta ecclesia* a cambio? —lo interrumpió Balduino con cierto tono irónico.

El cardenal hizo como si no hubiera oído la pregunta.

—En el momento oportuno, el papa espera que el duque Roberto se ponga a su disposición para una empresa cristiana de una importancia y una grandeza nunca vistas. Nada de guerras contra los vecinos, todo lo contrario: durante el tiempo en que esté cumpliendo sus obligaciones, la Iglesia le garantizará la integridad de sus posesiones, ya sea frente a la codicia del rey de Francia o ante los ataques de sus hermanos ingleses. Por lo tanto, no tendría nada que perder, sino todo lo contrario. ¡Alcanzaría la gloria y los más altos honores en nombre de Cristo!

—¿Y yo debo ponerle el cebo para pescarlo? —preguntó Balduino con tono de extrañeza—. ¿Por qué razón iba a creerme?

—Confío, señor Balduino de LeBourg —le respondió el cardenal— en que no se hayan desperdiciado los esfuerzos del seminario para enseñaros la prédica, la *orationis*, la *gravitas* y la *eloquentia*!

—Además, la Iglesia os daría un anticipo: ¡Gisors!

—¡Haré lo que esté a mi alcance! —dijo Balduino, pero sin estar convencido del todo.

—De eso estoy seguro. El Santo Padre no olvidará estos servicios vuestros, una vez llegada la hora... —dijo el cardenal—. ¡Podéis convertiros en úno de los portaestandartes de esta nueva etapa del Occidente cristiano! ¡Las recompensas mundanas serán abundantes!

—¡Soy vuestro hombre! —exclamó Balduino, esta vez emocionado—. Hacedme saber cuándo debo partir.

—Para ello tendré que otorgaros unos plenos poderes por escrito; yo tengo aquí en el campamento, a esos dos fiables benedictinos que otras veces me han servido como hábiles escribanos. Recibiréis vuestra acreditación con mi sello. Por lo demás, al aceptar esta misión, os ponéis a las órdenes de los servicios secretos, cuyas normas ya conocéis.

—*Nec spe, nec metu!* —se permitió bromear Balduino—. *In primis obsequium in principe!*

Remy d'Aretin sonrió.

—Os haré llamar más tarde —dijo el Cardenal Gris, quien, acto seguido, dedicó otra vez su atención a sus asuntos como cardenal legado de Su Santidad Urbano II.

Un jovencito con el pelo rubio ceniza se abría paso, excitado, a través de las callejuelas flanqueadas de tiendas en el campamento del ejército imperial. Su dinamismo llamaba la atención por el hecho de que contrastaba totalmente con la inercia que reinaba desde hacía días en las filas del ejército allí acampado. Era como si la parálisis se hubiera apoderado del emperador Enrique, ¡tal vez fuera el castigo de Dios por su obstinación! Guy d'Abreyville tuvo la suerte de no caer en manos de unos soldados, sino que se tropezó con dos monjes benedictinos, uno alto y flaco, y otro mofletudo, gordo y bajito.

—Estimados señores *fratres benedicti* —empezó diciendo el muchacho—, ¿podéis decirme dónde puedo encontrar a Su Excelencia, el cardenal Remy d'Aretin?

Los dos contemplaron con asombro a aquella extraña aparición, aquel jovenzuelo de ojos color zafiro que de inmediato los cautivó.

El alto *Vocator* se estiró finalmente y dijo:

—¿Un hombre tan ocupado espera a alguien como vos?

El regordete *Angelus*, en cambio, se mostró más afectuoso.

—Podéis seguirnos —dijo, invitando a Guy amablemente—. ¡Precisamente vamos a verle!

—¡Mis estimados maestros de la pluma! —los saludó alegremente el todopoderoso Cardenal Gris cuando vio a los dos cronistas, que llegaban acompañados de aquel jovencito que aún no les había dicho su nombre. Para sorpresa de todos, el cardenal se volvió de inmediato hacia aquel ángel rubio.

—¿Qué problemas hay en el fuego helado de vuestro infierno, Guy d'Abreyville? —preguntó el cardenal con una familiaridad irónica.

—¡Maurcade ha aprovechado la ausencia de la margravina —soltó el muchacho— y se ha escapado de Canossa llevándose consigo a Elgaine de Gisors!

—Eso era algo que, más tarde o más temprano, debíamos esperar. —El cardenal parecía tomar a la ligera aquella noticia.

—Pero por desgracia yo me he dejado conmover por la prisionera, y he ido a pedir ayuda a Conon de Béthune...

Guy d'Abreyville bajó su cabeza de cabellos rubios, consciente de su culpa. Remy valoró brevemente la situación.

—Eso no estaba previsto en mis planes —dijo el clérigo al joven—, pero tal vez no sea algo equivocado: así por lo menos sabemos que nuestro héroe estará seguro tras las rejas de Canossa.

—¿Seguro? —se atrevió a preguntar Guy.

La sonrisa del cardenal desapareció.

—Monseñor De la Carmen, que ha seguido a Maurcade desde cierta distancia, lo llevará allí, donde se encontrará con Astair De Saissac, algo que me satisface.

—Perdonadme, gran *Caput canis* —protestó Guy—, pero no me fío de vuestro monseñor.

—Pues aprende, querido Guy, que un tramposo reconocido es mucho más predecible que un aficionado con sanas intenciones.

—Discrepo, maestro —replicó Guy—. Cuando alguien reconoce que su juego tramposo ha sido descubierto, puede ser, en su desesperación, tan sanguinario a la hora de dar golpes de ciego y pegar mordiscos, como una buena persona a la que han pinchado. ¡Sólo que puede ser más malvado!

Remy miró con ojos pensativos a su discípulo.

—No voy a negar que tenéis instinto, Guy d'Abreyville, estáis más familiarizado con los fuegos que arden en los abismos del alma humana que cualquier otro clérigo dentro de los servicios secretos de la Iglesia.

El cardenal sacó de su pecho un amuleto de extraña forma, una especie de lirio que antes había estado oculto entre las arrugas de su sotana, y se lo entregó a Guy.

—Entregad esto a Matilde y transmitidle mi expreso deseo de que, hasta que yo comparezca allí personalmente, no toque un pelo a los señores Astair de Saissac y Conon de Béthune.

Guy apretó brevemente aquella piedra lisa contra sus labios, antes de hacerla desaparecer en su bolsillo. Sin decir palabra, el joven fue despedido, y el Cardenal Gris se dio la vuelta hacia sus dos cronistas.

—Aparte del oficioso y pomposo poder que tenéis que redactarme para el conde LeBourg, que tiene que presentarse ante el duque Roberto de Normandía —dijo el cardenal a *Angelus* y a *Vocator*—, espero que ya hayáis entrado en contacto con Cantar, que acaba de llegar aquí. —Los monjes asintieron, confirmando al cardenal que lo habían hecho—. No estaba prevista la presencia de esa mujer en el campamento del ejército imperial —dijo el cardenal, y los miró con severidad a ambos—. Como no estaba prevista la vuestra. ¿¡Quién os dio permiso para abandonar vuestros puestos en Sión!?

Los dos cronistas, tan diferentes el uno del otro, empezaron a andarse con rodeos, hasta que por fin el gordo *Angelus* se atrevió a decir:

—El obispo Gosbart quiso deshacerse de nosotros. ¡Quería matarnos! —añadió, muy indignado—. ¡Porque fuimos testigos de todas sus intrigas, las que empezó a tejer después de que vos, Remy d'Aretin, abandonarais Sión!

—Él instruyó a vuestro monseñor De la Carmen para que nos asesinara —reafirmó *Vocator* con obstinación—. ¡Pero escapamos de esa perspectiva tan poco agradable!

El Cardenal Gris los miró divertido.

—¡Pues no va a ocurrir de nuevo, mis valientes Caballeros de la Pluma Afilada! —les prometió, y en seguida se puso serio—. Esta vez soy yo quien os encarga la protección de la integridad física de la heredera de Sión —les dijo, al tiempo que miraba con severidad a los ojos de *Vocator*—. Cantar está embarazada, y vosotros la acompañaréis de vuelta, hasta que entre en el castillo de Sión, y allí esperaréis mis órdenes.

Remy se volvió hacia el gordo, que se mostraba algo apocado.

—¡Vosotros responderéis ante mí, con vuestras cabezas, por el regreso feliz de la prefecta de la región del Valais!

—¿Y Gosbart? —preguntó *Angelus*, temeroso—. ¿Acaso él...?

—¡Olvidaos de Gosbart! —les ordenó el Cardenal Gris, y agregó al tiempo que chasqueaba los dedos—: ¡Y ahora, a trabajar!

Conon de Béthune hizo avanzar su caballo entre el tupido monte bajo de aquella colina cubierta de árboles. Quería evitar el sendero, pues éste serpenteaba la mayor parte del tiempo hacia abajo y él temía que pudieran tenderle allí una emboscada. Su cálculo era que a lo mejor de esa forma podría encontrar el momento conveniente para llevar a cabo un ataque sorpresa. Bajo él, se veían la cabaña y la orilla del río, entre los árboles. Pero no se veía a ninguna persona, ni carruaje, ni caballos, ni jinetes. ¡Nada! Con cautela, Conon bajó de su caballo. Aquello olía a trampa. Se detuvo entre los matorrales y observó los alrededores de la casa del barquero. Solitaria, la barca, una balsa, se mecía entre las piedras de la orilla. Estaba atada a un cabo que se tensaba a través del agua y se hundía, para luego emerger al otro lado y establecer un firme sostén.

Conon cogió su caballo por las riendas y bajó hasta donde se hallaban la balsa y la sencilla cabaña, erigida sobre unos pilares. No se sentía cómodo, prefería mirar de frente a sus rivales. Con recelo examinó la puerta atrancada. Un miedo impreciso se apoderó de él, se le hizo un nudo en la garganta. Se imaginó entrando a través de aquella puerta de tablones, ¡y viendo ante sí, como un fantasma, colgando de la viga, el cuerpo de Elgaine! ¡Pero no! Aquella diablesa, posiblemente, no se atrevería a hacer tal cosa. Pero a lo mejor sí que se ofrecía ella misma. Ante sus ojos apareció entonces el cuerpo desnudo de Maurcade du Berq, a la que había visto fugazmente una vez siendo un niño, cuando ésta acudió a la malograda ceremonia de compromiso de Elgaine en Gisors.

¡Se imaginó su pubis de negros vellos rizados, ese pubis infernal, se imaginó su piel blanca como la nieve! ¡Sus ojos! ¿Dónde había visto unos ojos como ésos antes? ¡Los de Guy d'Abreyville! Los del jovenzuelo se parecían muchísimo a los de ella, tenían el mismo brillo azulado, cristalino, esa frialdad ardiente! ¡Por eso aquel crío sabía todo acerca de Maurcade! ¡Él era como ella! Un escalofrío recorrió la espalda de Conon. ¿Por eso Guy la odiaba con tanto fervor?

¿Acaso encontraría a las dos mujeres? ¿Elgaine y Maurcade? Las dos hechas un desvergonzado ovillo de frenético placer... ¡Tenía que aclararse la mente de una vez!

Conon sacó la espada de la vaina y embistió la puerta de madera con un hombro; los tablones se hicieron astillas cuando él arremetió; entonces tropezó y se vio en medio de unas penumbras. ¡Allí no había nada! Sólo las míseras pertenencias del barquero, paja en el suelo, una escudilla de barro, una red. Decepcionado, Conon salió. Lo estarían esperando en el siguiente vado. Era probable que Maurcade hubiera perdido la paciencia, y que eso hubiera sucedido justo en el momento que él había decidido bajar; ¿acaso aquella mujer se habría llevado consigo al barquero? Aquello parecía más una huida. Lo más inteligente sería alcanzarlos y, tal vez disfrazado de barquero, sorprender él mismo a Maurcade y a su presa en el siguiente paso del río.

Con precaución, Conon condujo su caballo hacia la balsa que se mecía en el agua, y cogió la cuerda. Despacio, fue tirando de ella y yendo al lecho del río. La corriente hacía que la embarcación oscilara peligrosamente, lo que podía hacer volcar la balsa con caballo y jinete. Conon miraba concentrado al frente, desplazándose metro a metro con cada tirón de la cuerda. Ya había conseguido llegar al centro del río cuando creyó ver entre la maleza de la orilla opuesta el carruaje que había estado buscando. ¡Allí estaba la tan esperada trampa! Cierta sensación de felicidad se apoderó de él a pesar de todos los peligros que se acercaban. ¡Lo importante era Elgaine!

Conon se detuvo un momento; luego, de repente, se deslizó otra vez hacia atrás. Con energía, tiró de la cuerda, pero el tirón que lo arrastró hacia atrás fue más fuerte. Incrédulo, se dio la vuelta. Varios siervos fornidos y armados hasta los dientes tiraban de la barca de vuelta, y lo hacían con destreza. Tras ellos se erguía la figura sombría de monseñor De la Carmen. Sus rasgos seguían siendo impenetrables también entonces, cuando la víctima indefensa había sido capturada.

—¡Tirad vuestra espada a la orilla, Conon de Béthune! —le gritó monseñor cuando estuvo a una distancia desde la cual podía oírlo—. ¡No ofrezcáis resistencia! ¡Sois prisionero de la margravina!

Conon comprendió que no tenía ninguna oportunidad, mucho menos mientras estuviese sobre aquella balsa. Algunos de los siervos se habían descolgado los arcos de los hombros y habían llevado las manos a las aljabas. Sí, podía arrojarse al río, y escapar nadando, ¡pero eso le serviría de poco a Elgaine! Tenía que conservar su vida, ¡por ella! Conon arrojó su espada a las piedras de la orilla, y ésta fue a parar a los pies de monseñor; luego condujo a su caballo fuera de la balsa. Los hombres le ataron las manos, luego lo colocaron en el centro y la tropa se puso en marcha.

—¡Hacia Canossa! —ordenó monseñor De la Carmen. En realidad, al experimentado miembro de los servicios secretos le molestaba aquello, pues hubiera preferido ver a Conon persiguiendo a Maurcade. Pero una voz interior lo alertaba de la infamia de Maurcade du Berq. Si le hubiera caído entre sus manos un normando de pura cepa, tanto por la parte materna como por la paterna, la vida de Elgaine de Gisors no hubiera valido ni un comino. Por eso monseñor tuvo que morder aquella agria manzana y cumplir su misión, tal y como le habían ordenado.

Maurcade, por el contrario, podía seguir camino de Gisors sin ningún impedimento, acompañada de su valiosa prisionera, ¡y sin duda lo haría! ¡Nunca había tenido intenciones de someterse a ningún arbitraje! Sólo con el filo de la espada podía impedirse que una mujer como Maurcade dejara marchar a una presa.

LOS HÉROES

Irresoluto, el emperador Enrique dirigía sus tropas a través del territorio hostil de la margravina Matilde. Hasta ese momento no había pensado que fuera necesario unir sus tropas con las fuerzas principales de su ejército, comandadas por Godofredo de Bouillon, quien desde hacía meses había levantado su campamento a una respetuosa distancia de Canossa.

El nuncio papal, el cardenal Remy d'Aretin, lo había abandonado de nuevo para ir a presentarle a la margravina el ofrecimiento del emperador. Remy había dejado entrever la esperanza de que Matilde depusiera su hostilidad a cambio de que el emperador la confirmara «de una vez y por todas» como dueña y señora absoluta de la Toscana. Sin embargo, apenas el cardenal legado partió del campamento, unos mensajeros de Matilde llevaron una carta de la margravina en la que ésta insistía en que el papa Urbano ocupara el Trono de san Pedro en Roma de forma irrevocable, de lo contrario su alma no encontraría la tan ansiada paz ante Dios. Enrique estaba fuera de sí. Sin ni siquiera consultar con su mariscal Godofredo, el emperador, en un gesto obstinado, ordenó que las tropas continuaran su avance hacia la cordillera de los Apeninos, que se erguía ante él.

Monseñor Alfonso de la Carmen llegó a Canossa con su prisionero, el caballero Conon de Béthune.

Con ello daba por cumplida su misión. Conon, el héroe del emperador, había sido neutralizado, y Maurcade estaba lo suficientemente lejos, tras las líneas del ejército imperial, como para que su viaje hacia el norte de Francia se viera en peligro.

Con preocupación, monseñor comprobó que la margravina no había regresado todavía del viaje emprendido con el fin de reclutar a nuevas tropas. Estaba en el sur de la Toscana, sobre todo en Siena y Arezzo, y allí reunía a todos los jóvenes en edad de cumplir el servicio militar, a fin de defender al país ante el avance del emperador. De la Carmen utilizó la ausencia de su estricto régimen para imponer al gobernador la orden de que Conon —al igual que el ya arrestado Astair de Saissac— fuera encerrado en uno de los calabozos más profundos de la fortaleza. Aunque el encargo original de la margravina de «conseguirle» a Conon había sido confiado a Maurcade —y si bien era a la astucia de esta última mujer a la que era preciso agradecer que el caballero hubiera dado un traspié y hubiese caído en la trampa—, monseñor aspiraba ver el éxito de aquella empresa atribuido a sí mismo. Él, personalmente, se ocupó de que a los dos prisioneros los cargaran de cadenas, para impedir cualquier idea de fuga. Ese hecho tuvo un efecto fatal, pues provocó exactamente lo contrario de lo que la margravina pretendía conseguir con aquel golpe maestro.

El carruaje de Cantar avanzaba en la retaguardia de la caravana del ejército imperial. Ella iba sentada en el pescante, flanqueada por los monjes benedictinos *Angelus vigilans* y *Vocator diaboli*, los cronistas de Sión. Así se los habían presentado, y a Cantar los nombres le parecieron apropiados, del mismo modo que encontró en esos dos *fratres* tan disímiles a dos agradables y bienvenidos compañeros de viaje. En cualquier caso, era algo mejor que aquella escolta alemana que se había esfumado tras diluirse entre las filas de su ejército. Lo que importaba entonces era rezagarse lo suficiente, hasta el extremo de no llamar la atención en el momento en que el modesto carromato se separara definitivamente de la comitiva. Pero entonces se detuvo el avance, y se armó un revuelo en la vanguardia de la columna, que se fue tornando más ruidoso y violento.

Se oyeron unos gritos: «¡Canossa!» Entonces los dos monjes llevaron su carromato hacia una altura. Allí se alzaba, al otro lado, la imponente fortaleza. El emperador, muy sorprendido de verse enfrentado de repente con aquella fortaleza, se vio obligado a ordenar de manera improvisada el asalto. Cantar y los dos cronistas vieron cómo las catapultas eran puestas en posición, cómo unos pequeños grupos de soldados avanzaban presurosos, portando largas escaleras, antes de que llevaran las enormes torres de asedio con sus arietes capaces de quebrantar aquellos muros.

Sin embargo, las murallas de la fortaleza, aparentemente, no tenían guarnición alguna. Los tres exploradores solitarios no podían determinar, desde tal distancia, que hubiera ningún defensor en las almenas. Pero las escaleras dispuestas para el asalto empezaron de pronto a tambalearse, cayendo al suelo, y una lluvia de flechas derribó a los adelantados, con lo que las tropas que los seguían emprendieron la retirada.

—Esto no se parece a una victoria sorpresa —dijo en tono sarcástico el esmirriado *Vocator* a su tembloroso compañero.

Cantar se había mantenido tranquila, y su fría superioridad se transmitió también a los monjes.

—Deberíamos largarnos de aquí lo antes posible —dijo ella—, antes de nos arrastre una verdadera espantada general.

Entonces dieron la vuelta y dejaron atrás a los demás vehículos sobrecargados que continuaban marchando hacia adelante.

La margravina Matilde había logrado, en el último momento, escabullirse dentro de su castillo antes de que se iniciara el impetuoso y a veces furibundo ataque de Enrique contra sus murallas, un ataque, por demás, sólo a medias efectivo. Con ella habían llegado a la fortaleza, sanos y salvos, todos los refuerzos llevados hasta allí. Todavía sin aliento, la margravina elogió al viejo gobernador por la excelente organización de la defensa.

El señor De la Carmen se abrió paso hacia adelante.

—¡He atrapado para vos al tal Conon! —dijo, pues él también quería algún reconocimiento—. Ese caballero, tan alabado y venerado por los alemanes, se pudre ahora en uno de los calabozos más profundos de Canossa.

—¡¿De qué me sirve eso ahora?! —fue la respuesta indignada de la margravina.

—¿Queréis que... lo cuelgue? —propuso De la Carmen malévolamente—. Entonces el Anticristo verá de inmediato...

—¿Qué va a ver? —A Matilde se le ocurrió una idea mejor—. ¡Colgadlos delante de las murallas! ¡Vivos! —ordenó a su gobernador.

Monseñor mostró cierta felicidad por el mal ajeno:

—¡Así serán ellos los que amortiguarán con sus cuerpos las flechas de esos diablos que nos asaltan, como si fueran escudos protectores!

Como si alguien lo hubiera llamado, Guy d'Abreyville se acercó en silencio a aquel círculo, una aparición ante la cual monseñor hizo de inmediato la señal de la cruz. El ángel rubio no tomó nota del gesto, sino que, con un furtivo movimiento de la mano, dejó que la margravina viera el emblema del cardenal legado.

Matilde se estremeció, pero ninguno de los presentes se dio cuenta.

—Puesto que dentro de poco seremos honrados con la visita del cardenal legado de nuestro Santo Padre —anunció la mujer, controlando sus facciones—, dejaré en sus manos la decisión sobre el destino de esos dos caballeros. —A continuación, ordenó a su gobernador—: ¡Id a buscarlos y traedlos ante mí!

A la margravina no se le había escapado el efecto que su anuncio había tenido sobre monseñor. Lo atribuyó a su severidad, reflejada en el hecho de que había ordenado que cubrieran a los dos prisioneros de cadenas.

Sin embargo, Alfonso de la Carmen no tenía ninguna mala conciencia. Guy no había pasado por alto el terror sentido por monseñor al enterarse de la inminente llegada del *Caput canis*. Una leve sorna recorrió los rasgos perfectos del ángel de hielo; a partir de entonces no le perdería ni pie ni pisada a aquel temeroso traidor. Aunque no había recibido ninguna orden respecto a él, Guy sabía que los días de Alfonso de la Carmen estaban contados, como lo estaban los de Gosbart de Sión. Conocía ese desdeñoso chasquido de los dedos de su maestro. En comparación con el filo mortal de ese veredicto, la expresión habitual entre los servicios secretos, *N.E.C* —la cual exhortaba a eliminar al portador de un mensaje— era una recomendación amable.

Contrariamente a lo que le habían dicho, Guy no había entregado a Matilde la «flor de lis», el emblema del poder supremo dentro de los servicios secretos, sino que se la había quedado en clara desobediencia. El sello le quemaba la piel, como si se tratase de un hierro candente que atravesara la tela de su bolsillo. Pero Guy ya no se atrevió a sacarlo de nuevo. ¡Entonces menos que nunca! Vio ante sí la imagen grabada en la piedra, que no era una cruz, sino un puñal ardiendo del que brotaba un lirio. ¡Él, Guy d'Abreyville, tenía que poseer ese *Lapis*, el cual, desde ese momento, le serviría como *signum*!

Conon y Astair, rodeados por los guardias, fueron liberados de sus cadenas y conducidos hasta la sala de ceremonias de la margravina. Los dos inclinaron sus cabezas en silencio ante Matilde, pero brevemente. Ante los muros de Canossa continuaba la batalla contra las tropas del emperador, que, conscientes de su superioridad, seguían arremetiendo cada vez con más fuerza contra el castillo, una vez recuperadas de la conmoción inicial a causa de la inesperada resistencia de sus defensores. Matilde no observaba lo que ocurría, pero oía con enojo e irritación el fragor de la batalla.

—¡A decir verdad, en este momento deberíais estar colgados! —les reveló la rabiosa margravina a los dos hombres que tenía delante—. Pero en vista de que he decidido despojar a mi primo Enrique del placer de lanzarme un contraataque, os planteo a vosotros, nobles señores, una cuestión: ¿Qué os sería más grato: encontrar la muerte en el campo de batalla o bajo la mano del verdugo? —Conon y Astair intercambiaron una mirada de regocijo ante aquella impertinencia, pero no dijeron nada—. Por supuesto que espero de vosotros la palabra de honor de que no aprovecharéis esta oportunidad de ayudarme frente a mi enemigo para emprender una vil huida, del mismo modo que yo os doy mi palabra de que, cuando volváis al castillo, tras vuestros éxitos en la batalla, seréis hombres libres. También os espera un preciado botín, como a cualquier otro caballero en esta sala que luche con valentía por mi causa y la de nuestro Santo Padre.

Una vez que Matilde pronunció esas palabras, se hizo en la sala un tenso silencio. La margravina dejó a los aludidos un tiempo para que pensaran su respuesta. Conon se erigió en portavoz.

—Astair de Saissac —empezó diciendo, señalando con gesto galante a su compañero—, en su condición de *camerlengo Papae,* acepta vuestra invitación con entusiasmo. En cuanto a mí, no puedo levantar mi espada contra el noble señor a cuyo servicio estoy... Me refiero a vuestro primo Godofredo de Bouillon.

Matilde guardó un férreo silencio, y todos en la sala contuvieron el aliento, lo que obligó a Conon, a pesar de su inequívoca declaración anterior, a decir lo siguiente:

—No obstante, estoy dispuesto a someterme, bajo palabra de honor, a vuestra condición de que regresemos, y acompañar a mi compañero Astair de Saissac a la batalla, a fin de protegerlo, ¡con lo cual se incrementan sus posibilidades de volver ante vos con vida!

—¡Poco confiáis en mí, Conon de Béthune! —replicó enojado Astair, que de ese modo se sentía como tutelado.

En eso intervino Matilde:

—Bueno, las cosas podrían ser al revés, noble Conon —dijo, reprendiendo al héroe—. A lo mejor es Astair de Saissac, considerado un maestro de la espada y la pica, quien tenga que protegeros en el campo de batalla para que podáis escapar de allí con vida.

Con esas palabras, Matilde dio su consentimiento para que los dos caballeros fueran al combate. Los aplausos rugieron en la sala.

El ataque de la guarnición de Canossa, con el refuerzo de soldados aretinos y sienenses y bajo el mando de Astair de Saissac, hijo del famoso condotiero Berenguer, tuvo un resultado sorprendente y fue como la erupción de un volcán; tan concentrado fue el ataque que los soldados de asalto del emperador, que luchaban ya al pie de las murallas, emprendieron la huida, presas del pánico. Soltaron las escaleras, abandonaron las catapultas y los arietes y, en muy poco tiempo, arrastraron consigo a todo el ejército, como un tsunami provocado por un temblor submarino que arrasaba con todo lo que encontraba a su paso. Los primeros que huyeron a la desbandada avanzaron tan rápidamente por aquel paisaje de colinas que llegaron a adelantar al carro en que viajaban Cantar y los dos monjes, quienes ya se disponían a cruzar el río Po para luego, siguiendo sus afluentes hacia el norte, llegar por fin a Sión, en la región del Valais.

Conon no se amedrentó por tener que salir a apoyar a Astair en medio del tumulto de la batalla; todo lo contrario, sentía unas enormes ganas de enfrascarse en una lucha feroz.

¡Sencillamente, Conon no sabía contenerse cuando escuchaba a su alrededor el entrechocar metálico de las espadas! En su condición de caballero extranjero, combatió con la visera baja, a fin de que nadie lo reconociera en el bando de los alemanes. Pero aun así, una vez acabados los combates, circularon algunas historias por la región acerca del arrojo mostrado por aquel desconocido, que no hería a ninguno de los hombres por él vencidos, sino solamente los despojaba de su arma. Conon llevaba al hombro un gran hatillo de espadas y lanzas, y ya estaba presto para retirarse cuando vio a Astair de Saissac. El maestro de esgrima miraba fascinado a un grupito de caballeros que rodeaba el estandarte imperial. Un gesto rápido de complicidad y ambos salieron al galope —desde extremos diferentes—, en dirección a aquel grupo de hombres desgastados en la batalla y cogidos por sorpresa. Los alemanes miraron desconcertados a aquel extraño caballero que, de manera impetuosa e inexplicable, les arrojó delante un montón de espadas. Todavía perplejos ante aquel enigma, vieron entonces cómo se acercaba Astair y, con un solo golpe certero de su espada, cortó el asta del estandarte imperial, y éste cayó en sus manos. Conon hizo que su caballo se alzara sobre las patas traseras, mientras que Astair se daba la vuelta y volvía a amenazar a los defensores del estandarte, que lo miraron primero sorprendidos y más tarde enojados. El formidable golpe que había partido el asta como la guadaña corta la hierba, los había dejado impresionados y deseosos de venganza. Conon aprovechó aquella maniobra de distracción para alejarse de aquel círculo con la bandera entre sus brazos.

Al poco, Astair acudió presuroso a su lado, y Conon le entregó veladamente la simbólica tela, atrayendo hacia él a la turba frenética de los desesperados alemanes. Sin embargo, cuando vieron a Astair moviendo burlonamente su bandera, desistieron de continuar la persecución.

Conon y Astair se dirigieron al trote hacia Canossa; entonces vieron una delgada figura corriendo por el abandonado campo de batalla que intentaba esconderse entre los carros volcados y las catapultas. A pesar de que llevaba la capucha echada hasta muy por debajo de la frente, reconocieron a monseñor, que por lo visto emprendía la huida. Debía de haber utilizado alguna puerta secreta en los muros. Y sus sospechas se vieron corroboradas por el hecho de que al acercarse, se encontraron al chico rubio esperándolos junto a una puerta todavía abierta.

—¡Ése es Guy d'Abreyville! —le explicó innecesariamente Astair a su compañero—. ¡Yo mismo le enseñé a luchar con la espada, pues el chico ya no necesitaba ninguna lección en el pérfido manejo de la daga!

Conon de Béthune y Astair de Saissac volvieron a ocupar en silencio sus calabozos con la ayuda de Guy d'Abreyville. Cuando la margravina se enteró, se presentó en las catacumbas de Canossa, un lugar que nunca antes había pisado. Les pidió a los caballeros que salieran y que fueran sus huéspedes en el castillo.

—No hagáis tantos aspavientos a causa de esos ejercicios de calentamiento —le agradeció Astair.

Sin embargo, Conon no pudo reprimir una puya:

—¡Como camarlengos del Santo Padre, sólo hemos cumplido con nuestro deber cristiano!

—¿Cómo? —exclamó Matilde—. ¿Sois realmente...? ¡Monseñor me aseguró que semejante nombramiento no había tenido lugar, que era una mentira!

—¡Pues él debe saberlo! —gruñó Astair, indignado.

—¡Él lo sabe muy bien, pero no quiere reconocerlo! —lo corrigió Conon—. Hay algunos servidores entre los servicios secretos de la Iglesia que pretenden saber más que su pontífice.

—Están obsesionados con la idea de que son infalibles. ¡Como otros están poseídos por Satán! —se disculpó Matilde—. Nuestro amigo y benefactor, el cardenal legado Remy d'Aretin, seguramente verá vuestra generosa intervención...

—¡Dejémoslo así! —dijo Astair con expresión digna y, en silencio, le entregó la bandera imperial capturada. Matilde no consiguió dar muestras de alegría por semejante victoria, pues estaba abrumada por lo que sentía, así que rompió a llorar.

SAN GORGÒ

Maurcade du Berq se había ocupado de que su prisionera no huyera por el camino ni llamara la atención. Elgaine iba sentada en el carro como una momia envuelta en sábanas blancas. No se notaba que llevaba los brazos, bajo la tela, atados a su cuerpo. Por debajo de las rodillas, un cinturón impedía también que moviera las piernas; sólo los pies sobresalían por debajo del tejido. Asimismo, llevaba un velo que le cubría la cara, como se hace con los enfermos afectados por alguna epidemia, para que nadie entre en contacto con su venenoso aliento. Por tal razón, cualquier mirada superficial al carro pasaba también por alto la mordaza que sólo le permitía a Elgaine respirar trabajosamente, entre resoplidos y boqueadas. Pero Maurcade no era ningún monstruo. Cuando el carro avanzaba por caminos solitarios, le aflojaba las ataduras o le soltaba la mordaza.

Ya habían dejado muy atrás la ciudad portuaria de Génova. A los grandes comerciantes genoveses no les gustaba que los carruajes cerrados pasaran sus aduanas sin control alguno, pues podían transportar en ellos mercancías que estaban sometidas al monopolio comercial de la República Marítima. Por lo demás, la prisionera estaba todo el tiempo a salvo de cualquier mirada indiscreta, pues bastaba con chapurrear un par de palabras en latín que se parecieran al nombre de algún médico ilustre o al de una enfermedad terriblemente contagiosa... Y cuando eso no era suficiente, sólo hacía falta animar a la persona a que examinara a la viajera enferma. ¡Eso hacía retroceder, aterrorizado, a cualquier guardia de un puente o peaje!

Fue así como Maurcade —que llegaba desde las montañas con una escasa docena de sirvientes y siervos que no se apartaban del carro— se fue acercando al pequeño puerto de Savona. Ya desde lejos creyó ver el barco que monseñor había solicitado de mala gana. Alfonso de la Carmen consideraba aquella medida totalmente innecesaria, creía incluso que era una exageración, pues estaba convencido de que Maurcade encaminaría sus pasos hacia Sión y que toda la palabrería acerca de Savona sólo servía para dejar pistas falsas. ¡Y ella lo había burlado!

Sin embargo, la alegría de Maurcade se desvaneció cuando vio de cerca el barco de los servicios secretos. ¡Al lado del capitán estaba, bien derecho, Berenguer! Hacía tiempo que no veía al condotiero. ¡Y el calvo no se había vuelto más atractivo! Y puesto que éste la miró sólo un instante, sin dar a entender que la conocía, Maurcade se limitó a hacer lo mismo. El saludo transcurrió sin palabras. El único disgusto se produjo cuando el calvo le negó a su escolta el acceso a bordo, después de que el carro hubiese sido izado hasta cubierta con todo su contenido.

—Ya no necesitáis tanta protección —le comunicó el condotiero—. ¡Los servicios secretos asumen a partir de ahora la seguridad para el resto del viaje!

Al oír el nombre de esa dudosa organización, Maurcade sintió un escalofrío, y recordó acalorada la advertencia de De la Carmen. ¡Pero ya era demasiado tarde! Tenía que aceptar las condiciones y enviar de vuelta a Canossa a todo su séquito.

Apenas el barco zarpó, Berenguer exigió echar un vistazo dentro del carro. Frente a él no hubiera tenido sentido organizar ninguna mascarada, así que Maurcade, a regañadientes, se introdujo a rastras en aquel cajón pestilente, libró a Elgaine de las ataduras y la empujó hacia el exterior. Con lo que no había contado era que Elgaine se desmayara, sin decir palabra, apenas hubo inhalado la fresca brisa del mar. Berenguer, sin inmutarse, ordenó que revivieran a la desvanecida con agua fría y luego la hizo llevar al camarote del capitán. Elgaine no había emitido sonido alguno. Para ir más segura, Maurcade interrogó al calvo.

—¿De la Carmen os ha dicho hacia dónde nos lleva este viaje? —quiso saber—. ¡Tenéis que llevarnos a Gisors!

—Nos han informado de ello —le respondió Berenguer, con tono malhumorado. Pero sus palabras eran bienvenidas.

El barco al mando de Berenguer, con Maurcade du Berq y Elgaine de Gisors como huéspedes de a bordo, aún no había avanzado mucho mar adentro, cuando el bajel de Bert el-Caz llegó al puerto de Savona. Al timón estaba Terès de Mondragone, que guiaba la nave con mano firme. El pequeño pirata, que cubría su cara de zorro con un turbante de color verde algo desteñido, dormitaba sobre su hamaca tendida en la cubierta, con la enorme cimitarra reposando sobre su enjuto pecho.

Pons estaba en cubierta, y buscaba desde allí al pasajero al que debían recoger en aquel puerto para que los acompañara en el largo viaje que los llevaría a cruzar las Columnas de Hércules, recorrer las costa de Portugal, luego el golfo de Vizcaya para, finalmente, llegar hasta los acantilados de Bretaña y arribar al país de los normandos. A Pons este viaje lo hacía feliz como unas pascuas. Allí arriba, en el norte, los mares estarían seguramente cubiertos de témpanos de hielo, le había dicho Bert el-Caz —que, por cierto, tampoco había estado por esos lares—, y se oirían bajo el agua los cantos de enormes ballenas, cuando éstas no estuvieran soltando sus elevados surtidores de agua a través de los orificios para respirar. A veces, Pons pensaba en su madre. Le habría gustado hablarle de aquellas aventuras, pero apenas era capaz ya de hacerse una imagen de ella. Eso sí, era bella, maravillosamente bella. ¡Por lo menos eso le había dicho Bert el-Caz!

Con un fuerte golpe, Terès atracó en el muelle, y el turbante del pequeño pirata se deslizó por su cara hasta cubrirle los ojos. Bert el-Caz pegó un salto y ordenó bajar la pasarela. Luego le hizo señas a Pons para que se acercara, y bajó con él a tierra. Sólo había una posada. Antes, los dos piratas, con la cautela habitual, dieron una vuelta alrededor de la solitaria muralla. En la parte trasera, donde estaban los establos, había varios caballos almohazados colocados en hileras. Todos llevaban en las mantillas el escudo de la casa De

Lehburg, las tres rocas coronadas por almenas, blancas sobre campo azul. Bert el-Caz recordó entonces sus años jóvenes.

—¡Trifels! —exclamó, soltando un melancólico suspiro delante de su joven compañero—. ¡Nos esperan ahí!

—¡O a lo mejor ni siquiera han contado con nuestra presencia! —respondió Pons, mirando al mozo de los establos, que parecía dormitar apoyado en una columna. ¿Quizá el hombre había parpadeado?

Entraron entonces a la taberna. Media docena de viajeros estaban sentados a una larga mesa, comiendo muy a gusto. Tomaban unas bolas de harina cocida con una abundante salsa verde.

—Humm. ¡Huele bien! —dijo Pons.

—¿Es pesto? —preguntó Bert el-Caz, dirigiéndose a los hombres. Estos asintieron, mientras seguían masticando ruidosamente. Todos llevaban la misma insignia sobre el pecho—. ¿De Lehburg? —preguntó el pirata, esperanzado y alargando sus palabras.

—*Non, Monsieur!* —dijeron los hombres casi al unísono—. ¡Le Bourg!

Aquello fue suficiente para Pons.

—Pues estamos buscando a *monsieur le compte Balduin* —dijo, imitando el acento de la región de la Lorena; pero entonces la puerta se abrió tras ellos.

—*Voilà!* —exclamó Balduino, pero en ese momento la voz se le quebró. Levantó los brazos y los movió como una mariposa que intenta levantar el vuelo; luego los dejó caer. Incrédulo miró fijamente al pirata—. ¡¿Berthold?! —Bert el-Caz sonrió, y Balduino levantó otra vez los brazos y se le lanzó al cuello, abrazando a su hermanastro. Y a continuación, señalando a Pons, añadió—: ¿Es tu *filius*?

—¡De eso nada! —gritó Pons—. ¡Mi nombre es Pons de Gisors y de Saissac!

—¡Vaya! —exclamó Balduino, algo confundido—. ¿El heredero?

—¡Creo —contestó Bert el-Caz, rascándose la cabeza bajo el turbante— que de eso trata vuestra misión donde el duque de Normandía!

—¡Vaya! —exclamó Balduino una vez más—. ¿Estáis informados? ¿Conocéis al Cardenal Gris en persona?

—¡Remy es mi amigo! —le explicó Pons—. Y él nos dijo:

«¡Todo está en su punto!», como esas bolas en salsa verde —añadió, para dar a entender veladamente de qué iba el asunto.

Balduino se echó a reír y se volvió hacia Bert el-Caz:

—¿Acaso el *Caput canis* os ha informado de que nuestro común progenitor se ha ido al infierno y que ahora yo estoy solicitando mis derechos sobre el feudo y el título de conde de las Ardenas?

Bert el-Caz miró su rubicunda cara de sacerdote con expresión divertida, una cara incapaz de disimular su preocupación.

—¡La suerte del cazador! —exclamó de buen humor—. ¡Y doy las gracias a todos los espíritus del bosque por haberme librado de tal carga. Su hermano era muy superior a él —dijo, dándole una palmada de ánimo a Pons en el hombro—. ¡Prefiero seguir siendo pirata, navegando libremente por esos mares hasta el final de mi vida, en lugar de formar parte de ese lote de carboneros y jabalíes que habitan en ese oscuro bosque!

—¡Pues me alegra oírlo! —dijo Balduino, aliviado—. Pero bueno, si alguna vez añoráis tener suelo firme bajo vuestros pies...

—Aun en ese caso —dijo Bert el-Caz, relajado—, preferiría instalarme a descansar en un palacete soleado en el Mediterráneo. Y ahora, querido hermano, bebamos un poco de ese magnífico tinto que nos ofrece esta costa maravillosa, porque luego nuestro viaje será arduo.

—¡Ya! ¡Un viaje a la tierra de los graciosos osos polares y los divertidos pingüinos! —dijo Pons, tirando de ambos hombres, ansioso ya por coger sitio delante de las aromáticas fuentes llenas de pasta y salsa verde.

Berenguer de Saissac había dado instrucciones al capitán para que navegara siempre de tal modo que no tuvieran a la vista ninguna costa ni ninguna isla; sin embargo, Maurcade du Berq estaba cada vez más inquieta, y eso, pese a que no sabía mucho acerca de las estrellas, al menos no lo suficiente para darse cuenta de que no navegaban a lo largo de la costa en dirección al oeste, sino que iban hacia el sur.

Elgaine sí que había comprendido, desde hacía tiempo, que el calvo no tenía intención alguna de poner rumbo a la desembocadura del Ródano. Y por lo visto, Berenguer tampoco tenía entre manos dejarla en manos de la tal Maurcade. En ese sentido, le daba igual hacia dónde se dirigieran. Desde su huida con Astair —o al menos desde su salida forzada de Mahdia—, se sentía como un trozo de madera a la deriva en medio del vasto mar. Lo único que todavía le impedía arrojarse por la borda era Pons: Elgaine se decía a cada momento que su hijo se consumía de añoranza por ella, por su querida madre. De otro modo, jamás hubiese podido soportar esa serie infinita de encarcelamientos, decepciones, humillaciones y, sobre todo, de soledad. El hecho de que Conon, en quien cifraba todas sus esperanzas, no hubiera aparecido a tiempo, había sido el último eslabón en esa sombría cadena. Sólo entonces caía en la cuenta de que a lo mejor el problema no era de Conon, sino suyo, y ella sólo había aportado el señuelo. Pero se obligaba una y otra vez a no desesperar, a aferrarse a cualquier tronco que flotara en medio de la marea. De ese modo evitaba también, en la medida de lo posible, mostrarse confiada ante el condotiero. Maurcade se olió de inmediato la traición, ¡y a saber de qué era capaz esa loca! ¡Si quería ver de nuevo a Pons, tendría que llegar con vida allí adonde fuera! Confiaba en Berenguer, aunque sólo fuera porque éste había tenido la precaución de cerrar bien su camarote, para que Elgaine no tuviera que irse a la cama todo el tiempo con el temor de que le cortaran el cuello o le sacaran los ojos.

En la noche cerrada, el barco de los servicios secretos enfiló hacia aquel peñón en medio del mar. Las señales de luz de unas antorchas le mostraron el camino entre el arrecife. El capitán atracó con tal cuidado que los que dormían ni siquiera se dieron cuenta. Sólo cuando los hombres armados los despertaron, Maurcade comprendió que las cosas no habían salido como ella deseaba. Los hombres se llevaron primero a Elgaine, que no opuso ninguna resistencia. Luego le tocó el turno a Maurcade, que gritó y pataleó como una gata salvaje, arañando y mordiendo. ¡Todo en vano! Para Elgaine no suponía ningún cambio significativo, estaba otra vez prisionera, lejos de ser dueña de su persona. Para Maurcade, sin embargo, era una trampa fatal. ¿Quién la había traicionado? ¿De la Carmen? ¿O acaso habría intervenido un poder superior? ¿Había que entender aquello como una advertencia de alguien que quería imponer sus ambiciosos intereses? Maurcade se obligó a dominarse; la indignación y la rabia no la ayudarían. Tenía que esperar a ver qué planes tenían pensados para ella. Mientras no la apremiaran demasiado, se mantendría alerta, bien atenta, al acecho. No podía permitirse otro descuido. Por eso no siguió lanzando golpes a diestra y siniestra cuando unos hombres armados la arrastraron hasta un calabozo: ¡era una prisionera! ¡En esa situación, le daba igual si a Elgaine le había tocado en premio el mismo destino o si se dedicaría a interpretar el papel de dama del castillo! Sin embargo, sí que había un tema que deseaba averiguar: ¿adónde habían llevado a Maurcade du Berq?

Se volvió entonces hacia sus guardias, a los cuales, hasta entonces, no les había dirigido la palabra:

—Por cierto, ¿cómo se llama esta isla? —preguntó.

—¡Cabo Gorgona, *mademoiselle*! —Fue la fría respuesta.

A Maurcade no le habría servido de mucho consuelo saber que a Berenguer de Saissac no le había ido mucho mejor. Cuando quiso volver a bordo del barco, después de haber entregado a las dos prisioneras, el capitán le dijo lo siguiente, con una sonrisa: tenía órdenes de dejar también en la isla a Berenguer de Saissac, «¡a fin de que las dos mujeres no se maten tirándose de los pelos!». Y con ese sarcástico comentario dejaron al calvo plantado en la orilla rocosa, mientras el barco de los servicios secretos desaparecía tras la bruma del amanecer.

REGRESO A SIÓN

El viaje de Cantar de Sión había transcurrido hasta ese momento a pedir de boca, y todo gracias a los dos monjes, *Angelus* y *Vocator*, que se alternaban en los cuidados para con Cantar como dos madres preocupadas. A veces el gordo bajito salía jadeando en busca de comida, mientras el enclenque *Vocator* se quedaba junto al carro haciendo guardia; luego era el flaco el que recorría los pueblos en busca de algo comestible, en tanto el arrugado *Angelus* se quedaba diligentemente junto a la joven dama. El cuerpo cada vez más redondo de Cantar ya no dejaba espacio para la duda de que su embarazo se aproximaba al momento del alumbramiento. Sin embargo, no era posible aumentar más el ritmo al que avanzaban. Cada vez ascendían más, y cada vez más escarpado era el camino de piedras. A fin de protegerse y de proteger del creciente frío al hijo que llevaba en el vientre, Cantar dormía entre los cuerpos cálidos de dos asnos recién nacidos, para lo cual tenía que prestar atención para que las dos robustas crías, por descuido, no le dieran una coz durante la noche. Cada mañana, *Vocator*, hijo de campesinos, acostumbrado al trato con animales, levantaba con cuidado, del lecho de paja, a aquellos dos almohadones vivos y los llevaba a donde estaban sus madres para que fueran amamantados. Y así, tras un arduo recorrido atravesando los pasos batidos por las ventiscas, llegaron al hospicio de los benedictinos situado junto al paso del Gran San Bernardo.

Los hermanos los acogieron muy cariñosamente, como si desde hacía tiempo estuvieran añorando la llegada de tales huéspedes.

—No sabíamos quién vendría a ocupar nuestro cálido pesebre, ni que sería otra Virgen María, rodeada de asnos y de dos buenos pastores —empezó diciéndoles el bonachón abad, con sus ojos pícaros encima de las dos mejillas enrojecidas por el vino—, pero desde hace semanas hay una tropa de vigilancia del obispo de Sión apostada en el lago cercano al camino que lleva al paso, ¡de modo que sospechamos que esperaban a alguien que no era bienvenido!

Cantar sonrió.

—Ésa podría ser yo, ¡sólo que mi tío Gosbart no dispone de aquel terrible poder de aterrorizar que tenía un rey como Herodes!

—¡Pero, en vuestro caso, también se trata de una mujer indefensa con su pequeño hijo! —la reprendió el abad, preocupado por la despreocupación que mostraba la dama.

—Podríamos escabullirnos por su lado durante la noche sin ser vistos, ¿no? —propuso *Angelus*, con tono temeroso.

—¡Por supuesto que no! —le dijo el abad—. Todas las noches encienden una hoguera en el camino, ¡para calentarse! Y justo al lado de ellos, la cañada desciende en picado, recta como una vela, hasta el valle situado en las profundidades.

—De modo que alguien tendría que distraerlos y sacarlos de allí —dijo *Vocator*, pensando en voz alta—. Y convencerlos de que las personas que buscan ya han arribado a Sión. A través del acceso situado al este, a lo largo del Ródano...

El abad se vio obligado a quitarle aquella ilusión.

—¡Ese acceso también está bajo vigilancia!

—En ese caso, ¡traeré a mi hijo al mundo bajo la protección de vuestra morada! —dijo Cantar con firmeza.

—¡Nos encantaría! —le aseguró el abad, exultante—. Eso sería como una fiesta para este solitario retiro, y sería, ciertamente, la primera vez que tenemos esa dicha. —El abad estaba fuera de sí a causa de la excitación—. Y si es un niño, ¡querría bautizarlo con el nombre de nuestro santo patrono, Bernardo!

Entonces el amable anciano hizo traer vino y obligó a Cantar a que por fin tomara asiento.

—Podríamos hacer venir a una partera del valle de Aosta... —dijo riendo—. Nadie sospecharía, los del pueblo piensan que algunos de nosotros estamos en estado de buena esperanza...

Los hermanos que los rodeaban se unieron a la carcajada general. Allí se había reunido todo el hospicio.

—¡Tenemos visita! —gritó uno de los hermanos, y el curioso *Angelus* miró por el agujero que había en el muro, a través del cual los monjes tenían siempre a la vista los helados caminos que subían sinuosamente desde el valle. Se asustó.

¡La persona que se acercaba a las puertas, a través de la alta nieve, era monseñor Alfonso de la Carmen! Y no llegaba solo. Tampoco parecía estar siendo perseguido por las mil furias, tal y como lo habían visto por última vez en Canossa, sino que volvía sentado en un oscuro carruaje, rodeado por un séquito de criados y de soldados mal encarados.

Era demasiado tarde para ocultarse. Monseñor ya había bajado del carruaje, y entró torpemente en la habitación. A continuación, se sacudió la nieve del largo abrigo.

—¿Puedo unirme a estas muestras de alegría anticipada? —preguntó, saludando jovialmente al abad, para de inmediato añadir, con voz maliciosa—: ¡A Dios le agrada las celebraciones de acontecimientos felices! —Monseñor había reconocido a Cantar de inmediato, y también se había dado cuenta de las circunstancias en las que se encontraba la joven. Su mirada sobre la inflada barriga de Cantar sacó la loba que ésta llevaba dentro.

—¡El único que ha intentado enturbiar mi gran felicidad es precisamente el hombre que ahora veis! —dijo, y en seguida recrudeció su ataque—. ¡Podéis ganar más de treinta monedas de plata, monseñor, si susurráis al oído de alguien que me habéis visto aquí! —Y, dicho esto, continuó—: ¡Sus esbirros ya me esperan, están un par de kilómetros más abajo, hacia el valle!

De la Carmen miró a la mujer, pensativo.

—Sois injusta conmigo, Cantar de Sión —dijo serenamente—. Además, Judas Iscariote no fue ningún traidor, sino el más fiable de todos los discípulos, el hombre al que Cristo, que todo lo sabía y estaba presto para el sacrificio, confió una pesada carga: llevar a cabo la ominosa misión para la que los demás eran demasiado estúpidos o cobardes. —Monseñor bebió del vaso que el silencioso abad le había alcanzado, y saludó con una breve inclinación de cabeza a los petrificados monjes—. ¡Encontraréis vía libre! —le dijo entonces a Cantar, que había bajado los ojos, ya fuera por vergüenza o porque no se atrevía a sostenerle la mirada a monseñor. A continuación, este último abandonó la habitación con paso sereno.

—¡Yo, a ése, no le creo ni una palabra! —dijo *Angelus* en medio del silencio.

—No podemos quedarnos aquí —dijo *Vocator*, preocupado—, porque si Gosbart envía sus tropas aquí arriba...

—¡El hospicio no está construido para defenderse de las armas! —lo interrumpió el abad.

—De modo que tenemos que desaparecer antes de que... —*Angelus* no se atrevió a terminar la frase.

Pero el abad zanjó el tema diciendo:

—Bueno, lo primero que debemos hacer ahora es irnos a la cama, bien resguardados por Dios y por sus ángeles. Mañana bien temprano veremos si monseñor ha dicho la verdad o si nos ha contado una mentira. Luego ya decidiremos.

—Conozco una cueva en lo profundo de la montaña —dijo Cantar con voz ensoñadora—, con un lago tan claro... Allí me sentiría segura.

—¿Y pretendéis someteros a eso? —objetó el abad, alarmado—. ¡Aunque, muy a mi pesar, debo admitir que estos muros sólo ofrecen protección cuando no hay más enemigo amenazándonos que las tormentas con mucho viento, hielo y nieve!

—*Bona Nox!* —dijo Cantar, y los monjes se apresuraron a prepararle una cama.

El invierno había empezado a descender desde los Alpes del Valais hasta el valle superior del Ródano. Los altos techos del castillo de Sión centelleaban blancos a causa de la escarcha. En el extremo superior de la rampa que conducía hasta el portón de la fortaleza, los soldados habían instalado una polea. La cuerda discurría a través de una especie de tambor y servía para subir ciertas cargas pesadas a través del adoquinado cubierto de placas de hielo. Entre esos pesados objetos, estaba la silla de ruedas del obispo. Por el contrario, los carros que llegaban al castillo, tenían que esperar al pie de la rampa, y sus ocupantes debían empujarlos sin ningún medio auxiliar.

Y así sucedió también con el bien acolchado carruaje de

cuatro ruedas con el que había llegado Thierry, el obispo de Verdún. Una vez llegado arriba, casi sin aliento debido al aire demasiado escaso de aquellas alturas, el ágil príncipe de la iglesia hubo de escuchar, contrariado, que todavía estaban esperando por su *collega* Gosbart. Y puesto que los guardias de la puerta le negaron el paso más allá de ésta, Thierry fue testigo involuntario de cómo cuatro criados llevaban el vehículo del obispo a través el valle, lo empujaban a través de la nieve endurecida y lo enganchaban luego a un garfio de hierro. A continuación, los guardias iniciaron la operación de izado. Lentamente, la silla fue acercándose, trayendo consigo a un Gosbart envuelto en sus pieles, quien, desde que estuvo a mitad de camino, empezó a dar muestras de disculpa con gestos de sus brazos. Thierry no le hizo el favor de devolverle el saludo ni de quedarse allí, pacientemente, hasta que hubiera sido izado del todo. Se dio la vuelta bruscamente. Odiaba a aquel tullido, un hombre que, aprovechándose de su limitación física, se arrogaba el derecho de hacerlo esperar en medio del frío, como a un mendicante; ¡a él, a Thierry de Verdún! Acto seguido, el obispo apartó a los guardias a un lado y entró al castillo.

Los dos obispos estaban sentados frente a frente. Thierry miraba concentrado por la ventana, a fin de demostrarle al otro, claramente, lo molesto que le resultaba dar aquel rodeo a través de Sión y, de paso, obligarle a iniciar la conversación.

—Práxedes —empezó diciendo por fin Gosbart, con tono inofensivo—, la mujer del emperador...

—Os escucho —dijo Thierry con tono poco amable, y sin apartar la mirada de las cumbres nevadas.

—Ha sido otro amargo golpe para el machacado Enrique —continuó Gosbart, inseguro—. Cuando la emperatriz, que ahora se llama Adelaida...

—Lo sabemos. —Thierry dio unos golpecitos con los dedos sobre el tablero de la mesa. Se había sentado de tal modo que impedía que la silla de ruedas llegase hasta detrás del escritorio, el sitio donde a Gosbart le gustaba sentarse, como si fuese un trono, con el propósito de dictar su voluntad a sus visitantes.

—¡Cuando se enteró de la derrota de su marido, abandonó en secreto el campamento de la corte imperial y... (¡Largos son los tentáculos del *Caput canis*!) y huyó en busca, precisamente, de la margravina Matilde, que, por supuesto, acogió a la traidora con los brazos abiertos. —Las palabras brotaron de los labios de Gosbart como un arroyo de montaña cuando comienza el deshielo—. Y a ella le vertió su corazón la pobre emperatriz...

—¡Ahorradme toda esa cursilería! —increpó Thierry al señor del castillo—. Y no echéis la culpa de toda historia de alcoba al señor de los servicios secretos. ¡La señora Adelaida es una imbécil! ¡No encerraría con ella, en una misma celda, por una hora, ni a mis peores enemigos!

—¡Esa mujer tiene que haber sufrido cosas horrendas! —dijo Gosbart, acalorado—. ¡Por lo que se oye...!

—¡Y para colmo es rubia! —dijo Thierry, evitando que su colega siguiera divagando—. Cuando esa imbécil rusa aceptó por marido a ese jamelgo de tan avanzada edad, tuvo que dar por sentado que éste ya no la montaría; y no sólo eso: debió imaginar que intentaría suplir su impotencia con toda clase de jueguecitos extraños.

—¡Vaya cochinadas repugnantes! —chilló Gosbart, irguiéndose indignado en su silla de ruedas—. ¡Pecados de concupiscencia!

—¡Los cuales no son desconocidos para vos, por lo visto! —le dijo Thierry burlonamente, mirando a los ojos, con expresión implacable, al hombre condenado a la silla. Pero entonces, sin previo aviso, su tono cambió—. En realidad, ¿me habéis hecho llamar aquí para exponerme a los chismes de vuestros guardaespaldas?

Gosbart se había estremecido, pero entonces un temblor malicioso se deslizó por sus rasgos.

—No se trata tanto de mí —le respondió con frialdad, lanzándole una indirecta al señor de Verdún—. ¡Tampoco me he convertido en una lavandera chismosa! —Y a continuación, a voz en cuello, concluyó—: ¡Se trata de esa mierda normanda que no acaba de secarse, y despide un mal olor que llega hasta el cielo!

El señor Thierry, ciertamente, esta vez prestó atención.

—Y el hedor no proviene de mis pantalones, como sin duda ya sabéis, Thierry... ¡Las peores heces se acumulan al norte de París, y llevan el nombre de Gisors!

—¡Correcto, Gosbart! —lo secundó Thierry—. ¡Soy la eficiente lavandera del duque de Normandía! ¡También soy el responsable de inspeccionar otro montón de porquería en Vexin, esa emporcada zona fronteriza con Francia! —exclamó riendo sonoramente y regodeándose en la expresión perturbada de su interlocutor.

Cuando, a la mañana siguiente, los monjes regresaron con la buena noticia y dijeron que el bloqueo del camino había sido levantado, Cantar insistió en renunciar a la protección del hospicio de los benedictinos y de su amable abad, y exponerse a los imponderables de un viaje invernal a través de las rocas y el hielo.

—Si Gosbart nos envía a sus captores hasta aquí arriba —les dijo a sus compañeros, los monjes *Angelus* y *Vocator*—, ¿qué puede esperarnos entonces en Sión? —Ninguno de los dos monjes se atrevió a objetar nada ante estas consideraciones, y la propia Cantar se encargó de despejar cualquier otra—: Quiero haber traído a mi hijo al mundo —dijo con firmeza— antes de enfrentarme a todo eso.

Angelus inclinó pensativo su cabeza en forma de bola.

—Pero el alumbramiento podría...

—¡El niño debe ejercitarse en la paciencia, hasta que hayamos llegado a ese lugar seguro que siempre he imaginado!

Y así se marcharon de allí aquellos tres, en su carro tirado por mulos, abastecidos por los monjes con suficientes provisiones, ollas, paños limpios, mantas y leña.

Estaban acampados en la gruta, ese lugar mágico. Desde que era una niña Cantar había soñado que aquel claro lago subterráneo sería algún día su lecho nupcial. *Angelus* y *Vocator* quedaron profundamente impresionados con aquellas aguas de color azul oscuro, y también con la luz sobrenatural que reflejaba el inmaculado espejo de aquel lago de montaña; les parecía sobre todo un milagro que, en medio de un helado mundo escarpado, el agua, contra toda expectativa, se mantuviera allí. Levantaron su campamento al borde del lago y, siguiendo las indicaciones de Cantar, prepararon el lecho sobre el que la joven debía dar a luz. *Angelus* estaba excitado, como si el que fuera a parir fuese él. Corría sin descanso por entre las estalagmitas de aquella cueva.

Cantar se llevó aparte al esmirriado *Vocator*.

—*Angelus* no me sirve de ninguna ayuda ahora —le confió la dama—. Quisiera enviarlo a Sión como explorador, para que averigüe qué nos espera allí. —Cantar tampoco bajó la voz cuando *Angelus* volvió a entrar—. Vos, *Vocator*, hijo de campesinos, me habéis demostrado que sabéis tratar a las mulas embarazadas. ¡Así que sabréis auxiliar también a una mujer! —*Vocator* asintió, lleno de confianza.

En realidad, *Angelus* pareció alegrarse por no tener que ser testigo de aquel acontecimiento inminente. No veía la hora de poder marcharse del paritorio cavernoso. Tímidamente, al despedirse, colocó su mano sobre la barriga hinchada de Cantar, algo que ella misma le había pedido.

—Sí —exclamó con asombro incrédulo—. ¡Lo siento! —Luego partió alegremente, tan rápido como se lo permitieron sus pies.

Pronto los copos blancos empezaron a bailotear sobre las almenas del castillo de Sión. El guardia de la puerta se apresuró a cubrir con una gran alfombra la silla de ruedas que, azotada por el viento, aguardaba en el extremo superior de la rampa a su señor, el *Episcopus sedunensis*.

Gosbart y su huésped, el temido predicador Thierry de Verdún —poderoso tanto por su condición de conde como por la de obispo—, estaban sentados, de mal humor, en el despacho. Desde hacía algún tiempo esperaban a monseñor De la Carmen, al que correspondía la misión de llevar allí a las dos rivales, la señora Maurcade du Berq y Elgaine de Gisors.

—A monseñor se lo considera partidario de Maurcade; todavía está por ver si es un hombre fiable —comentó Thierry de Verdún, justo en el momento en que los guardias de la entrada anunciaron que había llegado un carruaje al pie de la rampa, llevando a un solo caballero, un clérigo.

A pesar de la presencia del poderoso obispo de Verdún, Gosbart no se privó de gritarle de inmediato al exhausto monseñor:

—¿No habíamos acordado que traeríais con vos a las dos damas en pugna, a fin de que el señor pudiera llegar a un veredicto y luego ponerlo en conocimiento del árbitro principal en este asunto, el duque?

De la Carmen no iba a dejar que nadie lo reprendiera de ese modo.

—¡Para mí, el árbitro principal en este asunto, y espero que también lo sea para los aquí presentes, sigue siendo el Santo Padre! —dijo, y al ver que no le ofrecían sentarse, se dejó caer tras el pesado sillón situado detrás del escritorio, lo que incomodó aún más a Gosbart—. Tuve que separarme de Maurcade, pues me retuvo otra misión más importante, en aras de la causa de la Iglesia. Ella me prometió que vendría hacia aquí. A su rival, Elgaine, la trae ella consigo, en calidad de prisionera.

—¿Os prometió eso realmente? —insistió Thierry.

—¡No lo hizo *expressis verbis*! —aclaró De la Carmen, seguro de sí mismo—. Pero sus intenciones eran claras. Quiso hacerme creer que se trasladaba a Savona, para subir a un barco que...

—¡Ja ja, ja ja! —Thierry se entregó a un arrebato de euforia—. ¡Maurcade ha dicho la verdad con tal franqueza que un cerebro tan retorcido como el vuestro, tantos años entrenado en los servicios secretos, no puede hacer otra cosa que creer que ella miente! ¿Es que acaso va a hacer exactamente lo contrario de lo que dice? ¡Falso! ¡Va a hacer lo que ha anunciado! ¡Es decir, Maurcade no vendrá, y por eso tampoco vendrá Elgaine!

De la Carmen lo miró como un perro pastor español que no conoce la lluvia y que acaba de recibir un cubo de agua fría. Entonces Gosbart exclamó triunfante:

—Con ello estamos obligados a decidir sin la presencia de esas damas. Y lo haremos del modo más beneficioso para ambas.

Nadie rió entonces.

En las primeras horas de la mañana, mientras todavía amanecía, *Angelus* se deslizó cuesta arriba por la rampa cubierta de nieve. La silla de ruedas sujeta por la polea era como un montón irregular cubierto por la nieve. Sólo bien pegado al suelo, bajo los pesados pliegues de la alfombra, había quedado una pequeña abertura. Cuando *Angelus* pasó por allí tímidamente, creyó ver un par de ojos brillantes que lo miraban con expresión amenazadora. Creyó que se trataba de un lince que había buscado cobijo allí debajo, por eso no le sorprendió aquel azul tan poco habitual en la mirada del supuesto animal salvaje. Pensó que podría llegar a la puerta pasando de largo junto al peligro. Y puesto que se avergonzaba de su cobardía, no mencionó ante el guardia nada de lo que había observado, sobre todo porque, de inmediato, el bienintencionado guardia tuvo ocasión de insuflarle otros motivos de temor: le dijo que, bajo ningún concepto, debía dejarse pillar por Gosbart, que desde hacía días estaba de muy mal humor. La nieve lo mantenía prisionero en el castillo, a él, al «señor de la casa», y con él estaban todos sus indeseados huéspedes, el obispo de Verdún —que estaba camino de Piacenza— y monseñor De la Carmen, quien probablemente querría establecerse allí, a juzgar por la cantidad de equipaje que había hecho trasladar a la fortaleza.

Angelus se deslizó entonces de puntillas a través de los pasillos en penumbra, hasta que llegó por la última escalera hasta el familiar cuartito destinado a los cronistas.

Cuando *Angelus* despertó, después de un largo y merecido sueño, bajo él, a través de la Oreja de Dionisos, resonaron claramente las voces de tres caballeros que discutían.

—¡Y os lo digo! —gritó monseñor—; ¡Maurcade no vacilará en matar a Elgaine si no se le concede la posesión de Gisors!

—Pero se lo podríamos impedir —replicó Gosbart, que se regodeaba en sus palabras—, haciéndole ver que ello podría significar una muerte violenta para ella...

—¡Demasiado tarde! —exclamó De la Carmen—. Ella, ahora, está a solas con su presa. ¡Elgaine está a su merced, indefensa!

—¡Pues ésa es la situación, querido De la Carmen, en la que vos la habéis dejado al incumplir con lo acordado! —Thierry se sentía molesto por aquella falta de eficacia—. Además, todavía es válida la palabra del duque: ¡la condición para que se le otorgue Gisors es que se case con un caballero de sangre normanda!

—¡Sí, por ejemplo, el tal Conon de Béthune! —exclamó De la Carmen, revelando su tardío conocimiento—. ¡Maurcade debió retenerlo y dejar marchar a Elgaine! ¡Pero por desgracia lo ha hecho al revés!

—Alguien le ha dado un mal consejo —dijo Gosbart alegremente, y soltó una risita.

—Por lo tanto, tenemos que esperar a que las mujeres reaparezcan en alguna parte, ¡y ojalá que las encontremos vivas a la dos!

De la Carmen concibió esperanzas:

—¡Entonces habrá una decisión en lo que atañe a Gisors!

—Lo que simplificaría el asunto sería que sólo una de ellas sobreviva a ese viaje, ¡entonces la propiedad sería para el caballero De Béthune! —Gosbart veía las cosas sin detenerse en escrúpulos.

—¡Disponéis de Conon como si éste fuera vuestra solícita criada! —lo contradijo monseñor—. Contra una mujer puede ejercerse la violencia, pero obligar a un hombre a...

—¡Ja! —se mofó Gosbart—. ¡No hay nada más fácil que eso! ¡Hay en la naturaleza toda clase de hierbas que cualquier hombre, con tal de disfrutarlas, llegaría a vender a su propia abuela...!

—¡No me convirtáis a Maurcade en una simple bruja! —protestó De la Carmen—. ¡A Conon podrían sucederle cosas peores!

—¡Traédmelo aquí, y yo os garantizo que ese hombre sería capaz de montar al mismísimo Santo Padre! —terció Gosbart.

Thierry lo miró con acritud.

—El mundo solitario de las montañas hace que florezcan plantas muy extrañas y poco habituales. Yo sería más precavido con mi lengua: es el único órgano a través del cual, todavía, podéis haceros escuchar —dijo, y le sonrió al *Episcopus* en un falso gesto de complicidad—. Por mi parte, tengo problemas de oído con la altura, ¡por eso no he escuchado vuestras últimas palabras!

A monseñor no le gustaba la manera en que se estaba desarrollando aquella conversación, de modo que se volvió hacia Thierry.

—Entonces, ¿exigiréis al duque Roberto que vaya a Gisors y que, dado el caso...?

—¡Sólo en el caso... —dijo el señor de Verdún, cortándole—, de que valga la pena! Existen otras soluciones —añadió en tono amenazante—, pero ahora me esperan en Piacenza, el sitio adonde nuestro *Pontifex maximus* ha convocado a los obispos fieles a él. Y por lo visto, el *Episcopus sedunensis* no está entre ellos. —Aquello sonó como un petardo, el colofón con el que Thierry ponía fin a sus disquisiciones.

De la Carmen se alarmó. Gosbart, en cambio, se mostró obstinado.

—Por la gracia de Dios y de su enorme sabiduría, he sido investido aquí con el cargo de *praefectus vallesiae*, ¡y como tal estoy, ante todo, al servicio del poder secular de mi señor, el emperador!

Thierry de Verdún no replicó nada, y a continuación abandonó el castillo; sus hombres lo acompañaron hasta su carruaje, que se hallaba al final de la rampa. Tan rápidamente como pudo, le dio la espalda a aquel valle.

Los otros dos hombres permanecieron todavía un rato sentados en silencio, según anotó *Angelus*, que estaba a la escucha. Al cabo de un tiempo, De la Carmen, con un suspiro, dijo:

—Deseáis que Elgaine esté en Gisors, pero yo prefiero a Maurcade. Al señor Thierry le dan igual cualquiera de las dos.

—¡No! ¡Él quiere Gisors para sí! —lo interrumpió Gosbart—. Lo arreglará todo de tal modo que esta disputa, todas estas rencillas femeninas, se conviertan, en algún momento, en un dolor de estómago para el duque, y así él podrá designar a un administrador que le garantice...

—¡Pero para eso tiene que quitarles de las manos Gisors a los franceses!

—¿Y querrá Thierry hacer tal cosa? —preguntó Gosbart con insidia.

De la Carmen hizo un gesto de rechazo.

—*Videant consules!* No deberíamos perder de vista a los servicios secretos, que ven en vos, todavía, a uno de los suyos.

—¡Después de estos días, quisiera bajar de nuevo a San Teódulo y purificar mi alma!

—¡Un buen baño! —se mofó De la Carmen—. ¡Caliente y humeante! ¡Con mucho jabón y esas hierbas que inducen al hombre a no tener pensamientos (ni actos) pecaminosos, sino que prometen una paz agradable!

Gosbart vio a monseñor con expresión vacilante, pero luego soltó una risita.

—Vos queréis que me vaya al infierno, ¿verdad? ¡Puede que sea ése el lugar que me corresponde con justicia! —rió—. ¡Sobre todo si allí me encuentro a gente como vos!

El *Episcopus* se regodeó en el dolor de su interlocutor.

—¡Mientras tanto, sed mi huésped hasta que el aire se purifique también para vos! —Entonces mandó a buscar a sus criados, para que lo llevaran abajo.

Thierry, el obispo de Verdún, estaba exultante por haber escapado al fin de los sombríos muros del castillo de Sión, con su horroroso obispo Gosbart y el no menos repugnante monseñor De la Carmen. Incluso el inminente ascenso a las alturas del paso —¡que era, bien lo sabía Dios, una auténtica tortura!— fue incapaz de quitarle la sensación de haberse liberado de una pesadilla. Ya había recorrido unas pocas millas de la vía de acceso, cubierta de nieve, cuando vio por encima de él, en el camino de la ladera, un extraño vehículo. Unos mulos, seguidos de cerca por sus crías, arrastraban hacia el valle un carro apoyado sobre unos imponentes esquíes que parecían grandes cuernos, como suelen usarlos normalmente los lugareños de los Alpes para trasladar los enormes fardos de paja a través de los pasos de la alta montaña. Un puñado de guardias iba también alrededor de aquel carruaje y le brindaba apoyo cuando éste amenazaba con ladearse. Se apoyaban con sus poderosas espaldas contra los esquíes, a fin de frenar al carro en aquel descabellado descenso hacia el valle. Thierry oyó el tintineo de los cencerros de los rebaños de cabras que acompañaban al raro convoy, y vio también la sotana de un monje benedictino que caminaba detrás, vigilante, como un pastor que cuidara la retaguardia. «¡Valiente hermano benedictino! —El obispo de Verdún sonrió con picardía—. ¡Cuán sencilla y poco problemática es la vida de la gente humilde!» Entonces los saludó cordialmente y continuó su viaje.

Los criados de Gosbart, el *Episcopus sedunensis*, habían llevado a su señor hasta delante del portón, hasta la polea de la que colgaba, atada a una fuerte cuerda, la pesada silla de ruedas. Sacudieron la capa de nieve que se había formado sobre la alfombra que la protegía y liberaron el vehículo.

Luego alzaron al tullido y lo colocaron en su asiento, extendieron una manta sobre sus piernas y soltaron con cuidado el gancho de la cuerda de la polea. Había dos hombres a cada lado, a fin de garantizar un descenso suave de la silla. Gosbart, impaciente, les dio la señal de que empezaran la operación de descenso. Lentamente, el vehículo se puso en movimiento y su peso empezó a tensar la cuerda a medida que se desenrollaba del tambor de la polea. El obispo Gosbart asintió, satisfecho, y alcanzó a ver con el rabillo del ojo que monseñor De la Carmen había salido para despedirlo, pero ignoró conscientemente ese gesto. El renegado, en su dolor, se aferraba por lo visto a cualquiera del que esperase protección ante la espada de Damocles que pendía sobre su pescuezo. Gosbart conocía muy bien las consecuencias de subvertir las reglas del Cardenal Gris: «*Summum ius summa crux!*», pensó el engreído. El obispo ya había dejado atrás un tercio del recorrido por la empinada rampa en su silla de ruedas, cuando oyó un estampido seco y horroroso que, bien mirado, había sonado como una ráfaga de pedos chisporroteantes. En un abrir y cerrar de ojos, su silla pareció detenerse a causa del asombro, pero luego volvió a ponerse en movimiento, cada vez más rápido, mientras la cuerda partida se sacudía y daba latigazos detrás de él, como la cola de un demonio. La silla tomó una velocidad vertiginosa; Gosbart se aferró a los brazos de la misma, mientras, ante sus ojos, el muro que protegía la rampa de las escarpaduras del valle se fue haciendo cada vez más grande. El obispo se tapó la cara con ambas manos y oyó un estampido; como si de un puño invisible se tratase, algo lo alzó por los aires, y el obispo voló directo al infierno, mientras las astillas de la estrellada silla llovían sobre él. A continuación se hizo el silencio. Nadie, ni los criados ni los guardias que custodiaban la puerta —y mucho menos monseñor— habían soltado una exclamación de horror. Todavía podía verse en el muro que una piedra se había salido de la parte superior, mientras que una de las ruedas giraba por una esquina e iba a caer en medio de la nieve.

Los guardias recogieron el cabo que quedaba en la polea y examinaron, con asombrosa tranquilidad, el punto en el que se había partido. Apenas se había deshilachado, pues unos cortes limpios, hechos con precisión, habían ido separando las pequeñas fibras con las que estaba tejida la soga.

Alguien había hecho un corte preciso, de modo que cualquier peso terminara por partirla. Cuando monseñor —que ni siquiera se había dignado a mirar una vez el *corpus delicti*—, oyó aquello, despertó de su estado de rigidez. Sin hacer señal alguna a su séquito, que esperaba junto al portón, De la Carmen pegó un salto lleno de pánico sobre la helada rampa, se deslizó por ella, cayó de bruces, se levantó, se deslizó de rodillas y luego, apoyándose en la barriga volvió a levantarse, resbaló, se cayó de nuevo y avanzó otra vez hasta llegar a su carruaje. Ni siquiera llamó al cochero, sino que se sentó en el pescante, agarró las riendas, azotó a los caballos y el carro, serpenteando y tambaleándose, se puso en movimiento. Ni una sola mirada lanzó monseñor hacia atrás, hacia el gris castillo que quedaba a sus espaldas.

El carruaje que salió a su encuentro —que se deslizaba sobre unos esquíes que parecían cuernos y era tirado por unos mulos, y empujado por detrás por algunos pastores y cabreras—, consiguió evitar la colisión cuando monseñor, que parecía perseguido por todas las furias, pasó volando junto a él.

Los integrantes de aquel convoy no vieron, por lo tanto, que en la siguiente curva —donde, para disgusto de monseñor, la nevisca hacía más lento el avance—, una sombra saltaba de la pared de roca y se colocaba en el escalón trasero del carruaje del clérigo español. De la Carmen azotaba frenéticamente a su tiro, mientras Guy d'Abreyville se pegaba inmóvil, como una sanguijuela, a ese escalón trasero que lo protegía de las miradas del hombre que iba sentado en la parte delantera. Aquel viaje infernal continuó...

Al pie de la montaña coronada por la fortaleza de Sión, Cantar pidió bajar del carro. El flacucho *Vocator* le ofreció su brazo como apoyo, y la retornada, apretando al recién nacido contra su pecho, volvió a poner un pie en el suelo de su patria. Las personas que la rodeaban estallaron en un grito de júbilo. En ese momento empezaron a tañer las campanas de San Teódulo. Lo que en un inicio parecía un toque de difuntos, cambió hacia tonos más alegres. Y ésa fue también la señal esperada por *Angelus* para salir de su habitación. El benedictino voló por la escalera y se deslizó por la rampa hacia donde estaban sus amigos. En pleno triunfo, Cantar, la nueva señora del castillo, fue llevada dentro de sus posesiones.

EL CONCILIO DE PIACENZA

El cardenal legado del papa, Su Eminencia Remy d'Aretin, había tomado alojamiento en Piacenza a fin de supervisar los preparativos del concilio convocado en esa ciudad por Su Santidad *Urbanus Secundus*. La llegada del papa era inminente.

Antes, Remy d'Aretin había hecho una parada en Sión y se había cerciorado del buen estado de la madre y de su hija, que fue bautizada en un círculo íntimo con el nombre de Casda, tal y como Cantar había deseado. De ese modo, Cantar de Sión quedaba definitivamente establecida como *praefecta et comes vallesiae*. La sede episcopal vacante sería ocupada en el momento oportuno y según el criterio de la Iglesia. Se había llevado a los dos hermanos benedictinos, *Angelus* y *Vocator*, sus cronistas, a Piacenza, donde volverían a servirle como escribanos. Habitaban en el mismo *palazzo* que el nuncio papal, al lado de la residencia episcopal, situada junto a la catedral. El alojamiento lo había puesto a disposición un adinerado vecino de la ciudad. Se hallaba no lejos de la muralla y tenía acceso directo al río Po. El prudente Remy siempre tenía presentes las posibilidades de fuga, si bien en aquel momento no había por qué temer un ataque por parte de las fuerzas del emperador. Tras su último fracaso, Enrique se había retirado, lleno de amargura, a Verona, mientras que el terco de Godofredo había levantado su campamento ante las puertas de Canossa.

A modo de guía para la conversación que tendría lugar en su inminente encuentro con Urbano, el Cardenal Gris había pedido a sus monjes que llevaran al papel algunas de sus ideas:

De los protocolos secretos de Sión

El estado de las cosas que afectan a nuestras reflexiones y a mis planes:

PRIMUM: *Los normandos de Apulia y Sicilia están preparados. Los duques Borsa, de Apulia, y Roger, de Sicilia, dotarán a Bohemundo, príncipe de Tarento —junto con Tancredo, conde de Lecce—, de un ejército que les permitirá llevar adelante una campaña de guerra en ultramar, bajo la guía del Santo Padre en persona o de algún legado designado por éste, una campaña que nos permita restablecer el dominio cristiano sobre Jerusalén y los sitios sagrados.*

Nota bene*: La casa gobernante de los d'Hauteville, así como los beneficiarios de la herencia de Guiscardo, están encantados de poder sacar del país a esos dos alborotadores, pues cuentan con que ambos se dediquen a conquistar territorios en Tierra Santa y que no regresen. Queda por esclarecer cuál es la relación de Bohemundo con el emperador Alejo, de Constantinopla, sobre el que pesaban en el pasado muchos impedimentos, como se sabe, ya que una travesía por el Bósforo implica entrar en territorio de Bizancio.*

SECUNDUM: *A Raimundo, el conde de Toulouse, no le desagrada la idea de participar en una empresa a gran escala del papa, siempre que ocupe «una posición de liderazgo», y eso comprende también la posibilidad de conquistar posesiones en ultramar, así que ve esa posibilidad con interés, pero hasta ahora no ha visto la necesidad de dar tal paso. Toulouse es rica, y el ejército que él puede poner a disposición es notable; sus condes son poderosos como reyes, de modo que apenas hay riesgos para sus posesiones. Situada entre el reino de Aragón, la Borgoña meridional —perteneciente al Imperio romano—, y la Provenza, Toulouse se cree segura ante París y ante el rey de Francia. Teniendo en cuenta esa confianza, debería-*

mos asustar al conde Raimundo: ¡una patadita en sus partes más nobles! ¡Ya he preparado un buen par de botas!

TERTIUM: *Roberto, duque de Normandía, arde en deseos de ir a una «guerra santa» por la Iglesia y por el papa. Aquí no tenemos el problema de la falta de disposición, sino el del entorno, que es un impedimento para el duque. Tanto su hermano Guillermo el Rojo, rey absoluto de Inglaterra, como Felipe, rey de Francia, atosigan a Roberto; los dos quieren el dominio absoluto sobre Normandía. Un ejemplo espectacular de su situación es el destino de su fortaleza fronteriza de Gisors. ¡Si en este momento respondiera positivamente a nuestra llamada, los dos monarcas caerían sobre su ducado! Acabe como acabe este tira y afloja, Roberto, a su regreso, se vería sin nada. Y la Iglesia ha de protegerlo de ese trance, y proporcionarle protección si no quiere renunciar a su participación en la empresa.*

QUARTUM: *¡El paso más osado que tenemos por delante, pero también el más necesario, tiene que ver con los alemanes! No tanto con el imperio en sí, como con su ejército, que lleva años en el campo de batalla. A estas alturas, el emperador no juega ya ningún papel, ¡pues la figura descollante, a la que las tropas siguen, es Godofredo de Bouillon! ¿Y qué hace este general tan bien capacitado para las grandes hazañas, como bien sabe Dios? ¿En qué derrocha su tiempo y sus fuerzas? ¡Pues sigue prendado de Italia, la merodea, amenaza a la Roma del legítimo* Pontifex maximus, *que por fin ha regresado, y coaliga de un modo absurdo a valiosas fuerzas militares de nuestros aliados, las de la margravina Matilde, de la Toscana, y las de la Liga lombarda! Y no lo hace por la pugna sobre la investidura surgida entre la Iglesia y el emperador, ¡sino únicamente por una riña familiar que es, en realidad, totalmente irrelevante! Es preciso cortar de una vez por todas este nudo gordiano. Sé que mi propuesta es atrevida: tendríamos que atraer a Godofredo, el símbolo del poder imperial, a nuestro bando, ¡y deberíamos ponerlo a la cabeza de nuestra campaña por Nuestro Señor Jesucristo!*

En Piacenza en el mes de marzo, A.D. MXCV

El Concilio de Piacenza, el primero realizado durante el pontificado del papa Urbano, tuvo una participación inesperadamente elevada de obispos llegados desde Alemania. La causa del emperador y de su antipapa Guiberto de Rávena sólo impidió a unos pocos llegar a un arreglo con Urbano. Únicamente aquellos que no podían esperar ninguna clemencia a causa de sus probados actos de simonía o de atentados contra el celibato, se mantuvieron alejados de Piacenza. También aparecieron algunos delegados de Constantinopla, los cuales, en nombre del emperador Alejo, debían mostrar una vez más a los participantes del concilio allí reunidos los sufrimientos y las penas padecidos por los cristianos que vivían en Tierra Santa, sobre todo la inequidad, las persecuciones y maltratos a los que se veían expuestos allí los devotos peregrinos llegados de Occidente, cuando éstos se atrevían a visitar los sitios sagrados. La mayoría de ellos ni siquiera llegaba a Jerusalén; eran asaltados por el camino y vendidos como esclavos o asesinados.

Los bizantinos —de acuerdo con los servicios secretos de la Iglesia, a los que antes habían tenido que hacer llegar la letra y el espíritu de sus quejas— describieron la situación de un modo tan drástico que pusieron la carne de gallina a sus hermanos en Cristo. Mientras tanto, Remy les hizo saber en secreto a los participantes del concilio que podían deshacerse de todos los molestos buscapleitos y gallitos de pelea, y que lo harían de un modo elegante, en la medida en que la Iglesia consiguiera enviarlos a un país lejano, con la misión de luchar por una gran causa cristiana, prometiéndoles la salvación de su alma y el perdón de todos sus pecados. Es cierto que el hábil cardenal legado ya había escogido hacía tiempo a los principales candidatos en los que pensaba buscar apoyo, pero también pretendía crear una atmósfera de euforia y esperanza para todo Occidente, un entusiasmo que luego podría canalizarse para formar los ejércitos previstos. Los obispos y sus respectivos clérigos eran los más apropiados para despertar el entusiasmo necesario entre sus ovejas negras y sus cabritos ávidos de riquezas. Y aunque no se habló de forma clara sobre la forma y las condiciones en que Bizancio esperaba el apoyo de Occidente y de sus caballeros, la semilla había sido sembrada. Remy d'Aretin prestó especial atención al hecho de que reinara el más absoluto silencio sobre una cuestión: si el emperador Alejo pensaba en admitir que los príncipes y caballeros ganados para la empresa hicieran sus conquistas personales y, sobre todo, tomaran posesiones por propia cuenta. De lo contrario, aquellas vivas descripciones sobre las crueldades en Tierra Santa tropezarían con oídos sordos; ¡ninguno de aquellos hombres movería un dedo! Y fue así como las chispas de un hastío general, provocado por las circunstancias —por el absurdo vivido a diario, el absurdo de esa vida—, cayeron sobre paja seca y encendieron el fuego de una codicia oculta, jamás admitida, por obtener más poder, por hacerse con riquezas inimaginables.

El concilio también trató el tema del adulterio del rey Felipe de Francia. Muchos estaban indignados por la manera en que el monarca le había quitado la esposa, Bertrada de Monfort, a su vasallo el conde Fulk de Anjou, con la que se había casado posteriormente. Cuando el obispo de Chartres se negó a bendecir el matrimonio, Felipe lo envió a prisión y nombró al hermano de Bertrada obispo de París. Éste, obviamente, satisfizo los deseos del rey. Y aunque la mayor parte del alto clero de Francia condenaba con vehemencia esa forma de proceder, Urbano desistió en Piacenza de excomulgar a Felipe. ¡Ese instrumento de presión podría tal vez ser útil más adelante! Lo que en realidad no hubiera sido necesario en el concilio fue la comparecencia de Práxedes, la esposa del emperador Enrique; éste había sido excomulgado mucho tiempo atrás. Matilde había arrastrado hasta allí a la mujer, y la princesa rusa, que entonces se hacía llamar Adelaida, confundió y estremeció los ánimos de muchos clérigos allí presentes con sus acusaciones contra el esposo. También en este asunto, Remy se había ocupado de antemano de que Práxedes —que muy probablemente estaría dispuesta a llamar a las cosas por su nombre— sólo se expresara por medio de vagas insinuaciones sobre las perversiones sexuales y las humillaciones que había tenido que soportar de Enrique. No correspondía a los objetivos de la Iglesia el pisotear al emperador también desde un punto de vista moral, que era, sin duda, la intención de Matilde. De ese modo, el papa pudo demostrar sus dotes de pastor supremo, un hombre por encima de todas las bajezas humanas, que extendía su mano protectora incluso sobre los pecados de un pervertido como Enrique. Las alusiones que Práxedes hizo con fingida desgana, bastaron para echar a volar de un modo descontrolado las fantasías de los perplejos oyentes. Urbano anunció que ese mismo año convocaría un nuevo concilio, presumiblemente en Francia. Algo aturdidos, los participantes de aquella junta de obispos abandonaron Piacenza.

Un encuentro secreto entre el papa y su cardenal legado estaba previsto para después de que acabara el concilio. Antes Remy había tenido tiempo aún de recibir a Balduino de LeBourg, recién llegado de Normandía, quien le confirmó que el duque Roberto estaba a su disposición; eso sí, bajo la condición de que unas palabras del papa les mostraran su lugar a su hermano y al rey Felipe, para así no tener nada que temer en relación con sus posesiones. Roberto decía que sólo creería en la fuerza de la Iglesia cuando recibiera Gisors de vuelta, una posesión en ese momento ocupada por Francia de forma ilegítima. A él le daba lo mismo que quien allí gobernara fuera Elgaine, la hija de Guillem, o Maurcade, sangre de su sangre; lo único importante era que la mujer escogiera un marido que garantizara una dinastía normanda. La otra persona propuesta, Conon de Béthune, también le parecía bien, sólo había que pensar en que éste estaba emparentado con las dos mujeres, de quienes era medio hermano, en un caso a través del padre —si es que estaba bien informado—, y en el otro a través de su madre Fedaye, que era idéntica a aquella Melusina preñada por él. ¡Pero la Iglesia, como se sabía, estaba en condiciones de eliminar esos obstáculos! Remy sonrió con sorna y quiso saber dónde estaba el capitán de piratas Bert el-Caz. Balduino le explicó que el pirata, siguiendo sus instrucciones, lo había dejado otra vez en Savona y andaba por el norte del mar Tirreno, a la espera de nuevos encargos por parte del Cardenal Gris, a quien el pequeño pirata tanto apreciaba. Remy dio las gracias por el buen desempeño en la misión y le pidió a Balduino que se mantuviera disponible en los días siguientes. El nombramiento como conde de las Ardenas ya había sido legitimado y le sería confirmado pronto en un escrito sellado.

Dado que el Santo Padre sólo podía ir al *palazzo* de incógnito y con muchas dificultades, solía recibir a sus cardenales legados, disfrazados de monjes benedictinos, en el palacio episcopal. Esta vez Remy d'Aretin iba acompañado de los *fratres Angelus* y *Vocator*, a los que correspondería poner por escrito los puntos más importantes de aquella conversación.

—No entiendo a la tal Práxedes —dijo Urbano, iniciando la charla—. ¿Cómo una mujer, por mera sed de venganza barata, puede ponerse en evidencia de esa manera?

—Matilde le ha dejado entrever la perspectiva de entregarle un convento en la Toscana —respondió Remy—, y allí podrá regodearse en su vergüenza por el resto de sus días. ¡Si es que conoce ese sentimiento! Yo, en cambio, propondría Lerici.

—¡Pero no como abadesa! —dijo el papa, con lo cual quedó zanjado el tema—. Por cierto, he leído vuestro informe sobre el statu quo —continuó Urbano—, y yo también estoy seguro de que vos tenéis *in petto* la palanca adecuada para Toulouse; sin embargo, en lo que atañe a Gisors, me temo que vos, querido Remy, os dejáis guiar por vuestros sentimientos, ¡lo cual nunca es de mucho provecho en el caso de un *Caput canis*!

—Tenéis razón, *Sua Santità* —admitió el Cardenal Gris con una sonrisa—. Sin embargo, cada uno de nosotros, y no pretendo excluiros, necesita algo de sal en su sopa para cumplir con sus deberes diarios. Del mismo modo que, por fin, he instalado a vuestra Cantar de Sión en su región natal, llevaré también el destino de Gisors a buen término, si bien admito que se trata, en este caso, de una debilidad personal que me permito.

—Pues os está permitido, Remy —dijo Urbano sonriendo—. Tenéis mi confianza. Pero ¿qué se os ha ocurrido en el caso de Godofredo?

—¡Bouillon! —exclamó el Cardenal Gris—. Del mismo modo que Gisors es la clave para el bienestar del duque Roberto, para Godofredo, Bouillon representa mucho más que una simple posesión. Frente a eso no servirá de nada, para detenerlo, el título de conde de Amberes ni el de duque de la Baja Lorena, que será probablemente lo que le querrá entregar su emperador. ¡Bouillon decidirá la pugna por el alma de Godofredo!

Urbano necesitó unos instantes para digerir aquel juicio.

—¡Espero, querido Remy, que hayáis asignado el papel de Satanás a Enrique y no a mí!

Remy también se mostró divertido.

—Debe de ser la última vez que dejo a Matilde un papel mayor en esta confrontación: ¡así que ahorradme decir aquí a quién hay que considerar bueno y quién representa el mal!

—Si yo me creyera el ojo del Todopoderoso, Remy, ¡vos seríais también un candidato con muchas perspectivas! ¡Seguís siendo un jugador temible!

—¡Gracias, Su Santidad! —dijo Remy e hizo una reverencia.

Los tres monjes regresaron a su alojamiento.

—¿Dónde están en este momento nuestros héroes, Conon de Béthune y Astair de Saissac?

—Recibiendo infinidad de honores —respondió *Angelus* a Remy d'Aretin—; ¡están con la margravina!

—¡Es decir, bien cuidados! —comentó el *Caput canis* con picardía.

—Y reposados para nuevas hazañas —dijo *Vocator*, asintiendo, pues creía intuir lo que vendría a continuación. Sin embargo, se vio decepcionado.

—¿Y cómo les va a nuestras damas? —preguntó Remy en su lugar.

—También están bien cuidadas, pero no gozan de tanto confort —respondió *Vocator*—. Según la información de nuestro eficiente Bert el-Caz, se encuentran en las mazmorras de cabo Gorgona, en compañía del calvo.

—¡Muy bien! —alabó Remy—. Entonces podemos dar los siguientes pasos —dijo, y a continuación, se envolvió en un manto de silencio.

En el *palazzo*, Guy d'Abreyville esperaba a su nuevo amo y maestro, Remy d'Aretin.

—¡Gosbart de Sitten se ha ido al infierno!

—¡Un obispo siempre va al cielo, Guy! —lo corrigió con voz suave el cardenal—. Pero ¿quién os ha encargado, ahora que sois un excelente colaborador de los servicios secretos?

Guy sonrió con sorna.

—¡La oportunidad era tan favorable! —La mala conciencia era algo ajeno a aquella criatura—. Y la ladera, con su esplendor invernal, demasiado hermosa. ¡Hasta ahora nadie ha echado de menos a monseñor!

—¡Pues sí! ¡Hay alguien! ¡Yo! —fue la inesperada respuesta—. ¡Por fin me he librado de ese avinagrado! —dijo el Cardenal Gris, riendo, lo que a Guy le pareció inapropiado.

—¡No deberíais ser tan condescendiente con vuestra gente! —dijo el joven—. ¡Y con ello me refiero también a este humilde servidor!

—¡De vez en cuando pensaré en algún castigo apropiado para vuestra falta de disciplina, Guy d'Abreyville! —dijo Remy, riendo todavía.

En eso, un mensajero anunció que el papa estaba a punto de emprender su anunciado viaje a Francia.

—¿Y de ese modo el Santo Padre renuncia a aceptar los honores de Conrado, el hijo del emperador, en Verona? —preguntó *Angelus*.

—Y bien que puede hacerlo —le respondió Remy—, ¡hay cosas más importantes en toda esta historia!

Liber VI

A. D. MXCV

EL *ADLATUS*

—En realidad, deberíais notar una profunda sensación de paz, aunque no tenéis por qué estar demasiado agradecida. —El nuncio y cardenal legado del papa estaba en Canossa, y tenía enfrente a la margravina Matilde—. Vuestro querido sobrino Godofredo se ha retirado a territorio alemán, y ha dejado en manos de su fiel lugarteniente Sigbert de Öxfeld la retirada de las tropas imperiales...

Matilde miró a su huésped con furia.

—¡La retirada no la debo ni a vos ni a la Virgen María, sino a las víctimas y a la defensa armada de mis súbditos! —Una vez puesto en claro esto, la margravina continuó—: *Ergo*, mis sentimientos de satisfacción se mantienen dentro de ciertos límites. Aparte de que me pesan estos muros, como pueden pesarle a un prisionero unas mazmorras. Pero vos, Remy d'Aretin, sabéis muy bien lo que para mí significa que Godofredo se haya retirado a la Lorena, junto con su primo, el traidor Balduino de LeBourg: ¡significa nada menos que la apertura de un nuevo escenario de guerra! ¡Contra mí y contra mis legítimas pretensiones de poseer Bouillon!

La margravina había soltado toda su rabia al hablar. Remy tenía que mantenerse sereno para no ofender con su sorna a aquella mujer amargada, desgastada por todas las batallas que había librado en su vida.

—¿Es que vuestros intereses no están allí representados, *fortiter atque superbiter*, por vuestros abnegados obispos, sobre todo por Thierry de Verdún?

—¡En ése puede confiar la Iglesia, pero no una mujer que

está sola! —se mofó Matilde—. Thierry de Verdún sólo tiene una cosa en mente: ¡imponer sus mundanos apetitos de poder!

—¡Pero vos podríais ser la beneficiaria de lo que él haga contra Godofredo! ¿O no?

—¡O perjudicada si Godofredo y Thierry no se matan mutuamente y se ponen de acuerdo contra mi persona!

Al cardenal lo distrajeron los guardias de la puerta, quienes le hicieron ver, respetuosamente, que el joven Guy d'Abreyville había regresado. La margravina se prohibió hacer cualquier comentario. Ni siquiera saludó al joven, aunque Guy hizo una breve inclinación.

Remy d'Aretin hizo como si no notara aquella animosidad, y exigió a Guy que lo informara.

—Según las instrucciones recibidas, he dejado a los caballeros Conon de Béthune y Astair de Saissac camino de la misión encomendada por vos. En Lerici se los entregué al pirata Bert el-Caz. —Guy estaba visiblemente orgulloso de su eficiencia, ¡pero Remy no tuvo ni una palabra de reconocimiento para él! ¡Todo lo contrario!

—¿Cómo que a Bert el-Caz? —preguntó el cardenal con tono distraído, para luego arremeter con acritud—: ¿Al menos estaba Pons en el barco del pirata?

Guy negó con su cabeza de cabellos rubios.

—¡No lo vi! —anunció tan impasible como pudo. Le enfurecía el haber prestado tan poca atención a ese asunto. ¡Mierda! Sintió gratitud hacia Matilde cuando la margravina, en ese instante, atrajo la conversación hacia el tema de su interés.

—Puede que recordéis, Remy d'Aretin —abordó la mujer, de mal humor, al cardenal legado—, que condicioné la liberación de los señores camarlengos a que cumplieran con esa misión papal altamente secreta... —Su enfado por no estar informada lo suficiente era perceptible en sus palabras— ... que se me devolviera a la fugitiva Maurcade.

Sin esperar respuesta, la margravina salió rápidamente hacia la sala, dejando solos al cardenal y a su *adlatus*. Y eso era exactamente lo que Guy temía.

Intentó entonces ponerse a salvo.

—Vuestro capitán está camino de San Gorgò, a fin de que Elgaine y Berenguer...

—¡Ese viaje debisteis hacerlo junto con Bert el-Caz, Guy

d'Abreyville! ¿O es que no me expresé con claridad suficiente? —La frialdad en el tono de aquella pregunta no hacía esperar nada bueno.

Guy se esforzó por dar una explicación:

—Sentí vergüenza. ¡Yo había prometido proteger a Elgaine!

—¡Y os habéis llenado la boca para hacerlo! ¡Pero habéis estropeado el previsto reencuentro entre madre e hijo! —fue el frío veredicto del cardenal. Guy bajó la cabeza, consciente de su culpa, algo que sucedía muy pocas veces y que no tuvo ningún efecto sobre su severo juez—. ¡El capitán al que habéis enviado es ciertamente un hombre valiente, y que hace lo que se le ordena, pero no está a la altura de esas dos mujeres!

—¿Dos mujeres? ¿Berenguer? —se atrevió a objetar Guy. El gesto de la mano del *Caput canis* fue inequívoco y aplastante.

—Y para que os quitéis esa costumbre, Guy d'Abreyville —dijo el cardenal, vertiendo toda su furia sobre el infractor— de seguir vuestros sentimientos en lugar de cumplir con la obediencia debida en el servicio, os cubriré de cadenas, os mantendré a pan y agua, recibiréis castigos diarios, y de ese modo hallaréis tiempo para reflexionar sobre las consecuencias de vuestra desobediencia. ¡Y sobre las que tendrá, probablemente!

—¿Acaso no puedo...?

—¡No! —respondió el Cardenal Gris, cortándole—. Quedaréis encadenado aquí en la capilla, a fin de que yo pueda confrontaros cada día con los efectos tal vez fatales que puede tener vuestra obstinada autonomía.

Guy esperó en vano aquella risotada sarcástica tan habitual en Remy, pero esta vez el *Caput canis* estaba más serio que nunca.

—Sólo cuando surja una nueva posibilidad de utilizaros de un modo sensato, Guy d'Abreyville, seréis liberado de vuestras cadenas. Hasta entonces, alguien se ocupará de vuestras necesidades físicas, para que vuestro instinto asesino se mantenga en forma. ¡Es todo! —terminó Remy su veredicto, sin permitir que una pequeña sonrisa se deslizara sobre sus duros rasgos—. ¡Y ahora, llamad vos mismo a los guardias, para que ellos procedan como he ordenado!

El espacio situado detrás del altar era bastante estrecho, y al encadenado sólo le quedaban libres seis pasos hacia cada lado, aunque él hacía lo posible por llevar en la mano la bola de hierro para que ésta no le levantara la piel. Tres veces al día aparecía por allí el verdugo y lo sacaba a latigazos, siempre procurando infligirle el mayor dolor, pero sin hacerle ninguna herida. Para Guy, aquellos golpes en brazos y piernas, en el pecho y la espalda, eran parte de unos ejercicios cotidianos. Bien temprano en la mañana, o al atardecer, a veces incluso de noche, lo llevaban hasta el sótano, donde tenía a su disposición, para ejercitarse, todo tipo de armas que podía usar frente a contrincantes que se iban alternando. Aquellos pobres chavales, con sus ortodoxas secuencias a la hora de batirse, sufrían más que él sus encarnizados ataques, a menudo sumamente pérfidos. Mientras los otros se iban con alguna estocada, el prisionero, muy superior a ellos, aprovechaba la ocasión para dar saltos temerarios y ensayar ciertas acrobacias, siempre y cuando los barrotes de la prisión se lo permitieran. Con nostalgia pensaba Guy en aquellas primeras lecciones que Astair le había impartido justamente allí. ¡Astair de Saissac! ¡Un verdadero *maestro d'arma*! ¡Sólo en el manejo de la daga, del puñal, el alumno se había mostrado, desde el principio, superior a su maestro!

Encadenado en la sombría y solitaria oscuridad del pasillo del coro, Guy recordó la última conversación de su maestro con el héroe Conon de Béthune, una conversación de la que él había sido involuntario testigo y que tuvo lugar antes de que ambos partieran a su «misión» con el pirata Bert el-Caz. En realidad, había escuchado sólo por curiosidad, para enterarse de qué naturaleza era el encargo que el Cardenal Gris encomendaba al artista de la espada.

—¿Por qué hacemos esto en realidad? —preguntó Astair, malhumorado.

—¡Porque promete *avventure* y porque el *Caput canis* lo considera correcto!

Aquello no pareció convencer plenamente al *maestro d'arma*.

—¡Creo que Remy quiere comprobar cuál de nosotros dos se bate mejor! ¡Ése será quien se quede con Elgaine!

—¡Pues podría salirle más barato! —se mofó Conon de

Béthune—. ¡Además, Elgaine es una mujer que sabe elegir por su propia cuenta!

—¡Yo ya tengo antecedentes con ella! —Con una nostalgia inesperada, Astair de Saissac añadió—: ¿Y qué pasa si le sucediera algo a uno de nosotros?

La risotada de Conon se hizo más animada.

—¡Vaya, vaya! ¡¿Qué tenéis debajo de esos pantalones?! ¿Vaciláis ante la idea de secuestrar a una niña?

—¡La Nona se lo tomará a mal, y la abuela es como un soldado de caballería!

—Por lo tanto le pediremos de buenas maneras que nos deje partir al galope con la criatura. ¡Y con eso, fin del asunto!

A pesar de todo, Astair seguía mostrando su aflicción.

—Si yo muriera, Conon, ¡sed vos un buen padre para Pons!

Una sonora carcajada fue la respuesta de Conon.

—Y si yo me rompo la crisma en esta cabalgata tan peligrosa, vos tenéis que reconciliaros con Elgaine y esforzaros por ser un cariñoso *pater familiae*! —En ese punto, apareció Bert el-Caz.

Los pensamientos de Guy regresaron forzosamente a la cruda realidad. ¡Cuánto le hubiese gustado partir con los dos caballeros a esa misión! Pero los dos hombres no habían querido ni oír hablar de ello. Gravemente ofendido, Guy d'Abreyville se había quedado atrás, en las playas de Lerici. ¿Es que no era digno de tener el honor de participar en esas soberbias aventuras? ¡Ya se lo demostraría a todos!

Sin embargo, entonces, solo en la penumbra del altar, lo acosaban una y otra vez los negros pensamientos que él creía haber apartado con éxito de su mente. Cada vez más agobiante y clara fue la idea de que su mendaz historia sobre el horroroso monseñor saldría a la luz más tarde o más temprano, y con toda probabilidad afloraría ¡mientras estuviera en manos del Cardenal Gris! Se veía ya aprisionado, por el resto de su vida, por las largas cadenas de los servicios secretos.

En la mente de Guy apareció el escarpado camino que iba a Sión, cubierto de nieve, y se vio a sí mismo aferrado sobre el escalón trasero del carruaje con el que monseñor De la Carmen, presa del pánico, intentaba huir. A Guy le había parecido una idea grandiosa eliminar a Alfonso de la Carmen en esa ocasión, al igual que al obispo Gosbart, si bien no había recibido ningún encargo en ese sentido. Para ello sólo tenía que cortar la parte trasera de la lona del carruaje, colarse dentro y, con un salto desde atrás, coger a aquel asno desbocado...

Los recuerdos de Guy reaparecieron en el momento en que se vio de espaldas sobre la nieve, junto al camino, con un terrible dolor en el cráneo, y vio a monseñor, armado con un badajo de bronce que alzaba en el aire contra él. Inconmovible, su bota reposaba sobre la muñeca de Guy. De la Carmen debía de haber registrado ya los bolsillos de su víctima, ¡pues mantenía en alto el *signum*, la piedra con el lirio de fuego y la daga, el símbolo de los servicios secretos!

—¿Pensasteis de verdad, jovencito —preguntó el asno en son de burla— que un perro viejo que ha envejecido en el servicio, no se daría cuenta de que tiene a alguien pisándole los talones? Sólo he tenido que esperar a que asomarais vuestra cabeza de chorlito y yo pudiera pegaros. ¡Alegraos de que la lona congelada haya amortiguado el golpe!

Monseñor se mostró verdaderamente amable. Sólo en ese momento Guy se dio cuenta de que también tenía los pies atados. ¿Acaso De la Carmen, que por lo visto tenía una fuerza notable, lo arrojaría por el barranco?

—No os preocupéis —continuó monseñor alegremente, y le permitió a Guy echar una última ojeada al *signum*, antes de que éste desapareciera en su bolsillo—, ya se lo reembolsaré al venerado *Caput canis* en cuanto tenga la ocasión, porque no puedo imaginarme que él pueda dejar a un novato como vos a merced de un perro viejo como yo, probado en todas las batallas. ¡Ni aunque ya no me necesitase! —Tras estas palabras, De la Carmen bajó hasta el carruaje que lo esperaba y se marchó.

Guy estuvo un buen rato poniéndose compresas frías sobre el chichón que tenía en la nuca; luego acarició con los dedos el pequeño cuchillo que monseñor, para su asombro, le había dejado, lo sacó de la pernera del pantalón y cortó las ataduras de los pies. Andando, regresó al castillo de Sión, robó un caballo y partió hacia el acordado encuentro con su señor y maestro, Remy d'Aretin, con el que se reunió en Piacenza. ¡Guy tampoco sabía quién demonios le había metido en la cabeza la idea de contarle al *Caput canis*, sin necesidad de ello, aquella falsa historia de que él, el novato, había liquidado al probado hombre de los servicios secretos, a monseñor De la Carmen! ¿Y todo porque él, Guy d'Abreyville, creía poder juzgar la lealtad de monseñor? Por lo visto, lo más probable era que Remy d'Aretin no le hubiera creído la historia, a juzgar por la facilidad con la que el Cardenal Gris pasó del asunto. ¡Remy tenía razón al tratarlo de la manera en que lo hacía! Y el hecho de que el cardenal legado no hubiese aparecido hasta entonces ni una sola vez en la capilla, le demostraba a Guy, claramente, qué opinión tenía de él su amo y señor.

Incluso a la luz del día, a un experimentado marino le costaba un esfuerzo extremo encontrar el cabo Gorgona en medio del mar Tirreno; mucho más fácil era encontrar una aguja en un pajar. No obstante, aquella roca que descollaba del mar de repente, sin previo aviso, no era precisamente un faro que protegiese de una muerte segura ante aquel obstáculo, ya que de noche no había ninguna luz de aviso. Cualquier barco que chocara con él desaparecía sin dejar rastro, y los restos del naufragio serían arrastrados en algún momento a algún sitio situado entre las minas de plomo de Piombino y la bahía de Lerici. Los pisanos la habían utilizado durante algún tiempo como isla penitenciaria, pero luego habían desistido. Costaba demasiado esfuerzo mantener allí una guarnición. Hasta los piratas evitaban esa roca desnuda. Finalmente, un puñado de devotos eremitas se había establecido en aquel páramo, y entonces la Iglesia se vio obligada a sobrellevar los magros costes. No era posible determinar en qué medida ese deber de manutención tan poco lucrativo y aparentemente absurdo corría a cargo de los servicios secretos. En cualquier caso, las arcas de la Iglesia pagaban esos gastos y devolvieron el cabo Gorgona a su uso original. ¡Quien fuera llevado allí, desaparecía sin dejar rastro! «San Gorgò» se llamaba entre los iniciados aquel oculto lugar de peregrinación.

Asegurar aquella simple construcción de piedra de los ataques era, en realidad, innecesario. No obstante, en el extremo del acantilado, hacia el lado del mar, había una ventana enrejada, y también la puerta en las bastas paredes de piedras era tan maciza que hubiera resistido el golpe de cualquier ariete. Y hasta allí habían llevado a la prisionera Maurcade du Berq. La normanda estaba contenta de, al menos, poder mirar a través del hueco de la ventana salpicada por la espuma del mar, en lugar de tener que estar contemplando todo el tiempo a su rival Elgaine, que cada día se dedicaba a cultivar plantas en «el huerto» del convento, donde los devotos *fratres* habían sembrado algo de hinojo y romero, salvia y girasol. A Elgaine le gustaba ser útil allí, y por eso se pasaba todo el tiempo cargando agua desde la cisterna, arrancando malas hierbas —que brotaban en abundancia— y tampoco se le caían los anillos por hacer lo que tocara hacer en la cocina o en la despensa. Elgaine de Gisors habitaba el edificio más alto de la isla, el torreón, y ocupaba precisamente la habitación de la planta alta. Berenguer había cubierto la base con unos herrajes terminados en punta, de modo que por la noche nadie pudiera subir por fuera hasta donde estaba Elgaine durmiendo, mucho menos aquella pérfida mujer.

Con aquellos monjes no se podía contar para que hicieran guardia. Realizaban su labor como custodios de prisioneros de muy mala gana, y sólo el hecho de que, de otra forma, no obtendrían nada de comer, evitaba que se negaran también a realizar otras labores diarias como tirar la basura y limpiar las letrinas. El calvo, aunque también era un prisionero en la isla, actuaba como si fuese el jefe de los centinelas. Su principal misión era evitar un choque entre las dos damas. Cuando Maurcade exigía usar la tina de baño o el retrete, a Elgaine había que encerrarla en la torre. Y sólo el hecho de que su enemiga pudiera deleitarse contemplándola desde allí arriba, hacía que las excursiones de Maurcade fueran relativamente breves. No obstante, bastaba con que atravesara el inevitable huerto para poner en guardia al condotiero.

En una ocasión, como hacía buen tiempo, las había animado a hacer una comida al aire libre, pero su intento acabó en un fiasco. Apenas tragó el primer bocado, las dos mujeres empezaron a tirarse de los pelos, se mordieron, se empujaron y pegaron de lo lindo, en medio de aquellas hierbas cultivadas con tanto esmero. El calvo tuvo que interponerse a la fuerza, a mano limpia, pues había mantenido alejado, por si las moscas, todo objeto cortante. Arrastró a Maurcade por las piernas hasta su cuarto, al tiempo que la mujer daba golpes a diestra y siniestra, mientras Elgaine buscaba refugio en la torre. Los monjes estaban espantados.

A partir de entonces, cada una tenía que tomarse su sopa entre sus cuatro paredes y tragarse los trozos de carne previamente cortados. ¡Había abundancia de cabritos! Luego, los días de fiesta, había calabazas frescas, que los monjes habían conseguido cultivar en el montón del abono; había higos de una higuera imponente que se había extraviado allí arriba, en el acantilado, y también erizos de mar, caracoles y otros crustáceos. Eso sí, casi nunca había pescado.

Pero entonces, un buen día, los *fratres* acudieron corriendo, excitados, hasta donde estaba Berenguer: ¡aquellas dos damas estaban sentadas lado a lado sobre la viga situada encima del retrete y estaban echando el bofe por el trasero! ¡Unas fuertes diarreas habían obrado el milagro! ¡Tal vez la culpa la tuvieran las calabazas, los higos o las dos cosas! Pero el ingrediente seguro era el agua del pozo. Las dos mujeres charlaban sobre sus hijos; ninguna de las dos había supuesto que la otra tuviera tales sentimientos maternales. Elgaine se quejaba de su duro destino, lamentaba el no haber podido abrazar a su amado Pons en tanto tiempo; mientras tanto, Maurcade la escuchaba con fingida empatía, hasta que por fin ella también se explayó con amargura:

—¡Qué envidia, mi querida Elgaine! ¡Mi hijo es como una sombra para mí, jamás lo veo! Me evita como a una apestada, creo que mi rubio angelito me odia; sin embargo, no me pierde ojo, me acecha, ¡como si sólo estuviera esperando la oportunidad de jugarme una mala pasada!

—Eso me duele —respondió Elgaine con la sinceridad propia de ella—. ¡No podría imaginarme que Pons no me quiera como yo lo quiero a él! —Entonces puso cara pensativa y concentrada; el hedor que emanaba desde abajo no era de lo más apropiado para dar alas a aquellos pensamientos tan tiernos—. ¿Amáis a vuestro hijo, Maurcade? —preguntó Elgaine sin rodeos.

A la hermosa Maurcade du Berq la pregunta le vino muy bien, pues sus intestinos acababan de vaciarse una vez más.

—En realidad no lo amo —gimió a causa de los retortijones—, probablemente nunca me haya perdonado el hecho de que no es un hijo fruto del amor, sino... —La mujer torció el gesto en una mueca causada por los espasmos y por aquel recuerdo que la enfurecía—. Es mejor que os marchéis ahora —dijo, jadeando—. De lo contrario os empujaré a la mierda. —Su mirada cobró un brillo malvado y se dirigió hacia abajo, hacia la fosa—. ¡Os arrojaré a la mierda en la que he estado viviendo toda mi vida!

Aquello sonó como una amenaza, pero al mismo tiempo mostraba tal tono de desesperación que Elgaine se arregló la falda y se deslizó rápidamente fuera de la viga. Sólo una nueva embestida de su intestino impidió que Maurcade siguiera a su rival, mientras Elgaine se iba corriendo a su torre.

La llegada del barco de los servicios secretos tuvo lugar al caer la noche, como solía ocurrir cada vez que traían prisioneros a la isla. El capitán esperó a que se encendieran las antorchas antes de dirigir su barco entre las rocas, donde en seguida fue amarrado. Maurcade du Berq no había pasado por alto la llegada del buque. Desde su puesto de observación, podía ver, a través de la ventana enrejada, todo lo que se aproximara a la isla por el mar. Y puesto que esta vez no descargaron nada, estaba claro que tendría que tratarse del traslado de su rival. De lo contrario el jefe de los vigilantes, el calvo Berenguer, le hubiese exigido prepararse para un viaje por mar. Sin embargo, esa noche el condotiero había examinado con más cuidado que de costumbre el cerrojo y el candado de su cuarto.

Bajo la luz grisácea del amanecer, pudo ver por fin cómo Berenguer de Saissac llevaba a esa maldita cabra de Elgaine a través del muelle y la subía a la cubierta del barco, que se mecía suavemente. Por lo visto, él también se disponía a emprender un viaje —probablemente para proteger a Elgaine—, porque todos los *fratres* habían acudido. Entonces el barco zarpó lentamente.

Maurcade, con furia callada, aguardó a que el barco pasara bien cerca de su ventana. Todos los hombres estaban ocupados en proteger el casco de las afiladas rocas del estrecho paso de entrada, nadie prestó atención al rostro pálido de Maurcade, desfigurado por el odio. Los mechones de cabello negro rodeaban su cabeza como tentáculos, hasta que de ella salió, de forma inesperada, un estridente y belicoso grito.

—¡Eso, lárgate! —le chilló Maurcade du Berq a su rival—. ¡Ya te pillaré, a ti o a tu hijo Pons!

Horrorizada, Elgaine alzó la vista hacia aquella fantasmal máscara blanca como la nieve, cuyos ojos encendidos la estuvieron siguiendo hasta que el buque salió al oscuro mar. La mujer estaba profundamente asustada.

—¡La cabeza de la Gorgona! —murmuró el supersticioso capitán, que estaba junto a ella—. Es la patrona de la isla —dijo, persignándose agitadamente—. ¡Pero vos no tenéis por qué creer en tales cosas! —añadió tímidamente cuando vio que Elgaine estaba llorando.

En la iglesia del convento de la Immacolata del Bosco estaban arrodillados, en primera fila, el niño Pons, de seis años, y su acompañante, Terès de Mondragone. Pons había insistido en subir hasta allí, por las revueltas del *Via crucis* que iban subiendo en zigzag hasta lo alto, partiendo del pequeño puerto. Ya por el camino, el joven había estado arrodillándose sobre la dura piedra delante de cada desgastado fresco con imágenes de la Pasión de Cristo. Pons no quería que el cumplimiento de su deseo fuera un camino de rosas.

—¡Ruego para que mi madre venga por fin y me lleve con ella! —le hizo saber en voz baja a su acompañante, la delgada curandera.

Terès le siguió la corriente.

—Por eso, precisamente, Bert el-Caz nos ha dejado aquí, para que su viaje a la lejana Occitania no os impida reencontraros. —La curandera se daba cuenta de que Pons estaba molesto por dentro, e intentó calmar al muchacho.

—También tengo un poco de mala conciencia por mi padre —le reveló Pons—. A Astair le hubiese gustado que yo hiciera el viaje a Saissac con él y con Conon. Creo que me echa mucho de menos, hemos pasado poco tiempo juntos. Tal vez haya sido un error quedarme aquí y esperar, ¿no te parece?

—Me parece —respondió Terès con firmeza— que fue una decisión inteligente de Bert el-Caz el dejarte aquí, porque nadie sabe cómo va a terminar una misión como ésa, ni siquiera si uno va a regresar de ella. —Entonces la mujer intentó animar al abatido Pons—. Nuestro capitán quería asegurarse en todo caso de que Elgaine te encuentre si su viaje se prolonga más de la cuenta.

Pero Pons se vio sobrecogido por la duda:

—¡Pero ella ni siquiera sabe que la estoy esperando aquí! ¿Qué sucederá si no se le ocurre pasar por aquí y se marcha directamente a Gisors?

«No puedo mostrar ninguna inseguridad», pensó Terès para sus adentros.

—El poderoso cardenal legado, que os quiere bien tanto a ti como a ella, le dio al capitán la orden de que hiciera escala aquí primero, en Lerici, durante el viaje de regreso, ¡y esa orden la transmitió aquel joven que trabajaba para los servicios secretos de nuestra Santa Madre Iglesia!

Sin embargo, esa información no convenció para nada al receloso Pons.

—¿Acaso crees que los servicios secretos derrochan tiempo pensando en Elgaine y en mí? —le objetó el chico a la esforzada Terès—. Ellos persiguen sus propios intereses, sin tener consideración por una madre y su hijo. Para ellos, somos, a lo sumo, fichas de un juego, ¡y nos mueven según les convenga. —La voz de Pons ganó en vehemencia—. ¿Qué misión es ésa tan importante a la que han enviado a Astair y a Conon?

—Me preguntas demasiado —respondió Terès, sin saber qué hacer—. Pero no pienso que el noble señor Remy d'Aretin haga sus jugadas de ajedrez según se lo dictan sus deseos o sus caprichos. Todo responde a un plan bien pensado. —Y entonces, para animarlo, añadió—: ¿Entiendes algo de la esencia del ajedrez? Los peones, los alfiles, o como prefieras verte... Hasta la dama depende de las jugadas y contrajugadas, cuyas urgencias o consecuencias sólo puede ver el jugador, no las figuras.

—Me alegra, mi buena Terès —respondió el chico, algo más animado—, que no me hayas endilgado el papel de peón. —Se levantó del banco y estiro las rodillas—. Yo, en eso, me fiaría del Cardenal Gris —le hizo saber a su acompañante—, pero ¿te fiarías tú del tal Guy d'Abreyville? —Pons empezó a hablar entonces entre susurros, como un conspirador—. Tengo la gran sospecha de que ése ha trocado por su cuenta las misiones de ambos capitanes. ¡Y por eso nuestra gran pirata nos ordenó bajar de a bordo en el último minuto, porque no había contado con que lo enviaría a Occitania, sino que daba por sentado que debía recoger a mi madre Elgaine! —Pons aguardó pacientemente y se cercioró de que Terès siguiera sus reflexiones; entonces continuó—: A mí me pareció que Bert el-Caz estaba amargamente decepcionado a causa de ese cambio repentino. ¡Antes había estado tan contento! ¡Ansiaba en lo más profundo verme unido a Elgaine de nuevo!

En un principio Terès no supo qué responder. Finalmente, consiguió recomponerse.

—¡Espero, mi astuto Pons —dijo riendo—, que sólo te falte razón en un punto, y ojalá Elgaine no nos haga esperar en vano aquí!

En ese momento, la gruesa hermana portera, Erma di Toano, apareció en la puerta de la iglesia, haciendo sonar un manojo de llaves.

—¡Vamos a cerrar! —anunció—. ¡Es recomendable bajar mientras haya luz natural! —Aquello sonó de un modo enérgico, pero no era para nada descortés—. Aunque puedo alumbraros el camino —les ofreció a los dos visitantes—, pues me apetece llegarme todavía hasta La Alegre Sirena, donde estáis alojados.

Erma cerró con llave la puerta de la iglesia a sus espaldas, y en el cielo de Lerici empezaron a asomar las primeras estrellas. Pons y Terès aceptaron gustosamente el ofrecimiento. Pons dejó que ambas mujeres fueran delante y bajó el último por el *Via crucis*. En cada parada, echaba una ojeada rápida al brillante lucero vespertino y elevaba un ruego hacia él, ¡pidiendo que Elgaine encontrara el camino a través del mar y llegara sana y salva a donde él estaba!

SE LEVANTA LA VEDA

El velero del pirata Bert el-Caz dobló por las estribaciones de la Clap, que casi ocupaba toda la bahía de Narbona.

—¡Por lo menos podríais llevarnos hasta el puerto! —reprendió Astair al malhumorado capitán, cuando se dio cuenta de que éste ya hacía amagos de arrojar el ancla. Bert el-Caz miró con enfado a su antiguo compañero de andanzas.

—¡Os dejaré allí donde os esperan! —fueron sus palabras—. Además, tengo prisa por regresar para llevar por fin a Pons a donde está Elgaine y...

—¡Eso no lo conseguiréis! —lo interrumpió Conon, también malhumorado—. Para eso tendríais que haber partido en el momento e ir a buscarla.

—¡En lugar de traernos aquí, a este páramo! —le reprochó Astair.

En efecto, en la orilla de aquella colina que descollaba del mar no parecía haber ni un alma. Ello incrementó la inseguridad del pirata, que empezó a dilatar el atraque, haciendo que el barco se deslizara lentamente a lo largo de la costa. Pero entonces descubrió un poste clavado en la arena, con una cruz en forma de lirio, una figura que recordaba a una daga de doble filo. Decidiéndose rápidamente, echó el ancla y les dio a entender a los dos caballeros, de un modo inequívoco, que con eso cumplía con su aporte al viaje de ambos. Astair y Conon negaron con la cabeza, pero no pusieron ningún pero cuando bajaron la pasarela y sus dos caballos descendieron de a bordo. Entonces aparecieron, en la cresta de la colina que se elevaba sobre ellos, unos jinetes que se quedaron contemplando en silencio toda la maniobra. Al poco, uno de ellos clavó las espuelas a su animal y partió hacia abajo a toda velocidad. Sin embargo, no se dirigió hacia donde estaban los recién llegados, sino hacia el poste, donde, por lo visto, quedó a la espera de que ambos se acercaran.

Astair se volvió otra vez para despedirse del pirata.

—Decidle a mi hijo Pons —le pidió entonces, con una expresión sombría— que su padre le manda un abrazo, ¡algo que no pudimos hacer a causa de vuestra terquedad, Bert el-Caz!

El pirata no iba a aguantar que le hicieran aquel reproche.

—¡Puesto a elegir entre separarme de Pons por vuestra causa, he decidido que se satisfagan las añoranzas de Elgaine! —gritó el hombre—. ¡Y me ha resultado muy difícil!

Conon le dio una palmada de ánimo al pirata en el hombro.

—Os agradezco vuestros cuidados —dijo en voz baja—, los que habéis dedicado al chico, ¡lo habéis tratado mejor que su propio padre! ¡Y saludad a la maravillosa Elgaine!

Dicho esto, siguió a su compañero y se puso en camino hacia donde estaba esperando el otro caballero, que estaba sacando el poste de la arena.

La pequeña tropa había dado un rodeo para vadear Narbona, luego habían hecho lo mismo al pasar junto a la espléndida Carcasona, situada tierra adentro, y en ese momento se encaminaba hacia la Montaña Negra, que se alzaba hacia el norte de su destino, Saissac. El caballero más joven se había presentado con el nombre de André de Montbard, y el capitán de aquella cuadrilla, más entrado en años, respondía al nombre de sire De Craon.

—Estamos de visita aquí, en la tierra del vizconde Trencavel, el poderoso señor feudal que tiene a Saissac entre sus posesiones —parloteó con tono despreocupado. En nada le preocupó la mirada de advertencia de su jefe.

Conon estaba perplejo.

—Entonces, ¿el feudo de Berenguer de Saissac no está en manos del conde de Toulouse? —preguntó.

—¡De eso nada! —rió André—. El conde Raimundo, por si acaso, ha escondido a su pequeña rehén, a su sobrina carnal Pilar, fuera del país, pero con un fiable compañero de armas, precisamente vuestro hombre, el tal Berenguer. —El joven reflexionó un instante hasta dónde debía llegar con sus informaciones—. Por eso, en una contrajugada, se nos ha escogido a nosotros, gente de fuera del país, que no estamos emparentados por ninguna vía con la casa de Aquitania, ni por la sangre ni por matrimonio. Nos alojamos en la Montaña Negra, a título de cazadores privados, y estamos a la espera de que vosotros nos sirváis de batidores y azucéis las presas hacia nosotros. ¡Ése es, por lo menos, el plan de nuestro común amigo!

Conon asintió. Astair se había sumido en un embotado estado de ensimismamiento.

En silencio, el pequeño grupo llegó al oculto pabellón de caza, un palacete situado debajo de unos frondosos árboles. Allí los esperaban otros jinetes, todos disfrazados de cazadores. Sire De Craon notó la mirada inquisitiva de Astair.

—La mitad de ellos nos servirá como escolta, cuando saquemos la presa del país y la llevemos a Aquitania —informó escuetamente—. El resto estará a vuestra disposición cuando tengáis que abandonar rápidamente y sin ser detectado el lugar de vuestra intervención. ¡Como hijo del señor del castillo, conocéis bien las particularidades del sitio! —agregó el hombre con suspicacia.

Astair asintió con expresión sombría, pues no le apetecía nada llevar adelante aquella empresa que le había encargado el cardenal legado. ¿Cómo diablos la pequeña Felipa de Toulouse y su boda con el príncipe de Aquitania podían servir a los importantes y secretos propósitos del Santo Padre, de quien él y Conon eran los camarlengos? Pero Remy d'Aretin, el Cardenal Gris, jamás consideraba necesario dar explicaciones, disponía la libertad o el encarcelamiento de cualquiera, y lo tenía a él, a Astair de Saissac, como una ínfima pieza de su engranaje, ¡sin importarle para nada sus sentimientos! Se sentía como un traidor. Y lo vio aún más claramente cuando André de Montbard los condujo a él y a su compañero Conon hasta la plataforma superior de la torre y pudieron ver a lo lejos, por encima de las copas de los árboles, bajo la luz dorada del sol del atardecer, la fortaleza de Saissac.

—Mañana por la mañana os pondréis en camino —dijo André con cautela.

Pero de inmediato se oyó el gruñido de Astair:

—¡Si no es mañana, será en algún momento que consideremos oportuno!

André comprendió.

—¡Esperamos vuestro regreso con la princesa en cualquier momento, lo mismo de noche que de día! Desde aquí podemos observar el camino, sea cual fuere el que escojáis. Y si os persiguen, nuestra gente estará preparada.

—¡Débil consuelo! —bromeó Conon—. ¡Espero que todo suceda sin derramamiento de sangre, con astucia, o por lo menos con unas buenas palabras de convencimiento y comprensión!

—¡Eso ya depende de la Nona, mi rebelde abuela! —Astair no parecía haber quedado muy convencido de que la empresa tuviera aquel desenlace.

—Yo diría —lo contradijo Conon— que depende única y exclusivamente de la postura que la princesa Pilar adopte ante nuestra acción para liberarla.

—¡Tiene que estar de acuerdo! —le dijo sire De Craon, que acababa de unírseles—. De lo contrario tendréis que aplicar la fuerza.

—¡Preciosa perspectiva! —dijo Conon, y echó una última ojeada al castillo de Saissac antes de darse la vuelta.

El barco volaba sobre las olas. Los vientos favorables lo llevaban directamente hacia el norte. Elgaine, que estaba de pie junto al capitán, dejaba que la fresca brisa le acariciara el pelo. ¡Por fin viajaba a casa! El capitán hizo girar suavemente el timón en dirección a la costa; sin decir palabra, ella lo sustituyó al mando del buque y corrigió el curso de la nave.

—Pero el puerto está... —protestó el hombre cuando el calvo se les acercó.

—No vamos a Lerici —le hizo saber el condotiero al capitán, cada vez más confundido—. La señora Elgaine de Gisors desea llegar a la desembocadura del Ródano, ¡por eso mantendréis el rumbo en dirección al oeste! —El tono de Berenguer proscribía la posibilidad de que se hicieran preguntas, y la presión que la experimentada Elgaine ejercía sobre el timón reforzó el cambio de dirección.

—Pero mi misión era... —intentó argumentar el capitán, en un último acto de rebeldía, pero luego se contuvo, pues se dio cuenta de que sus pasajeros eran los que tenían la última palabra. No había recibido instrucción alguna sobre cómo actuar si se producía un incidente como aquél. Resignado, colocó la vela en correspondencia con el rumbo adecuado del viento.

Tampoco era que a Elgaine no le entraran las dudas a medida que se alejaban de la costa de la Toscana. El capitán le había informado muy bien de que, antes de su partida, un bajel pirata había abandonado Lerici, y su mención de un turbante verde señalaba claramente a Bert el-Caz. Pero el capitán no supo decirle hacia dónde había enviado al pirata El-Caz el joven rubio que había asumido el mando en el puerto, dándose ínfulas de representante de los servicios secretos de la Iglesia, ni tampoco si a bordo de ese buque había un chico de seis años. ¡Él simplemente hacía su trabajo tal y como se lo habían encomendado!, fue su respuesta entre gruñidos. ¡Además, él tampoco solía hacer preguntas! De todo ello, Elgaine dedujo que había perdido otra vez, por un pelo, la posibilidad de reencontrarse con Pons. Pero, para su tranquilidad, al menos sabía que el chico todavía estaba con Bert el-Caz. En lugar de seguir deambulando por aquellos mares, debía dirigirse al único punto fijo que había en su vida: ¡Gisors! El pirata también lo conocía. ¡Y al final la fortuna recompensaría su empeño en seguir sus metas, y por fin podría tener a Pons entre sus brazos, después de aquella horrorosa cadena de viajes sin rumbo!

Su barco pasó frente a las montañas de la Provenza y vadeó las islas que sobresalían peligrosamente, con sus nidos de piratas ocultos entre las rocas alrededor de la tristemente célebre ciudad de Marsella; luego llegó por fin al delta del gran Ródano, en la Camarga. El capitán había abrigado la esperanza de poder librarse allí, de una vez, de sus tercos pasajeros, pero éstos lo obligaron a adentrarse en el curso del imponente río. En vano les habló de las fuertes corrientes en contra, pues Elgaine le arrebató el timón de la mano y ordenó colocar las velas de tal modo que el barco ganara velocidad aun navegando río arriba. Milla tras milla, fueron avanzando arduamente, hasta llegar por fin a la antigua ciudad romana de Arlés. El calvo obligó al capitán a contratar a unos sirgadores que ayudaran a pasar el barco por debajo del puente. El condotiero se hallaba en terreno conocido. El dominio de su señor feudal, el poderoso vizconde de Carcasona, se extendía hasta Nimes. La gente conocía al calvo y obedecía sus instrucciones. Inmediatamente después de Arlés, allí donde el Pequeño Ródano se separa de su hermano mayor para bajar hasta el mar siguiendo su propio cauce, una barca les impidió continuar río arriba. Eran hombres armados que el ojo entrenado del capitán reconoció en seguida como hombres de los servicios secretos. Su jefe era un sacerdote alto y enjuto cuya cabeza recordaba la de un asno o un caballo. El entusiasmo del condotiero se mantuvo dentro de ciertos límites. A Berenguer no le complacía nada recordar sus anteriores encuentros con monseñor De la Carmen. Y aunque el clérigo se mostró amable y diligente, dejó claro que había estado esperando a Elgaine y que, a partir de entonces, era el absoluto responsable de la continuación de su viaje. La sensación de alegría sólo afloró en el capitán, que de inmediato se creyó salvado. Justificó su ardiente deseo de regresar a Lerici con el argumento de tener que trasladar a un comando altamente secreto al que tenía que acompañar hasta Narbona, pues para eso lo habían enrolado originalmente. Su alegría por poder deshacerse de aquellos incómodos pasajeros lo volvió más locuaz. Y entonces dijo que se trataba de la liberación de una pequeña princesa, que permanecía encerrada en una torre en contra de todo derecho y de su propia voluntad, a fin de mantenerla alejada de su prometido.

A Berenguer lo asaltó el pánico. Con aquellas palabras, sólo podía referirse a Felipa, que había sido llevada a su castillo de Saissac, bajo la responsabilidad del conde de Toulouse, al que él mismo había dado ese encargo. Aunque estaba muy alarmado, el condotiero mantuvo la cabeza fría. Obligó al capitán, que ya pretendía despedirse y largarse río abajo, a que lo llevara a través del Pequeño Ródano, hasta Saint-Gilles, al castillo del conde Raimundo de Toulouse, situado no lejos de la orilla. Es cierto que no tenía intenciones de disparar las alarmas, pero sí quería proveerse de inmediato de rápidos caballos y algunos soldados bien plantados, con los cuales podría llegar a Saissac a tiempo, a campo través. Berenguer apremió al reacio capitán para que zarpara de inmediato. Pronto el barco que había traído a Elgaine hasta allí desapareció tras el primer recodo del río. Elgaine vio de mala gana aquella abrupta partida y la pagó con monseñor.

—¡Vos debisteis detener a Berenguer, y sobre todo no debisteis dejar que el barco se marchase! —le reprochó la joven—. ¡Y ahora pretendéis llevarme en esa cáscara de nuez...!

De la Carmen la interrumpió para no dejar lugar a dudas sobre quién tenía allí la última palabra:

—¡En primer lugar, esta cáscara de nuez tiene una quilla plana, lo que hace la navegación más fácil sobre estas aguas cada vez más bajas! —la reprendió el clérigo—. ¡En segundo lugar, esta barca posee el número suficiente de remeros, lo cual os evita tener que pasar un largo trecho sentada sobre una silla de montar!

Elgaine cedió. Se preguntó entonces hacia dónde la llevaría aquel viaje. Tal vez al final estuviera Gisors, pero lo más probable era que se viera otra vez ante nuevos obstáculos, nuevos traspiés que le impedirían avanzar. Era absurdo no llevarse bien con el terco de monseñor De la Carmen. Por lo menos no le parecía que fuera un hombre que impartiera órdenes por terquedad, sino una persona que actuaba con cabeza propia, aunque esa cabeza recordara a la de un asno.

El grupo de cazadores a caballo avanzaba tranquilamente por las colinas boscosas. Unas oscuras islas de cipreses muy juntos alternaban con bosques de castaños inundados por la luz del sol, y entre ellos aparecían inesperados claros y praderas. Algunos vallados para el ganado o muros de demarcación, hechos con piedras apiladas, incitaban a los curiosos cazadores a hacer saltos cada vez más temerarios en pleno galope, mientras que los más cautelosos daban prioridad a la razón y vadeaban esos retos y obstáculos. Pronto el grupo se fue extendiendo, formando una cadena, pero ésta se rompió también al poco.

Astair, azuzado por el impetuoso Conon, estaba a solas con su compañero en un sendero cuando un magnífico ciervo de doce puntas, salió de la maleza. Sin recelo, el astado rey de los bosques se detuvo. A los dos caballeros se les cortó el aliento. Temblando un poco a causa de la excitación, Astair cogió la ballesta que llevaba a la espalda, evitando hacer cualquier movimiento brusco. Pero antes de que pudiera ponerla en posición de tiro y cargarla con la flecha, el ciervo ya había olfateado el peligro y se había retirado de nuevo, con majestuosa tranquilidad, hacia el bosque.

—Vuestro sudor os ha traicionado, Astair —afirmó Conon sin ningún asomo de reproche.

Pero Astair, que estaba tenso, no toleró ese consuelo.

—¡No estoy sudando! —gritó indignado.

—¡Claro que sí! —replicó Conon, imperturbable—. La inseguridad y la duda se desprenden de vos todo el tiempo, y debido a ello habéis pospuesto nuestra partida. ¿Por qué, si no, habéis aceptado la invitación para participar en esta cacería?

Astair le lanzó una mirada furibunda, pero ello reveló aún más su desamparo. Con gesto porfiado, se colgó la ballesta al hombro. Conon se había armado sólo con una pequeña lanza, para el caso de que se encontraran con algún jabalí.

—Si me pasara algo —dijo Astair de forma inesperada—, vos, Conon, ¿cuidaréis de mi mujer?

Aquello quería ser como una pregunta, pero pareció un ruego pronunciado con temor.

—¡Prometédmelo!

Conon respondió con una evasiva:

—Elgaine —dijo, pensativo— sólo se consume por un hombre...

—¡Pues lo más probable es que no sea yo! —dijo Astair, irguiéndose—. ¡¿Sois acaso vos?!

—¡No! —lo tranquilizó su compañero—. ¡Es Pons! —La información pareció tranquilizar a Astair, razón por la cual Conon no le ocultó la explicación al progenitor y padre involuntario—. ¡Sólo cuando haya recuperado a su hijo, podrá abrir tal vez su corazón para otro hombre!

Astair ya no supo qué responder a eso, así que continuaron cabalgando.

Sumidos cada uno en sus pensamientos, habían penetrado en la zona del bosque por donde había desaparecido el ciervo. Las nudosas ramas se hacían cada vez más tupidas, el bosque bajo se hacía más espinoso, como si las manos con púas de los espíritus del bosque se lanzaran sobre aquellos perturbadores de la paz habitual, para aprisionarlos en su oscuro regazo. Entre los árboles cubiertos de moho brilló una luz llegada desde el linde del bosque. Unos metros más y habrían recuperado la libertad... Pero en eso el ciervo pasó otra vez volando por su lado, dando unos saltos amplios y elegantes, con la cabeza erguida orgullosamente, perseguido por la jauría de perros jadeantes, que llevaban detrás, muy cerca, al aquitano que los azuzaba.

Conon reconoció los rasgos del joven André de Montbard.

—¡Un gran cazador se lanza a una audaz persecución! —bromeó Astair; pero entonces la presa volvió a desaparecer de su vista, y el ciervo, con un salto imponente, se metió de nuevo en lo más oscuro e impenetrable bosque de abetos, ante cuya visión, los perros y los caballos de los cazadores retrocedieron espantados.

Astair pareció haber sido sacado de repente de sus cavilaciones.

—Si se nos concediera la gracia de capturar esa enorme cornamenta... —dijo, y pareció que sus ansias de caza despertaban de nuevo—, ¡mañana marcharemos hacia Saissac!

Conon vio entonces una oportunidad de decir algo.

—¡Cuando decís «nosotros» —dijo con énfasis—, no sólo os referís a nosotros dos, sino a todos los que nos han acompañado!

Astair no deseaba verse limitado de ese modo, así que saltó de nuevo hacia los campos de una caza más difícil.

—En fin, ¿cuidaréis de Pons? —quiso saber con premura. El asunto parecía preocuparle más de lo que dejaba notar—. Yo he fracasado —añadió en tono suplicante—. ¡He perdido el amor de Elgaine!

Pero Conon no quiso admitir aquel desánimo.

—¡Pero eso no quiere decir que yo pueda ganármela, ni que quiera hacerlo!

Astair vio cómo sus esperanzas se iban al traste.

—¡No podéis dejarla abandonada! —se quejó—. ¡Juradme que buscaréis a Pons!

Conon no iba a dejar que lo chantajeara, así que guardó silencio, y ambos continuaron cabalgando, pero ya no lo hicieron en la dirección por la que se alejaba el grupo de cazadores, entre los ladridos de los perros y los gritos para azuzar a los caballos. Los dos caballeros tomaron el rumbo hacia el pabellón de caza.

Astair estaba de mal humor, pero Conon no tuvo consideración para con su estado de ánimo y dio rienda suelta a sus pensamientos.

—Es muy posible que la búsqueda me ayude a aclarar mis sentimientos hacia Elgaine —dijo, y a al ver que Astair todavía no decía nada, se animó y exclamó—: ¡Pero os juro que no desearé a Elgaine como mujer hasta que vuestro hijo no esté de nuevo con ella! —Y sin previo aviso, frenó su caballo, bajó de la silla y se arrodilló. Con mucho énfasis, levantó la mano derecha y alzó la vista, pero no hacia donde estaba el perplejo Astair, sino hacia el cielo cubierto de nubes—. ¡Os lo juro!

Astair se sintió tan conmovido que también bajó del caballo, si bien no se le ocurrió decir otra cosa que:

—¡Entonces es vuestro hijo!

Conon se estremeció.

—¡Pedís demasiado de alguien que ama su libertad! ¡No deberíais coger la mano entera cuando lo que os brindo es sólo el dedo meñique! —rió—. ¡Mientras mantengáis vuestras fuerzas, vuestro patrimonio y la mente despejada, nadie podrá desligaros de vuestra paternidad, sea para vos una carga o un placer!

Astair se dio por satisfecho con aquella respuesta.

Ya ninguno de los dos caballeros contaba con atraer la caza, cuando de pronto, mientras llevaban sus caballos agarrados de la rienda y habían bajado de una cima boscosa, vieron, en un claro, a una cierva paciendo. Conon ya no tenía interés en capturar una presa, pero Astair quería ver confirmada con urgencia su fortuna de cazador. El animal estaba en una posición contraria a la dirección del viento, así que no pudo olfatearlos; ellos, además, se habían ocultado tras el follaje. ¡Si los caballos no revelaban su presencia con sus relinchos y resoplidos...! Con cautela, Astair colocó la flecha en la ballesta, tensó el arco y... Entonces un ciervo irrumpió donde se encontraban ellos a través de la maleza, haciendo ruido. Astair saltó a un lado, asustado, y lo mismo hizo la cierva, alarmada. Y entonces vieron ir hacia ellos, resoplando y dando enormes saltos, al imponente macho. Conon había alzado su lanza a la velocidad del rayo, y la arrojó contra el animal que huía, ¡pero falló por un pelo! Cimbreante, el arma arrojadiza quedó clavada en el suelo. Al principio con alarma, pero luego con un suspiro de alivio, Conon vio que a su lado un pequeño ciervo se erguía desde las altas hierbas, donde había estado echado a los pies de su madre, y seguía a esta última, adentrándose en el bosque sobre sus patas inseguras.

—¡Ya lo veis, Astair! —se mofó Conon—. ¡Ahí podéis ver lo que ha de ser capaz de hacer un padre! Y eso, independientemente de que en este caso no hay probablemente ni una pizca de amor.

Oyeron entonces, a lo lejos, las señales de un corno anunciando el fin de la jornada de caza. Los hombres se tomaron su tiempo para regresar al pabellón. Cuando llegaron frente al palacete, el ciervo yacía sobre la hierba. Sire De Craon había sido el afortunado. Conon partió la punta de una rama y la hundió en la sangre que le salía al valiente animal por los huecos del hocico.

UN MALENTENDIDO MORTAL

El cardenal legado del papa, Remy d'Aretin, entró en la taberna La Alegre Sirena de Lerici. A Su Excelencia lo acompañaba únicamente Guy d'Abreyville; su séquito esperaba fuera. Varios hombres armados se apostaron junto a la puerta de entrada y también detrás de la casa, cerca de los establos. La mirada agitada de Guy repasó a cada uno de los clientes sentados en la taberna, mientras el posadero se acercaba a rastras hacia donde estaba el afamado visitante. En la única mesa ocupada había dos mujeres, una huesuda y otra entradita en carnes. Entre ellas habían colocado a un niño que parecía divertirlas a ambas de un modo delicioso. Y hacia allí, hacia esa mesa, se dirigió Remy.

—Conque tú eres Pons, ¿no es así? —le dijo al chico en tono amable—. ¡Cuánto se parece a su madre Elgaine! —dijo entonces, volviéndose hacia su acompañante.

Pons respondió con desparpajo:

—¡Es a ella a quien esperamos! —exclamó el chico, echando a Guy una ojeada recelosa—. ¡Si es que el señor no ha venido a estropearnos nuestros planes!

Terès, que quería evitar enfadarse a toda costa, se había puesto en pie de un salto y se plantó con gesto de reverencia ante el cardenal.

—Yo soy Terès de Mondragone, la encargada de cuidar al atrevido de Pons —dijo, presentándose—, y ella —añadió, señalando a la mujer más gorda—, es Erma di Toano, la hermana portera del convento de la Immacolata del Bosco. —A continuación, la curandera dirigió la mirada a través del bajo techo de vigas de la taberna hacia donde estaban los acantilados, situados sobre sus cabezas.

—¡Ah! —dijo el cardenal—. ¡Las famosas *Lacrimae virginis*! —exclamó, y le hizo una señal al solícito propietario con un chasquido de sus dedos—. ¡Dejadnos probar un poco de ese benéfico y diabólico brebaje! —Y mientras el tabernero se alejaba presuroso, Remy, sin demasiada pompa, se sentó a la cabecera de la mesa y se dirigió a la hermana Erma—. ¿Se ha llenado nuevamente vuestro diabólico y bien oculto cofre del tesoro? —preguntó el Cardenal Gris de buen humor—. Quiero decir, ¿ha vuelto a llenarse después de que el pirata metiera alevosamente sus manos en él?

Erma supo ocultar su asombro por lo bien informado que estaba.

—Eso sucedió —respondió la monja con expresión sagaz— ¡cuando nuestra nueva y joven abadesa, recién llegada, se nos perdió otra vez de vista! ¡Me refiero a Cantar de Sión!

—Ah, sí —respondió el cardenal a la pícara portera—, esa dama ha sido llamada a desempeñar labores más nobles. Desde entonces el puesto está vacante, ¿no?

—Funciona bien así —dijo Erma sin tapujos, pero ello no causó ninguna impresión en el cardenal.

—Yo, quizá conozca una solución: ¿qué tal si la abadesa es una hija del duque de Normandía?

—¡Si vos lo creéis así, Excelencia! —dijo Erma, frunciendo el ceño, y se levantó trabajosamente del banco, entre jadeos. Entonces la monja hizo una breve inclinación de respeto y salió bamboleándose de la taberna.

—¡Maurcade jamás se prestará para eso! —estalló Guy, apenas la puerta se cerró tras la gorda monja.

El Cardenal Gris lo examinó con frialdad.

—Tal vez Maurcade du Berq, al final, hasta se alegre... Por lo menos Matilde estaría satisfecha de saber que tiene a su amiga bien abastecida y cuidada, con un cargo honorable, y muy cerca de ella.

—¡Eso nunca va a pasar! —exclamó Guy, insistiendo en su valoración del asunto.

Fuera, delante de la taberna, se oyeron voces. La puerta se abrió de sopetón, y Bert el-Caz irrumpió en el local. Ni siquiera prestó atención a los gritos de bienvenida de Pons, sino que abordó de inmediato al cardenal con expresión temerosa.

—El hijo sigue estando aquí —le reprochó a Remy, pasando por alto la presencia del culpable, Guy d'Abreyville—, ¡mientras su madre está bien lejos, vagando por esos mares!

El Cardenal Gris soportó con estoicismo aquel arranque.

—Nadie está a salvo de tales inconvenientes, sobre todo cuando éstos se presentan por partida doble: ¡porque a la decisión irreflexiva se une ahora el incumplimiento de un encargo!

Aquello no consiguió disminuir el enfado del pirata, sobre todo porque no quería aceptar que una mente tan superior como la del *Caput canis* tuviera un punto flaco como aquél.

—¡Si uno pone las decisiones en manos de niñitos rubios, o del diablo... —protestó Bert el-Caz—, entonces... ¡entonces se puede dar por sentado que la piedra lanzada con descuido va a ir a dar precisamente en el punto más débil!

El cardenal lo miró con ojos tan severos que el pirata enmudeció.

—Si creéis en el poder infinito de Dios y en su infinita sabiduría, Bert el-Caz, y si creéis en su representante en la Tierra, la *Sancta ecclesia*, y en su brazo, los servicios secretos, entonces vos también deberíais dar por sentado que ese «punto débil» ha sido aceptado con resignación; pero, de manera consciente, se ha aceptado que la estupidez y la incapacidad de los hombres tal vez sea irremediable, y sus consecuencias han sido previstas desde hace tiempo...

El pirata se había apartado muy hábilmente, de modo que aquella dura prédica cayera con toda su fuerza sobre Guy d'Abreyville, que estaba todavía de pie al lado del Cardenal Gris, ya que nadie le había pedido que se sentara. Sin embargo, la hermana portera había regresado a la taberna, de modo que pudo evitarle una granizada como la anterior.

La gorda se dirigió indignada al cardenal legado.

—¡Ahí afuera está el bajel de Bert el-Caz! —empezó diciendo con tono de enfado, para de inmediato enmudecer, al ver al pirata sentado al lado del cardenal.

—Lo sé —dijo Remy, impasible—. El señor Bert el-Caz va a ser tan amable como para hacerse a la mar e ir en busca de vuestra nueva abadesa, Maurcade du Berq; y Guy d'Abreyville se pondrá ahora mismo, voluntariamente, a las órdenes del capitán y lo acompañará en ese viaje.

El pirata estiró la mano hacia el vaso más cercano de *Lacrimae*, se lo bebió y se atragantó, al punto de que el turbante verde casi se le resbala y le cae encima de la nariz. Guy estaba como petrificado por el susto, y Bert el-Caz agarró con decisión otro vaso. Hasta ese momento nadie había tocado el licor.

—Acepto el encargo —dijo, alzando el delicado recipiente y sonriéndole al cardenal en pleno rostro—, ¡como he hecho siempre! —Entonces vaciló un poco antes de tomar el siguiente trago y continuó—: ¡Por ejemplo, he entregado a los caballeros Conon de Béthune y Astair de Saissac según me lo encargaron, y aunque me dieseis órdenes de sacar a la novia del diablo del mismísimo infierno, lo haría por vos! —Esta vez el pirata se tragó el contenido del vaso sin atragantarse. Ello le insufló valor—. Pero un capitán tiene la libertad de escoger a su tripulación. ¡Y ese de ahí...! —dijo, señalando con el dedo a Guy—, ¡ese no sube a mi barco! —añadió, dándose unos golpecitos en el turbante—. ¡Vamos, Pons! —gritó—. ¡Y vos venís también, mi fiel Terès! ¡Navegaremos hasta el cabo Gorgona! —anunció, y los tres abandonaron la taberna. El posadero volvió a llenar los vasos.

El cardenal legado se volvió lleno de bondad hacia la hermana Erma di Toano.

—Cuando la señora Maurcade llegue aquí —le dijo el clérigo—, ¡acogedla en vuestro convento con cariño y retenedla a toda costa hasta que volváis a tener noticias mías!

Y con esas palabras fue despedida la gruesa portera.

Por fin Guy podía dirigirse libremente a su amo y maestro.

—¿Acaso me equivoco al suponer —preguntó con expresión arrepentida— que me habéis tomado con vos como a un perrito, sólo para restregarme de vez en cuando el hocico contra el lodo en el que yo...?

—¡Suponéis bien! —lo interrumpió Remy fríamente—. ¡Y el charco de barro todavía no ha quedado limpio! Sólo os ahorraré un encuentro con Maurcade.

El Cardenal Gris miró a su *adlatus* con desconfianza.

—¿Por qué odiáis tanto a Maurcade du Berq? ¡¿Acaso no es vuestra madre?!

—¿Madre? —dijo Guy lleno de desprecio—. ¿Madre? ¡Yo

no soy más que el hijo indeseado, la enojosa moneda de cambio que le tocó en su intento por atraer al conde Norberto al bando de Matilde! —exclamó Guy, mirando con ojos tenebrosos al cardenal legado—. ¡Y eso ella nunca me lo ha perdonado, así que no me pidáis a mí que la perdone!

Remy sostuvo con sorna la mirada desafiante del joven.

—No tenía ninguna intención —dijo, para tranquilizar a su enfadado ángel rubio—. Me acompañaréis ahora hasta Saint-Gilles, pasando antes por Savona. Iremos hasta allí, hasta la ciudad situada a orillas del Pequeño Ródano, ¡donde he convocado también al conde Raimundo de Toulouse! —Guy tuvo intenciones de replicar algo, pero el gesto autoritario del *Caput canis* lo hizo callar—. ¡Así aprenderéis a recoger frutos que vos mismo no habéis sacudido del árbol! ¡De todos modos, tendréis que aprender a dar la sacudida correcta, perro estúpido!

El caballero Conon de Béthune, seguido de su «escudero» Astair, cabalgó hacia la puerta de la fortaleza de Saissac. A fin de que no lo reconocieran, Astair se había hecho enrollar en la cabeza unos vendajes que sólo dejaban libres unas ranuras para sus ojos. En su condición de miembro del clan De Saissac, se avergonzaba de entrar a la fortaleza de su padre con unas intenciones que poco podían conciliarse con el encargo de defender el castillo que el señor del mismo había recibido de su amigo, el conde Raimundo de Toulouse. Él, Astair, no se sentía ciertamente obligado a ello, pero su participación en la «liberación» de la sobrina del conde, Felipa, no debía cantarse a los cuatro vientos, aunque fuera por salvaguardar la reputación de su padre, Berenguer de Saissac, al que se consideraba un hombre leal y fiable.

Por tal razón, Conon sólo mencionó su nombre y fue el primero en enterarse por boca del guardia que la abuela, la Nona, había muerto antes de acabar el año y que, en ausencia de otros miembros de la familia De Saissac, la princesa Felipa, quien era huésped de la casa desde su más tierna juventud, había asumido el mando del castillo y de la corte. El caballero Conon no dejó que se le notara la sorpresa, mientras que su vendado escudero, quien por lo visto había recibido graves lesiones en la cabeza, sólo pudo acoger la noticia sobre aquel cambio de situación con una callada resignación. De modo que Pilar no era una prisionera del castillo, por lo tanto no se podía pensar en un rapto. ¿O sí?

Conon exigió ser llevado ante la princesa, a lo que se accedió sin objeciones. A continuación, dejaron a los guardias la custodia de sus caballos y siguieron al capitán de la plaza.

Pilar, que entretanto había florecido y se había convertido en una jovencita, recibió a los visitantes en la sala de armas del castillo. La verdad era que, en aquel caso, no podía hablarse de pompa, pues la joven, de maneras campechanas, apareció rodeada de un sinnúmero de chicas. Conon se presentó a la resuelta dama, que no pareció sentirse impresionada con su nombre, razón por la cual Astair soltó un graznido desde detrás de sus vendajes:

—¡El caballero Conon es un buen amigo del señor Berenguer!

—Qué bien —respondió Pilar, con gesto de respondona—. ¡Me alegra volver oír hablar de él! —exclamó, y a continuación miró con ojos concentrados a su interlocutor—. Parece que las heridas no le han quitado las ganas de hablar a vuestro escudero —dijo, volviéndose hacia Conon—. Y puesto que su ridículo vendaje no tiene huellas de sangre por ninguna parte, bien podría despojarse de esa ridícula capucha.

Las doncellas, que se habían agolpado delante, muertas de curiosidad por ver a su señora y a aquellos dos visitantes, soltaron unas risitas.

—¡No me gusta hablar con gente que oculta su rostro delante de mí!

Conon se contuvo.

—Ya me gustaría hacerlo —respondió Astair—, pero para eso tendréis que procurar que hablemos nosotros tres en un lugar privado, ¡porque no me gusta que una dama me pida cuentas cuando está rodeada de todo el enjambre de su corte!

Pilar pasó por alto aquella afrenta con un gesto burlón.

—Si sois tan vergonzoso... —dijo, y ordenó que las doncellas de compañía y los criados abandonaran la sala. Astair desenrolló los vendajes y sacó a la luz su rostro, mientras

Pilar no disimulaba su sorpresa—. ¿A qué viene tanto secretismo, Astair de Saissac? ¡Estáis en vuestra casa!

Conon acudió rápidamente en ayuda del tímido «escudero».

—¡Es que hemos venido para liberaros, Felipa! —anunció el caballero en tono conspirativo.

—¡¿Liberarme de qué?!

—¡De la reclusión que padecéis aquí! —intervino entonces Astair.

Pero Conon volvió a acaparar de inmediato la conversación:

—¡De la negativa de vuestro tío Raimundo de Toulouse a entregaros a vuestro legítimo prometido, el señor Guillermo de Aquitania!

—¿Y acaso él cree que basta con enviarme a dos caballeros de vuestra estatura para dejarme raptar como si fuese una meretriz campesina? ¿Es que tenéis el encargo de llevarme hasta el lecho matrimonial? —se regodeaba en su tono de mofa—. ¡Pues decidle a Guillermo —gritó, indignada— que primero tiene que aprender a seducir a una princesa para luego llevarla hasta el solemne altar! ¿Para qué he esperado, si no, estos siete largos años?

—¿Quizá porque el duque no quería que hubiera una guerra? —sugirió Astair.

—¿Es que yo no merezco una guerra? —dijo Pilar, pegando una patada en el suelo—. ¿Sólo merezco un infame y deshonroso rapto?

Conon se esforzó por tranquilizarse antes de hacerse escuchar de nuevo:

—Si vos, Pilar, no hacéis nada, entonces todo seguirá como antes, y os iréis haciendo más vieja —dijo, e hizo una breve pausa para que la última frase surtiera su efecto—. El conde de Toulouse no hará nada espontáneamente para que la boda se celebre. Se dice por ahí que estáis todavía inmadura para casaros, que vuestro cuerpo se ha debilitado, que estáis enferma, que os corroe la melancolía, la tuberculosis, y que por eso fue preciso encerraros en un lugar desconocido...

Conon no pudo seguir. ¡Pilar se abrió la blusa y, en lugar de decir nada, les mostró a los dos caballeros sus turgentes pechos!

—¡Y si esto no bastase a un hombre —dijo con tono burlón—, también puedo dejar caer la falda!

—¡No lo hagáis, Pilar! —repuso de inmediato Astair.

—¡A mí me encantaría! —terció Conon con sorna—. Pero eso no nos lleva a ninguna parte. ¡Ni a vos ni a nosotros, que hemos venido para ayudaros a salir de esta retorcida situación! Lo que sería urgente es que suceda algo, un acontecimiento que cause conmoción, para sacar al conde de Toulouse de su cómodo letargo, con el que ha estado ocupando a sus anchas un trono que os pertenece. ¡Y también es preciso sacar a vuestro prometido, el de Aquitania, de su apatía!

—Podéis ver lo terriblemente afligido que se halla por el hecho de que está dispuesto a recurrir, para teneros, a un recurso tan poco habitual como el de un rapto con violencia —intervino Astair.

—Entonces, ¿debo dejarme raptar por vosotros? ¡Oh, no! —De repente, Pilar parecía haber cambiado de opinión—. ¡Mis estimados caballeros, organizaré un espectacular intento de fuga que, con vuestra valiosa ayuda, quedará coronado por el éxito!

Con gesto enérgico, se cerró la blusa abierta de par en par, mientras Astair, con un suspiro de alivio, se cubría la cara con la visera de su casco y sacaba la espada.

—¡Nadie tiene por qué salir dañado! —añadió Pilar con una mirada de advertencia.

—¡Ni falta que hace! —la tranquilizó Conon—. Pero el único que no conoce este lugar soy yo —dijo Conon, esforzándose por mostrar tranquilidad—. ¡Así que la realización de nuestro plan debe recaer en Astair!

—¡Vuestra víctima indefensa —anunció Pilar riendo— evitará que los criados y los guardias se interpongan en vuestro camino!

En Saint-Gilles, el castillo de los condes de Toulouse, Berenguer de Saissac se había pertrechado de caballos y jinetes, y, sin permitirse un descanso, ni permitírselo a los hombres ni a las monturas, partió impetuosamente a través de la Provenza y de la región del Languedoc. Sólo se tomó un respiro cuando vio ante sí las murallas de Saissac. Adormecido apaciblemente bajo el calor del mediodía, ofrecía su aspecto habitual, no se veía ni oía en él nada extraño o fuera de lo común. Los somnolientos guardias de la puerta le dejaron entrar y, puesto que se avergonzaba de su recelo y de sus prisas, no preguntó por la salud de su madre ni tampoco por el estado en que se encontraba la princesa Felipa, y tampoco los guardias le hicieron mención alguna al respecto.

El calvo hizo que sus caballos bebieran sin dilación. A sus acompañantes se les asignaron los establos, para que pudieran recuperarse allí, sobre la paja, de las fatigas de la dura cabalgata. Los hombres se sumieron de inmediato en un sueño tan profundo que parecían muertos.

Conon cabalgaba a la cabeza, con la espada desenvainada, y luego, entre los dos caballeros, con la cabeza gacha, avanzaba Pilar. En la retaguardia, con gesto temible, iba el escudero, que llevaba la visera del casco cerrada. Astair blandía la espada, pero su intención, sobre todo, era conjurar su propio nerviosismo. Obedeciendo a sus órdenes, lanzadas como ladridos, los tres atravesaron la bóveda de la fortaleza, bajaron la escalera hasta el patio, al final de cuyo pasillo se encontraba la puerta de hierro que los llevaría al exterior.

Nadie se les interpuso en el camino, al contrario; todos retrocedían asustados o con gesto de perturbación; el respeto que sentían hacia su señora les hacía mantenerse al margen, ni siquiera les dejaba hacerles preguntas al apresurado trío. Era cierto que algunos de los sirvientes —y, sobre todo, algunas doncellas muy jóvenes—, se deslizaban a hurtadillas detrás de ellos, manteniendo el ojo echado a aquella extraña tropa.

Una vez llegados a la puerta de hierro, que ya sólo tenían que abrir —siempre con la esperanza de que fuera estuvieran los «cazadores», prestos para partir—, Pilar dijo con absoluta serenidad:

—Y ahora yo tengo que gritar.

Conon ya había intentado correr el cerrojo, pero éste estaba atascado. ¡Oxidado! Cierto que todavía le dio tiempo para echar una ojeada de advertencia a Pilar, pero la joven ya estaba gritando como un cerdo camino del matadero:

—*Au secours! C'est un rapt!* —Astair intentó taparle la boca desde atrás, lo cual hizo que la escena fuera mucho más violenta para los perturbados criados y las doncellas que los habían seguido de cerca.

—*Au secours, gardiens!* —chillaban también las doncellas,

y de inmediato pudo oírse el entrechocar de las armas de los guardias que se acercaban.

Astair soltó a Felipa, y ésta se arrojó al suelo en un gesto dramático, al tiempo que Conon le decía entre dientes, con rabia contenida:

—¡Por favor, daos prisa!

Conon daba tirones a la puerta, mientras Astair ya se ocupaba del primero de los guardias y cruzaba su espada con la suya. Los mantenía en jaque mientras Conon, con la empuñadura de su arma, arremetía contra el herrumbroso cerrojo, y golpeaba una y otra vez. Pero entonces, por el estrecho pasillo, se abrió paso, vociferando, Berenguer, que apartó a un lado a los soldados indefensos ante las estocadas de Astair y se arrojó sobre los extraños raptores. Astair notó de inmediato la furia ciega en los ojos de su padre, y quiso aprovechar esa debilidad para detener al furibundo...

En eso Conon, con un fuerte estampido, consiguió hacer saltar el hierro oxidado. La puerta se abrió de golpe con un chirrido, y la entrada repentina de los rayos del sol cegó al calvo. Astair intentó hacerle una señal, mostrándole un flanco débil, pero el condotiero lanzó una estocada a ciegas y alcanzó con ese golpe irregular a su discípulo, el chico al que una vez había enseñado el arte de batirse con la espada, hiriéndolo en el cuello. La sangre brotó de la arteria cercenada; Astair se tambaleó... Conon ya había arrastrado a Pilar hasta el umbral de la puerta, y vio allí abajo al joven André de Montbard.

—¡Saltad! —le gritó a Pilar, y la joven princesa se dejó caer. A Conon ni le preocupó que el cazador consiguiera atraparla al vuelo o no; se había dado la vuelta a la velocidad del rayo, para acudir en ayuda de Astair. Entonces estampó el mango de su espada contra la frente del desprevenido calvo, que se tambaleó. Conon le levantó la visera del casco a Astair, que yacía en su propia sangre, y Berenguer, espantado, vio el pálido rostro de su hijo. Con un estertor mudo, se llevó la mano al corazón y cayó sobre el cuerpo moribundo de su vástago como un árbol recién talado. En ese preciso instante, Conon se dio cuenta de que su compañero había muerto, porque el peso del cuerpo del padre, al chocar contra él, no había provocado en el maestro de esgrima ninguna reacción. Con lágrimas en los ojos, Conon avanzó a duras penas hasta el umbral de la puerta de hierro. De reojo vio vagamente la silueta del caballo que el joven Montbard le tenía preparado, y también que Pilar se había acomodado en la silla de sire De Craon. Conon alzó su espada a modo de saludo por el fallecido Astair y se lanzó hacia el lomo de la bestia. Se marcharon sin perder un segundo. El desmayo del padre y la trágica muerte del hijo impidieron que la dotación del castillo iniciara una persecución.

UN DUDOSO COMPAÑERO DE VIAJE

Durante todo el viaje a través del cauce del río Ródano, monseñor Alfonso de la Carmen se mostró con Elgaine mucho más afectuoso y abierto de lo que ésta había esperado. Tras la partida casi en desbandada de su acompañante inicial, el calvo Berenguer, a la joven no le había quedado otro remedio que ir con monseñor, y a fin de cuentas avanzaban más o menos rumbo a Gisors, aunque la fortaleza aún estuviera demasiado lejos, y el hecho de que Elgaine la alcanzara se antojaba todavía un tanto difícil. El esforzado monseñor De la Carmen no le transmitía la sensación de ser otra vez una prisionera, era más bien una huésped en medio de una galera de remeros, unos hombres a los que el clérigo azuzaba sin piedad.

Justo después de pasar la ciudad de Lyon, allí donde el Ródano desaparecía en una repentina curva en dirección al este, hacia las montañas, y donde se unía con el Saône para formar la vía fluvial que conducía hacia el norte, monseñor hizo atracar la embarcación. Dos monjes benedictinos que esperaban en la orilla subieron al barco: eran *Angelus* y *Vocator*, los dos cronistas de Sión. No parecían ser desconocidos para monseñor.

Cuando el hombre con la cabeza de asno les preguntó qué tal les había ido el viaje, el gordo *Angelus* soltó un resoplido.

—El hermano *Vocator* tuvo la brillante idea de que nos contrataran como balseros, ¡así que tuvimos que ganarnos el viaje trabajando duro!

El lugar de confluencia de ambos ríos era un ajetreado embarcadero de balsas, el agua y las praderas de la orilla estaban cubiertas de troncos de árboles talados que eran reunidos allí y tasados por los eficientes vecinos de la ciudad de Lyon. También De la Carmen pagó un peaje antes de decirles a sus hombres que debían continuar viaje sin demora, siempre con el consuelo a la vista de que ya no les faltaba mucho para llegar a Macon, el sitio donde pensaba continuar el viaje por tierra.

Los dos monjes, que se presentaron a Elgaine con los nombres de *Angelus vigilans* y *Vocator diaboli*, dieron muestras de estar perfectamente informados acerca de la joven, de la rocambolesca historia de su vida, de la infructuosa búsqueda de su hijo Pons y, en especial, de todo lo relacionado con Gisors. Elgaine lo notó en seguida, gracias a la manera en que los dos clérigos formulaban sus preguntas, porque aquella parejita tan disímil por su aspecto exterior estaba muy de acuerdo en un punto: ¡jamás se dejaban enredar en una cháchara insulsa, y mucho menos permitían ninguna pregunta acerca de lo que hacían! Con su secretismo, los dos se retiraron a la popa del barco, desplegaron la mesa de escribir abatible que habían traído consigo y empezaron a escribir algo con brío, y todo ello, con la anuencia callada de monseñor.

De los protocolos secretos de Sión
Diarium itineris versus solstitium aestivum *A. D. MXCV*

Viajamos como se nos ordenó, acompañando en su misión a monseñor Alfonso de la Carmen, quien, según él mismo nos dijo, ha recibido el encargo de llevar a la dama Elgaine hasta Gisors, el destino determinado para ella. En la ciudad borgoñesa de Macon, la tripulación echó las amarras en un sitio que nos indicó el joven caballero Godefroy de Saint-Omer, que estaba esperándonos allí. Allí estaban listos un carruaje y varios caballos. Estaba previsto que hiciéramos un breve desvío al cercano monasterio de Cluny, cuyo célebre abad quería vernos —o mejor dicho, lo más probable es que quisiera ver a la señora Elgaine de Gisors—, pero mientras que Elgaine, normalmente, se había mostrado hasta entonces complacida, casi obediente con su destino, en ese momento se negó a dar ningún rodeo ni perder más tiempo, tal vez animada por la presencia del caballero que recientemente se nos había unido.

A nosotros, los redactores de este informe, nos hubiera gustado visitar la abadía de la que partieron todas las reformas que han cortado el aliento a Occidente en las últimas décadas. Pero monseñor cedió a los deseos de la dama. ¡Qué pena!

De modo que ahora vamos per pedes *a través de la región de Borgoña, y avanzamos directamente al oeste. Probablemente nuestro guía intente llegar al Loira por los rápidos del río, las tristemente célebres Gorges.*

A Elgaine se le ofreció un sitio en el carruaje, al lado de monseñor. Pero ella rechazó esa comodidad, pues después de tanto tiempo prefiere ir a lomo de caballo. Lo más probable, sin embargo, es, según nos parece, que de esa forma haya buscado la proximidad del señor Godefroy, que es un joven de muy buen ver, aunque también muy serio; y así fue como nosotros, los dos cronistas Angelus *y* Vocator, *hemos podido disfrutar del carruaje.*

Nuestra comitiva llegó, como estaba previsto, a la preciosa región del Loira, a un sitio cuyo nombre no conseguimos retener. Y es que llegamos allí de noche, y estábamos bastante cansados y soñolientos. Vocator *afirma haber observado cómo monseñor le mostró al capitán de la torre de guardia local una especie de amuleto que, bajo la titilante luz de las antorchas, parecía tener la forma de una cruz con un lirio, pero que tal vez fuera una daga llameante. En cualquier caso, de inmediato nos dieron una barca con tripulación, la cual ya estaba lista en el agua y contaba con varios velámenes. Por la noche llevamos los caballos a bordo y también cargaron el coche.*

Gracias a las velas, empezamos a avanzar río abajo, hasta un gran recodo, pasando junto a varios castillos y conventos. Elgaine parecía florecer en su conversación con el callado Godefroy. Si acaso estaba pensando en un affaire d'amour, *lo cierto es que se vio delante de un joven para el que ese tipo de relaciones fugaces no significan nada. Intentó convencer a Elgaine de sus elevadas metas como caballero, en las que el amor platónico sólo está dedicado a Dios y a su hijo hecho hombre, Jesucristo. El noble caballero hablaba con entusiasmo de una hermandad de monjes que está presta a luchar por la fe con las armas en la mano. ¡Y la única mujer a la que quería servir en cosas del amor era a la Virgen María! Puede que Elgaine haya considerado exagerada aquella casta disciplina, pues había oído decir, para su contento, que la fortaleza del joven caballero, Saint-Omer, estaba tan sólo a unas pocas millas de Gisors y que su estirpe era de antigua nobleza normanda. Así que Godefroy hubiera ofrecido una buena posibilidad para una unión seria, sobre todo teniendo en cuenta que Conon de Béthune, a quien Elgaine añoraba realmente, la había abandonado por el momento, ¡o tal vez hasta la hubiese olvidado!*

Así pues, la joven quedó liberada de sus deseos, y quizá también hasta de la tentación, cuando poco antes de atracar en Orleáns se desató una pelea entre el caballero y monseñor. De repente, Godefroy de Saint-Omer demostró que era algo más que un callado y discreto soldado de la Iglesia y un hombre de contacto de sus servicios secretos: se reveló que era un apoderado del duque de Normandía, y como tal le reprochó a De la Carmen que éste planeara confrontar a Elgaine en Chartres con representantes del bando opuesto, los que defienden las pretensiones de poder de Maurcade du Berq, en contra de lo acordado con el duque Roberto, que era llevar a la heredera de Gisors hasta su lugar de origen por el camino más corto.

Monseñor mandó a paseo al joven caballero.

—Aparte de que Gisors todavía se encuentra en manos del rey de Francia, es una estupidez ignorar la existencia del bando contrario. ¡Dudo también, señor Godefroy, que las instrucciones de vuestro duque tengan prevista una preferencia tan unilateral! ¡Me parece que servís a un tercer poder, al que no le importan ni los intereses de Roberto ni la posesión de Gisors, sino cuyos objetivos van mucho más allá!

Godefroy no se sintió en modo alguno indignado, sino que respondió serenamente:

—Es cierto que para París y para la casa Capeto no hay ningún lugar previsto en este juego por Gisors, un juego, además, prioritario —dijo, sosteniendo la mirada más escudriñadora que enfadada de monseñor De la Carmen; lo cierto es que ninguno de los dos confiaba en el otro.

Pero Saint-Omer fue todavía un paso más allá:

—De segunda categoría son tal vez los intereses del duque, al que sólo le importa que Gisors vaya a parar de nuevo a manos normandas. De hecho, hay una esfera algo más alta, monseñor De la Carmen, que hace que todo esto por lo que discuti-

mos parezca pequeño e insignificante. ¡Me asombra que aún no os hayáis dado cuenta de eso! —dijo el joven, que tomó a su caballo por las riendas y bajó de a bordo.

Todos nosotros, y por supuesto, también Elgaine, habíamos sido testigos de aquella disputa. Según nuestra sensibilidad de cronistas imparciales, lo que Elgaine escuchó, debió de sumirla en una profunda preocupación. Sin embargo, la mención de un poder superior tuvo un efecto tranquilizador sobre ella, como si hubiese escuchado, en aquella nebulosa insinuación, una promesa que le transmitía confianza.

—¿Ante quién deseáis presentarme en Chartres? —quiso saber la joven, esforzándose por mantener un tono amable—. ¿Ante quién debo dar cuentas y responder por mis derechos de nacimiento sobre Gisors? ¡¿No será ante esa demente de Maurcade du Berq?!

—¡Por supuesto que no! —la tranquilizó De la Carmen con tono casi paternal—. ¡Si no tiene lugar ninguna obra del diablo, a ésa no tendréis que verla nunca más! —dijo, y carraspeó—. Pero quisiera que os reconciliéis con su partidario más rico, pues en contra de su voluntad, vos jamás podríais tener Gisors.

—¿Y quién se supone que sea ése?

—Thierry, el obispo de Verdún.

—Eso no suena nada bien. —El recuerdo de su ceremonia de compromiso ensombreció el rostro de Elgaine. Perdida en sus pensamientos, vio cómo descargaban el carruaje, al que subió con cierto desagrado.

El viaje a través del campo transcurrió sin incidentes, pero en una atmósfera de aflicción. Un encuentro con Thierry no prometía nada bueno, y en eso Elgaine tenía toda la razón. Chartres ya estaba a la vista cuando monseñor De la Carmen se volvió hacia nosotros y dijo que no era necesario que entráramos con ellos a la ciudad, que podíamos seguir nuestro camino. Habíamos recibido el claro encargo de viajar hasta Gisors a pesar de todos los inconvenientes que nos surgieran por el camino, y que, una vez llegados allí, esperásemos nuevas instrucciones. Pero nos sentíamos cada vez más responsables de Elgaine, sobre todo después de enterarnos de lo que la espe-

raba en Chartres. Por eso nos negamos a abandonar a la pequeña tropa.

—Yo no puedo obligaros, fratres *—dijo monseñor, furioso—, a que obedezcáis mi sugerencia, pero os pido que dejéis ahora mi carruaje y que busquéis vuestro propio camino a partir de ahora. ¡Yo no tengo nada más que hacer con vosotros!*

Los dos bajamos, estrechamos la mano de Elgaine en señal de nuestra alianza y marchamos a paso de trote tras la comitiva. Es cierto que no podíamos seguirle el ritmo, pues no nos habían dejado ningún caballo.

Y aunque de esta manera arribamos mucho más tarde a la antigua y venerable ciudad episcopal, pronto encontramos al resto de nuestros compañeros de viaje. El carruaje estaba delante del palacio episcopal, así que nosotros, guiándonos por nuestro olfato, descubrimos que monseñor De la Carmen estaba con el obispo Thierry en la cripta de la cercana e inutilizada catedral, que, a juzgar por los andamios desgastados era una obra en construcción desde tiempos inmemoriales. En un gesto obstinado, nos situamos alrededor de los dos clérigos y actuamos como si nos interesaran las lápidas expuestas en el suelo, después de haber visto fugazmente la famosa túnica del santuario. ¡Lo que nos inquietó fue no ver ni rastro de Elgaine! En cambio, sí que nos topamos, en la bóveda subterránea, con la celda en la que estaba prisionero el obispo Ivo, quien se había atrevido a desafiar al rey y por eso fue obligado a renunciar a la luz del día y vivir recluido en las catacumbas de su propia iglesia. En realidad, no llegamos a ver a ese príncipe de la Iglesia, porque los guardias nos echaron de allí. Monseñor De la Carmen, sin embargo, y también el señor Thierry, nos trataron como si fuésemos aire.

Y así fue como nos alojamos en una taberna situada enfrente de los edificios del obispado, a fin de poder seguir observándolo todo, pues estábamos cada vez más preocupados por el paradero de Elgaine. Por la noche entró otro carruaje. El curioso posadero, que se apresuró en salir, pudo decirnos luego que se trataba del obispo de París. Era un hermano de la hermosa Bertrada de Montfort, la esposa de Fulk de Anjou, raptada por el rey de Francia para convertirla en su propia mujer. Y puesto que el obispo de Chartres se había negado a legalizar ese adulterium, *el rey Felipe había nombrado a su futuro cuñado obispo de la capital francesa, y éste, por supuesto, le dio el sacramento necesario para consumar su matrimonio, mientras que el obispo Ivo era arrojado a aquel calabozo. ¡Todo Chartres estaba indignado! Compartimos la condena de esa fechoría con los demás huéspedes de la taberna y estuvimos bebiendo con ellos, a costa del dueño, hasta las horas de la mañana. Pero, en lugar de irnos a la cama, nos colamos en la cripta nuevamente. De repente vimos que monseñor De la Carmen estaba de pie detrás de nosotros. Nos asustamos, tal vez hasta nos tambaleáramos un poco. Pero monseñor no prestó atención a nuestro estado tan poco digno. Sin decir palabra, le pasó a Vocator un escrito, un* laisser-passez, *es decir, un salvoconducto destinado a los guardias de Gisors, para que éstos nos dejaran pasar. Llevaba el sello del obispo de París. Nos sentíamos sumamente avergonzados y quisimos darle las gracias, pero nuestro benefactor, para entonces, ya había desaparecido.*

Decidimos aceptar la sorprendente oferta, sobre todo teniendo en cuenta que ésta coincidía con nuestro encargo inicial, el que habíamos recibido en Sión. También estábamos convencidos de que Elgaine —estuviera donde estuviese—, no tendría ningún problema, y por eso mismo nos pusimos en camino.

—Estoy firmemente convencido —dijo el hermano Angelus*— de que monseñor también ha empezado a jugar un tercer juego. En cualquier caso, el obispo de París no sabe nada de que su anillo ha sido utilizado para ser impreso en este pergamino.*

El generoso dueño de nuestro hostal nos había proporcionado caballos y un guía sin exigirnos dinero a cambio. Cruzamos sin miedo el oscuro bosque de Rambouillet, y nuestro guía, que conocía muy bien el camino, nos llevó hasta la pequeña abadía de Mantes-la-Jolie y nos hizo cruzar el puente sobre el Sena. Allí, como si algo natural se tratase, nos esperaba el discreto caballero Godefroy de Saint-Omer, quien nos pidió que fuéramos sus huéspedes hasta que se dieran todos los pasos necesarios.

—Ese monseñor De la Carmen tenía razón en un punto —admitió con franqueza—. Antes de que la señora Elgaine regrese a Gisors es preciso reemplazar a la guarnición allí apostada. Hasta que eso no se haga, la vida de la legítima he-

redera correrá grave peligro, el cual será cada vez mayor. ¡Oremos, pues, para que todo el plan salga a cuenta!

—¡Pero nosotros estamos en posesión de un documento —respondió Angelus*—, que nos posibilita el acceso inmediato a la fortaleza!*

—Todo a su debido tiempo —nos dijo Godefroy—. Nec spe, nec metu*; esperaremos aquí una señal.*

Última actualización escrita en Mantes,
el día más largo del año...

GOLPE A GOLPE

Desde lejos, ella había vislumbrado el bajel que se acercaba a la isla rocosa. Era muy temprano por la mañana, un día soleado. ¡Por fin! Maurcade du Berq obligó a su corazón —que latía con tal fuerza que parecía salírsele por la boca—, a mantenerse frío como el hielo, y desterró todos los sentimientos que se le agolpaban en la cabeza para dar paso a una concreta reflexión. Escondida tras la cortina, observó desde su ventana enrejada el barco que pasaba lentamente a sólo unos metros por debajo de ella, a través del estrecho canal de entrada. De una sola mirada recorrió toda la cubierta, y vio al pirata que en ese momento se levantaba de su hamaca y tomaba él mismo el mando del timón; vio también al chico que estaba junto a él, al que el pirata acariciaba paternal y cariñosamente la cabellera rizada, y luego vio a una mujer fuerte, que estaba inclinada sobre la borda, para advertir a Bert el-Caz sobre la proximidad de alguna de las afiladas piedras que orlaban la entrada. El resto de la tripulación se había reunido junto al mástil y recogía la vela. En cabo Gorgona no se necesitaba ancla, y, con un ligero golpe, la proa golpeó contra el final del estrecho muelle. Maurcade dejó su habitación a paso rápido y se dirigió al atracadero, con una alegría vanidosa en la cara.

—Ya pensé que me habíais olvidado aquí, querido Bert el-Caz —dijo con un ronroneo gatuno—; ¡qué maravilla poder partir con vos de nuevo al mar!

El pequeño pirata se rascó debajo del turbante verde,

pues se veía obligado a poner freno a aquellos deseos desmesurados de Maurcade du Berq.

Con tono amable, dijo:

—¡Yo sólo he venido para llevaros a Lerici, donde os espera ansiosa la margravina!

Ni siquiera esa declaración hizo que cambiara el humor de Maurcade.

—¡Pues deseo de todo corazón estar de nuevo en los brazos de Matilde! —dijo, fingiendo entusiasmo—. ¿Cuándo zarpamos?

—¡Por mí, ahora mismo! —respondió el pirata, tomado un poco por sorpresa. En realidad, se había imaginado que sería algo más difícil. Ágilmente, Maurcade saltó a bordo, le acarició a Pons las mejillas y le sonrió afectuosamente a Terès. Los monjes trajeron sus pocas pertenencias y las dejaron sobre la cubierta, sin que Maurcade les echara siquiera una ojeada. En cambio, sí que les dijo adiós a los hermanos ermitaños, que probablemente se sintieran aliviados de librarse de ella. A continuación, el capitán también saltó a bordo y ordenó soltar las amarras.

Lentamente, el casco del barco fue deslizándose fuera del estrecho canal rocoso con la ayuda de los remos.

Maurcade du Berq estaba aparentemente ensimismada junto a la borda. En realidad, lo que observaba con precisión era la distancia cada vez mayor que los separaba de las rocas de la orilla. Cuando amenazó con hacerse demasiado grande como para que la pobre mujer pudiera saltar, soltó el grito que había estado reprimiendo:

—¡Mi bolsa con las joyas! ¡Esos imbéciles han dejado en mi cuarto lo único de valor que poseía! —Con absoluta presencia de ánimo, la tripulación colocó los remos de inmediato en contra de la dirección de avance, y detuvieron el barco—. ¡Por favor, Bert el-Caz, por favor, salvadme las pocas joyas que poseo! —dijo, dirigiéndose al pirata, con la voz ahogada por las lágrimas.

—¿Lo hago yo? —preguntó Pons con mirada inquisitiva dirigida a Bert el-Caz.

—¡No! —decidió el pirata, al ver, de una sola ojeada, la distancia que había hasta la orilla—. ¡Yo mismo lo haré!

Entonces el pirata arrojó la cimitarra sobre la hamaca, los hombres que estaban al otro lado empujaron los palos contra la roca, a fin de empujar el barco y acercarlo lo más posible. Bert el-Caz hizo de tripas corazón y saltó por la borda con un estilo admirable, y logró caer entre las rocas.

—¿Dónde puedo encontrar ese tesoro? —gritó, sonriendo hacia el barco.

—¡Había puesto la bolsa justo detrás de la puerta! —respondió Maurcade, y todavía le dio tiempo a añadir—: ¡Gracias, generoso Bert el-Caz!

Pero el capitán ya había desaparecido tras las piedras.

Bert el-Caz pasó impetuosamente junto a los monjes y subió hasta donde estaba el cuarto de Maurcade. La puerta estaba abierta, y justo detrás de ella había una bolsa de lino poco llamativa. El pirata la cogió. Las joyas de la dama pesaban menos de lo esperado. Bert el-Caz sacudió ligeramente la bolsa, pero ésta sonó de un modo raro. Soltó los cordones que la cerraban y miró dentro: allí sólo había caracolas de distintos colores, recogidas en la arena de la orilla. Bert el-Caz sospechó que algo terrible estaba a punto de pasar. Dejó caer la bolsa y salió corriendo a través de la puerta, bajó a toda prisa por la pendiente, saltando sobre las piedras, cayéndose y levantándose de nuevo. Allí estaba su barco. Entretanto, lo habían pegado bien a las rocas. Vio que su tripulación estaba amontonada, como petrificada, junto a la proa. Ninguna mano se movió para ayudarlo a subir, todos miraban en silencio a la cubierta. El pequeño capitán voló por encima de la borda como pudo; delante de él, en un charco de sangre, había un cuerpo con una herida abierta desde el cuello hasta el pecho: ¡era Terès!

Y delante de la puerta del camarote del puente de mando, vio la mirada asesina de Maurcade du Berq, con la cimitarra ensangrentada en la mano, y la hoja del arma pegada al cuello de Pons, que apretujaba contra ella. Bert se quedó paralizado; ¡sabía lo bien que había afilado aquella espada de Damasco! Hizo un gesto de contención y no se movió del sitio, pues no quería poner en juego la vida del niño.

—¡Ordenad a vuestra tripulación que a partir de ahora únicamente debe obedecer a mis órdenes! —Los hombres asintieron, antes de que el capitán se lo exigiera. Entonces Maurcade, con voz cortante, continuó—: ¡Y haced que el bajel salga a mar abierto! —En silencio, los remeros fueron sacando el barco del canal, apoyándose en sus largos remos.

Ya estaban en mar abierto—. ¡Y ahora, saltad al agua, Bert el-Caz! —le exigió Maurcade—. ¡De lo contrario...!

Bert el-Caz lanzó a Pons una mirada de desesperación y saltó. Todavía no se hallaban demasiado lejos de la orilla. Con el rabillo del ojo, Maurcade fue observando cómo el turbante verde se iba acercando a tierra.

—¡Y ahora, izad las velas! —ordenó la mujer a la tripulación—. ¡Uno de vosotros se encargará del timón! ¡Nuestro rumbo ya no será Lerici, sino que navegaremos directamente hacia el oeste-suroeste!

Por primera vez desde que asumiera el mando del bajel, Maurcade du Berq aflojó la presión de la espada sobre el cuello del chico, que empezó a temblar. Las rodillas de Pons cedieron, y el niño se sentó sobre los tablones de cubierta. Entonces vio a la muerta Terès y empezó a llorar amargamente.

Pasaron tres días y tres noches antes de que el señor de la fortaleza, Berenguer de Saissac, abandonara por primera vez la capilla del castillo, donde había hecho amortajar el cadáver de su único hijo. Su calva, normalmente bronceada, parecía una calavera. Sin decir palabra, montó sobre su caballo y partió sin detenerse ni una sola vez hasta Sant-Gilles, donde sabía que estaba su amigo y benefactor, el conde Raimundo de Toulouse.

Durante mucho tiempo se estuvo hablando entre la gente del pueblo acerca de aquella legendaria cabalgata de dolor del condotiero, y en nada menguaba su fama que algunos supuestos testigos se apilaran para contar la frecuencia con la que Berenguer, durante el camino, había caído inconsciente de su caballo, o cómo fue obligado por ciertos compasivos campesinos a tomar algún alimento o a tumbarse rendido en un amargo y forzoso sueño.

La prometida del duque fue llevada en un desfile triunfal a través de la región de Aquitania. El objetivo del viaje era la capital, Poitiers, donde Guillermo, su futuro marido, esperaba a la «liberada» princesa, Felipa de Toulouse.

—También hubiera podido venir en persona a vuestro encuentro —dijo Conon, que estaba enfadado porque Pilar, desde los dramáticos acontecimientos de Saissac, apenas le había dirigido la palabra—. ¡Eso no le sentaría nada mal a tan noble caballero!

—En el caso de la boda de la princesa —respondió en su lugar el caballero De Craon—, se trata de una obligación de los de Toulouse, ¡razón por la cual vosotros habéis intervenido!

Con moderada sorna, acudió en su ayuda su compañero más joven, André de Montbard:

—¿O es que creéis, Conon de Béthune, que no hubiésemos sido lo suficientemente hombres para poner en escena ese secuestro?

—Pues probablemente hubiera tenido lugar sin derramamientos de sangre —dijo Pilar, interrumpiendo su mutismo—. Y eso es algo que os reprocho, Conon; jamás hubiese dado mi consentimiento si...

—¡Eso no estaba en mis manos! —respondió Conon, irritado—. Nadie, ni Astair ni yo, pudo sospechar que de repente haría una visita a Saissac, como caído del cielo, el señor Berenguer...

—¡Un sitio en el que no se ha dejado ver durante años! —hubo de admitir Pilar—. ¡Creedme, nobles caballeros, siento que esta «libertad» de la que disfruto ahora —suspiró—, la de poder cabalgar hacia un matrimonio que fue pactado en algún momento sin el consentimiento de una niña pequeña, ha salido muy cara debido a esa muerte! —La confesión de Pilar sonaba creíble—. Me gustaría poder dar vuelta atrás a todo.

Conon, afectado, guardó silencio ante aquellas palabras. También él se arrepentía de haberse metido en aquella empresa, sobre todo porque sospechaba que al Cardenal Gris le daba exactamente igual la dicha o la desdicha de la princesa de Toulouse, ¡como le daba igual la muerte de Astair! Eso era un lamentable incidente, ¡algo mínimo ante los elevados objetivos de la Iglesia! Pero, a pesar de todo, Conon sólo dijo:

—También yo lamento mucho la muerte del bueno de Astair.

Entre los gritos de júbilo de la muchedumbre que abarrotaba la calle, llegaron a Poitiers. Conon soportó con estoicismo todo el ceremonial de la entrega de la novia, las altaneras muestras de gratitud del duque —las cuales, también, le salían honestamente del corazón—, así como las ruidosas fiestas, que duraron tres días y sus tres noches. Aludiendo a su amigo muerto, rechazó todas las recompensas que le ofrecieron, ya fueran joyas, oro o vestidos magníficos.

Conon no tenía el ánimo para fiestas ni para pensar en las ganancias, lo único que le preocupaba, probablemente, era Pilar, pero a ella apenas la vio en esos días. Sus compañeros en el viaje, André de Montbard y sire De Craon, le aseguraron que el señor Guillermo no se sentía para nada ofendido por sus constantes negativas; pero aun así Conon tuvo el presentimiento de que nadie en la corte ducal de Aquitania se entristecería cuando por fin partiera hacia la frontera norte, en dirección a la ciudad de Tours. Le asignaron, para el camino, una magnífica escolta, y le dijeron que podía disponer de esos hombres hasta que llegara a su destino. El propósito de Conon, aunque inconfesado y sin un plan claro, era reunirse con Elgaine, aun cuando no podía estar seguro de que ella sintiera por él algo parecido al amor. El único punto de partida seguía siendo Gisors, y él intentaría llegar allí pasando antes por Chartres.

Saint-Gilles, el castillo del conde de Toulouse, estaba situado en la frontera oriental de su extenso reino, por encima del Pequeño Ródano, al borde de las zonas cenagosas y lagunas de sal de la Camarga. Y hasta allí había ido en busca de refugio Berenguer de Saissac, agobiado por la muerte de su hijo, una muerte de la que era responsable él mismo, su padre carnal. Sólo cuando el conde Raimundo —que ya había oído hablar de aquella terrible desgracia— abrazó a su amigo en silencio, le vino al condotiero el recuerdo de Pilar y que todo había sido a causa del secuestro de la sobrina del conde, en el pasado confiada a sus cuidados.

—¡Yo sólo quise impedir el rapto! —soltó—. ¿Quién podía sospechar que mi propio hijo...? —Al calvo le faltaban las palabras—. ¡Esto es una vergüenza espantosa para la casa De Saissac!

Berenguer se dejó caer en la banqueta que el conde le había puesto rápidamente debajo.

—¿Cómo pudo Astair hacerme esto? —gimió el hombre, encorvado—. ¿Qué lo movió a cometer tal traición? ¡¿O quién?!

Raimundo lo miró pensativo.

—¿No habéis reconocido acaso, entre sus cómplices, a Conon de Béthune? —El condotiero asintió, pero sin alzar la cabeza, y entonces el conde intentó hallar una respuesta a su propia pregunta—. Pero ¿qué interés puede tener un caballero intachable en meter sus manos...?

—Eso estaba planeado —masculló Berenguer—. Ambos deben de haber actuado siguiendo instrucciones de arriba.

—¿De Aquitania? —preguntó Raimundo con gesto de duda, para de inmediato añadir—: El duque Guillermo no tenía necesidad de dar un paso de esa índole, tampoco se corresponde con su estilo. —El conde se quedó pensativo—. Él tenía derecho a la joven, del mismo modo que Felipa tenía su derecho al trono de Toulouse... Y lo tiene todavía —dijo, y continuó—: ¡Y esos derechos podrá imponerlos ahora como es debido!

—¡Astair está muerto! —respondió el jefe de mercenarios con amargura—. Eso significa el fin de la casa De Saissac. —A continuación se levantó y posó sus manazas en el hombro del conde—. ¡Perdonadme! —dijo con firmeza, pero con lágrimas en los ojos—. ¡Perdonad que yo mismo no pueda perdonarme!

—¡Yo no os hago ningún reproche! —se apresuró a asegurarle el conde Raimundo a su amigo—. Más bien me corroe el cargo de conciencia. ¡Me siento en parte responsable! —dijo el noble, reprimiendo un sollozo.

—¡Haré penitencia por el resto de mi vida! —anunció con valentía Berenguer, pero de inmediato se vio interrumpido por el conde:

—¡El hábito del penitente me corresponde antes a mí! —El conde no dejó que la conmoción lo dominara—. El Santo Padre busca hombres como nosotros, Berenguer, hombres que luchen por él y por Jesucristo. ¡Con su cuerpo fortalecido y con su alma devota!

—¡Podéis disponer de mí, y también puede disponer el señor papa! —exclamó el calvo y se tambaleó—. ¡Por mí, podemos partir de inmediato! ¡No añoro otra cosa que no sea el perdón de Dios!

El conde Raimundo empujó al condotiero y lo obligó a sentarse de nuevo en la banqueta.

—Lo primero que deseo es hacerle saber a mi hermano, el abad Hugo, mi resolución —dijo en tono reflexivo—, porque si renuncio a mi trono, sería para partir con el mayor y mejor ejército que haya visto nunca la cristiandad. —A Raimundo le entusiasmaba la idea—. ¡Y vos, mi querido Berenguer, debéis figurar a la cabeza del mismo como mi gran lugarteniente!

Los dos amigos se abrazaron de nuevo. Esta vez dieron rienda suelta a sus lágrimas.

El pirata Bert el-Caz se sentía desesperado cuando trepó empapado por las piedras del peñón. No era sólo la rabia que sentía por la infinita estupidez de caer en la trampa que le había tendido Maurcade du Berq y que le había costado la vida a la magnífica Terès. ¡Como un mazazo, le llegaba la certeza, contra la que nada podía hacer, de que Pons estaba irremediablemente en manos de esa normanda que, por lo visto, estaba dispuesta a todo! Claro que ella no mataría a Pons, sino que lo utilizaría fríamente para quitar de en medio a Elgaine de Gisors, mientras que él, el estúpido, más que estúpido Berthold, el enano, yacía en ese islote en medio del mar, en un sitio que ningún pescador ni pirata visitaba por voluntad propia. Bert el-Caz no tenía tiempo que perder, y debía —¡maldita sea!— reparar aquella irrisoria falta suya, ¡y no tanto ya por sed de venganza o por salvar su honor, sino para salvar a Pons y a Elgaine de la maldad de esa arpía!

Apenas la oscuridad se cernió sobre cabo Gorgona, Bert el-Caz hizo encender una fogata en la plataforma superior de la torre. Y cuando ésta empezó a iluminar el mar en medio de la noche cerrada, les dijo a los monjes que le llevaran la única alfombra que poseían. Entre cuatro hombres, uno por cada esquina, empezaron a alzar y a bajar aquel trozo de tela, antes sumergido en agua, siguiendo las órdenes del pirata, que les pedía hacer la maniobra con distintos intervalos: corto, corto, largo... Una pausa. Largo, largo, corto, largo... Y de ese modo las señales de luz iban saliendo hacia el mar, en plena noche, una y otra vez: corto, corto, largo... Una pausa. Largo, largo, corto, largo...

Los monjes tosían a causa del humo y se veían obligados a alternarse; el pirata, por su parte, había perdido la voz hacía rato... Y de pronto, por fin, cuando ya estaba próximo el amanecer, se vio a lo lejos el resplandor de unas luces que reproducían los mismos intervalos. Bert el-Caz ordenó que arrojaran la alfombra, de modo que las llamas de la fogata pudieran ser vistas a mayor distancia. Con los ojos ardientes, el capitán y los monjes miraron fijamente hacia el mar. Ya amanecía por el este, y entre la niebla matutina apareció un barco cuya vela Bert en seguida reconoció: ¡Era uno de los hijos de Yussuf!

LACRIMAE VIRGINIS

A juzgar por el aspecto insignificante del puerto de pescadores de Savona, en la costa de Liguria, a nadie se le hubiera ocurrido pensar, desde fuera, que allí tenían los servicios secretos su base marítima más importante después de Ostia. Siempre había por lo menos un velero dispuesto a trasladar a Francia o al lejano Portugal a los agentes de la Curia que por allí aparecían, haciéndose pasar por honorables monseñores o humildes monjes. Su actual jefe, el cardenal cegado Remy d'Aretin, también conocido como *Caput canis*, viajaba la mayoría de las veces de incógnito, a menos que en alguna ocasión le interesara ser reconocido. Y éste no era el caso, precisamente, en esta fase final de la campaña que él había iniciado con la anuencia del sumo pontífice. Esta vez, el Cardenal Gris se hacía acompañar únicamente por el jovencísimo Guy d'Abreyville, un discípulo suyo sin duda muy talentoso, pero con cierta tendencia a la indisciplina. Tal y como Remy había dispuesto, a su llegada, los esperaba el probado capitán que había acompañado a Elgaine de Gisors durante su camino de regreso a casa, en Vexin. Con palabras concisas, el hombre rindió su informe.

—Todo marchaba según el plan —dijo el capitán, sin mostrar emoción alguna— hasta que Berenguer de Saissac, que había viajado con nosotros todo el tiempo, tuvo una rabieta poco después de pasar Arlés y nos abandonó sin más.

—¿Y todo sucedió así, como caído del cielo? —preguntó el cardenal cegado con desconfianza—. ¿Qué sucedió antes? ¿Qué informaciones...?

—¡Nada sucedió! —se apresuró a asegurarle el capitán—. ¡Absolutamente nada!

Remy midió al hombre con su mirada severa.

—¿En qué dirección marchó el señor Berenguer?

—Hube de llevarlo... río abajo... por el Pequeño Ródano —dijo, tartamudeando—, hasta Saint-Gilles. Y allí se fue...

—¿Y Elgaine? —indagó Remy con acritud—. ¡Vosotros no la habréis...!

—¡No, no! Su traslado quedó en manos de vuestro hombre, monseñor De la Carmen.

La pausa surgida en ese instante se llenó con una larga mirada, una mirada que, a criterio de Guy, duró toda una eternidad e iba dirigida sólo a él.

—¡Ah! —dijo Remy, alargando su exclamación—. Un muerto ha vuelto a resucitar, y se inmiscuye, por suerte...

—¡Lo veis, si yo lo hubiera...! —La mirada que recibió el chico de cabello rubio ceniza le hizo enmudecer.

—¡Incluso dentro de vuestro fatal apego por la trasgresión, tenéis suerte, Guy d'Abreyville! ¡De la Carmen, perdonado por vos, nos lo agradece ahora metiéndose en lo que no le importa! ¡Perfecto! ¡Tal y como yo esperaba de ese viejo lobo con piel de asno! —Guy bajó sus ojos azules aunque el tono malicioso de su maestro había sido esta vez más moderado de lo que él preveía. El siguiente golpe estuvo destinado de nuevo al capitán—. Monseñor De la Carmen —afirmó el *Caput canis* con absoluta serenidad— no pudo proporcionar el motivo para ese recelo repentino del condotiero, ya que él no sabía nada acerca de la misión de Conon de Béthune y Astair de Saissac. ¡Vosotros, sin embargo, pudisteis enteraros de ello en Lerici! —El capitán mantuvo su imagen de inocente guardando silencio ante aquel reproche—. ¡El calvo debe de haber llegado demasiado tarde! —Con aquel comentario dio por concluida Remy la *inquisitio* y se volvió al hombre pillado in fraganti—: ¡Vosotros tuvisteis la ocasión, de reparar aquel daño con vuestra imaginación y vuestra habilidad! —dijo, y atrajo a Guy hacia sí, casi con cariño—. Sé que esa misión que te endilgué sólo podía ser cumplida por un ser diabólico como tú. —Entonces Remy tomó al chico por los hombros y lo sacudió—. Supongo que De la Carmen, en el momento decisivo, se pondrá de tu lado. ¡Así que no intentes eliminarlo de nuevo, sino que acepta su ayuda! —En un gesto que pretendía darle ánimos al joven, lo apartó de sí con un empujón—. ¡Lo que cuenta para los servicios secretos es sólo el resultado, no la satisfacción de las vanidades personales!

—*Nec spe, nec metu!* —murmuró Guy conmovido, y se arrodilló rápidamente, para besar el anillo del cardenal. Luego, Guy d'Abreyville y el capitán subieron de inmediato a bordo, se hicieron a la mar y pusieron rumbo a Marsella.

El Cardenal Gris se quedó solo en la orilla, mostrando una figura solitaria y esbelta, con su ancho *paletot* y su cabeza de rasgos definidos oculta bajo un sombrero de ala ancha, bien colocado sobre la frente fruncida. Los engranajes de su plan ya habían empezado a moverse con determinación y ya nada podría detenerlos. Dependía de su habilidad que la avalancha tomara la dirección correcta. Sólo una persona que hubiera intentado alguna vez desviar la lava ardiente o un alud a través de un cauce previamente preparado, podía comprender la envergadura de la tarea que el cardenal tenía por delante. Remy d'Aretin añoraba la anuencia de su jefe supremo: ¡un gesto de bendición de Urbano le hubiera sentado bien en ese momento! Así que decidió ir a visitar de nuevo al pontífice. ¡No para que éste legitimara los pasos que acababa de dar o los que tendría que dar en el futuro, sino únicamente para obtener su *benedictio*!

Remy d'Aretin no sabía cuánto tiempo se había quedado de pie en la arena poco profunda de la playa de Savona, entre los botes de pescadores, los montones de redes y las nasas apiladas. Una barca de aspecto insignificante, con las velas al viento, atracó en el único embarcadero. Una monja gruesa bajó de a bordo. Remy recordó de inmediato aquella figura: era la portera del convento de la Immacolata del Bosco, en Lerici, la hermana Erma di Toano. Arrastraba por los tablones del embarcadero una gran garrafa, y a cada rato se detenía, jadeante, junto a su único equipaje. Entonces ella también reconoció al cardenal, a pesar de su ropa de paisano, y una expresión radiante iluminó su ancha carota.

—¡Eminencia! —exclamó con alegría, para luego añadir con cierto tono suspicaz—: He estado siguiéndoos de cerca en sus viajes, pues estaba segura de que echabais de menos una vasito de *Lacrimae virginis* —dijo y señaló hacia el grueso recipiente forrado de mimbre—. ¡Traigo abundante provisión conmigo!

Remy no se había movido del lugar, a pesar de que una deliciosa copita de absenta le hubiera sentado en ese momento de maravilla.

—¿Adónde vais, querida *soror*? —le preguntó afablemente a la gruesa monja—. ¡Porque vos no podíais saber que me encontraríais aquí!

La hermana se acomodó y le hizo señas al cardenal para que se acercara.

—La Santísima Virgen me hizo ver —susurró en tono misterioso— cómo os bajasteis de un barco con un ángel de cabellos de plata...

—¡Que en realidad era el diablo! —se rió Remy y se permitió echar una ojeada a la garrafa.

—Lo sé, lo sé —resopló la monja—. ¡Sólo que no quería decíroslo!

—¡Ah, vamos! —suspiró el cardenal y se apoyó en el pretil de madera, mientras que la hermana Erma sacaba dos vasitos de estaño de su vestido—. ¡Con el señor de las tinieblas tenemos que lidiar todos los días! En fin, ¿adónde os lleva vuestro viaje?

Erma retiró el corcho y le puso al cardenal un vaso en la mano, luego inclinó con sumo cuidado y habilidad el recipiente, hasta que el líquido de color oro salió borboteando por el cuello de la botella.

—Hace unas noches se me apareció en sueños Cantar de Sión, nuestra abadesa raptada por el pirata —dijo la monja, y Remy alzó su vaso.

—¡Porque le vaya bien allá en Sión!

—¡Correcto! —exclamó Erma—. Así se llamaba el lugar adonde me ha pedido que vaya, porque ha dado a luz a una criatura, una niña, y yo debería...

—¡Lo sé! —dijo el cardenal, interrumpiendo la cháchara de la hermana, de modo que Erma pudo llenar de nuevo los vasos vacíos.

—Y la nueva abadesa, la que vos nos habéis anunciado, tampoco ha aparecido. —Los ojillos de cerda de la monja contemplaron el sombrero de ala ancha—. Estáis con vuestros pensamientos en otra parte, Excelencia... ¿Tal vez en un país situado al oeste...?

—¡En Occitania! —le confirmó de mala gana el cardenal, pero la gorda no se dejó amilanar.

—¡... allí donde se yergue un orgulloso castillo...!

—¡Saissac! —exclamó el cardenal, divertido—. Y no me vengáis ahora con el cuento de que eso también lo habéis soñado. —Y para ocultar en algo su inseguridad, el clérigo señaló a su vaso, otra vez vacío. Erma lo secundó de buena gana—. Allí envié al caballero Conon de Béthune, junto con Astair...

—Que sirvió en Lerici como *gobernatore* —completó la gorda, que se sumió de inmediato en un concentrado estado—. ¡Pero el único que abandona el castillo a toda prisa es Conon, y veo también a una joven...! ¡Ha ocurrido una desgracia!

—¡Venga ya! —exclamó el cardenal, perplejo e indignado.

Pero la frente de Erma se mantuvo fruncida.

—Conon cabalga por la región como un héroe, avanza hacia el norte, sus pensamientos están puestos en la mujer que busca... ¡Sin embargo, ya no veo al otro! —Erma inclinó una vez más la garrafa, pero el cardenal ya tenía cierta práctica, por lo que, sin derramar ni una gota, se dejó llenar el vaso. La absenta sentaba bien al estómago, pero en la sangre desataba un fuego infernal, como lenguas de niebla llenas de diminutos cristales que volaran en remolino.

—¡Se encontrarán en Gisors! —afirmó Remy con obstinación y le lanzó a la hermana una mirada inquisitiva.

La gruesa monja tenía la frente cubierta de gotas de sudor. Sin reparar demasiado en ese detalle, continuó describiendo sus visiones:

—Por el camino yacen todavía demasiados árboles derribados, maleza con espinas, piedras difíciles de mover... ¡Como los muros de un calabozo!

—¿Gisors? —insistió Remy lleno de inseguridad—. ¿Estáis viendo Gisors?

—¡Veo una bandera con escudo sobre las almenas, un lirio dorado sobre campo azur!

—¡La oriflama de los reyes de París! —gruñó el cardenal.

—Pero están desplegando otro estandarte —resopló Erma—. Aún no puedo ver el animal de su escudo... Pero ahora sí: ¡dos jinetes cabalgan sobre un campo de gules!

—¡Ya está bien! —exclamó Remy, enfadado—. Una agente del duque de Normandía no lo haría mejor que... —Pero el cardenal no acabó la frase, porque en eso la monja le alcanzó otro vaso—. Bueno, una última pregunta: el pirata Bert el-Caz, ¿ha entregado a Maurcade du Berq en Lerici?

Puesto que Erma no le respondió de inmediato, sino que ella misma buscó otra vez insuflarse fuerzas con otro vasito del brebaje infernal, el cardenal se sumió en un soñoliento estado caviloso. Como si le llegara desde detrás de una algodonosa pared de nubes, escuchó esta vez la voz chirriante, como un graznido, de la gorda hermana:

—La mujer de negros cabellos rizados viaja sola en el barco del pirata; vuela como una tormenta por los mares, y lleva a su lado a un hermoso niño... —Erma di Toano hablaba como si estuviera en un estado de trance—. Chispas infernales, un rescoldo impetuoso la mueve, azuza a la tripulación con el látigo, quiere obligarlos a que la lleven a tierra, maldice a todos, maldice a... —La pausa que se produjo entre aquellos jirones de palabras fue demasiado larga para mantener despierto el cerebro de Remy—, pero el pirata le sigue los talones a esa diablesa. —Un consuelo que el cardenal ya no escuchó. Agarrándose a los postes del embarcadero, fue deslizándose lentamente sobre la arena.

Cuando los rayos del sol empezaron a hacerle cosquillas en la cara y lo despertaron lentamente, un grupo de pescadores de caras preocupadas rodeaba al cardenal Remy. Varios baldes de agua fría le habían vertido ya sobre el rostro al noble señor, le confesaron los pescadores tímidamente. Remy tenía la cabeza como un bombo. Dejó que lo ayudaran a incorporarse. A la gruesa hermana ya no se la veía por ninguna parte. La mujer había alquilado un carromato, había cargado en él su garrafa y desaparecido en dirección a las montañas, pero había un capitán a su servicio, para lo que quisiera ordenar el señor. Remy se sacudió la arena de su *paletot* y acomodó otra vez la forma del sombrero. ¡Maldita *Lacrimae virginis*!

EL ENIGMA DE CHARTRES

Ofrecían una imagen poco habitual aquellos tres caballeros de mirada preocupada que, aun en medio de la penumbra de la cripta, podían reconocerse como hombres de la Iglesia, aunque ninguno de ellos portara los ornatos de su condición. Estaba con ellos, además, una joven. Thierry, el autoritario obispo de Verdún, el impenetrable monseñor De la Carmen y el ingenuo Alan de Montfort, obispo de París, estaban sentados en semicírculo en torno a Elgaine. A pesar del agotamiento, la joven se había negado a tomar asiento. Con la mano izquierda apoyada en una columna y la cadera derecha echada hacia adelante, ofrecía una imagen inquietante para los tres señores. En gesto desafiante, erguía su cuerpo esbelto en la oscura bóveda, con sus nichos y sus desgastadas lápidas encajadas en el suelo y las paredes.

—Si me forzáis a hacerlo, distinguidos señores —dijo la mujer—, si me obligáis a esperar aquí hasta que llegue Maurcade du Berq, ¡desafiaré aquí mismo a esa persona para que acepte el veredicto de Dios!

Elgaine no dejó lugar a ninguna duda de que su petición de tener un duelo a vida o muerte no era una amenaza vana.

—¡Así pondremos fin de una vez a todo esto!

El obispo de París se estremeció, mientras que su colega Thierry dejó entrever una sonrisa burlona en sus labios.

—No es mala idea, *madame*, aclarar las cosas de ese modo, tan rápidamente, en lugar de derramar la sangre de otra gente que poco tiene que ver con la disputa...

—¡Yo sólo puedo alertaros sobre la perfidia de Maurcade!

—lo interrumpió enérgicamente De la Carmen—. Dudo que acepte una decisión a través de la espada, sino que más bien...

—¡Me parece una blasfemia —tomó la palabra el obispo de París— que unas mujeres echen mano de la espada porque ningún hombre lo hace por ellas! —Y puesto que no llegó el aplauso que esperaba, añadió—: Mientras yo represente a la santa Iglesia aquí, en Chartres, no se cometerá tal crimen...

—¿Cuánto tiempo va a durar todavía esta época de misericordia para Chartres? —dijo Thierry con mofa.

—Hasta que mi cuñado el rey me libere de esta carga adicional —afirmó el parisino—, ¡y hasta que Dios, en su bondad infinita, lo quiera!

Elgaine lo confundió aún más, pues se refirió del siguiente modo a la objeción planteada antes por él:

—¿Vos hablabais de hombres? ¡Pues yo aquí no veo a ninguno!

—¡Entonces renunciad! —la apremió el obispo.

—¡Ni por asomo! —le dijo la joven—. Maurcade quiere Gisors para sí, y tal vez también para el padrino que la respalda. —No se dignó a mirar a Thierry una sola vez, y continuó—: Yo, por el contrario, asumo personalmente mis derechos sobre Gisors, ¡y no en aras de ningún hombre! Con la excepción, naturalmente, de mi hijo Pons.

—¡El mundo está al revés! —gimió el obispo de París—. Las mujeres son el brazo ejecutor del diablo.

—¡Pues alegraos de vuestro celibato, estimado hermano en el cargo! —bromeó Thierry de Verdún.

En ese momento monseñor De la Carmen se hizo escuchar:

—¡Esta disputa es superflua! ¡La persona que ha lanzado el reto, Maurcade du Berq, no se ha presentado!

—¡Pero se presentará! —replicó Thierry con acritud, y se volvió hacia el obispo de París, al que todo aquello le venía grande—. ¡Vos cargáis con la responsabilidad de que esas dos mujeres se encuentren! —El obispo se estremeció, pero Thierry se mostró implacable—: ¡Así que procurad que la señora Elgaine no se mueva de aquí hasta entonces! —Dejó entonces al inexperto clérigo como a un escolar al que acaban de reprender y se dirigió a monseñor—: Y vos, De la Carmen, conocéis ahora mi postura sobre esta cuestión. Sé que actuaréis con cabeza, ¡o con la del *Caput canis*! —dijo, dedicando a monseñor una sonrisita—. Por mi parte, no puedo quedarme más tiempo, pues se necesita mi presencia y mi consejo en la Lorena. Se trata de la situación en torno a Bouillon —reveló el obispo Thierry—. ¡Y ésta se agrava!

Thierry de Verdún se inclinó brevemente ante Elgaine.

—¡Conocer a los propios enemigos —le explicó con una sonrisa autosuficiente—, incrementa el goce! *Au bonheur, madame!* —dijo, e hizo señas a su séquito, que lo esperaba en el fondo de la cripta. Acto seguido, con paso presuroso, abandonó aquella sombría gruta.

También el obispo de París tuvo prisa por partir.

—No he querido decírselo a ese hombre ávido de poder —le confesó a monseñor—, pero ya no hay nada que me retenga aquí, mientras que en París mi trono se enfría.

Pero De la Carmen lo retuvo.

—Mientras nuestro querido hermano Ivo pase frío en su calabozo, el episcopado más importante de Chartres estaría huérfano sin vos, Alan de Montfort, ¡y la comunidad estaría sin bendición y sin apoyo!

El obispo parisino le dijo que no podía dividirse en dos, pero De la Carmen invalidó sus argumentos.

—Vos servís a vuestro cuñado, el rey, o tal vez a vuestra hermana Bertrade... Pero aquí prestáis un servicio tal vez mayor, impidiendo que el rebaño derribe las vallas a falta de un buen pastor y que surjan la revuelta y la violencia...

El obispo de París alzó las manos y asintió.

—¡Os espero en el palacio episcopal! —dijo, resignado, hablando más para Elgaine que para monseñor. Y con esa exhortación, desapareció por el pasadizo subterráneo que comunicaba la cripta con la sede episcopal de Chartres.

Apenas desapareció, unas figuras oscuras emergieron de detrás de los imponentes pilares que sostenían la bóveda del sótano. La mayoría llevaba capucha, por lo cual no era posible reconocerlas, pero Elgaine creyó identificar a un marinero de la tripulación que había acompañado a monseñor hasta allí, a través de toda Francia.

El cabecilla se acercó a donde estaba De la Carmen.

—Tal y como lo previeron vuestras instrucciones —le dijo en un susurro—, están surgiendo disturbios en la ciudad. ¡La gente empieza a sitiar el palacio episcopal, exige la liberación del obispo Ivo y también empiezan a volar las primeras piedras!

—¡Proceded con cautela! —le advirtió De la Carmen—. El obispo dispone de sus propias tropas, y éstas son fuertes. Deben ser neutralizadas, pero no es necesario irritarlas sin sentido. Alan De Montfort debe sentirse lo suficientemente seguro para que no huya de Chartres.

El hombre asintió, y las demás figuras de negro se alejaron otra vez. Monseñor De la Carmen se dirigió entonces a la joven Elgaine, que escuchaba con atención.

—¡Va siendo hora de marcharnos de aquí!

Apenas dijo esto, se presentó el capitán de la guardia de De Montfort para anunciarle que, debido a las revueltas de la población, la guardia episcopal asumiría también la custodia de los calabozos. Corría el malvado rumor de que el obispo Ivo había sido envenenado.

—¡En ese caso, mostradlo a la multitud, que vea que está vivo y coleando! —le aconsejó el monseñor al capitán, que estaba algo desconcertado—. ¡Pero tened cuidado de que no se os escape!

El capitán se marchó con sus hombres, y De la Carmen le hizo una señal a Elgaine.

De los protocolos secretos de Sión

Feriae Augusti *A. D. MXCV*

Nosotros, felices cronistas, los fratres benedicti Angelus vigilans *y* Vocator diaboli, *pasamos nuestros días en la pequeña abadía de Mantes-la-Jolie, en calidad de huéspedes del bondadoso caballero Godefroy de Saint-Omer. Lo que allí nos fue servido a diario, salido de la cocina y las bodegas, merece las más nobles alabanzas. Nuestros ojos se posaban satisfechos sobre los meandros del río que allí se extendía, el Sena, así como sobre el puente romano que se extiende sobre su cauce. Sin embargo, después de cuatro días de asueto, nuestra vida apacible y ahíta llegó bruscamente a su fin.*

En la abadía apareció monseñor Alfonso de la Carmen, que venía acompañado por la dama Elgaine de Gisors. Sin demasiados preámbulos, nos ordenó que nos infiltráramos en la fortaleza del mismo nombre.

—¡Por mí podéis hacerlo de incógnito, si es que os estorba el hacer uso de los poderes absolutos de los que disponéis! —nos dijo monseñor.

Allí, nos dijo, debíamos mantenernos alertas. Tuvimos que obedecer su orden, aunque éramos conscientes de que no tendríamos allí las mismas alegrías para el paladar que en Mantes-la-Jolie. Elgaine quiso saber por boca de monseñor si ella no debía trasladarse también a Gisors con nosotros, tal vez disfrazada de simple cocinera.

Monseñor le sacó aquellas ideas de la cabeza con un escueto y seco: «¡Todavía no!»

¡Una pena, pues viajar en compañía de Elgaine habría hecho para nosotros mucho más agradable la estancia en el castillo de Gisors! También el señor Godefroy de Saint-Omer recibió sus órdenes. Debía regresar a Saint-Omer e informar a su duque, el señor Roberto de Normandía, que pronto llegaría la hora, tal y como había sido acordado por él y por el conde Balduino de LeBourg.

¡Y debía mantenerse a disposición! En ese sentido, el señor Godefroy salió mejor parado que nosotros. Podía llevarse consigo a Elgaine hasta Saint-Omer, para que ella esperara allí los siguientes pasos. Bajo ningún concepto le estaba permitido avanzar hasta Gisors.

De ese modo se nos expulsó del pequeño paraíso de Mantes-la-Jolie, y cada uno tomó el rumbo que le habían indicado. Por su parte, monseñor De la Carmen encaminó sus pasos de inmediato de vuelta a Chartres.

Redactado en Mantes-la-Jolie

En Chartres, la rebelión popular estaba en pleno apogeo. Gracias a sus tropas, el obispo de París mantenía bajo su control el palacio episcopal, las obras de la catedral y la cripta, así como los calabozos. Llegó incluso a informar al rey Felipe de que no necesitaba refuerzos, que era dueño de la situación y que la seguridad del insigne prisionero, el obispo Ivo, no corría ningún peligro.

El obispo Alan de Montfort tuvo suerte, pues cuando la presión de los rebeldes empezó a incrementarse, llegó a Chartres Conon de Béthune, acompañado de una fuerte escolta que había puesto a su disposición, agradecido, el duque de Aquitania. Conon iba acompañado también por el joven conde André de Montbard, que se le había unido en el último minuto, ya que —al haber acabado su misión anterior— tenía pensado regresar a su país natal, la región de Borgoña.

El obispo De Montfort les ofreció a los caballeros que se alojaran en el palacio episcopal. Estaba la mar de contento por aquella ayuda inesperada llegada desde Aquitania, así que pagó de buena gana el salario de la soldadesca y cubrió a Conon y a André de valiosos regalos.

Monseñor De la Carmen regresó a Chartres y se ocupó de que la cripta y la nave de la iglesia quedaran bajo la custodia de la guardia llegada de Aquitania. Poco a poco, la tranquilidad fue regresando de nuevo a Chartres, si bien la situación seguía siendo tensa. Era la calma que precede a la tormenta.

El papa Urbano y su Cardenal Gris, el cardenal legado Remy d'Aretin, se encontraron en Cluny, siendo ambos huéspedes del abad Hugo. El motivo oficial del encuentro era la inauguración solemne de la imponente abadía de los padres benedictinos, terminada después de muchas labores de reconstrucción. El todavía vigoroso e influyente abad debía echarle una mano a Urbano en aquella gran empresa planeada por la Iglesia, especialmente en ésta, su última y decisiva fase, después de haber participado también con éxito en la etapa preparatoria. Por eso, en un paso muy decisivo, había fomentado la buena actitud con la que los dos más importantes señores de Occidente, el duque Roberto de Normandía y el conde Raimundo de Toulouse, iban a ponerse a disposición del papa, en cuanto se hiciera públicamente el llamamiento. Hasta entonces, todo se había llevado a cabo con la más absoluta discreción, y para ello los servicios secretos de la Curia habían tomado aquellas medidas que le parecieron oportunas o necesarias a su jefe, el *Caput canis*. Procedente de Saint-Gilles, donde el Cardenal Gris se había reunido y puesto de acuerdo una última vez con el conde Raimundo, Remy d'Aretin compareció ante su papa.

—Su Santidad puede contar ahora firmemente con Toulouse —dijo Remy, iniciando su informe—. ¡El conde ha comprendido que ha cometido una injusticia al privar a su sobrina Felipa del trono, y que la penitencia adecuada para ello sería participar en vuestra *Opus magnum*!

Urbano sonrió.

—¡Ojalá no esperéis una mayor muestra de humildad en Saint-Gilles!

—¡Para nada! —respondió Remy—. Pero Raimundo, en su vanidad, hará todo lo que esté a su alcance para poner a vuestra disposición el más magnífico de los ejércitos, con el cual ha conseguido espantar a los demás príncipes! —El *Caput canis* se calló conscientemente el hecho de que acababa de soltar de sus cadenas a su perro de raza, el joven Guy d'Abreyville, con un encargo que seguramente no hubiera tenido la aprobación del Santo Padre—. Con ello he matado dos pájaros de un tiro —dijo Remy en su lugar, con tono triunfal—. El feliz prometido de Pilar, el duque Guillermo de Aquitania, más conocido como El Trovador, también está dispuesto ahora, por mera gratitud y por voluntad propia, a poner su persona a disposición de vuestra empresa.

El papa Urbano asintió satisfecho.

—Ahora es dueño de traer consigo también a algunos de sus señores feudales.

—El señor Roberto —continuó el cardenal su informe, lleno de orgullo—, el duque de Normandía, está dispuesto a recibir de vuelta Gisors, como muestra de nuestra fiabilidad, y en ese caso, también estaría presto para partir al campo de batalla por vos.

—Eso, si es que la Iglesia le garantiza la inviolabilidad de sus posesiones, sobre todo las de su país de origen —añadió el papa, divertido—, porque, a diferencia de otros, el duque Roberto piensa regresar. —El pontífice sonrió—. Y no por Gisors, al que vos tenéis tanto apego, sino para garantizar sus derechos legítimos, ¡si no es a la corona de Inglaterra, por lo menos sí a la región de Normandía!

El Cardenal Gris asintió, pensativo.

—A más tardar, a su regreso, eso nos dará qué hacer. Porque es precisamente ese pedazo de tierra el que ven como su territorio tanto el rey de Francia como el de Inglaterra, por lo menos en lo que atañe a su soberanía como señores feudales —suspiró.

Entonces el papa lo tranquilizó:

—Si algún día vuelve a casa como un célebre guerrero de la fe cristiana, entonces el señor Roberto siempre podrá aconsejarse sobre la persona de la que querrá ser vasallo.

—Pues por ahora sueña con ser amo y señor de sí mismo

—dijo Remy—, ¡con la gracia de Dios y protegido por la Santa Iglesia!

—Eso no lo permitirá ninguno de los dos monarcas —concluyó el papa de mala gana—. ¡Y nosotros tampoco nos inmiscuiremos!

Entonces Remy d'Aretin se apresuró a mencionar otro de sus éxitos:

—Por el contrario, tenemos seguros a los normandos que están al pie de la península de los Apeninos. ¡Aunque los de la Apulia sólo pueden ofrecernos el ejército más pequeño por su número, ellos son los mejores y más experimentados guerreros!

—¡De eso saben mucho los bizantinos! ¡Lo habéis solucionado todo de un modo genial, querido Remy! —lo alabó el papa, de muy buen humor, para luego pasar otra vez de inmediato al tono distanciado de un *Pontifex maximus*—. Aun cuando os puede haber ayudado una curiosa concatenación de hechos felices y menos felices, ¡los señores Bohemundo y Tancredo nos serán muy útiles como combatientes!

El cardenal legado se apresuró a destacar sus propios méritos.

—No fue tan fácil mantener unidos todos los hilos y luego desatarlos otra vez —suspiró Remy—. Hasta que estuvo tejida toda la red, el tejedor, agobiado, tuvo que vérselas no tanto con vikingos aguerridos, sino con mujeres obstinadas y piratas impredecibles.

—¡Muy bien, mi hábil *Caput canis*! ¡Nada más alejado de mis intenciones que restaros méritos! ¡Y para descargaros de algunas responsabilidades, me he permitido, en este tiempo, llevar yo mismo adelante un asunto cuya solución me afecta muy de cerca: el espinoso problema relacionado con Bouillon y, con él, la cuestión sobre el importante reclutamiento de Godofredo, el futuro duque de la Baja Lorena, ¡hasta ahora mariscal del emperador!

Remy d'Aretin se cuidó muy bien de hacerse el ofendido.

—¿Queréis decir, Santo Padre, que no tendré que ocuparme yo de eso?

El papa rió.

—¡Eso jamás seríais capaz de hacerlo, Remy! —dijo, pero en seguida volvió a ponerse serio—. En cierto modo, la solución no está flotando en el aire, pero sí que se halla al alcance de la mano. Nosotros, es decir, vos y este humilde servidor, debemos evitar mezclarnos de cualquier modo, más bien debemos dejar correr las cosas. Esos dos exaltados, el obispo Thierry de Verdún y Godofredo, que ahora es también el conde de Amberes, por muy distintos que sean, ¡son los dos más tercos que una mula! Se pelearán de tal modo por Bouillon que habrá que tomar una decisión de guerra. Es del todo innecesario azuzarlos para que se enfrenten, como ha hecho Matilde entre bambalinas, cuando vio que se le escapaban todas sus esperanzas. También son vanos todos los intentos como los que está llevando a cabo todavía vuestro hombre, el conde Balduino de LeBourg.

—Si se llegase a esa solución violenta, *Sua Santitá*, que es a todas luces la que os complace —el acalorado Remy no pudo reprimir el tono de queja—, ¿habéis pensado también ya en lo que sucedería si Godofredo no sale como vencedor?

El pontífice miró fijamente al cardenal; la picardía brillaba en sus ojos.

—¿Quién de nosotros es el jugador, vos, el *Caput canis*, o yo, el sucesor de Pedro?

Remy aguantó el golpe.

—No sabría decir —respondió con cautela.

Pero Urbano descartó toda suerte de objeción.

—Dado que la Virgen María está con nosotros y no queremos ver al obispo de Verdún al frente de nuestro ejército, sino a...

—Dios no lo quiera —exclamó Remy.

—¡... sólo está en manos de María lo de mantener su mano protectora sobre Godofredo, y ella no fracasará en ese empeño! Por mera gratitud, el mariscal cumplirá con los deseos más profundos del Santo Padre. —Urbano irradiaba una abrumadora confianza.

—No obstante —se atrevió a objetar Remy—, me parece necesario prestar cierto apoyo a vuestro optimismo a través de algunas medidas adicionales. Yo me ocuparé de eso.

—¡No, Remy! —lo reprendió el *Pontifex*—. Aún no me habéis entendido bien: vos os marcharéis a Gisors, como os ordena vuestro corazón. El éxito de Bouillon lo asumiré yo, ¡que ahora llevo la tiara! A fin de cuentas yo también fui en algún momento un *Caput canis*. ¡Veamos cuántas habilidades me han quedado intactas todavía!

Remy aceptó aquella reprimenda.

—¡Y ahora, oremos, amigo mío! —dijo el papa.

LA DIVIDIDA MANZANA DE LA DISCORDIA

De los protocolos secretos de Sión

El día de la ascensión a la cruz A. D. MXCV

Balduino de LeBourg —olvidando oportunamente su educación como sacerdote— maldijo el día en que dejó en manos del fiel lugarteniente de Godofredo no sólo el mando, sino también la elección del camino. Balduino había viajado al encuentro de las tropas que Godofredo traía de vuelta de Italia, y había llegado en su viaje hasta Estrasburgo, con la esperanza de que éstas se hubieran embarcado ya hacia Basilea y estuvieran bajando por el Rin en unas lanchas de carga. En lugar de ello llegaron a pie, el anciano veterano las había hecho marchar todo el viaje. Sigbert, incluso, rechazó también el ofrecimiento de Balduino de subir a los barcos por lo menos para ese tramo, pues a partir de Coblenza había incluso algunos veleros listos con los cuales podían seguir viaje hasta la región de la Lorena, subiendo por el río Mosela. La idea de estar sentado sin hacer nada en una barca que avanzaba lentamente le resultaba al general tan repugnante como la idea de un «declinar pacífico de su vida». De modo que sus soldados también debían mantenerse en movimiento hasta que llegara el instante de arrojarse sobre el enemigo. El anciano no admitía réplica en ese sentido, e insistió en avanzar de inmediato pasando por Metz, siempre en dirección a Sedán, para luego, desde allí, lanzarse sobre la sitiada Bouillon. Ni siquiera la objeción de Balduino, de que por esa vía corrían el riesgo de ser atacados por los hombres del obispo hizo desistir de ello al jefe de los ejércitos, el veterano Sigbert de Öxfeld.

—¡Pues que se atreva el pérfido de Thierry! —exclamó, resoplando—. ¡A él también le pasaremos por encima!

Y así fue como se dispusieron a recorrer aquel largo camino. Sin embargo, al cabo de tres días, el conde De LeBourg ya no aguantó más, pues le habían salido ampollas en el trasero a causa de aquella dura cabalgata a través de la Alsacia y del norte de Borgoña. Con el pretexto de que iban demasiado despacio y que quería adelantarse, a fin de dar noticia a los asediados de la pronta llegada de los refuerzos, Balduino se separó del ejército. Entonces alquiló un carruaje, se puso abundante grasa de leche hidratante en sus maltratadas partes blandas y se hizo llevar por las barcazas del Mosela hasta la altura de Lützelburg, a través de los meandros que iban penetrando aquel hermoso valle. Balduino sabía que llegaría a Bouillon mucho antes que el ejército de Sigbert, aunque sólo fuera por el pesado equipamiento que los hombres tenían que arrastrar consigo.

En su camino a Estrasburgo, había hecho otra visita en Verdún al obispo Thierry, que seguía siendo un feroz enemigo de Godofredo. Pero tampoco ese último intento de Balduino para mediar ante él había hecho cambiar de parecer al belicoso hombre de la Iglesia. Thierry había puesto la conquista de Bouillon en manos del conde Alberto de Namur, quien, como Balduino, también era un primo lejano de Godofredo, pero enemigo acérrimo del mismo, debido a sus escamoteados derechos sobre el condado de Amberes. El obispo anunció que él, Thierry, se personaría en el escenario de guerra para presenciar la entrega de la fortaleza.

Balduino de LeBourg estaba abatido cuando por fin llegó a donde estaba Godofredo (los guardias, por cierto, lo dejaron pasar sin demora). Pero Godofredo estaba de muy buen humor, pues había conseguido reforzar a tiempo los muros de Bouillon y sus defensas, y había conseguido dotarlos de una buena guarnición. Lo que molestaba al mariscal era que se veía completamente abandonado por su emperador. Godofredo estaba convencido de que una palabra de Enrique hubiera bastado para espantar de manera definitiva aquel fantasma. Mucho se alegró cuando Balduino le informó acerca de la proximidad de su ejército italiano, comandado por Sigbert de Öxfeld.

—Daré el título de conde a ese valiente —exclamó Godofredo, rebosante de gratitud—; ¡Sigbert de Öxfeld, conde de Castelbov!

Balduino asintió para no disminuir el efecto, pero luego, oportunamente, objetó:

—Eso será una vez que hayamos vencido a todo lo que se nos viene encima... —dijo, para de inmediato añadir—: ¡Yo aportaré mi granito de arena y levantaré de una vez y por todas el vínculo de vasallaje del señor De Öxfeld y de toda su estirpe con la casa de los De Lehburg!

Godofredo miró a su primo, perplejo.

—¡Ésa es una prerrogativa mía, no del conde de las Ardenas!

Y entonces los dos hombres se echaron a reír.

El ejército comandado por Sigbert de Öxfeld pasó Sedán cuando se ponía el sol. Godofredo había enviado a Balduino a su encuentro, con la orden de que su lugarteniente levantara el campamento la noche siguiente. Tenía la esperanza de que con eso los asediadores se retiraran a causa de la amenaza que emanaba del castillo, o que por lo menos desistieran de sus planes de conquistar la fortaleza. Pero cuando Balduino se topó con la avanzadilla del ejército, éste ya se había adentrado, bajo la protección de la oscuridad, muy cerca de la fortaleza. Las fuerzas enemigas que mantenían el asedio estaban dormidas y aún no habían notado la proximidad de la hueste enemiga. Ya bien entrada la noche, los hombres de Sigbert estaban casi al alcance de la vista de Bouillon y del anillo de asedio que rodeaba la fortaleza. Podían ver el brillo de la fogata encendida en medio de las tiendas de campaña. A pesar de todas las advertencias en contra de Balduino, Sigbert ordenó a sus tropas que organizaran de inmediato un ataque por sorpresa. ¡Los hombres dormidos estaban totalmente indefensos! El tumulto provocado por el combate se convirtió rápidamente en caos, cuando los defensores de la fortaleza —animados por los refuerzos tan largamente esperados— se atrevieron a irrumpir en medio de los alarmados asediadores. El dialecto común de la Lorena hacía casi imposible distinguir entre amigos y enemigos a la luz de las antorchas y de las tiendas en llamas. Todo el que no identificaba de inmediato al otro claramente como alguien perteneciente a su bando, atacaba al supuesto rival.

¡fue una carnicería absurda! Godofredo fue el primero que se dio cuenta. Dando voces, ordenó la inmediata retirada de su gente tras las murallas de Bouillon.

Cuando los de la Lorena —tanto la guarnición del castillo como los que se habían acercado para apoyarlos— se separaron de sus enemigos y se refugiaron tras los muros de la fortaleza, alguien se dio cuenta de que faltaba Sigbert de Öxfeld. Todos recordaban haber visto al lugarteniente combatiendo con valentía encima de su caballo, lo recordaban dando estocadas a diestra y siniestra, bajo la luz de la fogata casi apagada por las pisadas de los caballos, en medio del campamento enemigo, pero nadie estuvo en condiciones de decir lo que había pasado con él. Con temor, esperaron a que despuntara el día. Con las primeras luces de la mañana, Balduino de LeBourg, acompañado de un parlamentario, salió fuera de las murallas. En seguida encontraron al anciano. Por lo visto, su caballo había huido a la desbandada, con tan poca fortuna que el viejo se había roto el cuello, pues su cuerpo mostraba varias huellas de la batalla, pero ninguna herida mortal. Todavía sostenía la espada con firmeza en la mano. Su muerte estremeció incluso a sus enemigos, que rindieron al cadáver todos los honores, cuando éste fue trasladado de vuelta a la fortaleza.

Balduino de LeBourg, el nuevo conde de las Ardenas, se encontró en el campo de batalla situado frente a Bouillon con Alberto de Namur, que capitaneaba el bando contrario. El principal impulsor de todas aquellas acciones de guerra, el obispo de Verdún, yacía derrotado por la enfermedad en su hogar. Aquel príncipe de la Iglesia, además, era demasiado viejo, le hizo saber con sumo respeto a su interlocutor el señor Albert, y por eso no podía lanzarse al campo de batalla en persona. Con ello, daba a entender claramente al señor Balduino que todas las negociaciones sobre el próximo curso de los acontecimientos debían tratarse con él, sólo con él. Alberto de Namur no ocultó para nada sus deseos de poner fin a aquella lucha, pero, igualmente, tampoco dio cabida a la duda al dar a entender que la resistencia del señor Godofredo significaba para él un gran atrevimiento, ¡y que su manera terca de aferrarse al castillo de Bouillon, en contra de las fuerzas superiores convocadas por el obispo Thierry y por él mismo, en nombre de la margravina Matilde, era de una absoluta desver-

güenza! En nombre de su primo, Balduino de LeBourg se opuso indignado a aquellas acusaciones; una palabra trajo a la otra, y puesto que el iracundo conde de Namur se veía ofendido en su derecho y su honor, le propuso a Balduino, en gesto provocador, que la decisión quedara en manos de Dios. Estaba dispuesto a enfrentarse en una lucha cuerpo a cuerpo al caballero que los «rebeldes» designaran. Y aunque Alberto de Namur gozaba de una brillante reputación como temido combatiente, Balduino aceptó el reto, para sorpresa del de Namur, en nombre de su primo Godofredo de Bouillon.

El duelo tuvo lugar el mismo día. Para alegría del señor de Namur, fue el propio Godofredo el que salió cabalgando al cuadrilátero que los dos ejércitos habían levantado frente a la fortaleza.

—Que nadie intervenga hasta que la muerte o la indigna huida otorgue la victoria a uno de los dos contrincantes.

El intercambio de golpes se inició con toda su crudeza desde el principio; los dos eran caballeros por nacimiento, iguales por su condición, los dos sabían hacer uso brillante y temible de sus espadas y escudos, incluso cabalgando a todo galope. Los chirridos y el tintineo de los metales al chocar, las chispas que soltaban, el sordo retumbar de los escudos en colisión, todo se oía más allá del campo de batalla. Finalmente Godofredo, que se mostraba cauteloso, consiguió romper la defensa de Alberto y propinarle un fuerte golpe en el casco. Los gritos de espanto y de júbilo quedaron ahogados en las gargantas de los dos bandos, ¡porque Alberto se había tambaleado como un abeto en medio de una tormenta antes de caer, pero la espada de Godofredo se había partido en dos! Se había visto cómo había salido volando hacia lo lejos y caído sobre la arena; en la mano, Godofredo sólo llevaba una empuñadura con un pedazo muy corto de espada. De inmediato, los caballeros de los dos bandos se interpusieron entre los duelistas y exigieron que se pusiera fin a aquel combate tan desigual. Pero Alberto de Namur, que a pesar del retumbar que oía en su cabeza se daba cuenta de su oportunidad, no quiso ni oír hablar de ello. Godofredo guardó silencio. No estaba dispuesto a abandonar ni a pedir clemencia. Las reglas prohibían hacerse traer otra espada. Los caballeros se retiraron. Los golpes y las estocadas fueron esta vez más violentos que antes, porque el conde inten-

taba, a toda costa, llegar a un desenlace. Tenía acorralado a Godofredo, al que obligaba a correr delante, sus golpes de espada chocaban contra el magullado escudo, la única defensa con la que contaba su contrincante. Seguro del triunfo, Alberto no daba tregua. Godofredo parecía a punto de entregarse en los brazos del destino. Con expresión triunfal, Alberto machacaba a su oponente, pero entonces Godofredo le hizo dar un golpe en el vacío, se afincó sobre su estribo y le propinó al perplejo rival un golpe con el mango de la espada en la frente. Alberto de Namur cayó al suelo como un saco mojado, se golpeó la espalda y ya no se movió más. Todos lo dieron por muerto. Godofredo saltó del caballo, cogió la espada de Alberto, que yacía a sus pies, inmóvil. Sin embargo, en lugar de clavársela en el cuello a su enemigo, llamó con un grito a los principales caballeros de ambos bandos para que se acercaran.

—La paz que todos deseamos, nobles señores, está ahora al alcance de la mano. ¡Pero prefiero renunciar a mis derechos como vencedor que embadurnar mis manos con la sangre del vencido, que, además, es mi primo!

En ese momento, a muchos de aquellos guerreros endurecidos se les llenaron los ojos de lágrimas. Gritaron alabanzas a la paz en nombre del todavía inconsciente Alberto de Namur y confirmaron solemnemente que Bouillon debía pertenecer para siempre a Godofredo.

Tras su gloriosa victoria y la magnanimidad mostrada hacia el conde de Namur, el nombre de Godofredo de Bouillon estuvo en boca de todos. Su nueva fama le permitió enfrentarse con osadía a un ejército enviado contra él por el obispo Thierry de Verdún, que no quiso atenerse a la palabra dada por los hombres de Alberto de Namur.

El propio Alberto también dio su palabra apenas volvió en sí de su desmayo, y lo hizo por escrito, en una carta que llevaba su sello. Pero entonces también acudió en ayuda de Godofredo su hermano, Eustaquio de Boulogne. Juntos, causaron tal baño de sangre entre los hombres de Thierry, que el obispo de Lieja tuvo que pedir la paz en nombre de su amigo y colega. El antes tan poderoso Thierry de Verdún no soportó el golpe y murió. Hombro con hombro con Alberto de Namur, Godofredo de Bouillon tomó parte en las exequias. A continuación, para disgusto de Matilde, se pusieron de acuerdo sobre la for-

ma de dividir los territorios en pugna, las fortalezas y abadías. Más tarde el emperador Enrique aprobó el procedimiento. Tal vez estuviera orgulloso de la capacidad para imponerse mostrada por su mariscal. Quién sabe.

Escrito a posteriori por los laboriosos cronistas
—empleando todas las declaraciones de testigos,
en particular las de Balduino de LeBourg—,
tras su regreso glorioso a Sión.

UN VERTIGINOSO CONFESIONARIO

En Chartres, monseñor De la Carmen impartió instrucciones precisas a Conon de Béthune sobre cómo podía acceder a la fortaleza de Gisors. Los dos monjes de Sión que recientemente habían entrado en el castillo, los hermanos *Angelus* y *Vocator*, abrirían a una señal suya dos puertas secretas a través de las cuales Conon podría entrar con sus hombres de Aquitania, antes de que la guarnición francesa pudiera ofrecer resistencia. Conon creía conocer bien Gisors, pero ante la pregunta de incredulidad de su nuevo compañero de viaje, André de Montbard, hubo de admitir que, cuando tuvo lugar aquella célebre ceremonia de compromiso, él sólo tenía ocho años y había estado en el castillo como huésped únicamente un par de días. De la Carmen les recomendó que se acercaran a la fortaleza durante la segunda mitad de la noche, es decir, después del toque de laudes, y que, desde una distancia segura, hicieran una señal luminosa que no llamase la atención. Justo una hora después, los dos *fratres* estarían en las puertas indicadas; se dejaría ese intervalo de tiempo por seguridad, para el caso de que uno de los centinelas apostados sobre las murallas notara la señal y sospechase algo. Tras oír esas advertencias, los dos caballeros se pusieron en camino con sus hombres traídos de Aquitania.

Después que los soldados de Aquitania partieran de Chartres —soldados que hasta entonces se habían ocupado de vigilar la cripta con sus prisiones y los andamios de las obras de la catedral, que se alzaba hacia el cielo—, el eficiente monseñor De la Carmen quedó pacientemente a la espera de la aparición anunciada de un emisario del Cardenal Gris. Cuando averiguó el nombre del misterioso visitante, vio la perspectiva de su llegada con algunos sentimientos encontrados: ¡era Guy d'Abreyville!

Acordaron reunirse en el confesionario de la catedral inconclusa, para que los soldados que vigilaban por todas partes, los de la guardia del obispo, no se volvieran desconfiados debido al llamativo aspecto de Guy. El confesionario estaba a media altura entre la cripta y la nave de la iglesia, cubierta por el momento por un techo provisional. De ese modo no llamaba la atención que monseñor se desplazara hasta allí varias veces a lo largo del día, supuestamente para decir sus oraciones, aunque en realidad fuera para ver si el joven sabueso del *Caput canis* ya había llegado. De la Carmen también velaba porque Alan de Montfort, el obispo de París puesto en el cargo por su cuñado el rey, no perdiera el hábito de hacer de padre confesor, así no sospecharía nada extraño si algún día era llamado para que acudiera a una hora algo inusual. La relación entre Montfort y monseñor era de confianza, pues De la Carmen había mostrado comprensión con la difícil situación del primero —quien era casi el celador principal de Ivo de Chartres—, y en múltiples confesiones, lleno de bondad, lo había absuelto de todas sus culpas de conciencia. De la Carmen se entrenaba en el arte de la paciencia.

Los dos monjes benedictinos habían conseguido alojamiento y comida en la fortaleza de Gisors gracias a la carta de recomendación sellada para ellos por Monfort, el obispo de París. Pronto trabaron buena amistad con los soldados de la guarnición y eran bien vistos en todas partes, tanto sobre las murallas como en los sótanos, de modo que nadie sospechaba nada cuando se los encontraba en sitios donde en realidad no tenían nada que hacer. Los solícitos *fratres*, siempre dispuestos a ayudar y a divertir a todos, habían descubierto rápidamente las dos portezuelas secretas de las que les había hablado Elgaine, y de inmediato verificaron su funcionamiento, pues no deseaban verse ante puertas oxidadas o atascadas en el momento decisivo. Noche tras noche les hacían compañía a los guardias que hacían su turno en las torres y las almenas, y a veces sucedía incluso que alguno de ellos les confiaba la ronda, a fin de retirarse un rato y echar una cabezadita. De ese modo, el gordo *Angelus* y el esmirriado *Vocator* tenían la oportunidad, tras el toque de laudes, de quedarse contemplando la región cubierta por la noche, a la espera de recibir aquella señal luminosa.

—¡Quisiera matar a mi madre! —dijo bajito, en el oído de monseñor, una voz a través de las rejillas del confesionario.

—*Ego te absolvo* —murmuró De la Carmen. ¡Se quitaba un peso de encima, Guy por fin había llegado! Monseñor miró con cautela a su alrededor. Por seguridad, ordenó que un guardia vigilara el pasillo subterráneo que llevaba directamente desde el palacio episcopal hasta la cripta. Luego hizo que sus hombres le llevaran las banderolas de tela ya dispuestas. Normalmente, servían para cubrir el pasillo del coro, para que el altar no quedara delante de la desnuda pared de ladrillos. Siguiendo las instrucciones de Guy, fueron extendidas, con la ayuda de unos cordones, hasta debajo del techo de la bóveda, de modo que quedaron flotando sobre el confesionario, como un enorme baldaquín. A primera vista, siendo como era de noche, no llamaban en absoluto la atención.

—¿Y cómo pensáis atraer hasta aquí a Montfort? —quiso saber el chico, interrogando con severidad a monseñor, cosa que le sentó bastante mal a éste, pues ya se había mostrado ante el joven discípulo como un soberano maestro.

—¡Yo mismo soy el queso —dijo a modo de broma— que atraerá a ese pequeño ratoncito vanidoso y negro hasta la trampa!

Guy pareció complacido con la idea.

—Eso es peligroso —dijo, sin embargo—. Si no escapáis a tiempo, seréis rallado como un parmesano, o cortado en pedacitos, u os harán que os derritáis.

—¡Pues hasta ahí no llega mi gusto por el queso! —dijo monseñor, riendo—. Dejad que ésa sea mi preocupación, jovencito. Vuestra misión es raptar al obispo, en lo posible sin hacer ruido, y luego sacarlo de inmediato de la ciudad.

—El carro está delante de la salida trasera, donde tienen su choza los canteros; los caballos están listos y atados al carro.

—¡Entonces retiraos y estad preparado!

Las instrucciones de monseñor no admitían esta vez réplica alguna. De la Carmen sacó un pedazo de pergamino del bolsillo de su sotana y se lo entregó a uno de sus hombres.

—¡Ve rápidamente a donde está el obispo, en el palacio! ¡Dile que es muy urgente y que se apresure, se trata de un asunto de vida o muerte!

—¿Y si Montfort pregunta? —objetó Guy.

—En ese caso, sólo dile que monseñor está en el confesionario, y que está llorando —instruyó De la Carmen al mensajero. A éste se le contrajo el rostro y empezó a temblar. ¡Probablemente había llegado su última hora!

El hombre echó a correr, como si lo persiguiera el diablo. Guy y sus demás ayudantes se retiraron hacia la cripta llena de pasillos y pasadizos. De la Carmen examinó por última vez el aspecto que ofrecía el confesionario, apartó la cortina que estaba delante del banco de los pecadores y se puso de rodillas, resoplando.

Una noche profunda se cernía sobre Gisors. La hora de espera acordada —que se dilató aparentemente hasta el infinito desde que los monjes divisaron la señal hacia el lado sur de la fortaleza—, se acercaba a su fin. Con forzada calma, casi con lentitud, *Angelus* y *Vocator*, contrariamente a su costumbre, avanzaron cada uno por su lado hacia las puertas secretas, y las abrieron lentamente, muy lentamente, evitando cualquier ruido, cualquier chirrido que pudiera descubrirlos. Sus corazones latían con tal fuerza que parecían a punto de salírseles por la boca. Y en eso emergieron de la oscuridad las esperadas siluetas. Sin hacer ruido, los dos caballeros —divididos en dos grupos, uno dirigido por Conon de Béthune; el otro por André de Montbard—, se deslizaron hacia las aberturas del muro y entraron uno tras otro en el castillo. Guiados por los monjes que volvían a respirar con libertad, los hombres de Aquitania se repartieron por los pasillos de la fortaleza. Lo decisivo fue que pudieron llegar hasta la garita de guardia de la puerta sin ser vistos. Eso era lo más importante: ¡que nadie saliera de allí!

El diligente André había conseguido llegar incluso hasta el armero y se había hecho fuerte en él. El ruido provocado había sacado a los soldados de la guarnición de sus catres, pero ya no podían hacer nada.

Sólo en algunos puntos de la fortaleza se oyó el entrechocar de algunas armas, o a uno o dos cuerpos caer tras algún forcejeo en el patio del castillo. En general reinó un extraño silencio, pues no se le otorgó demasiada importancia a algún que otro gruñido o gemido, expresiones causada por la rabia impotente de los sorprendidos. Los hombres desarmados fueron llevados al patio, y allí se los mantuvo en jaque con las lanzas y las ballestas.

Conon de Béthune entró en la galería.

—¡Señores! —gritó bien alto, para que todos pudieran oírlo—. ¡Hombres del rey de Francia! ¡No os sucederá nada mientras os comportéis con sensatez! Nadie será pasado por las armas, a menos que intente provocar o huir. En dos o tres días, os dejaremos marchar sin ser molestados. —El murmullo de aprobación se fue haciendo cada vez más intenso—. ¡Gisors —continuó Conon, satisfecho— está ahora de nuevo bajo el dominio del duque de Normandía!

Los hombres miraron hacia arriba, hacia el cielo gris del amanecer. La oriflama, el estandarte con el lirio, ya había sido arriada. En el asta del torreón se izaban los colores rojos de los normandos, con los dos guepardos dorados. La multitud guardó silencio, pues tampoco los de Aquitania tenían motivos para celebrar con júbilo el izado de esa bandera. El sol salía en ese momento por el este, y sus primeros rayos de color rosa acariciaron los dorados animales del escudo, que ondeaban al viento.

El obispo Montfort irrumpió furioso a través del túnel que comunicaba su palacio con la catedral de Chartres. Estuvo a punto de tropezar con un balde de argamasa endurecida que los albañiles habían dejado olvidado. El obispo soltó un improperio. El mensaje urgente de De la Carmen lo había sacado bruscamente de su sueño. Entonces vio el confesionario y las piernas que sobresalían por debajo de aquellas cortinas: eran las piernas de monseñor, extendido a medias sobre el suelo.

—Por lo menos debéis de haber empalado y descuartizado a vuestra madre —resopló el obispo, indignado— para que me mandéis a buscar a estas horas —dijo, abriendo de golpe la puerta de aquel confesionario improvisado; luego se arregló la estola colocada a toda prisa y entró.

—¡Daos prisa! —le ladró al arrepentido pecador—. ¿Qué cosa horrenda tenéis que confesar como para que no...?

—¡Se trata de vos, Excelencia, de la integridad de vuestro cuerpo! —le susurró De la Carmen, con la esperanza de que todo acabara pronto.

—¿Es que alguien pretende asesinarme? —resopló el obispo lleno de furia—. ¿Quién desea quitarme la vida?

Monseñor hizo como si se doblara a causa de la vergüenza, a fin de dar largas a su interlocutor.

—¡No se trata de vuestra vida! —exclamó Alfonso de la Carmen—. ¡Sino de vuestro trasero!

—¿¡Cómo?! —se le escapó a Montfort, que estaba indignado.

—¡Un proscrito, un excomulgado por Dios, codicia vuestro sillón!

El obispo de París se quedó sin habla.

—¿Quién, cómo...? —balbuceó.

—¡Yo! —confesó monseñor con un suspiro, justo en el momento en que, desde arriba, la oscura tela cayó sobre el confesionario, sepultando todo su contenido. De la Carmen percibió cómo unas cuerdas se ataban alrededor de aquel bulto tapado por la tela, y sintió también cómo el obispo empezaba a patalear, como un animal salvaje, si bien aquella oscura y estrecha jaula ahogaba sus gritos furibundos, y en vano el clérigo se lanzaba contra la puerta atrancada. Luego alguien tiró de monseñor por las piernas y lo sacó de debajo de la tela, dejándolo boca abajo sobre el suelo de piedra. Guy y sus ayudantes se despreocuparon de él. Llevaron el paquete bien atado hasta la salida trasera, lo metieron en el carromato ya preparado, los caballos echaron a andar y se dio inicio a la frenética carrera. Recorrieron las calles todavía vacías, y salieron de la ciudad episcopal. Sobre Chartres se abrían paso los primeros rayos de luz de la mañana.

De la Carmen acababa de ponerse en pie y se había sacudido el polvo de su *paletot*, cuando, como una flecha enfurecida, apareció el capitán del obispo. Desconcertado, miró hacia donde antes había estado el confesionario.

—Pero ¡¿qué ha pasado aquí, maldita sea?! —gritó a monseñor, que se hacía el desentendido—. ¿Dónde está mi señor, el obispo?

—¡Se lo ha llevado el diablo! —le anunció Alfonso de la Carmen como si tal cosa, y señaló la escalera que llevaba hacia las mazmorras subterráneas. Entretanto, habían salido por el pasillo muchos hombres armados de la guardia del obispo, y todos se abalanzaron hacia donde estaba su capitán.

De la Carmen vio llegada la hora de poner los pies en polvorosa. Escogió el mismo camino que los secuestradores. Cuando salió por la puerta trasera, se vio frente a una excitada muchedumbre. Sus agentes habían realizado un buen trabajo. La turba, escandalizada, gritaba:

—¡Libertad para el santo Ivo! ¡Muerte a ese cerdo de París!

Rápidamente, De la Carmen hizo ademán de retirarse, pero ya lo habían visto.

—¡Uno de esos cuervos quiere huir! —gritaron—. ¡No le dejéis escapar!

Tenía delante una escalera de madera, utilizada normalmente por los carpinteros y los albañiles para llegar a los andamios de la obra. A la carrera, monseñor fue subiendo peldaño tras peldaño, pero su *paletot* era un impedimento. De la Carmen trepaba para salvar su vida. La multitud ya pegaba sacudidas a la escalera de madera, en la que sus pies buscaban sostén paso tras paso. De la Carmen estaba a punto de perder el equilibrio, cuando los sublevados intentaron volcar la tambaleante escalera.

Monseñor casi había llegado a la plataforma salvadora. Intentó estirar una mano y agarró el vacío; le habían quitado la escalera de los pies. Como un gran pájaro negro, monseñor De la Carmen bajó volando a tierra, donde golpeó con un ruido sordo. De pronto, la sed de sangre de la multitud quedó saciada. La gente, impresionada, guardó silencio, monseñor ya no se movía.

El cardenal legado del papa, Remy d'Aretin, había llegado a Saint-Omer tarde en la noche. Tan pronto como acabó de tomar con prisa la frugal cena que preparó el satisfecho cocinero, cena que compartió con Elgaine —que estaba en el castillo en calidad de huésped—, y del señor del mismo, Godefroy, volvió a ponerse en pie de un salto.

—Tendréis el honor, caballero Godefroy, de comunicar a vuestro duque Roberto que nosotros, por nuestra parte, hemos cumplido con las condiciones puestas por él: ¡Gisors está otra vez en manos normandas!

El caballero no pareció en absoluto sorprendido por aquello, sino que levantó su copa.

—¡En ese caso, brindemos por la señora Elgaine, gran maestro!

Remy aceptó la sugerencia, pues el vino era de una excelente calidad. Sin embargo, la actitud de Godefroy seguía asombrándole, aunque más lo asombraba el retraimiento de una Elgaine vestida con suma elegancia y que apremiaba para que partieran de inmediato.

—Todavía falta la unión de los anillos impuesta por el duque Roberto —dijo la joven, dirigiéndose en tono serio al cardenal legado—. Y ésa es la parte que tengo que cumplir en mi condición de normanda. ¡Podéis imponerme vuestra compañía, Remy d'Aretin! —El tono de chanza brillaba en sus ojos—. ¡No hay nadie que la merezca mejor... que aquel desconocido juglar que apareció aquella vez en Gisors cuando no tuvo lugar mi compromiso!

Remy comprendió que la joven se estaba refiriendo al hombre que en ese momento llevaba la tiara, así que rápidamente fingió estar ofendido.

—Sin embargo, fue al final el joven capellán de Sión el que, a lo largo de once años...

—Lo sé, Remy —dijo Elgaine y abrazó en un gesto espontáneo al poderoso *Caput canis*.

El caballero Godefroy no entendió nada.

—Yo cabalgaré con vos hasta Gisors —dijo, dirigiéndose al cardenal—, pues tendré que ser capaz de dar testimonio antes de poder confirmar por escrito y con mi sello el impecable cumplimiento de nuestro deseo: un normando de sangre.

—El duque parece depositar en vos una enorme confianza, Godefroy de Saint-Omer —lo interrumpió el caprichoso Remy.

El caballero rió.

—Lo único que me une a Maurcade du Berq —dijo el caballero, provocando la alarma en Elgaine; también el Cardenal Gris se sintió irritado por un instante— es que yo también puedo llamarme un fruto de entrepiernas ducales. Mi padre insiste en que vea con sus ojos, en que hable en su nombre y que maneje la espada con la misma destreza que el sello. ¡Sólo que a mí eso me llena de orgullo!

—¡En ese caso, no parece haber nada más que se oponga a nuestra partida hacia Gisors para organizar esa gran fiesta! —dijo Elgaine.

Partieron esa misma noche. El magnífico séquito le confería a la comitiva un aspecto solemne. Con lo que ninguno de los tres había contado era con la población, que se agolpó en las calles de Vexin para saludarlos con aclamaciones de júbilo.

LA BODA DE GISORS

De los protocolos secretos de Sión
Aequinox autumnalis *A. D. MXCV*

El gran día que se anunciaba para Gisors nos sacó de entre las sábanas a muy temprana hora de Dios. Y no fue, por cierto, Conon, el que se encargó de azuzar a la servidumbre y martirizar a los cocineros, sino su incansable compañero André de Montbard. Cuando el veterano mayordomo le aseguró, tras una mirada escrutadora, que ese día, excepcionalmente, no habría ninguna nube cargada con lluvia cubriendo el cielo de Vexin, el joven caballero dispuso que se sacaran los bancos y las mesas al patio, y que se engalanara éste para una fiesta, con guirnaldas y banderolas.

La elección y la preparación del banquete nupcial quedaron en manos del experimentado maestro de ceremonias de la corte, que de inmediato convocó al culinarius *y al* cellerarius. *Los pinches para la cocina fueron recogidos en el mercado local, y fueron ellos los que tuvieron que cargar con todo lo que habían podido comprar con aquellas prisas; su otro cometido era pedir a los campesinos de los alrededores que les dieran todas las hortalizas y verduras que tuvieran, así como todas las carnes de asar, aves y embutidos que quisieran poner a disposición voluntariamente. Mientras tanto, el señor André bajó a las bodegas para examinar allí las reservas de vino, en compañía del* cellerarius.

Conon de Béthune, por el contrario, estuvo durmiendo como un lirón, sin ningún cargo de conciencia, hasta después del mediodía. Nosotros, los dos cronistas, considerados unos inútiles para los propósitos del enérgico señor Montbard, tuvimos que despertarlo a toda prisa, pues, de repente acompañada de un suntuoso séquito y de una multitud entusiasta, formada por campesinos de todo el Vexin, pero sobre todo por habitantes de la villa de Gisors, había aparecido Elgaine, ¡la novia!

Sin embargo, la dama no deseaba ver a nadie, ni siquiera a Conon, y fue a nosotros a quien nos cupo el honor de acompañarla a la habitación de la torre donde había vivido cuando era una niña. No pidió otra cosa salvo tomar un baño, según les hizo saber a sus queridos fratres annalium scriptores, Angelus vigilans y Vocator diaboli. Además, debíamos enviarle a sus doncellas y ayudas de cámara y a todas las jóvenes que pudiéramos encontrar.

Con Elgaine habían llegado también el cardenal legado Remy d'Aretin, nuestro amo y señor, y el callado y discreto caballero Godefroy de Saint-Omer. Este último se ocupó de los soldados hacinados por los de Aquitania en los establos. Entró allí sin escolta alguna y les dijo a los soldados que podían ser útiles en la cocina y en las bodegas, en lugar de seguir holgazaneando sobre la paja. Si el acontecimiento que se pretendía celebrar quedaba en la memoria de todos como una hermosa y lograda fiesta, ¡ellos podrían regresar a París al día siguiente como hombres libres y reencontrarse con sus seres queridos! Aquella idea gustó a los hombres, así que todos dieron vivas a Godefroy se prestaron a ser repartidos entre las labores.

El cardenal legado nos pidió que subiéramos a la plataforma más alta del torreón y nos alabó por lo que habíamos contribuido hasta entonces al buen éxito de sus planes.

—Entenderéis, mis sabios y diligentes cronistas, que no otorgue ningún valor al hecho de presentarme aquí en persona. Hasta ahora, ninguno de los miembros de la guarnición parisina me ha reconocido, y todos los demás son amigos discretos, o personas al margen, como los de Aquitania. ¡Y así debe seguir siendo!

—Entonces, ¿no queréis estar en la fiesta, en la coronación de vuestra...? —dijo el hermano Angelus, al tiempo que daba a entender cuánto lo lamentaba.

—¡No! —exclamó el Caput canis, cortándole a Angelus el

lamento—. El rey de Francia debe confiar en que los servicios secretos y, con ellos, la Iglesia, no se inmiscuyan en la confrontación existente entre él y los normandos.

—Y eso, ¿pondría en peligro la culminación formal de vuestros esfuerzos? —añadió el hermano Vocator *con tono de sabiondo.*

—Exacto —dijo el Cardenal Gris—, y por eso me volveré invisible, renunciaré a todos los derechos que ciertamente me corresponden para ser el padrino de la boda y ni siquiera me despediré de la novia...

—¡Pues fiaos de nosotros, Gran Maestro! —exclamó osadamente el hermano Angelus.

Al oír esto, el hermano Vocator *se sintió obligado a añadir muy serio:*

—¡Sabemos que el ojo que todo lo ve está puesto en nosotros! Nec spe, nec metu!

El Caput canis *dedicó una sonrisa sarcástica a sus cronistas.*

—Cuando todo acabe aquí, marchaos a Sión, por favor. ¡Os necesito para el gran acto final!

Y de ese modo fuimos despedidos, y dejamos al cardenal solo allí arriba, en lo alto del torreón.

Era algo asombroso: en aquellos momentos, Gisors estaba, de facto, en las manos de los hombres del duque de Normandía, que habían venido con Godefroy; de los de Aquitania, que habían acompañado a Conon, y de los soldados de la antigua guarnición francesa, que disfrutaban incluso del dudoso estatus de prisioneros de guerra. Y ninguno de los tres grupos se andaba a la greña, sino que trabajaban juntos con diligencia para garantizar el éxito del gran acontecimiento que se esperaba.

Hacia el atardecer, se encendieron las antorchas en los soportes situados en las paredes alrededor del patio interior, las mesas de los señores estaban cubiertas de manteles blancos de lino y, sobre una fogata chisporroteante, daba vueltas medio buey que los siervos habían conseguido sacarle a un rico campesino de la zona. Los coperos traías jarras de la bodega y, poco a poco, la tensión iba en aumento. Nosotros lo notábamos en que había cada vez más ayudantes voluntarios que, aunque estaban separados por nacionalidades, retrocedían hasta las paredes y miraban hacia arriba, expectantes, hacia la galería engalanada, donde estaban erigiendo un altar. Todos los objetos sagrados fueron traídos desde la capilla de la fortaleza, entre ellos un enorme crucifijo flanqueado de unos candelabros de plata. Esperamos. ¡Y sí: las tripas nos sonaban!

Según el cálculo de *Vocator* y *Angelus*, ya había pasado la hora de *completas* —los *fratres benedicti* eran tal vez los únicos que tenían ese particular sentido del tiempo—, y entonces surgió cierto bullicio junto a la puerta de entrada de la fortaleza.

—¡El obispo de París! —gritaron algunas voces excitadas. Poco después, hizo su entrada en el patio del castillo Su Excelencia, Alan de Montfort, *Episcopus* por la gracia del rey Felipe; el obispo miró asombrado a su alrededor y caminó luego con paso comedido hasta el altar, donde se arrojó al suelo para sumirse en una callada oración.

Con tono sarcástico, *Vocator diaboli* le dijo a su hermano *Angelus vigilans*:

—¡Apuesto a que ahora está diciendo en voz baja: «¡Ojalá alguien aparte de mí este cáliz!»

Angelus no tuvo tiempo para darle a su compañero la respuesta apropiada, pues en ese momento, procedente del torreón, vestida con una túnica festiva y rodeada por un enjambre de jovencitas, hizo su entrada la novia Elgaine, acompañada por el serio y digno caballero Godefroy de Saint-Omer. Ambos permanecieron tomados de la mano en lo alto de la escalinata.

—¿Cómo es eso? —dijo *Angelus* entre dientes a su hermano de orden—. ¡¿Es que se va a casar con ése?!

—¡Se trata, sin duda, de un normando de sangre! —dijo *Vocator*, sonriendo con sorna, pero de inmediato las dudas de *Angelus* quedaron despejadas: a través del portal principal apareció el caballero Conon de Béthune, secundado por el joven André de Montbard. Los dos, tanto Conon como la novia Elgaine, fueron llevados ante el altar. El obispo de París, entretanto, se había levantado, y esperó con actitud digna a la pareja de novios, al tiempo que, incomodado, buscaba con la mirada a un monaguillo.

Nadie había pensado en eso. ¡O sí! ¡Uno! Ataviado con una casulla de un blanco impecable, apareció de la nada, totalmente impasible, el joven Guy d'Abreyville. Iba columpiando el incensario como si no hubiera hecho otra cosa en su corta vida. Alan de Montfort había concebido la ceremonia del modo más breve posible.

Con prisa, se echó encima la blanca estola y, con visible mala gana, dio a entender a los novios, en pie delante de él, que podían dar un paso adelante. Sin ningún preámbulo, le ladró a Conon el texto del ritual:

—*Id est: Conon de Béthune, vis accipere Elgaine hic praesentem in tuam legitimam uxorem iuxta Ritum Sanctae Matris Ecclesiae?*

El caballero no se dejó intimidar por aquellos latines y respondió alto y claro: «*Volo!*»

Alan de Montfort confirmó el «Sí, quiero»:

—*Recepto viri consensos per verbum: «Volo», vel aliud sensibile signum, mulierem interrogat.*

El obispo se dirigió a la novia:

—*Hoc est: Elgaine de Gisors vis accipere Conon hic praesentem in tuum legitimum maritum iuxta Ritum Sanctae Matris Ecclesiae?*

Elgaine se tomó algún tiempo para esbozar una tierna sonrisa que, sin embargo, no iba dedicada al sacerdote, sino a Conon. Y sólo cuando el caballero le correspondió, dio a Alan de Montfort su sonoro «*Volo!*», dando su consentimiento, al tiempo que, sin que nadie se lo pidiera, tomaba la mano izquierda de Conon.

Entonces el obispo se sintió apremiado:

—*Recepto mulieris consensus, quae similiter respondere debet.*

—*Volo!* —repitió Elgaine, impaciente, y alzó sus dos manos para presentárselas al sacerdote.

—*Ego coniungo vos in matrimonium* —resopló el obispo, molesto—, *in nomine Patris... et Filii... et Spiritus sancti* —y mientras lo decía, subrayaba aquellos sacramentos con una señal de la cruz de lo más apresurada.

—¡Amén! —gritaron todos los invitados, animando a los novios y, sobre todo, al propio obispo, para que se apresurara a bendecir los anillos.

—*Oremus!* —gruñó el sacerdote—. *Benedic, Domine, annulum hunc, quem nos in tuo nomine bene dicimus, ut quae eum gestae verit, fidelitatem integram suo sponso tenens, in pace et voluntate tua permaneat atque in mutua caritate semper vivat. Per Christum Dominum nostrum.*

—¡Amén! —dijeron los presentes de inmediato. Alan entregó el anillo consagrado a Conon, que le fue puesto en el dedo por su esposa. La nueva invocación de la Santísima Trinidad quedó ahogada por los aplausos de la multitud.

—*Oremus!* —exhortó el obispo, y dio inicio inmediatamente a la oración—: *Respice, quae sumus, Domine, super hos famulos tuos, et institutis tuis, quibus propagationem humani generis ordinasti, benignus assiste, ut qui te, auctore iunguntur, te auxiliante serventur. Per Christum Dominum nostrum.*

—¡Amén! —murmuraron los presentes, con la vaga esperanza de poder escapar en breve de la larguísima ceremonia. Contra toda expectativa, el obispo les hizo el favor, ¡pues, a fin de cuentas, a sus ojos, aquellos dos no se merecían su asistencia espiritual ni la bendición de la Santa Madre Iglesia! Recortando mucho las palabras rituales, añadió—: *Per Dominum nostrum et Iesum Christum filium tuum: Qui tecum vivit et regnat in unitate Spiritus Sancti Deus, per omnia saecula saeculorum...*

El resto se lo tragaron los vivas de los presentes y otras muestras de júbilo dedicadas a la feliz pareja.

A Alan de Montfort sólo le restó proclamar, enfadado:

—*Ite missa est!* —dijo, para, de inmediato, envolverse en una gruesa nube de incienso y mirra que Guy había dejado salir de su botafumeiro de plata, tras haber soportado, con toda la dignidad de su cargo, aquel ceremonial.

Los dos testigos, André de Montbard y Godefroy de Saint-Omer, se acercaron entonces al altar y firmaron el documento redactado por los monjes, por encargo del invisible maestro: el sagrado *Testimonium nuptialis*. Por fin los invitados a la fiesta, como lobos hambrientos, pudieron abalanzarse sobre las mesas. Tampoco los cronistas se rezagaron.

—¡Ha sido una ocurrencia genial del *Caput canis* —dijo *Angelus*, entre los chasquidos de su boca al masticar— obligar precisamente al obispo del Capeto a consagrar este matrimonio!

—Lo que no ha sido poca cosa para el rey —dijo burlonamente *Vocator*, con la boca repleta—. ¡Tendrá firmeza jurídica ante Dios y como *Sacramentum ecclesiae* también para Conon y Elgaine!

En ese instante, los aquitanos allí presentes empezaron a entonar una canción de su señor Guillermo, que gozaba de una gran reputación como trobador, incluso más allá de las fronteras de su nación:

Qant aguem begut e manjat, Eu mi despoillei a lor grat
Bien bebidos y comidos, ellas me desnudaron a placer

Luego vino una obscena estrofa sobre un mozalbete que cae en manos de dos damas muy respetables:

Detras m'aporteron log at Mal e felon...
Y sacaron entre ambas mi malvado compañón

Dando voces, los normandos también se pusieron a cantar, a ellos les importaba un comino la letra, pues no entendían una sola palabra de la *langue d'oc*:

La una l tira del costat tro al tallon.
La una tira de ahí hasta el talón.

Aquello les gustó a los dos monjes, que eran bastante versados en el canto:

Per la coa de mantenen
Tira l gat et el escoissen.
De la cola me tiran,
Me tiran del sable y lo endurecen.

Y entonces entonaron la siguiente estrofa:

Plajas mi feron mais de cen aqella ves;
Me masturbaron más de cien veces en tal ocasión;
Mas eu no m mogra ges enguers, ou m'ausizes.
Pero eso ni me quitó las ganas ni me arrugó.

Para entonces los parisinos habían conseguido superar su altanería frente a la lengua franca del sur y se unieron con placer al coro de los cantantes. Por su parte, *Angelus* y *Vocator*, después de dos vasos de vino trasegados a toda prisa, dieron rienda suelta a sus ganas de cantar formando un dúo:

—*Sor, diz n'Agnes a n'Ermessen,* Doña Agnes le dice a doña Contención —cantó la voz aflautada del esmirriado *Vocator*, con un agudo tiple que se ganó las carcajadas de todos.

—*Mutz es, q eben es connoissen,* ¡Completamente mudo está, lo has visto! —chilló el regordete *Angelus*, completamente alborotado.

—*Sor del banh nos apareillem e del sojorn.* Rápido, al baño a aparearnos, que reine la alegría —entonó su amigo, el escuálido, que, con la expresión del rostro impasible, atrajo el canto otra vez hacia él, al tiempo que la voz clarísima del joven André de Montbard lo secundaba.

—*Ueit jorns ez encar mais estei.* Y ocho días estuve con esas dos.

Esto hizo que se incrementaran las expresiones de júbilo y que se alzaran los vasos y las copas.

—¡Viva la pareja! —gritaron los normandos.

—*La bèro Elgan e sio héro Conon!* ¡La bella Elgaine y su gran héroe Conon!

Esas exclamaciones habían acallado temporalmente a los aquitanos, tan adictos a la fiesta, pero éstos empezaron a cantar la tan largamente esperada última estrofa:

Tant las fotei com auzirets
Las monté todo lo que quise.
Cen e quatre vint et ueit vetz!
¡Ciento ochenta y ocho veces!

Los presentes marcaban el ritmo dando taconazos en el suelo o dándose animados golpes en los muslos.

Cen e quatre vint et ueit vetz!
¡Ciento ochenta y ocho veces!

Los vasos, llenos hasta el borde, circulaban de un lado a otro, derramando su contenido. Las líneas siguientes...

Q'a pauc no i rompei mos corretz e mos arnes
Por poco no se rompe el sable y la empuñadura

... fueron cantadas por *Angelus* y *Vocator* a través de la niebla alcohólica que nublaba su cerebro.

E no us puesc dir lo malaveg, tang ran m'en pres!
¡Y no os puedo decir lo mal que lo pasé, de escocido que quedé!

Esas últimas palabras quedaron ahogadas por la algarabía y el bullicio, cada vez más intensos.

Los dos benedictinos se encontraron a la mañana siguiente en la antesala de las bodegas de Gisors. *Vocator* yacía extendido de espaldas sobre unos montones de nabos, mientras que *Angelus* estaba bajo un banco, abrazado a un enorme jamón ahumado. Pero eso no los había calmado lo más mínimo.

—*Ges no us sai dir lo malaveg* —graznó *Vocator* mientras se deslizaba hacia abajo por aquella montaña de nabos.

—*Tan gran m'en pres* —cantó *Angelus*, repitiendo el estribillo y besando con brío al jamón. Luego se puso en pie, tambaleándose—. ¡Todo ha sido una maniobra diabólica del rubio monaguillo! —dijo, soltando una risita.

El esmirriado monje se incorporó apoyándose en una escalera.

—¡La bendición a regañadientes del obispo de París ha sido una pieza maestra de organización de nuestro admirado *Caput canis*! —exclamó *Vocator*, corrigiendo a su hermano de orden—. ¡Hasta podría ser mía!

—*Ges no us sai dir lo malaveg* —tarareó el redondo fraile, en son de mofa—, *tang ran m'en pres*.

Vocator no se dejó llevar por la pícara canción.

—Ese gran mago que es Remy d'Aretin se ha disuelto en el aire, ¡como si nunca hubiera estado en Gisors! ¡Nadie lo ha visto!

—¡Fue una fiesta sensacional! —dijo *Angelus* con deleite, como transfigurado, al recordar el jolgorio del día anterior.

—¡... una fiesta cuyo final, *Angelus*, vos seguramente apenas recordáis, porque a esa hora ya teníais el gaznate bajo el grifo del vino!

—¿Qué decís? ¡Yo estaba bien firme sobre mis gruesas piernas cuando esos grandes bebedores que son los normandos os metieron rodando bajo una de las mesas, como si fueseis un roble talado.

—¡A esa hora, ya hacía tiempo que vos erais la pelota que se lanzaban, en sus apuestas de borrachos, los aquitanos y los miembros de la guarnición francesa! —dijo *Vocator*, riendo, y devolviendo el sarcasmo—. ¡Quién se ponía de rodillas para capturaros, perdía!

—La última imagen que recuerdo —hubo de admitir *Angelus*— es la de la novia tomando de la mano a Conon...

—¡Ah! —exclamó *Vocator*, eufórico—. Pero ¿no la llevó de inmediato a...? ¡Bueno, en cualquier caso, eso ya no forma parte de la ceremonia!

Elgaine arrastró al obstinado de Conon a través de los intrincados pasillos de Gisors, lo cual hizo que el recién estrenado marido se cohibiera aún más. En ocasiones, la mujer tenía que empujar al joven, ligeramente borracho, con una suave presión en los hombros, hasta que por fin llegaron al pie de la escalera de caracol que llevaba hasta arriba, hasta la plataforma del torreón.

—Es allí donde he hecho instalar nuestro lecho nupcial —le susurró Elgaine al oído, con la voz algo ronca, lo cual podía atribuirse a la inusual cantidad de vino que había bebido—. ¡Bajo el cielo nocturno, con todas sus estrellas! —añadió la joven seductoramente.

Conon se liberó de ella poniendo sus manazas sobre los hombros de su recién estrenada esposa, obligándola a mantener cierta distancia.

—¡Pues podíais habéroslo ahorrado, Elgaine! —gruñó el guerrero—. Pronto habrá acabado la noche, se acerca el amanecer.

—¡Pues entonces, daos prisa! —lo retó la mujer—. ¡Yo no quiero perdérmelo!

Conon rió.

—¿Acaso os habéis imaginado que iba a llevaros en brazos hasta lo alto por esos empinados escalones?

—¡Vos sólo tenéis que seguirme! —dijo ella, e inició la escalada pasando por su lado.

Pesadamente, Conon la siguió. Arriba, junto a la salida a

la plataforma, estaba esperándolo Elgaine. La mujer le tapó los ojos desde atrás con ambas manos y fue guiándolo despacito y con cuidado.

—Yo no soy uno de tus toros, al que puedas llevar al matadero sin... —dijo Conon, jadeante, y volvió a soltarse. Delante de él, sobre el suelo de adoquines, entre las almenas que coronaban la muralla, había sido instalado el ancho lecho, con sábanas de blanco lino... Sin embargo, la cama estaba dividida en dos por el medio, separada por una imponente espada de doble empuñadura que, con su hoja desenfundada, marcaba una frontera muy bien delimitada. Con un atractivo mágico y amenazante a la vez, el filo cortante de la espada parpadeaba a la luz de la luna.

—Es una herencia de mi padre Guillem, ¡la espada de Gisors! —le explicó Elgaine, llena de orgullo—. Todavía divide nuestro lecho —añadió, arrojándole los brazos a cuello.

Conon intentó apartar a Elgaine, pero ella, ágilmente, ya se había dejado caer de espaldas sobre el peligroso lecho. Sus brazos extendidos, sin embargo, abrazaron el vacío.

—¡Buenas noches, Elgaine! —dijo Conon, dándose la vuelta para marcharse. Entonces vio que se había cortado un dedo con la espada. No era una herida profunda, pero hizo brotar una perla de sangre en su mano. Con cuidado, Conon se inclinó hacia la herida, que veía casi como un reproche. Por un instante, se vio tentado de llevarse a la boca el dedo ensangrentado, pero entonces Elgaine lo agarró por el pelo y atrajo la cabeza del guerrero hacia su pecho. Conon sintió brevemente la frialdad de la hoja de la espada junto a su mejilla, tan peligrosamente cerca que se alegró de no perder la oreja. ¡Estaba loca esa mujer! El caballero permaneció tumbado tranquilamente, mientras Elgaine se erguía a su lado y oprimía el dedo herido sobre su mejilla rasguñada. Con gesto triunfal, ella le mostró su dedo ensangrentado.

—¡Ahora estamos unidos por la sangre! —dijo ella con tono solemne—. ¡Conon y Elgaine de Gisors!

Conon cerró los ojos, Elgaine estaba apoyada sobre su pecho, creía percibir los latidos de su corazón. Entonces su mujer continuó hablando en voz baja:

—Nuestro padre común, Guillem de Gisors, se ocupó de garantizar este vínculo de sangre. ¡Él también te procreó a ti, Conon, para que hoy yo tuviera al hombre que necesito y que quiero!

A Conon no lo sorprendió aquella revelación, lo había sospechado desde hacía mucho. Probablemente lo hubiera sabido siempre, desde que empezó a amar a la jovencita Elgaine, aunque no fuera plenamente consciente de ello.

—Te amo, Elgaine de Gisors —dijo Conon con un suspiro— pero, interponiéndose entre nosotros, hay mucho más que una espada. Yo hice un juramento que me impide tomarte...

—¡No sigas, Conon! —dijo ella en voz baja—. Yo también me juré que no tomaría a ningún hombre antes de que Pons no...

El hombre sintió la presión de su mano en la mejilla, sintió el dedo de Elgaine sobre la herida. Entonces le vino a la mente la lejana Fedaye de Béthune.

—La vida no le ha puesto el camino fácil a mi señora madre —murmuró Conon, y entonces notó, por la tranquila respiración de Elgaine, que la joven se había quedado dormida. Con cautela, apartó la mano de su piel, embadurnada con la sangre de ambos. Conon se levantó y acomodó a Elgaine en la cama de tal modo que la mujer no pudiera herirse de nuevo mientras durmiera. Salió de la torre. Faltaba poco para que saliera el sol.

Cuando Elgaine despertó, encontró vacío el otro lado de la cama. Como esposa de Conon, tendría que acostumbrarse a ello, fue lo que le pasó por la cabeza mientras bajaba por la escalera de caracol. Entonces llamó a Guy y escuchó que el joven D'Abreyville iba a acompañar hasta Mantes-la-Jolie al obispo de París, al hombre que él mismo había secuestrado. Alan de Montfort había obtenido el permiso de Godefroy para llevarse consigo a la capital a la guarnición francesa que hasta entonces había custodiado el castillo. El normando no deseaba, sin embargo, que la pequeña comitiva regresara donde el rey Felipe utilizando el camino más corto, de lo contrario éste se habría enterado antes de tiempo de lo que había sucedido en Gisors, antes de que el duque Roberto hubiera emplazado allí una guarnición lo suficientemente fuerte. Por eso los franceses, acompañados por su obispo y guiados por Guy, debían avanzar, en su regreso a casa, bordeando la orilla del Sena. Los de Aquitania quisieron formar parte de la comitiva hasta que llegaran al puente. Y a ellos se había unido Conon. Había pedido que lo acompañaran algunos normandos, pero Godefroy no había podido dárselos, pues esos soldados debían ocuparse de la seguridad del castillo de Gisors. Allí sólo permaneció André de Montbard, que deseaba ponerse en camino hacia Borgoña en cuanto se hubiera recuperado de la resaca.

Elgaine había escuchado aquellas informaciones con expresión impasible. El hecho de que tanto Conon como Guy se hubieran marchado al sur, le hizo llegar a la conclusión de que allí se reunirían con alguien encargado de tomar una importante decisión. Podría ser Pons... O Maurcade... ¿O quizá fueran ambos?

—Yo también iré —le comunicó la mujer al apoderado del duque. En contra de lo esperado, Godefroy de Saint-Omer opuso clara resistencia.

—Como señora de Gisors, vuestra presencia aquí es tanto más importante por cuanto el caballero Conon de Béthune, al parecer, aún no ha comprendido del todo su responsabilidad para con esta fortaleza, tan vital para nosotros, los normandos.

Godefroy parecía estar enfadado, pero con cierto retraso. Sin embargo, no había contado con la terquedad de Elgaine.

—Iré a donde está mi marido —respondió la mujer con firmeza—, y vos, Godefroy, pondréis a mi disposición una escolta de normandos, como me corresponde... ¡A Conon le habéis negado esa protección!

Godefroy le sostuvo a la señora su mirada furibunda.

—¡Puedo desaprobar vuestra partida, señora, pero no puedo impedírosla! —dijo con pleno dominio de sí—, ¡pero lo que no permitiré es que despojéis a Gisors de una guarnición que la fortaleza necesita más que nunca! —Y añadió con énfasis—: ¡Todos estos caballeros normandos han sido enrolados en Saint-Omer, por lo tanto, están todavía bajo mi mando! ¡Si el rey Felipe organiza un contragolpe, necesito a cada uno de ellos!

Elgaine no vaciló más.

—Por vuestra boca habla la voz de la razón —le dijo, sonriente—. Yo, en cambio, sigo el dictado de mi corazón. ¡Así que despertad a los caballeros que queden, los del señor André de Montbard, y decidle a éste que una dama indefensa le ruega su compañía!

Godefroy se inclinó ante ella.

—Vos ya no sois en Gisors la hija, sino la señora. ¡Y como tal, sois vasalla de mi señor el duque! Tenéis que aprender a subordinar vuestras preferencias personales y vuestras necesidades a los intereses de Normandía. El duque ve en vos y en vuestro esposo una garantía de que Gisors permanezca para siempre, por toda la eternidad, en manos normandas. ¡No lo decepcionéis!

Con la cabeza erguida, Elgaine dejó atrás la fortaleza al lado del caballero André de Montbard, siempre tan dispuesto a la aventura. Ya con la mente fría, la joven empezó a comprender que Saint-Omer tenía razón. Era absolutamente necesario y urgente que pusiera orden en sus asuntos personales. Y entre ellos estaba, precisamente, Pons, pero también el inevitable y definitivo enfrentamiento con Maurcade du Berq.

JUNTO AL PUENTE DE MANTES-LA-JOLIE

Sin rechistar, la tripulación del bajel del pirata Bert el-Caz partió bajo las órdenes de Maurcade du Berq. No lo hicieron porque ella se lo hubiese exigido, pues la mujer no habría estado en condiciones de hacerlo. Lo hacían sólo debido a la preocupación que sentían por Pons, y por ese motivo los hombres decidieron obedecer a aquella malvada gata. En todos los años que el chico había estado con esos hombres a bordo, había sabido ganarse el corazón de todos ellos; habían sido testigos de sus primeros pasos, de sus primeras palabras. Pero la tripulación también lo hacía por su capitán, por Bert el-Caz. Para ellos estaba claro que aquel aguerrido zorro, mientras le corriera una sola gota de sangre por sus venas, jamás dejaría escapar su bajel con todos sus hombres. En algún momento se plantaría otra vez delante de ellos, y, cuando llegara esa hora, todos querían poder mirar a los ojos de su capitán y entregarle a Pons sano y salvo.

Maurcade du Berq sabía que en algún momento volvería a tener al pirata pisándole los talones. Para entonces, aquella tripulación a la que estaba usando para sus fines, podría volverse peligrosa para ella, rebelarse y arrebatarle a Pons. En realidad, aquellos hombres no la veían con buenos ojos, pero hasta ese momento no se habían atrevido a rebelarse contra ella. De modo que tenía que llegar a Gisors forzosamente antes de que todo eso sucediera. Si Elgaine le entregaba por fin el castillo, podría recuperar a su hijo Pons, podría marcharse con él al extranjero, ¡o, simplemente, irse al infierno! A Maurcade la ponía de los nervios el no poder bajar la guardia ni un momento durante todo aquel largo y fatigoso viaje. Jamás podía perder de vista a Pons, a fin de que el chico no tuviera ninguna oportunidad de escapar ni que el pirata tuviera la suya para recuperarlo. ¡Eso significaría el fin de su sueño!

En Verdún, Maurcade du Berq había esperado recibir el apoyo de su padrino, Thierry, pero cuando llegó, el obispo ya estaba muerto. Por eso, de inmediato puso rumbo a París. Lo primero que hizo al llegar allí fue ir a visitar, junto con Pons, a un platero. Encargó que le hicieran al chico un ancho brazalete que le oprimía bastante el brazo. Era imposible quitarlo, y estaba unido a una cadena de plata, cuyo extremo Maurcade se enrolló alrededor de su muñeca. Pons la dejó hacer. Había descubierto que Maurcade padecía más aquel encadenamiento que él mismo. Aquello le otorgaba por primera vez cierto poder sobre la persona que lo trataba como a un perrito faldero. Habían dejado el bajel en Verdún, pues Maurcade recordaba que Thierry había llamado «su amigo» al *Episcopus* de París. Sin embargo, el obispo Alan de Montfort se había marchado para asumir el trono vacante del obispo en la ciudad de Chartres. No obstante, el episcopado parisino puso a su disposición una barcaza, con la cual ella pudo seguir el curso del Sena. Por supuesto que hubiese sido mucho más razonable marcharse directamente a Gisors, pero a Maurcade ya no le quedaban fuerzas. Se dejó llevar por los meandros, río abajo, en afligida expectativa ante lo que pudiera suceder. Pero en la medida en que la barcaza avanzaba, más agobiante era su conciencia de que ni siquiera tenía a mano un plan realista para alcanzar su objetivo.

Llegando del norte, el obispo Alan de Montfort y los hombres de la antigua guarnición francesa de Gisors se dirigieron hacia el antiguo puente romano que cruzaba el Sena y conducía hasta la abadía de Mantes-la-Jolie. Los soldados habían tenido que dejar sus armas, pero, en reciprocidad, Guy d'Abreyville le había propuesto a Su Excelencia acompañarlo un tramo del camino, «a fin de aliviar su mala conciencia», le hizo saber el ángel de pelo rubio y ojos cristalinos, con aparente inocencia. Alan de Montfort no le creyó ni una sola palabra, algo con lo que, por demás, Guy tampoco contaba. Para él, lo único importante era mantener bajo control, mientras fuera posible, a la comitiva del obispo y a los soldados de la guarnición.

Directamente detrás de ellos cabalgaban los aquitanos que habían acompañado a Conon como escolta hasta el momento en que se celebró su boda, un encargo del que los hombres habían disfrutado enormemente. También habían aceptado con gusto el hecho de que el caballero los reclutase para reconquistar Gisors. ¡Una fiesta sensacional y una magnífica borrachera! Conon los acompañó esta vez como muestra de gratitud, y fue con ellos hasta la abadía de Mantes-la-Jolie, desde donde los soldados pensaban partir hacia Aquitania.

Los franceses y el obispo parisino habían cruzado el puente sin inconvenientes, y Guy d'Abreyville seguía pegado a ellos como una lapa. El obispo Alan de Montfort no tenía muchas ganas de regresar a París ni de tener que aguantar los reproches por haber participado en la boda de Gisors, si bien tenía bien claro cuál había sido la trascendencia de sus actos, realizados todos dentro de los deberes de su cargo. Sin embargo, sí que se avergonzaba del secuestro —¡un secuestro, y dentro de un confesionario!—, algo que lo pondría públicamente en ridículo si la historia se divulgaba. Probablemente fuera lo mejor regresar a Chartres, y hacer como si no hubiera pasado nada, para luego, con la ayuda de las fuerzas desplazadas de Gisors, derrotar la rebelión que estaba teniendo lugar en la ciudad episcopal, si es que ésta no había sido ya sofocada.

Por eso le venía de perilla que el antiguo *bailli* de Gisors, el alguacil, le confesara en confianza que sus hombres tenían miedo de ser castigados si regresaban a París y tenían que admitir la manera tan estúpida y cobarde en que se habían dejado sorprender. ¡El rey Felipe no les perdonaría el haber perdido Gisors a manos de los normandos!

Alan de Montfort acogió bajo su ala a la tropa con magnanimidad, pero no dejó al *bailli* en vilo en lo relativo a la futura manera de proceder.

Del único del que tendría que deshacerse era de ese rubio perro guardián llamado Guy d'Abreyville. El obispo no sospechaba que el chico había espiado la conversación en la que el clérigo intentó ganarse la confianza del *bailli* y que ya no veía ningún sentido en seguir perdiendo su precioso tiempo con el *Episcopus*. No tenía nada más que hacer que reforzar al voluble Alan en su plan. Alan de Montfort había tomado entretanto el camino que lo llevaba a París, a lo largo del Sena. Guy se ofreció para adelantársele y dar en la capital la noticia del regreso del obispo. ¡Era lo que faltaba! Sin embargo, ante Guy, Alan de Montfort se mostró conmovido por la oferta. Garabateó un breve mensaje sobre un pergamino, lo enrolló y le puso su sello. Si Guy hubiera podido leerlo, las tres letras de aquel texto le hubieran provocado un salto en el corazón: «*N. E. C.*», era lo único que podía leerse allí. Nada más. El destinatario era el capitán de la guardia episcopal parisina, un hombre de confianza que no se andaba con contemplaciones.

Guy d'Abreyville se separó de la comitiva y partió al galope a lo largo de la orilla del Sena. Cuando estuvo seguro de que nadie lo observaba arrojó el pergamino sellado al río, dio un amplio rodeo y cabalgó, con toda tranquilidad, en dirección a la abadía de Mantes-la-Jolie.

Apenas Guy se hubo marchado por fin, Alan de Montfort hizo detener al grupo y ordenó que dieran la vuelta: el nuevo objetivo era Chartres, que, desde la perspectiva del puente recién dejado atrás, estaba situada al sur. Los soldados de la antigua guarnición empezaron a refunfuñar. No todos compartían los temores de su *bailli*, y muchos, sencillamente, deseaban regresar a sus casas con sus seres queridos. Los rebeldes iniciaron una disputa con el *bailli*, y éste, a su vez, la tuvo con el obispo.

Conon de Béthune y los soldados de Aquitania se habían separado entre grandes abrazos, juramentos de amistad eterna y promesas de volverse a ver muy pronto. Conon, su gran héroe, se quedó al pie de la abadía de Mantes-la-Jolie, con el puente sobre el Sena a sus espaldas. Sospechaba que Maurcade aparecería muy pronto, aunque en realidad no sabía por dónde ni qué acciones diabólicas habría tramado aquella mujer. ¡Pero daba igual! Tenía que liberar a Pons de sus garras. Sólo que estaba solo, a merced de sí mismo.

Maurcade du Berq bajaba por el Sena en su barcaza parisina, rodeada por los piratas y con Pons encadenado a ella. No tenía ojos para el cambiante paisaje; su mirada enfebrecida buscaba el punto de la orilla en el que ella, sin un motivo bien fundado, esperaba descubrir una señal que le sirviera de ayuda, o quizá incluso a la persona que constituía la verdadera razón de aquella persecución. Maurcade du Berq estaba a punto de desesperarse, y también agotada. Una y otra vez, los ojos amenazaban con cerrársele. Luchaba con Dios, con su injusto destino, y se sentía abandonada por todos.

La mayoría de los piratas, que viajaban en la barcaza sin hacer nada, apoyados en las bordas, contemplaban a aquella desgastada mujer sin un ápice de compasión, las pocas ocasiones en que se dignaban mirarla. A lo único que los hombres prestaban atención era al bienestar del chico. Sin embargo, Pons no parecía afectado por la creciente tensión. Siempre estaba haciendo travesuras, ocupado en molestar a Maurcade. En cuanto averiguó lo mucho que podía estorbar con un gesto aparentemente involuntario, por ejemplo, cuando pretendía llevarse la cuchara a la boca, el niño pasaba todo el tiempo sacando a la mujer del sueño tanto tiempo deseado. No obstante, Pons estaba alerta, pues tenía la confianza inquebrantable de que en cualquier momento aparecería el capitán de los piratas, algo que, por supuesto, Maurcade no debía notar. Aquella mujer, que antes había conseguido insuflarle un miedo espantoso, un horror paralizador que lo sobrecogía apenas recordaba la manera en que había asesinado a la buena de Terès, era entonces sólo el blanco de las burlas de su prisionero. Pons observaba atentamente las orillas con las cabañas de pescadores, con sus caballos pastando y sus niños jugando. Con viveza, el chico encadenado los saludaba desde la barcaza y, al alzar el brazo, sacaba a Maurcade, que daba cabezadas, de sus sueños.

Pocas millas antes de llegar al puente de Mantes-la-Jolie, Maurcade du Berq notó la presencia de unos jinetes que avanzaban por el camino que corría paralelo al curso del río. Los hombres estaban agrupados en torno a un carruaje que recordaba la forma de un confesionario. Siguiendo una repentina inspiración —o su instinto—, Maurcade se dijo que tenía que tratarse del obispo de París, el hombre al que buscaba. Ordenó que la barcaza atracara rápidamente, arrastró consigo a Pons —ya acostumbrado a esos prontos— y subió con brío el talud que la separaba del camino. El aspecto de Maurcade, deteriorado por las fatigas del viaje, no era el más apropiado para dar a Su Excelencia, Alan de Montfort, una alegre sorpresa, ni para ganarse su confianza. Pero eso no le preocupó a Maurcade.

—Vuestro amigo Thierry de Verdún —empezó diciendo la mujer, haciendo caso omiso de que el obispo estuviera muerto— os ruega, Alan de Montfort, que nos prestéis toda clase de ayuda.

—Una ayuda que necesito yo más que nadie —repuso el obispo de inmediato—, mi hermosa señora...

—¡Maurcade du Berq! —se apresuró a presentarse la mujer.

—¿Y en qué podría serviros?

Maurcade miró a su alrededor.

—¡Pues dándome a la mitad de vuestros hombres! —exigió con la mirada temblorosa y amenazante—. ¡Ellos deben venir conmigo a Gisors!

Las carcajadas burlonas de los hombres la irritaron.

—Pues de ahí venimos, precisamente —dijo el *bailli*, en un tono que indicaba sinceramente cuánto lo lamentaba—. ¡La fortaleza está otra vez en manos normandas!

—¿Elgaine? —preguntó Maurcade con timidez y sin poder controlar su curiosidad.

Al obispo le divertía la escena.

—Se ha celebrado el matrimonio de esa señora con el caballero Conon de Béthune, y la unión ha obtenido el solemne sacramento. —El clérigo disfrutaba con el dolor que le causaba a Maurcade esa noticia, pero el *bailli* vino a estropear aquel placer.

—¡Pero el matrimonio no se ha consumado! —gritó—. ¡Así lo ha contado la gentuza del pueblo!

Enfadado, Alan de Montfort hubo de admitirlo.

—Cotilla —masculló el obispo, pero de inmediato se dignó a matizar el asunto.

—¡Si eso fuera así, entonces dicho *conubium* no tendría, por supuesto, ninguna validez desde el punto de vista dinástico y legal!

—Pues entonces... —dijo Maurcade, con los ojos echando chispas y dirigiéndose directamente al *bailli* y a sus hombres—. ¡Quién marche conmigo, no lo lamentará!

Los aludidos guardaron silencio.

—Yo sólo puedo advertiros —dijo Alan, dirigiéndose también al *bailli*—. ¡Los normandos no os dejarán marcharos por segunda vez tan fácilmente! ¡Ya no usarán la espada, sino la horca!

Aquello surtió su efecto.

El obispo continuó:

—¡En cambio, si permanecéis a mi lado para derrotar gloriosamente la sublevación de Chartres, vuestro rey podría perdonaros la cobardía que habéis mostrado en Gisors!

Aquéllas fueron las palabras decisivas.

—Como veis, *madame*, nadie está dispuesto a seguiros. Saludad al amigo Thierry de mi parte —dijo Alan de Montfort con malicia—. ¡Y decidle que he hecho lo que he podido!

Con ello, la pequeña tropa se puso de nuevo en camino, y cabalgó en dirección a Chartres sin ni siquiera bordear Mantes-la-Jolie, a través de caminos secundarios miserables y polvorientos. El obispo no quería volver a ver aquel puente ni en pintura. ¡Quién sabía lo que podría esperarle allí esa vez!

Maurcade, completamente abatida, continuó andando por aquel camino, con Pons en una mano y con su daga en la otra, en dirección a la abadía de Mantes-la-Jolie. Ordenó a los piratas que la siguieran en la barcaza por el río. El plan era reencontrarse en el puente. Pons, preocupado, alzó la vista hacia el cielo, donde una oscura capa de nubes se acercaba desde el norte. No había por allí ningún lugar donde guarecerse, sólo estaban los plátanos de amplio follaje que crecían junto al camino de la orilla, pero ellos no constituían una verdadera protección contra la lluvia. Sobre todo si llegaba una tormenta, corrían el riesgo de ser alcanzados por un rayo, le había dicho en alguna ocasión Bert el-Caz. Pons, inquieto, miró el arma desnuda en la mano de aquella mujer resuelta a hacer cualquier cosa, aun lo más extremo. Por otro lado, estaba contento de no sentir ya en su cuello, como en los primeros días, la amenaza de la enorme cimitarra. Pronto la espada se volvió demasiado pesada para la muñeca de Maurcade, por eso ésta la había hecho guardar en un baúl en el camarote del bajel. Pons se lo había dicho al fiel contramaestre justo cuando la bruja dormía, y el buen hombre, a cambio, había manipulado la cadena de plata con la lima, de modo que el chico colgaba de ella como si se tratase de un hilo muy fino. Con mirada furtiva, Pons examinó a su severa celadora. «¡Cuando están acorralados —le había dicho una vez Bert el-Caz—, los animales salvajes pueden ser terriblemente peligrosos!»

Bert el-Caz, despojado de su barco y —lo que era aún peor— del niño que el destino le había confiado, el pequeño Pons, le seguía los pasos de cerca a la ladrona desde hacía bastante tiempo. En algunas ocasiones había estado muy cerca de ella, pero en ningún momento se le ofreció la oportunidad de dar un golpe por sorpresa sin poner seriamente en peligro la vida de Pons. Por eso el capitán de piratas, cuya presencia Maurcade no había notado hasta entonces, se había ocultado en París, al acecho. Sin embargo, más tarde había perdido de vista a ambos en medio del ajetreo de la capital del reino de los Capeto.

Esta vez, en cambio, los caprichos del destino se habían puesto de parte de los justos: en una tabernucha situada en los muelles del Sena, Bert el-Caz se había tropezado, para su sorpresa, con su viejo contramaestre, que estaba totalmente borracho. El hombre le afirmó que había estado esperando allí a su capitán. Y para demostrárselo, el borracho, lleno de orgullo, le entregó a Bert el-Caz la cimitarra que le había sustraído a Maurcade du Berq, a raíz de lo cual abandonó el barco. La mujer había continuado navegando río abajo con el propósito de alcanzar al obispo de París —cosa que no tenía por qué extrañar en esa loca— o de llegar por su cuenta a Gisors. Pons estaba todavía con ella, bajo estricta vigilancia, pero sano y salvo. Ello hizo que el pequeño pirata acelerara sus planes. Cogió «prestado» un bote y, en compañía de su fiel contramaestre, reanudó la persecución. A la hora de escoger la barca sustraída, Bert el-Caz sólo había tenido en cuenta que fuera fácil de maniobrar. Como navegante experimentado que era, el pequeño pirata sabía qué velocidad podría obtener de aquel barcucho de aspecto insignificante. Como una anguila, Bert el-Caz salió disparado entre aquella muchedumbre de barcas y robustas embarcaciones, pertenecientes a adinerados comerciantes y vendedores. Su afilado ojo sólo estaría atento, a partir de entonces, para la captura que tenía entre manos. ¡No sospechaba cuán cerca estaba Maurcade de él! El capitán sólo vio, preocupado, aquellas nubes cada vez más oscuras que se iban apelotonando para levantar una negra pared.

Desde otra dirección, Guy d'Abreyville se acercaba también a la abadía de Mantes-la-Jolie. El ángel rubio se tomaba su tiempo, pues en verdad no tenía ningún motivo para apresurarse después de haber cumplido con la misión que él mismo se había impuesto. El obispo había desistido de regresar a París de inmediato, y con ello se evitaba por el momento una rápida filtración de la noticia sobre la caída de la fortaleza de Gisors. A Guy le preocupaba, sin embargo, aquella masa de nubes negras que tenía a sus espaldas, la cual había ido cubriendo poco a poco el cielo que tenía detrás. A lo lejos, se oían los estampidos aislados y sordos de los truenos.

Llegando del norte, es decir, del lado de Gisors, Elgaine se dirigía hacia el puente del Sena en cuyo lado opuesto esperaba Conon de Béthune; el estado de ánimo de la recién casada oscilaba entre la duda y la más desaforada resolución. Elgaine era, de todos, la que menos sospechaba lo que se estaba cociendo en Mantes-la-Jolie. Y era mejor que así fuese, porque, de saberlo, aquello le hubiese oprimido el corazón como si lo hubiese colocado debajo de una prensa.

André, su acompañante, fue el único que supo valorar la envergadura de la tormenta que se avecinaba. Descubrió al borde del camino un granero que prometía cierta protección ante la tormenta. El caballero tiró de la brida del caballo de Elgaine y lo metió bajo techado antes de que empezaran a caer las primeras gotas. Un rayo cegador y un estampido anunciaron el comienzo de la avalancha de granizo que ya ahora caía del cielo, golpeando con furia la tierra.

De los protocolos secretos de Sión

En el día del Evangelista Lucas A. D. MXCV

—¿Y qué sucedió después? —preguntó Angelus vigilans, *con los carrillos enrojecidos por la excitación.*

—Pues que Maurcade empezó a correr a causa de la granizada —le informó Pons—. ¡Quería a toda costa encontrar un techo bajo el cual guarecerse!

—¿Y os arrastró con ella? —quiso cerciorarse el Vocator diaboli.

—¡No! O bueno, sí... ¡Pero no! —Pons empezó a contradecirse—. ¡Conon cayó en su trampa! —recordó, sin venir a cuento.

—¡¿Y cómo fue eso?!

—¡De repente, se le vio pataleando en su red! ¡Cómo un esturión plateado!

—¿Un esturión en el Sena? —preguntó burlonamente Vocator.

—¿Era una red de pescador? —insistió Angelus, *incrédulo.*

—No, se trataba más bien de una zanja, como las que se usan para cazar leones. —Pons no sólo estaba orgulloso de que lo interrogaran, sino también de que todo lo que decía fuera copiado por los dos monjes—. Un león no sospecha nada y entonces...

—¿Cómo? —lo interrumpió Vocator *con expresión severa—. ¿Una zanja en medio de una calle de París?*

—¡Antes no estaba! —se defendió el chico—. Llovía a cántaros, y el agua corría en torrentes por el camino, bajando hacia el río, y de repente la tierra se hundió y se abrió un agujero enorme...

—¿Como un embudo? —intentó ayudarlo Angelus*—. ¿Y Conon resbaló dentro?*

—La lluvia debe de haber arrastrado la capa de piedras bajo el pavimento de la calle —dedujo Vocator.

—Él venía caminando hacia mí —explicó Pons, algo cohibido—. La lluvia cesó de manera repentina, el sol salió...

—¿Y entonces Maurcade, de pronto, te dejó en libertad? —preguntó Vocator *con desconfianza.*

—Yo me solté de un tirón. —Pons había ganado aplomo al contar su peculiar relato—. ¡Ella sólo tenía ojos para el caballero! —añadió, pues el dato podía ser importante.

Angelus inclinó, indeciso, su redonda cabeza.

—Entonces, ¿Conon estaba en la «zanja para leones»?

—¡Un agujero lleno de lodo! —lo corrigió el chico, que intentaba ser preciso—. Tenía el lodo hasta... No, por encima de la rodilla, y no podía ni...

—¿Y entonces? —lo exhortó Vocator.

—¡Entonces llegó Bert el-Caz! ¡Yo le grité al capitán que me salvara de Maurcade, que estaba detrás de mí! ¡Y Conon me gritó que saltara hacia donde estaba él, en aquel agujero!

—¿Y?

—¡Pues salté! El capitán gritó «¡No!», pero para entonces ya yo estaba dentro, ¡con el lodo hasta el cuello! Bert el-Caz me gritó desde arriba que me agarrara de su cimitarra, y acto seguido me extendió la espada, pero tuve miedo de cortarme. Y entonces Maurcade le clavó su daga en la espalda... Bert el-Caz giró sobre su propio eje y cayó de espaldas al borde del agujero. Maurcade quiso acabar definitivamente con su vida, pero entonces...

—¿Y entonces? —apremió Vocator al alterado chico.

—¡Maurcade se quedó rígida, como una estatua de sal!

—¿Como la mujer de Lot? —Angelus casi reventaba por la curiosidad.

—¡Sí, como esa mujer, Sodomorra! ¡Porque precisamente en ese instante apareció frente a ella el ángel del señor, ese rubio!

—¿Guy?

—Sí, ¡de repente estaba allí, mirándola con esos ojos, y un rayo de hielo pareció alcanzar a Maurcade!

—¡Guy d'Abreyville! —murmuró Vocator, imaginándose la mirada de basilisco del chico.

—Entonces mi pobre Bert el-Caz, con lo que le quedaba de fuerzas, le clavó la cimitarra en el vientre, y la mujer cayó sobre él, ¡pero mi querido capitán ya estaba muerto! —añadió el muchacho, sollozando.

—¿Y después? —se atrevió a preguntar Angelus al cabo unos instantes.

—Después llegaron mi señora madre, Elgaine de Gisors, y un caballero desconocido, y me sacaron de allí... Y también sacaron a Conon.

Hasta aquí se expone el interrogatorio al que sometimos al joven Pons, tras haber llegado a Sión en compañía de su madre, Elgaine de Gisors. Su madre se había negado a hablar sobre lo sucedido en Mantes-la-Jolie, y los demás supervivientes, es decir, Conon de Béthune y Guy d'Abreyville, aún no habían llegado. André de Montbard no se sentía movido a darnos información, y por él sólo nos enteramos de que Pons, a continuación de los hechos aquí relatados, estuvo llorando amargamente por la muerte de su amigo, el valiente y pequeño pirata Bert el-Caz.

Fue así como recogimos en estos protocolos el relato de Pons, dejándolo tal y como lo contó, sin añadidos posteriores. Nosotros, los cronistas, estamos de acuerdo en que por boca de un niño se puede obtener la más acrisolada verdad sin falsificaciones de ninguna índole.

Escrito en Sión

Liber VII

A. D. MXCV

ENTRE EL REGRESO Y LA PARTIDA

Elgaine extendió con placer sus largas piernas antes de doblar un poco la rodilla lentamente y darse la vuelta hacia un costado. Acurrucó su cabeza bajo la axila de Conon y luego la pegó, ardiendo, contra las costillas del hombre. Sintió los latidos del corazón de Conon; su respiración, antes tan agitada, se estaba tranquilizando. Le convenía mucho que Conon no pudiera verle la cara, pues no hay nada que los hombres entiendan de un modo más equivocado que la dicha exhibida de una mujer. ¿Cómo mostrarlo sin correr el riesgo de ser malinterpretada? Elgaine sonrió en secreto. ¡El deseo de pedir «otra ronda» era incontrolable tanto por el merecido premio como por el placer adicional! Elgaine exploró con las yemas de sus dedos la barriga del amado, siempre haciendo pequeñas pausas para no dar la impresión de que aquello tenía un objetivo concreto. Por fin Conon se dio cuenta de que la mujer estaba otra vez lista, y cedió con un suspiro, colocando su mano, con gesto posesivo, sobre el muslo de ella y atrayéndola hacia él con una presión cada vez más intensa. ¡Entonces llamaron a la puerta!

Los golpes dados en la puerta del cuarto nupcial eran todo menos vacilantes.

—Será Pons... —supuso Conon con acierto, y entonces el tirón de su brazo disminuyó, y él se inclinó con gesto comprensivo sobre la cálida criatura que yacía a su lado—. Habéis estado mucho tiempo sin...

Para Elgaine, aquello era el colmo.

—¡Nosotros también! —dijo ella, usando el mismo argumento—. ¡Sólo que vos habéis cambiado muy poco, Conon de Béthune!

El agredido intentó mediar.

—¡Ve y prepara tus cosas para el largo viaje! —exhortó al chico a través de la puerta cerrada y se volvió de nuevo hacia donde estaba Elgaine.

—¡¿El largo viaje?! —gritó Pons desde fuera con menosprecio, pero, de inmediato, aprovechó la situación—. ¡Pues quiero llevarme mi cimitarra!

Aquello alarmó a su madre.

—¡Tiene demasiado filo! —protestó la mujer—. ¡Además, es muy pesada!

—¡Déjalo! —dijo Conon, poniéndose de parte del muchacho—. ¡Esa arma es el único recuerdo que le queda de Bert el-Caz! —añadió, y atrajo a la mujer con un gesto autoritario, lo cual provocó de inmediato la resistencia de la dama.

—Esta manera de cumplir con los deberes matrimoniales —lo rechazó ella con tono sarcástico— no deberíamos practicarla la primera mañana juntos después de nuestra noche de bodas.

—¡Es nuestra segunda mañana! —se justificó burlonamente Conon, pero fue en vano.

—¡Pues bastante he tenido que esperar por ella! —soltó Elgaine, expresando un malestar largamente contenido—. ¡Perdonadme! —susurró al instante, y Conon aprovechó la ocasión para hacer un último intento de agarrar su cuerpo.

—¡Para eso tendremos todo el tiempo del mundo! —dijo él.

Elgaine lo empujó riendo.

—¡Ya veo que estáis otra vez a punto de partir!

Conon besó a la reticente coqueta.

—¡Tendréis que acostumbraros a ello! —dijo, poniéndose en pie de un salto—. ¡Pero esta vez viajaremos juntos!

Pons llamó a la puerta una vez más.

—¡Ha llegado Saint-Omer!

Conon alzó a Elgaine cariñosamente. No pudo ni quiso impedir que ella dejara caer su vestido. De pie, la mujer consiguió aquel abrazo cariñoso que tanto había deseado.

La comitiva del *Pontifex maximus* se desplazaba a través del sur de Borgoña en dirección a Auvernia. Y aunque el

Santo Padre nunca pernoctaba en las ciudades que visitaba, siempre proponía levantar la tienda cerca de la sede de algún principado u obispado. Muchos de los nobles señores se apresuraban entonces a mostrar su reverencia al máximo representante de la Iglesia.

Pero ese día, todos los que esperaban audiencia o querían sostener una conversación con él tuvieron que despejar rápidamente la tienda papal. El cardenal legado Remy d'Aretin había llegado sorpresivamente, y a nadie deseaba ver a Su Santidad con más urgencia que a su *Caput canis*.

—Por casualidad, ¿estáis viajando en compañía de vuestros dos cronistas? —le dijo Urbano de buen humor al recibirlo, y a continuación señaló hacia los dos monjes benedictinos que estaban arrodillados ante él, ruborizados, y a los que el papa ofreció amablemente su anillo para que lo besaran.

Remy rió.

—¡Lo que ellos han anotado hasta ahora bastará para dar fe al mundo de la grandeza de vuestra idea!

—¡Ésas son vanidades, debilidades! —dijo el papa, uniéndose a la alegría general—. Si los señores cronistas tuvieran tiempo, os pediría, querido Remy, que empiecen a contar también una parte que no se debería escamotear: la de vuestros méritos en el éxito de esta empresa.

Entonces el Cardenal Gris les hizo una seña a los cronistas para que se pusieran en pie y, como era habitual, consignaran con la pluma todo lo que se dijera.

De los protocolos secretos de Sión

En Le Puy, el Día del Apóstol Simón A. D. MXCV

—Mi buen Caput canis... *ya tenéis el pelo tan blanco como un glaciar.*

—¡Plateado, por favor! —suspiró Remy, lo que no impidió al papa continuar solemnemente—: ¡Cuando pienso en el camino que hemos recorrido!

—Y que se inició, en su momento...

—¡En Monte Cassino! —recordó Urbano, con obvia conmoción en la voz.

Pero esta vez Remy no dejó que el Santo Padre le hiciera perder el hilo:

—... con aquellos dudosos jirones de pergamino llegados de Bizancio. Lo cual, sin duda, era una falsificación. ¡Ese «Del diario de una emperatriz»!

—¡O tal vez no fuera falso! —objetó el papa—. En cualquier caso, nos llevó por el buen camino, si bien a veces el carro se nos desvió...

—Lo genial en su momento fue el pérfido dedo que nos indicó mantener fuera de esto a los monarcas.

—Lo cual nos posibilitó de inmediato el acceso a los más importantes príncipes de Occidente. —Urbano se dio cuenta a tiempo del pecado de orgullo que delataba su voz y guardó silencio, avergonzado.

—El carro con el que iniciamos este viaje —dijo Remy, apresurándose a construirle un puente de humildad sobre las aguas traicioneras de los defectos humanos— hace mucho que no es el mismo: hemos cambiado los caballos, los cocheros, los pasajeros; mas el equipaje no se ha vuelto más ligero. Únicamente con la ayuda de Dios... —El papa agradeció a su astuto agente con una inclinación de cabeza—. También nosotros hemos cambiado, pero nos hemos mantenido fieles a nosotros mismos, ¡y sobre todo, a la causa!

Urbano consiguió dominarse de nuevo.

—¡Rindamos cuentas ante la Virgen María! —exhortó a su legado.

—Con Bohemundo de Tarento y con Tancredo de Lecce conseguimos una carta muy buena —empezó su relato el Cardenal Gris, satisfecho—, y eso nos dio esperanzas, lo cual nos fue recompensado al final: en Saissac, con Raimundo de Toulouse, y en Gisors, con el duque Roberto de Normandía...

—¡Con jugadores tan honestos deberíais tener ahora más puñales clavados en el pecho que cartas hayáis tenido nunca en las manos! —dijo Urbano irónicamente—. ¡Podríais hacer una carrera divina llamándoos san Remo, el patrón de todos los truhanes y tramposos!

—¡Gracias, Sua Santità! *—respondió Remy, sonriendo con sorna—. ¡Os agradezco que por lo menos me veáis en el cielo!*

Remy intentó entonces, en vano, adoptar otra vez el tono serio que convenía a su posición.

Los dos monjes ocultaron su risita sarcástica hundiendo sus narices en los frascos de tinta y los botes con arena para secar.

—Porque la suerte en el juego no está donde los devotos y temerosos de Dios, y mucho menos donde los honrados, sino allí donde están...

—¿... los que han vendido su alma al diablo?

—¡Los que están al servicio de la gran causa! —Remy no pedía compasión, sólo entendimiento, y por eso concluyó su discurso con una frivolidad—. ¡Y puesto que yo, como bien habéis reconocido, sabía que tenía de mi parte a los príncipes de este mundo, me atreví... —Con un gesto, el Pontifex intentó darle a entender que se contuviera—. ¡Permitid que me atribuya yo esas cosas, Santo Padre! Vuestra tiara ha de permanecer pura como la inocencia, a fin de cuentas el púrpura que llevo no tiene las tonalidades del firmamento —dijo Remy con sarcasmo—. He asumido con resignación el riesgo de ir al infierno, y sencillamente descarté la opción de tener los tres reyes en la mano. Así que luego sólo me quedaron aquellos tres comodines ya mencionados, y una irrisoria esperanza...

Urbano empezaba a encontrar placer en esa forma de describir el juego, si bien antes se había persignado varias veces.

—¡Y el gran repartidor de las cartas sacó para nosotros un cuarto comodín: Godofredo de Bouillon!

—¡Sois un aguafiestas! —gruñó Remy, olvidando el respeto debido.

—No, mi buen Caput albus, ¡sólo que no permito que seáis el único en llevaros todos los tormentos infernales, y atribuidme a mí sólo el divino brillo de la gloria! —dijo el papa y se levantó—. Hemos empezado este asunto juntos, y si el diablo ha intervenido en algún capítulo, cabalgaremos contra él, unidos, en día del Juicio Final, y lo acorralaremos! Ego te absolvo!

Remy se mostró desconcertado sólo un breve instante; luego se arrodilló y se detuvo hasta que sintió la mano bendecida de su papa sobre su cabeza.

—Todavía nos queda algo por aclarar: la elección del lugar para el concilio —dijo, levantándose con agilidad y frialdad, como si nada hubiera pasado.

Urbano no hizo esperar su respuesta.

—¡Mi edad y mi estado de salud me prohíben ponerme en persona a la cabeza de esta empresa, por mucho que me gustaría hacerlo! Pero no hay probabilidades de que llegue a Jerusalén con vida —dijo y rió por lo bajo—. ¡Por eso he estado buscando un legado apropiado, y mi elección ha recaído en el obispo Ademar de le Puy.

—¡Un hombre valiente, y un magnífico luchador por la causa de Dios! —dijo Remy, expresando su opinión sincera—. ¿Hablamos de Le Puy, en la Auvernia?

—¡Casi! —respondió el papa—. En ese caso, sería demasiado honor para un hombre tan modesto... Y desviaría la atención hacia él demasiado temprano y de un modo innecesario. —Urbano dejó que el Caput canis *se intrigara un poco más—. ¡Clermont! —exclamó entonces—. Está muy cerca y tiene la ventaja de ser lo suficientemente grande como para ofrecer alojamiento a todos los que, ojalá, acudirán allí en torrentes.*

—Pero eso también lo daremos a conocer cuando contemos con la aprobación de Constantinopla y se hayan aclarado todas las formalidades, ¿no?

—Eso lo dejo en vuestras manos, querido Remy —dijo el papa, atrayendo al cardenal hacia sí e intercambiando con él un beso de hermandad.

El barco que se iba acercando lentamente a Lerici con las velas desplegadas parecía poco fiable, así que no llamó demasiado la atención en el puerto de aquel nido de piratas. El mero hecho de que rodeara el muelle y enfilara proa hacia el extremo más apartado de la bahía, donde sólo se encontraba la taberna La Alegre Sirena, permitía llegar a la conclusión de que aquella gente conocía el lugar. El dueño de la taberna salió en seguida, lleno de curiosidad. El negocio ya no marchaba bien, y todo desde que su vieja amiga, la hermana portera del convento había abandonado el lugar. Un buen día salió de viaje con un garrafón lleno de su diabólico brebaje y no regresó nunca más. En general, parecía que las devotas hermanas hubieran suspendido de forma definitiva la destilación de su tristemente célebre *Lacrimae virginis*. Por eso tampoco había clientes, y ésa era la razón por la que en ese momento dependía mucho más de la gente que pasaba la noche en su establecimiento.

Así que el patrón fue arrastrando los pies hasta la playa, y en ese momento vio que del velero recién llegado —y que no había echado el ancla— desembarcaban dos... no, tres pasajeros. El primero que bajó a tierra no tenía en su aspecto nada que llamara la atención. Sólo se dedicó a prestar su ayuda para que el siguiente bajara de a bordo, si bien este último era un palmo más alto y mucho más robusto que él.

Sólo que, por lo visto, estaba enfermo. ¿O herido? El hombre más débil se apoyó en los hombros del más pequeño, y los dos se dirigieron hacia la taberna, pero en ese momento el tercer pasajero, con un grito que más bien parecía un graznido, saltó por encima de la borda con ayuda de una cuerda y se dejó caer en la arena de la orilla como un saco de patatas. La figura, vestida con una túnica muy desgastada, llevaba una barba poblada y el pelo muy corto, e hizo unos pesados amagos de levantarse, pero volvió a tambalearse, así que prefirió quedarse en el suelo. El patrón, que conocía muy bien a los bebedores y a los bebidos, se dio cuenta de que aquellos hombres podían ser de esa clase de bebedores tranquilos que no molestan a nadie. Pero en fin, también existían los otros, los que se creían tocados por la mano de Dios, y ésos sí que podían convertir en un infierno la vida de un posadero y de su clientela. Y puesto que el enclenque y su abnegado escudero ya habían desaparecido tras la puerta de La Alegre Sirena, el patrón se acercó a aquel pestilente bulto que yacía sobre la arena.

—¡Soy Pedro *el Ermitaño*! —fue la bienvenida que oyó el tabernero—. ¡Y si no hay nada que beber aquí, me largo de nuevo al mar!

Sólo entonces aquel ermitaño se dio cuenta de que su barco ya se dirigía hacia la salida del puerto. De inmediato su tono se suavizó, le pidió al patrón que le ayudara a levantarse y lo siguió como un perrito faldero hasta la taberna.

Delante del mostrador estaba el escudero, mirando con expresión concentrada hacia las estanterías, en las que sólo había unas pocas jarras.

—Antes había aquí una bebida deliciosa que se fabricaba en el convento —dijo Rinat (pues era él), dando la bienvenida al tabernero—. *Lacrimae virginis!*

—¡Eso ya lo sabía! —chilló Pedro, contento, y se lanzó cariñosamente al cuello del perplejo tabernero, antes de que éste pudiera defenderse.

—¡Pues hace mucho que ya no la tenemos! —gruñó aquel hombre, en cuanto se hubo liberado.

El ermitaño se dejó caer en el banco, junto a Gerald, y se acarició la rodilla.

—¡No nos moriremos de sed! —dijo a modo de consuelo, al tiempo que miraba hacia el tabernero con ojos suplicantes.

Rinat volvió a atraer la atención del posadero:

—¿Os acordáis del caballero Gerald de Öxfeld? ¡Hace años partimos desde aquí con el propósito de llegar a Jerusalén!

El tabernero miró al escudero con expresión pensativa.

—Oh, sí. Vos sois Rinat —dijo entonces—. La comida y el alojamiento os lo pagaban entonces las devotas hermanas del convento, ¡pero vuestras deudas por la bebida siguen sin ser saldadas!

—¡Se os pagará todo! —graznó Pedro—. Hemos regresado de Oriente con riquezas fabulosas.

—¿Y dónde están esos tesoros vuestros, gran maestro? —preguntó en son de mofa el tabernero—. ¡¿Quizá en el barco con el que habéis llegado?!

—¡Dejadlo! —dijo Gerald, haciendo un gesto de rechazo—. Necesito que me procuréis una cama aquí y atenciones por unos días, y eso, buen hombre, os lo voy a pagar por adelantado... —El alegre tabernero le impidió entonces que sacara de inmediato la bolsa repleta de dinero que el señor De Öxfeld llevaba en el jubón.

—¡Pues deberíamos brindar por eso! —propuso Rinat.

—Si no recuerdo mal —dijo el posadero—, todavía me queda por ahí una pequeña garrafa llena de absenta. —Saltó detrás del mostrador y anduvo trasteando brevemente detrás de él. En seguida apareció la garrafa de absenta.

Pedro *el Ermitaño* asumió el papel del mayordomo del caballero Gerald, llevando dos vasos al hombre desfallecido y tendido sobre el banco; luego dejó que Gerald bebiera un sorbo de uno y se pimpló el otro él mismo. Ni la primera noche, ni tampoco la segunda ni la tercera, aquellos recién llegados consiguieron concretar ningún plan para continuar viaje.

Finalmente, Rinat consiguió que el ermitaño —a cambio de comida gratis y de un buen suministro de *Lacrimae*—, siguiera haciendo de sirviente de Gerald hasta que éste se hubiera recuperado de las fatigas del viaje y nada impidiera trasladarlo por tierra. El tabernero prometió que, llegado ese momento, conseguiría un carruaje y unos sirvientes.

Rinat, por su parte, quería partir al día siguiente a caballo para llegar a Sión, en el Valais, el lugar de donde era oriundo y adonde quería llevar de vuelta a Gerald, el hijo pródigo de la hermosa Fedaye de Béthune, a la que él, Rinat, veneraba siendo un niño, antes de partir con Guillem de

Gisors a la gran aventura. Por si acaso, instruyó no sólo al ermitaño sobre la ruta de su viaje, sino también al tabernero, quien, de inmediato, empezó a coquetear con la idea de cerrar La Alegre Sirena y emprender también aquel gran recorrido. Sobre todo teniendo en cuenta lo que acababa de recordar: su amiga Erma, la hermana portera, había mencionado en algún momento que quería trasladarse a esa fortaleza situada sobre el Ródano, donde la estaba esperando su antigua abadesa, Cantar, que se había convertido en la madre de una pequeña. Rinat estuvo de acuerdo. Se despidió de su señor Gerald, que lo vio partir de mala gana. El escudero le aseguró que sus servicios sólo acabarían cuando él supiera que su señor estaba en un lugar seguro donde se sintiera a gusto. Llegado ese momento, Gerald debía despedirle con todos los honores.

LAURELES PARA UNA CABEZA ENCANECIDA

De los protocolos secretos de Sión

En Sión, Día de Todos los Santos A. D. MXCV

Conforme a las instrucciones, y probablemente, por lo que conocemos a nuestro Caput canis *—que había regresado por breve tiempo a nuestro castillo de los Alpes en Sión—, nosotros, los cronistas* Angelus vigilans *y* Vocator diaboli, *tomamos nota de los acontecimientos que consideremos lo suficientemente significativos para ser recogidos por nuestras plumas.*

Las grandes cosas se anuncian solas. La señora del castillo, Cantar de Sión, ha ordenado una limpieza general de la fortaleza, algo que normalmente sólo se hace en primavera. Por todas partes hay hombres pintando con cal, los carpinteros hacen reparaciones en las vigas del techo, en las balaustradas y barandillas de madera, se retiran los tapices y las cortinas, se sacuden o lavan, y se rellenan los cojines y las almohadas con nuevas plumas. La bodega donde cuelgan los embutidos y los ahumados ya está bien provista, y en la espaciosa bodega de los vinos se mete en barriles la cosecha del año. Para nosotros, «hermanos holgazanes», resulta aconsejable mostrarnos lo menos posible, de lo contrario siempre aparecerían la gruesa hermana Erma di Toano —ahora la severa ama de llaves del castillo—, o el malhumorado mayordomo, y se les ocurriría alguna idea sobre cómo podríamos ser de utilidad en todo ese ajetreo. Por tal razón, nos hemos retirado a nuestra celda, y nos dedicamos a poner orden en los ro-

llos de pergamino que se han ido acumulando debido a nuestra agitada y forzosa actividad viajera de los últimos meses. Es obvio que se esperan huéspedes en Sión, se comenta que va a producirse un gran encuentro, más grande, significativo y, por supuesto, más secreto, que todos los que haya conocido el castillo desde tiempos inmemoriales. En fin, que hay algo en el aire.

El primer huésped en llegar no parece ser un conocido de la dama del castillo. Es un tal sire De Craon, un señor muy serio y que ha viajado mucho. Nuestra señora Cantar sabe dónde tiene que recibirlo y charlar con él: en su despacho, situado a nuestros pies, justo debajo de la caracola que oculta la Oreja de Dionisos. Afilamos nuestras plumas.

—Cuando el tan arduamente conquistado duque de Normandía —empezó su relato sire De Craon— pretendía partir a cumplir con la promesa hecha a la Iglesia, comprobó que sus arcas estaban completamente vacías. Carecía de los recursos financieros para reunir un ejército que fuera digno de su rango. Su hermano, Guillermo el Rojo, rey de Inglaterra, se alegró por ello, y en seguida vio la manera de eludir el compromiso adquirido con el cardenal legado del papa y hacerse con el ducado: ¡a él le encantaría prestarle la suma necesaria, le dijo, pero su hermano, a cambio, debía entregarle la Normandía como prenda! Quien vino a salvar al duque del apuro fue su hermana Adèle, también hija del «conquistador», casada con Stephan de Blois, el adinerado conde de la Champaña. La única condición de Adèle fue que Roberto convenciera a su marido para participar personalmente en la empresa a la que el papa pretendía llamar a toda la cristiandad. El muy flemático Stephan no sentía el menor deseo de someterse a esas fatigas que, seguramente, eran también muy peligrosas, pero Adèle deseaba con urgencia que su marido obtuviera fama como héroe de guerra.

En cuanto el duque Roberto —que era un pozo sin fondo en cuestiones de dinero y de mujeres— tuvo sus «subvenciones» en la saca y le hubo sacado a Adèle de la cama a su holgazán marido, Godofredo de Bouillon sorprendió a todos en la Lorena, incluso a los mejor enterados, al dar unos pasos que nadie se esperaba; aunque, a decir verdad, al único que no sorprendió fue al cardenal legado Remy d'Aretin.

Los cronistas nos distrajimos un momento a causa de unos pasos torpes, interrumpidos por otros muy pesados, que se acercaban por el pasillo donde estaba la celda de los escribanos. Sabíamos que se trataba de la pequeña Casda, que otra vez se le había escapado a su gorda cuidadora para hacernos una visita. Y dado que la pequeña aún no lograba subir los altos peldaños de la escalera, lo hacía a través de la rampa de los caballeros, que bajaba como una rosca a través de todo el castillo. En caso de apuro, por allí podía trepar apoyándose en sus cuatro extremidades, dando tres pasitos, luego cuatro, de forma tambaleante, para luego, ¡bum!, caer sentada de nuevo, si bien eso no era para Casda un motivo para dejarse vencer. De todos modos, nunca tuvimos claro por qué siempre fuimos el destino de sus excursiones. Aquella niña no podía acordarse de ningún modo de nosotros, y mucho menos podía recordar el papel que habíamos jugado en su nacimiento. Para mala suerte de Casda, la vieja Erma, que siempre se lo olía todo, sabía dónde buscar cada vez que la pequeña excursionista desaparecía. No pasó mucho tiempo para que la oyéramos acercarse, y luego oír la breve carcajada cristalina de la fugitiva... Al cabo de un rato, volvió a reinar el silencio delante de nuestra pequeña celda.

—Primero lo tomé por un rumor —aclaró sire De Craon—, un rumor difundido por todos aquellos no muy bien dispuestos hacia Godofredo; pero luego se fueron reafirmando los indicios: ¡el duque de la Baja Lorena había empezado a presionar a los judíos de sus tierras! Había empezado por los judíos de su condado de Amberes. Allí, los recaudadores de impuestos empezaron a tratar cada vez peor a las comunidades judías cuando las arcas oficiales no se llenaban con la rapidez deseada. Luego se dijo que el duque, bajo cuerda, estaba ofreciendo en venta algunas propiedades junto al Maas. Aquello debió de haber llegado a oídos del emperador, y éste no se mostró nada contento. Godofredo, que había obtenido la dignidad ducal como cargo, no en posesiones —de modo que no era heredable—, percibió esa mala disposición, pero la consideró una muestra de ingratitud por parte de su señor, al que había servido fiel y abnegadamente a lo largo de todos aquellos años. Entonces se produjo el escándalo: ¡Godofredo renunció públicamente al título y a los ingresos como duque de la Baja Lorena!

La conversación entre Cantar y su huésped, sire De Craon, quedó interrumpida por la noticia traída por uno de los guardias de la entrada, según el cual Rinat de Sitten, un pariente lejano de la señora del castillo, había regresado a la ciudad.

Cantar ordenó que acudiera ante ella de inmediato.

—Hace años que no lo hemos visto —le explicó a su huésped—. ¡A Rinat se lo consideraba desaparecido en Tierra Santa!

Entonces entró también al despacho la hermana Erma di Toano, persona de confianza de la señora de la fortaleza. Traía de la mano a Casda.

—Lo primero que he hecho es meter al tal Rinat en una bañera —informó el ama de llaves—. Luego, ese señor, que ha perdido muchas carnes, debe irse a la cocina y alimentarse, y sólo entonces, si os parece bien —dijo, haciendo un gesto amplio con la mano que no sólo abarcaba al sire De Craon, sino a todo el castillo—, ¡puede venir a vuestro despacho y contarnos a todos sus experiencias en Tierra Santa!

Cantar no quiso contradecir a su fiel servidora delante de su huésped, pero sí que quiso matizar:

—¡Sí, la plebe se deja fascinar con cualquier fábula salida de *Las mil y una noches*! —dijo, acariciando la cabeza a su hija—. Quiero escuchar el primer relato del escudero Rinat de Sitten aquí, en el despacho, ¡y eso debe ser en cuanto vos veáis que ya está en condiciones de hacerlo!

—¿Y yo? —graznó Casda.

—¡Tú a la cama! —dijo la madre, y despidió a su hijita y a la previsora ama de llaves.

Primer relato de Rinat

Muchas cosas extrañas habíamos visto ya, muchas muestras de amistad habíamos tenido, pero también de desconfianza. Conocimos el mar que separa a Oriente de Occidente, desde la roca de bandidos de Mahdia hasta la brillante ciudad junto al Bósforo; algunos piratas nos habían salvado de ciertos apu-

ros en altamar, y los señores de las caravanas de esclavos en el desierto impidieron que nos muriéramos de sed. Pero, sobre todo, perdimos toda noción del tiempo. ¿En qué sentido contaban ya las lunas y las semanas, qué significaba un año? Estábamos por fin en el Montjoie, ¡y ante nosotros estaba, bajo una bruma de color rosa, la brillante y dorada Jerusalén!

Mi señor Gerald alzó la valiosa mezuzá *—la obligación que había aceptado por Miriam—, la alzó con gesto triunfante, como si se tratase de la espada de un conquistador de la Ciudad Santa. La había llevado por todas partes, en medio de las mareas y de las tormentas de arena del desierto, la había apretado contra su pecho, se la había atado al cuerpo, ocultado bajo su camisa mientras dormía. Habíamos dejado atrás el camino pedregoso, ¡habíamos llegado a nuestra meta!*

Así pensaba ciertamente mi señor Gerald, al que he servido fielmente como escudero, desde que encaminamos nuestros pasos hacia allí, y bajamos de aquella montaña, para ir directamente hacia los blancos muros de Hierosolima.

Al borde del camino estaba agachada una figura. Primero pensé que era un mendigo, pero entonces vimos que aquel anciano de piel oscura, de cabellos blancos como la nieve y con una cabeza noble, estaba herido, y la sangre manaba de la lesión que tenía en la pierna.

—¡Tenemos que ayudarlo aunque sea un pagano! —dije.

Pero mi señor Gerald me llamó necio, y me ordenó que apartara la vista, y al hacerlo mantuvo los ojos fijos en las torres de la ciudad. Yo me quedé atrás y le di de beber al infeliz anciano de mi odre. Entonces lo miré a los ojos: eran de un azul intenso, jamás había visto unos ojos semejantes. Confundido, olvidé totalmente preguntarle por sus dolores, por la causa de su herida. Lo que hice fue dejarle el odre y correr detrás de mi señor Gerald. Poco después nos salió al paso una dama que venía montada en un asno. Sin embargo, por su actitud, tenía la dignidad de una reina. Ella también tenía la piel oscura, pero no era una mora, aunque estaba cubierta como si lo fuera, con telas magníficas, llevaba pesados brazaletes de oro en los brazos y alrededor de los tobillos. Hizo detener su montura delante de nosotros y me hizo señas para que me acercara. Bajo sus largas pestañas, vi brillar de nuevo aquel color azul delante de mí, y entonces la mujer me cruzó la cara con su fusta con tal violencia, que las lágrimas se me saltaron a causa del dolor.

—¿Qué os importa un hombre al que Dios ha castigado? —me increpó la mujer. Mi señor Gerald ni siquiera se había detenido, sino que continuó avanzando hacia la ciudad, impasible.

Quise pedirle cuentas a aquella mujer arrogante, pues me parecía que no tenía ningún derecho a actuar conmigo de esa manera, pero entonces me entregó un blanco pañuelo de batista para que me enjugara el rostro. Sólo entonces vi las gotas de sangre que manaban de la herida. Sin embargo, la orgullosa mujer no se disculpó.

—Quedaos con la lección, que no os costará casi nada: no os ocupéis de toda la sangre que se derrama por ahí y que encontréis en vuestro camino —dijo, impasible; luego dio un latigazo a su caballo y partió.

Había alcanzado a mi señor Gerald de nuevo y, para colmo de males, tuve que escuchar sus burlas.

—Si seguís a todas las mujeres que os hagan señas... —estaba diciendo, cuando un jinete se nos acercó por detrás a todo galope.

Aquel hombre era obviamente un pagano, pues llevaba un turbante enrollado en su puntiagudo casco, sus brazos brotaban de un desahogado caftán, llevaba manoplas del cuero más fino y su rostro estaba cubierto por una redecilla de metal. En su cinturón colgaba una reluciente cimitarra con incrustaciones de piedras preciosas. El distinguido caballero, que tal vez fuera un emir, dio la vuelta a su caballo de tal modo que yo tuve que saltar hacia un lado, y luego, con voz fría y cruel increpó a mi señor Gerald, que tuvo que detenerse, en vistas de que el musulmán le cortaba el paso.

—¡Habéis ofendido a mi hermana! —dijo, y cuando notó la expresión de desconcierto en la cara de mi compañero, añadió en un susurro—: Se ha cruzado en vuestro camino y vosotros habéis desperdiciado la oportunidad de mostrarle vuestros respetos.

Mientras lo decía, se había ido acercando cada vez más a mi señor. Sin embargo, éste no se iba a dejar amedrentar. Tampoco se apartó cuando el caballero se inclinó hacia él lentamente.

—¡No quería acercarme demasiado a la dama con miradas inapropiadas! —respondió mi señor, un tanto a la ligera, con lo cual daba el asunto por zanjado.

—Pero ¿qué clase de hombre sois? —se burló el emir—. ¿O es que acaso no sois hombre?

Entonces el emir rodeó a mi señor Gerald de repente con sus brazos y lo atrajo hacia él. Conocía la fuerza de oso de mi señor, pero lo que allí lo aprisionaba parecían dos abrazaderas de hierro de las que ni siquiera consiguió liberarse cuando el moro, riendo burlonamente, empezó a decir, entre jadeos:

—Entonces, ¿¡queréis besarme?! —exclamó, y levantó la redecilla que llevaba delante del rostro. Yo me asusté, ¡me quedé petrificado por el miedo y el asco! Aquélla era la cara destrozada de un leproso, no había rasgo humano alguno en aquel amasijo purulento de carne agrietada, con pústulas rojizas, y una cavidad horrorosa en el sitio donde debía estar la boca con sus labios. El moro, implacable, apretó la úlcera al descubierto mucho tiempo contra la cara de mi señor Gerald, como si quisiera llevársela, arrancarla de sus huesos, para cambiarla por su horrenda faz. A continuación, lo empujó como a una vaina que ha sido vaciada, y mi señor cayó al suelo, donde quedó tendido. El terrible caballero no se dignó ni a mirarlo otra vez. Tampoco me miró a mí, que me había apartado, temeroso. Y entonces, partió hecho una furia de allí.

Mi señor Gerald yacía allí todavía, con el rostro hundido en la arena polvorienta. Yo apenas me atrevía a darle la vuelta o a levantarlo. Sus ojos, cubiertos de polvo, miraban muy lejos de mí. Entonces mi señor sacó la mezuzá *de entre sus ropas. Sin volver a echarle una ojeada, arrojó por la pendiente pedregosa el mensaje dirigido a los judíos de Jerusalén, aquello que había estado salvaguardando durante todo el largo viaje, como si fuese el corazón dorado de su amada muerta, por la cual habíamos aceptado todas aquellas fatigas. Claramente se oyó el tintineo de la cápsula de plata al chocar con las piedras. Luego mi señor se levantó y, puesto que yo le había dejado mi odre de agua al anciano, me ordenó con malas formas que fuera en busca de algún manantial. Yo, sin embargo, tomé la dirección por donde se había apagado el tintineo de la* mezuzá *al caer. La encontré en la hendidura de una piedra, cubierta por el agua que allí brotaba de la tierra. No le dije a mi señor nada acerca del hallazgo cuando lo llevé hasta el manantial. Mientras mi señor se lavaba la cara, yo, sin decir nada, volví a meterle la* mezuzá *entre las ropas. Y aunque mantenía a la vista su piel, no fui capaz de encontrar allí ningún rastro de las excrecencias de un leproso, ni ningún otro signo del mal.*

Mientras estábamos aún allí abajo, luchando para movernos entre los cantos rodados, vimos aparecer unas extrañas puntas encima de nosotros, tras el borde del talud que bajaba desde el camino. Pertenecían al gorro de unas figuras de aspecto amenazante, vestidas con túnicas blancas, con unas capuchas rígidas y puntiagudas que sólo tenían unas estrechas ranuras para los ojos.

—¡Mi señor debe ir a un hospital! —les grité a los encapuchados, después de que ellos, por medio de una seña algo autoritaria, nos consideraran dignos de que los siguiéramos.

—¡Eso tendrá que decidirlo el consejo de nuestros Superiores*!*[4] *—me hizo saber, impasible, uno de ellos. Ni una sola pregunta hizo acerca del estado de mi señor ni de lo sucedido.* Nolens volens *hicimos los que nos dijeron. En silencio, nos colocaron en el centro de su caravana y nos llevaron a la ciudad. Nadie los detuvo ante las puertas, nadie les hizo preguntas. Así fue como nuestro grupo, que más bien recordaba a una procesión de penitentes, llegó al hospital cristiano de san Juan Limosnero. Me dijeron que yo debía separarme de mi señor, pero no iba a dejar que se libraran de mí tan fácilmente. Mi señor Gerald fue conducido hasta la capilla, estrecha y oscura, que tal vez sirviera también como depósito de cadáveres, ya que, cuando entramos, se llevaban un cuerpo envuelto con una sábana. Sentados en la semipenumbra, estaban allí los superiores de los encapuchados, que también llevaban aquellos sombreros puntiagudos, aunque más largos, lo cual los diferenciaba de los miembros más simples. Mi señor tuvo que someterse a su interrogatorio. Sin muchos preámbulos, le preguntaron acerca del mensaje que había traído con él, desde la lejana Worms, para los judíos de la ciudad. Mi señor lo negó todo. Y entonces los superiores hicieron que algunos de sus súbditos llevaran a mi señor Gerald hasta el hospital.*

Le asignaron una habitación luminosa con una única cama, pero le pidieron que se desnudara completamente. Yo impuse mi derecho a ayudarle en esa labor. Por eso pude hacerme de nuevo, sin llamar la atención, con la comprometedora mezuzá*, antes de que los enfermeros la vieran mientras revisaban cada uno de los orificios del cuerpo de mi señor Gerald, desde la garganta hasta el ano. Y todo sucedió justo a tiempo, porque en ese instante fui separado de mi señor, y esta vez lo hicieron con rudeza. Los lacayos me arrastraron fuera, a un patio oscuro donde estaban quemando un cadáver sobre*

4. En español en el original. *(N. del t.)*

una parrilla de hierro. El que parecía su jefe apartó la sábana de la cabeza del muerto, aún no destruida del todo por el fuego, para que yo pudiera ver su rostro. Era el rostro de un hombre asolado por la lepra. Si quisieron hacerme creer que se trataba del cuerpo del emir que nos habíamos tropezado antes, los decepcioné. No mostré ninguna emoción, y tampoco lo hice cuando el lacayo principal empezó a graznar bajo su capucha, diciendo que así acabarían todos los que estaban en el mismo barco que los judíos y los musulmanes. Yo respondí que no había nada más alejado de mis intenciones, y lo mismo era válido para mi señor, por el que estaba muy preocupado. Entonces el lacayo principal mostró algo parecido a la buena voluntad, pues me aseguró que en ese hospital cristiano se haría todo lo posible por el señor Gerald, ya que una distinguida dama corría con todos los gastos. Tras recibir ese magro consuelo, fui llevado a los calabozos de la ciudad, sin que pudiera ver a a mi señor Gerald una vez más.

A TEATRO LLENO: UN RELATO DESDE EL INFIERNO

Reinaba un silencio opresivo en el despacho de la *praefecta vallesiae* Cantar de Sión. Podía oírse claramente el crepitar de los trozos de leña quemándose en la chimenea. Entonces, desde el rincón más apartado de la habitación, muy cerca de la puerta, se oyó una cohibida palmada. La señora del castillo había permitido que la gente del pueblo fuera testigo de los relatos del retornado escudero Rinat de Sitten. Así que allí estaban las cocineras y los mozos de los establos, los guardias y las doncellas, ocupando el suelo de madera y expectantes.

Rinat sonrió tímidamente.

—No estoy acostumbrado a leer en voz alta algo escrito con mi propia letra —dijo, pidiendo disculpas a la señora de la casa.

La gruesa Erma le llevó un vaso con un líquido humeante.

—Para la garganta y el estómago —dijo la antigua monja, sonriendo, cuando el escudero casi se atragantó—. ¡Seguramente recordaréis todavía el sabor!

Rinat entornó los ojos.

—Nunca se olvida el resplandor de estas lágrimas, ni siquiera bajo una rugiente tormenta de arena en el desierto, o bajo el fragor del viento en alta mar.

Los cronistas aguzaron los oídos. Hasta entonces *Angelus* y *Vocator* no habían conseguido conquistar la amistad del ama de llaves hasta el punto de tener la posibilidad de probar el delicioso licor. Por lo menos ese día les habían permitido salir por un rato de su celda preparada para las escuchas, ya que el propio Rinat había llevado al pergamino todo lo que deseaba contar. Por eso le estaban agradecidos. Por primera vez podían oír en el despacho lo que alguien decía sin la esclavitud de tener que copiarlo todo al instante. Por eso disfrutaban de la charla doblemente, y dedicaron al escudero aquel parco aplauso.

Cantar exigió que le mostraran a sire De Craon sus aposentos, porque vio que el caballero se había quedado dormido en su alta butaca. A continuación, se volvió sonriente hacia Rinat.

—Os damos las gracias por hoy. También vos debéis de estar cansado. Mañana, con gusto, nos sentaremos de nuevo a escuchar vuestra edificante historia.

Y de ese modo se despidió a todos los presentes, y muy pronto la calma de la noche se cernió sobre Sión.

Estuvo nevando toda la madrugada y la mañana siguiente. Ello obligó al cardenal legado, que había conseguido llegar hasta el hospicio del paso del Gran San Bernardo, a renunciar a las ruedas de su carruaje y a reconvertir el vehículo en un trineo. Remy d'Aretin viajaba en compañía de su *adlatus*, Guy d'Abreyville. Durante las primeras horas de la tarde llegaron al castillo. El Cardenal Gris no se detuvo demasiado en saludos, sino que ocupó de inmediato el despacho de la señora de la fortaleza y prefecta, y se puso a escuchar la Oreja de Dionisos. Remy daba la impresión de estar agobiado. Por medio de su *adlatus*, mandó buscar a los dos cronistas para que lo informaran. *Angelus vigilans* y *Vocator diaboli* se felicitaron por haber puesto orden en sus papeles inmediatamente después de haber regresado a Sión. Gracias a ello, pudieron presentarle al malhumorado *Caput canis*, cuando éste los pidió, todos los informes solicitados, incluido el redactado el día anterior, a partir de la conversación sostenida por Cantar con sire De Craon... Aunque, a decir verdad, el caballero era el único que había hablado.

Remy repasó al vuelo aquellos pergaminos.

—¡Nada nuevo y pocas cosas edificantes! —comentó con sarcasmo—. ¡Sería una necedad partir de la idea de que alguno de esos grandes señores se entregará a la causa de Cristo o a la *Ecclesia* gracias a su profunda fe, o que por ello van a ver con entusiasmo la empresa planeada por nuestro Santo Padre! —Al unísono, los dos benedictinos acompañaron su gesto de asentimiento con un suspiro culpable, el cual hizo reír por primera vez al *Caput canis*—. El único en quien la chispa ha prendido como es debido me parece que es, tal y como yo pensé, Godofredo de Bouillon. Ese hombre está arrojando ahora en la balanza, con todo el peso del honor herido, su *furor fidei*. Deberíamos prestar atención para que nuestras bien pensadas y equilibradas intenciones, comparables a una telaraña tejida muy finamente, no queden aplastadas por el enorme trasero de una cruzada de venganza en nombre de la Cruz.

Angelus guardó silencio, abatido por aquella potente imagen, pero *Vocator* se llenó de valor para replicar a su señor y maestro.

—Por lo menos parece ser él el único que no busca enriquecerse.

—Y eso es precisamente lo inquietante —caviló Remy—. A alguien que exige conquistar un reino puedo pedirle moderación, pero ¿qué hacer con alguien que pretende, como Moisés, aplastar, triturar?

En ese momento alguien los interrumpió. Cantar, la señora del castillo, entró en la habitación con sire De Craon. Éste saludó al *Caput canis* con una inclinación de cabeza casi imperceptible, y el clérigo le sirvió de inmediato al huésped, de un modo jocoso, las nuevas noticias.

—¿Sabéis que Godofredo quiere renunciar a la base y el ornamento de su nombre y sacarse del pecho su corazón cálido y palpitante?

—¿Cómo? ¿Acaso el duque pretende vender Bouillon?

—¡Se lo ha dado ya a modo de prenda al obispo de Lieja! —le explicó Remy al Sire—. ¡Lo cual equivale a una renuncia definitiva, ya que Godofredo no podrá pagar el dinero de vuelta!

—¿Es que no va a regresar de Jerusalén? —preguntó Cantar, que ya sospechaba algo.

—¡Así es! —le confirmó Remy—. Cuando alguien como Godofredo se halla dispuesto a hacer tal cosa, lo hace por Dios, y, en lo mundano, le basta con impimir su sello a la empresa a la que va a dedicar cuerpo y alma.

Cantar entendió.

—¡El nombre «Godofredo de Bouillon» no va a perderlo por poner en subasta su fortaleza, más bien lo transfigurará con otras formas más elevadas de consagrarlo!

—Puede que se figure —añadió sire De Craon— que va a

pasar a la historia como un ejemplo brillante de caballero cristiano.

—¡Dejémonos de envidias! —se mofó el *Caput canis*—. ¡Todos los caballeros de Occidente son libres de seguir su ejemplo!

—Eso sería deseable —repuso el caballero, impasible—. Yo pensé que por eso vos nos habíais reunido aquí, ¿no?

Remy levantó la mirada brevemente.

—¡Dejadme un momento a solas con la señora Cantar! —Aquellas palabras iban dirigidas a todos; sin embargo, para su *adlatus*, que estaba muy silencioso, tuvo una indicación adicional—: ¡Guy d'Abreyville! —le ordenó—. Acompañaréis a nuestros afanosos cronistas y os ocuparéis de que, en contra de la costumbre que han adquirido, no se marchen a su celda, sino que se diviertan en otra parte, porque lo que tengo que hablar aquí y ahora no está destinado a ninguna oreja «oreja».

Angelus y *Vocator* entendieron de inmediato, y siguieron al *adlatus* de cerca. Sire De Craon no comprendió la insinuación, pero de todos modos se unió a los que salían.

—Nos veremos más tarde —le dijo Cantar a sus espaldas—, si es que Rinat de Sitten va a ser tan amable hoy de regalarnos la continuación de su relato sobre las aventuras de su viaje a Jerusalén. —Radiante, añadió—: ¡Todos arden en deseos de escucharla!

El Cardenal Gris se sintió obligado a disipar esas perspectivas.

—Esta vez quisiera que el populacho quede excluido —dijo, dirigiéndose con tono severo a Cantar—. ¡Es suficiente con que lo escuchen aquellos a quienes concierne su historia! ¡La sagrada Jerusalén no es ninguna pieza de comediantes para divertir a la plebe!

Segundo relato de Rinat

Cuando un cristiano de Occidente piensa con entusiasmo en Jerusalén, fascinado con sus sueños sobre sepulcros sagrados u otras cosas por el estilo, sitios que elevan el alma, haría bien en incluir en esos pensamientos las mazmorras de la Ciudad Santa. No quisiera recordar el tiempo que pasé allí; para nosotros, los prisioneros, el paso de las estaciones sólo podía deducirse a partir de que el agua de las paredes cesara de filtrar-

se en los tórridos meses secos, a partir de que caía en torrentes sobre nuestros putrefactos jergones o a partir de si se convertía en hielo en los meses de invierno. La lucha diaria por la supervivencia giraba en torno a la sed, la comida y, por último, a la expulsión de lo que uno haya conseguido llevarse a la boca. El hedor es un compañero fiable, le acurruca a uno durante el sueño y le saca de él para que no se asfixie. Pero cuando uno ha superado el período de prueba, cuando a uno ya no le meten la cabeza en el estiércol hasta que se lo traga, ya habrá aprendido a defender su mohoso pan de cada día con una cuchara afilada, y entonces sabrá de una vez a quién puede darle la espalda y a quién no, y será a partir de ese momento cuando habrá tiempo en ese infierno para el maestro artesano que sabe fabricar unos juegos de mesa o soltar un discurso filosófico. Y fue así, en los agujeros de porquería más profundos de la ciudad, donde aprendí todo lo que había arriba, manteniendo a la ciudad, si bien no cohesionada, por lo menos sí con vida. Aprendí todo sobre las tres grandes religiones, aprendí en particular que ninguna de ellas representa una estructura unitaria, orientada hacia un solo Dios, sino que están divididas en fracciones que se combaten encarnizadamente. Ello se extiende desde las ortodoxias más disímiles de los judíos, pasa por los chiíes y los sunnitas del islam, y llega hasta la monstruosa diversidad de las iglesias apostólicas cristianas, cada una con su propio patriarca, todas con su pretensión de infalibilidad. Sobre toda esta suma sectaria y espiritual se vuelca la urdimbre del poder político real: ¿quién tiene la capacidad de robar la miel de las colmenas? Hace algún tiempo, era la poderosa Bizancio la que tenía el poder de la abeja reina sobre los territorios de Siria y Palestina, poder que tuvo que ceder a los pueblos turcos de los seldúcidas. El emperador de éstos designó como gobernadores de Jerusalén a los hermanos ortóquidas Soqman e Ilgazi. Cuando la ciudad sagrada para todos cayó en manos de los fanáticos fatimidas de El Cairo, se dejó a los dos hermanos en el cargo. El asunto principal que decidieron fue que cada abeja que utilizara un agujero en ese gran panal, debía pagar impuestos. Ello, sin embargo, no debía inducir a nadie a buscar miel en los calabozos de Jerusalén, pues nuestros actos han sido de carácter espiritual, y ese maná es capaz de adoptar cualquier forma. El hecho de que, bajo tales condiciones, me acuerde de un hombre que estaba casi rígido por la porquería que llevaba encima, sólo significa que ese hombre provocó en mí tal sensación de asco que superaba con mucho cualquier cosa a la que nos hubiéramos acostumbrado.

Pedro el Ermitaño *era oriundo de Amiens, en Francia, y fue un compañero de celda tan horrendo que le pedí a Dios —algo a lo que había renunciado hacía tiempo— que le regalara de nuevo la libertad. Pedro había llegado a los sitios sagrados del cristianismo como peregrino, y se había quejado ante las autoridades por su desamparo de un modo tan insistente que éstas no supieron hacer nada más que arrojarlo a nuestra celda, ya que los ortóquidas no querían ningún mártir. Y con ello empezó mi martirio, porque el devoto fanático pronto descubrió que yo era el único que, por desgracia, entendía su idioma, o mejor dicho, aquellos improperios que salían por su boca maloliente.*

Por otro lado, por fin me enteré por Pedro de lo que pasaba con aquellas personalidades tan extrañas que mi señor Gerald y yo habíamos conocido a nuestra llegada a Jerusalén. A veces de un modo fragmentario, otras veces haciéndoselo escupir hasta formar un charco —para lo cual tenía que darle un poco de ese vino mío agrio cultivado y fermentado en secreto dentro de mi boca—, conseguí sacarle que aquel anciano de pelo canoso y ojos azules era un tal León, padre tanto de la magnífica mujer como del leproso, y patriarca de una acaudalada familia judeobizantina de comerciantes de alfombras. Supe que esa familia, probada en el sufrimiento a causa de su hijo leproso, quedó destruida con la islamización llevada adelante a pasos agigantados por los fatimidas. Para protestar, el anciano León se convirtió al cristianismo, porque todavía había un patriarca griego, aunque permanecía en la clandestinidad. El hijo se fue de casa, se cambió al bando de los adeptos del Profeta y, a partir de entonces, empezó a llamarse Mansur, el vencedor, lo cual fue también, ciertamente, una manera de conjurar su enfermedad; la hija, por el contrario, se aferró a la fe de sus mayores, y se puso por nombre Sarah de Beth-Seba. Y ambos, hermano y hermana, se perseguían, y perseguían a su padre con un odio fervoroso.

En esos momentos, el fanático eremita empezaba a soltar una sarta de improperios contra los judíos, en especial contra esa mujer, esa puta babilónica que había comprado los servicios de un caballero cristiano del hospital con el único fin de convertirlo en padre de una hija de Satanás, a no ser que el pobre tipo también sirviera incluso como pieza de sacrificio en esos horribles ritos de degollación del Antiguo Testamento. Yo jamás había creído que en aquel calabozo pudiera sentirme mal a causa de unas palabras malsonantes. Yo no defendía a Sarah de Beth-Seba ni a mi señor Gerald de Öxfeld, sólo oraba para que me liberaran de esa persona horrible. Dios me escuchó, y sin mencionar sus motivos, a Pedro de Amiens se lo llevaron de aquella mazmorra del mismo modo que lo habían traído.

Tuvieron que pasar todavía nueve meses para que me soltaran a mí también. Mi benefactor fue aquel anciano, según me aseguraron los criados que vinieron a buscarme. El mayordomo que los encabezaba me dijo también que el señor León se había enterado recientemente de que yo seguía pudriéndome en un calabozo. Había dado por sentado que yo habría regresado a Occidente hacía tiempo. Su hija no había dicho ni una sola palabra sobre mi destino, y a su yerno, mi antiguo señor, el cristiano Gerald, no le estaba permitido tratarse con el padre carnal de Sarah, el judío converso León. Nada de aquello sonaba muy edificante, pero yo lo aparté a un lado en medio de mi inesperada felicidad.

Me llevaron a la amplia propiedad del comerciante de alfombras, un caravasar en medio de la ciudad vieja. Allí me dieron un baño, me vistieron con ropa limpia y suntuosa, y hasta me dejaron algunas joyas valiosas. El venerable anciano, el señor León, nunca me había olvidado, jamás olvidó que yo le había dado de beber de mi odre cuando él sintió sed, me confió el locuaz mayordomo que se ocupaba de mi bienestar. Me dijo también que ese día se celebraba la fiesta de la Pascua ortodoxa, y que era una maravillosa coincidencia que yo pudiera celebrarla en compañía del señor León. El comienzo estaba previsto, según la tradición, para la medianoche.

El gran salón de la casa del comerciante estaba engalanado como para una fiesta. Habían renunciado a enrollar las hermosas y grandes alfombras que sólo algunos príncipes podían costearse; en su lugar, habían sido extendidas unas sobre otras, en varias capas, sobre el suelo. La persona que caminaba por ellas se hundía en aquellos valiosos tejidos. Para el señor de la casa, los criados habían acondicionado el lado más ancho del salón, con una gran profusión de cojines. Y allí lo habían colocado, porque —como me explicó en un susurro el propio mayordomo que me guió hasta allí— la grave herida de la pierna de su señor nunca había curado del todo y seguía haciéndole sufrir. Yo tomé asiento frente al señor León; él mismo me hizo señas para que me acercara, con una sonrisa ausente. El salón se fue llenando rápidamente con unos invitados que parloteaban llenos de expectativas. Las mujeres tomaron asiento a derecha e izquierda de León, los hombres, separados de ellas, se sentaron en el lado opuesto. Delante del señor de la casa había un pequeño altar, dotado con piezas de plata muy valiosas. El ancho pasillo intermedio estaba libre, a fin de dejar paso a los sacerdotes y los monjes del convento ortodoxo de San Jorge, cuyo coro era célebre en Jerusalén. Lentamente, un silencio solemne se hizo en el salón, todos esperaban la medianoche, el redentor grito de «¡Cristo ha resucitado!», emitido por el sacerdote, al que toda la comunidad respondería: «¡Sí, ha resucitado!»

Pero, en lugar de ello, la puerta de la cabecera se abrió. Sarah, la hija, envuelta del todo en una túnica negra, arrastraba un asno detrás de ella y lo metió en la sala, y sobre él yacía mi pobre señor Gerald, con la mirada más blanca que la de un cadáver, y una niña apretada contra sus brazos, como si intentara aferrarse a la criatura. Los invitados contuvieron el aliento: ¡vaya monstruosa blasfemia! Y cuanto más tiempo aquella extraña comitiva se iba desplazando lentamente por el salón, tanto más amenazante me pareció la fechoría. Sarah miraba fijamente a su padre a los ojos, una mirada oscura y de reproche, mientras que mi señor Gerald se esforzaba por no mirar al anciano. Su mirada se posó entonces en mí, cuando saqué la mezuzá y se la mostré, desesperado, para ocultarla acto seguido en mi mano. Me parecía que era la oportunidad, tal vez la última, de hacer llegar al hombre adecuado el mensaje traído desde Worms, porque el anciano León conocía sin duda a todos los judíos importantes de la ciudad. Sin embargo, mi señor Gerald, sin que nadie lo notara, negó con la cabeza, dejándome solo con aquel estuche y su peligroso contenido. En silencio, el asno cruzó la sala, siendo tirado con mano firme por Sarah, y llevando encima a un Gerald roto, con una niña en los brazos, como una Pietá reclamando misericordia. Y aunque nadie dijo ni una sola palabra, aquella aparición tan provocadora fue como un presagio, un mal augurio, ¡o quizá algo más, como un ultimátum definitivo, una advertencia! Todos respiraron aliviados cuando el sombrío fantasma desapareció... ¡Pero suspiraron demasiado pronto!

Sin que nadie lo notara, en silencio, en la parte trasera se levantaron los encapuchados, ¡y rodearon el sitio donde se sentaba el anciano León! Una vez más, nadie se atrevió a gritar. Sin que nadie se lo impidiera, se acercaron al lugar donde *estaba sentado el anciano enfermo. La mayoría de los invitados cerró los ojos, pero yo vi cómo sus puñales se clavaban en el cuerpo indefenso del viejo comerciante. Los dejaron clavados allí, como si quisieran vanagloriarse de su acto o pretendieran demostrar que no tenían nada que temer. Luego, rápidamente, como murciélagos, se marcharon hacia la turbia luz que había entre las columnas de la sala, dejándonos a todos desconcertados ante aquel suceso terrible. Temblando, escondí de nuevo la* mezuzá *entre mis ropas, me levanté y fui dando traspiés hasta la entrada de la casa.*

No sé lo que me movió a hacerlo, pero entonces, en plena noche, me vi preguntando dónde estaba la casa de Sarah de Beth-Seba. Me esperaban, y me encontré a la familia, para mí cada vez más misteriosa, totalmente despierta, si bien mi señor, tal vez a causa de la excitación, ya sentía la necesidad de meterse en cama, rodeado de cuidados como un recién nacido indefenso. Un buen testimonio de su afecto por la dama fue su hija de dos años, acostada junto a mi señor Gerald en el lecho como una pulcra muñeca, pero la mejor muestra fue la violenta pelea que tuvo lugar allí entre marido y mujer. El motivo de aquella confrontación que se prolongó bastante y que todo el mundo pudo oír era el bautizo de la niña. ¿Seguirían el ritual cristiano o lo harían según la costumbre judía? Recordando aquel golpe que me había propinado la autoritaria señora, pero sobre todo pensando en el honor del anciano, sobre cuyo final nadie había dicho ni media palabra, propuse sin rodeos que Pedro el Ermitaño *oficiara como sacerdote para el bautismo. El silencio de Sarah —como era de esperarse— fue gélido. Mi señor, en cambio, se ofreció a acompañarme por la mañana, que ya se acercaba, para ir en busca del eremita. La señora Sarah cogió a su hija y abandonó la habitación. Yo me acurruqué con una manta a los pies de mi señor y me quedé dormido inmediatamente.*

—Lo que hemos oído no es precisamente una invitación a visitar los lugares sagrados —dijo el cardenal legado, dirigiéndose con un tono casi divertido al escudero Rinat.

—¡Sí que lo es! ¡Precisamente por eso! —se dejó oír la voz de sire De Craon—. ¿Es una invitación para atacar ese nido de tarántulas y escorpiones!

El *Caput canis* lo miró, todavía con expresión divertida.

—Me temo, buen hombre, que aunque sois muy dueño de

pensar lo que os apetezca, eso no ayuda en nada a la causa, es decir, a la causa de Cristo; eso ya es otra cuestión: ¡porque al islam no podréis vencerlo, jamás podréis extirparlo!

—¡Con ayuda de la Virgen María debemos ir a Tierra Santa y...! —protestó el caballero.

—¡Se trata de asegurar una posesión territorial: Jerusalén! ¡Quien pretenda más, fracasará!

El cardenal legado, con cierto mal humor, se apartó del caballero y se dirigió de un modo ostentoso al escudero Rinat:

—Rinat de Sitten, aparte de vuestras edificantes historias de Alí Baba en la Ciudad Santa, ¿tenéis la impresión de que la población de allí añora ser liberada por los cristianos de Occidente? ¡Respondedme, por favor, con sinceridad y franqueza!

Contestar a aquella pregunta pareció poner nervioso a Rinat.

—¡El problema no serán los judíos ni los musulmanes, sino el hecho de que la inmensa mayoría de los habitantes se considera cristiana! —Rinat esperó un instante antes de añadir con dureza—: ¡Pero ellos no son como nosotros! ¡No son comparables con los creyentes de Occidente, con los miembros o los adeptos de la *Ecclesia catholica* en Roma! Es difícil decir si nos verán como amigos.

—Pensé que sufrían persecuciones, maltratos y represión, ¿no es así? —preguntó indignado sire De Craon, que casi no podía creérselo—. ¿Acaso los peregrinos torturados han exagerado sus historias, esas que nos hablan de los terribles sufrimientos a los que están expuestos los cristianos, de monjas mancilladas y sacerdotes crucificados? ¡¿Son solamente patrañas, historias falsas?! —le gritó al pobre Rinat, pero éste supo demostrar que tenía un pellejo muy grueso.

—¡Cristianos de Occidente! —repuso el escudero—. ¡La pregunta del cardenal legado se interesaba por la población de allí! ¡La llamada mayoría «cristiana» de los habitantes! ¡Y no sólo de Jerusalén, sino de toda *Terra sancta*!

—¿Acaso Bizancio, el Bizancio cristiano, pero también el romano oriental, es decir el cismático, no nos ha suplicado que le prestemos ayuda y apoyo frente a esos paganos diabólicos, precisamente debido a los inefables tormentos que sufren los peregrinos? —insistió obstinadamente sire De Craon.

Remy impuso silencio.

—Los motivos de un emperador de Constantinopla, antiguo soberano de Tierra Santa y, según sus propias pretensiones, todavía su monarca legítimo, son, por naturaleza, de otra índole. —El experimentado príncipe de la Iglesia detuvo ahí su insinuación. De pronto se quedó pensativo—. ¡Dejadme a solas con Rinat, por favor! —ordenó a todos los presentes, de un modo bastante brusco. Sólo para Cantar tuvo una dolorosa sonrisa.

Enfadados, todos los demás abandonaron el despacho; sin embargo, en el patio de la fortaleza de Sión les esperaba una animada y alegre distracción. Acababan de entrar por la puerta el noble caballero Conon de Béthune, su mujer recién desposada, la hermosa Elgaine de Gisors, y su pequeño hijo Pons, ¡el orgullo de la mujer! Los acompañaba un nutrido séquito y el hombre de confianza del duque de Normandía, el caballero Godefroy de Saint-Omer. Mientras Cantar acaparaba de inmediato a Elgaine y le presentaba con naturalidad a su hija Casda —cuyo padre, después de todo, era también Conon de Béthune—, el héroe se dedicaba a saludar a sire De Craon. Pons estaba a su lado, se había apartado de las mujeres a toda velocidad. Conon y De Craon se conocían de la aventura que habían vivido juntos en Occitania, con aquel trágico rapto de la «novia de Saissac».

—¿Cómo recibió el golpe el conde Raimundo de Toulouse? —quiso saber Conon—. ¿Y cómo le va al pobre Berenguer?

Los cronistas, que estaban muy cerca de ambos, aguzaron los oídos. Aunque habían sido sacados forzosamente de su celda de escribanos, ya formaba parte de su naturaleza el andar a la caza de todo cuanto oyeran, lo cual, más tarde, pasaría a engrosar las páginas de sus «protocolos secretos».

—¡Raimundo ha tenido suerte! —le informó gustoso sire De Craon—. Gracias a su temprana disposición de participar en la empresa del papa, todos sus territorios están ahora bajo la protección de la Iglesia, pues lo que es justo para Roberto de Normandía, puede no ser tan bueno para Toulouse. A ello se añade que el duque de Aquitania, hasta ahora, no ha reclamado oficialmente ningún derecho sobre la herencia de su joven esposa Felipa...

—¡Bueno, en realidad tampoco lo necesita! —acotó Conon, con suspicacia.

—... de modo que el conde Raimundo ha podido colocar hasta ahora a sus hijos, sin inconvenientes, como administradores y regentes de sus posesiones —dijo sire De Craon, concluyendo la frase que había empezado antes.

—¡Ya no hay nada que se interponga a que encabece el ejército del papa! —dijo Conon, con intención de acabar la charla.

Pero De Craon volvió a la carga:

—¿A la cabeza? Según se están desenvolviendo las cosas, me atrevo a dudarlo.

—¿¡Os referís a Roberto de Normandía?!

—¡A ése le da lo mismo! —dijo De Craon, sonriendo con sarcasmo—. No, Raimundo tiene que contar con las ambiciones de Godofredo de Bouillon. ¡Él no va a renunciar a su dignidad como duque de la Baja Lorena para luego marchar a la batalla bajo las órdenes de un conde de Toulouse!

—Puede que tengáis razón —murmuró Conon—. ¡Godofredo tampoco es un mal general! ¿Y Berenguer de Saissac?

—¡Él, sin duda alguna, comandará el magnífico ejército del conde, y ya ha anunciado que luego desea acabar sus días en un monasterio!

En ese momento se acercó a los señores Guy d'Abreyville. Acudía a comunicarles que Rinat de Sitten ya no seguiría leyendo ese día pasajes de sus apuntes de viaje.

—Pero continuará mañana —anunció el *adlatus* del cardenal legado—. Y será inmediatamente después del toque de sextas.

Conon, que no sabía nada de la presencia de Rinat, se hizo informar de lo acontecido por sire De Craon. Tenía ciertas reticencias a preguntarle a Guy. Aunque el ángel rubio de ojos azules se había cruzado en su camino con frecuencia a lo largo de los años, casi siempre en circunstancias bastante dramáticas, y a pesar de que admiraba las agallas del chico y no podía reprocharle nada, Guy seguía siendo un extraño personaje para él. Dicho francamente: ¡Guy era un enigma! ¿Tal vez porque Conon sabía quiénes eran sus padres? Sin duda con ello estaba siendo injusto con el joven, pero él no podía cambiarlo. A continuación, Conon tomó a Pons de la mano y se fueron juntos donde las mujeres. Ver juntas a aquellas dos mujeres tan distintas le provocó un extraño cosquilleo. Cantar le parecía todavía atractiva, ¡y Conon se alegró de no haber tenido que escoger entre ella y Elgaine!

PEDRO *EL ERMITAÑO*

Tercer relato de Rinat

Era la última hora de la mañana cuando mi señor Gerald me despertó entre sacudidas y los dos salimos juntos de la casa de Sarah, que no se dejó ver por ninguna parte. Mientras buscábamos al ermitaño, recorrimos las callejuelas de la ciudad vieja de Jerusalén. A partir de ese momento, todo iría más rápido, me confió mi señor. Después de que yo apareciera de nuevo, una gran inquietud se había apoderado de Sarah. El bautismo, que había sido aplazado una y otra vez durante casi dos años, debía celebrarse entonces a la fuerza. Ya no importaba si se hacía siguiendo la costumbre cristiana o el rito de Moisés. Después de todo lo que yo había vivido, por culpa de quien fuera, a mí aquello me daba bastante igual. Quería marcharme de la ciudad del Santo Sepulcro antes de que me enterraran vivo en él. Por eso me asombró tanto que mi señor Gerald —en cuanto estuvimos solos y sin testigos— me atosigara con un montón de sentimientos similares que había estado abrigando durante mucho tiempo. Yo mismo le había dado el impulso para ello, cuando le pregunté si aquellos asesinos a sangre fría, los hombres de aspecto sectario que habían matado al anciano, no serían los mismos que lo acusaron y lo encerraron en el hospicio cristiano.

Mi señor me observó pensativamente.

—Originalmente —me dijo a continuación—, el uso de esas puntiagudas capuchas fue un invento de ciertos círculos secretos dentro de la Iglesia cristiana, los cuales se habían im-

puesto la misión de establecer por la fuerza algunos objetivos extremadamente conservadores: amedrentar a los enemigos y, si fuese necesario, eliminarlos. —Yo asentí, pues aquello era algo que ya me había imaginado. Entonces mi señor Gerald continuó—: Con el paso del tiempo, sobre todo tras el avance victorioso del islam, algunos grupos pequeños de musulmanes fanáticos adoptaron un traje idéntico, el cual les garantizaba un inquietante anonimato. Por eso hoy, por lo menos en la sagrada Jerusalén, ya nadie puede estar seguro de que algunas sectas secretas judías, extremadamente ortodoxas, no usen el mismo disfraz, con esos altos gorros y las implacables ranuras para los ojos, todo con el fin de infundir miedo y terror.

—Sobre todo contra los desertores y renegados —dije, aportando mi granito de arena a aquella amarga conclusión—, ¡contra conversos, traidores y espías!

—¡Es muy probable que sea así! —me confirmó mi señor Gerald en voz baja—. A los renegados se les amenaza con la muerte, eso ya lo hemos visto. ¡Y deberán seguir temiéndola en adelante!

Sin que fuéramos conscientes de ello, habíamos bajado los peldaños del monte del Templo. Yo estaba exhausto, y busqué con la mirada algún lugar con sombra. Nos acomodamos junto a una columna rota.

—Dejad a un lado a los judíos y a los adeptos del Profeta, de cuyas normas y costumbres entendemos tan poco. ¡Tampoco el cristianismo es un baluarte unificado y coherente en medio de un páramo de paganismo! —Mi señor Gerald parecía interesado en sacarse del cuerpo, con sus palabras, todo el rencor y la rabia que se habían acumulado en él a lo largo de aquellos tres años—. De ello se ocupan ya todos los patriarcas, archimandritas, exarcas, metropolitanos y otros episcopi, *con sus iglesias que se combaten unas a otras hasta la muerte. ¡La tan cantada y gloriosa* Hierosolima... *—dijo, y se puso furioso— no es más que un montón de basura reunida por una escoba, una mezcla de hojas marchitas caídas del árbol de la vida! ¡Es el último refugio de todos aquellos a los que Dios ha dado la espalda, los que se ven confundidos por el Espíritu Santo, los pérfidos devotos y los criminales iluminados, los flagelantes y los castrados! ¡Se sientan sobre las columnas, se arrastran dentro de las cuevas, copulan como perros callejeros o se castran entre exclamaciones de júbilo!*

—Sin embargo —objeté yo, tímidamente—, el mismo lugar

puede representar el cielo de todos los que se han sumergido en la disciplina del silencio.

—¡Emanaciones del infierno! —se burló mi señor Gerald—. ¡Hogar corrupto de todos los gnósticos maniqueos, da igual que se insulten mutuamente llamándose los unos a los otros mesalianos, priscilianistas o sarabaítas! ¡Son adoradores del fuego, derviches danzantes! ¡Adeptos de cultos diabólicos o de migraciones herejes de las almas! —Había alzado mucho la voz en esas últimas palabras, y nosotros acabábamos de llegar delante de la huella del casco en la roca desde donde el Profeta partió al cielo una noche con su caballo. En eso, una figura vestida de blanco y luminosa se abalanzó sobre nosotros : ¡Era Mansur! Yo estaba seguro de que no podría contarlo más entre los vivos. Sin embargo, ese caballero mostraba la misma estatura, llevaba el mismo caftán desahogado, y hasta la manera en que llevaba enrollado el turbante en torno al casco era la misma: la imagen del primer encuentro con ese leproso se me había grabado como al fuego. En el fajín llevaba la misma cimitarra, y eso acabó por despejar mis últimas dudas, un arma muy valiosa con incrustaciones como la que llevaba Mansur entonces. Yo debí de haberme quedado mirando, fascinado, a aquella valiosa pieza, pues el emir se la sacó de la funda y me la entregó.

—¡Por favor, aceptad esta arma como un regalo! —dijo el hombre, con una voz que no podía salir de una boca enferma—. ¡Saber que está en vuestras manos, Rinat de Sitten, también hubiera contentado a mi noble padre, el venerable León! —Y diciendo esto, se quitó la redecilla de la cara. Se me cortó el aliento: vi allí el rostro de un jovencito de una belleza sobrenatural, bajo sus sedosos párpados vi los ojos de color azul intenso del anciano León, al que el joven había llamado su «noble padre». ¡Si no se trataba de un milagro inexplicable de la medicina y de las fuerzas autocurativas del cuerpo humano, entonces la persona que tenía delante era el hermano gemelo de Mansur! ¡Un ángel, un arcángel con una espada de fuego!

Temblando de excitación, respondí:

—¡Perdonadme, pero mucho más que la posesión de esta valiosa arma, lo que añoro es regresar sano y salvo a mi patria! ¡Ayudadme a mí y a mi compañero, a llegar al mar, a conseguir un barco, y os voy a...!

En ese punto, el joven me interrumpió, sonriente:

—Podéis llamarme príncipe Treizevel, y tened mi palabra

de que daría mi vida por ello, sólo por el amor que mi padre os profesaba. —Dicho esto, volvió a guardar la cimitarra cuidadosamente, y en ese momento se dirigió a mi señor Gerald—. Vos sois mi testigo: ¡llevo esta espada sólo porque ha sido confiada a unas manos fieles, pero su legítimo dueño es el caballero Rinat de Sitten!

Me sentí impotente ante esa manera tan noble de obsequiar y sentí, además, que estaba en deuda con él, al haberlo responsabilizado con la labor de sacarme de Jerusalén. Casi me pareció un salvador, sin embargo, su ofrecimiento de confiarnos a los dos un secreto muy valioso antes de nuestra partida, un secreto que estaba oculto allí, en el monte del Templo, o mejor dicho, enterrado en el monte del Templo, y esperaba ser sacado a la luz por un grupo de osados caballeros cristianos. Sin embargo, eso fue todo lo que nos contó, no quiso adelantarnos nada más. A la mañana siguiente, debíamos reunirnos allí antes de que saliera el sol, dijo, recalcando mucho ese «antes»; él nos describiría el lugar, pero en ese momento debíamos seguirlo sin llamar la atención, pues quería evitar que alguien que tal vez estuviera observándonos sospechase nada.

—Revelar un secreto —dijo Treizevel— es a los ojos de muchos un proceder punible —añadió y sonrió con superioridad—. La envergadura del misterio para el que sólo pretendo entregaros la llave, poniéndoos en la mano la revelación del mismo, tiene que ser enorme. ¿Por qué, si no, esas fuerzas que se presentan como sus guardianes, amenazarían con muertes horribles a cualquiera que intentara aproximarse? —añadió con tono algo burlón—. ¡Pues porque ellas mismas no están en condiciones de convertir ese secreto en algo útil para sus propios fines! ¡La fuerza sagrada de ese misterio permanece oculta para esos poderes!

Caminamos hasta la mezquita de Al-Aqsa haciendo todo lo posible por no llamar la atención. Mis ojos escudriñaron el camino hasta allí, buscando a los encapuchados, pues no me hubiese sorprendido que aparecieran de pronto por alguna parte. Por eso me sentí aliviado cuando entramos en la oscuridad crepuscular de las llamadas Caballerizas de Salomón. Treizevel nos condujo a través de la planta baja, sostenida por enormes pilares; la luz del exterior penetraba allí dentro, porque una parte de la muralla sobre la que se apoyaba la mezquita se había derrumbado. Protegida por una fuerte barricada de tablo-

nes, una escalera desvencijada y de aspecto insignificante conducía hasta las profundidades.

—Mañana encontraréis abierto este acceso —dijo Treizevel y nos apartó de inmediato de aquella abertura—; cuando hayáis recorrido doce escalones, os toparéis con un hilo rojo de lana, y ese hilo os llevará hasta el lugar donde yo os estaré esperando. ¡Sed puntuales, os lo pido! —Aquello último, ¿había sido una súplica? Tal vez me hubiera equivocado, porque el príncipe Treizevel mantuvo su máscara fría y algo burlona hasta que se despidió de nosotros—. Todo depende de que se haga en el momento justo, ¡del mismo modo que el movimiento de los astros sólo admite una coniunctio maxima*!*

Abandonamos el sótano de la mezquita; el príncipe caminó hasta donde estaba su caballo sin mirarnos ni una sola vez. También nosotros nos separamos, porque a mi señor aquel encuentro lo había agotado, y tenía que dormir en casa de Sarah. Entonces yo me dispuse, por fin, a buscar a Pedro, el horrendo eremita. ¡Tal vez lo único que tuviera que hacer fuera seguir mi olfato!

En el castillo de Sión, los recién llegados participantes en la reunión convocada por Remy d'Aretin habían escuchado con atención la continuación del relato sobre su viaje a Jerusalén contado por el protagonista, Rinat de Sitten, y se apresuraban a salir, charlando vivamente unos con otros, al patio de la fortaleza. Pero lo que en realidad los movía era el caprichoso anuncio hecho por la señora del castillo, Cantar, de que ese día no habría comida al mediodía; los invitados tendrían que consolar sus rugientes estómagos hasta última hora de la tarde, cuando ella, en compañía de su querida prima, Elgaine de Gisors, pretendía invitar a todos los presentes a una «cena de amor».

—Sea lo que sea eso en cuanto al menú —gruñó el malhumorado sire De Craon, dirigiéndose al hasta entonces para él desconocido caballero Godefroy de Saint-Omer—, preferiría que me pusieran delante ahora mismo un buen trozo de jamón ahumado de montaña, y una jarra de buen tinto.

—Me duele veros sufrir por hambre, mi buen amigo —respondió Godefroy cortésmente—, pero en este caso deberíais prepararos para una especie de alimento espiritual, y para ello el mejor preparativo es quizá tener el estómago vacío.

—¡¿Queréis decir que tampoco después tendremos nada sólido?! —preguntó el desconcertado De Craon, resoplando.

Godefroy se encogió de hombros y no reprimió una sonrisa moderada ante la visión de aquel hombre que sufría tan cruelmente. De mal humor, el Sire se alejó.

Justo en ese momento, dos recién llegados guiaban por la nieve a sus caballos, a través del portón de la entrada. Ambos bajaron y fueron ante Elgaine y Pons. Eran los señores Balduino de LeBourg y el joven André de Montbard, al que Pons se dirigió de inmediato soltando un grito de alegría.

—¡Pensé que ya no vendríais, querido André! —lo saludó Elgaine—. ¡Después de todos esos viajes que os habíais propuesto hacer!

—Pues el más distante era precisamente al profundo bosque de las Ardenas —respondió André, lanzando hacia lo alto a Pons, luego lo capturó en su caída y lo puso ante los pies de Balduino—, adonde fui en busca del amigo Balduino, al que tuve que rastrear como a un huidizo unicornio...

—¡No puede ser!

—Lo ves, Pons, lo tienes delante, ¡un auténtico y raro unicornio!

Conon se acercó y puso una de sus manazas en el hombro de su hermosa esposa.

—Para mí, esa criatura de fábula no es nunca masculina —comentó, inmiscuyéndose en la conversación—, siempre me la imagino como una cierva que huye, una figura irreal, de cuento de hadas.

—Como vuestra madre, Melusina, que se ha convertido en una leyenda —dijo Elgaine, sonriéndole a él y a Balduino. Tras una breve vacilación, Conon retomó el hilo y pensó: «¿Quién aquí no está emparentado con alguien de los presentes?»

—En el fondo, tenemos en espíritu, entre nosotros, a otro hijo de esa singular *donna venerabilis*.

—¿Os referís a vuestro gemelo de Lecce?

—¡No! —respondió Conon, inseguro por un instante—. ¡A ése menos que a nadie! —dijo, y le lanzó a Balduino un guiño cómplice—. Pero no quiero torturaros más con este enigma: ¡su fiel escudero Rinat va a dejarnos escuchar ahora las misteriosas aventuras de Gerald de Öxfeld en la lejana *Hierosolima*!

Primera parte del cuarto relato de Rinat

Cuando, al anochecer, regresé a la casa de Sarah de Beth-Seba, ya había encontrado a Pedro de Amiens, gracias a la suerte y la perseverancia, y vi a mi señor Gerald sumido de nuevo en una encendida discusión con la señora de la casa.

Había encontrado el rastro del ermitaño en aquella taberna de la que él mismo me había hablado con tanto entusiasmo y añoranza durante el tiempo que pasamos juntos en el calabozo. Aquel cuchitril, levantado dentro de un edificio derruido, todo armado con tablas, tenía el nombre de El Último Clavo. Allí, aquel hombre horroroso tenía su corte, y apenas me vio hizo que sus compañeros de borrachera me dieran vivas y hurras, obligándome a vaciar con ellos una jarra entera de vino tinto, antes de escuchar cuál era el propósito de mi visita. La perspectiva de llevar a cabo aquel bautismo cristiano lo entusiasmó, y a punto estuvo de salir corriendo conmigo hacia el lugar de la ceremonia. Fue precisa una ardua labor de convencimiento para hacerle entender que para realizar una labor como aquélla, lo mejor era que se aseara un poco y se pusiera ropa limpia. Pedro me prometió y me juró que a partir de ese momento renunciaría al vino, que se acicalaría como era debido y que llegaría puntualmente al sitio indicado.

En ese momento, pues, el mauclerc *estaba allí, seguía estando borracho, pero por lo menos llevaba puesta una sotana casi sin manchas, de color marfil, y había recogido su alborotado pelo con una cinta sobre la frente. Vociferando, atosigó a la dama de la casa diciéndole lo importante y devoto que era dar a la niña el sacramento del bautismo, para que, en caso de una muerte repentina, no fuera a parar al infierno por vivir en horrible pecado. La señora Sarah estaba a punto de estallar, así que mandó a la hija, que no paraba de llorar, con una de las criadas y le explicó al hombre —y también a mí, sorprendentemente— que no estaba dispuesta a consumar el acto del bautismo allí en su casa, sino que debía tener lugar en la venerable fuente de Salomón, debajo de la mezquita situada sobre el monte del Templo. De nada sirvió que los dos la miráramos sacudiendo las cabezas, en un gesto de incredulidad, como si jamás hubiéramos oído hablar de aquel lugar, y mucho menos hubiésemos pisado alguna vez las caballerizas del gran rey.*

LA CENA DE AMOR

Por deseo expreso de todos los impacientes, tanto de aquellos que querían saber cómo continuaba la historia como de los que no querían esperar más tiempo para comer, Cantar le pidio al escudero que, mientras se efectuaba la comida, entre plato y plato, continuara con la lectura de su relato. Sin embargo, para decepción de la señora de Sión, no acababa de cuajar la atmósfera festiva, pues eran demasiado distintos los caracteres que se habían reunido allí de manera inesperada, y el ambiente, además, estaba demasiado tenso. A ello se añadía el hecho de que la elección de los platos que ella había hecho servir no se correspondían con los gustos de todos. A ojos de la anfitriona, eran los pescados más deliciosos que ofrecían los lagos de montaña, el Ródano y los arroyos que desembocaban en él: truchas, salmones, salvelinos, y los pescadores habían conseguido incluso pescar un magnífico ejemplar del raro esturión y otro de un gran siluro. Elgaine, que había viajado mucho y conocía a fondo las especias de Oriente, había supervisado en persona la preparación de las distintas salsas, desde el aceite exprimido en frío de la aceituna mediterránea hasta el vinagre balsámico de color oscuro, hecho a partir de vino, a veces mezclado con *cipolla* o con hinojo, a veces con unos granitos machacados de comino o de enebrina, setas conservadas en miel o frutos secos molidos, frutas ácidas del bosque o hierbas aromáticas picadas, recogidas en los prados. ¡Una delicia para el paladar y la nariz! A uno se le hacía la boca agua.

Todas esas salsas esperaban en unos cuencos puestos

sobre la larga mesa. Un vino blanco seco del país, del valle del Ródano, ya estaba listo en sus jarras, y entre ellas, en unos cazos de barro, estaban los rosáceos filetes de los pescados, apetitosamente cortados en trozos adecuados al tamaño de la boca, pero... ¡crudos! Y eso asustó a la mayoría de los comensales. ¡A algunos, incluso, les dio asco! Era cierto que había allí, listos, unos largos pinchos, con los cuales podía cocinar su trozo en unas brasas allí dispuestas cualquiera que no fuera demasiado tonto, antes de hundirlo en la salsa de su gusto y digerirlo en el estado que le apetecía.

—¡Esto ya lo veía venir! —vociferó sire De Craon, bien alto para que todos lo oyesen—. ¡Es lo que pasa cuando la cocina se deja en manos de las mujeres!

—¿Es que no os gusta el pescado? —preguntó Elgaine en tono despectivo y preocupado.

—¡Claro que sí! —gruñó De Craon—. ¡Los viernes! ¡Y cocinado!

—Pues hasta entonces podéis manteneros a base de vino blanco —lo atacó entonces Montbard, que se sintió animado con aquel intercambio de golpes y añadió con autosuficiencia—: ¡Y este valle, con sus pendientes rocosas, tiene unos vinos de muy buena calidad!

—¡Bah! ¡El Valais! —resopló De Craon, y respondió a su joven compatriota—: ¡Vos os merecéis el tinto que cultivan en esta fortaleza!

Cantar le hizo entonces una señal a Rinat para que continuara con su lectura.

Segunda parte del cuarto relato de Rinat

—¡Bueno! ¡Ya habéis conocido a mi señor hermano el «príncipe Treizevel»! —rió Sarah burlonamente—. ¿No iréis a venirme ahora con el cuento de que os ha convencido para ir allí y que les ayudéis a desenterrar su tesoro?

Nosotros lo negamos con firmeza, pero no nos eximió de que nos restregaran por las narices una exacta descripción del lugar que el príncipe había querido mostrarnos esa mañana.

—Es la alberca en la que los verdugos —dijo Sarah, echando una ojeada maliciosa a nuestro sacerdote— purificaron el cuerpo sucio de Jesús de Nazaret, antes de llevarlo ante Poncio Pilatos.

De nada sirvió que jurásemos que no conocíamos la alberca ni habíamos oído hablar nunca de ella. Allí, y sólo allí, podría recibir su hija el bautismo cristiano.

—¡Pero no será ahora, en plena noche! —objetó nuestro cura, asustado—. ¡Eso me resulta espeluznante! —dijo e hizo tres veces la señal de la cruz y cruzó todos los dedos para espantar a todos los demonios.

—¿Antes de que vuestro hombre de Dios se cague en los pantalones? —le dijo Sarah al señor Gerald—. ¡Por mí podéis dejar pasar esta noche!

Pedro de Amiens respiró aliviado. La enfadada mujer nos encargó entonces a mi señor Gerald y a mí que fuéramos allí bien temprano para prepararlo todo. Deseaba que la ceremonia de su hija fuera muy digna.

Miré hacia abajo, por la ventana de la casa, y me quedé contemplando el movimiento de la calle al atardecer. Con horror vi que una comitiva de encapuchados pasaba en una lenta procesión. Puesto que la oscuridad ya se cernía sobre la ciudad de Jerusalén, ellos habían encendido sus antorchas, y eso hacía que sus negras ranuras para los ojos inspiraran un mayor terror. Me alegré de que, aparte de mí, nadie más hubiera visto aquella perturbadora imagen. Mi señor Gerald ya se había echado a descansar, agotado como estaba de tantas peleas, y Pedro el Ermitaño *sólo sentía un deseo, bastante comprensible por cierto: no tener que pasar la noche en aquella casa, sino de juerga en El Último Clavo. Me juró por toda su parentela que estaría en las Caballerizas de Salomón cuando saliera el sol. Yo, por mi parte, no me atreví a echarme a descansar, pues tenía miedo a levantarme tarde. Así que subí a la azotea de la casa y, después de mucho tiempo, me ejercité de nuevo en el arte de contemplar el paso de las horas. ¡Además de eso, allí arriba, la estentórea llamada del muecín para el* Salat al fadjr *me sería útil para no entregarme a los brazos de Morfeo!*

Todavía era noche cerrada cuando fui a despertar a mi señor Gerald para sacarlo de la cama que compartía con la señora Sarah. Ella le había dado la espalda e hizo como si no quisiera enterarse de mis esfuerzos por despertarlo. Poco después, ya caminábamos por la calle. Yo estaba sorprendido y feliz a la vez por tener a mi señor a mi lado.

—¿Pensáis, Rinat, que lo que ahí me aguarda es la muerte?

—me preguntó en un susurro, como si esa mujer omnipresente pudiera oírnos—. Yo, sin embargo, prefiero un final con horror a esta manera de morir lenta, a causa de la enfermedad. —Me habló entonces de la apatía de su espíritu, que estaba como paralizado, un estado al que lo había arrojado la propia Sarah de Beth-Seba, a cuyo lado no podía imaginarse viviendo ni un día más, mucho menos pensar en meses y años, o en un matrimonio llevado hasta una edad avanzada.

¡Ni siquiera escuchó mi alusión a su inestable estado de salud! ¡Para él, nuestra huida era una cosa hecha!

El cardenal legado Remy d'Aretin no tomó parte en la cena de amor de los caballeros, ni tampoco lo hicieron su *adlatus* Guy d'Abreyville ni los dos monjes benedictinos *Angelus* y *Vocator*, quienes más lo lamentaron. El *Caput canis* los había convocado al despacho del castillo para dictarles un discurso que pensaba dar ante todas las personas reunidas en Sión. Ésa iba a ser la primera parte del trabajo que tendrían que hacer, la más urgente. Luego *—autem propere atque velociter—* podían correr abajo, a la sala de ceremonias, y sentarse a la mesa para atiborrarse de comida, ¡en el caso de que los señores caballeros les hubieran dejado algo! Después del banquete, debían regresar de inmediato a su despacho, pues era preciso redactar otro discurso para Su Santidad, que éste tendría que pronunciar próximamente en el concilio programado en Clermont.

—Y ahora, primero que nada, lo obvio: la obligación de los elegidos de forjar una comunidad de caballeros que apoye incondicionalmente en todas las circunstancias, aun en adversidades desconocidas, la causa de la Iglesia y del papa. ¿Qué opináis de esto, señor *adlatus*?

Guy no tuvo que pensárselo demasiado.

—Para forjar se necesita un martillo —respondió, cauteloso—, y éste queda perfectamente representado por la figura del *Caput canis*, pero ¿dónde está el yunque?

—¡El yunque sólo puede ser Tierra Santa, la sagrada Jerusalén!

—¡De modo que tendréis que entregar el martillo...! ¡O es que pretendéis uniros *in personam* a ese ejército? ¡No! —exclamó Guy, respondiendo él mismo la pregunta—. ¡Por ello, la imagen de la forja no me parece la más apropiada!

—¡Sois un buen artesano, Guy, os echaré de menos, pero no esperéis que os entregue un martillo, ni siquiera uno pequeño, cuando sea necesario encontrar una sutil herramienta divina!

—¡De poco me serviría! Ahí abajo habéis reunido con mucho tino y sutileza a esos caballeros, los cuales (¿y quién si no ellos?) son sin duda los más adecuados para esta misión tan especial.

—¿Pero...? —El *Caput canis* no soltaba prenda, quería conocer la última objeción.

—La cuerda de acero, el collar de púas que mantiene unidos a esos señores, como una manada de perros de raza, tiene que haber sido forjada al mismo tiempo con tal delicadeza que parezca un cabello, el cabello de un ángel, pues debe atar también sus corazones...

—¡Excelente imagen! —lo alabó su maestro y en seguida anotó la idea—. Esos caballeros tienen que aprender a desarrollar su *impetus* a partir de un anhelo espiritual y saber conducirse a sí mismos. ¡En ese caso, se volverían invencibles!

—¡Aunque también, quizá, indomables!

Remy miró a su sabio discípulo largamente y con expresión pensativa.

—Mala cosa sería que esa comunidad que hay que crear se haga según vuestro modelo, si bien luego...

—¡... enseñarían al mundo a temer! —añadió Guy, sonriendo con sarcasmo e inclinándose ante su amo y maestro.

Remy d'Aretin mostró una sonrisa forzada.

—Será mejor que ahora, Guy, bajéis ahí y escuchéis por mí cómo se va desarrollando el ambiente. Tal vez consigáis enteraros de cómo acaba el cuento de hadas de Rinat y si nosotros, aunque no aprendamos nada nuevo, podemos sacar algo útil de todo ello.

Con esas palabras, Remy d'Aretin despidió a su *adlatus*, y de inmediato el cardenal se volvió hacia donde estaban los monjes:

—¡Este perro talentoso es capaz de agriarme el humor, y lo hace justo cuando tengo que hacer acopio de toda mi energía para concentrarla en lo que me resulta ahora inminente!

DEL TEMPLO DE SALOMÓN

Última parte del cuarto relato de Rinat

Corrimos al monte del Templo y entramos de inmediato en las Caballerizas del rey Salomón, como se conoce vulgarmente el sótano de la mezquita de Al-Aqsa. El enorme recinto de columnas estaba abierto día y noche y no contaba con vigilancia. Los tablones que bloqueaban antes la entrada de la escalera habían sido retirados. Encendimos las antorchas que llevábamos y fuimos bajando los peldaños con cautela, hasta llegar abajo, a la negra oscuridad. Cuando llegamos al duodécimo escalón, nos topamos con un hilo rojo de lana atado en un extremo a una piedra. Estaba tan finamente hilado que cualquier desprevenido podía pasarlo por alto fácilmente. A mí, sin embargo, su luminoso zigzagueo me trajo a la mente la desagradable imagen de un hilillo de sangre recién derramada. La escalera estaba cubierta de trozos de piedra y acababa en una enorme bóveda cuya altura y extensión no se podía determinar a la luz escasa de nuestras antorchas. Moviéndonos a tientas, lentamente, entre las piedras que yacían por todas partes, seguimos el rastro del hilo rojo, que nos iba conduciendo cada vez más hacia las entrañas de aquel extraño universo. Mi señor Gerald, que avanzaba detrás de mí, me tiró de la manga: delante de nosotros, con un brillo opaco, como si fuese de granito negro, se alzaba un cubo de piedra totalmente pulido, tan pesado y enorme, que era imposible pensar que la mano del hombre hubiera tenido algo que ver en su confección. Parecía recién caído del cielo, como si hubiera quebrantado el techo y, con su fuerza descomunal, se hubiera enterrado profundamente en la roca de aquella catacumba. Esa impresión quedaba además reforzada porque estaba ladeado, y de hecho, el borde, ligeramente elevado desde nuestro punto de vista, hacía imposible echar una ojeada a la fuente. No obstante, aquel bloque de granito debía ser parte de la fuente. Nosotros contuvimos el aliento: en medio del silencio, podía escucharse con claridad el goteo del agua. ¿O es que eran imaginaciones mías? Yo tropecé y choqué con la cimitarra que no habíamos visto bajo la sombra de los trozos de piedra dispersos por allí, la cual golpeó contra las rocas emitiendo un sonido metálico. Mi señor Gerald iluminó la espada con la luz de su antorcha: ¡estaba ensangrentada! ¡Tenía manchas de una sangre oscura y pegajosa!

Estremecidos por el pánico, saltamos hacia adelante, junto al borde del bloque de granito. La superficie de la fuente estaba lisa como un espejo, pero a la luz titilante de las antorchas vimos el cuerpo de Treizevel, que flotaba en el agua teñida de un rojo intenso. ¡Le faltaba la cabeza!

No sabría decir cuánto tiempo estuvimos mi señor Gerald y yo de pie, en silencio, delante de aquel sarcófago de agua del príncipe. A través de la abertura del muro hacia el lado este, entraban ya los primeros resplandores dudosos del astro de la mañana. Para mí, aquella luz convertía el lugar de los hechos en un sitio encantado. Mi señor Gerald, en silencio, me extendió la cimitarra, y yo intenté en vano colocársela sobre el torso, pero el arma se resbaló y fue a parar a las profundidades de la alberca. Me pareció entonces que había llegado el momento justo para devolverle a mi señor Gerald definitivamente la mezuzá que tan lealmente yo había traído hasta allí.

—Nadie aquí merece ser alertado —murmuró mi señor—, sobre todo acerca de lo que va a suceder.

Amargado, arrojó el estuche de plata en el espejo de la alberca. Y ése fue justo el momento en que apareció al final de la escalera, agitado, sudado y, por supuesto, todavía borracho, Pedro el Ermitaño. Le ahorramos que tuviera que presenciar aquello, pero sólo por el mero hecho de no tener que vernos de nuevo bajo un aluvión de acusaciones, improperios y las habituales indecencias; por eso le dijimos brevemente que se había suspendido el bautismo y que habíamos acordado abrirnos paso hasta el mar, sin siquiera visitar antes la casa de Sarah, y ponernos a buscar un barco.

—Pues creo que yo tengo uno —nos hizo saber de inmedia-

to Pedro de Amiens—. ¡Sólo que alguien ha de meter la mano en la bolsa del dinero!

Mi señor Gerald suspiró y, con un gesto de asentimiento, dio a entender que estaba de acuerdo.

No había tranquilidad en Sión, aunque era la última hora de la tarde. Tras las últimas palabras de Rinat de Sitten, los oyentes tuvieron la sensación de haber oído hablar de una Jerusalén que ellos jamás habían podido imaginar. No fue indignación lo que se extendió por la larga mesa de los caballeros, sino más bien desgana, apatía. Aquello era un adiós a las imágenes de los cuentos con las que habían crecido que nunca se habían cuestionado. Con enfado, buscaron un último bocado de pescado, se sentían como si les hubiesen arrancado la piel del cuerpo y hubieran metido sus carnes crudas en alguna de aquellas salsas amargas, picantes, putrefactas o fermentadas. En su malestar, muchos se aferraron al antes menospreciado vino del Valais, brindando mutuamente a la salud de los otros, murmurando o en silencio. Les faltaban los argumentos para rebelarse abiertamente, y su reconocida ignorancia los paralizaba.

La atmósfera letárgica de los hombres en la gran sala de ceremonias del castillo mostraba un marcado contraste con la actividad agitada y alegre que desplegaban las mujeres a su alrededor. Bajo la dirección de Elgaine, asistidas por la experimentada ama de llaves Erma di Toano, las criadas cargaban los fardos de tela hacia las dependencias de servicio, donde eran recibidos por mujeres duchas en el arte de coser. La antigua monja de clausura se sentía en su elemento cuando instigaba a trabajar a las chicas, que no paraban de sudar y resoplar. Pero también los hombres de la plebe, todos los siervos y sirvientes, quedaron enyuntados a aquella vorágine de preparativos para el gran acontecimiento que nadie conocía ni los fines para los que serviría, pero que, a pesar de todos los enigmas y acertijos, tendría una importancia de la que nadie se atrevía a dudar. También en la forja del castillo ardía el fuego, iluminando la noche, mientras los martillazos resonaban con un ritmo cristalino. En los patios de la fortaleza, iluminados por las antorchas, predominaba una excitación alegre y expectante, y el melódico canto de las criadas resonaba por los muros.

Cuando *Angelus vigilans* y *Vocator diaboli* salieron de la cocina —donde las cocineras les habían servido abundantemente de todas las cosas deliciosas que regresaron intactas de donde comían los caballeros— para regresar a toda prisa donde estaba Remy, tal y como era su deber, se tropezaron por el camino con Cantar. El cardenal legado en persona la había acompañado hasta la puerta, y por lo visto la señora del castillo había recibido unas últimas instrucciones, porque un callado gesto de asentimiento de ambos evidenciaba algún acuerdo conspirador.

Además, Cantar había conducido hasta el cardenal a un huésped que había llegado con cierto retraso. Hugues de Payens, quien, pasando inadvertido en medio de aquella vorágine, había llegado al castillo cuando empezaba a oscurecer, y era un hombre callado y de aspecto muy reflexivo. El *Caput canis* pareció sumamente aliviado al verle llegar, algo que, por lo visto, había estado esperando con urgencia.

—¿Sigue todo como lo acordamos? —quiso asegurarse Remy de inmediato, con su característico proceder expeditivo.

—¡No sabría decir qué puede impedir que me siga ateniendo a ello! —respondió Hugues. Y para tranquilizar al *Caput canis*, quien estaba bajo una visible tensión, pasó de inmediato a los detalles prácticos—. ¿Han venido todos?

Remy asintió.

—Con vos, Hugues de Payens, está completo el grupo —dijo el cardenal, y le indicó con un gesto que se sentara—. La verdad es que me había imaginado que el círculo de los elegidos iba a ser un poco más homogéneo —le reveló el *Caput canis*, al tiempo que le servía a Hugues un vaso del vino que había en una jarra—. Bien mirado, tenemos aquí a un grupo de personas que no puede ser más variopinto y que tampoco será tan fácil de controlar.

Hugues de Payens bebió de su vaso y se levantó.

—La variedad me parece atractiva, pero precisamente por eso desearía que me elijan por propia voluntad y convencimiento como *primus inter pares*.

—Yo haré que lo hagan —respondió Remy—, ¡y no creo que ninguno falle!

—Bien —dijo el señor Hugues—, ¡ahora quisiera bajar y

presentarme a esos señores, pues no conozco personalmente a ninguno de ellos!

—En realidad, se conocen muy poco entre ellos, son unos extraños... ¡Con excepción de Conon! —Remy reflexionó brevemente. Tal vez no fuera inteligente exponer aún más al héroe de Béthune, por lo menos no más de lo que su fama ya lo hacía—. ¡Lo mejor es que os apoyéis en mi *adlatus*, Guy d'Abreyville! ¡Lo reconoceréis por su cabello rubio ceniza!

Hugues de Payens salió de la habitación del nuncio de Su Santidad. El cardenal legado se dirigió de inmediato a los dos cronistas.

—¡Y ahora, afilad rápidamente esas plumas, señores míos!

En la sala del banquete se había formado un corro de personas alrededor de Rinat de Sitten; muchos caballeros —como el joven Montbard o Godefroy de Saint-Omer—, habían quedado fascinados con aquella tremenda historia. Balduino de LeBourg también se les unió. Sin embargo, el que se erigió en portavoz de todos fue André.

—¿Y a qué secreto, a qué tesoro escondido podía aludir el tal Mansur?

—¡Eso! ¿Un tesoro cuya revelación ha de corresponder a caballeros cristianos? —completó con los ojos brillantes el caballero Godefroy.

Balduino intentó apaciguar la excitación en aumento:

—¡Pues el hecho de hablar de él lo pagó con la vida!

Hugues de Payens se acercó entonces al grupo.

—¿Y dónde se supone que debe revelarse ese misterio al elegido? —preguntó el recién llegado, dirigiéndose a Rinat, el narrador.

La enorme serenidad de aquel caballero más entrado en años, un hombre al que la mayoría no conocía, surtió su efecto sobre los curiosos. Conon fue el encargado de responder:

—Por lo que le he entendido a nuestro amigo Rinat... —el escudero sonrió, agradecido—, se trata del subsuelo de esa roca sobre la que una vez se alzaba el templo de Salomón. Sobre sus ruinas construyeron los musulmanes su mezquita.

—Y nosotros la derruiremos —terció a toda voz, sire De Craon—, la dejaremos de nuevo a ras del suelo... —Por lo visto, a ese caballero le había afectado más el vino que a los otros. Con actitud belicosa, continuó inflamándose— ...y luego construiremos allí la imponente catedral que...

—No lo creo —dijo Conon, que estaba dispuesto a recoger el guante, aunque el calmado Hugues de Payens le ahorró tal esfuerzo.

—¡Creo sinceramente —dijo éste, respondiendo a De Craon— que jamás deberíamos construir un edificio que honre a nuestro Señor sobre las ruinas de un profanado lugar de culto, es decir, sobre una casa dedicada a un dios!

A sire De Craon sólo se le atascó el habla por un momento.

—¡Una mezquita! ¡Una alfombra llena de chinches y piojos! —estalló—. ¡Y sobre ella debemos extender los traseros de esos vendedores de camellos!

Entonces André de Montbard tiró de aquel buscapleitos para alejarlo de Hugues y Conon, Godefroy se apresuró a llenar el vacío dejado por De Craon, con lo cual apartó del todo al aguafiestas.

—Unos caballeros cristianos como nosotros... —trató de graznar De Craon, pero se atragantó, ya que André le había alcanzado una jarra llena.

Hugues de Payens pasó por alto, con gesto soberano, aquel incidente, y se dirigió otra vez a Rinat.

—¡Si al menos en lo que atañe al secreto del Templo de Salomón se tratara de algo tangible! —dijo, dejando caer aquella idea entre los presentes—. ¿Acaso podría tratarse del Arca de la Alianza...?

—¿Y por qué no el mismísimo Grial? —intervino Conon con atrevimiento, y añadió, sin tener en cuenta la ceja levantada de su interlocutor—: ¡Sería lo más tremendo que podría descubrirse!

—¿Qué sabéis vos, Conon de Béthune, del Grial? —Aquella alusión no podía pasarse por alto, y Conon se alegró de que Godefroy saltara lleno de brío.

—¡Es una estrella, un astro caído del cielo!

—¡¿El escudero Rinat?! —preguntó desde la entrada uno de los guardias del portón. Rinat apresuró sus pasos hacia la puerta de dos batientes.

—¡Unos monjes del hospicio de San Bernardo han acompañado hasta aquí a vuestro señor, el caballero Gerald de Öxfeld!

Lleno de alegría por la magnífica noticia, Rinat bajó saltando la gran escalinata hasta llegar al patio. Conmovido, abrazó a su señor, apenas el hombre, todavía débil, se separó de las mantas que lo cubrían en aquella silla de viaje en la que lo habían traído. También el ama de llaves Erma se había apresurado a acudir, pues recordaba muy bien al joven caballero Gerald, quien había partido un día de Lerici en dirección a Jerusalén. Juntos metieron al caballero en unas parihuelas y lo llevaron al interior del castillo.

Pons, que había acompañado por curiosidad a los demás hasta la puerta de la fortaleza, regresó corriendo a la sala de ceremonias e informó a Conon de la inesperada llegada de Gerald. Rinat, normalmente tan locuaz, no había dicho ni una sola palabra para informarlos de que su señor no sólo había encontrado el camino de regreso desde Oriente, sino que había puesto rumbo a Sión: Mientras tanto, el escudero había estado cautivando a sus oyentes con el relato de sus vivencias. Pero a los presentes no les quedó mucho tiempo para comentar aquella llegada tan inesperada, pues de inmediato el *adlatus* del Cardenal Gris, Guy d'Abreyville, el ángel rubio, empezó a ir de un caballero a otro para hablar con ellos. Entre susurros, exhortaba a cada uno a que fuera encaminando sus pasos hacia el sótano del castillo, donde en apenas unos momentos tendría lugar la reunión secreta de los elegidos, a fin de cuentas el motivo por el que todos habían coincidido allí.

EL JURAMENTO DE LOS CABALLEROS

La bóveda de la sala situada en las profundidades de la fortaleza de Sión estaba sumida en la luz titilante de las antorchas fijadas en las columnas. Uno tras otro, fueron entrando los caballeros allí convocados. Unas doncellas de la señora del castillo les habían entregado en el pasillo unas amplias túnicas blancas que tenían que ponerse encima de la ropa. No mostraban el *signum* ni ningún otro ornamento, ejercían su efecto sólo gracias a su sencillez. Con paso moderado, en silencio, cada uno de ellos se fue dirigiendo hacia los puestos que les habían asignado en el semicírculo. Y sólo entonces se dieron cuenta de la existencia de la elevada galería en la que habían tomado asiento, frente a ellos, Elgaine de Gisors y Cantar de Sión. Las dos mujeres, que también llevaban túnicas blancas, se mostraban como dos estatuas, como las dos grandes sacerdotisas de un lejano templo. Miraban y justipreciaban a los que iban entrando, lo cual exoneraba a éstos del esfuerzo de tomar en cuenta la presencia de las mujeres con un gesto de la cabeza o con una sonrisa de familiaridad. Forzados a ello, los caballeros miraban en silencio hacia adelante. En el centro de la estancia, entre el trono de los dos principales y los bancos de piedra, se alzaba un altar circular de ladrillos cubierto con telas blancas. Sobre ellas había dos cuencos de plata, y de uno de ellos brotaba, a través de una mecha encendida, una llama azulosa. Entre los dos cuencos se erguía una sencilla cruz de hierro forjado. Los cronistas no pudieron determinar que ésta estuviera justo en el centro; la luz no alcanzaba para tanto.

En la semipenumbra estaba, además, ligeramente ladeado y casi detrás del escenario de los acontecimientos, el podio del cardenal legado del papa. Remy d'Aretin, arrodillado con la cabeza oculta entre las manos, sumido en la oración o en un profundo estado de meditación. Había situado a los dos cronistas junto a su banco de tal manera que éstos apenas podían verse en la oscuridad. Sólo dos pequeñas lámparas de aceite revelaban a los iniciados que estaban preparados para recoger el acta de aquella reunión. Un silencio expectante cubrió a los allí reunidos.

Tras un carraspeo del *Caput canis*, se alzó la voz clara de Elgaine.

—¡Es un privilegio! —exclamó, y sus palabras sonaron como un golpe de fanfarria—. Es un privilegio vuestro estar entre aquellos que han sido elegidos para escuchar, hoy y aquí, lo que nuestro común amigo os va a decir a través de la voz de Cantar. —Elgaine había hablado sin papel, y mientras decía aquellas palabras introductorias, su mirada había ido recorriendo los rostros de los caballeros. Era como una llamada a que abrieran sus corazones. Cantar, por el contrario, mantuvo la cabeza baja.

—¡Hermanos míos! —exclamó, para reclamar aún más la atención de todos, y empezó leyendo, con su hermosa voz grave, las palabras del pergamino que sostenía en las manos.

»¡Mis queridos hermanos! Antes de que este año tan rico en acontecimientos llegue a su fin, nuestro papa, *Sua Sanctitas Urbanus Secundus* hará un llamamiento para iniciar una cruzada de la cristiandad occidental en un concilio convocado precisamente a tal fin, cuyo propósito es la liberación del Santo Sepulcro y la restitución de los derechos de todos los que creen en Cristo a dar ilimitada profesión de fe de su creencia, a practicar el ejercicio de la misa y la dádiva de los sagrados sacramentos en toda la *Terra sancta*. Los musulmanes arrebataron Tierra Santa al Bizancio romano del este, les fue arrebatada a estos últimos por los adeptos del falso profeta Mahoma, quienes desde entonces se dedican a subyugar y oprimir a los habitantes cristianos. ¡Estamos ante una guerra santa!

»Un número considerable de importantes príncipes de Occidente se ha declarado dispuesto a llevar a cabo esta cruzada bajo el atento liderazgo del papa de Roma y de su

Ecclesia catholica hasta que se consiga el objetivo grato a Dios: la victoria.

»Algunos de los que marchen en ella se darán por satisfechos con alcanzar la salvación eterna de sus almas y la remisión de todos sus pecados, y regresarán. Pero es preciso temer también que muchos de los que se marchen a Tierra Santa hayan inscrito en sus estandartes el propósito de adquirir posesiones seculares allí, o que planeen conquistar algún reino en el vasto territorio situado entre Cilicia y el mar Rojo. Esos hombres reconocerán, ciertamente, la supremacía del Santo Padre en cuestiones relacionadas con la fe cristiana, pero no entregarán las posesiones conseguidas a la Iglesia. Con ello, no tendrán tampoco la obligación de ocuparse de la protección de la *Terra sancta*, ni de preservar los territorios conquistados en su conjunto ni en los sitios sagrados en particular. ¡Según la naturaleza humana, se ocuparán únicamente de defender o de ampliar su propio dominio! Y se hace necesario contrarrestar a tiempo esa previsible evolución de las cosas.

»La Iglesia necesita una hermandad unida de excelentes caballeros que se pongan incondicionalmente al servicio del papa, renunciando para ello a sus intereses personales o incluso dinásticos, renunciando a las riquezas y a la ampliación de su poder, y que ello se mantenga incluso más allá del tiempo que dure esta cruzada. Porque sólo después, cuando la masa de los conquistadores victoriosos, cargados con sus botines, regrese en tropel a casa, y sólo queden unos pocos para defender lo conseguido, nuestra sagrada Jerusalén, frente a la nueva embestida de nuestros enemigos, comenzará la verdadera labor ímproba que yo, en nombre del Santo Padre, espero y exijo de vosotros.

»¡La recompensa sólo puede ser el noble sentimiento de vuestra destacada actitud, el saber satisfactorio sobre el carácter único de vuestra abnegada participación, en un elevado servicio a Cristo y a la Virgen María! ¡Lo que hagáis, lo habréis hecho por amor a ellos! Sólo podéis estar seguros de que ese amor os será retribuido y de la aprobación de la Virgen ante nuestro padre divino.

»A mí me ha correspondido el honor de elegiros a vosotros. Y del mismo modo que os habéis reunido hoy aquí, así me imagino la célula nuclear de esa futura hermandad. No estáis sometidos a ninguna ley, salvo a las normas que vosotros mismos os impongáis. No debéis obediencia a nadie, salvo la que rendís al gran maestro elegido por vosotros mismos, y por encima de él sólo estará el papa en persona.

»En esa hermandad fundada por vosotros Su Santidad estará representada única y exclusivamente, por su propio deseo, en la figura del *Caput canis*, el siervo mayor y señor de los servicios secretos, designado por el propio *Pontifex maximus*, y a él debéis otorgar vuestro visto bueno con vuestro juramento. ¡Y seréis vosotros el brazo armado de esa institución internacional, que actúa absolutamente en secreto y que resulta tristemente necesaria!

»En correspondencia, todo lo que acordéis permanecerá también en secreto. Y para todo lo que hagáis, vuestra comunidad tendrá absoluta libertad de gozar de la fama y la gloria o de mantener la discreción del servicio, del mismo modo que vuestra alianza puede proceder de manera totalmente autónoma con vuestro patrimonio o con las riquezas que hayáis adquirido. ¡No tendréis que rendir cuentas a nadie, ni a reyes, ni a obispos ni a patriarcas, no tendréis que pagarles impuestos ni prestarles servicios en sus ejércitos! ¡El papa desea y está obligado a confiar ciegamente en vosotros, del mismo modo que podéis erigir vuestra plena confianza en Dios en el hecho de que él, jamás, apartará su mano protectora de vosotros!

»¡Ahora os corresponde demostrar que sois dignos de esa confianza depositada en vosotros, y que la osada esperanza del papa se legitima en el glorioso cumplimiento de su inspiración divina! *Gloria in excelsis deo!* ¡Amén!

Cantar había concluido la lectura del llamamiento, y Elgaine dejó que el silencio surgido a continuación surtiera su efecto. Era como si una luz radiante hubiera transfigurado aquella asamblea, antes de que Elgaine volviera a levantar su cristalina voz:

—Y ahora yo, por orden, según vaya sacándolos de ese cuenco, iré mencionando los nombres —la mujer ya se había levantado y se acercó al redondo altar situado en el centro—, porque, ante Dios, todos son iguales por sus méritos. —Y entonces, con la mirada fija en la cruz de hierro que se alzaba en medio del altar, Elgaine metió la mano en el segundo cuenco de plata—. El juramento se hará sin palabras, sólo es preciso tocar la cruz —añadió, para de inmediato mencionar al primer caballero cuyo nombre, escrito en un pequeño trozo de pergamino enrollado, había cogido del cuenco—: ¡Godefroy de Saint-Omer!

Entonces el caballero pegó un salto y se apresuró a poner su mano sobre la cruz. Permaneció un breve tiempo haciendo su silencioso juramento, antes de inclinarse delante de las damas y regresar a su sitio. Entonces Elgaine arrojó el billete con el nombre en el cuenco con la llama azul, que lo devoró, avivándose brevemente.

—¡Conon de Béthune! —Elgaine tuvo que hacer un esfuerzo extra, porque su voz empezó a temblar. Por un instante buscó los ojos de su marido, y sus miradas se encontraron en un gesto de entendimiento mutuo. Pero a la mujer ya le tocaba decir el nombre del siguiente.

—¡Balduino de LeBourg! —El antiguo sacerdote se sometió al solemne ritual del juramento con una actitud serena y calma.

—¡André de Montbard! —El joven caballero llegó incluso a tomar la cruz en su mano, y tuvo la osadía de obsequiar a Elgaine con una sonrisa juvenil. Ella tuvo que devolvérsela antes de entregar a las llamas el billete con su nombre.

—¡Roberto de Craon! —El viejo altanero no movió ni un músculo de la cara cuando agarró la cruz con ambas manos. Luego levantó la vista brevemente, como si quisiera besarla con los ojos cerrados. Se apartó con brusquedad de aquel pedazo de metal y regresó a su sitio.

—¡Guy d'Abreyville! —El hijo de Maurcade salió disparado como una flecha. Tocó la cruz con la punta de los dedos y se fue rápidamente. También su nombre fue consumido por las llamas, y de ese modo quedó otra vez oculto, sólo presente en la memoria de sus hermanos.

—¡Pons de Gisors! —Esta vez la voz de Elgaine sí que tembló en serio, cuando su hijo se levantó de su sitio al lado de Conon y caminó con paso solemne hasta el altar, donde su madre lo miró con un orgullo transfigurado por el amor. Pons quiso demostrar que era un digno caballero y apartó su mirada con gesto viril. Su puño pequeño rodeó el mango de la cruz, luego bajó los ojos y emprendió rápidamente la retirada. Por esa razón no vio cómo los ojos de su madre se llenaban de lágrimas.

—¡Hugues de Payens! —gritó la mujer con la voz entrecortada. El caballero de mayor edad entre los presentes le regaló una mirada tranquilizadora, luego puso su mano primero sobre la cruz y después sobre la de la mujer, antes de regresar a su puesto con la cabeza baja.

Cuando Elgaine llegó al último nombre que había en el cuenco plateado, el de Gerald de Öxfeld, éste se puso en pie y dijo con la voz quebrada:

—Como podéis ver todos vosotros, estimados hermanos, ya no poseo las fuerzas necesarias para servir a esta hermandad a la que tanto me gustaría pertenecer, de todo corazón. —Tuvo que tomar aire, antes de continuar, haciendo un esfuerzo considerable—: Por eso, cedo el puesto que tan honrosamente me han dado, si es que estas nobles damas lo permiten, a un digno candidato que hará su aparición en el momento oportuno. —A pesar del involuntario murmullo de sire De Craon, Cantar respondió, tras un breve intercambio de miradas con Remy d'Aretin, que ella aceptaba esa solución. Y lo mismo hizo con la propuesta de Balduino, quien anunció con absoluta franqueza que cedería su puesto entre los elegidos en cualquier momento a favor de su primo Godofredo de Bouillon, cuando éste lo deseara. Esta propuesta fue aceptada por todos con aplausos. Pero entonces se alzó la voz de protesta de sire De Craon; su rencor se había ido acumulando desde que Pons de Gisors había hecho su juramento.

—¿Cómo puede ser que un chico que todavía está bajo tutela, un niño —bramó— pueda ocupar un puesto entre tan selectos caballeros?

Elgaine se quedó sin habla, Conon se había puesto en pie de un salto y se había plantado, con gesto amenazador, delante de Roberto de Craon.

—Ni os atreváis —le espetó, pero en eso, con un potente «*Silentium!*», el *Caput canis*, que hasta entonces había permanecido callado, dejó oír su voz tronante en toda la sala.

—La objeción de sire De Craon no debe desoírse —dijo con tono conciliador—. Su elección es concebible en un futuro no demasiado lejano, pero de facto, *facilitatem non habet*.

—¡Yo podría presentarme en su lugar! —gritó Rinat de Sitten, que hasta entonces se había mantenido en un segundo plano.

—¡Ja! —se burló de inmediato sire De Craon—. Ahora,

hasta los escuderos se atreven a abrir sus hocicos en esta reunión...

—¡Os equivocáis, De Craon! —lo cortó, como un latigazo, Cantar de Sión, impidiéndole cualquier otra difamación—. ¡El conde Rinat de Sitten es tan caballero como vos, aun cuando haya preferido, durante toda su vida, estar al servicio, como escudero, de distintos señores! ¡Creo que su propuesta es acertada y uso mi derecho para dar mi visto bueno a la misma!

Rinat agarró la cruz y se inclinó delante de Elgaine.

—¡Será hasta que vuestro hijo sea nombrado caballero!

—No será necesario —gruñó Remy d'Aretin, que se iba acercando—. Las cosas no quedarán entre los que hoy han hecho el juramento. La hermandad que ahora se funda tendrá que acoger en sus filas muchas manos fuertes y, sobre todo, muchas mentes preclaras, si es que quiere alcanzar sus objetivos a largo plazo.

Entonces tomó la palabra Guy d'Abreyville.

—Se ha demostrado —dijo con sorna— que este joven colectivo necesita, sin más dilaciones, un gran maestro. —El arcángel rubio miró a su alrededor con expresión desafiante—. ¡Y mi propuesta recae en el caballero Conon de Béthune!

Entonces éste saltó como si lo hubiese pinchado con un alfiler.

—¡Rechazo el cargo! —gritó sin pensárselo—. ¡Mi consejo es que escojamos al mayor y más experimentado: Hugues de Payens!

Todos estuvieron de acuerdo, y el cardenal legado Remy d'Aretin asintió satisfecho.

—Y ahora sólo me resta, con el derecho de mi voto, pronunciar esta recomendación —anunció Cantar—: ¡Esta hermandad debe darse un nombre desde el principio!

—*Milites Christi sedunenses!* —dijo André de Montbard con gran espontaneidad—. ¡Ello expresa tanto nuestros propósitos como nuestro origen!

—No está mal —dijo Hugues de Payens, aceptando gustosamente el reto impuesto por aquella primera propuesta—, pero abogo más bien por la forma más sencilla y anónima: *Militia Christi!*

—¡Vos sois el gran maestro! —lo apoyó de inmediato sire De Craon, mientras los otros asentían, dando su aprobación.

—Con ello declaro la fundación de la hermandad como

legítima —dijo Cantar de Sión en tono solemne—. ¡La sesión constituyente ha terminado!

A la mañana siguiente, la asamblea de los caballeros de Sión se disolvió, y la mayoría de los hombres emprendieron el camino de regreso a sus hogares. Gerald de Öxfeld aceptó el ofrecimiento de la señora de la fortaleza para permanecer como huésped del castillo, mientras que el Cardenal Gris, acompañado de Guy d'Abreyville y de los dos cronistas *Angelus vigilans* y *Vocator diaboli*, se pusieron en camino hacia Clermont, en la Auvernia, donde el papa había convocado el concilio extraordinario.

DEUS LO VULT

Último protocolo secreto de Sión
Clam adveniat dies Saturni
Clermont A. D. MXCV

Cuando el papa Urbano salió de Le Puy el Día de san Laurencio, lo acompañó el obispo local, Ademar de Monteil, al que había elegido in pectorem *como su legado para la empresa que estaba a punto de comenzar. Lo consideraba lo suficientemente fuerte y capaz de imponer sus criterios como para ganarse el respeto de los toscos caballeros y para oficiar como árbitro en caso de que surgieran pugnas o envidias. Juntos recorrieron el sur, la Provenza. Y aunque el Santo Padre visitó Saint-Gilles en ese recorrido, ni siquiera se reunió con el conde Raimundo, con el fin de no seguir alentando las ambiciones de este último de ser nombrado jefe supremo del ejército. A Urbano lo que le importaba era mantener las riendas en la mano y enfrentar entre sí a los príncipes más poderosos, como le había recomendado su Cardenal Gris, en lugar de otorgarle a uno ese especial honor y, con ello, darles la espalda a los otros. Lo que el papa pretendía era que esos nobles señores se ejercitaran constantemente en el noble arte de la competencia, intentando superarse cada uno en caballerosidad y en celo por la fe, en ayuda mutua y desinterés. Se supone que, con todo el respeto debido, Remy d'Aretin le formuló al* Pontifex *de inmediato la pregunta sobre dónde había encontrado él, en todo el Occidente cristiano, un príncipe con esa actitud y con esas cualidades espirituales.*

El día de los mártires Crispino y Crispiano, el Santo Padre llegó de nuevo a Cluny. Cierto que el motivo declarado de la visita era la inauguración del altar mayor de la recién construida basílica, pero suponemos que lo que a Urbano le interesaba sobre todo era obtener del abate Hugo la última bendición para su propósito. Por boca de algunos hermanos que fueron testigos de este encuentro, oímos decir que el anciano abad advirtió al pontífice de que, cuando hiciera su llamamiento para la cruzada en Tierra Santa, no les ocultara a los que estaban dispuestos a participar en ella cuáles eran las fatigas y los peligros que allí les esperaban. Sería fatal que los guerreros pensasen que Terra sancta *era una tierra inculta, y que en sus campos sólo se encontrarían con un par de pobres paganos que les suplicarían de rodillas, con humildad, ser convertidos por fin al cristianismo. Siria y Palestina eran provincias bien administradas y llevadas rectamente por los musulmanes, y éstas opondrían una encarnizada resistencia a cualquier invasión. El preocupado abad mandó a buscar a algunos monjes de su monasterio que recientemente habían regresado de esos territorios situados al este del mar Mediterráneo. De manera franca y libre, esos hombres le contaron al papa que las vías de peregrinación existentes hasta entonces, las que recorrían toda la región de Asia Menor, estaban bloqueadas por autoridades musulmanas, las cuales prohibían de forma rigurosa cualquier acceso a los lugares sagrados en los alrededores de Jerusalén. Eran advertencias que el papa sólo escuchó, tal vez, de mala gana, y que posiblemente no se tomara muy en serio.*

Urbano dejó Cluny en la primera semana de noviembre. El obispo de Clermont se unió a él y pocos días después llegaron a la ciudad en la que el papa Urbano había convocado su concilio. Y allí esperamos también nosotros, los cronistas, por órdenes del Caput canis, *la llegada del* Pontifex maximus.

Ya a mediados del mismo mes, el Santo Padre declaró inaugurada la reunión en la catedral de Clermont. Unos trescientos hombres de la Iglesia habían acudido, se había reafirmado la validez de algunos edictos contra la simonía y en favor del celibato, se emitió un decreto de excomunión contra el rey de Francia por adulterio y otro contra el emperador de Alemania y el por él apoyado antipapa Guiberto de Rávena. La convocatoria de una Tregua de Dios, de una paz amplia y duradera, puede que dejara perplejas a algunas personas bien versadas en la política papal, pues ésta tuvo lugar inmediatamente antes de anunciar un «comunicado de suma importancia», justo después de las fiestas de san Filemón. Ese anuncio debía tener lugar en una «sesión pública».

La elección de las palabras provocó bastante expectativa, pues no parecían los habituales «mensajes» que resultaban normalmente de cada concilio; tampoco era un llamamiento más en aras de que hubiera más paz y devoción, como podía esperarse siempre de un papa. Como un fuego, se corrió la voz de que algo flotaba en el aire, algo que era difícil de describir. No parecía ser tampoco una nube de tormenta cargada de desgracias y que estaba en ciernes de descargarse, sino más bien un acontecimiento feliz, algo que prometía la salvación tal vez, esperanzas de una dicha aún no determinada, imprecisa, una gran bendición. Si alguien hubiera afirmado que esa noche había visto la estrella de Belén, muchos se lo hubieran creído. Tampoco nosotros, que teníamos el privilegio de relatar los sucesos, pegamos ojo en toda la noche y estábamos ansiosos por ver cómo el tardío sol de noviembre se elevaba sobre la niebla de la mañana. Delante de la catedral se habían reunido muchas personas desde tempranas horas de la mañana. Era una masa tan enorme que la nave de la Iglesia jamás hubiese podido acogerla en su seno. De modo que se sacó al exterior el trono del Santo Padre y se colocó en la explanada situada junto a la puerta del este de la ciudad. Cada vez se reunía allí más gente, mientras que, a toda prisa, se iba erigiendo una tribuna de madera. La gente se agolpaba y tardó algún tiempo para que su séquito abriera paso al obispo y empezara a reinar la calma. Por fin el papa dirigió su palabra a la multitud allí reunida. Urbano habló de la necesidad de hacer llegar ayuda a los hermanos cristianos de Oriente, ya que los paganos turcos se adentraban cada vez más en sus territorios, expulsando a los habitantes de zonas enteras que antes habían pertenecido a la cristiandad, profanando sus iglesias y desterrando a sus sacerdotes. «¡Están matando a Jesucristo, nuestro señor, una y otra vez!» El papa dejó que el horror y la indignación, la rabia y la ira empezaran a caldearse, y esperó hasta que la espuma se hubo asentado de nuevo para continuar; describió entonces el calvario de los devotos peregrinos, a quienes esos diabólicos descreídos habían deparado un purgatorio, un infierno inclu-

so, cuando no eran asaltados en medio de su camino de espinas, asesinados, sus cadáveres profanados y echados a las aves carroñeras. Cuando los gritos y las voces de la multitud cedieron y su voz pudo escucharse de nuevo, Urbano se refirió finalmente a Jerusalén. Los sitios más sagrados de la comunidad cristiana estaban en medio de un mar de falta de fe que amenazaba con destruirlos. La impresionante imagen del Juicio Final que él pretendía pintarles allí, ya no era escuchada realmente por nadie, pues así de fuerte era el tumulto; pero todos habían entendido que la cristiandad amenazaba con hundirse.

El Santo Padre dejó que sus hijos gritaran y rabiaran, que rompieran en lágrimas y levantaran los puños, esperó hasta que el último de ellos estuviera dentro de la amplia explanada, y entonces continuó su discurso. Y luego los golpeó: ¿Y qué hacían ellos, los que estaban allí reunidos? Por no hablar de los que ni siquiera habían encontrado el camino para llegar hasta allí. Todos los días ellos cometían pecados contra la palabra de Dios, se robaban y engañaban mutuamente, se golpeaban y mataban. La gente, en ese momento, se mantuvo callada y escuchó al papa conmovida.

Urbano continuó: En lugar de hacer aquello, lo que debían hacer, fueran ricos o pobres, era buscar el favor y el perdón de Dios. Debían marchar a una guerra justa por él, servir sólo a Cristo con el corazón y con la espada, ¡liberar Jerusalén! El perdón de los pecados sería concedido a los que decidieran realizar esa hazaña, y si caían luchando por Cristo, sus almas tendrían asegurada la gran salvación.

—¡Dejad atrás vuestras vidas miserables! —exclamó el papa—. ¡Escapad a la maldad que os rodea aquí y os condena a un final en los fuegos eternos! ¡Seguid la llamada de Dios, que os guiará al paraíso!

—Deus lo vult! Deus lo vult! *¡Dios así lo desea!*

Una y otra vez, en cada ocasión más sonoro, ese grito interrumpía el llameante discurso del Santo Padre. El eco era impresionante, miles de personas enloquecidas. El grito de entusiasmo «Deus lo vult!» (¡Dios así lo desea!) resonaba en oleadas sobre la explanada. El primero en levantarse de un salto y arrodillarse delante del papa fue Ademar de Le Puy. Luego ya no hubo manera de contener a la gente.

—Deus lo vult! —El obispo Le Puy tenía una voz penetrante, y supo adelantarse y dar buen ejemplo. Hizo que Balduino *le alcanzara la espada y que Remy, que sonreía con los labios apretados, le entregara la túnica púrpura que, de inmediato, cortó en tiras. La gente gritaba de júbilo:* «Deus lo vult!», *se pegaban por coger cualquier jirón de aquella tela roja. Pronto ya no hubo en la tribuna ningún purpurado que no hubiera sacrificado su túnica*: Deus lo vult!

Rápidamente, los primeros de entre el público empezaron a rasgarse las vestiduras para hacer cruces que pegaban en sus capas y jubones, a veces sobre el pecho, otras veces en la espalda. Quien tenía una mujer cerca, se hacía coser la tosca cruz de inmediato. El color preferido era el rojo. Algunos comerciantes callejeros se dieron cuenta de lo favorable de la hora y muy pronto la explanada se llenó con aquellas relucientes cruces de tela. Y todavía la gente cantaba y gritaba su voluntad de luchar, su rabia, su placer de ir a la guerra por Cristo, y de miles de gargantas salía el grito: «Deus lo vult!» *Sólo unos pocos atinados se habían puesto de rodillas para rezar.*

Urbano no había contado con esa impresionante reacción de las masas. Su escolta, reforzada por un centenar de clérigos, lo había rodeado y tenía que proteger al pontífice de la avalancha de personas y de los intentos por tocarlo. El papa intentó en vano hacerse oír de nuevo. Se puso en pie, extendió los brazos en señal de bendición y exclamó varias veces en voz alta: «Ego vos absolvo!», *y también dijo una vez más que a todos los que aceptaran la cruz se les perdonarían todos sus pecados.*

El Santo Padre tuvo que permanecer todavía un buen rato fuera —pasó ese tiempo de espera sumido en la oración—, antes de que su escolta consiguiera abrirle el paso para que regresara a la catedral. Ya no podía pensarse en una continuación ordenada del concilio. Con toda prisa se dictaron aún algunas determinaciones complementarias, sobre la inviolabilidad de las posesiones de todo aquel que aceptara la cruz, mientras estuviera sirviendo a la causa. Por lo demás, se reglamentó que como símbolo del compromiso debía llevarse una cruz roja en la espalda, y también se dictó el decreto, bastante severo, de que cualquiera que la llevara y luego no marchara a la guerra podía granjearse la excomunión. Los ancianos y los enfermos estaban exentos de aceptar la cruz, los clérigos y los monjes necesitaban la aprobación de sus superiores. Pero la decisión más importante de todas, la que se anunció de inmediato en todas las calles y plazas, antes de que la gente se hubiese marchado, era que la partida quedaba fijada para el día de la As-

censión de María del año siguiente, de modo que hubiera tiempo aún para recoger la cosecha. El punto de encuentro para todos los participantes, tanto de los ejércitos de los príncipes seglares como otras tropas más pequeñas, a las que podían unirse nobles amigos o burgueses ricos, debía ser Constantinopla. Desde allí se les trasladaría juntos a Asia Menor, bajo la guía y con la ayuda del emperador bizantino. También se dio a conocer, de manera oficial, que el mando de toda aquella empresa recaería sobre el legado papal Ademar de Le Puy.

No se anunció ningún mando secular expreso sobre los ejércitos, pero tampoco quedaba descartado del todo, de modo que los príncipes como el conde Raimundo de Toulouse pudieran seguir abrigando esperanzas. Sus enviados habían acudido a tiempo, ciertamente, pero no había podido llegar hasta el papa. En nombre del antiguo duque de la Baja Lorena, Godofredo de Bouillon, había comparecido su primo Balduino de LeBourg; en nombre de Roberto, el duque de Normandía; por el conde Stephan du Blois y el conde de Flandes, Godefroy de Saint-Omer le aseguró al Pontifex maximus *la participación de los tres grandes ejércitos y del suyo propio. También desde Bari —acompañados de una amplia delegación llegada desde Bizancio que tenía poderes para negociar acerca de los detalles de la inminente cruzada— llegaron algunos mensajeros de los normandos, que reafirmaron la disposición del príncipe de Tarento, así como la del conde Tancredo de Lecce.*

Los caballeros que se habían unido en Sión a la hermandad secreta de la Militia Christi, *comparecieron todos en ejércitos distintos. Ello se hizo por indicaciones del gran maestro Hugues de Payens, quien esperaba obtener gracias a esa infiltración nuevos* milites. *Así vimos cómo Rinat de Sitten se unió al conde de Toulouse y al de Berenguer de Saissac; Roberto de Craon viajó hasta Bari, donde estaban los normandos del sur de Italia, mientras que Conon de Béthune y André de Montbard se unieron al contingente alemán, junto con Balduino de LeBourg, en su punto de reunión en Colonia. Guy d'Abreyville y el maestro Hugues de Payens fueron asignados, por el propio* Caput canis, al legado *Ademar de Le Puy.*

Nosotros, los dos cronistas, Angelus vigilans *y* Vocator diaboli, *preguntamos tímidamente a nuestro señor y maestro Remy d'Aretin si nos permitiría unirnos también al legado papal. Entonces el Cardenal Gris se burló un poco de nosotros, de un modo amable y hasta cordial, y nos preguntó cómo po-*

díamos imaginarnos sobrevivir a tales fatigas. Entonces, llamándonos «mis queridos cronistas de Sión», nos propuso que siguiéramos viajando en su séquito y que continuáramos, desde una atalaya segura, redactando aquellos valiosos protocolos para él y para el Santo Padre. También nos dejó entrever la perspectiva de hacer un viaje a Constantinopla, ya que él tendría que viajar hasta allí para ser testigo directo de cómo prosperaba su plan en aras del glorioso día, el de la Gesta Dei, *cuando luego los grandes príncipes de Occidente, escogidos con tanto esfuerzo y puestos en marcha, cruzaran el Bósforo para liberar Jerusalén.*

—Deus lo vult?

—Deus lo vult!

EPÍLOGO

La conmoción provocada por el Concilio de Clermont atravesó el Occidente en una oleada que se hizo sentir en todas partes. Mientras los grandes señores reunían a sus ejércitos y realizaban sus preparativos de viaje, ese mismo invierno muchos predicadores empezaron a hacer un llamamiento a una Cruzada del Pueblo de la que ellos mismos se presentaban como líderes. La mayor cantidad de adeptos la reunió Pedro *el Ermitaño*; sus misioneros viajaron sobre todo por los territorios a ambas orillas del Rin, desde Alsacia hasta la desembocadura de la Baja Lorena. Sin escrúpulo de ninguna índole empujaban a la gente, en su ferviente fanatismo, a dejar de inmediato familia y bienes y a marchar sin demora. A lo largo del río estaban ciudades como Worms, Speyer y Maguncia, que eran las ciudades episcopales más ricas, y que, al mismo tiempo, albergaban entre sus muros las comunidades judías más grandes de Alemania. Era previsible que los alborotados cruzados, en su camino en dirección al Danubio, cayeran sobre ellas. Las consecuencias fueron los más crueles pogromos. Luego la Cruzada del Pueblo continuó su camino desenfrenado en dirección a Hungría. Al llegar a la frontera con el Imperio bizantino en Belgrado, una parte de aquella turba incontrolable se enfrentó a la milicia imperial, la cual le provocó considerables pérdidas, al punto de que sólo llegó a Constantinopla la mitad de los que habían partido, derrengados y medio muertos de hambre. Éstos fueron trasladados con urgencia a Asia Menor, donde los seldúcidas terminaron definitivamente con ellos. Sólo unos pocos, entre ellos el propio Pedro, pudieron salvarse.

Unos seis meses después, tal y como estaba planeado, los grandes ejércitos se pusieron en marcha hacia Constantinopla. Y en ese punto se puso de manifiesto abiertamente el malentendido entre Bizancio y Occidente. El emperador griego Alejo esperaba unas tropas auxiliares que, bajo el mando de sus generales, debían liberar el antiguo territorio bizantino —hasta Jerusalén— de los conquistadores musulmanes. En su lugar, Alejo se vio frente a unos príncipes independientes que reaccionaban de mala gana o indignados cuando él esperaba de ellos, o incluso les exigía, juramento y subordinación. Hubo meses de negociaciones, con chantajes y suspensión de suministros incluidos, a los que se respondía con saqueos. Mucho tiempo y una buena dosis de buena voluntad se perdió en la ciudad imperial, hasta que, tras unas corruptas concesiones que nadie pensaba cumplir, Bizancio liberó el acceso a través del estrecho y el ejército, recientemente abastecido y ordenado, pudo ser trasladado a Asia Menor.

Lo único útil que aportó la turba incontrolada y anticipada del ermitaño fue que los musulmanes, al principio, no se tomaron muy en serio la cruzada que se avecinaba. Cuando se dieron cuenta del verdadero peligro, ya era demasiado tarde. Sin embargo, los enemigos más encarnizados de los cristianos resultaron ser los propios cristianos mismos.

Si al cruzar la meseta de Anatolia el ejército cristiano estaba aún bastante cohesionado, a la vista de las puertas de Siria empezaron a dividirse y a surgir pequeños ejércitos aislados que perseguían sus propios intereses.

El primero fue Balduino de Boulogne, el hermano más joven de Godofredo de Bouillon. Con malvada astucia y una perfidia carente de escrúpulos, se apoderó del condado armenio, es decir, cristiano, de Edessa.

El príncipe Bohemundo detuvo el avance de todo el ejército durante meses hasta que, por fin, se conquistó la ciudad más rica del Levante y él pudo erigirse allí como príncipe de Antioquia.

Eso le quitó el sueño al conde Raimundo. Su lucha por el vecino emirato de Trípoli se extendería durante años, hasta que pudo atribuirse el título de conde de Trípoli. La pérdida de tiempo y de hombres fue enorme.

Tancredo de Lecce avanzó solo hasta Belén y allí se hizo proclamar príncipe de Galilea.

En general, el egoísmo de estos líderes le costó a la cruzada dos años enteros. Sólo con mucho esfuerzo, Godofredo de Bouillon, quien cada vez era más reconocido como el jefe del ejército —teniendo en cuenta que entre los poderosos todos fueron sucumbiendo, uno tras otro, a su terquedad—, consiguió mover a los príncipes para que continuaran el camino con él y conquistaran por fin Jerusalén, un objetivo que todos habían perdido ya de vista.

En julio del año 1099, es decir, casi tres años después de la partida, los cruzados vieron por primera vez desde lejos la ciudad, y un mes después los muros cedieron ante su temible asedio. La furibunda masacre que llegó a continuación acabó en un baño de sangre como el que no había visto nunca la Ciudad Santa. Los judíos, que representaban una minoría dentro de la población, fueron quemados dentro de su sinagoga, a los musulmanes se los asesinó sin más ni más dondequiera que los capturaran. Pero, sin embargo, el mayor número de víctimas lo aportaron el colectivo de los cristianos nativos, que conformaban la mayor parte de la población. Los conquistadores no estaban dispuestos ni en condiciones de hacer distinciones entre ellos y los musulmanes. No tenían el aspecto de un cristiano occidental ni tampoco dominaban la fe católico-romana.

El legado papal Ademar de Le Puy no tuvo que vivir esa infame carnicería. Había muerto durante el infinito asedio de Antioquia a causa de una epidemia de tifus. Tampoco al papa Urbano pudo llenarlo de satisfacción la noticia de la victoria: el *Pontifex maximus* fue llamado junto al Altísimo casi al mismo tiempo en que Jerusalén cayó de nuevo en las manos de la cristiandad.

Los vencedores le ofrecieron a Godofredo de Bouillon la condición de rey. Él la rechazó y se conformó con el título de *advocatus Sancti Sepulchri*, guardián del Santo Sepulcro. Uno de sus primeros actos en el cargo fue asignar a la *Militia Christi* aquella ala de la mezquita de Al-Aqsa en cuyo sótano se encontraban las llamadas Caballerizas de Salomón. La hermandad, bajo las órdenes de su gran maestro Hugues de Payens empezó a llamarse entonces *Milites Christi templique Salomonici Hierosolymitanis*, de lo cual salió después, en el lenguaje popular, la fórmula simplificada de Los Caballeros del Templo, o de un modo más breve y conciso, «templarios». Éstos empezaron de inmediato —y bajo estricto secreto— a cavar bajo los establos.

El rastro de los miembros fundadores originales de la hermandad de Sión se pierde en su mayor parte.

Godefroy de Saint-Omer sirvió como su primer senescal y cayó en uno de los combates en torno a Ashkalon.

En 1136, Roberto de Craon, siendo ya un anciano, fue el sucesor de Hugues de Payens en el cargo de gran maestro de la orden, reconocida oficialmente en el año 1118.

André de Montbard fue elegido, ya a muy avanzada edad, como quinto gran maestro, el cargo más alto, de la Orden de los Templarios.

Rinat de Sitten se desligó de la orden cuando vivió la masacre durante la conquista de Jerusalén, donde pudo salvar de las llamas a la hija de siete años de Sarah de Beth-Seba. Se supone que más tarde, tras su fuga a Alejandría, debió de tomarla como esposa.

Guy d'Abreyville ya se había alejado del ejército a raíz de la conquista de Edessa por Balduino, y había contraído matrimonio con una princesa armenia. A continuación se convirtió al islam, entró al servicio del sha de los seldúcidas y en algún momento, se supone, fue decapitado. En cualquier caso, desapareció.

Conon de Béthune cayó prisionero en Egipto, y su libertad la compró el anciano Yussuf el Zirí, que se lo llevó consigo a Mahdia. Nunca más volvió a ver a su mujer.

Godofredo de Bouillon murió tras un año de gobierno;

no dejó hijos. Su sucesor fue su hermano Balduino, que de inmediato aceptó la dignidad de rey. Su condado de Edessa se lo dejó a su primo Balduino de LeBourg.

El año 1118 tiene una importancia particular, pues, cuando en Roma fallecía el sucesor de Urbano, quien durante su papado se había negado a reconocer oficialmente a la orden del Templo, en Jerusalén, casi simultáneamente, Balduino se coronaba rey con el nombre de Balduino I. Le siguió, como rey, Balduino de LeBourg, quien de inmediato impuso el reconocimiento formal, por parte del papa, de la orden, de la que él mismo había sido fundador. Y ésa fue también la última acción en el cargo del Cardenal Gris, Remy d'Aretin, pues fue asesinado poco después.

Con Balduino II se estableció también la casa real de Jerusalén; sin embargo, sólo consiguió establecerse ocasionalmente como una dinastía porque las hijas de los reyes también eran incluidas en la sucesión, y pronto hubo muchas de esas hijas. El peso del título ahuyentó a muchos candidatos serios que se necesitaban con urgencia, pero su brillo atrajo siempre a aventureros de todo pelaje.

En general, el reino de Jerusalén y los estados de los cruzados cristianos en ultramar se sostuvieron casi doscientos años, hasta que fueron borrados definitivamente por los mamelucos egipcios en 1292.

FINIS

FIGURAS HISTÓRICAS

Gregorio VII (Hildebrando)	Papa de 1073 a 1085
Desiderio	Abad de Monte Cassino (nac. duque de Capua), más tarde papa Víctor III. (1086 - 1087)
Odorisio	Sucesor de Desiderio como abad
Guiberto de Rávena	Antipapa Clemente III (1080-1100)
Odón de Lagery-Chatillon	Cardenal obispo de Ostia, más tarde sería el papa Urbano II (1088-1099)
Emperador Enrique IV	(1050-1106)
Matilde de Tuszien	Margravina de la Toscana, casada, entre 1046 y 1115, con Godofredo III, duque de Lorena (1070-1076) y luego con Welf de Baviera (1089-1095)
Thierry (Dietrich)	Obispo de Verdún (1047-1089)
Gosbart de Sitten	Obispo de Sión *(Episcopus sedunensis)*
Godofredo de Bouillon	Hijo más joven del conde Eustaquio de Boulogne y de Ida de Lorena; conde de Amberes y, más tarde, duque de la Baja Lorena (1060-1100) (Participó en la Primera Cruzada)
Balduino II de LeBourg	Primo de Godofredo de Bouillon (Participó en la Primera Cruzada) († 1131)
Alan de Montfort	Obispo de París († 1102)
Hugo de Cluny	Abad del monasterio de Cluny (1024-1109)

Raimundo de Saint-Gilles	Conde de Toulouse (1088-1105) (Participó en la Primera Cruzada)
Felipa de Toulouse	Sobrina de Raimundo de Saint-Gilles, conocida como Pilar (1073-1118)
Guillermo IX, duque de Aquitania	Conocido como El Trovador (1087-1127) (Participó en la Primera Cruzada)
Bohemundo d'Hauteville	Príncipe de Tarento (1085-1111) (Participó en la Primera Cruzada)
Tancredo de Lecce	Conde de Lecce († 1112) (Participó en la Primera Cruzada)
Roberto de Normandía	Duque de Normandía (1087-1106) (Participó en la Primera Cruzada)
Hugues de Payens	Cofundador de la Orden del Templo y su primer gran maestro (1118-1136)* (Participó en la Primera Cruzada)
Godefroy de Saint-Omer	Cofundador de la Orden del Templo (Participó en la Primera Cruzada)
Roberto de Craon	Cofundador de la Orden del Templo y su segundo gran maestro (1136-1149)* (Participó en la Primera Cruzada)
André de Montbard	Cofundador de la Orden del Templo y su quinto gran maestro (1153-1156)* (Participó en la Primera Cruzada)
Pedro *el Ermitaño*	Sacerdote auvernés (Participó en la Primera Cruzada)

* Los datos aquí aportados se basan en el reconocimiento oficial de la orden en el año 1118.

Reino de Inglaterra
Londres
Francia
Lorena
El Canal
Amberes
Ducado de Baja Lorena
Lieja
Colonia
Namur
Saint-Omer
Ardenas
Rin
Sena
Condado de Bretaña
Ducado de Normandía
Gisors
Tréveris
Maguncia
Bouillon
Mantes-la-Jolie
Trifels
París
Worms
Chartres
Mosela
Speyer
Verdún
Ducado de Alta Lorena
Loira
Orleáns
Tours
Estrasburgo
Reino de Francia
Ducado de Borgoña
Poitiers
Basilea
Besanzón
Constanza
Ducado de Aquitania
Cluny
Lago de Ginebra
San Gotardo
Clermont
Burdeos
Lyon
Sión
Ródano
Ducado de Saboya
San Bernardo
Le Puy
Milán
Monte Cenis
Condado de Toulouse
Turín
Albi
Piacenza
Saissac
Aviñón
Carcasona
Narbona
Savona
Rep. de Génova
Arlés
Saint-Gilles
Lerici
Pirineos
Marsella
San Gorgò
Reino de Aragón
N
S
Barcelona
Mar Mediterráneo
Córcega
0 50 100 150km

Imperio Romano
Patrimonio de Pedro
Colonia
Westerwald
Ardenas
Bouillon
Mosela
Trifels
Tréveris
Maguncia
Worms
Meno
Speyer
Ducado de Alta Lorena
Verdún
Imperio romano germánico
Praga
Estrasburgo
Ratisbona
Rin
Danubio
Augsburgo
Lago de Constanza
Besanzón
Basilea
Constanza
Salzburgo
Viena
Inn
Chur
Brenner
Lago de Ginebra
San Gotardo
Sión
Ródano
Julier
Alpes
San Bernardo
Drau
Ducado de Saboya
Monte Cenis
Patriarcado de Aquilea
Milán
Turín
Reino de Hungría
Piacenza
Po
Mantua
República de Venecia
Save
Canossa
Rep. de Génova
Savona
Bolonia
Exarcado de Rávena
Imperio de Bizancio
Lerici
Apeninos
Arno
Rep. de Pisa
San Gorgò
Margraviato de Toscana
Siena
Elba
Mar Adriático
Córcega
Patrimonio de Pedro
Margravato de Spoleto
Ragusa
Roma
Mar Tirreno
N
S
Monte Cassino
Principado de Capua
Mondragón
Reino de Sicilia
Ponza
Nápoles
Bari
Cerdeña
Amalfi
Princ. de Salerno
Princ. de Tarento
0 50 100 150 km

Reino de los Normandos
Iffriqia-Bizancio
Imperio romano germánico
Monte Cenis
Turín
Milán
Patriarcado de Aquilea
Ducado de Saboya
Piacenza
Po
Mantua
República de Venecia
Savona
Rep. de Génova
Canossa
Bolonia
Lerici
Exarcado de Rávena
Apeninos
República de Pisa
Arno
San Gorgò
Margraviato de Toscana
Siena
Imperio de Bizancio
Elba
Córcega
Mar Adriático
Patrimonio de Pedro
Ragusa
Margraviato de Spoleto
Roma
Monte Cassino
Principado de Capua
Ducado de Apulia
Mondragón
Ponza
Nápoles
Principado de Salerno
Bari
Condado de Lecce
Cerdeña
Amalfi
Principado de Tarento
Otranto
Mar Tirreno
Reino de Sicilia
Cabo Leuca
Ustica
Palermo
Messina
Regio Calabria
Selinunte
Taormina
Sicilia
Etna
Cabo Bon
Agrigento
Túnez
Siracusa
Mar Mediterráneo
N
S
Malta
Iffriqia Reino de los Fatimidas
Mahdia
Lampedusa
0 50 100 150 km

GLOSARIO

Allahu Akbar, al qawiyo al raheem: Alá es grande, bueno y poderoso (árabe)
Amor fati: Amor al destino (latín), quiere decir: ¡Ama tu destino!
Artemisia absinthium: absenta
Assbet ras: turbante (árabe)
Autem propere atque velociter: ¡Pero que sea rápido! (latín)
Avventure: Aventura (italiano)
Bailli: Gobernador de un fuerte (francés)
Baranis: Plural de *burnus*, muchas túnicas con capucha (árabe)
Beatus ille, qui procul negotiis paterna rura bobus exercet suis: Dichoso el que, lejos de la tierra de sus padres, cuida su ganado. Horacio (latín)
Breviter in re, citius in modo!: ¡Rápido en la acción, ágil en el modo!
Capsella bursa pastoris: Morral de pastor
De facto, facilitatem non habet: No es, en efecto, factible (latín)
Diarium itineris: Diario de viaje (latín)
Djallabija: túnica (árabe)
Drama pontefecis maximque imperatoris: El drama entre el papa y el emperador.
Ducunt volentem fata nolentem trahunt: El destino lleva a los que se dejan llevar y tira de los que se resisten, Séneca (latín)
Equester moribundus armigeris comitatus: Un caballero enfermo de muerte acompañado de su escudero (latín)
Feriae Augusti: Días festivos de agosto (latín)
Fortiter atque superbiter: Fuerte y orgulloso (latín)
Furor fidei: Furor de la fe (latín)

Hurijat: En el Corán, las vírgenes del paraíso (árabe)
In primis obsequium in principe: Obediencia incondicional a los jefes (latín)
Kamis: Camisa (árabe)
Katapan: Gobernador de Bizancio (griego)
L. S. (Locus sigilli): Sitio marcado en las copias donde aparece el sello en el original
Lupulus: lúpulo (latín)
Malabis: Vestidos
Mare Nostrum: El nombre romano del mar Mediterráneo (latín)
Milites: Soldados (latín)
Milites Christi templique Salomonici Hierosolymitanis: Soldados de Cristo del Templo de Salomón en Jerusalén (latín)
Militia Christi: El ejército de Cristo (latín)
Moslemun: Musulmán (árabe)
Musa'edah: Ayudante (árabe)
Nec spe, nec metu: Sin esperanza, sin miedo (latín)
Non semper similia similibus curantur: No siempre lo semejante se cura por lo semejante (latín)
Polyonum: Duraznillo (griego)
Psychotrophon: Piscotrópico (griego)
Qitat: Gatita (árabe)
Salat al fadjr: Oración matutina (árabe)
Sat celeriter fieri, quid quid fiat satis bene!: Lo que hagas con rapidez, hazlo bien (latín)
Sic erat in fatis: Así estaba predestinado (latín)
Sirwal: Pantalón (árabe)
Soror: Hermana (latín)
Summum ius summa crux: La mayor justicia es la mayor cruz (latín)
Tabularium: Archivo, escritorio, cuarto de estudio (latín)
Terra sancta: Tierra Santa (latín)
Vale!: ¡Salud que haya! (latín)
Versus solstitium aestivum: Hacia el solsticio de verano (latín)
Videant consules, ne quid res publica detrimenti capiat: Que los cónsules velen para que el Estado no sufra perjuicio (latín) Con esta fórmula, a los cónsules romanos, en tiempos de extremo peligro, se les concedían ilimitados poderes de gobierno.
Viscum: Muérdago (latín)

AGRADECIMIENTOS Y FUENTES

La labor de seguir el rastro al Cardenal Gris y el estudio resultante de ello —que se extendió por más de una década—, de la cuestión que constituye el tema de esta novela (¿Cómo se llegó a este paso tan importante y decisivo, cuyas consecuencias en Occidente y en Oriente percibimos todavía hoy?), tiene sus paralelismos con la historia del surgimiento de este libro. En ese sentido, estoy agradecido a la editorial Ullstein, en particular a su director general Christian Schumacher-Gebler, por haber insistido una y otra vez para que materializara mi visión de las cosas, y porque, además, puso a mi lado a una editora como Uta Rupprecht, con capacidad para establecer empatía, con conocimientos y una disciplina orientada al resultado, con lo cual, a fin de cuentas, supo trabajar en mayor beneficio del autor.

Por demás, un especial reconocimiento a mi agente, Roman Hocke, y a mi asistente jurídico, el *maître* Gunter Fette, que acompañaron a conciencia y con paciencia el difícil proceso de la gestación de este libro. Y como siempre, pude fiarme de la abnegada y a menudo crítica colaboración de mi fiel asistente de muchos años, Sylvia Schnetzer.

Por otra parte debo una bien merecida gratitud a mi asesor y especialista científico: el profesor Dario della Porta, de la Universidad dell'Aquila, al doctor Michael Korth, historiador de la música, al padre Alexander Pixner, de la Orden Alemana, a Daniel Speck y a Miriam Abu Hamdan, arabista.

No quiero olvidar a todos aquellos que me posibilitaron con su ayuda en la vida diaria el avance del trabajo: Anke

Dowideit, Shirin Fatemi, Julia Hocke, mi fiel chófer Temistocle Forti y *—last but not least—* Leo Piras, dueño de la Osteria Der Belli.

Beatus ille, qui procul negotiis
paterna rura bobus exercet suis.

En cuanto a las fuentes, siempre es un apoyo fundamental y fiable:

RUNCIMAN, Steven, *Historia de las Cruzadas*, Reino de Redonda, Madrid, 2008.

Por lo demás, he consultado los siguientes trabajos:

AUBÉ, Pierre, *Godefroy de Bouillon*, Fayard, París, 1985.

BAZILLER, George y COGLIATI-ARANO, Luisa (ed.), *Tacuinum Sanitas - The Medieval Health Handbook*, Electa, Milán/Nueva York, 1976.

BROWN, R. Allen, *The Normans*, Boydell Press, Londres, 1984.

GIMPEL, Jean, *The Medieval Machine*, Victor Gollancz Ltd., Londres, 1976.

HALLAM, Elizabeth M., *Capetian France*, Longman House, Londres, 1980.

HUTCHINSON, Gillian, *Medieval Ships and Shipping*, Leicester University Press, Launders, 1994.

LANCZKOWSKI, Johanna, *Lexikon des Mönchstums und der Orden*, VMA, Wiesbaden, 1997.

NORWICH, John Julius, *Los normandos en Sicilia: la invasión del Sur (1016-1130)*, Al-andaluz y el Mediterráneo, Granada, 2008.

RILL, Bernd, *Sizilien im Mittelalter*, Belser, Stuttgart, 1995.

WIES, Ernst W., *Kaiser Heinrich IV*, Bechtle, Esslingen/Múnich, 1996.

ZEUS, Marlies, *Provence und Okzitanien im Mittelalter*, Koester, Berlín,1990.

Roma, 16 de octubre de 2008
PETER BERLING

ÍNDICE

Mar del Norte
Reino de Inglaterra
Londres
Hamburgo
Weser
Elba
Ducado de
SAJONIA
Magdeburgo
Ems
Utrech
Rin
Ducado de
BAJA LORENA
Colonia
Lieja
FRANCONIA
Condado de
FLANDES
Mosela
Maguncia
Worms
Speyer
Islas
normandas
Sena
Reims
Tréveris
Ducado de
NORMANDÍA
París
Ducado de
ALTA LORENA
Rin
Ratisbo
Condado de
BRETAÑA
Reino de Francia
Condado de
CHAMPAÑA
Danubio
Augsburg
Estrasburgo
Ducado de
SUABIA
Loira
Ducado de
BORGOÑA
Constanza
Basilea
Ducado c
BAVIER
Poitiers
Ducado de
BORGOÑA
Imperio romano germ
Océano
Atlántico
Clermont
Lyon
Milán
Venecia
Po
Ducado de
AQUITANIA
Ducado de
SABOYA
LOMBARDÍA
Ródano
Condado de
TOULOUSE
Canossa
República
de Génova
Arno
Em
Toulouse
Arlés
República
de Pisa
Marg
de TC
Reino de
NAVARRA
Reino
de
ARAGÓN
Narbona
Marsella
Elba
Condados
CATALANES
Ebro
Córcega
Reino de
CASTILLA
Zaragoza
Barcelona
Toledo
Tajo
Cerdeña
Mallorca
Califato de
CÓRDOBA
Mar Mediterráneo
Granada
Cartagena
Venecia
Túnez
Iffriqia
Reino de los Fatimidas
Mahdia